不管是十年前的沈寂，
还是十年后的沈寂，
温舒唯都是他心尖上的姑娘。

有爱的青春陪伴者

寒鸦

Han Ya

上

弱水千流 著

百花洲文艺出版社
BAIHUAZHOU LITERATURE AND ART PRESS

图书在版编目（CIP）数据

寒鸦 / 弱水千流著. -- 南昌 : 百花洲文艺出版社,
2020.12
ISBN 978-7-5500-3873-8

Ⅰ. ①寒… Ⅱ. ①弱… Ⅲ. ①长篇小说－中国－当代
Ⅳ. ①I247.5

中国版本图书馆CIP数据核字(2020)第205404号

寒鸦

弱水千流 著

责任编辑 李梦琦
特约编辑 陆梦莹
封面设计 Insect
内页设计 西 楼
特约绘制 林 森
出 版 者 百花洲文艺出版社
社 址 江西省南昌市红谷滩世贸路898号博能中心A座20楼 邮编：330038
电 话 0791-86895108（发行热线） 0791-86894719（编辑热线）
网 址 http://www.bhzwy.com
E-mail bhzwy0791@163.com
经 销 全国新华书店
印 刷 长沙鸿发印务实业有限公司
开 本 880mm×1230mm 1/32
印 张 19
字 数 612千字
版 次 2020年12月第1版
印 次 2020年12月第1次印刷
书 号 ISBN 978-7-5500-3873-8
定 价 62.80元

赣版权登字：05-2020-205

目
录

目
录

第一章　野

印度洋，世界第三大洋，位于亚洲、大洋洲、非洲与南极洲之间。

百川归海，广袤无际。

傍晚，夕阳沿海岸线缓慢下沉，没多久便将半张脸都没入海水中，只剩另一半苟延残喘似的悬在远方，跟即将吞噬一切的黑夜殊死搏斗。从海上数百米俯瞰，远远能瞧见无边无际的海面上有颗芝麻似的黑点儿，渺小无依，孤零零的，像是龟行老妪般沿航线前行。

温舒唯抱着笔记本电脑坐在甲板上，吹着海风敲键盘，偶尔抬头，认真欣赏一番海上夕阳，手边还摆了包从家里带出来的真空包装的冷吃兔。

就在这时，一阵脚步声夹杂说话声在温舒唯身后响起——是几个一同搭乘“奇安号”的人从船舱里出来，透气聊天来了。

温舒唯往嘴里丢了块兔丁，腮帮子鼓鼓地嚼，把包装纸丢进了一旁的垃圾桶。

背后传来个带笑的声音，用英语冲她喊：“Hey Sue! 正好你在这儿！我刚才正在跟詹妮弗他们说你呢！”

温舒唯闻声，咬着冷吃兔回头。身后站了几个高高大大的外国友人。两男两女，高鼻梁大眼睛，肤色偏深。跟她说话的男人长了头小卷毛，叫杰斯，非裔；另外三个是杰斯的朋友，都是拉美人。

温舒唯是在上船之后才认识的他们，与几人交流不多。她只知道这几个外国人都在中国上海工作，正是“奇安号”所属企业奇安集团的员工，这次出海是为了替奇安集团去阿拉伯地区采购一批价值不菲的货物。

温舒唯扬起嘴角。她长了双天生带笑的眼，笑起来时弯成两道月牙，长而翘，乖巧柔婉，像只可爱的小狐狸。她回了句字正腔圆的中文："是吗？说我什么？"

"哈。"杰斯操着一口蹩脚的中文回她，"说你特有才！"

温舒唯冲他竖大拇指，有眼光。

几个年轻人说说笑笑。

笑闹片刻，几个外国友人转身回船舱，这一走，才终于露出刚刚被那几个高壮身影挡得严实的船舱窗户。透明玻璃将一方世界镜像呈现，映出温舒唯的身影。

她抱着电脑，啃着冷吃兔，双腿以一种放松又俏皮的姿势盘着。夕阳柔和地勾勒出她的身形，柔软黑发在脑后扎了个半马尾，她穿着水红色改良款汉服，系腰封，缀流苏，裙摆及膝，露出半截纤细雪白的小腿。

古灵精怪，清奇拉风。

拉风到跟城市大马路上遛一圈儿，保管会有人偷拍发朋友圈，再配字"偶遇漂亮女 coser，真赞"。

不过，温舒唯既不是从《笑傲江湖》里走出来的女侠，也不玩 cos。她是个正经八百的小白领。毕业于一流大学新闻系，目前在某主流媒体旗下的杂志社当记者。

偶尔也放飞放飞自我，做做编辑，录制一些旅行 vlog，写一些文字游记。

天色越发暗。噼里啪啦，噼里啪啦，浪涛声跟温舒唯敲键盘的声音如二重奏般此起彼伏。

在温舒唯认真嚼完最后一块冷吃兔的时候，她今天的稿子总算大功告成。

呼。

温舒唯心满意足地吹了一口气，举起胳膊伸个懒腰，关掉电脑，从一旁放着的相机包里取出微单，开始录制今天的 vlog。

"大家好，今天是我搭乘'奇安号'出海的第十四天，没发生什么特别的事情。我现在所处的海域是……稍等，我给大家查一下啊。"她对着镜头笑盈盈地做记录，顿了下，打开手机上的海上定位软件。

就在这时，海风忽然转强，一股子浓烈得有些难闻的腥咸味儿猛钻进鼻子，呛得温舒唯皱了下眉。

“……亚丁湾海域。”她自言自语地说完，抬起头。

海上与陆地是截然不同的两个世界。远离钢筋水泥，远离摩天大楼，远离几乎所有人类文明，充满了最原始的野性和未知。太阳是汪洋大海的唯一照明物，此时暮色低垂，整片海面寂静而漆黑，深渊似的，又像一座失去符咒的镇妖塔，各方妖魔都蠢蠢欲动，即将倾巢而出。

“奇安号”上亮了灯，大部分人都在船舱内，甲板上只温舒唯和两个刚吃完晚饭出来消食吹牛的中年人。

一切平静如常。

温舒唯站在护栏旁，面容平静，眉头微蹙，悬在上方的白色灯泡被海风吹得摇摇晃晃，把她的脸色照得有些惨白。她定定地盯着平静海面，隐约瞧见一艘船的轮廓，亮着昏暗灯光，模糊诡异，正朝“奇安号”驶近。

海上夜色浓得像化不开的墨。

温舒唯的瞳孔瞬间缩小。她背上汗毛倒竖，忽然意识到了一丝不对劲。

亚丁湾海域，位于也门和索马里国之间，自十九世纪以来便海盗横行，猖獗无度，令世界各国谈之色变。

夜幕下，大雨倾盆，漆黑海域怒浪滔天。

“轰”的一声惊雷乍响。

温舒唯被那雷声一吓，瞬间惊醒过来。

视野里漆黑模糊，没有一丝光。这样的环境里，眼睛形同虚设，嗅觉异常灵敏——空气里充斥着浓重到几近腥臭的气味。那味道难以形容，类似海产品发霉腐烂后散发出的恶臭，再混杂海风的腥咸味，令人作呕。

温舒唯呼吸不稳，胸口急剧起伏，瞪着天花板，惊惧警惕，身体发抖，原本清亮晶莹的眼睛蒙上了一层灰扑扑的雾。

手脚都被绳索捆死，嘴巴也让人用胶带给封住，她无法活动四肢，也无法发出任何声音，只能拿背蹭着肮脏潮湿的地面缓慢蠕动几下，维持血液的流通。

“奇安号”被劫持了。

温舒唯衣物残破一身狼狈，缓了口气，又再次痛苦地闭上眼，只觉一切是场噩梦。

噩梦就发生在七个小时之前——货轮偏离原本航线驶入了索马里海域附近的亚丁湾，遭遇了海盗袭击。“奇安号”全体船员虽竭尽全力抵御，但仍不敌海盗势力的武装力量。海盗登船，劫持了整艘货轮，并勒索一亿美金作为赎金。

其余人都被关在一间大客舱里。

温舒唯被两个好色的海盗看中，单独抓到了一边。但万幸的是，就在那两人想对她施暴时，有人过来把这两个色欲熏心的男人给臭骂一顿叫走了。

两人好事被打断，恼火却也没辙，便把温舒唯五花大绑堵了嘴，扔进了地下室货舱。

温舒唯艰难地咽了口唾沫，用力深呼吸，迫使自己冷静下来。

原本，这只是一次再寻常不过的因公出差。奇安集团是国内进出口业的龙头老大，为国家经济增长做出了巨大贡献。与阿拉伯地区的合作是奇安今年的新项目。温舒唯所属杂志社瞅准势头，策划了一期名为《走进奇安新天地》的栏目，派她跟随“奇安号”出海前往阿拉伯地区采购货物，回去之后写一篇独家新闻。

谁知会发生这样的事。

她想起那些手持枪械、穷凶极恶的海盗，背脊一凉，打了个冷战。

还能得救吗？

天越发黑，夜色越发浓，雨也下得越发大。海浪翻滚大雨瓢泼，此时的亚丁湾海域宛如一个大提琴手，为不幸和苦难奏响了哀歌。

“奇安号”上点亮了一盏巡逻灯，白色光束像撒旦的眼睛，规律而缓慢地扫亮附近怒浪滚滚的海面。

一个手持 AK47、身穿黑色雨衣的彪形大汉在船头处放哨巡逻。这名索马里人身高超过了一米九，浑身肌肉，一脸络腮胡，常年被海风侵蚀的面容上横亘着两道狰狞刀疤。他目光阴狠，面无表情地扫视着白色光束照亮的区域。

半分钟后，他低咒了句，给在船尾处巡逻的矮个子递了根烟，用索马里语道：“这该死的鬼天气！他们在里头吃香的喝辣的开庆功宴，留老子在外头淋雨吹冷风。这破天气谁会出海找事儿，除非不要命了。”

矮个子接过烟点燃，边抽边说：“伙计，火气别这么大。难得开次张，谨慎点不是坏事，再说了，头儿不是同意你上那妞了吗？”

络腮胡一听这话，一双贼眼登时噌噌发亮，咧嘴，朝对面的海盗露出个淫笑，霎时心满意足：“也是。哈哈哈。”

络腮胡干这一行已经九年，平日里烧杀抢掠恶贯满盈，除了喜欢女人也没其他爱好。想起货舱里那个白嫩的中国妞，络腮胡打心眼儿里激动，上次登岸是十天之前，快半个月的海上颠簸简直快把他憋疯了。

络腮胡就这么端着枪，迈着耀武扬威的步子慢悠悠地在船尾处溜达，边放哨，边做着一会儿要怎么折磨美女的美梦。

就在他陶醉其中飘飘欲仙的时候，一双手臂悄无声息从背后勒住了他的脖颈，鬼影一般。

络腮胡一愣，下一瞬惊恐地睁大了眼睛，张了张嘴，想要发出声音。

然而先一步响起的却是一声清脆的“咔嚓”——干净果断，稳准狠辣，手法利落熟练至极。

徜徉在美梦里的恶徒一双蓝灰色的眼睛错愕地瞪着，到死都没反应过来发生了什么。他的雨衣被扒拉下来，紧接着尸体被丢进大海，转眼便让怒海给吞进去。

“A 区清理完毕。各小队按原定计划行动。”风雨中响起一个声音，低沉冷漠，没有起伏。

众人齐齐低声回他：“是。”

船舱内，刚刚打完一场胜仗的海盗们正在开庆功宴，喝酒的喝酒，吃肉的吃肉，把“奇安号”上所有的储粮全都拿了出来尽情享用。

三道黑影持枪弓背前行，无声无息地潜入货轮内部。

与此同时，三名负责看守人质的海盗正在大客舱外闲聊吹牛。

领头的人见状，顿步，做了个手势，其余两人的动作戛然而止。几人眼神交流一瞬，点点头，猛地飞扑上去，手起刀落。

“咔嗒”一声，客舱门被人从外头拉开。

一众“奇安号”的船员本就处于绝望中，担惊受怕心惊胆战，突然一下响动，胆小的差点儿喊出来，抬眼后又硬生生把那嗓子尖叫给憋回去。

一屋子人看着突然出现在门口的三人，全都愣住了。

看那身行头打扮不像海盗。

那是？

恰是这几秒钟光景，三名高大男人的其中一个开了口，用安抚的口吻道："各位别害怕，我们是中国人民解放军，是来救你们的。请大家保持冷静，听从指挥，跟着我们撤离。"

一屋子人里大部分是中国人，一听这话，大家伙儿紧绷的神经骤然放松大半。虽还未脱险，但危难时刻，人人心中都有一束光，人人都无比坚信祖国的力量，坚信国家是他们的后盾，坚信中国军人在任何时刻都能护送他们安全回家。

没人磨蹭也没人质疑，二十一名人质纷纷起身，猫着腰轻手轻脚地有序离开客舱。

"人质已经找到。"身着迷彩服的战士压低嗓音对通信器说话，道，"我们预计一分钟后回到甲板，通知舰上接应。"

那头传来沙沙电流音，回复："收到。"

就在这时，一个非裔青年忽然冷不丁地开口，问身旁的詹妮弗，道："我们走了，那 Sue 怎么办？"

说话的是杰斯。他音量不大，但在一片死寂中显得格外突兀。此言一出，之前安抚大家情绪的战士脸色突变，瞪着他问道："你说什么？"

杰斯切换中文，回道："我有个朋友，叫 Sue，她还在这艘货轮上，只是没有和我们待在一块儿。"

"在货轮什么位置？"一个区别于之前两道紧绷嗓音的声音冷不丁响起，冷静低沉，不夹杂丝毫感情色彩。

杰斯一怔，下意识转过头，瞧见不远处立着一道高大人影。男人很高，目测个头接近一米九，身着中国海军作战服，肩很宽，身形高大而挺拔。他背对着光，轮廓利落分明，就是光线太暗，五官不甚清楚。

杰斯支吾着回忆一会儿，表情懊悔："我……我不知道。我知道当时有两个人把我朋友带走，具体关在哪里我……"

"好像是底下的货舱。"詹妮弗接话，认真回想道，"他们带走 Sue 的时候，我听见了货舱门关上的声音。应该不会错。"

客舱内再度陷入死寂。

年轻战士道："寂哥，我去救人！"

"你什么你。"另一名战士抢话，冲高个儿人影道，"哥，你俩先撤，这差事就交给我。"

对面回："都把嘴给我闭上。"

两个战士霎时噤声。

“除我以外，所有人护送‘奇安号’船员往军舰撤离，务必完成任务。”沈寂的语气平静而冷峻，“此命令即刻执行。”

邱浪跟何伟用力皱了皱眉，顿了顿，回：“是！”

沈寂转身走了。

现在，距离“奇安号”被索马里海盗劫持已过去八小时二十四分钟。货轮上仍有一名中国人质被困。

头顶灯光忽明忽暗，鬼眼似的。沈寂面无表情地回忆整艘货轮的构造图。

甲板，A区；客舱，B区；多功能活动室，C区；操作室，D区……

货舱在E区，整艘货船的底部，与客舱相隔两条长廊和一个餐厅。海盗聚集在餐厅，这条路显然行不通。

通风管道。

他转过拐角，身影没入一片黑暗。

砰！

温舒唯猛地睁开了眼睛。她浑身黏腻满头大汗，喘着气，呼吸半天平复不过来。她再次被惊醒。

周围仍是老样子，漆黑一片什么都看不清。

八个多小时没有进食，没有喝过一滴水，再加上巨大的恐惧和紧张感，她的身体机能已濒临崩溃的边缘。她感到前所未有的绝望，在之前的数个钟头内，她甚至无数次有过“死”的念头。

如果那两个禽兽再进来，那她……

砰砰！

两声闷响将温舒唯飞远的思绪拽了回来。她愣住，猛地抬眼看向未知的某处。黑暗中仿佛有什么怪兽在靠近，她的心脏像是被一只无形的手死死攥紧。

通风口的护栏被人狠狠一脚踹落，有人纵身一跃，轻盈落地，身手灵活利落。

是谁？

温舒唯吓得止不住地抖，屏息凝神，心都提到了嗓子眼儿。

周围光线太暗，能见度极低，他目光锐利如鹰，飞快在整个空间里搜索。一个模糊的身影映入眼帘——集装箱旁的地上躺了个人，四肢被缚，蜷缩成小小一团，看不清具体的模样。

沈寂上前几步，弯腰解人质身上的绳子。

黑暗中没人说话，谁也看不清谁的脸。周围一片死寂，只有两个人的呼吸声交错起伏，一个急促惊慌，一个冷静如常。

温舒唯心跳如雷，怕得手指都在发颤。她闻到一股若有似无的烟草味，混合着海水雨水气息——是这个男人身上的味道。

忽地，沈寂动作微顿。

解绳索时，他无意间摸到了对方的手腕。纤细柔软，触感细滑，上好羊脂玉似的。

被绑住的人身子一僵，嘴被封住不能说话，害怕又愤愤地呜咽了声。

女的？

沈寂微不可察地挑了下眉。

绳子一松，那姑娘霎时躲鬼似的跑开，娇小的身子踉跄几下，离他远远的。

充斥着海水腥咸味的空间里紧接着响起一个年轻姑娘的嗓音，腔调天生细柔，语气不善，用英语冲他呵斥："离我远一点！别过来！"

沈寂说："冷静。"

姑娘明显一顿，似乎很诧异从他口中说出来的是中文，随之难以置信地问："你是谁？你和那些海盗不是一伙的？"

周遭漆黑死寂，温舒唯听见一个男人的声音响起来，清冷低沉，每个字音都清晰有力："中国人民解放军蛟龙突击队，受命执行营救任务。"

对方话音落地，温舒唯因绝望而显得有些空洞的眼神这才开始重新聚焦。

她咽了咽口水。

中国蛟龙突击队，营救任务。

这人是来救她的？

温舒唯皱眉，轻轻咬唇，怀疑又惊恐地盯着不远处那道黑影，不知该不该相信。

五官容貌全看不清，但从那模糊的轮廓，能判断出这人十分高大，背脊挺拔笔直，即使不说话，周身也自带一股让人不容忽视的强大气场。

就在她迟疑彷徨的几秒光景，对方再次开口，调子依旧平常而冷静，声音意外地好听。很低沉，也很年轻。

他冷不丁地说：“爬过树没？”

温舒唯愣了下，没有反应过来：“什么？”

黑暗中，沈寂没有吭声。他一只手拎着步枪侧身半步，让出点儿位置，侧头看向那细胳膊细腿儿的纤细人影，动动下巴，示意那姑娘仰脖子往上瞧。

温舒唯茫然，一头雾水地顺着那人动作抬头一看。

是那个刚才被踹开的通风管道口。

温舒唯大概懂了。她深呼吸强迫自己的大脑重新运转，左右环顾一番后，支吾了下，道：“我身高不够，臂力也有限。你先上去吧，然后再拉我一把……”

她话还没说完，那黑影忽然大步朝她走过来。

温舒唯一怔。毕竟素未谋面，这人又身份未知，见他走近，她下意识的反应就是往后躲，想要逃离。可谁知这个念头刚冒出来，她还没付诸行动便让对方给制止——

“特殊时刻。见谅。”耳畔响起那个男人的声音，贴得很近，从容冷静，语调平淡，不掺杂丝毫邪念。随后两只有力的大手便不由分说握住了她的腰，轻轻松松就把她整个儿半托着给举了起来。

温舒唯猛然双脚离地悬空，身子一僵，心都提到了嗓子眼儿。

她之前经历过一次殊死反抗，轻薄衣物早有破损，雪白的一段儿腰上暴露在空气中。男人的手纯属无意，刚好放在那位置。

或许是常年拿枪的缘故，很粗糙，指腹掌心结着薄而硬的茧。

温舒唯浑身紧绷，被他触碰的皮肤像火烧一样。

鼻尖萦绕着一股气息。不同于整个货舱里的腐朽霉臭，不同于某些海产品的腥咸味，那是一种混杂了雨水、海水、皂荚粉和雄性荷尔蒙的味道……一点也不难闻。

非常时期的非常接触，不得已而为之。

脸颊温度不受控制地往上蹿，她咬唇甩甩头，定神，用力举起两只胳膊。

姑娘腰身细细一把，沈寂两手几乎握不满。他将她举高至她双臂可以够到通风口并方便发力的位置，而后语速微快地说：“先抓住管道口。”

温舒唯额头上全是汗，咬咬牙，十指收拢，一把扣住上方的管口边沿，用尽全身力气往上爬。

她努力了两次，爬不上。

温舒唯一下子急了。她已经快九个小时没有进食，四肢虚软无力，根本没办法负担起整副身体的重量。

怎么办？已经耽误好些时间，再这么下去，万一被那些海盗发现，那……

“我、我上不去。”由于慌乱和恐惧，黑暗中，她的声音听起来夹杂了一丝颤音和微不可察的哭腔，绝望无助极了，“我好像没办法上去。”

“慌什么。”沈寂很冷静，“抓稳。”说完不等温舒唯有所反应，他弯下腰，原本握住姑娘腰肢的两手往下一滑，环住她的腿部，用力往上一托，速度极快，力道也极大，瞬间便将她半个身子都送进了管道口。

温舒唯没空愣神，咬紧牙关憋着一股劲儿，终于爬上去。她大汗淋漓地喘着气，来不及休息便下意识地将脑袋和右手从管道口伸下去，说：“来！抓住我的手，我拉你！”

“躲边上。”底下的人说。

温舒唯顿了下，只好收回脑袋和手臂。

沈寂把步枪往背上一挎，举起胳膊，十根修长有力的手指扣住管道口，眯眼，试了试。裹在作战服里的臂肌猛然绷紧，他发力一撑，人轻而易举就上去了。

沈寂进入通风管道，侧过脑袋看那姑娘一眼。管道里的可见度和底下仓库没什么两样，视野里都是黑魆魆一片。

他看不清她的脸，只能根据她的轮廓和皮肤感应到的呼吸来判断两人之间的距离。

沈寂闻到了一股香味，像茉莉混合着草莓牛奶，甜甜的，温热的。

管道内空间逼仄而狭窄。

她近在咫尺。

短短几秒，窄小黑暗的管道内响起个声音，细柔微颤，分明害怕到骨子里，却强装镇定无畏。她小声且十分谨慎地问：“我们……我们现在怎么办？”

“往左是出口，先去甲板。”沈寂答。

温舒唯闻言点点头，不再说话，小心翼翼地转过身，轻手轻脚匍匐前进，尽量不发出任何声音。

沈寂就那么安安静静地跟在她后边儿。

前行一小段距离后，管道外忽然传来一阵嘈杂的人声和脚步声。有人怒吼，有人叫骂，说的都是索马里语。

海盗们发现人质不知去向，一个个双眼赤红咆哮嘶吼，活像发了疯的夜叉。

货船被撕开了风平浪静的面具，一刹那重回修罗场。

温舒唯听见外面的动静，动作一顿，提醒自己要冷静，身处险境，越慌越乱，但她全身仍无法控制地微微发抖。

沈寂察觉，说："待会儿无论发生任何事，跟紧我。"

温舒唯怔怔地回头望他，只望见一张模糊的人脸。

那个人道："我会竭尽全力确保你的安全。"

有时候，一个人的一句话，能杀死一个满心欢喜的人，也能拯救一个身处绝望的人。

温舒唯心尖微微一紧，无声地点了点头。半秒后，她鬼使神差地开口，说道："谢谢。"

话说完，没听见后面的人有什么反应。

她抿抿唇，似是迟疑，接着才轻声一字一顿地认真说："我相信你。"

甲板上有灯，通风管道的尽头已经能觑见一丝光。虽微弱不甚明亮，但让整个黑窟窿似的管道一衬，竟耀眼如旭日。

温舒唯蜷着身子趴在管道内，抬眸看见出口和亮光的刹那，她心下一喜，下意识地就想回头跟身后的人说。

"前面……"

刚出口两个字，背后伸过来一只大手猛捂住了她的嘴，封死她喉咙里的所有声音。

"别出声。"沈寂嗓音压得又低又哑，一手堵了姑娘的嘴，一手握枪，神色冷峻，整个人处于高度警戒状态。

甲板区域的通风管道是主管道，空间比之前的几条副管稍宽敞些，但依然狭窄。这个动作使两人不得不紧贴在一起。

温舒唯心跳如雷，屏息凝神不敢出声，也不敢动。

她小心翼翼地抬起眼帘，微光照入，刚好打亮男人的眼睛。他的眉眼从满目黑暗中突围出来——山根笔挺，剑眉的纹路清晰分明。眼睛长得非常特别，稍狭长，眼角下钩，眼尾轻扬。瞳色不似寻常人那样深黑，而是呈现出一种浅棕色。

一双本该风流多情的桃花眼，却偏偏被眸中的森寒杀意衬得冷漠而残忍。

温舒唯心忽地一沉。

她联想到了荒野上嗜血为生的野兽，白日蛰伏不出，夜里大开杀戒。

而且，这双眼……

竟似有几分熟悉?

温舒唯一时竟有些走神。

就在她晃神的刹那，沈寂低头微微贴近姑娘的耳边，沉声道："一会儿我让你做什么就做什么。记住了？"

男人微凉的呼吸扫过温舒唯的脸颊，夹杂着一丝清冽的烟草味。温舒唯来不及窘迫。她忽然意识到，自己即将面临的极有可能是一场生死恶战。

他们要面对的是船上数十名穷凶极恶的武装暴徒。

温舒唯用力咬唇，片刻，缓慢而坚定地点点头。

沈寂松开她，匍匐前进，无声无息地贴近出口。他架枪，瞄准，满面森冷寒霜，头也不回地撂下一句："躲我后边。"

温舒唯喉咙发紧，咽了口唾沫，点点头："好。"

雨越下越大。

亚丁湾海域，狂风暴雨黑浪滚滚，仿佛随时会有长着青面獠牙、三头六臂的怪兽破海而出。

除温舒唯外，"奇安号"上的其他船员均已在蛟龙突击队队员的护送下成功撤离。

回过神后的暴徒们怒不可遏，冲上甲板，迎风冒雨，端起枪对着黑漆漆的海面一通乱扫。

索马里海盗猖獗，这伙人是以"吉拉尼"为核心的海上武装强盗，规模在海盗兵团中不算最大，但成员个个都是亡命之徒，心狠手辣穷凶极恶，他们的势力在亚丁湾海域不容小觑。

这次劫持"奇安号"，吉拉尼集团早已策划多时。原以为成了笔大买卖，能好好敲诈勒索狠赚一笔，谁知……

一个浑身肌肉、满是刺青的索马里壮汉恶狠狠地啐了口。他抄着枪骂骂咧咧地上前几步，抹了把被雨水冲得睁不开的眼睛，骂道：“这么大的雨！下海就是死路一条！那些该死的杂种究竟跑哪儿去了！今晚是谁在放哨？”

“是博格和大胡子。”一个矮小得跟瘦猴子似的男人应声，回他，“没见着人，估计早让人宰了！”

“没用的家伙！”

一群暴徒围在甲板上你一言我一语地叫骂抱怨着，声响极大，清清楚楚传入通风管道内。温舒唯全身都被冷汗湿透，汗毛倒竖浑身发抖，只拿手用力捂住嘴，迫使自己不发出任何声音。

“其他人还好说，那个货舱里的娘儿们怎么逃出去的？”文身男咬牙切齿，“见了鬼了。”

话音刚落，一阵脚步声从身后船舱由远及近。

众人闻声回过头，瞧见来人的刹那，一个个便都规矩下来，喊了声“头儿”，神色三分恭敬七分畏惧。

被称作“头儿”的是一个戴着玛瑙耳环的中年人。他实际年龄不到四十，但常年的海上风霜使得他的面容看起来比实际年龄大上好几岁，眼角和额头布满褶皱，个头中等，在一堆人高马大的壮汉里并不醒目。他就是吉拉尼。

他的左眼位置盖了只黑色眼罩，右眼在夜色下呈现出一种诡异的琥珀色，目光阴鸷冷酷。

“舱门关死了，人还被五花大绑，能逃出去就说明有帮手。”吉拉尼开口，声音极其沙哑，难听得像是破旧走音的大提琴。

吉拉尼不知想到了什么，眯了眯右眼，看着大雨倾盆、狂风呼号的海面冷笑了声，慢条斯理道：“除了舱门，货舱应该还有个通风口。”

“可不！”一众海盗听完一愣，都一拍脑门，满脸恍然大悟的表情，“还有个通风管道！”

吉拉尼微转头，余光阴恻恻地瞥向了不远处的管道。

暴徒们回过神，你瞅我一眼我瞅你一眼，端起枪，放轻步子，缓慢地朝管道口靠近。

甲板上瞬间安静，只余雨声、风声和浪涛声。

文身男是吉拉尼集团的头马，自然打头阵走在最前边儿。他面容狰狞，站定后舔舔牙，低咒了句就把黑洞洞的枪口对准了管道口，狞笑道：“先给你来顿好的。”

温舒唯脸色霎时惨白一片，捂住嘴，绝望地闭上了眼睛。

然而就在文身男即将扣下扳机的眨眼间，一粒子弹穿云破雾，以迅雷不及掩耳之势射了出来，准确无误击中文身男的腰腹。

文身男始料未及，吃痛，“哎哟”一声跌倒在地。

暴徒们全都愣住了，来不及反应，又一个东西从管道内被投掷出来，骨碌碌滚到了之前的瘦猴脚边。

瘦猴定睛看了眼，惊呼：“手榴弹！”

众人登时吓得往四处扑逃。

通风管道内，温舒唯又惊又慌不敢轻举妄动，忽然被一股大力扯过去给死死护到身下。

她全身都在发抖，微抬头，只看到男人目光凌厉，满是嗜血杀意。

黑而亮，亮得逼人。

“轰”一声巨响炸碎海面。

温舒唯被震得头晕眼花双耳嗡嗡，男人已瞬间从管道口举枪扫射纵身而出，身手干净利落，速度极快，她甚至都来不及看清他的动作。

事发突然，海盗们阵脚大乱，沈寂落地瞬间已经解决三名敌人。

温舒唯咬紧牙关飞快爬到管道口往外瞧，外头枪林弹雨正在恶战，甲板上一片狼藉，海盗们尸体横陈，有的被手榴弹炸得血肉模糊，有的被步枪扫成筛子，血流成河，让雨水一冲，流进浪涛汹涌的大海。

那个人呢?

温舒唯又慌又乱害怕极了，目光扫视一圈，终于在一个集装箱后面看见了一道海蓝色的高大身影，身着中国海军迷彩作战服，全副武装，右胸口暗红一片，明显是血迹。

他中枪了?

温舒唯瞳孔收缩，抿唇咬咬牙，视线抬高。她借着甲板上的光线，这才第一次看见这个男人的真容。

他的肩很宽，背脊笔直挺拔如劲松。从她的角度看过去，侧颜轮廓线非常硬朗利落。短发漆黑，额头饱满，脸上沾着雨水和血污，但丝毫不影响五官的美感，眉与眼相融，再添一笔铁血狠戾，叫人胆战心惊。

夜色暴雨下，他持枪瞄准，眼神凌厉冷漠，狠戾入骨。

这张脸……

温舒唯难以置信，错愕地瞪大了眼睛。

忽地，集装箱那头扔出来一枚烟幕弹，顷刻间，通风管道口附近便升起大片白雾，烟雾袅绕，视野可见度瞬间降到最低。

与此同时，温舒唯听见一个声音用中文大喊："出来！我掩护你！"

电光石火间，她深吸一口气，咬紧牙关，猛地从管道口扑出去。

甲板上人声嘈杂，暴徒们用索马里语大骂着，毫无目标地朝烟雾位置开枪，流弹几乎擦着温舒唯的脸颊飞过去。

"砰"一声闷响，温舒唯摔落在地，瞬间被暴雨淋得湿透。

手腕手肘全都擦破了皮，她咬唇，忍住疼，手脚并用地准备从地上爬起来。就在这时，一只大手忽然抓住了她的腕子，没工夫等她磨蹭，直接拎小鸡仔似的一把将她拎起来扔到自个儿身后护好。

一管子弹打完。

沈寂垂眸，动作飞快地换弹夹，上膛，脸色冷漠得可怕。他头都没回，没什么情绪地说："我数到三。"

温舒唯没明白："什么？"

"一。"

"砰砰！"

又一个海盗中枪从船上跌落。沈寂作战服的右胸口已经完全被血浸湿，但他开枪数数，眉毛都没动一下，没感觉似的。

温舒唯抹了把脸上的雨，皱眉追问："你说的话是什么意思？"

"二。"

温舒唯整个人都要崩溃了："你能不能把话说清楚！"

"三。"最后一个字音落地，沈寂二话不说，直接把边上还一头雾水的姑娘拽过来，拖到栏杆处。

暴雨肆虐，冲刷着整片亚丁湾，海面狂风呼啸海浪滔天，"奇安号"在风浪中颠簸如一叶浮萍。

温舒唯睫毛颤了颤，意识到这个男人要做什么，吓得血液倒流，再也忍不住，在暴雨中冲沈寂扯着嗓子喊："会死的！我们会死在这里！不能……"

沈寂直勾勾地盯着她，说："信我。"

眼下的境况，跳海是唯一的生路，但这样凶险恶劣的天气，他又中了枪……

温舒唯脑子里一通天人交战，濒临崩溃，终于绝望地哭出来。

烟幕弹的浓烟开始消散，海盗朝这边步步紧逼。流弹四射，咆哮连天。

没时间了。

沈寂神色冷峻，不等温舒唯回话，一把扣住姑娘的腕子往怀里一扯，转身从甲板上一跃而下。

“哗啦”一声巨响，海面激起巨大浪花。

海水从四面八方涌入口鼻，温舒唯整个被卷入海浪，视线中瞬间只剩下一片混沌黑暗。

她只记得，在完全被海水吞噬之前，那人嗓音模糊遥远，在她耳畔说的最后一句话：“乖。别害怕，我带你回家。”

“奇安号”货轮的甲板上。

“头儿，那两个中国人跳海了！”有人惊呼。

吉拉尼站在暴雨中看着恶浪滚滚的海面，脸上很平静。忽然，天边一道闪电划过去，他琥珀色的独眼里映出森然白光，骇人恐怖。

中国人民解放军蛟龙突击队 SJ。

吉拉尼想起印在那个中国军人臂章上的、象征中国海军最强特种部队的标志。那个他这辈子也忘不了的龙形图腾。

蛟龙。又是蛟龙。

片刻后，吉拉尼抬手摸了摸黑色眼罩下的左眼，十指寸寸收拢紧握成拳，眼神骤然变得阴狠愤怒。

有个矮胖子扯着嗓子问：“头儿，人质都被救走了，这船上也没什么值钱的货，咱们现在怎么办？撤？”

听了这话，一个右手装了只尖锐铁钩的人一脚就朝他踹了过去，骂道：“人质没了，不撤，等着中国军舰来给我们喂枪子儿？蠢货！”

“这回可赔大发了！”

“折了这么多伙计，这帮中国人欺人太甚！”

一语落地，登时炸开了锅。一众死里逃生捡回一条命的海盗恼怒不已。

铁钩海盗越想越愤怒，看向吉拉尼，面目扭曲，咬牙切齿地说：“头儿，咱可不能就这么算了！”

其余人也纷纷附和，嚷嚷着要中国人付出代价。

吉拉尼闻言，侧目，视线冷冷扫过一帮手下。

海盗们瞬间闭嘴，不吱声了。

天边又是一道惊雷闪电。

“急什么？”

他嘴角扯出个诡异的弧度，轻笑了一声，半眯着眼，道：“中国人欠我们的，我早晚连本带利讨回来。”

中国不是有句成语吗——

血债血偿。

“温舒唯。”

温舒唯整个人半梦半醒神思混沌，分不清是现实还是梦境，只迷迷糊糊听见有个声音一直在喊她的名字。低而稳，沉沉的，一声接一声，硬逼着她在冰冷刺骨的深海中保留最后一丝意识。

谁?

叫魂呢?

温舒唯用力皱眉，想睁开眼睛看看是谁这么欠扁，眼皮却像有千斤重，只能放弃。强撑了数分钟后，她终于体力不支，在那人怀中完全失去意识……

好像，得救了?

再次醒来时，温舒唯脑子里第一时间冒出的就是这个念头。

她此刻身处一个明亮整洁的房间，身上已经换上了干净的衣物。屋子的墙面和天花板都是纯白色，灯泡也是最寻常的白炽灯，家具摆设也非常简单：两张军用铁书桌，一个分成四格的立式军用大铁柜和两张一米二的铁床。

温舒唯就躺在靠窗一侧的铁床上。距离她几步远的位置，是另一张床，铺着一样的军绿色床单，摆着一样的军绿色棉被，唯一不同的是，那张床的被子叠成了方方正正的豆腐块。床头的铁栏上印着很浅的“八一”图案。

看上去单调，整齐划一，透出森严的纪律性。

她睁着眼有点茫然，扭头，看向旁边的窗户。

天已经亮了。寒夜褪去，取而代之的是从东方升起的朝阳。一夜暴雨之后的海面风平浪静，仿佛昨夜的惊魂数小时只是一场梦。

温舒唯头还是晕的。她闭眼揉了揉额角，还来不及仔细回忆昨晚的事，“咔嗒”一声，门被人从外头推开。

温舒唯吓一跳，猛抬起头警惕地看向门口。

“可算是醒了。”

出乎温舒唯的意料，进屋的是一个身着海洋蓝迷彩作训服的中年男人，还有一个穿白大褂的年轻人。中年人的年纪在四十五岁左右，戴“中国人民解放军海军”字样臂章，领口两杠三星，方脸狮鼻，目光炯炯。

白大褂则二十六七岁，肤色白皙，面容清俊，鼻梁上还架着一副眼镜，神色和善，看上去平易近人，斯斯文文。

温舒唯注意到白大褂青年的军裤和军靴，略一琢磨，判断出自己此刻应该在一艘海军舰艇上，眼前的两个人，是军舰上的某位首长和军医。

温舒唯看见两人，动动身，掀开被子准备下床。

“躺着就行了，好好休息。”年轻军医走近两步，拿测温枪在温舒唯脑门儿上“嘀”了声，看了眼数据，“37.8℃。”然后拿笔记在册子上。

中年人皱了下眉，表情严肃地问年轻军医：“情况怎么样？”

“还在低烧，待会儿得把药给吃了。”年轻军医答道。

“严重吗？”

“不是什么大问题。”

两人你一言我一语地说着。温舒唯在边上有些无措，过了好几秒才试探着开口，询问的语气，道：“请问你们是……”

“我叫罗俊，是舰上的军医。”年轻军医语调温和，回道，“这位是刘建国舰长。”

温舒唯点点头，冲两人露出一个礼貌的微笑：“刘舰长，罗医生。”

罗俊又了解了下温舒唯的过敏史，随后摇摇头，半感叹半揶揄地说：“昨晚那狂风暴雨，居然能把你囫囵个儿从亚丁湾带回来，我打心眼儿里服。不过姑娘，咱沈队是什么牛鬼蛇神，阎王爷都不敢收的主，你真敢跟着他跳？”

话音落地，温舒唯眸光忽地一闪，抿抿唇，心却沉下去。

沈。

听见这个姓氏，她心底的猜测已证实大半。

那头，刘建国一听见某个名字就脑仁儿疼，皱眉顿了顿，这才转头看向病床上的温舒唯，道："一切都过去了。"随后露出一个笑容，安抚又郑重的语气，"温舒唯同志，请你放心，你和'奇安号'的其他船员都已经安全了，我们会护送你们平安回国。"

想起之前的事，温舒唯深吸一口气吐出来，心有余悸取代了内心因某些旧人旧事而兴起的波澜。她眼眶不禁有些泛红，诚挚道："谢谢。"

刘建国笑："应该的。"

温舒唯静默片刻，动了动唇想问什么，但话到嘴边，欲言又止。

刘建国看出几分端倪，关切地问："还有什么事？"

"之前救我的那位……"温舒唯稍迟疑，支吾着，有点不知道该怎么开口，"他怎么样了？"

"你说沈队？"罗俊随口接话，"好着呢。"

温舒唯有点奇怪，她明明记得跳海之前那人已经受伤，难道眼花看错了？

罗俊一副"家常便饭常规操作"的语气："就右胸中了一枪。"

罗俊又说："穿了防弹背心嘛，子弹缓冲之后入肉不深。"

你这做医生的心态还真是好啊。

温舒唯被呛了呛，静默好几秒才终于出声，下定极大决心般，道："麻烦带我去看一下他吧。"

舰艇上军官战士们的宿舍区和医务室没隔多远。温舒唯在罗俊的带领下往前走，一路上遇见了不少战士，有军官也有士兵，不分男女，都穿着中国海军统一的海洋蓝迷彩作训服。个个身形挺拔，器宇轩昂。

不多时，两人在一扇房门前站定。

"喏，到了，就这儿。"罗俊扭头朝温舒唯笑着说。

温舒唯点头，向这位热心的军医同志投去感激的目光，笑容诚恳："谢谢罗医生。"

温舒唯人长得漂亮，笑起来时更显娇俏。罗俊被这笑容弄得有点儿不好意思，干咳了声，抬手敲门。

"哐哐哐！"

温舒唯站在屋外，有点忐忑地瞧着紧闭的房门，鼓着腮帮子吹了口气，等里头的回音。

然而罗俊这头敲了半天，里头毫无反应。

温舒唯眼睛里浮起一丝狐疑。

罗俊也狐疑，拍门拍得更大声。

“哐哐哐！”

随后，一个声音隔着门板传出来了。嗓音挺好听，先是低咒了句脏话，夹杂着很浓的倦意和鼻音，又低又哑又不耐烦：“谁啊？”

罗俊有点尴尬地看向温舒唯，试图挽回面子，摸了摸鼻子，解释：“沈队之前执行任务，整整二十九个钟头没有合过眼，昨天又捞着你在海水里泡了那么久，还受了伤……应该在补觉。起床气，起床气。”并附带一个“唉，你懂的”的眼神。

温舒唯也摸了摸鼻子，点点头：“嗯，非常理解。”

然后罗俊清了清嗓子，扯着嗓门儿冲房里吼：“寂哥，之前被你救回来的那姑娘关心你的伤，专程来看看你！”

里头的人这回没出声。

一秒钟过去，两秒钟过去……在第七秒的时候，房门“唰”的一声被拉开。

温舒唯被这响动吓了一跳，下意识地抬起头，然后，愣了。

一个男人站在房门口，黑短发，凉拖鞋，身形修长高大，身上穿一件军用白背心，下身是一条全军统一的深蓝色作训短裤；胸肌紧实，左肩位置横着两道刀伤，不知多少个年头了，伤口早已结痂；双腿修长笔直，小腿肚鼓囊囊的，浑身肌肉线条紧而实，修而劲，不显突兀夸张，充满浓烈的雄性荷尔蒙气息。

温舒唯几乎是有点震惊地眨了眨眼，注意到有白色纱布从他胸口处缠绕过去，在侧面系了个结，便猜测此处包扎的应该就是他右胸的枪伤。

此时，这位暴躁大爷闭着眼，拧着眉，一手扶门把，一手慢吞吞地揉着后颈，扭了扭脖子，浑然一副刚被人吵醒不爽的样子。过了好几秒他才把手放下来，懒洋洋地掀开眼皮去瞧杵在自个儿跟前的姑娘。

眉目冷淡，漫不经心，正气凛然，又匪气冲天。

温舒唯一时无语。

万万没想到，暌违多年，她和沈寂历经生死大劫之后的第一次正式见面，这位大爷会是这么一副尊容。背心裤衩拖板鞋，糙得惊天地，泣鬼神。

空气都要凝固了。

边上的罗俊并没有察觉两人之间的怪异氛围，笑呵呵道：“来，我给你们介绍一下啊。这位是我们蛟龙特种突击队的队长，沈寂。这位是最后一名获救的‘奇安号’人质，温小姐。”

沈寂没看罗俊，也没出声，浅棕色的眼瞳直勾勾盯着这姑娘。片刻，他动动唇，声量不大，调子平平带着丝玩味：“温舒唯。”

像是自言自语，又像在唇齿间亲昵地碾磨这个名字。

姑娘一米六五左右的个子，不算矮，在他面前却显得格外娇小纤细。她很白，素面朝天，双颊透着一种莹润健康的浅粉色，鼻头小巧，眼眸乌黑，尖尖的下巴微翘成一个可爱的小兜兜，看着柔婉动人，娇媚楚楚。

温舒唯看着沈寂，没有说话。

罗俊一愣，一拍脑门儿，这才后知后觉：“敢情你俩认识啊。”

沈寂高大的身躯斜靠着门框，瞥了一眼罗俊，问他：“你还不去开会？”

“啊？”罗俊被沈大爷这话给问蒙了，挠挠头，脸上浮现出一丝迷茫，“开什么会？我咋不知道？”

沈寂瞅着罗俊，眼底蕴着冷淡。

半秒后。

“哦对，瞧我这记性！差点儿忘了！”罗俊顿悟，赶紧一拍大腿做出恍然大悟的懊悔表情，“多亏寂哥你提醒我，走了走了，你俩先聊着，我开会去了啊！”说完转身，大步走了。

军医小哥就这样迈着欢快愉悦的步伐，奔向了并不存在的会场。

走廊上只剩下温舒唯和沈寂两个人，安静极了，好一会儿都没人说话。

相对无言，着实尴尬。

几秒钟后，温舒唯清了清嗓子，悄悄呼了口气，终于打破沉默。她自认为非常镇定地说：“我来跟你说声谢谢和抱歉。”

沈寂盯着这姑娘，挑了挑眉。

“谢谢你救了我。”温舒唯说着，抬手指了指他的右胸位置，“……抱歉，害你受伤。”

她说完，沈寂没什么太大的反应。几秒后，他自顾自低头，从裤兜里掏出一盒烟，摸了根塞嘴里，然后右胳膊随便那么一扬，朝温舒唯扔过去个东西。

温舒唯下意识伸手去接。接住了，她定睛一看。

是个打火机。

绿色的，透明塑料材质。小卖部里一块钱一个，最普通的那种。

就在她丈二和尚摸不着头脑的时候，对面漫不经心地丢来一句话，拖腔带调道：“过来给我点根烟，我就接受你的道歉。”

您还真大度啊?

温舒唯不可控制地抽了抽嘴角，站在原地，手里还捏着刚接过的打火机，既没有动作，也没有回话，只是用难以置信的眼神瞪着对面的背心拖鞋糙大爷。

糙大爷咬着烟，靠着门，也不催促，就那么表情寡淡，居高临下地瞅她，浅棕色的眸子里情绪不明。

天高海阔，晨风轻柔。

走廊上，一高一矮两个人大眼瞪小眼地僵立。

就在这时，一阵脚步声夹杂着对话声由远及近。温舒唯下意识扭过头，见是两个身穿迷彩服的年轻军官，一个肤色黝黑，一个身形瘦高，应该是刚从办公区那边出来，准备回宿舍。

两人笑着说着话，一转眸，第一眼看见的便是沈寂——他们亲爱的、净身高直逼一米九、占据绝对海拔优势的沈大队长。

“寂哥！”两人嗓音洪亮，乐呵呵地打招呼。

沈寂看两人一眼，随口问：“休息呢？”

“我们回来取个东西，交后勤那边盖章。”两人答道。说完正要回自个儿屋，一侧身一低头，这才终于瞧见和他们完全不在一个海拔线上的温舒唯。

两个年轻军官明显一愣。

舰艇上男人占九成，糙汉子成堆，他们见着小姑娘的机会少之又少，更别说这么漂亮水灵的了，便都忍不住多看了温舒唯两眼。

姑娘二十几岁的年纪，穿一条衬衣连衣裙，长头发，大眼睛，手腕纤细，双颊粉润，肤色白生生的，让他们寂哥的高大体格一衬，显得格外娇小可爱，就跟个娃娃似的。

肤色黝黑的那位没忍住好奇，出声问：“寂哥，这姑娘是……”

沈寂语气懒洋洋的：“‘奇安号’上的。”

“哦。”

温舒唯见自己“隐身”失败，只好也客客气气地笑笑，说：“你们好。”

“你好。”两人也冲她友好地点头。之后黝黑军官动了动唇，似乎还想跟沈寂说什么，可话没出口便让瘦高个儿给制止。

“你干吗，我……”

“话这么多，又不是啥要紧事，饭点儿的时候食堂再说。没见寂哥忙着呢吗，没眼色！”瘦高个儿压低声，半推半搡地把黝黑军官给弄进了宿舍。

“砰”的一声，房门关上。

走廊上再次一片安静。

又过了两秒钟，温舒唯抿唇，捏打火机的纤细手指微紧，内心开始动摇——其实吧，点根烟，这要求似乎也算不上过分？

更何况，对方昨晚还冒着生命危险救了自己。

温舒唯给自己做了会儿心理建设，把眼一闭，把心一横，紧接着就捏着打火机冷不丁往前迈出一大步，到了沈寂眼皮底下。

两人的距离猝不及防缩短。

沈寂闻到了一股若有似无的香味，清新微甜。他微垂头，不动声色，从上往下瞧着她。

晨光从侧边打过来，将她整张脸笼罩进一片浅金色的光影中，轮廓朦胧柔和，晶亮乌黑的眸仰视着他，一脸英勇就义豁出去的表情，看着滑稽好笑，有那么点儿孩子气，又有那么点儿勾人的况味。

这边，温舒唯深吸一口气吐出来，下定极大决心似的，噌地摁燃打火机。

姑娘颤颤巍巍的纤白右手，和一簇同样颤颤巍巍的小火苗，一并举到了沈寂唇畔。

沈寂不动，咬着的烟在空中晃了道半弧，盯着她，眼神不明，浅淡瞳色竟比往日要深几分，灿若星海，不可见底。

温舒唯抿了抿唇，心跳有一瞬的失序，定了下神，很快又恢复如常。

不知过了多久。

沈寂盯着她，一侧头，吹灭了火，又猛然弯腰朝她贴近。

强烈陌生的男性气息袭来，温舒唯睫毛颤动，心一慌，第一时间便无意识地往后退离半步。

沈寂挑眉，把她的慌乱失措和退避逃离一丝不落地收入眼底，勾勾嘴角，自嘲似的嗤了声。然后他伸手从温舒唯手里拿回打火机，懒洋洋地直起身子。

“突然想起来，”他眉目敛着，漫不经心地说，“罗俊让我戒烟半个月。”

所以，刚才让她点烟纯粹是心血来潮逗她玩?

突然想起来个屁啊。

温舒唯默然。

不等她这边有什么回应，沈寂已扭过头自顾自踏着步子进屋了，没什么情绪地给她撂下句：“没其他事儿就回吧。”

温舒唯抬眸看向那人的背影再次开口，郑重道：“沈寂，谢谢你。”

沈寂闻言，脚下步子微顿了下。他慢吞吞地说：“职责所在，温小姐不必在意。”头都没回，冷淡平静。

惊魂一梦。从“奇安号”被海盗劫持，到蛟龙突击队紧急受命营救，再到所有人质成功撤离、登舰，一切都只发生在短短一天的时间内。

这天吃完午饭，温舒唯见到了杰斯和詹妮弗等人。

刚经历一场生死浩劫，脱险后的众人都心有余悸惊魂未定。叫杰斯的非裔大男孩满眼的血丝，难掩自己激动的情绪。他坐在椅子上，有些哽咽地用英语对温舒唯说：“Sue，我的朋友，能见到你真的太好了！太好了！”

“上帝保佑。”詹妮弗也红着眼眶过来抱了抱温舒唯，哭着说，“我以为我们都会死，那些海盗实在太可怕了……他们简直是从地狱来的魔鬼，凶神恶煞的……Sue，我真的以为我们都会死在那儿……”

温舒唯回抱詹妮弗，安抚地拍拍这个姑娘的肩：“都过去了。别害怕，都过去了。”

“多亏中国军队！”杰斯抹了把脸，“如果没有他们，我们现在肯定已经是几十具冰冷的尸体……感谢上帝，感谢中国海军。”

几个死里逃生的年轻人聊着天，互相安慰互相鼓励，平复着情绪。

这时温舒唯猛地想起什么，皱起眉说：“糟了。”

詹妮弗狐疑：“怎么了？”

“我的行李……我的所有东西都还在‘奇安号’上。”温舒唯的电脑里存着她的所有稿件和工作资料，相机里也都是vlog素材，如果遗失，对她来说将是非常巨大的损失。

“别担心。”杰斯说，“刘舰长已经派海军战士去‘奇安号’附近侦查了。如果海盗已经离开，他们会直接把我们的所有行李都带回来；如果那些海盗还在，他们会对那些海盗进行抓捕。”

当地时间下午四点左右，战士们从“奇安号”上把所有船员的行李都搬回了舰艇。

经历过几番激烈的枪战和打斗，大家伙儿的行李或多或少都有丢失或损坏。温舒唯算是幸运的，除了一个装衣物的旅行袋不翼而飞外，电脑和相机都完好无损，里面的文件也一个没丢。

一大堆箱子袋子被堆在了舰艇甲板上，供“奇安号”众人认领。

温舒唯在人堆里跑来跑去东张西望，找到自己的电脑和相机后终于长舒一口气，正要抬头跟身旁的外国友人说什么，忽然余光一瞥，瞧见了道人影。

海鸟飞过，浪声依稀，即将西沉的太阳将整片海域染成了一种和煦的橙。

温舒唯在夕阳海风里抬头望，一眼竟没把那人认出来。

或许该换个更准确的说法——她这回没敢认。

沈寂那厮着实长得太招摇了。

他斜靠着军舰的栏杆，身着海洋蓝迷彩作战服，领上两杠一星，军装笔挺，不怒自威，眼神冷峻淡漠，听身旁战士说着什么。

这模样，和几个钟头前穿背心趿凉拖的糙爷们儿八竿子打不着。

温舒唯不由得眯了眯眼。

她抱着自己的电脑和相机观望了会儿，不由得心生感叹：能镇得住堂堂沈大佬那身凌厉邪痞劲儿的，估计也只有这身军装了。

谁能想到，当年所有人眼中乖戾跋扈、无恶不作的暴戾少年，在漫长岁月的洗礼中，长成了一名光荣伟大的中国人民解放军。

啧。

世事真是无常。

温舒唯从没想过会再见到沈寂。

还是以这种主旋律电影情节式的相遇方式。简直了。

看着不远处穿一身挺拔军装的高个儿男人，温舒唯眼神闪烁了一下，不知想起什么，竟呆呆的，有些出神。

忽地，一道清亮悦耳的女声从背后响起，夸赞道："你穿这裙子可真好看！"

温舒唯闻声，飞远的思绪连同三魂七魄一道归位，回过头，瞧见一位身形挺拔的年轻姑娘。姑娘的年纪看起来和她差不多，戴着军帽，和军舰上的其他军人一样穿着中国海军男女统一的迷彩作战服，素面朝天，肤色微深，但笑容阳光，英姿飒爽，有种淳朴又自然的美。

温舒唯愣了下，有点茫然，但还是很礼貌地冲军装姑娘笑了笑："谢谢。请问你是……"

"我叫程英。"姑娘介绍自己，"你刚被沈队带回来的时候全身都湿透了，我俩身高体型差不多，沈队就专程找我借了干净衣物让我帮你换上。"

"原来是这样。"温舒唯明白过来，连连道谢，"真是太麻烦你了。多谢。"

程英爽朗摆手："谢什么。这裙子我不常穿，你不嫌弃就好。"

两人寒暄几句，随后便听见有人喊："小程！科长叫你！"

"哎，来了！"程英拔高音量应了声，转过头来冲温舒唯笑，说，"那我先忙去了，有什么需要帮忙的就到106宿舍来找我啊，甭客气。"

温舒唯笑着点头，"嗯"一声，朝程英挥挥手，目送她离去。

天色逐渐暗下来。

获救的"奇安号"船员们大多都领到了自己的行李，很快散去。温舒唯陪着詹妮弗找到她的黑色行李箱后准备一道离去，转身刹那，她无意识地回头往某个方向望了眼。

詹妮弗见状也跟着探首瞧，用英语问："怎么了？在看什么？"

温舒唯没答话。

一个高高的人影侧对着她们，正在和几个同样着作战服的青年说事情，侧颜轮廓英俊又冷峻。

詹妮弗拍拍脑门儿："这位军官我非常有印象。就是他折返回去救的你！"说着顿了下，忍不住小声嘀咕，"长得真好看，就是好像不太好相处。"

温舒唯把嘴一撇，老太太似的“啧啧”两声，自言自语：“何止是‘不好相处’。”

詹妮弗没听清楚：“你说什么？”

“没。”温舒唯笑，收回目光，“走，放了东西吃饭去。”

当天晚上，军舰驶离了亚丁湾，平平稳稳向我国亚城军港驶去。奇安集团的采购计划因特殊情况不得不终止，温舒唯和其他船员们一道待在了舰艇上，由中国海军护送回国。

晚饭后，詹妮弗和杰斯几人要开一个奇安集团内部的紧急会议，温舒唯这个集团外部人员乐得清闲，索性翻出剩下的几包冷吃兔，打开了电脑。

她移动鼠标，随手点进图库。温舒唯有随手截图的习惯，有时工作忙来不及刷评论，就会把B站弹幕区和评论区全屏截下来存进电脑，闲暇的时候看。

首先映入眼帘的就是几个大字：整容把脸整僵了吧。

温舒唯大口吃东西，滚动鼠标往下滑。

一朵小白花：转场这么单薄还好意思认证自己是旅游UP主啊？也是呵呵。

琪琪要努力呀：这转场还叫单薄？难道要给你换个东海龙宫出来？

大白兔的小梦想：唯唯加油！很喜欢你的视频！

唯一豆奶：做自己喜欢的事，风言风语不理就好。

用户2365478：啧啧，成天发些尴尬游记和美化到妈都不认识的自拍，让一群脑残粉惯得真以为自己是网红。

翘尾巴狼：红字嘴巴这么毒，生活是有多苦？举报了。

温舒唯脸色如常，换了个坐姿，边看评论边吃兔子，看得认认真真，吃得津津有味。

看完最后一张存图，最后一块冷吃兔也下肚。她满足地拿纸巾擦了擦嘴，扭头一瞧，见今晚海上倒是极难得的好天气，一轮圆月挂在头顶，海面上也缀入月光，叫人生出爱丽丝误入仙境的错觉。

温舒唯观望了会儿，抱起电脑出门。

舰艇上的空间很大，虽都是军事管理区不可随便走动，但办公区与生活区是完全分隔开的。温舒唯哼着歌慢吞吞往外走，准备找个好地方拖把椅子坐下来，边欣赏海上月色边写稿子。

经过某处时，却忽闻一阵人声。

她抬起头，循声望过去，只见数米外是男子澡堂，几个年轻男人似乎刚洗完澡，正聚在一起晾晒刚洗好的衣物。

战士们身着全军统一男女同款的作训服，暗绿T恤深蓝短裤，唯独一人与众不同——那位仁兄穿的是他登场后已经第二次出镜的军用白背心，胸口缠纱布，臂肌紧实饱满，双腿修长有力，在人群里招摇打眼得很。

不是沈大爷是谁。

温舒唯鬼使神差就停下来了。她抱着电脑没再往前走，只是站在原地，若有所思地看着不远处。

看来这位兄弟对白背心情有独钟啊。

不过，胸口有伤还洗澡?

温舒唯脑子里莫名飘出来几个烫金大字：死猪不怕开水烫。

一群汉子说说笑笑。

沈寂察觉到什么，余光往某个方向淡淡瞥了眼又收回，懒洋洋地听小杜、何伟几个胡侃鬼吹，偶尔勾起嘴角笑一下，整个人懒散寡淡，又透着股让人难以靠近的冷漠性感和匪气。

温舒唯那头观察一阵，发现这男人和高中时候比，貌似也没怎么变。

那骨相，那眉眼，往人堆里一扔，扎眼。

或许唯一的变化，便是十年军旅生涯的沉淀，让他的目光少了几分桀骜，多了几分沉稳，像是一口有太多故事的古井。

就在温舒唯走神的当口，小杜、何伟几个战士已经晾完衣服，回自个儿宿舍了。

温舒唯注意到其他人都走了，这才回神，干咳两声挠了挠脑袋，也准备撤退。谁知她转过身子，连脑袋都还没跟上身子旋转，低沉的嗓音冷不丁响起来：

“怎么，看上瘾了？”

温舒唯正在往回转的身子突然卡住。

长这么帅不让看?

周围安静了三秒钟。

都是认识的人，掉头就走好像有点儿太不礼貌。没辙了，温舒唯默了默，只好在心里比画“阿门”，走过去跟沈寂打招呼。

她挤出尴尬又不失礼貌的微笑：“挺巧啊沈队。”

沈寂扭头侧目，视线穿透夜色和海风，直勾勾地落在温舒唯身上。他的视线在温舒唯身上打量了几圈儿后才收回来，单手拿起脸盆，没什么情绪地说：“姑娘家家，大晚上别到处瞎晃。”

温舒唯随口回过去，嘀咕般：“这里又没有坏人。”

话音刚落，沈寂身形微微顿了下，忽而转身朝她走过来，又在距离她半步远的位置站定，瞧着她。

温舒唯不知道这人要干什么，只好仰着脖子，有些警惕又有些茫然地同他对望。

头顶天空忽然有飞鸟掠过，翅膀扑打的声响与海风海浪声交织在一起。

忽地，沈寂弯腰俯身朝她贴近过来。温舒唯感觉到有一股微凉的呼吸从她耳垂扫过去，带着清冽又撩人的烟草味。

与此同时，海风的味道，男人身上清爽阳刚的皂荚味，一股脑地蹿进她鼻子。

“坏人是没有，但是——”沈寂嗓音低沉而平静，说着顿住，目光意有所指往下一滑，扫过姑娘及膝睡裤下露出的两条腿，懒懒一挑眉，调子慢条斯理地拖长，“有男人。”

沈寂是个挺矛盾的人。说矛盾，倒不是指其他，完全是他给人的印象和感觉。

他面无表情时冷漠沉郁不近人情，军装往身上一套，是牛鬼蛇神避之不及的浩然正气；奈何此人的骨相着实特别，风流冷硬又极具攻击性，脱了军服，整个人便犹如解开了某种封印符咒，桀骜不驯，张扬乖戾。

譬如此时。

他凑近了跟她说话，音量低低的，调子漫不经心，左边嘴角往上牵起一道很轻微的弧，似笑非笑。

看着着实不像好人。

温舒唯站在原地都忘了躲，有点呆呆地瞪着沈寂嘴角那道微弧。

他跟人说话时，嘴角会习惯性地往上勾，像是挑衅，又像是嘲讽。这是沈寂一直以来的习惯。

这个念头蹦出来的瞬间，温舒唯略感惊讶。她在今天之前从不知道，时隔十年，自己脑子里为数不多的那些关于“沈寂”这个名字的记忆，竟如此清晰。

走神当口，他已经直起身子准备离开。

海风带着丝丝寒气吹过来，温舒唯缩了缩脖子。下一瞬自己都不知道怎的，冲着那道高高的背影突然问了句：“你们单位在哪儿呀？”

沈寂步子再次顿住。

这是他今天晚上第二回半道被叫停。

背对后头的姑娘，夜色下，沈寂还是那副散漫冷淡的表情。他单手端着脸盆站了一秒，而后伴随着一声“哐”，把盆子随便撂在了旁边的一个架子上。

温舒唯看见脸盆里的洗发水瓶子倒在了香皂盒上，又看见沈寂从裤兜里摸出烟盒，低下头，拿手圈住火点烟。

沈寂从烟雾里瞧温舒唯一眼，动动下巴：“想聊会儿？”

这话轻描淡写，听不出什么情绪。温舒唯顿了下，觉得自己刚才的问题有点唐突，便又干巴巴地笑笑：“我就随口问问，你不方便说也没关系。”

沈寂盯着温舒唯，一时没出声。

这姑娘穿着分体式的睡衣睡裤，外面披了件薄薄的米色外套，一阵风吹来，不知是冷还是别的什么原因，她两只手无意识地交叠对搓了下。

片刻，沈寂抽了口烟，冲她勾手，随口说：“过来。”

温舒唯不解，很茫然地“啊”了声。

“过来。”沈寂重复一遍，仍旧不夹杂任何情绪。

温舒唯只好抱着电脑过去，走近几步站定。

沈寂明显对她现在站的位置还是不满意，夹烟的那只手点了点自个儿右边的某处，说：“站这儿。”

温舒唯一头雾水地照做了。她站到他右侧之后微微一愣，这才后知后觉反应过来。风从北方来，她刚才站的地方是风口，周围没什么遮挡物，站过来之后，风便被沈寂的高大体格给挡完了。

这一发现令温舒唯有些感慨。

没想到过了这么多年，沈大佬不仅实现了从“问题不良俏少年”到“铁骨铮铮帅军官”的华丽蜕变，还变得乐于助人，实在让人感动。

“南城。”沈寂淡声答道。

“哦……”温舒唯回神，点点头。她答完这句之后忽然不知道该接什么话，只好又说，“我之前听你们学校的人说，你高中毕业之后提前批次被海工大录取了？”

“嗯。”

“哇，好厉害！”

“过奖。”

“在部队这么多年，一定很辛苦吧？”

“还行。”

“我大学读的新闻专业，现在是记者。”

“我知道。”

一问一答，委实尴尬。

温舒唯觉得自己一定是吃错了药才会突发奇想来找这位大佬闲聊——她平时明明挺活泼健谈，此时却彻底败在了“沈·聊天终结者·寂”手下。

两人没扯上几句，温舒唯就彻底不知道能继续说什么了。又和沈寂东拉西扯了会儿后，她选择了以万能结束语来终结这段死亡尬聊。

“时间不早了，你早点回去休息吧。”温舒唯干巴巴地笑了笑，客气地说，“等什么时候你回云城了，我请你吃饭。”

沈寂垂着眸，掐了烟，轻描淡写地说：“我下个月休假。”

就在她还没来得及消化大佬这番金口玉言是想传达出什么深奥含义的时候，沈大爷又来了句：“181××××××××。”

温舒唯不解。

沈寂侧目，视线落在她白皙的面容上，懒洋洋地挑了挑眉：“不是要请我吃饭吗？我的电话号码，记着。”

温舒唯足足静默了两秒钟才点头：“好的，记下了。再见，晚安。”然后就抱着电脑，默默转身走了。

沈寂目送姑娘的纤细背影离去。

她抱着电脑走在夜幕里，一头黑色长发被海风吹得轻轻翻飞。忽然，姑娘脚下被什么给绊了下，纤细身板儿一阵摇晃，慌慌张张地扶住墙，站稳了。

似乎怕自己的窘态被看见，她又转动脑袋左右张望了一番，见四下无人，似乎放下心，暗搓搓地拍了拍胸口。最后拐过一个弯儿，消失于他的视野中。

傻里傻气，和以前一样笨。

沈寂自嘲似的嗤了声，咬着烟蒂吸完最后一口，掐了烟，扭扭脖子，端起脸盆，把洗脸帕往肩膀上一甩，没什么表情地回身走了。

沈寂毕业于海工大，正规军校出身，现服役于中国海军特种大队蛟龙突击队，和海军舰队属于同一军种下的两大单位，并不是军舰上的常驻人员，这回只是临危受命执行“奇安号”营救任务才暂居军舰，属出差性质，因此舰艇上并没有沈寂的常住宿舍。

后勤部给蛟龙突击队的数名队员安排了几间宿舍，两人一间，沈寂跟何伟住。

宿舍区没外人，一群小伙子性格大大咧咧，关系又好，晚上睡觉几乎没人锁门。沈寂推开门，随手把脸盆放旁边的脸盆架上，回身便瞧见何伟一脸笑意地躺床上，一手拿素描本，一手拿铅笔，正勾勒一幅女孩儿人像。

沈寂拿毛巾擦了把脸，走回桌边倒水喝。

“哟，寂哥回来啦。”何伟瞧见沈寂，当即撂下笔，八卦兮兮地贴上去，“情况如何？”

沈寂瞥他一眼。

“都是自家兄弟。”何伟伸手拍了沈寂一下，压低嗓子，“有情况了可不能藏着掖着啊！说说，那小姑娘是谁？难不成……是老相好啊？”

沈寂一脚踹在这小子屁股上：“闲得发慌。”

何伟“哎哟”一声捂着臀蹦起来，疼得龇牙咧嘴：“干吗啊哥，我说什么了你就踹我……”不满地低声嘀咕，“实在不想说就不说嘛……你不说我们也看得出来，你和那姓温的姑娘绝对认识，而且肯定不是寻常关系。”

沈寂眉峰一挑，皮笑肉不笑。

这回何伟躲得快，嗖地钻回被窝捂严实了。

屋子里安静数秒钟。

“就一老同学。”

被子里的何伟隐约听见这么一句。

何伟愣了下，掀开被子坐起来，狐疑地说："普通同学？不能吧？"就你看人家姑娘的眼神，鬼才信你是普通同学。

沈寂坐在椅子上，两条大长腿以一种非常放松随意的姿势交叉放着，摸出烟盒。一看，没烟了，他半支起身从桌面上拿了另一盒玉溪，边往嘴里塞烟边含混不清地回了句："屁话多。"

何伟"嘁"了一声，见他不想提，也就不问了。

点燃烟后，沈寂往床上一躺，胳膊垫脖子底下，面无表情地往天花板吐了口烟圈。

何伟扭头看他，冷不丁又道："之前，见到吉拉尼了？"

沈寂脸色冷淡，眉毛都没动一下，"嗯"了一声。

"真有你老沈的。"何伟摇摇头，"五年前你废了那厮一只眼睛，当时邱浪跟我说你折回去救人的时候，我可真替你捏把汗，吉拉尼可做梦都想杀了你。"

沈寂没什么反应。

"五年了啊。"何伟说着，眼底的戏谑笑意已不见了踪影，感叹似的，"有时候一晃神，觉得当兵的这些年跟做梦一样。太快了。"

沈寂静默好一会儿，看他："什么时候走？"

"9 月。"何伟笑着，却忽地红了眼眶。他十八岁当兵，已经调完了四期士官，女朋友贤惠懂事，把他爹娘当自个儿亲爸妈照顾，他实在舍不得再让姑娘等下去。

这个即将退伍的战士咧嘴，露出满口白牙："女朋友等我回去结婚。"

沈寂笑道："记得给我喜糖。"

"必须的。"何伟沉声，"寂哥，这么多年，谢谢你。"

沈寂给何伟丢了一根烟。

屋内静默好一阵。

"不过，寂哥，你那老同学长得真好看。"何伟用烟搔搔耳朵，换个轻松些的话题，冲沈寂兴冲冲地笑，"她是不是单身啊？我有个兄弟，个高人帅，是搞证券的，也在云城工作，不如你帮着给介绍一下？没准儿以后……"

话说着，沈寂陡然出声，打断道："老何。"

何伟："咋了？"

沈寂撩起眼皮看过来。

目光相触，何伟竟忽地一愣，看见沈寂眸色瞬间冷下三分，像被人跨过楚河汉界侵犯进他的领地，那目光难以形容，陌生得像是另一个人。

“别啊，寂哥，我就开个玩笑闹着玩。”何伟连忙摆手，“您甭拿这眼神瞅我。”

沈寂垂眸往烟灰缸里抖烟灰，一扯唇，笑意丝毫不达眼底，慢条斯理地说：“别拿温舒唯这姑娘开玩笑。我听不惯。”

温舒唯回到住处时已是深夜。

温舒唯还发着轻微的低烧，不严重，不用再挂点滴，因此她从罗俊那儿领了些药之后便从医务室搬出，住进了舰艇后勤部专门给撤离同志腾出来的军官宿舍。

军官宿舍统一是两人间。温舒唯的舍友是“奇安号”上的一名员工，一个刚毕业没几年的中国小姑娘。

屋里黑漆漆一片，灯没开，舍友的床铺整整齐齐，明显人还没回来。

温舒唯反手关上门，脱了外套，把电脑塞进电脑包，然后坐上床，半躺着看着天花板，发呆。

军舰上不能使用手机。从“奇安号”被劫持到现在，她没有跟外界有过任何联系。她猜测国内或许已有媒体报道了“货轮遇袭，在中国海军的营救下平安脱险”这个重磅新闻，又或许，这个消息呈完全封锁状态。

其实封锁了消息更好。这样，一众船员的亲人朋友便不用担惊受怕坐立难安。

温舒唯脑子里乱七八糟地思索着，忽而抬手，轻轻盖住了额头。

她想家了。

准确地说，是她想姥姥了。

温舒唯的家庭关系并不和睦。她的父母在她六岁时因感情破裂离异，而后，昔日的恩爱夫妻为争夺孩子的抚养权闹上了法庭。温父温母一个是科级公务员，一个是国企小领导，经济实力和社会影响力都相当，最终，法院根据温舒唯的意愿，把她判给了温母。

小朋友总是更亲近母亲。

小时候，小舒唯很黏温母，那时候，妈妈的奖励和夸赞就是她认真学习、用功读书的最大动力。变故发生在温舒唯十岁那年—— 温母和一个同为离异的中年男人结了婚，重组了家庭，并很快有了属于他们自己的孩子。

弟弟出生后，温母又要工作又要照顾两个孩子，忙不过来，便将小舒唯送到了她姥姥家。

温舒唯是跟着姥姥姥爷长大的。

至于“妈妈”这个词，温舒唯觉得生疏。她有时甚至觉得，妈妈、继父和弟弟，他们才是一家人。

而她像是多余的。

温舒唯闭眼躺床上，思绪乱飞，细白食指钩着钥匙环一转一转地甩圈，左三圈，右三圈，转着转着想着想着，困意袭来，便迷迷糊糊地睡了过去。

梦中她又回到了姥姥姥爷住的那个老院子。她又看见了盛夏的阳光，伸出许多枝丫的梧桐树，斑驳细碎的光影，和站在老院砖红色矮墙下，满身戾气的桀骜少年。

温舒唯很早就认识沈寂。

至于具体“早”到几时，她十分严谨地觉得，尚存在一些争议。

温舒唯刚初升高、就读云城一中没几个月，便听说隔壁学校出了个“狠人”。传说那狠人是隔壁十七中的校霸，生得三头六臂，长得青面獠牙，性格冷漠自私阴狠残忍，打架斗殴，无恶不作，是出了名的问题学生。

一中是云城数一数二的重点中学，师资力量雄厚，校风优良，本校学生个个勤奋自律，以考上好大学为己任，学校里连只校狗校猫都没有，更甭说什么“校霸”了。大家听都没听过还有这么个称号。

在此背景下，隔壁那位“狠人校霸”的故事便越传越多，也越传越离谱。

温舒唯就这么被“狠人校霸”的传奇故事熏陶了整整两年半。而她真正撕破传说的面纱，见到那位“狠人校霸”本尊，是在高三下学期的某一日。

那天她下了晚自习离开学校，正沿着一条小街往公交车站走，忽然瞧见不远处的一家锅盔店门口围了一群人。十几二十个，染发的染发，抽烟的抽烟，有的穿职高校服，有的穿虎头紧身衣，吊儿郎当站没站相，一个个就差往身上挂个“我是混混”的红字招牌。

那家锅盔味道不错，温舒唯经常光顾。因此她有点沮丧—— 原本还打算趁着路过，买两个回去当明天的早饭。

少年时代的是非善恶太过分明，好学生与问题学生之间隔着一条银河似的鸿沟，存在于人的精神世界，永远无法跨越。

温姥姥和温姥爷都是知识分子，温舒唯从小到大接受的教育，便是好好学习，天天向上，绝不可和“不三不四的人”来往。她自然对混混集会不感兴趣。

那时温舒唯摇头感叹了下这帮小伙子“审美堪忧”，也不买锅盔了，准备离去。

可就在扭头的当口，她眼神一扫，瞟见了“万花丛中一点白”。

锅盔店的路边摊上坐了个男生，正低着头，拿筷子就锅盔吃稀饭。和那些打扮得花里胡哨、奇形怪状的混混不同，他身上的校服规规矩矩，也干干净净，垂着头，短发利落干脆，露出一截修长漂亮的后颈线条，皮肤也白白的。

温舒唯看见男生校服背后的印字是“云城市第十七中学”。

敢情是隔壁“邻居”。

她当时想，嗯，光看这后脑勺、手指、大长腿，这邻居的脸就不会差到哪里去。

后来等这人真的抬起头，温舒唯满脑子就只剩下“什么”二字了。

温舒唯起初以为邻居和那些非主流是一伙的，围观一阵才发现，邻居是与非主流大队对立的另一阵营。并且，邻居阵营只有他一个。

就在温舒唯心头打鼓，替她邻居捏一把汗的时候，大战已经开始。

“孤儿”邻居赢了。

面对这样出人意料的结局，温舒唯瞠目结舌之余，忍不住在心里啪啪鼓了鼓掌。

非主流军团出师未捷，很快就尿不拉几地作鸟兽散。锅盔店又恢复了往日的平静，只剩路边摊的小桌子前还坐着刚刚大战群雄的大哥——他还剩半个锅盔半碗稀饭没吃完，正安安静静接着吃。

不浪费粮食……这个问题少年还挺有公德心。

温舒唯胡乱思索着，走过去买锅盔。

付钱时却遇到了困难，温舒唯手上只有一张大钞，老板也没有能找开的零钱。

就在她准备认命地放弃两个锅盔时，一只干净修长的大手从后边伸了过来，手指间还夹着一张十块钱的纸币——

“加她的一起。”背后响起一道声音，调子漫不经心，低低的，慵懒而冷淡，却很好听。

温舒唯起先没反应过来，愣了半秒后大为惊讶，唰地回过头，有点震惊地看向隔壁学校的邻居，眼瞪得大大的。

邻居个子非常高，垂着眼皮，脸上没什么表情。

“你……”温舒唯舌头有点打结，顿了顿，组织了一下语言，不太确定地问，“你认识我吗？”难道是熟人？她记性差得连认识的人都不记得了吗？

邻居说：“不认识。”

温舒唯汗颜，静默几秒，心想那你为什么帮我给钱，连忙道：“不用了，不用了，这怎么好意思。”

邻居浅棕色的桃花眼盯着她，轻轻挑了下眉，语气不明：“认识你，就能帮你？”

这个逻辑虽然很奇怪，但是，好像又听不出来究竟有哪里不对……温舒唯被问住了，一时来不及回话。

“你叫什么名字？”

她老老实实地回答：“温舒唯……”

“温舒唯。”邻居重复了一遍她的名字，然后懒洋洋地说，“我是沈寂。”

温舒唯整个人都被这神奇的偶遇给惊到了。说好的三头六臂呢？说好的青面獠牙呢？说好的五大三粗、腰比水缸还浑圆呢？

传说里可没说他长得这么好看。

沈寂那边等了会儿，温舒唯还是没反应。他抬了抬下巴，目光直勾勾地落在姑娘脸上：“沈寂，叫一遍。”

好学生一贯是不和问题学生来往的。

温舒唯微窘，干巴巴地笑了下，只能硬着头皮当交个新朋友：“沈寂，你好。”

沈寂伸手把钱递给锅盔店老板。

温舒唯觉得不好意思，还想阻止，他却漫不经心地说了句：“现在认识了。”

锅盔店老板是个胖胖的中年大叔。大叔全程将两人的言行举止收入眼中，接过钱笑笑，好心建议：“姑娘，你不想占人便宜，这钱就算你借他的呗。一共三块钱，赶明儿抽个时间还回去不就得了。”

嗯？好像是这个道理。

温舒唯听了点点头，迟疑半秒，转头看沈寂，试探道：“谢谢你了同学。这钱算我借你的，明天我就给你还过去。”

当年初见，少年似笑非笑，浅棕色瞳孔比夜空中的星更亮。

片刻后。

他嘴角挑起玩味的弧：“行。”

温舒唯一贯秉承着“诚信做人”这一理念，第二天下了晚自习就找沈寂还钱去了。

普通高中和重点高中最大的差距就在生源上。十七中这所学校比职高中专好那么点，但跟抓了几十年校风校纪的一中根本没法比。

温舒唯背书包、扎马尾、穿一身规规矩矩校服的模样，和十七中那些校服领子开到锁骨、化着烟熏妆的早熟少女明显画风有别。很快，一些吊儿郎当的不良少年注意到了这个站在十七中校门附近，模样乖软漂亮，穿“好学校”校服的小姑娘。

有人不怀好意地跟她搭讪：“小美女找人啊？”

温舒唯微微皱眉，站远了点，没什么反应，不搭理这些人。

“哟，还不理人呢。”不良少年们嬉皮笑脸。

温舒唯抿抿唇，没有出声。她虽然长了张人畜无害的脸，却不是任人揉捏的包子性格，从前没这么近距离接触过所谓的“问题学生不良少年”，这回一见，发现这类群体比她想象的还难以理解。

她气不过，正想回嘴，一阵机车引擎声却从远处突兀响起，轰轰轰地驶近。

温舒唯视线转过去，看见几步远外不知何时停了一辆摩托车，黑色，有些旧了。一个穿十七中校服、戴头盔的男生跨坐在上头，一条格外惹人注目的大长腿踩地上，把车停稳。

沈寂就这样沐浴着众人的注目礼，慢悠悠地取下头盔，慢悠悠地把头盔往手柄上一挂，慢悠悠地迈着步子，面无表情地走到了温舒唯和几个混混少年的面前。

就跟吃了晚饭出来遛弯儿的老大爷似的。

一众不良少年这时大概也明白点什么了。之前为首的耳钉男清清嗓子，有点尴尬地打招呼：“寂哥，这是你朋友？”

“滚远点。”对方回过来这么一句。

沈寂走过来，没搭理其他人，只直勾勾地盯着这个和周遭格格不入的小姑娘，动动下巴：“等我呢？”

温舒唯愣了好几秒才“啊”一声，把手里捏了大半个小时的三张一元纸币递过去：“还给你，谢谢啊……再见！”说完没再跟沈寂闲聊，转身就走。

走出大约一百米，她顿步，悄悄往身后看了眼。

沈寂正在和那个耳钉男说话。隔得远，温舒唯听不见他们在说什么，只看见沈寂的表情冷漠寡淡不太耐烦，旁边的耳钉男却一副很怕他的样子，不住地赔笑脸。

那时，十七岁的温舒唯忍不住撇了下嘴。

天下乌鸦一般黑。

这人除了长得帅点，和其他混混没什么区别。

梦境断断续续。

温舒唯半夜的时候被渴醒，迷迷糊糊地起床倒了杯水喝。舰艇夜间停泊休息，透过窗玻璃，她看见天空布满繁星。

温舒唯怔怔出神。

她忽然发现，自己或许从没认识过真正的沈寂。

经过近十五日的海上航行，搭载着22名“奇安号”船员的中国海军“194舰艇”终于在7月30号的下午平安抵达亚城军港。

码头上人山人海，围满了前来接亲人回家的群众和各路主流媒体。

军舰上。

“砰砰砰！”詹妮弗和杰斯背着硕大的旅行包敲响了温舒唯所住的宿舍门。

漂亮的拉丁美籍姑娘难掩内心激动喜悦的心情，笑盈盈地朝门内说：“Sue，你东西都收拾好了吗？”

过了几秒，房门被人从屋内打开。

温舒唯一手拉行李箱，一手扶了扶挎在肩上的包，冲两人笑笑：“走吧。”

三个年轻人一同走上甲板。温舒唯抬眼看，只见身着迷彩军服的战士们已集结完毕整齐列队，形成海岸线上最美的风景线。一众“奇安号”船员也都拎着自己的行李从宿舍里出来了，大家伙儿说说笑笑，每个人的脸上都挂着灿烂笑容。

一个约莫五十岁的中年男人甚至红了眼眶。他激动地走近一名海军小战士，拉起人家的手，千言万语不知从何说起，只能不住地道：“谢谢，小伙子，这段日子真的给你们添麻烦了。”

“大叔，您千万别这么说。”小战士腼腆地笑笑，“保卫人民的生命财产安全，本来就是我们的天职。”

这一幕落在船员们眼中，瞬间在众人心里激起了千层浪。大家也纷纷上前，跟这些半月以来相熟的海军同志道谢道别。

刘建国背脊笔直地立在距离队列几步远的位置。这位上校军衔的舰长一贯严肃冷毅的面上也不禁流露出了动容之色。

边上，一个年轻干事踟蹰了会儿，上前几步，有些为难地低声提醒：“舰长，送船员离舰的时间是下午三点整，还有两分钟就三点整了，这……”

刘建国摆摆手，叹了口气：“再等等吧。”

干事明白过来，点点头不再催促。

温舒唯找了程英道别。这位英姿飒爽的女军人性子直率待人真诚，在她登舰后给予了很多帮助，温舒唯打心眼儿里喜欢这个姑娘。

说完话，温舒唯站到了一旁。

忽地，边上的詹妮弗反应过来什么，拿胳膊肘轻轻撞了温舒唯一下：“哎。”

温舒唯：“怎么？”

詹妮弗好奇，用英语道：“我记得你不是也认识一个军官吗？那个长得特别帅的。怎么不去跟他道别？这一走也不知道什么时候能再见，人家好歹救过你一命，去道个别吧。”

温舒唯没应声，视线又一次扫过队列中一张张年轻的面孔，有点沮丧地叹一口气。那个人不在舰艇队列中——事实上，从今天起床到现在，温舒唯都没有见到过沈寂。

或许是因为蛟龙突击队隶属海军陆战队特种大队，他不是舰艇上的人，自然也就不会出现在眼前的队列中。

又或许是因为码头上聚集了太多媒体和记者，特种部队的人身份特殊、保密级别太高，本就要避开这类场合。

蛟龙突击队的数位年轻特种兵，没有一个现身。温舒唯觉得可惜——他们也是大家最想郑重道谢的人。

以后都不会再见了吧。

时隔十年的重逢，来得突然，结束得也突然。

盛夏的亚城温度灼人，太阳明晃晃地挂在头顶，晒得温舒唯脑子蒙蒙的，思绪乱飞。又站了会儿，她觉得胸口有些闷，深吸一口气吐出来，扭头跟詹妮弗说了句“等我两分钟”之后便留下行李箱去了洗手间。

甲板那头还能听见人声，大家伙儿和子弟兵们像有说不完的话。

温舒唯站在洗手池前定下神，掬了捧水洗脸。微凉的水流稍稍缓解了全身的闷热感，她清醒许多，呼出一口气，掏出两张纸巾叠一块儿，擦脸上的水。

就在这时，一阵说话声飘进温舒唯耳里。

温舒唯擦脸的动作忽地顿了下。

“老何，你马上退伍了，回老家办喜事，可千万别忘了给咱寄喜糖啊。”

“我就不给你寄，咋的？”

“嘿，你这小子，敢忘了兄弟们这几份，看我不削了你！”

“哟哟哟，又吹牛了。哪回单挑你干过我了啊？”

几个大老爷们儿你一言我一语地互损，轻描淡写几句玩笑。

温舒唯抿了抿唇。

她姥姥是大学教师，有国防生毕业后在部队工作，前些年时常约着一起到家里来探望恩师。温舒唯接触过军人，自然晓得军队里的“战友情”，也能听出那些玩笑话里三分是戏谑，七分是对战友最真挚的祝福和不舍。

她无意识地扭头看了眼。

几个高个儿男人从宿舍区的方向走过来。和舰艇大队的战士们一样，几人都很年轻，年纪最大的应该也不超过三十岁。他们穿着军装常服，手里拎着自己的行李，聊着天，面带笑意。

温舒唯一愣。

这几人中有两个她见过，正是那日她去探望某位伤患时在宿舍区撞见的军官。

温舒唯反应过来——他们都是蛟龙突击队的。

这些人都现身了，那……

她擦脸的动作不由自主地切换成0.5倍速，放慢，放慢，脸上一本正经，眼神却有意无意地往某个方向瞄。

何伟在队里是狙击手，眼力见儿一等一地好。很快，杵在洗手间洗脸台旁的漂亮姑娘和漂亮姑娘龟速擦脸的“沙雕”动作便引起了何狙击手的注意。

何伟先是不确定，眯眯眼定睛一瞧，直接乐呵呵地喊了出来，热情洋溢地挥手招呼：“温小姐！”、

温舒唯本就有那么点儿莫名其妙的心虚，被这中气十足的一嗓子一吼一震，差点没坐地上去。

这位兄弟，贵姓？

温舒唯又一次隐身失败，只能深吸一口气吐出来，身子转过去，朝何伟几人露出了一个尴尬又不失礼貌的微笑，说：“你们好。”顿了下，觉得这句招呼实在苍白无力得自己都听不下去，便又观望着几人的行头打扮，郑重其事地补充下一句，“一路平安。”

“嗯，我们是要回单位了。”何伟倒是接得自然。他永远一副笑呵呵的模样，接着很认真地问温舒唯，“你刚才一直往我们这儿瞧，找寂哥呢？”

我瞄得这么明显？

而且这么直接地说出来，我不要面子的啊？

温舒唯被噎得卡壳半秒钟，干巴巴地笑：“没有，我只是来洗个手。”顿一下，鬼使神差又欲盖弥彰地来了句，“其实我觉得你们可能有点误会。我跟沈队，不是你们以为的那种很熟的关系。”

话音刚落，背后冷不丁响起两个字音：“是吗？”

温舒唯惊得猛一下转过头，两只脚都立正了。

沈寂就站在她身后几步远的位置。

他似乎刚从洗手间里出来，深蓝色的中国海军夏季常服穿在他身上，

仿佛与他融为一体。

他低垂眼帘看温舒唯，眸中蕴着一丝玩味探究的光，说不清，道不明，似笑非笑，耐人寻味。

片刻后，沈寂意味不明地笑了："那咱俩什么关系？"

第二章 渡

一阵风夹杂热浪吹过去，温舒唯站在原地沉默了。这么多年不见，这位大佬的修为真是越发精进——走个路连声音都没有。

就在温舒唯思绪跳跃的几秒间，她看见对面的沈寂不紧不慢地走到了洗手台前。

清澈的水流从水龙头里哗啦啦流出来，水流中的十指修长干净，指甲修剪得很整齐，露在军装袖口外的两只手腕骨节分明，在阳光下呈现出一种硬朗的冷白色。

就这样，直到沈寂洗完手，擦完手，把擦手纸往垃圾桶里一扔，再踱着步子走过来，温舒唯都还在迷迷糊糊地走神，满脑子都是“为什么一双常年拿枪结茧的手也可以长得这么好看”这个神奇的问题。

沈寂人已经在温舒唯身前站定。他直勾勾盯着温舒唯，微微挑了下眉：“你找我？”

换作平时，温舒唯想都不想就会否认。但这会儿她脑子有点蒙，自己也不知道怎的，稀里糊涂地“啊”了声。

降调，表示肯定。

沈寂眼睛里晕开一丝寡淡的兴味，调子懒散随意：“找我什么事？”

“你稍等啊。”温舒唯说完就低头打开挎包翻找起来。

沈寂两只手插在军裤裤兜里，站姿随意，没什么表情地瞅着这姑娘在那粉色小方包里翻来翻去。

不远处，全程默默围观的何伟等人你看看我，我看看你，挑挑眉，努努嘴，眼神交流心照不宣——

咱寂哥和温小姐多登对。太养眼了。

温舒唯个子比沈寂矮得多，平时挺直腰板站着，沈寂也能轻轻松松看见她头顶。这一低头，这颗毛茸茸的小脑瓜就更清晰了。细密柔软的黑发，蓬蓬的，中间位置嵌着一个可爱的发旋儿。

沈寂就这么盯着那个发旋儿看了大概三秒钟。

在第四秒的时候才回过味——

他在干吗呢?

一帮弟兄在边上看着，他在这儿瞧一小姑娘翻包瞧得认认真真津津有味，自个儿连她要干什么都不知道，抽什么风呢?

沈寂面无表情，正要说什么，对面温舒唯却突然惊喜地说："找到了，我还以为丢了呢。"然后就从包里掏出个不知道什么东西给他递了过来。

沈寂垂眸看。

姑娘右手摊开伸到他面前，掌心里躺着个穿白色海军常服的男娃娃，是个小玩偶。玩偶脑门上还长出来一个铁圆环。

沈寂掀起眼皮："这是什么?"

"钥匙扣。"温舒唯笑眯眯地回答，"我出海之前在码头上买的，送给你。我身上也没什么贵重的礼物，礼轻情意重，就当谢谢你了。"

不远处的何伟几人眼睛一亮——

来了来了，定情信物来了。

沈寂伸手把钥匙扣接过来打量几眼，微挑眉，没什么情绪地说："心意领了。"又单手给递回去，"这玩意儿我拿着没什么用。"

"有用的，你可以拿来挂钥匙，或者挂其他东西。"温舒唯不接，望着他很认真地说，"而且你不觉得，这个娃娃长得和你很像吗?"

沈寂静了足足两秒钟，说："谢了。"

"不客气。"温舒唯大方地摆手。

这时一个女孩儿的声音从甲板方向传过来，用英语冲温舒唯喊道："Sue，我们准备下船了，你好了没?"

温舒唯扭过头，见是詹妮弗，赶忙拔高音量应道："来了!"

"我们要准备下船了。再见，"温舒唯回完詹妮弗便抬起头，朝沈寂笑笑，"沈队长。"

沈寂从上往下看她。

盛夏午后，光太强，她仰着脸，白皙面容在光影的勾勒下格外鲜活。眉眼稍稍弯起，衬着嘴角一抹浅笑和眼里清澈明亮的光，熠熠生辉。

没等沈寂回话，温舒唯已经转身走了。她只是想最后再认真道个谢，道个别，现在目的达到，自然也就不再有什么遗憾。

船员们开始有序离舰。

纤细背影很快和友人会合，说说笑笑地融入人群，消失不见。

“哎哟，寂哥。”邱浪过来，踮起脚一把搭住沈寂的肩膀，“是不是舍不得啊？”

部队里生活枯燥，日复一日年复一年，难得遇见这种能和下红雨有一拼的新鲜事，一帮小伙子兴奋得很。

沈寂是蛟龙特种突击队的队长，工作训练时对大家严苛，平时跟大家相处却像亲兄弟，不摆官架子，不分上下级。队员们工作中一丝不苟，生活中插科打诨一样不落，整个队内气氛亲近和谐。

沈寂瞥他，冷冷淡淡又慢悠悠地说：“可不。去给我追回来呗？”

邱浪哪敢真去追，哈哈干笑着挠头，躲开了。

手掌心里还捏着之前姑娘送的玩偶钥匙扣，沈寂低头，眯着眼又看了那娃娃两眼，想起姑娘几分钟前那番一本正经的“这个娃娃长得和你很像”之类的话。

这哪儿像他了？

小鼻子小眼睛大圆脸的，他在她眼里就长这样儿？

沈寂最终冷着脸，面无表情地把温舒唯送的那个玩偶钥匙扣给收进了行李箱。

等“奇安号”的人全部下船，执行本次营救任务的蛟龙突击队队员才列起队，整整齐齐无声无息地从另一个方向离舰，避开所有媒体记者，上了一辆早已经在码头等候多时的军绿色军用大巴。

“非常好。辛苦了，大家都辛苦了。”接人的是海军陆战队政治部的政委王安民。一身笔挺军装的中年男人脸上挂笑，依次拍了拍队员们的肩，最后弯下腰，在沈寂旁边坐下来。

驾驶室里的战士发动了引擎。汽车开出码头，沿着大路平稳行驶，没入车水马龙。

沈寂从裤兜里摸出一盒烟，抖两下，拿出两根，一根咬嘴里，一根递给王安民。

王安民摆手："上回体检身体不好，你嫂子硬逼着我给戒了。"

沈寂没说什么，拿打火机慢条斯理地点燃烟，开窗通风，表情寡淡，看起来没有说话的欲望。

王安民说："回单位报个到就休假？"

沈寂抽着烟，"嗯"了声，拿出手机开机。等了会儿，屏幕亮起来。他夹烟的右手掸了掸烟灰，点进短信信箱和通话助手。

正翻着，一个电话忽然打进来。

陌生来电，一串数字，是座机。区号显示这通电话是从云城打来。

沈寂眯了下眼睛，接起电话。

这通电话不到二十秒便挂断。

沈寂夹烟的手搭在窗户边上，手腕支出去，掸了下烟灰。他眼睛看窗外，冷淡眉目仍舒展着，眸色却阴晴不明。

王安民问："出了什么事？"

沈寂在军校那会儿各项成绩年年拔尖，是他们单位专程从海工大特招来的。王安民很清楚他的性子。

忽然王安民猜到什么，紧接着问："宋子川那小子又找你了？"

沈寂掐了烟，没有说话。

后排的何伟听见前头两人的谈话内容，脸色微变，但还是笑着打哈哈，撑身伸手拍了拍沈寂的肩，笑道："哎，寂哥，这好不容易才干完这趟任务，开心点儿！你想那小子干啥，想你家小姑娘啊！"

沈寂没搭理他，头懒洋洋往座椅靠背一枕，闭上了眼睛。

眼前忽然浮现出一张白嫩小巧的脸。

姑娘仰着脸儿看他，整个人都在太阳底下，像在发光。眸子清澈乌黑，亮晶晶的，还是那副单纯干净的模样。

他眼也不睁地嗤了声，忽觉好笑。

这么多年了，自己跟这儿瞎惦记什么呢。

撞了邪了。

温舒唯在海上颠簸了半个月，真正踩上脚下土地的那一刻，有一种恍如隔世的错觉。

下船后，早就有媒体记者和政府领导在码头迎接。温舒唯跟着"奇安号”上的所有船员一起接受了好几个领导同志的亲切慰问，又签了一些保密协议，忙活完已经快到吃晚饭的时候。

当地政府贴心周到，还给大家安排了吃饭和住宿的地方。

出于某些特殊原因，国内新闻报道的内容，是“奇安号”出海后货船出现故障，不得不终止采购计划，全体船员在中国海军的护送下平安回国，并未提及海盗劫船一事。

温舒唯得知后放下心。这样也好，至少姥姥不会太担心。

她原打算吃完晚饭便连夜搭飞机回云城，谁知刚给家里打完电话报平安，主编的电话就打了进来。

温舒唯的杂志社主编是一个将近四十岁的中年职场女性，叫梁美娟，大家都喊她梁姐。梁姐模样漂亮，也有气质，工作能力很强，因此，即便梁主编是个不婚主义者，她身边围绕着的小鲜肉小帅哥也不在少数。

总体来说，主编这人什么都好，就是在工作上面一板一眼，没什么人情味。

温舒唯接起电话后，梁美娟先是安抚了一下她的情绪，紧接着便切入主题了：“小温，越是艰难的环境越能历练人。这样，你把这些天货轮故障，你们一行在海军的护送下平安脱险回国的心路历程形成文字，写一篇新闻。”

温舒唯沉默了好几秒钟，才应道：“嗯，知道了梁姐。”

“时效性要强，争取明天天亮之前发我。辛苦你了。”说完，还没等温舒唯那句礼貌性的“再见”说出口，梁姐那头便挂断了电话。

没辙，工作大过天，温舒唯最终定了第二天上午的机票，今天在亚城住一晚赶稿子。这一赶就直接从晚饭后写到了第二天凌晨，省略掉一切与索马里海盗相关内容。

凌晨两点半左右，顶着两只硕大熊猫眼的温舒唯总算把稿子发进了梁姐的邮箱。她筋疲力尽累到虚脱，瘫在床上，两只眼睛瞪着天花板发呆。

忽然想起什么，温舒唯安静几秒钟，拿起手机，回忆了下，凭记忆往通讯录里存进去一个“181”开头的号码，之后随手点开微信，给一个备注名叫“程菲”的微信号发过去一条消息：（困）我是一个没有感情的码字机器，刚下船就要赶稿子。

程菲是温舒唯的高中同班同学，两人相识十年，关系好得能穿一条裤子。

等了一会儿，程菲没回，估计已经睡得昏天暗地。

温舒唯打了个哈欠，准备去洗澡了，谁知就在她放下手机的前一秒，微信“通讯录”界面推送过来一个“可能认识的人”。

名字：S。

头像：一幅风景图，蓝蓝的天上白云飘，白云下面马儿跑。

乍一瞧，还挺超凡脱俗挺佛系。

再一看通讯录来源：181××××××××（沈寂）。

温舒唯一脑门问号。

这头像？她刚开始还以为是什么时候存的哪个风景区里租车的。

而且这名儿是认真的吗?

S？

温舒唯看着这条推送信息思考了大概三秒钟，点了个“×”，放下手机进浴室去了。

微信好友什么的，就不用加了吧?

毕竟过去交集不多，今后的交集更不可能有。成年人的世界大多时候功利且浮躁，谁都没精力去维系某段无关紧要的关系。而且十年前……

温热的水流从莲蓬头里冲下来。

温舒唯洗着澡，迷迷糊糊不知想到了什么，两颊温度骤升，赶紧甩甩脑袋，中断自己乱七八糟的思绪，反手关上水龙头，收拾收拾上床睡觉。

不知是忽然换了环境还是别的什么原因，温舒唯这一觉睡得并不安稳，整晚梦境不断，一会儿梦见之前劫持“奇安号”的那群索马里海盗，一会儿又梦见沈寂。

梦里沈寂没有穿军装，修长清瘦，肤色冷白，穿着件没有花纹的灰色T恤，十七中那件黑白相间的老校服被他随意地捏在手里，竟还是少年时代的样子。

他骑在姥姥家小区的红色矮墙上，眉目敛着，居高临下地看着她，一句话也不说。人背着月光，整副面容笼在阴影中。

温舒唯看不清他的表情，动动唇，想说什么，却发现自己发不出声音。

这时冷漠少年从矮墙上跳了下来，轻盈利落，燕子般。

她被吓一跳，终于喊出声：“哎！小心！”

沈寂还是不说话，浅棕色的眼瞳似笑非笑地瞧着她，直勾勾的。忽然一弯唇，另一只手拧过她的下巴，抬起来。

她惊愕地瞪大了眼睛，看见少年俯身，低头朝自己贴近……

第二天，温舒唯是硬生生被自己给吓醒的。

就在沈寂弯腰低头完全贴上她的一瞬间，她唰一下猛地睁开了眼睛，一时间竟有些分不清梦和现实。

她转动眼珠，映入视线的是酒店的沙发书桌，屋里是亮的，丝丝阳光从没被完全拉拢的挡光帘背后透进来。再往左看，床头柜上摆着一张日历，上面的时间显示现在是 2019 年。

原来是梦。

温舒唯松一口气，右手伸到枕头底下捞手机，想看现在几点。刚拿起，一通电话就打了进来。

来电显示是“菲菲菲”。

温舒唯还困着，滑开接听键，边拿手背揉了揉打哈欠沁出来的眼泪边含含糊糊地说：“喂？”

“你还知道给我发微信啊！你还知道诈尸啊！”刚接通，电话另一端便响起一个咋咋呼呼的女声，发出河东狮吼般的愤怒咆哮，“你知不知道我们看见新闻说货轮故障的时候有多着急！印度洋啊！前不着村后不着店，生怕你掉海里喂鲨鱼，一个个疯了似的轮着打你手机，全是‘您拨打的电话已关机’！你要干吗啊你！”

温舒唯耳朵被震得嗡嗡响，只能把手机拿远十公分，等对面吼完才叹了口气，回道：“我知道你们担心。我也想跟你们联系的，但是军舰上不能用手机。”

“这样啊。”程菲勉强接受了这个说辞，“你现在怎么样？受伤没有？还好吧？”

温舒唯笑：“放心，我好着呢。没事儿。”

程菲放心几分，语气缓和下来：“那你这会儿在哪儿？看你昨天那么晚了还在赶稿子，还在亚城呢吧？”

温舒唯“嗯”了声：“下午一点的飞机，我准备起来收拾收拾去机场了。”

两个女孩儿又随便聊了几句。

温舒唯聊着聊着想起什么，迟疑半秒，忽而沉声道：“我见到沈寂了。”

电话那头的人压根都没反应过来：“你说什么？见到谁？”

温舒唯重复这个名字：“沈寂。”

这回程菲总算是听清了。她艰难地消化着从好友口中听到的消息，不由得大为震惊，不可置信道："沈寂？以前十七中那个校霸？"

"嗯。"

"天哪。"程菲的音量不自觉拔高了两个度，"怎么遇上的？他也在'奇安号'上跟着你们一块儿出海？"

"不是。"温舒唯否认。稍微停了下，她又说，"你还记不记得，当年大家高中毕业之后，有个传言说沈寂考上了军校？"

程菲："啊。"

"这不是传言，是真的。"温舒唯说。

话说完，对面静默了足足半分钟，然后才缓过神来。

程菲声音都有点跑调了："你确定？"

温舒唯正色："非常确定以及肯定。"

"我的天。这位大佬居然从良了，还从得这么彻底……"

其实温舒唯很理解程菲的反应。

毕竟沈寂少年时期的"问题校霸"形象深入人心。高中那会儿，大家畅想未来，也不是没幻想过这位大佬有朝一日会洗心革面，但是令所有人万万没想到的是，沈大佬"从良"从得太过彻底，直接成了一名光荣的解放军同志。

蛟龙突击队队员全是海军陆战队特种大队里一等一的人才。

人家不仅成了军人，还成了蛟龙突击队的队长，特种兵里最厉害的那一个。

想到这里，温舒唯不禁暗暗想道沈大佬不愧是沈大佬，果然走到哪儿都是天边不一样的烟火。

军人身份信息涉密，不能随便透露。温舒唯也没跟程菲聊太多关于沈寂的事，只在最后欣慰地叹了口气，用老太太般的口吻说："世事无常啊。"

程菲闻言，换上戏谑打趣的语气："怎么，现在是不是有点后悔当年没跟'校霸大佬'来一段早恋了？"

温舒唯知道程菲喜欢开玩笑，也不生气，反而很认真思考了一下，回答："也没有。"

程菲："哦？"

"早恋使人分心，早恋使人落后。"温舒唯一本正经地正色道，"如果我真的和大佬在一起，说不定大佬沉迷我的美色，无心学习，就没有之后这么传奇的人生了。我不和他早恋，是成全他的辉煌。”

我真是替沈大佬谢谢你啊！

程菲无语。她和温舒唯认识了十来年，从高中开始就是一起上厕所抄作业的同学，当然知道温舒唯是什么性子。这丫头平时看着挺正常，软乎乐呵又好相处，但真的接触下来，会发现她有点缺根筋。

青春期，在那个大家都在关注“哪个班的谁谁谁很帅”“哪个班的谁谁又和谁谁在一起了”的年纪，温舒唯像个绝缘体，自发屏蔽了一切来自异性的吸引和诱惑。

程菲以前气得骂温舒唯，问她是不是脸盲，分辨不出来谁帅谁丑，所以对小哥哥们没感觉。

温舒唯却很认真地反问她：“我对他们有感觉了，他们能帮我写作业吗？”

那副真诚的模样，将“两耳不闻窗外事，一心只读圣贤书”这句至理名言诠释得淋漓尽致，噎得程菲彻底没了脾气。

此时，程菲对着电话叹了口气，边回忆边道：“说起来，也不知道那个时候传的是不是真的。”

两人闲聊的工夫，温舒唯已经起床洗漱了。她刷完牙，咕噜咕噜把嘴里的清水吐出来，拿毛巾擦擦嘴，问：“你刚才说啥？”

“你不知道吗？”程菲压低嗓音，神神秘秘地幽幽道，“当年高三的时候，有个说法，在一中和十七中广为流传。”

“鬼故事？”

“鬼你个头啊！”程菲骂她，“是说沈寂有个暗恋对象，是我们一中的。”

“谁啊？”

“好像是你？”

多么骇人听闻的鬼故事。

回到云城，一切也随之回到正轨，温舒唯很快便将之前遇险一事淡忘。每天上班，下班，剪视频，和姥姥唠家常，生活规律而平静。

她交上去的稿子刊登后，在社会各界反响不错，梁主编一高兴，直接给温舒唯放假三天，让她好好休息。

之前海上十五日的航行已经拖欠整整两期 vlog。温舒唯挺开心，想着正好可以利用这几天时间剪素材。谁知就在休假的第一天，她的计划便被打乱。

这天清晨，温舒唯刚起床便接到了一个电话。

打来电话的人叫阮念初，是温舒唯在高中补习班认识的朋友，关系还不错。温舒唯觉得很惊奇，一问才知道，原来阮念初在半个月之前给她打过一次电话，邀请她 8 月 10 号到云城四合酒店参加自己的婚礼。

但那时她手机关机没打通，阮念初便打到了她家里，请姥姥代为转告。

姥姥年纪大不记事，一转头就给忘了。

弄清楚来龙去脉，温舒唯连连抱歉，说："明天我一定到。新婚快乐！"

次日中午，天气晴朗，万里无云。化淡妆、着一身浅粉色衬衫礼服裙的温舒唯准时出现在四合酒店的门口，远远便瞧见一幅硕大的迎宾海报立在酒店正门的前方。

照片的构图极有意境，背景是一望无垠的金黄色麦田，姑娘着纯白色婚纱，而在她身旁的是一个身穿蓝色空军礼服的高大男人。一个仰头，一个低头，一个笑容羞怯、明艳动人，一个眼底满是无尽的宠溺和柔情。

男俊女美，一对璧人。

海报下方刻着两人的名字：厉腾 & 阮念初

温舒唯在心里赞叹了一番两位主角的颜值，一转头，瞧见不远处正在迎接宾客的男女主角，她笑着走过去。

阮念初本就长得美，此时明艳美人配嫁衣红装，越发漂亮得惊心动魄。温舒唯过去打招呼，笑道："念念！"

新娘子转过头来，看见温舒唯，眼睛顿时一亮，欣喜道："舒唯来了呀，欢迎欢迎。"说着便扭头看向身旁的厉腾，道，"这就是温舒唯，我好朋友，之前跟你提过的。"

厉腾朝温舒唯礼貌性地淡笑，说："我是厉腾，念念的丈夫。欢迎。"

阮念初和她家厉首长的故事，温舒唯早有耳闻，如今目睹他们修成正果，当然打心眼儿里替他们高兴："新婚快乐！祝你们百年好合，早生贵子！"

厉腾勾嘴角，余光意有所指地扫了眼身旁的阮念初："承你吉言。"

新娘子脸唰地一红，瞪他。

又寒暄几句，温舒唯转身走进婚宴正厅。

四合酒店并没有多豪奢，但装修风格简约大气，很有格调，婚礼会场也布置得十分雅致。

温舒唯拎着包包大致扫视了一圈，发现自个儿来得其实不算早，整个婚宴现场已经快要坐满了。宾客满堂，言笑晏晏，只剩几桌还空着零零散散几个位置。

选择范围不大，那就选最方便看仪式的呗。

她最后挑中距离仪式台最近的一桌，走过去。

整个十人桌只剩两个位置，一个在左侧，一个在右侧。温舒唯人已经走到左侧那个空位前面，再一瞧，才发现这一桌坐的清一色全是男人，看着年纪都不大，应该都在三十岁左右，气质也都挺硬朗。

估计都是男方的朋友。

一堆大老爷们儿里头忽然多出个水灵灵的小姑娘，画风上显得颇有那么几分格格不入。一桌子人都不由自主地抬头，看了温舒唯一眼。

温舒唯倒不觉得有什么不妥。

蹭顿饭而已，还管饭友是男的女的?

温舒唯觉得自己心态良好。

然而，就在温舒唯冲众人礼貌地笑笑，正准备弯腰落座的前一秒，她余光一瞥，看见了空位右侧坐着的人。

也就是这一瞥，温舒唯眼睛直了，心态崩了。

一个高高大大的人影坐在椅子上。对方穿一件浅灰色的纯色T恤，一条深棕色的宽松收脚运动裤，踩一双白色板鞋，两条大长腿以一种十分随意散漫的姿势分开放着，线条修长且漂亮，显得格外引人注目。

他坐姿放松，两只手横向拿着手机，不知在看什么，头微垂，目光没什么情绪地落在屏幕上，黑色额发垂落几分，眉目冷淡，懒洋洋的，连眼皮子都懒得抬一下，似乎完全没注意到这桌多了一个人。

温舒唯脸上的礼貌微笑有点僵，动作也有点僵，一时愣住了，没继续往椅子上坐。

就在这时，正低头看手机的沈寂像是终于察觉到自己身边多了个遮挡光线的不明物体，抬头看了她一眼。

两道视线就这样猝不及防地交汇。

温舒唯察觉到自己嘴角肌肉隐隐有些抽搐。

沈寂倒是很平静。

这位大爷依旧保持着之前那副漫不经心懒洋洋的姿势，挺淡定地盯着眼前突然出现的新增饭友看。

足足安静了两秒钟。

温舒唯觉着自己必须说点什么了。可就在她清了清嗓子，准备轻松自如地来一句迟到的“嗨挺巧啊”来化解自己的尴尬窘境时，对面的沈大爷开口了。

沈寂说：“挺巧啊。”

再然后，沈寂视线往下一扫，见这姑娘杵在他旁边的空位面前没任何动作，便十分好心地腾出一只手，随手替她把椅子往外拉开了点。

他食指在坐椅正中轻敲两下，抬眼，浅棕色的桃花眼直勾勾盯着她：“坐，请。”

这人不是说他单位在南城吗？千里迢迢翘班打报告来参加婚礼？不对，之前他好像说过这个月要休假来着……

温舒唯迷迷糊糊地想着，脑子有点蒙。

她非常确定以及肯定，阮念初和沈寂不认识，也从无交集，那么很明显，这位大佬出现在婚宴上，必定是受男方邀请。而阮念初她老公是搞空军战略指挥的，据说以前在空降旅某个牛得跟海军陆战队有一拼的特种部队。

虽然跨了军种，但提取关键信息一分析，可得出结论：沈寂和厉腾是朋友。

温舒唯大概明白了。

虽说妙不可言的缘分说来就来，让她颇有几分措手不及，但毕竟是见过大风大浪的人，这种小场面还是能应对自如的。

再看看沈寂。

他在替温舒唯挪了挪椅子，慢条斯理说出“坐，请”这一充满自己个人特色的倒装句后，便懒懒抬着眼皮，一脸淡然地瞧着她，眼神流露三分散漫七分玩味。

几秒后，沈寂看见姑娘悄悄鼓起腮帮子吹了口气，平复心绪似的，朝他露出一个嘴角弯弯的浅笑。

“谢谢。”

温舒唯说完，左右手同时习惯性地理了理裙子，优雅大方，弯下腰，坐在了他左手边的空位上。

沈寂看了几眼那两只细细白白的手，不动声色，收回视线继续玩手机。

正如温舒唯猜测，这一桌坐的几人的确都是男方的战友及单位同事。

沈寂是海军，和空军属于两个不同的大系统，大家伙儿虽与沈寂不熟，但都或认识或听说过这号人物。

一桌里年纪最小的士官同志很敬佩沈寂，想跟他说话，又找不着什么合适的话头，正烦恼着，边上这位漂亮小姑娘的突然登场，直接令士官小哥眼睛一亮。

士官小哥的眼神来来回回在沈寂和温舒唯之间扫视几圈，又将两人从最开始到现在的一系列互动一丝不落地收入眼底。

他觉得自己的机会来了。

士官小哥在心里打腹稿，斟词酌句组织了一下语言后，清了清嗓子，终于开口，向自己崇拜了好几年的偶像搭讪，由衷称赞道："寂哥，嫂子真漂亮。"

话音落地，沈寂玩手机的动作顿了下。

婚宴会场很热闹，其他桌都闹哄哄谈笑风生，就这一桌画风清奇安安静静，与周遭的热闹氛围很不搭。

一帮子军官士官原本都呆坐在自己位置上，想找人聊天又苦于没人起头，一听这话，大家眼底登时噌噌冒光，精神一振，挺好奇又不好意思表现得自己太八卦，只好有的装作摸鼻子，有的装作抬眼镜，视线却都不约而同、若有似无地望向了沈寂和他边上的漂亮姑娘。

这边。

沈寂抬眸，看了眼坐自己对面的年轻战士。小战士笑容满面，定定地盯着他，眼神暧昧，跳动着崇拜之光。

沈寂又侧目，视线转向自个儿身旁的姑娘。

温舒唯正在喝水，听完年轻战士的话后便转过脑袋，两手捧着杯子，晶莹的乌黑大眼定定地盯着他，眼神暧昧，闪烁着八卦之光。

姑娘甚至还压低了声，稍稍靠近他，神秘且好奇地小声问道："在说谁？你交女朋友啦？恭喜恭喜，能给我看看照片不？"

"嗒"一声，沈寂按灭了手机屏。他侧过头，这回把整个脑袋都转向了左侧，一双桃花眼直勾勾地盯着那双充满好奇与八卦的乌黑眼眸，倾身贴近她，嗓音压低，出了声："你觉得在说谁？"

他声调平缓，尾音极自然地轻微上扬，低低的，清而沉。

距离太近，短短几个字紧贴着温舒唯耳侧响起，有点亲昵，有点撩人，像有一片无形羽毛从人心尖上撩过去。

温舒唯感觉到自己耳朵发烫，没由来一阵心慌，身子往后挪，下意识地便想躲开。

这一撤身，忘了自己手里还端着杯水，温热水流瞬间从杯沿洒出来。几滴溅在她手背上，几滴溅湿了沈寂的黑色长裤，其余大半都洒向了红色桌布。

沈寂把姑娘一瞬惊慌失措的小动作纳入眼底，扫一眼自个儿裤子上的水渍，目光又重新回到她脸上。还是那副冷淡的表情。

温舒唯卡壳，默了默，把杯子放回桌上，又默了默，抽出一张纸给他递过去，老老实实地说："对不住，手抖。"

沈寂没接那张纸。他眼睛盯着她，忽然勾了下嘴角，调子懒洋洋的："你很怕我？"

这音量依然很低，只有他们两个人能听见。

温舒唯一慌，心跳莫名急促，定定神，摇头："没有啊。"

"那你这么紧张。"

姑娘支吾了下，嗫嚅道："应该也不全是紧张。"

"嗯？"

"你突然靠近我，我就想打你。

"哎，应激反应，你应该理解吧？"姑娘抬起眼，一双亮晶晶的眸子格外认真地望着他，有点为难地建议道，"所以你下次尽量离我远一点说话吧。我被吓了就容易打人，动起手来我自己都怕。"

两人压着嗓子说着话，这一幕落在这桌其他人眼中，就跟小情侣旁若无人咬耳朵似的。众人的眼神瞬间变得更加暧昧。

柠檬树上柠檬果，柠檬树下你和我。

身处八卦旋涡之中的温舒唯并没有察觉到周围的异样。

她低头看了眼沈寂的裤子。洒在他身上的茶水不多，水渍只一小片，右侧大腿位置的布料颜色明显深了一块。

温舒唯内心愧疚过意不去，又第二次把纸给沈寂递过去，微窘道："不好意思啊。"

沈寂伸手接过纸，余光看见溅在温舒唯手背上的几滴水。水珠子晶莹透明，在她白生生的皮肤上竟显出几分俏皮和可爱。

他没说话，随手就用刚刚接过来的纸去擦她手背上的水滴，动作娴熟自然，慢条斯理。

温舒唯一下愣住了，都没反应过来。

他的手指修长冷白，若有似无碰到她细白的指尖，触感带着点儿糙，那是指腹结着的薄茧，和她的柔滑细腻截然不同。

一切只发生在短短几秒间。等温舒唯回神时，沈寂已经把手收回去了。

她脸莫名微热，顿了下，挤出几个字："我自己来就行的。"

刚说完，会场入口处忽然一阵喧哗骚动。

换完装的新娘已经准备入场了。宾客们都安静下来。

温舒唯的注意力一下被吸引，抻长了脖子瞧。只见阮念初身着洁白婚纱站在了红毯的另一头，看起来美艳又圣洁；厉腾一身笔挺军装立于前方，铮铮铁骨又柔情似水，眼中只有他的新娘一人。

这一幕给人的冲击力太大，人景皆画。

温舒唯以一种纯粹欣赏的目光看着一身戎装的新郎，自言自语地赞美："真好看。"

沈寂侧过头。阳光从侧方的窗户洒进来，她雪白的脸蛋儿在光里，盈着浅浅笑意，额角的碎发和侧颜轮廓都被镶上一道淡淡的光影。她遥望着一对新人，眸子清而亮，满目的憧憬祝福和艳羡。

沈寂看得入了神。

他发现自个儿一时半会儿竟移不开眼。

过了几秒钟。

边上忽然"哐当"一声。

这响动打搅了温舒唯欣赏美人美景，她有点无语地转过头，看见沈寂从椅子上站起来了。

她茫然地仰着脖子看这位大佬。

沈寂没理她，转身走了。

温舒唯有点迷茫地目送那道高大背影。

是错觉吧？

怎么感觉这哥们儿莫名其妙就不高兴了？

酒店洗手间。

沈寂从男厕所出来，洗完手，点了根烟，靠在窗户边上抽。婚宴大厅和洗手间在一层楼，这个角落偏僻隐蔽，却刚好能看见仪式台和边上的几张桌子。

台子上正在举行仪式。

温舒唯已经从座位上起来了，拿着手机，颠颠儿地占据最有利位置，对着台上咔嚓咔嚓一顿拍。

沈寂吐了口烟圈。

他觉得自己最近有点失心疯。自打从亚丁湾回来，自打登上那艘被劫持的货船，自打重新见到温舒唯，他就变得越来越不正常。

那晚在“奇安号”的货舱，四周漆黑。然而根本不用看，只听她说第一句话，他便知道她是谁。

心底莫名蹿上来一股烦躁。

一根烟抽完，沈寂掐了烟，把烟头丢进垃圾桶，拧开水龙头。水流冲下来，他动作微顿，忽然想起之前在军舰上，温舒唯穿着卡通睡衣悄悄躲在一边偷看他晾衣服的模样。

刚洗完澡，黑发没完全吹干，搭在肩头，整个人都沾着湿润氤氲的水汽。他甚至还记得她身上清淡微甜的果香，从领口里钻出来的热气，和支吾嗫嚅时轻咬的浅粉色唇瓣……

身体里有某根弦在一瞬紧绷。

水流哗啦。

片刻后，他关上水龙头，抬眸，浅棕的眸色转深，笔直盯着镜子里的男人。

沈寂，这么多年，你还真是一点儿长进也没有。

婚礼的新娘子是温舒唯在补习班认识的同学，因此，放眼整个婚礼会场，除了阮念初外，温舒唯唯一认识的人就只有沈寂。

因此她形单影只，十分孤独。

吃饭过程中，温舒唯大概观察了一下，发现沈寂似乎也没有其他相熟的朋友在现场。除了新人敬酒时厉腾专程过来跟他聊了几句之外，其余时间他都挺安静。

一个人安安静静地吃饭，一个人安安静静地看仪式，一个人安安静静地玩手机。

看上去也十分孤独。

目睹这种种情形，温舒唯不由得心生同情，越瞧沈寂越有一种“同病相怜”的感觉。思索着，不自觉间，她连看他的眼神都带上了几分悲天悯人的调调。

沈寂眉目冷淡，正从粉丝捞鹅掌那道菜里夹起一只鹅掌，察觉到什么，微撩眼皮侧过头来，刚好对上那双晶亮晶亮的眼睛。

然后他就看见坐他边上的丫头正歪着脑袋看自己，大眼乌黑分明，盛了三分阳光，瞳孔亮亮的。

温舒唯犹自沉浸在思绪里。见他看过来，她一呆，在那一瞬间没来得及做任何反应，仍直愣愣地望着他。

沈寂也直勾勾地盯着她，神色寡淡，眸光里蕴着一丝微不可察的兴味。

四目相对。

周围莫名静了静。

一瞬后，温舒唯已神游到太空的三魂七魄才依次归位。她微窘，两颊和耳朵都隐隐发烫，连忙掩饰什么般故作淡定地清了清嗓子。

就在温舒唯干笑了下，准备随便聊几句来打破这种谜之诡异的气氛时，沈寂却先她一步开了口。

他眉峰轻轻一挑：“想要？”

男人的声音很好听，低而沉，听着有种说不出的性感和撩人。

温舒唯清亮的眸子里流露出一丝迷茫，余光往右下方倾斜四十五度，这才注意到沈寂那只骨节分明的修长大手这会儿拿了双筷子，两根筷子中间还夹着一只香喷喷的大鹅掌。

“……”能不能好好说话了？

为什么一只鹅掌都能被你轻描淡写的一句“想要”烘托得这么……

温舒唯沉默。转念一想，又觉得自己其实没有拒绝的理由—— 她正愁找不到合适的说辞来解释自己刚才为何目不转睛地盯着他看，人家沈大佬多机智啊，一只鹅掌就把所有的难题都给她解决得干干净净。

思忖着，温舒唯顺手就把自己的碗推到了沈寂面前，弯起唇，冲他露出一个带着点儿感激又带着点儿狗腿的笑容，连声道：“哎，多谢多谢。”

沈寂没说什么，夹着鹅掌放进身边姑娘的碗里，然后便低了头自顾自继续吃饭，脸上还是那副寡淡平静的表情。

温舒唯拿筷子翻了翻碗里的鹅掌，觉得拿人手短吃人嘴软，自己连人家的鹅掌都吃了，不聊点什么实在有些说不过去，便随口问道：“你现在是已经在休假了吗？”

像是没料到她会忽然跟他说话，沈寂动作微顿，侧过脑袋看她一眼。

温舒唯“吧唧”一口咬下鹅掌的一块肉，腮帮子鼓鼓地嚼，眸子和他对视，坦荡清亮，不避不躲。

沈寂回她一个从鼻腔里发出来的音，懒懒散散的：“嗯。”

“你们这一行常年跟家人分居，挺不容易的。”毕竟已经见过好几次，温舒唯已经从“震惊！问题校霸竟洗白成功，化身保家卫国最强特种兵”这一极端惊讶的心理状态中走了出来，不仅坦然接受了校霸大佬的新身份新人设，甚至还有些好奇，“你每年能回家几次？”

“一年休两回假。”

“哦。”温舒唯点点头，又想起什么，问，“你和念初的老公是朋友？”

“以前一起出过差。”

“原来是这样。”可能正如西门吹雪和叶孤城惺惺相惜一样？

温舒唯顿悟。

两人有一搭没一搭地说着。鹅掌啃完，温舒唯觉得厨师盐放得略多，嘴里咸咸的。她舔舔唇，拿起汤勺准备给自己盛点汤喝，同时纯粹出于礼貌地随口问旁边的人：“你喝汤吗？要不要我给你盛点儿？”

沈寂把桌面上的碗往前推数公分，居然还挺有礼貌：“谢谢。”

温舒唯盛好汤把碗递回去，又给自己盛了一碗，低头正要喝，便听见边上冷不丁来了句：“海参。”

她闻言一愣，看了眼沈寂的碗，汤里只有一只鲍鱼和两粒葱花；再看一眼桌子上的汤盆，宴席已近收尾，整份汤羹快要见底，料也都被捞得差不多了。

温舒唯指着汤盆说：“没海参了。”

沈寂没说话，眼皮懒洋洋地下耷，往她碗里看了眼。

温舒唯没理解这位大佬神秘莫测的眼神暗示，愣了一下，一头雾水地顺着他的视线往自个儿碗里看。白白的小碗里装着两颗“沧海遗参”。

温舒唯在那一瞬间都以为自己理解错了，但还是决定出于礼貌，随便问上一问：“我碗里还有，要不，我分一颗给你？”

沈寂还是没说话，只盯着她，食指微动，慢条斯理地把碗推过来了。

您老还真是不跟我见外啊？

最终，温舒唯顶着一头黑线，默默把碗里两颗海参的其中一颗夹起来，放进了隔壁大佬同志的碗。

沈寂嘴角微不可察地勾了下，低头把海参吃了。

就在这时，一道男声从背后响起，调子上扬语气惊喜，喊道：“寂哥？”

正在喝汤的温舒唯吓得一呛，回过头，只见不远处站着个身着海洋蓝海军常服的瘦高青年。那人三十来岁的年纪，古铜肤色，剑眉星目，再配上那身挺阔的军装常服，看着很是英朗帅气。

青年咧嘴笑着，毫不吝啬地展露出一口白牙，笑容阳光。他像是刚从什么地方赶回来，手里还拿着一个黑色公文包，一边招呼着，一边大步朝这边走来。

“差点儿以为自己看错了！”走近后，韩力脸上的笑容更加灿烂，随手拖过来一把椅子摆旁边，坐下，伸手去拍沈寂的肩，“你什么时候回来的？怎么也不跟兄弟们说一声！”

沈寂还是那副懒洋洋的语气，瞥他：“不说你不也照样找来了。”

韩力哈哈大笑。

他和沈寂是大学校友，两人上军校的时候住一个宿舍，上下铺，走得很近。毕业后，沈寂被海军陆战队要了过去，他则被分到了云城这边的单位，两人一年也见不了几回面。

两人聊了起来。

温舒唯坐一旁，边吃东西边听，顺便走神发呆，后来实在无聊，索性拿出手机刷朋友圈。也是巧，没刷两分钟就收到一条新信息。

发信人的备注是“妈妈”。

温舒唯手指点进去。

妈妈：回来这么多天，怎么也不跟我打个电话？

紧接着又是一条：我前几天和你爸爸弟弟去墨西哥旅游去了，给你带了礼物。今天晚上给你拿过来。

温舒唯看着屏幕静默了几秒钟，哐哐敲字，回过去：谢谢妈妈。

就在这时，原先只顾着跟沈寂说话的韩力察觉到什么，扭过脑袋，这才终于注意到他寂哥身边还坐了一个白皙漂亮的小姑娘。

姑娘看起来乖乖的，在一桌子糙老爷们儿里惹眼又突兀，性子似乎很文静，从始至终都没怎么说过话。

韩力看着这年轻女孩，怔了下，电光石火之间似乎想起什么。

下一瞬，他便朝着温舒唯笑盈盈地高声喊了句：“嫂子好！”

温舒唯始料未及，被这中气十足、气吞山河的一嗓子震得手一抖，“啪嗒”一声，手机掉在了地上。

四周安静了。

片刻后，温舒唯看见一只漂亮的大手拿着一部手机递到她面前——沈寂把她的手机捡起来了。

她还处于惊吓中，机械地伸手，接过来。

沈寂回过头看韩力，还是那副冷淡又漫不经心的表情，说：“你瞎喊什么呢。”

“啊？”这回换韩力蒙了，“这不就是你藏笔记本里那张照……”

沈寂不说话，看着他。

此时无声胜有声。

韩力和沈寂相识十年有余，瞬间便敏锐感知到了这位大佬面无表情的目光中饱含的杀伤力，自觉地把后面的话全都咽了回去，干巴巴笑道：“对不住啊姑娘，主要我看你长得像我寂哥未来的女朋友，就喊上了。你甭往心里去。”

笑容满面的韩力话刚说完，别桌的战友就把他叫过去叙旧去了，徒留温舒唯坐在位置上石化成雕像。

整个画面仿佛有一瞬被按下暂停键。

空气凝滞了两秒钟。

嘀嗒，嘀嗒。

第三秒的时候，温舒唯才重新找回发声功能。她转过头来看沈寂，动动唇，有点儿结巴：“我刚才听错了？”

“没有。”沈寂看着手机，头都没抬地说。

温舒唯：“那？”

沈寂抬眸看她，略抬手，右手食指指尖往韩力离开的方向扫了下，淡淡地说：“我这朋友比较调皮，他可能觉得这么说显得幽默。”

听听，多么合情合理的解释，多么活泼可爱、活力四射、让人毫无脾气的解释。

能被国家看重的，果然个个都是人才。

依照云城这边的习俗，婚礼主宴是中午这一餐，酒足饭饱，除了新郎新娘的至亲挚友外，大部分宾客便陆陆续续地告辞离去。

新娘子和温舒唯已经好些日子没见，这一早上加一中午都在忙，根本没来得及和温舒唯单独说话，于是早早便过来留她下午打麻将吃晚饭。

盛情难却。哪知温舒唯刚应下，姥姥一通电话就打了过来。

她接起："姥姥。"

"唯唯，吃饭了吗？"姥姥的声音从听筒里传出来，和蔼可亲。

"刚吃完。怎么了姥姥？"

"你妈刚才给我打了电话，说待会儿要回来，还给你从国外带了礼物。"姥姥说，"你吃完饭就赶紧回来吧，不然到时候你妈回家没见着人，又要说你。"

温舒唯顿了下，应出一句"好"。

姥姥那边又叮嘱了她几句要注意安全之类的便挂断电话。

温舒唯捏着手机发了会儿呆，片刻后，叹出一口气。

姥姥自幼教育她，妈妈喜欢成绩优秀、懂事的乖孩子，所以她一直都很听话；妈妈要她认真学习，她就次次考试都保持在年级前十；妈妈不许她和坏孩子来往，她就不与任何问题少年打交道。

从小到大，温母的要求就像一杆标尺。温舒唯是比照着这把尺子长大的。

酒店大门外，午后阳光正烈，天上没有一朵云，太阳无遮无拦，恣意炙烤着大地。

温舒唯跟阮念初说明情况后离开了婚宴会场。她走出酒店，蔫蔫的，本打算偷懒打个滴滴，可酒店位于商业区，又是周末，一看打车 APP，周围排队打车的人赫然已经排到了三位数。

温舒唯更蔫了，只好在导航软件上查找最近的地铁站，准备坐地铁回家。

地铁站离酒店的直线距离有 1.2 公里，需要沿着大路走 15 分钟左右。

阳光刺眼，她从包里掏出遮阳伞撑开，舔了舔干涩的嘴唇，转过脑袋左右张望，看见不远处正好有一个小卖部。一个老大爷正躺在摇椅上吹风扇看电视，边上还摆着一个打印体育彩票的机器。

温舒唯赶紧颠颠地过去买了瓶雪碧。

喝了口雪碧，温舒唯满足地眯了眯眼睛，心情也跟着好起来，正打算打着小伞喝着雪碧、迈着欢快的步伐向地铁站进发时，一阵汽车喇叭声忽然从路边传来。

叭叭叭。

温舒唯下意识扭过头，瞧见路边有辆城市越野车停在大太阳底下，纯黑色。车主应该是个讲究人，那车身干干净净的，连轮胎上都没什么灰和泥。

温舒唯没多想，看了那车两眼就把目光收回来，继续沿着马路牙子往前走。

可就在她迈出几步后，又是一阵喇叭声。

叭叭叭。

刺耳的喇叭声嚷得温舒唯微微皱眉，回过头，发现那辆原本停在路边的黑色越野居然发动了，沿着人行道龟速往前开，就跟在她旁边数米远的位置。

这回温舒唯反应过来什么了。

她狐疑，打着伞走过去，一瞧，车窗封得严严实实，玻璃是黑色的，从外面往里头看，黑压压一片什么都看不清。

就在温舒唯不明所以、脸上流露出一丝迷茫的时候，副驾驶室这边的车窗缓缓落下，露出驾驶室里那个人的侧脸。

温舒唯一下子愣了。

沈寂单手握方向盘，脑袋转过一个角度，瞧着她，懒洋洋说："这么大太阳还在马路上瞎溜达，不怕中暑？"

没看见我打了伞吗？

"上车。"沈寂没什么情绪，"去哪儿，捎你。"

温舒唯眼里闪过一丝诧异，摆手婉拒道："不用了，那多麻烦你。这儿离地铁站也不远，我自己坐地铁就行了。"

温舒唯不太喜欢欠人什么。之前他在亚丁湾救她死里逃生，这人情已经够大了，再欠下去就是滚雪球，人情债越来越大越来越多，到时候可真没法儿还。

听她说完，沈寂没有出声，一双桃花眼直勾勾地瞧着她，眼底带着探究和玩味。

片刻后，他挑了下眉。

“我渴了。”他冷不丁道，调子懒散随意，漫不经心。

“去给我买瓶可乐。冰的。不是不想欠人情吗？”沈寂淡淡地说，“车费。”

坦白说，温舒唯在那一瞬间有种很惊悚的感觉。她产生了一种怀疑，觉得海军陆战队的特种兵训练项目中，十有八九包括“读心术”这一条。

否则实在无法解释，沈寂是怎么做到不费吹灰之力，一眼看穿她心思的。

温舒唯甚至很想爆粗口。

这男人真是太绝了。

直到从马路边走回之前的那个小卖部，她都有点儿蒙，沉浸在乱七八糟、浑浑噩噩的各种猜测中。

小卖部老大爷自然不知道温舒唯的百转心思。

她之前在小卖部买过雪碧，大爷已经认识她了。此时，见这小姑娘进门之后也不说要什么，就只是定定地站在某台机器前面发呆，眉心微蹙，若有所思，一脸很纠结又很彷徨的模样，大爷一思索，瞬间明白过来。

“姑娘，别紧张。”大爷和蔼可亲，笑眯眯地说，“随机一注再加个倍，十块钱，买不了吃亏，买不了上当。”

五分钟后，温舒唯抱着一个塑料袋小跑回路边，“啪”一声，拉开车门，十分自觉地爬上了副驾驶座坐好。

沈寂看她一眼。

这丫头去而复返，怀里抱着一大包东西，不知道买了些什么。雪白的脸蛋儿被太阳晒得红扑扑的，刚跑过一阵，她呼吸还有些不稳，微张着嘴巴喘气，小巧饱满的唇瓣儿嫣红欲滴，忽然扭过脑袋看他，大眼晶亮，脸上还挂着个看起来莫名有点儿谜之兴奋的笑。

沈寂目光下移，瞥了眼姑娘怀里抱着的塑料袋：“这是什么？”

温舒唯调整着呼吸，边说边打开口袋向他展示，又从里面拿出一瓶冰可乐递过去：“喏，你要的可乐。另外我还给你买了一些零食，薯片、奇多、酸枣糕什么的。”说着，她回身把一大口袋零食放到车后座，“车费，都拿回去吃吧。”

沈寂发动了引擎，从中央后视镜里看了眼后座的那包零食，嘴角勾了勾：“谢了，小乘客。”

“不客气。”姑娘笑盈盈道。

“另外，”她忽然又说，“沈队。”

沈寂开着车，鼻腔里很轻地“嗯”了一声，尾音很自然地拉长上扬。

温舒唯很认真：“除了这些零食之外，我还准备送你一个礼物。”

沈寂：“什么？”

温舒唯笑，眼儿弯成俩月牙，一脸不可言说的神秘表情：“一个梦想。”

“给。”下一瞬，姑娘伸手，摊开五指，把手里捏着的东西郑重其事地递到了他面前，“车费嘛。只要有梦想，谁都了不起。”

沈寂垂眸。

小巧粉白的手掌心里躺着一张薄薄的小纸片，打头就是几个醒目的大字：中国体育彩票——体彩大乐透！五百万大奖抱回家，一夜暴富不是梦！

温舒唯买这张彩票纯属偶然。

当时她只是折返回去买可乐，谁知听卖彩票的大爷随口吹了几句，便忽然冒出“干脆送沈寂一张彩票”的念头，并且还将这个念头付诸了行动。

温舒唯事后总结，觉得彩票大爷朴实无华的推销手段实在是太高明了。

这边，沈寂在静默了整整五秒钟后，面无表情地收下了那张彩票。

等副驾驶座上的姑娘坐稳系好安全带，沈寂发动引擎把车开上了大路，漫不经心地淡声问：“上哪儿？”

“回家。”温舒唯回答。

“还住以前那儿？”

“嗯。”温舒唯下意识点了点头，应完之后反应过来什么，忽地一顿，扭过头看他，惊讶之余，脑都没过地脱口而出，“你还记得我家住哪儿？”

沈寂开着车，也没看她，鼻腔里发出个“嗯”音，听着懒洋洋的。

闻言，温舒唯眼睛微微瞪大：“你……”

瞥见身旁姑娘错愕诧异的脸蛋儿，沈寂眉毛都没动一下，没什么情绪地说：“以前不是去过一次吗？

“我记性还可以。”

随后，承蒙某位自谦“记性还可以”的好心人相送，温舒唯果然在自己完全没指路的情况下顺利到家。

认真说来她其实有点惊恐。

当年高考结束后，温舒唯所在的高三（七）班订了家酒楼吃散伙饭。宴席上，想到大家即将各奔前程或许此生都再无相见之日，同学们感慨万千悲喜交加，啤酒白酒混着喝，有的完全喝断片，有的醉得直说胡话，最后只能由勉强还算清醒的班长来安排一包间的同学回家。

已是深夜，小姑娘单独出行不安全，班长便制定出了两个方案：一、家住得近的女同学三至四人结伴打车，并且随时向班长报平安；二、还清醒的男同学一对一或者一对多送女同学打车回家。

很不巧的是，温舒唯跟着姥姥住在云城一环路的一个老小区里，班上没其他人跟她顺路。而且班长在安排“男生保镖”时，温舒唯去了趟洗手间，等她一晃一晃、唐老鸭巡逻般回到包间时，大家已经走得差不多了。

而很巧的是，当天十七中的某个班级也在那个酒楼吃饭。

女班长见温舒唯被安排漏了，有点儿着急，只好先扶着她在酒店大厅的沙发上坐下来，让她醒酒。温舒唯晕晕乎乎直打瞌睡，呆呆地坐在沙发上，脸红红的，脑袋小鸡啄米似的一点一点。

就在这时，温舒唯迷迷糊糊瞧见一群人从酒楼电梯里走了出来，有男有女，说说笑笑，年纪跟她差不多大。

其中一个穿浅灰色衬衫的人影瘦高修长，原本正面无表情地听旁边人说话，忽然余光一瞥瞧见什么，微顿步，走了过来。

那人走到她面前站定，似乎低下头，意味不明地盯着她。

边上的女班长整个人都已经愣了，不知道这忽然冒出来的帅哥是何方神圣。见他弯腰看温舒唯，女班长狐疑，开口询问:“你是她的朋友吗？”

温舒唯那时脑子昏沉沉，眼皮子吃力地掀开，合上，又掀开，又合上，没听清班长后面又和那高个儿男生说了什么。

总之，十年之后的现在，温舒唯唯一能清楚记得的事情，便是当晚，在某种说不清道不明的神奇缘分牵引下，充当“男保镖”护送喝得醉醺醺的她回家的人，是十七中的风云校霸沈大佬。

万万没想到，这位仁兄只是在那次机缘巧合下送她回了一次家，居然就准确无误地记住了她家地址。

这记忆力，没谁了。

温舒唯脑子里乱七八糟地思索着。就在她神思遨游天际半天回不过神的时候，边上响起一嗓子。

“到了。”

一听这话，温舒唯瞬间回魂，抬眸透过车窗往外瞧，老街道，居民区，黑色越野车已经停在了她家小区门口。

“谢谢。”她边解安全带边说。她跳下车，正要反手关车门又想起什么，于是弯下腰探出脑袋，笑着提醒，“今天晚上九点十分，别忘了兑奖。”

沈寂视线落在温舒唯脸上。

她在笑，眉是弯的，眼儿也是弯的，清澈晶亮的瞳孔缀入星星点点的笑意。

沈寂直勾勾地盯着她，浅棕色的眼睛里眸色微沉，一时没有说话。

温舒唯见对方半天不搭腔，以为他没反应过来，便眨眨眼，伸手朝他刚才放彩票的中控台指了下：“彩票！”

片刻后，沈寂出声：“好。”

“一定要记住兑奖啊。梦想还是要有的，万一中了呢？”温舒唯说着，抬起右手无意识地拍了拍男人的肩，冲他挑挑眉毛，眼神带着暗示，“哎，中了奖的话，也不用太感谢我，请我吃顿饭就好了。”

沈寂眼一斜，目光扫过姑娘搭在他肩头的细白小手，轻轻一挑眉，眸子里浮起几丝兴味：“好。”

温舒唯脸上笑眯眯：“再见。”说完便准备关上车门转身离去。

然而她手握着车门边沿，还没来得及把门扣上，驾驶座上那位又开腔了。他说：“扫个微信。”

温舒唯整个人动作顿了顿，回过头来。

“中了奖请你吃饭。”沈寂一手握方向盘一手拿手机，微垂头，手指随意操作几下，然后慢条斯理地撩起眼皮瞧她，薄薄的唇弯起一道似笑非笑的弧。

他盯着她，说：“总得知道怎么找到你。”

那语调散漫，声线磁性低沉，尾音处很自然地拖长，听着有种说不出来的性感。

温舒唯一怔，觉得整个脊梁骨都有点发麻。

她脑子里乱七八糟地思索着，好几秒才定定神，想起沈寂之前说的话，顿了下，回答道："好的。那你加我微信吧。"

随后报出来一串手机号码。

沈寂在搜索栏里输入，面无表情地说："注定要暴富的小温同学。"

"头像是个抱着金元宝的财神爷。"

"这个号？"

"嗯，是。"

温舒唯点点头，干巴巴地笑了下："那什么，我手机快没电了，我回家充了电再通过验证啊。再见！"说完就转身走了。

沈寂目送那道纤细娇小的背影往前走。

姑娘穿着一条小礼裙，挎着包，走路的姿势轻快活泼，进小区时还跟门卫大爷闲聊了一句，随后转过一个弯，消失不见。

沈寂收回视线，慢吞吞地摸出根烟，点着。他扫一眼中控台，顿了下，伸手把那张彩票拿了起来，边抽烟边半眯着眼睛瞧。

几秒后，他又不知从哪儿拿出一个穿海军军服的圆脸小玩偶。

两样东西放一起瞧。

没瞧几眼，沈寂咬着烟蒂低低地"呵"了声，仰起头，闭上眼，脑袋懒洋洋地往后一靠，枕在了座椅靠背上，修长冷白的食指有一搭没一搭地敲在玩偶的圆脸蛋儿上。

"温舒唯。"他眼也不睁，唇齿间呢喃着这个名字，嗓音低柔，带着点儿哑，似亲昵又似若有所思。

温舒唯。真行啊，丫头。

温舒唯的姥姥和姥爷都是知识分子，他们住的小区是九十年代姥爷单位上给分配的，旧式单元楼，没有电梯，虽然居住环境差了点，但周围住的都是认识几十年的老邻居，整个小区邻里关系和睦，充满了人情味。

两年前姥爷去世后，温舒唯便跟姥姥两个人住在这儿。温母偶尔会来看看，但次数不固定，多的时候一个月四五次，少的时候两个月也见不到人。

刚进单元楼，温舒唯的手机就响了。

她接起来，不等电话那头的人开口，便道："回来了，回来了。我已经到楼下了，姥姥。"

“回来了就好。”姥姥那边压着嗓子，像是躲着打电话怕被人发现，柔声对她说，“你妈妈已经到了一会儿了，一起来的还有你爸和你弟弟。”

“知道了。”

挂断电话的同时，人也正好上到三楼。

温舒唯站在楼道口，看着那扇防盗门鼓鼓腮帮子吹了口气，然后才拿出钥匙开门。窸窸窣窣一阵响，再是门锁“咔嗒”一声。

门开了。

温舒唯走进去，反手关门，弯腰在玄关处换拖鞋。进门毯旁边多了三双鞋，一双做工考究的女士细高跟，一双锃亮男士皮鞋，一双 GUCCI 男款运动鞋，全都价格不菲。

温舒唯收回目光，穿着拖鞋走进客厅。

“唯唯回来了。”一个男性嗓音响起来，听上去语气含笑，很和善。

温舒唯抬起头，只见客厅沙发上坐着一个男人和一个男生。男人已年近六十，两边鬓角花白，西装革履气质沉稳，手腕上戴着块石英腕表，浑身上下都流淌着上流社会成功人士的富贵气息。

男孩子则十六七岁的年纪，身形瘦长，遗传了父母的好基因，他面容英俊帅气，瞳色漆黑。此刻正戴着蓝牙耳机窝在沙发里玩手机游戏，压根没理她。

温舒唯脸上浮起笑容，乖乖问好：“爸爸。”

继父顾长海冲她点了下头，然后看向边上的少年，语气沉下几分，提醒道：“小松，你姐姐回来了。”

听见这话，顾文松才摘下一边耳机，不甚情愿地掀起眼皮看了刚进门的温舒唯一眼。在跟自个儿姐姐大眼瞪小眼地对视两秒钟后，他弯起唇，故意做出了一个非常热情的笑容，露出一口白牙：“姐姐好！”

少年还没过变声期，声音本就闷闷的有点嘶哑，再配上如此矫揉造作情绪高昂的语调，直令温舒唯起了满身鸡皮。

温舒唯默了默，回：“弟弟乖。”

塑料姐弟一人一句地说完，整个客厅就安静了。

顾文松继续玩《王者荣耀》，一副没精打采不想理人的样子。温舒唯看了弟弟两眼，觉得这位少年就差把“我现在在叛逆期，莫挨我”写在脸上了。

温舒唯默默把目光从弟弟脸上收回来。

一边的顾长海其实也不知道该跟这个继女聊些什么，多年来的生疏客气已经形成习惯，他们这对名义上的父女从来没有单独聊过天。

好在这尴尬的气氛并没有持续多久。

下一刻，姥姥从厨房里走出来了，笑眯眯地说："唯唯，你妈妈给你买了你最爱吃的菠萝蜜。"

话刚说完，一个五十来岁的妇人便紧随其后从厨房里出来了。妇人的年纪虽已不轻，但保养得当，常年的瑜伽健身让她的身段儿看起来和三十来岁的人没什么两样，皮肤很白，五官面容依稀可见年轻时的艳丽姿色。

温母腰上系着围裙，手里还端着一大盘水果。

温舒唯："妈妈。"

"嗯。"温母把水果放在茶几上，回过头来，目光在温舒唯身上淡淡打量了一圈，点点头，眼中露出满意的神色，"今天这打扮还不错，总算没穿那些乱七八糟的衣服了。"

温舒唯没有说话。

她在 B 站做 UP 主，有时因内容需要，会穿洛丽塔风的服装和汉服录制视频。温母性格古板，不能接受新鲜事物，便将她的那些衣物妆容，甚至是她录制视频的行为都归为"乱七八糟""出格"和"哗众取宠"。

温舒唯曾经尝试过和妈妈交流，但尝试几次都是以失败告终，最后索性也就不说了。

"最近工作怎么样？"

"挺好的。"

"之前看新闻，你们出海的货轮出现故障。你没什么事吧？"

"没。"

"我们从墨西哥给你姥姥带了些特产零食，你姥姥记性不好，你记得提醒她吃。"

"嗯，好的。"

母女两人有些公式化地说着话。最后，温母从包里取出一个首饰盒，笑着递给温舒唯，说："这是你爸爸专程给你买的礼物，看看喜不喜欢？"

首饰盒是某品牌最具标志性的青蓝色，盒子上印着几个十分显眼的英文字母：Tiffany & Co，国际一线珠宝大牌。

温舒唯双手接过盒子，打开，里头躺着一条这些年很流行的微笑项链，做工细腻，镶满了小钻。

正打量着，旁边的温母说：“来，戴上看看。”说着便取出项链，撩开她颈后的黑发给她戴上。

钻石闪啊闪，满天星似的，将姑娘纤细的脖子和柔美的锁骨线条点缀得更加精致。

温母脸上露出一个满意的笑容：“不错，很好看。”

温舒唯点点头，微笑：“谢谢妈妈。”

乖乖巧巧，客客气气。

温母和顾长海带着顾文松在姥姥家吃完晚饭，又陪着老人家看了会儿电视之后便离开。

温母三人离去后，温舒唯悄悄地呼出一口气，关上门，回到卧室便把脖子上的钻石项链给摘了，趴在床上边啃苹果边玩手机。

正刷着微博热搜榜，一条微信消息忽然弹了出来。

温舒唯点进去，见发信人的备注是“B 站运营总监赵晓红”。

赵晓红：唯唯，在吗?

温舒唯咬着苹果眨了眨眼睛，回过去一句“怎么了赵姐”。

赵姐：你收到我们的邀请函了吗?

注定要暴富的小温同学：啊……不好意思，这几天赶稿子太忙了，没有看邮箱。请问是什么邀请函?

赵姐：明天 B 站网红节有个线下活动，地址在银座广场。这次活动主要是给 B 站的老用户送福利，顺便还有一些合作商家可能会邀请你们现场签约。你不用准备什么，送粉丝的礼物或者抽奖的奖品都是我们准备，你只用带上你的团队或者自己品牌的产品之类的准时出现就可以啦。

注定要暴富的小温同学：我一个人来可以吗?

赵姐：啊?

注定要暴富的小温同学：我没有自己的品牌，也没有团队（发呆）。

赵姐：?

认真的吗？你一个 B 站粉丝一百万、微博粉丝三百万的大网红，没有团队？手机屏幕这边的赵姐风中凌乱地想着。

足足过了好几秒，赵姐才回：……那你随便带个助理吧，到时候现场人多，带个助理你方便一点。

注定要暴富的小温同学：但是明天是工作日，大家都在上班（发呆）。

赵姐：去租一个助理吧（微笑）帮你打杂、搬东西、挡某些狂热粉丝（微笑）。

注定要暴富的小温同学：……好吧。

赵姐：明天下午，银座广场，你的展台是 B 区 17 号。我们给你安排了独立化妆间。你是自己带化妆师还是用我们的化妆师？

注定要暴富的小温同学面露一丝茫然，敲字：我不能自己化吗？

赵姐：……

赵姐：活动两点半开始，你一点钟过来化妆吧。我帮你安排化妆师（微笑）。

赵姐：礼服你有吧？

注定要暴富的小温同学：……我尽量有（尴尬而不失礼貌的微笑.jpg）。

赵姐：（微笑）OK.

回复完赵姐，温舒唯抱着手机陷入了沉思，在绞尽脑汁冥思苦想了大约两分钟后，她想起什么，猛地跳下床，拉开衣柜，从里面翻出了一条雾霾蓝色的连衣裙。

这条裙子是前年她生日的时候程菲送的，抹胸款式，下摆开衩斜鱼尾，还挺适合她，就是一直没找到合适的场合穿。

压箱底千日，用裙子一时。总算有了用武之地！

温舒唯眼睛一亮，决定明天参加网红节的活动就穿这条礼服裙。

现在礼服是有着落了，助理咋办？

温舒唯再次陷入苦恼。她眉头微皱，一边琢磨着要不要在 58 同城或者 BOSS 直聘上头发布一则招助理的招聘信息，一边有一搭没一搭地翻微信通讯录，想看看有没有哪个狐朋狗友比较闲。

翻着翻着，忽然看见"新好友"一栏多出一个红色的小"1"。

显示有一条还未通过的好友验证。

温舒唯刚开始没反应过来，点进去一瞧，姓名：S，头像：蓝蓝的天上白云飘，白云下面马儿跑。

验证信息就俩字儿，言简意赅，简洁有力：沈寂。

温舒唯看着这条好友验证，呆了差不多五秒钟才猛然回神——自己之前一直忘了通过那位兄台的验证。

她连忙点了个“通过”。

好友添加成功。

温舒唯想了想，觉得出于礼貌自己还是应该解释一下，便发送道：不好意思，之前忘了（憨笑）。

对面并无回复。

温舒唯没等多久便退出了和沈寂的聊天界面，发了会儿愁之后甩甩脑袋，拿起睡衣进浴室洗澡了。

她出来吹完头发又刷了会儿朋友圈之后，嘟嘟嘟，一阵消息提示音响起。

温舒唯点进去，是沈寂发的。

沈寂：想吃什么？

注定要暴富的小温同学：？

沈寂：中了。

注定要暴富的小温同学：！！

看着手机屏幕上“中了”两个字，温舒唯眼珠子都瞪圆了，惊喜地敲九宫格键，哐哐哐回过去：啊啊啊啊！好棒！中了多少钱？

沈寂：500。

注定要暴富的小温同学：万？！

沈寂：块。

注定要暴富的小温同学：500 块也不错，恭喜恭喜！

注定要暴富的小温同学：不用请吃饭，我是跟你开玩笑的。

沈寂：吃什么？

能不能不要无视我发的消息。

温舒唯沉默，想了想，再次回复：我明天有事，可能只有改天，或者……

回复这段话的同时，一个念头忽然莫名其妙从脑子里蹦了出来，以致她手指顿都没顿地便继续敲字发过去：

——或者，你能不能来给我当一下助理？

注定要暴富的小温同学：时薪 100，工资日结，考虑一下？

这条消息发过去，良久无回音。

两分钟后。

注定要暴富的小温同学：我开玩笑的，你不要当真……

又等了会儿，对面依然没有回复。

难道生气了？

温舒唯脑门儿上升起一个问号，正准备继续敲字，一通电话打了进来。

来电显示：沈寂。

她呆了呆，有点迷茫地接起电话："喂？"

"什么意思？"听筒里传出一道嗓音，清冷好听，比平日里听着竟要低哑些许。

温舒唯只好把自己明天要参加网红节活动的事一五一十说了。

沈寂听完静默几秒，问："明天几点？"

温舒唯一怔："你问这个做什么？"

不是吧大佬，真要给我当助理？

你已经缺钱到这个地步了吗？

"我送你去。"沈寂说。

"你明天没有什么事吗？"

"没有。"

你的休假生活这么悠闲吗？

温舒唯举着手机默默羡慕嫉妒恨了会儿，报出个地址，两人约好明天中午十二点半在温舒唯家小区门口见后，便挂断了电话。

城市另一端。

客厅里没有开灯，装修简单的屋子里家具简单，冷冷清清。一根烟抽完，沈寂在黑暗中掐了烟仰面倒在沙发上。昨儿没睡好，脖子不舒服，他慢吞吞地扭脖子，抬起手揉着后颈。

昨儿梦了人家一整宿。

这才分开几个钟头，就又想见她了。

第二天，温舒唯早早吃完午饭收拾出门，走出小区一瞧，果然在马路边上看见了一道熟悉的身影。

车停在树荫下。男人身形高大而修长，站姿很随意，靠着黑色越野车的车门，正在抽烟，脸上表情寡淡冷静。

温舒唯走过去招招手，打了声招呼："哈啰！来很久了吗？"

沈寂闻声转过头。

姑娘从阳光灿烂处走来，踩双银色的高跟鞋，身上穿着一条蓝色的小礼服裙，裙子衬她肤色，显得那一身雪白的皮肤越发剔透晶莹。她像是没有化妆，小脸儿素净，细眉浅淡，一双眸子亮晶晶的，乌黑柔软的长发软软地披在肩头。

沈寂的视线落在她白白的脸蛋儿上。

他吐出最后一口烟圈，掐了烟，随口问她："吃饭没？"

温舒唯点点头："你呢？"

"嗯。"

"唉，我昨天晚上真是随口一问，没真想你去给我帮忙。"温舒唯语气诚恳，"我已经找了我另一个朋友了，你其实都不用送我的。"

沈寂跟没听见似的，慢条斯理地拉开副驾驶座那边的车门："过来。"

温舒唯见状不好拒绝，只好拎着包包踩着小高跟颠颠儿地过去，边自己拉住车门边客客气气地道："我自己来自己来，老这么给你添麻烦，多不好意思。"

两人此刻距离极近，角度问题，温舒唯娇小的身子刚好就在沈寂眼皮底下。

沈寂闻到了一股清新的甜香。

他动作顿了下，转过头看自个儿身前的姑娘。距离太近的缘故，他微侧身，棱角分明的下巴轻轻贴着姑娘光洁的额头擦过去。

温舒唯察觉到，整个人微微一僵，下意识扭过脑袋看他。

男人英俊冷厉的面容近在咫尺，浅棕色的桃花眼直勾勾地盯着她瞧，玩味不明，唇和她的几乎只剩半指距离。

夹杂烟草味的呼吸，清冽微凉，喷在她的脸上。

温舒唯心跳忽地漏掉两拍，瞪大眼睛，连躲开都忘了。

不知过了多久，沈寂忽然看着她勾了勾唇，说："看得出来，你确实不好意思。"

温舒唯迷茫："为什么？"

沈寂说："脸红了。"

自己后来是怎么上车的，温舒唯记不太清。不知是因为头顶的阳光太灿烂，晒得人有些犯糊涂，还是别的什么原因，温舒唯坐在黑色越野车的副驾驶座上，只觉脑子迷迷糊糊的。

此时，她抱着手机坐在座位上，整个人还蒙蒙的，处于云里雾里回不过神的状态。

黑色越野车在马路上平稳行驶。车窗外阳光和煦，车水马龙。

一分钟后，温舒唯的大脑终于勉强恢复到正常运作状态。她深吸一口气吐出来，定定神，一边解锁手机假装刷微博，一边眼神一斜，悄悄往左手方向瞄过去。

沈寂安静地开着车，眉眼冷淡，看起来丝毫没有跟她闲聊说话的欲望。

瞄着瞄着，温舒唯开始发呆。

高中那会儿，她和沈寂一个是好好学习天天向上的优等生，一个是远近闻名的校霸大佬，又不在同一个学校，两人的交集很少。

关于“沈寂”这个人，温舒唯的“耳闻”远多于“眼见”。高三下学期的那次“三块钱锅盔”事件让她和沈寂有了第一次接触，随后她去十七中还钱，目睹这人和其他问题少年待在一起的场景，便下意识认为沈寂也只是个不学无术的混混。

当年的温舒唯觉得，这个叫沈寂的混混，和其他混混的唯一区别，只是他长得又高又帅。

嗯，倒确实很帅。

温舒唯不由得在心里感叹——也得亏是已经上交给国家了，成天跟军区大院儿里关着，不然就这张风流又招摇的脸放出来，不知道得祸害多少无知小女孩儿。

就在她脑子里一通胡思乱想的时候，前方十字路口亮起红灯。

黑色越野车跟着庞大车流一道缓慢停下。

忽地——

“你老看我做什么？”旁边冷不丁冒出一句，语气漫不经心，很随意。

温舒唯一愣，保持着眼神偷瞄的动作，就这么定住了。

沈寂在椅子上调整了一下坐姿，转过头，目光慢悠悠地转到她脸蛋上。见这姑娘呆呆的不应声，便微挑眉，动动下巴：“问你话呢。”

你怎么知道我在看你？眼睛长太阳穴上了？

温舒唯微窘，干咳两声把视线收回来，支吾着道：“我在想事情，没盯着你看。”

沈寂眼睛直直盯着她，食指轻轻敲了下方向盘：“想我吗？”

“没有啊。”温舒唯被口水给呛住，都结巴了，两片红云不由自主地爬上双颊，有些慌张地否认，“我想你干吗！”

沈寂将她绯红的脸蛋儿收入眼底，嘴角勾了勾，眼神里充满兴味，没有说话。

红灯跳绿。

温舒唯被他瞧得心跳急促，掌心全是汗，看见绿灯，连忙手指往前戳了下空气，提醒道：“可以走了。”

沈寂这才慢条斯理地收回视线，重新发动汽车。

呼。

温舒唯悄悄地吐出一口气。

就在这时，手里的手机忽然“嘟嘟”一声，提示有新的微信消息。

温舒唯点进去一看，见发信人是一个被她备注为“汤小妹”的号，信息内容是：？姐妹，你人呢？

温舒唯微讶，哐哐哐敲字回复：你到了？

汤小妹：嗯哼。

注定要暴富的小温同学：啊！你稍等。

温舒唯看了眼时间，十二点四十分，距离她和赵姐约好的化妆时间还有二十分钟。她有点着急，正左右张望着想看看到哪儿了，一阵手机铃声忽然响起来。

温舒唯扫一眼来电显示，接起来：“喂？”

“唯唯，我已经等你好久了。”听筒里传出一个男人的声音，低沉细柔，很悦耳，标准的华丽妖孽腔，冷哼道，“限你五分钟之内出现。”

“等一下！”温舒唯把手机听筒拉远了点，扭头看沈寂，“还有多远啊？”

“前面就是。”沈寂淡淡地说。

闻言，温舒唯抬头一看，果然，黑色越野车已经驶入云城市中心一带，周围的摩天大楼鳞次栉比，充满了极尽繁华的现代化气息。她连忙对手机那头的人说：“我马上到啦。你停好车了吗？”

“我在负二层等你呢。”

对面应声，忽然一顿，换上打趣八卦的语气悠悠地问：“哟，万年单身狗身边终于有男人了？刚才说话的是谁？”

温舒唯微窘，拿余光悄悄瞟了边上的沈寂一眼，清清嗓子，回答：“一个朋友。好了先不说了，一会儿见。”说完便挂断电话。

黑色越野车缓缓驶入银座广场负二层的停车场。

温舒唯看一眼时间，还剩十六分钟到一点，时间充裕，便伸手去解安全带，嘴里同时说：“今天真是太麻烦你了沈寂同志。你先回去吧，再见。”说完便跳下了车。

“砰”一声关上车门，一抬头，沈寂站在对面。

温舒唯有点茫然，问：“你怎么也下车了？要到附近办事吗？”

“晚上请你吃饭。”沈寂两只手插裤兜里，迈开两条大长腿径直往前走，不咸不淡地说，“下午没事儿。我陪你。”

温舒唯以为自己耳朵出毛病了：“啊？”

就在她丈二和尚摸不着头脑的时候，不知从哪儿伸过来一只大手重重拍在她肩膀上，伴着一声惊喜异常的调子：“Surprise！”

温舒唯被这突如其来的一嗓子一吓，差点儿没一口气背过去。好不容易勉强扶着墙站稳了，她拍拍心口，回过头，一个瘦高瘦高的俊美小哥映入视野。

俊美小哥身高在一米八左右，小卷毛，戴眼镜，脸上的皮肤又白又嫩。脚踏白皮鞋，穿一套粉色的修身西装，右耳戴着一枚黑玛瑙耳钉，妆容精致，打扮得比女孩子还讲究。

温舒唯瞪眼：“姓汤的，你想吓死人？”

汤瑞希，也就是微信备注为“汤小妹”的小哥闻言，一把揽住温舒唯的肩，皱起眉，委屈兮兮地说：“好久没见到你，想给你一个惊喜嘛。”

汤瑞希是温舒唯的大学同学，美妆博主，也是温舒唯的闺中密友之一，两人关系非常要好。

不远处，沈寂点了根烟，顿步回过头，刚好看见一高一矮两个人影亲亲密密站一块儿的姿势。

沈寂咬着烟眯了眯眼睛，脸色不变。

温舒唯又骂了汤瑞希几句便把他的爪子给拍开了，见沈寂回过头，连忙笑着介绍，道：“这是汤瑞希，是我同学。”然后又给汤瑞希介绍，说，“这是沈寂，我朋友。”

汤瑞希笑盈盈地打招呼：“沈先生，幸会。”

“你好。”沈寂也笑，语气冷淡。

汤瑞希嘴角乐呵呵地往上勾着，忍不住多看了沈寂几眼，见这人面貌英俊，气质独特，散漫中又透出冷硬威严，叫人不可靠近，即使不说话，光站在那儿便有强烈的存在感和压迫感，绝非平凡角色。

汤瑞希压着嗓子朝温舒唯靠近几分，小声好奇道："你从哪儿冒出来这种朋友？"

"高中同学啊。"温舒唯笑嘻嘻地答。

"你高中有这么优质的同学？怎么从来没听你说过？"

"哦。他隔壁学校的。"

两人徜徉在八卦海洋里又低声嘀咕了几句，随后有电话打进来，汤瑞希朝两人笑笑，礼貌地说了句"失陪"，便独自走到楼梯间接电话去了。

温舒唯往电梯方向走着，迟疑几秒后没忍住，伸出手，轻轻拽了拽边上那人的袖子："哎。"

沈寂步子不停，低眸，姑娘眼睛大大的，望着他，纯粹无意识的小动作，细细白白的手指牵在他的袖口上。

他掀起眼皮看她："嗯。"

"沈队，你真要陪我吗？"温舒唯简直难以理解。这位大佬是什么身份的人物，她哪敢让他纡尊降贵来给自己打杂，怕是要折寿。

"嗯。"

"那怎么好意思呢。"她摆摆手，很认真，"有汤瑞希在呢，那小子人高马大，人手方面你别担心，够用够用。"

话音刚落，对方脚下的步子忽地停住。

温舒唯狐疑，也跟着停下，白生生的脸蛋流露出迷茫。

沈寂在原地站了片刻，忽然侧身朝她压过去。温舒唯始料未及，见他靠近，下意识便往后退。地下停车场四处都是方方正正的高柱，她没留神，背一下便靠在了冰凉的柱子上。

沈寂弯下腰，微微朝她靠近几分，挑眉说："大学同学能陪着你，高中隔壁学校的同学就不能？"

温舒唯再次被呛到。

好在下一秒，沈寂便直起身子，重新将距离拉开。他淡淡地说："反正我闲着也是闲着，陪你，当打发时间。"

第三章——迷

说完这句话之后，沈寂便收回视线自顾自往前走，徒留温舒唯在原地石化成雕像。

下一瞬，温舒唯回过神来。

望着那道已经走出一小段距离的高大背影，她若有所思地眯了眯眼睛，觉得这位大佬今天极有可能是吃错药了。

没多久，汤瑞希打完电话回来了。三人一道走进电梯。

沈寂手里把玩着一只打火机，背靠墙，神色冷淡，和平时没什么两样。

但不知为何，温舒唯觉得这位大佬此时浑身上下都散发着一种“老子现在很不爽”的高危信号。

也不知道是不是错觉。

盛夏时节，电梯里气压低冷阴风阵阵，跟百鬼夜行似的。

温舒唯默默抬手搓了搓胳膊。

“咋冷飕飕的？”边上，汤瑞希似也有察觉，随口抱怨了句。他站在离楼层按钮最近的位置，扭头问温舒唯，“几楼啊？”

“稍等。”温舒唯掏出手机，看了眼赵姐给她回的消息，回答，“我得先去化妆，先上六楼吧。”

“好嘞。”汤瑞希摁下数字“6”，说完看一眼身旁的好姐妹，关心道，“你也觉得冷吗？这个商场也真是的，空调开这么低。”说着就准备抬手去摸温舒唯的胳膊。

然而，他指尖还没来得及碰上自家姐妹的裙边儿，一个不明物体忽然不知从哪儿飞了过来，不偏不倚，刚好砸在他的手背上，力道还挺大。

汤瑞希吃痛，“嘶”的一声倒吸一口凉气，把手缩回来，皱了眉头低头一瞧，只见地上躺着一只打火机，绿色的，透明质地，小卖部里一块钱一个，最普通的那种。

汤瑞希一下子愣了，弯腰捡起打火机，挠挠脑袋，一琢磨，反应过来什么，困惑地回过头去。

“不好意思。”

沈寂淡淡地说：“手滑。”

滑得好准。

温舒唯嘴角不可控制地抽了抽。

“没关系，没关系。”听闻此言，汤瑞希只能回一个尴尬而不失礼貌的笑容，伸手把打火机给沈寂递还回去。

须臾，“叮”一声，电梯在 6 楼停下。

这次的网红节活动规模庞大，昨晚温舒唯仔细看过邀请函，发现这次活动，主办方邀请的 UP 主足足有一百多人—— 上至粉丝百万级的大 UP 主，下至几千一万粉丝的新生代 UP 主，搞美妆的，做美食的，拍萌宠的，录游记的，各个频道应有尽有。

好在绝大部分网红 UP 主背后都有专业的经纪公司和团队，也都有自己的专属化妆造型师，因此公共化妆区域并不算拥挤。

距离活动开始还有一个半小时，主办方各部门人员都忙得脚不沾地，整个 6 楼闹哄哄的。

温舒唯走出电梯，转动脖子在人群里寻找赵姐的身影，正张望着，忽然被人从背后重重撞了一下。

她本就没站稳，这一撞，脚下踉跄，整个身子瞬间不受控制地往前栽倒下去，惊得低呼出声。

就在温舒唯以为自己要和大理石地面亲密接触的前一秒，一股大力将她胳膊扶住，稳稳的，极有力。

温舒唯勉强站稳，微低眸，瞧见五根修长漂亮的手指牢牢握在她的手臂上，心跳没由来地加快几拍。她脸微红，连连说了两句“谢谢”，胳膊轻轻往回抽。

沈寂没说话，松开了手。

“对不起！”撞到温舒唯的是一个二十二三岁的女孩儿。小姑娘看起来毕业不久，脖子上挂着工作证，手拿对讲机，满脸愧疚频频朝她道歉，

“我急着找东西没看路，太不好意思了，你没事儿吧？”

“没事。”温舒唯摆手，并不打算为难这个女孩儿。

这番动静不算小，已经引起周围人的注意，一时间，现场的工作人员和少部分同样过来化妆的 UP 主纷纷朝这边看过来。

“唯唯！”一个声音忽然高声喊道。

温舒唯循声看过去，只见不远处站着一个体型高挑的女人。对方三十来岁，黑色长发在脑后绑起一个高马尾，黑衣白裤，看上去精明干练又充满时尚感。

女人正朝温舒唯招手，脸上笑盈盈的。

温舒唯也挥挥手：“赵姐。”

赵姐这会儿正忙得不可开交，朝身边几人交代完事情后便大步走了过来：“你可算来了，我正想给你打电话呢。”边说边回身张望着招呼，“小文，带唯唯去她的独立化妆间，马老师已经在里头等着了。”

“来了。”一个戴眼镜看起来斯斯文文的男人立马小跑过来。

赵姐视线回到温舒唯身上，笑着说：“那唯唯，你直接跟着小文去就行了，我忙完了再找你啊。不好意思。”

“你忙吧。”温舒唯笑嘻嘻地摆手，“不用管我们。”

赵姐点点头。

温舒唯在 B 站的 ID 叫“唯唯的花花世界”，因为一支主题为“穿汉服游东京”的日本游记 vlog 而一夜爆红，人气很高，每支视频的平均播放量高达 40 万，是不折不扣的流量大 UP。但这姑娘性子呆萌为人谦逊和善，一点儿不拿自己当大牌，丝毫没有那些大网红大流量的架子。赵姐跟她接触过几次，对她印象很好。

两人聊完，赵姐转身便要离去，正要走时才注意到，温舒唯身后还站着两个人。

赵姐只匆匆一瞥，目光却被其中一人吸引，走出好几步都还频频回头，朝那高大笔挺的背影张望，眼神里写满好奇。

“那是谁？”有几个工作人员窃窃私语。

“没看见是跟唯唯一起来的吗，估计是她男朋友。”

“长得好帅。”

绝大部分小 UP 主都是在大房间化妆，数个化妆师流水线作业，批量生产，只有少部分 UP 主能拥有独立化妆间。

温舒唯在小文哥的带领下往独立化妆间走，快到的时候，小文哥忽然想起什么，转头把温舒唯叫到了一边，说："唯唯，独立化妆间空间不大，你们三个人进去可能有点儿挤。要不你先化妆，带一个助理进去就行，另外一位助理先生就跟我去楼下签到领东西？"

"那个，你误会了。"温舒唯飞快扫了眼几米远外脸色寡淡的沈寂，慌慌忙忙地想解释，"这位不是……"

"也行啊。"

没等温舒唯说完，汤瑞希不知从哪儿冒了出来，出声打断。闺密小哥乐呵呵的，望着温舒唯挤眉弄眼，凑过去，嘿嘿嘿道："唯唯，我陪你去化妆，我最近在研究欧美妆，很有心得，说不定我还能指导一下你的妆容造型。"

指导就指导，你这么猥琐的表情是什么鬼?

温舒唯无语。

她再抬眼看看等在一旁的沈寂。他靠墙站着，从始至终没说一句话，单手把玩打火机，安安静静，视线非常平静地落在她脸上，浅棕色的眸子里无波无澜。

温舒唯静默几秒钟，走过去，清了清嗓子试探着开口："你……你应该不想看我化妆吧，要不下楼溜达一圈儿，我完了再给你打电话？"

沈寂盯着她，嘴角上弯，皮笑肉不笑："我要想看呢？"

温舒唯："？"

"我要是说。"他说着话，手上动作忽然一顿，弯腰低头朝她贴近。

强烈而陌生的男性气息一股脑蹿进鼻息。温舒唯眸光闪了闪，心一慌，下意识缩缩脖子想要往后躲开。与此同时，她感觉到对方的唇停留在距离她右耳两公分左右的距离。

那人不知是有意无意，呼出的气息扫过她耳垂，温热撩人。

紧接着，温舒唯听见一道低沉的嗓音响起来，用只有她能听见的音量，说："我就想随时看着你呢。"

两分钟后，小文哥带着助理 1 号汤闺密坐电梯下楼了。临上电梯前，汤瑞希都还在用哀怨且不解的目光望着自家小闺密——什么情况啊，这什么情况？他家姐妹居然为了一个男人抛弃自己?

汤闺密内心悲伤逆流成河，越想越气。

啧啧，这就是女人，重色轻友见色忘义的女人！

助理 2 号沈同学则陪着温舒唯一道进了化妆间。

正如小文哥所言，独立化妆室的空间不大，只有八平方米左右，正中摆着一个专业化妆台，台面上摆着数个化妆包。一个穿哈伦裤戴鼻钉的女孩子边喝奶茶边看手机，显然已经等了些时候。

“马老师。”温舒唯笑，进去之后就打招呼道歉，“不好意思，让你久等了。”

化妆师闻声抬起头，一眼便瞧见穿蓝色礼服裙的漂亮姑娘和跟在姑娘身后的高大男人。她朝两人笑了下：“没事儿，坐吧。”说完也没有多问，径直低头开始准备化妆用的毛刷等物品。

温舒唯乖乖在化妆台前坐好，往左面一瞧，边上正好有一排凳子，便伸手指指，客客气气地说：“这里有位子，你坐这儿吧。”

沈寂没说话，弯腰落座，目光直勾勾盯着镜子里的姑娘看。

他身材高大人高腿长，敞腿坐着，神色冷淡，虽不言不语坐姿随意，但无形之间便令本就狭小的化妆间显得更压抑三分。

周围气场明显变化，化妆师有点儿不自在，干咳一声，一边给温舒唯上底妆一边随口闲聊，试图让自己放松一点。

温舒唯也不自在。

这么大一尊佛爷杵在这儿，能自在才怪。

事实上，她从坐下来的那一刻便已经后悔—— 她昨天晚上就应该果断拒绝。为了蹭一顿饭，让自己的身心饱受如此摧残与煎熬，实在是太亏了。

温舒唯迷迷糊糊地想着。

不知过了多久，整个妆容最复杂的眼妆部分宣告完成。化妆师看着自己的杰作满意地笑笑，正继续给温舒唯上阴影高光，赵姐的声音却从化妆室外传了进来。

“马老师。”赵姐的语气听着很急，“唯唯还有多久？”

“快了。”化妆师回头应道，“怎么了？”

“唉，杏姐嫌她的化妆师给她化的妆老气，正在发脾气呢。”赵姐说，“她指名让你去给她改妆，你看这……”

听见对方名号，温舒唯微微眨了眨眼。杏姐的 B 站 ID 叫姚杏儿，是

B 站的顶流 UP 之一，微博粉丝近千万，是真真正正的网红鼻祖，出席过多次米兰时装周，并且参演过许多影视作品，已经算半个明星。坊间盛传这位小姐姐脾气不好，看来不假。

马老师和赵姐都很为难，毕竟姚杏儿这种顶流网红得罪不起。

温舒唯很理解她们，笑着说："没关系，马老师，你先去给杏姐改妆吧，只剩口红没化了吧？我自己来……"

"先给她化完。"一道嗓音忽然响起，低低的，语气分明漫不经心，但无端透着股寒意，威严从容，不容悖逆。

三个女人都是一怔。

温舒唯回过头，沈寂坐在凳子上，头微仰靠着墙，盯着她，脸色冷漠面无表情。

马老师和赵姐有点儿发怵，更为难了，纷纷看向温舒唯。

"没关系的。你们去吧。"温舒唯冲两人摆手。

马老师和赵姐大喜过望，对温舒唯表示了感激，匆匆忙忙出去了。

整个化妆间只剩下温舒唯和沈寂两个人。

她鼓起腮帮子吐出一口气，看看化妆台。之前马老师交代过，她的妆容要搭配 YSL 的烂番茄色唇釉。

温舒唯找到唇釉，正要打开，一只肤色冷白的修长大手却进入视野，把唇釉从她手里给拿走了。

下一瞬，她下巴一紧，被两根有力的手指捏住，轻轻抬起来。

温舒唯诧异又茫然地抬起眼帘。

沈寂凉薄地嗤了声："脾气这么好。"

沈寂一手捏住姑娘尖尖的小下巴，一手拿唇釉，垂着眸，冷清寡淡的目光专注平静地落在她白白的脸蛋儿上。随后取出刷头，轻轻一笔抹过她的下唇，动作慢条斯理，竟温柔得不可思议。

温舒唯错愕地瞪大了眼睛，动动唇，艰难地发出声音，同时想躲开："我、我自己来吧，你不会……"

"别动。"沈寂微皱眉，把她的下巴轻柔地扳回来。

微凉柔软的唇釉刷头被沈寂操控，又轻轻扫过姑娘的上唇，留下一抹妖异的红。浅粉色的柔软唇瓣在他的动作下轻轻发颤，有种娇艳欲滴到极致的媚态。

他细致做一件事时眉目格外冷静，微垂头，睫毛在冷白色的面部投落浅浅的影。他视线直勾勾地盯着她的唇，一笔一画，专注仔细，将唇釉在她唇瓣儿上均匀涂抹开。

温舒唯这下子是完全僵了，心跳如雷，呼吸不稳，手脚都不知道该往哪里放，忽然余光一瞥，看见沈寂放在桌上的手机。

屏幕界面是一个视频网页，上头硕大几个搜索字眼，非常高冷：求助。如何化出一个专业化妆师级别的唇妆。

温舒唯："……"

过了大约三分钟，沈寂手上的唇釉刷从温舒唯嘴唇上移开。他捏着她的下巴，整个人稍稍离远数公分，盯着她，一双桃花眼直勾勾在那张精致无瑕的脸蛋儿上端详审视。

姑娘皮肤底子很好，光滑细腻，雪白雪白，让那精致的妆容一衬，越发显得活色生香美艳不可方物。像是紧张又像是慌乱，她挺翘的鼻头蒙上一层薄透的小汗珠，浓密的睫毛扇啊扇，眼神乱飘，东瞧西望，不敢往他这方向看一眼。

沈寂视线下移，目光落在温舒唯小巧饱满的唇瓣儿上，色泽嫣红，娇艳欲滴。

他眸色微沉几分。

温舒唯这会儿的确是紧张，被他瞧得浑身都不自在，手心湿湿的全是汗，脸颊发热，脑子也有点儿迷糊。

原本，温舒唯以为沈寂陪着她来参加活动就已经够离奇了，殊不知没有最惊悚，只有更惊悚——这位大佬居然还亲自上手，帮她化！了！唇！釉！

剧情朝着某个奇怪的方向发展。

她六神无主地琢磨着，无意识地咬了咬唇瓣。

她忽地感觉下巴一紧，捏在上头的两根修长手指稍一使劲儿，捏了她一下。

对面传过来慢悠悠又凉飕飕的一嗓子："刚化好就跟这儿瞎咬，故意呢？"

温舒唯一头雾水地抬起眼帘。

沈寂的脸近在咫尺。他坐在凳子上，半弓身，似笑非笑地盯着她，忽然更贴近些许，一侧眉峰懒洋洋地挑了挑，嗓音低沉。

“要我再给你化一遍？”

温舒唯无语。她沉默了整整三秒钟，才朝面前的大佬挤出了一个尴尬而不失礼貌的微笑，试探着道：“其实，我化妆技术还不错。”

沈寂垂着眼皮从上往下地瞧她，没什么表情，不咸不淡地“嗯”了声。

“所以不用你来给我化的。”

“我乐意。”

温舒唯微皱眉，在心里仔细琢磨了会儿这位大爷的“我乐意”三字回应，再结合他莫名其妙跑来陪她参加活动，还非要看着她化妆，并且亲自动手帮她化唇釉等一系列诡异行为，一分析，眼睛一亮，顿悟了。

温舒唯看向沈寂，忽然一脸认真地开口，郑重道：“嗯，其实这也不是什么见不得人的事。”

沈寂：“？”

温舒唯但笑不语，一脸看透一切不说破的神秘表情，心里暗自琢磨。

一个硬汉主动给女生化唇釉，真是太令人匪夷所思，很难用“突发奇想”来解释。

事实上，一个男人这么对一个女孩儿，换成寻常小说或者电视剧的套路，那么十有八九是这男的对她有意思。

但对象换成沈寂，温舒唯很自觉地就把这个还没来得及萌芽的可能性给掐死在摇篮里了——

她和沈寂，充其量只算高中老同学关系，而他们在高中期间交集少之又少。

他们于彼此而言，只是各自青春时期的一个路人。

亚丁湾的重逢，更是一场天大的意外。而自重逢后，他们总共也就见过几面。

温舒唯非常确定以及肯定，沈大佬不可能在短短的几次接触中就对她产生什么兴趣——他是什么人物啊？当年一中和十七中公认的几大美妞轮番对他展开攻势，他老人家都能不为所动不拿正眼看人家，能看上她才有鬼。

温舒唯非常有自知之明，因此，她非常镇定并且坦然。

所以排除掉一切可能，唯一剩下的可能性，再离奇也是真相。

思索着，温舒唯微微一笑，道：“对‘化妆’感兴趣也不是什么见不得人的事儿，现在好多化妆师都是男的。再说了，那些男明星不也每天都化妆吗？沈同学，放轻松，我懂你。”

沈寂：“……”

说着，她冲他挑了挑眉毛，非常慷慨大方地表示：“你如果实在觉得不好意思，我待会儿把我的B站账号发给你。我除了做游记偶尔也做做美妆，你可以尽情地看，尽情地学，有什么不懂的随时发微信问我，都是老同学，别不好意思。”

沈寂直接让这丫头给气笑了。

他扯了扯嘴角，视线往下，扫了眼她搭在他手背上的两只白生生的手。他眯了眯眼睛，忽然指骨下劲儿，轻轻捏着那小下巴往自个儿拉近。

温舒唯一怔，有些茫然地睁大了眼睛。

心跳扑通扑通，扑通扑通扑通。

这个距离……

两人的呼吸都像要交融在一起似的。

“温同学。”沈寂浅棕色的眸子瞳色深沉，嗓音很低，听着竟有点儿沙哑，调子微微拖长，语气漫不经心。

温舒唯迷茫不解地“啊”了声，眨眨眼，看着近在咫尺的那张俊脸。

“你好像搞错了一件事。”

“什么？”

沈寂轻轻一扬眉：“我对‘化妆’不感兴趣。”

温舒唯闻言动了动唇，正要说话，一道咋咋呼呼的声音从独立化妆室门口方向传了过来，怨气冲天，矫揉造作：“唯唯，他们好坑喔！说好的签到，结果临时把我拎过去搬礼品，抓壮丁呢！那一大箱一大箱的，累死我了！我……”

这边，刚从楼下签完到搬完东西的汤瑞希热得浑身是汗。他掏出小手绢擦了擦额头上的汗，嘴里边吃棒棒糖边骂骂咧咧，也没敲门，伸手直接把温舒唯所在的化妆间的门给推开了。

门一开，屋里脸贴脸的两人同时转过头来。

汤闺密一愣，“吧嗒”一声，手上的棒棒糖掉在了地上。

随之目瞪口呆，半天说不出一句话。

温舒唯也傻了。她有点迷茫地看着处于呆滞状态的闺密小哥，也半天说不出话。

沈寂倒是很平静，泰然自若，保持原本动作，连眼皮子都没动一下。

就这样足足安静了两秒钟。

嘀嗒嘀嗒。

在第三秒的时候，汤瑞希终于找回面部表情的控制权。他嘴角抽了抽，稳住了，朝屋内二人优雅地弯了弯唇："不好意思，忘记敲门了。你们继续，继续。"说完不等温舒唯反应过来，便以迅雷不及掩耳之势关上门退了出去。

"砰"一声闷响。

温舒唯脑袋转回去，看沈寂，无比忐忑忧心忡忡地问："那个……我姐妹是不是有点儿误会啊？"

"没有。"沈寂懒洋洋地收回视线。

哪儿来的"误会"。

独立化妆室门外。

汤瑞希的脊背贴在门板上，嘴里咬着小手绢儿，牙齿打战，整个人都惊了。

什么情况，谁来告诉他这是什么情况？

汤瑞希想起刚才在里头撞见的一幕：他家姐妹和那位据说是她外校高中同学的神秘大佬相对坐着，大佬眉微挑，一只手钩着他家姐妹的小下巴，他家姐妹脸蛋儿通红娇羞无限，两人面对面脸贴脸，深情款款四目相对，俊男美女非常养眼。

这分分钟要亲上的节奏啊！

汤瑞希脑子里一通翻江倒海九曲十八弯，好一会儿才深吸一口气镇定下来，一跺脚，懊恼地踩了踩地，这画面，他应该偷拍的！

化妆室内的温舒唯自然不知道自家闺密脑补出的十万字小说片段。在沈寂强行帮自己化完口红之后，她再次郑重道谢，从他手里接过唇釉，侧过头照镜子。

还别说，沈寂化唇釉居然化得还挺好。

温舒唯有点意外又有点惊喜，笑了笑，边整理发型边好奇道："沈队是第一次给女生化唇釉吗？"

"嗯。"沈寂懒懒地应声。

"哇。"她诧异，转过头来，由衷称赞，"化得很好呀。"

沈寂随手拿了本屋里放着的时尚杂志，在边上盯着温舒唯看，坐姿随意，两条大长腿很松散地屈起敞放。闻言的同时，刚好瞧见一缕微卷的碎发从姑娘的鬓角垂下来，便伸手把那缕发丝给她撩到了耳后，动作自然，完全是无意识的举动。

男人指尖微凉，带着薄茧的触感，有意无意，若有似无，从她白皙细嫩的耳后皮肤扫过去。

温舒唯察觉到，脸蛋温度忽地蹿起些许，心一慌，下意识侧头避开。

沈寂手还没来得及往回收，就这么停在半空。

他直勾勾地瞧着她，眉峰挑起，没有说话。

温舒唯微窘。她觉得跟这位大哥独处着实是一门技术活，不仅要随时应对突发状况，还要修得一身好定力，否则谁能招架得住这种神颜硬汉级别的天然撩？

温舒唯顿了下，客客气气道："谢谢。"说着又想起什么，"哦对了，待会儿我要去参加活动，大概两个小时结束。你到时候就在商场里逛一逛，或者去喝杯咖啡什么的等我吧，我结束了马上联系你。"

沈寂淡淡地说："我想跟你一起去。"

温舒唯卡壳，以为自己听错了："哈？"

沈寂还是那副冷静自若的语气，重复："我想跟你一起去。"

"那……也不是不行。只是……"温舒唯支吾了下，很犹豫。这种网红云集的场合，各路自媒体云集，还有那么多粉丝，大佬您这身份，抛头露面不太好吧……不然给您备个口罩挡挡脸？

也不成。

沈寂这身高，这身材，这气质，再戴个口罩，没准儿会被认成哪个男明星，到时候说不定更引人注目。

温舒唯有点苦恼地想着。

一边的沈寂不动声色，把姑娘眉心微蹙皱着脸蛋儿的小表情收入眼底。

浅棕色的眸子里一丝笑意一闪即逝，他嘴角懒洋洋地弯着，卷起手里的杂志轻轻敲了敲温舒唯的脑袋："逗你玩呢，想这么认真。"

傻里傻气。

哪有人这么认真地开玩笑。

温舒唯心里一阵腹诽，然后说："那我这边忙完了就给你发微信。"

低头看一眼手机上的时间，随口又补了句，“大概五点钟吧，我活动结束可能还得卸个妆。你等我哈。”

“好。”

这次的线下网红节活动，B站前期的宣传造势非常到位，花了大价钱在各个平台打广告，因此关注度很高。还没到正式入场时间，整个银座广场就已经被各路网红的粉丝和瞧热闹的路人围得水泄不通。

一连几拨电梯都是人山人海，沈寂走出化妆间后点了根烟，直接走了楼梯。

快到五楼的时候，一通电话打了进来。

他拿出手机，看一眼来电显示，上面写着：秦老师（宋子川班主任）

沈寂咬着烟眯了眯眼睛，停顿两秒钟，手夹着烟拿到一边，接起电话：“秦老师。”

“你好，沈先生。”听筒里传出一个女人的声音，迟疑须臾，有些为难地问道，“请问你现在方便听电话吗？”

沈寂在楼梯间找了块干净的地儿坐下，随手掸了掸烟灰，脸色平静：“你说。”

那边道：“是这样的。宋子川上上周又整整一星期没来上课，我打电话到他家里也没人接，问班上的同学，大家也不知道他去了哪儿。上周三的时候倒是来学校了，邋里邋遢，脸上还带着伤，问他上哪儿去了也不说……你也知道，这孩子没有监护人，我们学校这边遇到这种事也很难办，除了联系你，我们也不知道还能做什么了。”

沈寂静默片刻，说：“劳烦你费心了。”

“我们做老师的，都希望孩子能健康成长，我是宋子川的班主任，为他操心费心都是应该的。但是教育孩子，光靠学校是不行的，家庭也至关重要。”秦老师长长地叹了口气，“但是我们也很理解宋子川家里的这种情况。其实，像宋子川这种烈士子女，国家在教育资源方面都是有优待政策的，只可惜这孩子……”

沈寂说：“你说的情况我了解了，我明儿抽空上他家一趟。”

“那真是麻烦你了。”秦老师顿了下，又道，“对了，沈先生现在在云城吗？”

“嗯。”

“太好了。下周二我们会举行全校家长会，你要是方便的话就来参加一下吧。”秦老师说，“关于宋子川同学这学期的学习情况，光在电话里我也没办法跟你说清楚。”

“好。”一根烟烧完，沈寂掐了烟头，“我知道了。”

电话挂断。

楼梯间一片寂静，声控灯熄灭，整个空间陷入黑暗。

沈寂脑袋后仰靠在墙上，闭上了眼睛。良久的静默后，他睁开眼睛，从裤兜里摸出钱包，打开，在黑暗中取出透明栏的照片，手指无意识地摩挲两下。

不知哪儿传来声响，楼梯间的灯忽然亮起。

光线打亮沈寂手上的照片。背景是一片营区，国旗下几个身着海军迷彩作训服的爷们儿勾肩搭背站一块儿，脸上笑容洋溢。

沈寂看了两眼，把照片收回钱包，转身走了。

他刚迈出两步又忽然停住，折返回来，弯下腰，从地上捡起个什么。

也是一张照片，常年放在营区合照的背后，刚才被他给带出来了。

沈寂垂眸，拍了拍照片，拂落刚才掉地上沾的灰。

这相片的年头显然比那张合照更久远，整体色彩已经微微泛黄——是在一中门口偷拍的。

画面中是一个穿着一中校服的小姑娘，扎着马尾，背着书包，正在路边买糖油果子。有同学叫她名字，她回眸一笑，粉嘟嘟的脸颊露出两枚梨窝。

沈寂走了。

温舒唯和汤瑞希两人在赵姐的带领下来到一楼活动区。

所有平台的网红节活动大多千篇一律，无非是 UP 主安坐自家展台区等粉丝过来要合影要签名，然后再派送礼物。

虽然 B 站的形式内容也没有什么突出和创新，但这毕竟是温舒唯第一次受邀参加这种大型活动，因此她态度还是十分端正的。

赵姐告诉温舒唯，活动的第一个环节是走红毯。所有受邀 UP 主将在主持人的介绍词中登场，走过红毯，到签名区签名留影。

“流程都清楚了吧？”

“嗯嗯。”

“好。有什么问题随时找我。那我先上楼忙别的去了啊，唯唯。”

挥别赵姐，温舒唯长长地呼出一口气，觉得渴，便对身旁的汤瑞希道：“哪里有水啊？我好渴。”

汤瑞希递给她一瓶矿泉水。

温舒唯拧开瓶盖，喝了一口。正准备再喝第二口的时候，水被抢走了。

她皱眉：“你干吗？我还没喝够呢。”

“稍微润润嘴皮子就行了。”汤瑞希朝她翻一记白眼，伸出手指戳她脑袋，低声骂道，“马上要走红毯，你不怕喝多了水肿成猪头？缺心眼啊？知不知道人家那些网红为了参加活动走个红毯，可以连饿三天，就为了不胖不肿上镜好看，你好好学一学。”

温舒唯正色反驳：“每天八杯水，健康你我他，养生要从现在抓起，要从你我抓起。这么简单的道理你没听过吗？”

温舒唯不理他，抢过水接着喝。

汤瑞希无语，顿了下，忽然想起什么。他眯了眯眼睛凑近自家姐妹，换上有点八卦又有点猥琐的语气，道：“你俩刚才到哪一步了啊？”

温舒唯边喝水边含含糊糊地问：“什么哪一步？”

“就是你跟沈寂啊。”汤瑞希冲她挤眉弄眼，两根大拇指充满暗示性地弯了弯，“刚才在化妆间，我都瞧见啦！”

“咳。”温舒唯被水呛了一下。

汤瑞希说着也不等她接话，忽然抬起右手摸了摸下巴，若有所思地感叹：“在化妆间里……嗯，这个场地很新颖。”胳膊肘一撞自家姐妹，嘿嘿嘿道，“看不出来啊唯唯，长得老实巴交的，还挺有情趣嘛。”

这一次，温舒唯直接喷了：“噗。”

她拍拍心口，好几秒才缓过来，嘴角一抽，一本正经地对自家闺密道：“汤瑞希，我希望你注意自己的言辞。我和沈寂就是很正常的朋友，请你尊重这份纯洁的友情！”

汤瑞希根本不信：“哦，是吗，差点亲一起的纯洁友情？”

嘀嗒嘀嗒，周围安静两秒钟。

“汤瑞希。”温舒唯忽然正色喊道。

汤瑞希：“嗯哼？”

“亏咱俩是这么好的朋友，你对我真的太不了解了。”

“啥？”

温舒唯挺认真地瞧着他，说："你不知道哪种类型的男人是我的菜吗？"

汤瑞希闻言，也挺认真地瞧着她，由衷好奇："哪种？"

"清冷如画，斯文败类，有洁癖。"常年畅游在二次元世界，被各色各样的总裁文"陶冶"的温舒唯脱口而出，她边说边回忆般眯了眯眼，微微一笑，"再戴一副腹黑男标配的金丝边眼镜，高傲冷漠，深情专一。"

汤瑞希茫然了几秒钟："能说人话吗？"

"就是封霄那种。"

汤瑞希更茫然了："封霄是谁？"

"《嗜爱》的男主角啊！"他家姐妹说着，大眼一亮，兴冲冲地给自家闺密强烈推荐，"《嗜爱》你知道吗？我很喜欢的一本言情小说！"

他家姐妹说完，手一摊，大大的眼睛望着他，居然还问得一本正经："所以，我说的几点，你觉得沈寂有哪一点符合吗？"

骤然听见这么一个问句，汤瑞希甚至都愣了一下，紧接着又听见温舒唯用二十几岁的脸叹了口八十几岁的气，凑近他几分，稍微小声了些："而且，沈同学的职业，神圣孤独光辉伟大与世隔绝，和我们存在着一种神秘莫测的代沟，根本无法跨越。你见过天上的神仙和凡间的人民有一腿吗？"

两人正压着嗓子窃窃私语，就在这时，一阵尖锐女声忽然从不远处传来，拔高了嗓门儿，听起来非常刺耳。

"我的名字怎么在那个什么唯后面啊？什么意思啊？"

"不好意思，杏姐，这份名单是一个新来的小姑娘做的，疏忽了，我们马上调整。"

温舒唯微皱眉，收声，回头一瞧，一眼就望见一个被众人众星拱月般围在中间的高挑身影。那女人二十七八的年纪，留着一头波浪卷长发，五官立体精致得过分，穿一身艳黄色的亮片礼服，露出一双雪白纤细的大长腿，看着既妖娆又美艳。

"谁啊那是？"汤瑞希压低声，啧啧吐槽，"这下巴垫得太假了吧，不怕戳死自己。"

温舒唯竖起食指比了个"嘘"："B 站顶流，叫姚杏儿，很大牌，在微博上粉丝都一千多万了。"

那头。

姚杏儿不依不饶："哪个新人小姑娘啊？站出来我看看。"

人群里窸窸窣窣一阵，随后，一个扎马尾的年轻女孩儿拨开人群挤了过来。女孩儿看上去有些惊慌，连声对姚杏儿道歉："对不起杏姐，是我做表格的时候把顺序打错了，对不起。"

"说句对不起就行了？"姚杏儿冷笑。

女孩儿手足无措。

姚杏儿这回没说话，直接抬手就给了那女孩儿一巴掌。

"啪"一声脆响。

女孩儿始料未及，整个人一下都蒙了，脸上瞬间多出五根手指印。

这一巴掌来得突然，围观人群先是一阵寂静，随后又骚动起来，谁也没料到姚杏儿会突然动手。一干工作人员和受邀 UP 主你看看我，我看看你，面面相觑半天，谁都不敢站出来管这个闲事。

女孩儿捂着脸转过头来，不可置信地瞪着姚杏儿："你……"

姚杏儿挑眉："我什么？这是让你长记性。"

姚杏儿本就看不惯那个"唯唯"，这个新来的倒好，居然直接把对方的名字写到了自己前面。

女孩儿敢怒不敢言，眼眶一下子就红了，嘴唇咬得发白，难堪不已。

"别挡在这儿，干你的活去。"姚杏儿皱眉，不太耐烦地推了女孩儿一把，绕过她款款走开。

就在这时——

"杏姐，你这是不是有点儿过分了。"一道柔和温婉的嗓音响起来，语气很和善。

众人都是一愣。

姚杏儿也怔了下，回过头，几乎是有点惊讶地看向站在自己身后的温舒唯。她目光在温舒唯身上打量一圈，似乎觉得好笑，语调嘲讽："我还以为是谁呢。怎么，想管闲事替她出头？"

温舒唯脸上笑着，语气里却柔中带刚："无论她犯了什么错，都有相应的规章制度可循，你动手打人，不合适。"

姚杏儿皮笑肉不笑："可我今儿就打她了。"

温舒唯说："那就请你当着大家的面，给她道歉。"

"你以为自己是哪根葱？让我道歉？"姚杏儿觉得可笑，不想再跟她磨叽，摆摆手，道，"赶紧让开。"

温舒唯站着没有动。

姚杏儿见这人好赖不吃，一下子更火了，脸色一变，抬手就准备去把温舒唯推开。然而，没等她的手指碰到温舒唯的胳膊，一只大手便钳住了她的手腕。

那只手骨节分明，修长有力，姚杏儿愣住，还没来得及抬头去看那只手的主人是何方神圣，对方便把她给甩开了。

姚杏儿穿着十二公分的细高跟，脚下踉跄，没站稳，直接摔坐在地上。这一摔，高跟鞋的跟不小心钩到了亮片裙的裙摆，“刺啦”一声便划出一道口子。

眼瞧着这位一贯作威作福的“大牌网红”如此滑稽狼狈，人群里有些幸灾乐祸的没忍住，直接笑出声来。

姚杏儿俏丽的脸蛋儿一阵青红一阵白，愤怒得浑身发抖，扭头朝自己带来的两个保镖怒斥：“你们是死人吗！”

两个彪形大汉这才回过神，咬咬牙，转头看过去。

那高个儿男人就站在不远处，神色如常眉目冷淡，察觉到什么，撩起眼皮子扫了他们一眼，眼神冷静威严，充满无形的威慑力。

两个大汉让这眼神一扫，悻悻杵在原地，竟愣是没敢上前半步。

目睹刚才种种，温舒唯已经完全惊呆了。

姚杏儿气得脸都绿了，手撑在地上想站起来，又半天使不上力，模样滑稽可笑。最后还是她的助理回过神匆匆忙忙过来把她给扶了起来。

大美人头发乱了，妆容也花了，气得怒指温舒唯：“你们……”

汤瑞希赏给她一记白眼：“我们怎么了我们？裙子都破成这样儿了，我要是你，我就赶紧找主办方再借件礼服应个急。外面那么多粉丝都把您当仙女，您总不想让您的粉丝全都因为这次活动粉转黑吧？”

听完这话，姚杏儿眼里滑过一丝慌乱，恨恨咬了咬牙，只好作罢，转身在助理的搀扶下一瘸一拐地走了。

小插曲过去。

红毯后台在工作人员的指挥下重新恢复秩序。

温舒唯这才从极度震惊中回过神来，她瞪着沈寂，实在费解这位在数分钟前已经走人的大爷是怎么悄无声息忽然又出现的。

没等她把心里的疑惑问出来，对面的大佬先开了口。

沈寂转头看自己身前呆呆的小姑娘，语气和神态都松散随意：“没吓到吧？”

温舒唯摇摇头。

“有纸没？”

“哦……有。”温舒唯小鸡啄米似的点头，从汤瑞希手里接过自己的包，翻开，从里头取出一包卫生纸递过去。

沈寂撕开包装取出一张纸巾，把整包扔回给汤瑞希，然后开始擦手——拿纸巾擦拭着刚才捏过姚杏儿手腕的右手，仔仔细细又慢条斯理，眸微垂着，额角碎发垂下一缕，微挡住光洁饱满的前额，脸上没什么表情。

温舒唯欣赏了一番“美男擦手图”，片刻后，清了清嗓子，好奇道：“你不是已经走了吗，怎么忽然回来了？”

沈寂擦完手，把纸丢进一边的垃圾桶，目光重新落回她身上。

“没走远。”他说，“就随便遛了个弯儿。”

“哦。”

“另外，”沈寂调子不咸不淡，浅棕色的桃花眼直勾勾瞅着她，微一挑眉，“听说我‘神圣孤独光辉伟大与世隔绝，和正常人存在着无法跨越的代沟’，这我不得回来‘下个凡’？”

这么理直气壮偷听人民群众聊八卦，你良心不会痛吗？

背后说人被逮住，温舒唯尴尬不已，又跟沈寂乱七八糟鬼扯了几句后，她挥挥手，让他实在没地方去就先回车里睡个觉等她，自己则带着汤瑞希逃也似的下了楼。

下午两点半，B 站的网红节活动正式开始。

各位 UP 主在媒体的闪光灯和粉丝们的尖叫声中施施然走过红毯，签名留影后，大家带着各自的工作团队和助理来到展台区，开始向闻讯而来的粉丝们派送福利礼品。

温舒唯虽说是今年刚爆红的 UP 主，粉丝基数不及一些老牌大 UP，她的展台区不及姚杏儿等大网红那样拥挤火爆，但依然挺热闹。来找她合影签名的受邀用户们排起了长龙，人群里也有很多举灯牌和海报的身影。

整个活动全程，粉丝们热情高涨，温舒唯也尽心尽力，无论是签名还是合影，她都一一配合。等到结束时，她嘴角都已经笑抽筋了。

“太累了……”

化妆室内，汤瑞希趴在桌子上叫苦连天，抱怨道："以后再有这种事，请你找别人！"

温舒唯刚卸完妆，收拾好东西后拍拍闺密的肩："辛苦了姐妹，改天请你吃饭！我还有事就先走了啊，你路上注意安全！"说完抓起包就转身往门口小跑。

汤瑞希抬眼，看她扎起的马尾在半空中晃来晃去。

他狐疑："你急着干什么啊？"

"跟沈寂吃饭。"话说完，温舒唯便拉开房门一溜烟跑了个没影儿。

呵。纯洁的友情，老子信了你的鬼。

负二层停车场。

"叮"一声，电梯门开了。温舒唯脚下步子不停，手上掏出手机看了眼沈寂给她发过来的停车位号码，边看指示牌边找过去。不多时，果然瞧见一辆熟悉的黑色越野车停在不远处。

温舒唯走过去。

整个车身的玻璃都是黑的，从外面往里看，漆黑模糊一片。驾驶室一侧的车窗落下些许，懒洋洋地搭着一只修长漂亮的大手，骨节分明，食指和中指之间夹着一根烧了一半的香烟。

她跑了几步有些喘，定定神，拉开副驾驶那边的车门坐了进去，笑着说："不好意思让你久等了。"

一旁，沈寂正一手拿手机，一手拿烟，冷清的目光没什么情绪地落在手机屏幕上。闻言，他侧过头来。

沈寂看着温舒唯，脸色冷静，眼神不明。

温舒唯看着沈寂，露出友善礼貌的微笑。

两秒钟后，沈寂眯眼吸了口烟，随手掸掸烟灰，另一只手很随意地把他的手机给身旁的姑娘递过去。

温舒唯看着他的手机，有点迷茫地眨了下眼，不明所以。

沈寂指尖掂了掂，微挑眉，示意她伸手接。

温舒唯机械地接过。

她有些困惑，视线下意识地往下一滑，落在手机的屏幕上。

屏幕上是网页页面，搜索关键词赫然是《嗜爱》。

温舒唯心想：完了。

温舒唯事后回想，其实有点记不起来自己当时是什么表情。

或许是震惊，或许是难以置信，又或许是难以接受“光辉伟大的解放军偷听她和闺密聊八卦不说，事后居然还偷偷摸摸搜索她‘安利’给闺密的小黄文”这一残酷事实……总之，此时此刻，她满脑门儿黑线。

什么叫大型车祸现场？

这就是了。

拿着沈寂的手机，温舒唯垂着脑袋，指尖发颤嘴角抽筋，动动唇，想说什么，但愣是好几秒钟都没挤出半个字。

车内就这样陷入了一种诡异的寂静。

相较于温舒唯内心的翻江倒海翻天覆地，对面的沈寂则显得十分淡定。他还是那副万年不改的懒散表情，高大身躯面朝温舒唯的方向微侧过一个角度，一手夹烟，怕熏到她似的将手腕支在车窗外头，另一只胳膊稍微屈起，以一种十分放松的姿态搭在座椅靠背上，瞅着她，没有说话。

好一会儿温舒唯才从震惊中回过神来。她深吸一口气徐徐吐出，很冷静地说：“怎么，沈队对这本书感兴趣吗？”

“嗯。”沈寂淡定自若，“最近挺闲，看看书也不错，刚才下载完随手翻了翻。”

温舒唯：“你，看了？”

“看了。”

温舒唯差点儿一口气背过去：“仔细看的？”

“不仔细。”沈寂仍旧表情平淡，语气冷静，“只记得第三十五章第三节第三段女主角穿了件情趣睡衣，是黑丝兔女郎。还有男主角有个外号叫泰迪精。”

末了，他甚至还面无表情地点评了一句：“肾不错。”

温舒唯彻底无语了。她静默须臾，然后望着对面一脸平淡的大佬很认真地问：“海军特战队的阅读能力和记忆力都这么变态吗？”

还是说因为你是队长，所以格外变态？

“都是常规训练项目。”他说，“将就。”

听听，这是什么欠扁的语气，这是什么欠扁的态度。

看不出来您老人家还挺谦虚啊？

沈寂打着方向盘把车开上大路，看了眼周边车况后问：“想吃什么？”

“随便。”温舒唯还沉浸在“自己最爱的男人类型是小黄文男主这件事被人逮了个现行”的窘迫深海中，说话有气无力，“都可以，我听你的。”

沈寂开着车，余光瞥了眼身旁消沉的小姑娘，眼底一丝笑意一闪即逝。

马路对面，一辆加长版黑色林肯内。

姚杏儿眼神阴鸷，面无表情地注视着那辆黑色越野车开出停车场，驶入滚滚车流。两只染着红色指甲油的手收紧成拳，极用力，指甲几乎都陷进肉里。

“杏姐，是温舒唯和那个今天让你难堪的男人。”留着头红色短发的助理小妹明显很怕她，有点儿胆怯地说了句，试探道，“要不，杏姐，你给刘总打个电话，让他想法子给咱们出口气？”

姚杏儿闻言，美眸微斜，冷冷瞪了那个短发女助理一眼。

助理被这眼神吓住，当即噤声了。

“你觉得这种不入流的货色，还需要刘总动手吗？”姚杏儿冷嗤，下巴高傲地抬起，嘴角露出一个阴狠的笑，“不就一个十八线野鸡网红，我有的是法子让她身败名裂。”

数分钟后，黑色越野车转了个弯儿，由宽阔柏油路驶入一条林荫道，两侧的景致也随之变化。

温舒唯趴在车窗上朝外瞧，只见窗外不再是鳞次栉比的摩天写字楼，也不再是高悬全球各类顶奢品牌的购物城，取而代之的是两排郁郁葱葱的绿植，和充满了市井烟火气息的红墙旧瓦。

看着车窗外的种种，温舒唯先是一愣，好几秒才后知后觉地反应过来。

陌生又熟悉的老街区，在云城旧社会时期便有的老城墙内，这一片的房屋大多建于八九十年代，低矮而柔和，没有钢筋水泥的冷硬感和太多现代化大都市的痕迹。这里古旧，平和，仿佛一个看遍了城市变迁、历经沧海桑田的老人，慈祥温柔地守着这方天地，守着属于城市上一代人的回忆。

她眸光有一瞬跳动，想起来了。

这里是一中附近。

一中是云城数一数二的名校，坐落于老区丛兰区，建校于辛亥革命时期，在滚滚的历史长河中，自一中毕业的名人义士不胜枚举。

温舒唯虽在云城生活工作，但她家和单位都在城市的另一端，因此，她很少到丛兰区这边来，自然也已经有好些年没回过母校。

一晃十年，城市发展日新月异，但这片天地像是一片被规划局遗忘的净土，几乎没什么变化。

一样的十字路口，一样的老小区，一样的文具店，甚至连街对面那家串串店的门面都和十年前没什么分别。

温舒唯坐在车里怔怔出神，某一瞬竟有些恍惚，有种梦回十六七岁的错觉。

几秒后，她回过头来看沈寂，动动唇想要问什么。对方目光漫不经心地扫视着车外路况，却如看透她心思般，淡淡来了句："这附近有一家烤鸭店，我高中那会儿常去，味道不错。"

"哦哦。"原来这位大佬故地重游，是带她来吃烤鸭。

不过——

你怎么知道我在想什么，你是我肚子里的蛔虫？

温舒唯嘴角不可抑制地微微抽了抽。

一中附近不好停车，沈寂打着方向盘绕了一圈儿，把车开向了一个叫"美丽家园"的老小区。一靠近，一个叼着叶子烟的门卫老大爷就慢悠悠地走过来了。

哐哐。

大爷被烟熏得眯起眼睛，抬起胳膊，敲了两下车窗："干啥的？"

沈寂落下窗户，给门卫大爷散了一根玉溪："师傅，您这儿能临时停车不？"

"可以啊。一个小时三块钱，二十封顶。"大爷接过烟，脸上多了一丝笑容，贴近车窗稍微压了下嗓子，"别停在这儿过夜就好。"

沈寂说："放心，不给您添麻烦。"

门卫大爷笑了下，抬起升降杆把车放行进去。

老小区规划的车位没什么章法，见缝插针，凡是空地就都能停车。沈寂把车停在一栋单元楼旁边的花坛边，熄火下车。

温舒唯见状，也赶紧颠颠地解开安全带，从副驾驶那头跳下来。

沈寂随手摁了下车钥匙，"嘀"一声，越野车落锁。

温舒唯站在旁边，扭头看，只见这位大爷身形高大又挺拔，但那站姿却懒洋洋的，锁完车后把车钥匙随手往裤兜里一揣，之后那只手也懒得抽出来，就保持着两手插裤兜的姿势，回过身来，目光刚好落在她身上。

两道视线就这么猝不及防地撞在一起。

“看什么？”沈寂没什么表情地问。

“没。”温舒唯有点尴尬地咳嗽了声，迟疑一下后，还是清了清嗓子，抬手指了下他的额头，支支吾吾，“那个，沈队，你……头发上沾了点东西。”

部队里的人作息规律严格，沈寂平时有睡午觉的习惯，今儿因为要给这姑娘“打工当助理”，怕她等，他在楼底下吃了碗牛肉面就开着车赶到她小区门口候着了。

他这会儿困得厉害，整个人的精神状态不是那么好，加上她嗓音细软音量小，这句话说得小声，他一不留神，压根没听见她在说什么，不由得皱了下眉，走近几步，弯腰俯身，侧过脑袋，把耳朵贴近这丫头一点儿。

“大点儿声，你说什么？”他侧颜对着她，拧眉又问一遍，怕声音太大吓到小姑娘似的，嗓音还刻意压低了些，听着沙沙的。

姑娘这回没答话，一双亮晶晶水汪汪的眸子定定地盯着他，目光还十分专注。

沈寂有点儿莫名其妙，静了静，正要开口，温舒唯却忽然踮了脚，抬起一只胳膊朝他伸过手来。

短短两秒光景，沈寂浅棕色的瞳孔里闪过一丝异样的光，明显一怔。

眼前一幕，仿佛电影慢镜头，夕阳自天边投落细碎温柔的光，姑娘细白的手抬起来，轻轻碰了下他额前的碎发。两人的距离有须臾近到极点，他能看见她脸颊上柔软的细绒，和嘴角两枚小小的梨窝。

一股清新的甜香钻进鼻息，又在下一秒远离消逝。

一切都发生在刹那之间。

温舒唯手已经收回去，身子站正。

沈寂不说话，眼睛自上而下，直勾勾地盯着她，不作声。

“喏，脏东西，我给你拿下来了。”姑娘仰着脖子，漂亮的大眼睛望着他，笑盈盈的，举起右手，雪白小巧的手掌心儿摊开。

沈寂视线往下移。

她掌心里有一粒极小的白色东西，像绒毛又像纸屑，不知哪儿来的。

见他不答话，姑娘歪了歪脑袋，另一只手指了指自己细碎蓬松的刘海儿：“刚才沾在你头发上的。”

沈寂眸色沉沉，盯着她，没有说话。

正在这时，一阵缓慢的脚步声从两人的身后传来。

温舒唯听见响动，下意识地转过头，只见一个老奶奶拄着拐杖，慢吞吞地从远处走近。老奶奶的年纪至少有八十岁了，白发苍苍，身形佝偻，步履蹒跚，走得非常慢，每迈出几步还要停下来歇歇脚，戴着老花镜，面容慈祥和善，手里还拎着刚买的玉米和青菜。

温舒唯觉得老奶奶的身影有些眼熟，微眯了下眼睛，等老奶奶再走近些后认真一瞧，惊了，脱口而出：“邹老师？”

沈寂听见她喊，也回过头。

没等他发问，“嗒嗒嗒”一阵轻盈的脚步声，他旁边的姑娘已经挎着包包，朝着老人跑过去了。

“邹老师？”温舒唯在老奶奶身前站定，很惊喜，音调不自觉拔高几度，“真的是您？”

老奶奶闻言，慢吞吞地抬起头，推了推架在鼻梁上的老花镜。一眼瞧见这个水灵漂亮的小姑娘，老奶奶并没有认出她，微皱眉：“你是？”

“我是您的学生，一班的，您当时教过我化学。”温舒唯笑盈盈的。老奶奶姓邹，是一中的老校长，温舒唯上学那会儿她其实已经退休了，但她教学经验丰富，加上她本人又很热爱教师岗位，学校便把她返聘了回去，教高三年级几个实验班的化学。

老奶奶皱着眉头回忆起来，有点儿印象了。无奈年事已高，她记性不太好，半天也没记起这小姑娘的名字。

温舒唯丝毫不在意，伸手扶她：“您住哪儿？我送您回去。”

“不用了。”老奶奶其实已经很累了，微喘着，但不愿给人添麻烦，笑着摆手，“我就住这栋楼四楼，自己能行的。你快忙你的去。”

“四楼也不矮了。”温舒唯很坚持，顺手把她手里买的菜接过来，“您还拎着这么多东西，我送您吧。”

两人正僵持着，沈寂走了过来。

温舒唯和老校长同时回过头。

沈寂站在老校长跟前，规规矩矩地跟着温舒唯喊：“邹老师，您好。”

老校长抬起眼，见这男孩儿样貌英俊，气质硬朗出挑，虽没有其他言语和动作，但身上不自觉便流露出一种浩然坦荡的正气，对他的第一印象非常不错。

她应声："你好，你好。"

"这楼层挺高，您腿脚不利索，还是我们送您吧。"沈寂嘴角弯着，语气听着很淡，然后上前两步站到老校长跟前，长腿一弯半矮下身。

温舒唯一愣，没反应过来。

"别傻站着。"沈寂侧目看了她一眼，音量很低，"搭把手，我背老师上去。"

几分钟后，沈寂胳膊上挎着装玉米青菜的塑料袋，背着年迈的老校长进了单元楼。

温舒唯伸手在老校长身后护着，跟在两人后边儿，边上楼梯，边悄悄抬眼偷瞄。沈寂背着老校长，还是那张冷漠寡淡跟没睡醒似的脸，没什么表情，手上动作却极轻。

看见这一幕，温舒唯自己都不知道怎的，竟弯起嘴角笑了笑。

笑容还没来得及往回收，边上忽然响起凉凉一嗓子。

"傻里傻气。"沈寂轻嗤，"一个人偷着乐什么。"

温舒唯一卡，默了默，转过脑袋瞪他，眼神凶巴巴的。

老校长把一切收入眼底，忽然笑起来，只觉这大男孩儿对女孩儿的宠溺掩都掩不住，笑眯眯地看着温舒唯，道："姑娘，你男朋友心眼儿真好，你真有福气。"

老校长话音落地，整个楼道一片寂静。

温舒唯霎时微窘。

一不留神儿，这误会闹大发了。她两颊温度不受控制地往上蹿几度，好几秒后，清了清嗓子，干笑着朝老校长道："邹老师，您误会了，这位先生叫沈寂，是……"说着，她飞快瞥了眼正背着老人爬楼梯的某大佬，解释，"是隔壁十七中的同学，我们是挺好的朋友关系。"

"哦？"老校长听完愣了下，似乎有些惊讶，问沈寂，"这样吗？"

沈寂闻声，脚下步子一顿，微侧目，撩起眼皮瞧了身旁姑娘一眼。她怕老人家摔倒，身子前倾，抬起两只胳膊护在老人身后，不知是紧张还是别的什么原因，两只细细白白的手无意识地握成了拳头，额前碎发别在耳后，两边脸蛋儿也红扑扑的。

似察觉到他的目光，她扭过头，抬起眼来。

两人视线于空气中交汇。

温舒唯怔住，见这人只看着自己，却不应老校长的话，不由得微微睁大了眼睛，亮晶晶的璀璨明眸也瞧着他。一秒后，她做了个口型，使个眼色，无声对他催促了句“出声啊”。

沈寂直勾勾地端详她片刻，一侧眉峰微挑，眸光里透出几丝兴味。

“嗯。”

沈寂收回目光，回答老校长道：“暂时是。”

老校长听见这话，似明白过来什么，慢吞吞地点头“哦”了声，脸上的笑容更加灿烂，看两个年轻人的目光里带上几分不可言说的意味。

温舒唯没有注意到邹老师脸上意味深长的笑。她只是有点儿没明白那句“暂时是”是想表达什么意思。不过不重要，男人心，海底针，你永远猜不透他在琢磨什么高深莫测的东西。

她没有多想，随后便继续笑盈盈地跟老校长聊天去了。

老人家并不重，沈寂背着老校长上楼，边走边听姑娘跟老人家闲聊家常，神色平静，连气都不带喘的。不多时，两人便一道把老校长送到了四楼。

这个小区修建于七十年代，已经有些年头了，一层楼住两户人家，一左一右。

温舒唯爬完四楼有些累，张着嘴巴小口喘气。等呼吸稍稍平复后，她抬起眼，转动脖子左右看看，问道：“邹老师，您住哪边？”

“这户。”老人笑着，抬起拐杖指了指其中一户。

温舒唯看过去。深蓝色的防盗门，门上贴着招财进宝财神画像，两侧和顶部还有春联，左边挂着艾蒿叶子，充满了寻常人家的市井烟火气，平凡而温馨。

“同学，放我下来吧。”老校长拍拍身下年轻人的宽肩，语气和蔼。

沈寂屈膝，半矮身子，两只修长有力的胳膊托在老人的腰背上，小心翼翼把她放下来。温舒唯也连忙上手帮忙，搀着老人的胳膊扶着她下地。

老人拿出钥匙打开门，回头冲两人笑：“进来坐会儿吧，我锅里炖了些莲藕排骨汤，我给你们盛来尝尝。”

温舒唯摆摆手，笑着说：“不用了，邹老师。”

婉拒再三，架不住老人盛情难却，没辙，两人便跟着老校长进了屋。

上个世纪的职工宿舍，面积不大，两室一厅，胜在装修得清新雅致，沙发墙上还挂着一幅苍劲有力的书法，不知是哪个名家大师的手笔。

温舒唯仰着脖子欣赏起来。不多时，老校长便从厨房里盛了两碗莲藕汤出来了。

“来，尝尝看。”能看出老人很高兴，满是岁月风霜的面容带着笑意，目光柔和，和蔼慈祥。

老校长把汤递给两个年轻人，不忘细心叮嘱：“当心，慢慢喝，别烫着嘴。”

三个人在沙发上坐下来。

温舒唯一边喝汤，一边环顾四周，忽然想起什么，问道：“邹老师，这里是一中的教师宿舍吧？”

“嗯。”邹校长点点头。

这个名为“美丽家园”的小区早前是市一中的教职工宿舍，居民都是一中的退休教职工。但随着年月推移，老师们年纪渐长，有的腿脚不利索，有的得了高血压之类的老年病，子女们担心老人们的身体，便将他们接到自己身边住新房去了。加上这个小区地处老街区，房租价格相比新城区要低一些，因此，小区里住着的，百分之八十都是来云城务工的外地人。

老校长告诉温舒唯和沈寂，她的老伴在很多年前便因病离世，他们的大儿子长到十几岁时也夭折了，后来又有了一个小儿子，常年在外，工作忙碌，一年也回不了几次家。

老校长大部分时间都是一个人在家里，偶尔会有她以前的学生或是家里的其他亲戚过来看看她。

听完老人的这番话，温舒唯心里有些难过，微皱眉头，道：“您年纪这么大了，一个人住，生活多不方便啊。”

“没什么不方便的，日子过着过着也就习惯了。”老人笑着，推了推鼻梁上的老花镜，看温舒唯，“小姑娘，别看你老校长腿脚不太好，家务活什么的我可行着呢。反正退休之后闲着也是闲着，慢慢悠悠洗个衣服拖个地，也能打发时间。”

老人说完便收回目光，取出刚才买回来的青菜，撑着沙发准备站起来，道：“你俩先坐会儿，我去洗个菜，一会儿啊，你们就一起留下来吃饭。”

温舒唯见状，正想帮忙，一只骨节分明的修长右手却先她一步伸了过去，从老校长手里把那袋玉米和青菜拿走了。

老校长愣了下。

温舒唯也是一怔。

“我来，您歇着。”

沈寂嘴角淡淡地勾起道弧，说完，俯身低头，脑袋朝一旁的小姑娘贴近几分，左手自然地拍了拍她毛茸茸的脑袋，语气低柔：“乖，陪老人家说说话。”

清冽的呼吸，夹杂着寡淡的烟草味，若有似无地从温舒唯耳朵边上吹过去。触感凉凉的，痒痒的。

这举动亲昵熟稔，温舒唯眸光忽地一闪，只觉方才零点几秒间，她两颊发热，心跳似乎都多跳了好几拍。

好在这亲密触碰只是弹指一瞬。

待她回神时，沈寂已经直起身子去了厨房，少顷，哗啦水声便从里头传出来。

沈寂洗菜去了，温舒唯则留在客厅里陪老校长聊天。老人嘴上虽然说自己已经习惯一个人，但温舒唯看得出来，她很开心有人能来探望自己，陪她聊聊天，说说话。

两人聊了一会儿，温舒唯实在没忍住，问道：“邹老师，您说您小儿子常年在外，他在哪儿工作？”

老校长答道：“北疆。”

温舒唯听了点点头，稍微理解了点：“嗯，那是挺远的，难怪一年也回来不了几次。”说着顿了下，又道，“就没考虑过调回来，或者换个工作吗？北疆条件艰苦，如果回到云城在您身边，不仅生活环境能得到改善，也能照顾您啊。”

“调动哪有那么容易。”老校长笑着叹了口气，感慨道，“再说了，他不干，就还得有其他人替他干，人家不也得跟父母家人天各一方吗？其实都一样。”

温舒唯微怔，一想，确实也是这个道理。

“当年我老伴儿过世之前就跟我说，要坚决支持咱孩子的工作，要让他踏踏实实，没有任何后顾之忧。”老人说起儿子，眼神语气里都是掩饰不住的自豪，“这话我听进去了，这么多年，我也一直都是这么做的。”

两人聊着天。

过了会儿，温舒唯见沈寂还没出来，不由得有些狐疑，也起身，端着莲藕汤边喝边走进了厨房。

上个世纪的职工宿舍楼，厨房空间本就有限，沈寂人高马大，近一米九的个子和这间小厨房格格不入。他这会儿背对门的方向站着，不知在干什么。

温舒唯站在门口举目四顾，只见灶台上摆着一口锅，水烧开了，咕噜噜冒着泡，整个空间充斥着某种很规律的砰砰声，似乎是菜刀和案板相撞发出的声响。

她有点茫然，走过去，一看。

只见某大佬头微垂着，眉目冷静，脸色寡淡，还是平时那副浑身都透露出“老子现在不想说话，都给老子滚远点”的冷漠样子。他两只胳膊的袖子都挽起到小臂上部，露出修劲漂亮又紧实分明的臂肌线条，正在切菜。

是的。

温舒唯确定自己没有看错。

这位少年时代凭一己之力掀起过无数腥风血雨的狠人校霸，如今海军陆战队里最出类拔萃的特种兵头，正在面无表情、十分高冷地切菜。

手起刀落，动作干净利落至极，先是番茄，再是小葱，咔嚓咔嚓咔嚓，蔬菜大军顷刻之间全军覆没，成了大佬的刀下亡魂。

温舒唯都看傻了，甚至惊得手一抖，碗里还剩一小半的汤洒到了地上，脑子里莫名其妙就升起来一个念头——原来，这人不管是出任务时沙场歼敌，还是做饭时切菜煮饭，手法都一样娴熟。

眼前这一幕，冲击力巨大，她足足呆了三秒钟才回过神。

下一刻，温舒唯捧着汤碗脱口而出，问了句废话：“你在干什么？”

“切葱。”沈寂眼皮子都没撩一下，手上动作不停，把切好的葱花拿菜刀一撇，囫囵倒进边上放着的小碗里。随后拧开水龙头，把刀伸过去冲洗干净，收回来，又开始切玉米。咔嚓，咔嚓。

“我的意思是——”温舒唯有些艰难地咽了口唾沫，换上更准确的说法，“沈队，你居然会做饭？”

“不像？”

“嗯。”温舒唯很实诚地点头，很自然地又接了一句，“非常非常不像。”一点也不像个会做饭的男人。

沈寂手上动作停住，转过头，视线直勾勾落在这姑娘脸上，一双桃花眼意味不明地眯了眯。

这边，温舒唯背着两只胳膊站在料理台旁边，见他看过来，也回看他，有点疑惑地眨了下眼，不知道自己是不是说错了什么话。

几秒钟后。

沈寂忽然出声：“这位小姐。”

他挑起一边眉毛，盯着她，薄薄的唇弯起来，语气懒洋洋的，带着标志性的漫不经心的腔调：“你还真是一点儿也不了解我。”

其实温舒唯后来回想，觉得当时沈寂说的那句话真没什么道理。

高中那会儿，她和他顶了天也就能算“认识”，素无交集，又不在一个学校，打照面的机会少之又少，连朋友都算不上。

如今因为亚丁湾那桩意外，他对她有了救命之恩，两人机缘巧合下加了微信，目前也只是刚成为朋友的初始阶段。

何谈了解?

不过这会儿她倒是没那么多精力去想这些。因为沈寂在说完那番耐人寻味的话后，便收回了目光，放下菜刀洗了个手，转身绕过她往门外走了。

温舒唯放下汤碗小跑着跟出去：“你去哪儿呀?”

“厕所。”沈寂说，然后侧目看她，下巴往左侧扬了扬，“要一起?”

“不了，您请。”

温舒唯顶着一头黑线，默默目送大佬离开了厨房。在原地站了几秒，她回转身，见打散的鸡蛋装在碗里还没拌匀，也想帮忙，便拿起筷子开始搅拌。

哐哐哐哐，刚拌匀，男人沉稳有力的脚步声去而复返。

沈寂回来了。他脸色寡淡，单手拎个拖把，弯下腰，开始清理之前被那姑娘不小心洒在厨房地上的汤汁。

温舒唯回头瞧见，一愣，连忙放下手里的活：“我来吧，这是我之前弄的。”说着就伸手去抢沈寂手里的拖把。

“躲开。”沈寂说。

温舒唯很坚持：“都说了我来。”自己弄洒的汤，当然得自己收拾。

她跟他抢夺起来。

老楼房的厨房本就狭窄逼仄，她一番动作出了汗，身上清新的甜香被衣服里的热气蒸得更加浓郁，这么一贴近，那股子熟悉的香味钻进沈寂鼻子里，像夏天的水果混合着牛奶，甜甜的，有点儿腻，肆无忌惮撩拨着他的感官神经。

与此同时，她乌黑的发丝轻轻从沈寂手腕上扫过去，触感微凉柔软。

沈寂眸色骤深，身体里有什么忽地紧绷。

“别闹。”沈寂盯着她，低声说。声音低哑，像年代久远的大提琴，带着一丝危险。

这丫头一门心思跟他争夺拖把，丝毫没有察觉到异样，趁他有所松懈，大眼一亮，两手伸过去就握住了拖把。

电光石火之间，她后颈一紧，被一股大力强硬又温柔地捏住。

姑娘一呆，一时没反应过来，果然老老实实地僵住了，一双大眼睛迷茫地眨了眨，看向他。

下一瞬，沈寂跟拎小奶猫似的把温舒唯给拎到了一边儿。

厨房很窄，温舒唯刚好站到墙边，挪动两步却踩到了之前的汤汁，一滑，整个身子不受控制地往某个方向栽倒下去。

沈寂一眼看见，怕她摔，赶紧伸手护住她。

温舒唯吓了一跳，两只手胡乱在半空捞几把，抓住了沈寂胸口和肩膀处的衣料。

一护一拽。

等她惊魂未定地稳住身子，才发现自己拽着沈寂，给这位大佬来了个华丽丽的“壁咚”—— 他衣服被她拽着，高大的身躯被她硬生生摁在了墙上，两人直接贴在了一起。

温舒唯此时已经傻了，呆呆地瞪着对方，连松手都忘了。

沈寂也不动，垂着眸，浅棕色的眼睛里瞳色很暗，直勾勾地盯着震惊的她。须臾，他扬起眉梢，似笑非笑地扯了下唇：“挺野啊。”

嘀嗒嘀嗒，厨房里安静了两秒钟。

第三秒的时候，温舒唯三魂七魄归位，登时被烫到似的松开了手，脚下步子噔噔噔倒退几步，迅速将两人的间距拉开到一个礼貌且安全的范围。

“对，”她有点儿结巴，两颊烫得跟火在烧似的，窘迫不已，“对不住。”

对面的大爷慢吞吞地站直身子，慢吞吞地抬手整理衣服，没说什么。

温舒唯继续：“我刚才脚滑了。”

沈寂没吭声。

“那……地还是你拖吧。”温舒唯扶额，“我来炒菜。”说完也不等沈寂回什么话，忙颠颠地转身找锅铲去了。

沈寂脸上没什么表情，打扫完厨房的地面，拿着拖把回到卫生间。清洗完拖把，他走到洗脸台前，打开水龙头，埋头捧了把水洗脸。

抬起头来，他没开灯，卫生间里黑漆漆的，镜子里模模糊糊映出一个男人。男人脸是湿的，短发是湿的，眼底暗涛汹涌翻滚如浪，分不清是情还是欲。

沈寂忽然自嘲地笑了下。

一直以来，他都是一个非常冷静的人，无论对任何人，任何事。从军十一年，入伍后，他的自控力和忍耐力经过系统化的专业训练，堪称极致，很难再因为任何事物而起波澜。

面对那个叫温舒唯的姑娘，沈寂一直在忍。

忍着不想，不碰，不乱分寸。

但“忍”字头上一把刀。那把刀何时会落下来，就不得而知了。

温舒唯炒了一盘玉米粒和一份番茄炒蛋，完后关了火，把两盘菜端进客厅。

老校长正在卧室里接电话，像是她儿子打来的，老人时不时就会笑出几声。温舒唯没在客厅里看见沈寂，她放下菜盘擦了擦手，回过头，扫视一圈儿，这才看见露天阳台上站着的高大身影。

沈寂站姿随意，靠在阳台栏杆上抽烟。

大概是怕烟飘到屋子里影响到她和老人，他刻意关了阳台门。

温舒唯走过去，推开阳台门走了出去。刚才又是陪老人聊天又是做饭，忙活好一阵，现在已经八点半了，天完全暗下来，小区里的许多人家都亮起了灯火。

她两只手撑在栏杆上，忽然叹了口气，带着隐隐的不满，吐槽：“也不知道什么工作那么忙，连回家陪老人的时间都没有。”

没有哪个老人不希望自己的儿女常伴膝下。温舒唯感到难过，她想，每当夜深人静，邹老师都会羡慕那些儿女在身边的人家吧。

边上，沈寂被烟熏得眯了眯眼睛，食指抖落烟灰，语气挺淡：“你老师的儿子跟我一样，当兵的。”

温舒唯诧异地转过头。

“北疆，应该是戍边部队。”

温舒唯：“你怎么知道？”

沈寂闻言没说话，回转身，夹烟的那只手往某个方向指了下。

温舒唯顺着他手指的方向看过去——电视柜上摆着一个镜框，照片似乎有些年头了，整体有些泛黄。画面背景似乎是边疆的某处高原地区，周围荒无人烟，一个孤零零的人影站在画面正中央，身着陆军夏季森林迷彩作战服，肤色黝黑，站姿端正，冲镜头露出一个很灿烂的笑。

温舒唯一下子愣住了，陷入沉默。

“好日子谁都想过，”沈寂说这话时，仍是他一贯的懒散调子，嘴角挑着一丝笑，轻描淡写，没有任何波澜，“总得有人扛担子。选了这条路，就要走到底。”

他如此，校长的孩子也如此。

温舒唯看着眼前的男人，有一刹那的愣怔。

沈寂平时分明让人觉得懒散随意吊儿郎当，但事实上，他的背脊永远笔直，挺拔如一棵白杨树。三分流气散漫，七分铁骨铮铮，两种极其矛盾的气质在此人身上完美交融，天衣无缝。

温舒唯安静了好一会儿，忽然鬼使神差般出声，道：“沈寂。”

“嗯。”他应了声，看向她。

“你父母是在云城吗？”

沈寂目光笔直落在姑娘白白的脸蛋儿上，静默片刻，掐了烟：“问这做什么？”

“没什么。”她笑了下，“就是觉得，你们，还有你们的家人都很不容易。虽然这话听起来有点华而不实，但是，真的挺伟大的。”

沈寂看着她，没有说话。

就在这时，姑娘深吸一口气吐出来，小巧雪白的手摊开，伸向他，大眼睛亮亮的，郑重其事且无比认真地说：“沈寂同志，能认识你，我很荣幸也很开心。”

沈寂依然定定盯着她，眸色沉沉，没有说话。

周围连风都似乎有一刹那的凝滞。

须臾。

沈寂忽然很低地笑了下，说：“打个商量。”

“小温同志，”他语气低柔，浅棕色的桃花眼里盈着很浅的笑意，弯下腰，抬起手，食指微屈，轻轻刮了下姑娘挺翘小巧的鼻尖儿，“别总这么可爱。”

太要命了。

虽是夏季，但晚上太阳落山，酷热褪去七分，夜里的风凉凉的，将姑娘耳侧的柔软发丝吹得在风里飘舞。

温舒唯呆了一下，始料未及慌了神，脸一下涨得通红，脖子往后一仰，纯粹下意识般躲开对方的触碰。

沈寂手还未收，悬在半空。

周围再次静了静。

沈寂盯着她，头顶背后夜色深沉，他浅棕色的瞳里蕴着一丝不一样的光。

好在温舒唯心头慌乱也只是一刹，她很快便镇定下来。

高中那会儿，关于隔壁十七中校霸“沈寂”的传说数不胜数，几乎没人不知道他。

程菲当年闲着无聊，还拉着班上玩得好的几个朋友打过一个赌，说追沈寂的人那么多，狠人校霸究竟会花落谁家，被哪位美妞降住。

虽然最后没有传出沈寂被谁降住的消息，但也足以说明一件事——人家沈大爷是见过人风人浪的人，不会轻易就被降住。

因此，此时此刻温舒唯的心态非常平和。

夸她可爱，还刮了下她的鼻子，这说明了什么?

说明光辉伟大的解放军同志打心眼儿里把她当哥们儿了啊!

温舒唯内心有点小激动。受姥姥姥爷影响，她自幼根正苗红，对军人崇拜有加，能和这样一位优秀的红色基因传承者成为好朋友，她感到很光荣。

她笑，回了沈寂一句“谢谢”，末了顿住，发自内心地回赞道：“你也很可爱。”

沈寂挑起眉毛，直勾勾盯着温舒唯看，眼神不清，不做言语。

就在两人跟阳台上站着，大眼瞪小眼都不说话的时候，卧室里的校长打完电话拄着拐杖出来了。两人听见响动，动身回到客厅。

老人看见桌上的饭菜，一愣，随之懊悔不已道："瞧我，跟我儿子打电话，一聊就忘事儿。本来说招待你们的，反而让你们来照顾我了，真是……"

老校长最不愿给人添麻烦，不好意思极了，连声跟温舒唯和沈寂表达歉意。

温舒唯摆摆手，笑着道："炒几个菜也不麻烦，举手之劳，您是长辈，就别跟我们客气了。"边说边走到沙发旁边拎起自己的包，"您吃饭吧，我们还有其他事，得先走了。下回再来看望您。"

老校长又留了他们一次，两人很坚持。无奈之下，老校长只好把这对年轻人送到了门口。

"邹老师再见。"温舒唯笑盈盈地摆手。

"你啊，有空就来找我这个老婆子玩，我闲得很。"老校长对这个好心又温柔的小姑娘印象非常好，拉着她的手依依不舍。

两人正说着话，一阵手机铃声在楼道里响起来。

温舒唯转眸，沈寂摸出手机看了眼来电显示，眯了眯眼睛，随后跟老校长道了句再见后便滑开了接听键，边顺着楼梯往下走边接电话："喂。"

男人步子沉稳而从容，脚步声很快便远离。

门口，老校长目送那道笔挺高大的背影远去，片刻后扭过脑袋看身边的温舒唯，忽然出声，压低嗓子问："姑娘，这个十七中的同学，是做什么的？"

温舒唯被这话问得一怔，答道："他是个军人。您怎么忽然问这个？"

老校长促狭地眨了眨眼睛："果然和我猜的一样。"

温舒唯有点吃惊又有点不明白，也跟着压低嗓子："这您也能猜出来？"

"怎么不能。"老校长脸上露出笑容，"你瞧瞧那身形，板正得多漂亮。我丈夫和儿子都是当兵的，部队大院儿里走出来的小伙子，一看就不一样，气质和眼神都太特别了。他入伍有些年头了吧？"

温舒唯仔细思考了下，道："军校生入校起就开始算军龄。这么算，应该有十几年了吧？"

"相由心生。"老校长点点头，眼神里满是赞许之色，"看得出来，是个相当不错的孩子。"

“嗯。”温舒唯若有所思，想起那位大佬少年时代种种狂放不羁的行径，不由得再次心生感慨，自言自语似的啧啧两声，“真是三十年河东，三十年河西。”

老校长笑了下，抬手轻轻敲了敲温舒唯的额头，柔声说：“丫头，老师送你一句话。人心里的偏见是一座山，一旦形成就很难搬动。你如果想真正了解一个人，光靠耳朵和眼睛可不行。”

温舒唯：“我不太懂您的意思。”

老人手掌下移，点在她的左胸口位置：“你得用这里去看，去感受。或许那些你以为现在很糟糕或者过去很糟糕的人，不是你想的那样。”

“人心里的偏见是一座山，一旦形成就很难搬动。”

直到离开教师宿舍，温舒唯脑子里都还回响着临行前老校长留给她的话。

她有些困惑。

偏见？

指什么？难道是说她对沈寂？

温舒唯微微皱眉。十七中校风奇差，盛产混混恶霸，这在整个云城高中圈儿都是出了名的。沈寂当年是十七中的校霸，这是不争的事实；那些不良少年听见“沈寂”这个名字甚至都会绕道走，没人敢惹那个暴戾阴冷不要命的狠人，也是不争的事实。

老校长口中所谓的“偏见”，让她费解。

一路走一路思考，温舒唯跟在沈寂身边，低垂着眼眸耷拉着脑袋，沉浸在自己的思绪中。就在这时，边上冷不丁响起一嗓子：“在这儿等我。”

温舒唯闻声，这才回过神，抬起眼帘，只见他们已经离开教师宿舍了。边上开了一家小型的红旗连锁，沈寂撂下话就转身进去了。

温舒唯不知道这位大佬要干什么，只好站在原地等。

没到两分钟，沈寂去而复返，手里还拎着一个塑料袋。他踏着步子径直朝她走过来，站定。

就在温舒唯一头雾水想问问他要干什么的前一秒，她看见对面的男人微垂眼，从塑料袋里拿出了几样东西递给她。

温舒唯定睛一看。

那只漂亮的大手的确很大，一抓一大把：一个铜锣烧小面包、一盒旺仔牛奶、一袋旺仔小馒头，还有一根棒棒糖，草莓味儿的。

温舒唯茫然地抬头看他："这是？"

"先吃着，垫垫。"沈寂说。

之前这丫头忙着给她老师炒菜做饭，自己从下午到现在什么东西都没吃。他倒是糙惯了无所谓，就怕她饿着。细胳膊细腿儿的小身板儿，弱不禁风，再饿怕要饿没了。

温舒唯一听，赶紧伸手去接，连声道谢："谢谢谢谢！"

"想吃什么就拿。"沈寂说，"其他的我先给你拿着，你吃完了再取。"

"好吧。"

之前忙活几个钟头，倒确实有些饿了。温舒唯也不矫情，心想反正都是朋友了，大不了吃完饭请他喝杯奶茶。她从一堆零食里选出那包看起来不会很胀肚子的旺仔小馒头，"刺啦"一声，撕开塑料袋，拿出一颗正要往嘴里放，动作却忽而一顿。

她转过脑袋，先是看了看那张没什么表情的俊脸，又看了看他手上的零食，思考几秒，她决定知恩图报，吃水不忘挖井人。

"喏，给你。"温舒唯伸手，把手上那颗递给沈寂。

"自个儿留着吃。"沈寂道。

"待会儿反正还要吃饭，我垫垫肚子就好，吃不了多少的。"温舒唯认真说。

沈寂垂眸，居高临下地看着眼前的姑娘。她仰着脖子望他，素净的脸蛋儿在夜色下越发白皙。右手微抬高，手指细白纤长，两指之间捏着一颗小馒头。

男人直勾勾地盯着她看。

就在温舒唯被他瞧得有点儿不自在时，她看见对方低下头，略微贴近她几分，薄润的唇弯起一个漂亮的微弧。

"手没空。"他淡淡地说，字里行间非常有礼貌，"劳烦，喂一下。"

温舒唯卡壳一秒，视线下移，看了眼这人的两只手：一只手拿牛奶，一只手拿棒棒糖和面包，看起来的确腾不出第三只手来接这颗旺仔小馒头。

那，行吧。

她默了默，最终还是举起胳膊把那颗小馒头朝沈寂的嘴边递过去。

她个子娇小，对方又人高马大，往她跟前一站能把所有光线都遮挡完。怕够不着，她甚至还十分好心地踮了踮脚。

小馒头终于碰到了那张好看的唇。

沈寂目光定定落在她脸上，不转不移，眸色骤深几许。

没由来的，温舒唯手掌心里沁出丝丝细汗，竟觉心跳有些加快，莫名紧张。她轻轻咽了下口水，定下神，示意他张嘴，引导性地轻声道："啊。"

沈寂盯着她，张开嘴，慢条斯理地把那颗小馒头吃了进去。薄唇有意无意，若有似无扫过她细软的手指尖儿。

这边，喂他吃完，温舒唯立马把手收了回来，别过脑袋不看他，掩饰什么般往自己嘴里也塞进去几颗。脸蛋儿火烧一样烫。

吃饭的烤鸭店在一条巷子里。

这条小巷子位于一中和十七中之间，将两个学校划分开。因着这层缘由，一些一中的学生抱着或玩笑或嘲讽的心态，给这条无名小巷取了个名儿，叫"天壤巷"。

天壤之别，不可跨越。

此时已是晚上九点多，天色已黑，巷道狭窄而幽长，勉强能容纳两辆小轿车同时通过，几盏昏暗的路灯悬在上方照明。巷道两侧开了一些小商铺，卖烟的，卖面的，商铺主人大多是此处的居民，占着学校这个好地段，把自家老房子打理出来，做做学生生意赚点小钱。

温舒唯跟着沈寂走进巷子，不多时便到了烤鸭店门口。

和巷子的其他商铺一样，这家店也已开了好些年头，门面看着很旧，但店内干净卫生，桌椅亮得发光，还坐着几桌正在吃饭的客人。看上去生意不错。

两人走进去。

店老板见有新客光顾，连忙迎上前来招呼着他们坐，并递上菜单。

沈寂要了一只烤鸭和几样小菜。

店老板给两人倒上茶水送了几样小吃，进厨房忙去了。

温舒唯端起冒着腾腾热气的茶杯，呼呼吹了吹气，然后抿了一口，边环顾四周边好奇地问："这家店已经开了很多年了吧？你上高中那会儿常来？"

“嗯。味道不错。”沈寂应一声，眸微垂着，自顾自拿起茶壶又给她倒了些水。

店内的光线有些暗，灯光昏沉，他浓密的睫毛偶尔扇动两下，扇得温舒唯有一霎晃神。

温舒唯托腮望着他，想起什么，试探着出声：“你是不是有工作上的事要忙？”

沈寂掀起眼皮，瞧她，一侧眉峰轻微挑起，眼神带着疑问。

温舒唯指了指他放在桌面上的手机，解释道：“因为我看你刚才接了个电话，脸色不太好的样子。”她说着一顿，脑子里忽然冒出一个很神奇的猜测，“是不是你们单位又要派你出任务了？”

温舒唯这会儿脑子里全是特工电影里，组织给特工男主分派任务时的镜头。

其实也不能怪她脑补太多，谁让这位大佬的职业如此威武酷炫。

沈寂回答：“安排任务都是下通知，不会打电话说。”

温舒唯好奇：“为什么？”

“我们这一行涉密。”看着对面那双亮晶晶闪烁着求知欲的大眼，沈寂耐着性子，接着道，“任何工作方面的事都不能通过手机传达。如果一定要打电话，那也只能用部队内部的军线。懂了？”

姑娘乖乖的，听得很认真，两只白生生的手托着自个儿的小下巴，漂亮的杏眼朝他眨巴了两下，点点头：“明白了。”两手抱拳一拱，“多谢扫盲。”

沈寂眼皮耷着，瞧一眼这丫头乖乖巧巧的小模样，心情忽然转晴，勾了勾嘴角。

就在这时，店老板把一大盘片好的烤鸭给他们端了出来，同时送上来的还有面皮儿、蘸碟、配菜和两双一次性手套。

两人戴上手套开始吃饭。

温舒唯拿起一张面皮，正夹着一块烤鸭蘸酱，面前的小碗里便多出来一个裹好的烤鸭卷。面皮子鼓鼓囊囊，看得出包了很多肉，很实在。

她抬眸。

沈寂坐在对面拿筷子夹菜吃饭，眸低着，惹眼招摇的俊脸上照旧没什么表情。他的身形很高大，两条大长腿无法妥善安置在桌子下面，只好大马金刀地敞着，腰背微弓，坐姿很随意。

"谢谢。"

话说完，温舒唯忽然觉得有些尴尬。

从今天见面到现在，她已记不清这是自己第几回对他说谢谢。她与沈寂，除了一些寒暄客套话，似乎没有别的可聊。

如是一琢磨，温舒唯意识到自己必须找点话题了。她边咬着烤鸭卷边思考少顷，而后忽然出声道："你难得休次假，回来了就好好陪陪父母和女朋友吧。他们长年累月见不到你人，肯定很想你。"

话音落地，沈寂的动作忽地顿了下。

他掀起眼皮看过来，随着抬眸这个动作，额头引出了几道很浅的纹路。他看了她几秒钟，说："我单身。"

上次参加婚宴，是谁在那儿夸他女朋友漂亮来着？她听错了？

沈寂接着说："我在云城这边没亲戚，孤家寡人一个。"

短短几秒之间，温舒唯脑子里翻江倒海闪过无数念头，最后只能干巴巴地笑了两声："哦……那你就多和朋友们聚聚吧，多参加几次同学会之类的。"

这句话说完，又没聊的了。

温舒唯很尴尬，抓耳挠腮想着还能跟这位大哥聊些啥。国防？军事？无人机？但她对这些貌似也不太懂。

她只能埋着头默默吃烤鸭。

刚吃完沈寂给她裹的第六个烤鸭卷，店门口传来一阵骂骂咧咧的人声。几个社会青年打扮的男人走了进来。这伙人都喝了酒，一股子酒味儿铺天盖地地席卷整个小店。

温舒唯被那股劣质白酒的味道熏得皱起眉，忍不住回头看了那群人一眼。

这伙人看着都三十来岁，一个个长得膀大腰圆又高又壮，有的穿短袖，有的打赤膊，几乎所有人身上都有文身，这个背上文一条龙，那个胸前文一头虎，生怕谁不知道他们是干哪行的似的。

看见这伙人，老板的表情瞬间不太好看，但还是强颜欢笑地迎上去，说："几位随便坐，吃点什么？"

其中一个体重超过两百斤的壮汉醉醺醺不耐烦地说："抱五箱啤酒，要冰的。赶紧。"

店老板为难："大哥，我这店小，总共就只有两箱啤酒，要不您等等，我去旁边的超市给您买？”

“等不了。”壮汉一下火了，骂道，“老子来你这儿吃饭是给你脸，一个开饭馆的不卖酒，那开什么饭馆！”

店老板本来还挺客气，一听这话，也拉下脸：“你怎么说话呢！”

“老子就这么说话！”壮汉动手推了中年老板一把，恶狠狠道，“咋的，生意不想做了？”

和壮汉一伙的几个醉汉见状哈哈大笑，一个个四仰八叉瘫坐在椅子上，看戏似的。其他桌的几个客人怕惹事，哪敢再坐着吃饭，连忙扫了微信转完钱就从边上走了。

没过多久，整个烤鸭店就只剩下那桌社会醉汉和彩票请客二人组。

温舒唯想替店老板说什么，迟疑几次都强忍住。

她心里其实也怕。

她本就不是会为人强出头的性格，之前在网红节现场，她敢帮那个小新人说话，是知道姚杏儿当着那么多人不敢动真格的。但这伙人不同，混社会的，什么都敢做，动辄就会惹火烧身。

温舒唯头皮发麻，心里乱糟糟的，也没了吃饭的心情。她转过脑袋一看，对面的沈寂刚往嘴里塞了一筷子鸭肉片，吃完，又给她包了个烤鸭卷递过来。

温舒唯都快给这位大爷跪了。她默了默，忍不住伸手扯了扯他的袖子，压低嗓子道：“你是没看见吗？”

沈寂撩起眼皮：“什么？”

“那群人啊。”温舒唯眼神不停往身后瞟，紧张不已。

沈寂又给她夹了一筷子青菜：“先吃饭。”

“我现在吃不下去。”温舒唯想翻白眼，身处如此剑拔弩张危机四伏的气氛中，她还能吃得下去才怪。

“是吗？”

“对啊。”

“好。”沈寂脸色很冷静，点点头，放下筷子，抽了张纸巾擦嘴。

就在温舒唯试图参透那个高深莫测的“好”背后有何深层含义时，她看见沈寂从座椅上站了起来，把擦完嘴的纸巾拧成一团扔进垃圾桶，慢吞吞且表情寡淡地揉了揉后颈，扭了下脖子，然后就朝那一桌“社会哥”走了过去。

另一边。

店老板是个老实本分的生意人，哪里遇到过这种蛮不讲理的恶棍，怒斥道：“给我滚，我不做你们生意！”

壮汉啐了口：“再横一个？信不信老子砸了你这破店？”

年近五十的店老板一下着急了，扭头看躲在厨房里的中年女人，低声说：“快报警。”

老板娘吓得六神无主，听到老板的话才连忙拿起手机拨 110。

几个壮汉才从一场饭局下来，酒劲儿上头找不到新乐子，正玩得兴起，忽然，一个声音从背后响起来，冷清清懒洋洋，听不出太多情绪：“几位。”

几个男人回过头。

“要么滚，要么跟我出去。”沈寂挑了挑下巴，给予充分的尊重和选择权，“选一个。”

那个两百斤的壮汉一下都给弄蒙了：“你说啥？”

沈寂淡声：“没看见吗，人家姑娘还在吃饭。”

几个醉汉先是一愣，紧接着被气得笑出声来。对方说话的语气轻描淡写，无波无澜，压根不拿他们当回事儿。

壮汉撸了撸光秃秃的脑门儿，一伸手，把店老板给推到了一边儿，径直走到了沈寂面前。

“我还第一次遇见敢管我闲事的。”他笑了下，往前几步贴沈寂更近，“小子，劝你带着你的人赶紧滚，否则老子……”

壮汉说着，抬手就想去拍沈寂的脸。

一切都发生在电光石火之间。

众人一愣，根本都没看清那男人是如何动作的，等回神时，壮汉已经捂着胳膊在地上缩成了一团，痛得脸色发白哎哟连天。

其余几个醉汉见状，酒一下醒了大半，狠狠咬牙，一窝蜂扑了上去……

温舒唯不忍心看，别过头默默遮住了眼睛。她实在不知道这群人是哪儿来的勇气跟沈寂动手。

数分钟后，一帮子恶棍倒了一地，捂肚子的捂肚子，抱胳膊的抱胳膊，一个个瘫在地上起都起不来。店老板夫妇完全看傻了，呆呆地站在旁边回不过神。

某大佬随手从餐桌上抽了几张纸巾擦手，拿出手机，抬起眼皮看边上的老板：“多少钱？”

老板机械地回答：“320 块。”

沈寂转了钱。

须臾，伴随着店内那阵“支付宝到账，三百二十元”的机器人女声，和远远传来的嘀嘀警笛声，温舒唯跟在沈寂身后离开了烤鸭店。

夜已深，晚风凉飕飕，老街区这边的街道上行人稀少，大部分店铺已经关门。

温舒唯跟在沈寂身后，回想起刚刚这人大战社会青年的画面，有种梦回十七的错觉。她忍不住赞扬：“沈队，你真的太厉害了！”

沈寂：“过奖。”

“不过你这一出手，是不是也太狠了啊……估计那帮人全都得躺医院。”温舒唯说。

沈寂平静道：“算轻了。”

沈寂侧过头来，看她，语气非常平静且冷漠，道：“我这人脾气挺好。”

温舒唯静默，忽地，余光一瞥扫见什么，当即拽住沈寂站定了，转过身，仰起脑袋仔仔细细地盯着他脸看。

男人棱角分明的下巴和耳朵交接处，横着一道小伤口，正往外渗着血珠。

“你受伤了。”温舒唯皱眉，说着就低头从自己包里翻出一张创可贴，“不过不太严重。我先给你止血，回家你自己拿碘伏消个毒就好。”

说着，她撕开了创可贴要给他贴。

一阵甜腻的清香蹿进鼻子，沈寂眸色微暗，没有动，由着姑娘踮起脚尖把创可贴贴在了那个伤口上。

她动作仔细，眼神专注，凑近了看他，越发觉得这人五官轮廓挑不出丁点儿瑕疵。三百六十度，毫无死角。一时鬼使神差，她竟自言自语把心里想的话给说了出来：“啧啧，这么标致的一张脸，皮肤又好，天生就是长来祸害小姑娘的。”

话音落地，一阵风呼呼从巷子里吹过。

沈寂挑了挑眉，侧眸，略微狭长的桃花眼似笑非笑地盯着她：“撩到你了？”

第四章 糖

不知是不是这位同志的美色太过乱人心志，还是他最后说的话太具杀伤力，当晚，温舒唯回到家上床睡觉，竟然梦见了沈寂。

梦中的沈寂身着海军白色制服，军装笔挺高大俊美，人胜画卷。但他的表情却很狰狞，雄赳赳气昂昂，拿着一把两米长的大刀追着她跑了十条街，不停地问“老子撩到你没撩到你没”。

第二天晚上，沈寂继续拿着大刀追着她跑。

第三天晚上，继续跑。

第四日，连续三天晚上没睡好的温舒唯蔫蔫儿的，顶着两团黑乎乎的熊猫眼从杂志社下班回家，实在没忍住，给程菲打了个电话。

“嘟嘟”几声后，通了。

“哈啰，姐妹？”八卦老程的声音从听筒里传出来，故意捏着嗓子，很造作。

“唉。”温舒唯有气无力地回了声，随手把包包丢在书桌上，仰头往床上一躺，叹气道，“江湖救急。”

“借多少？”

“不是。”温舒唯苦恼地抓了抓头发，静默几秒后，终于说出这几天的离奇遭遇，“之前我一个朋友不是结婚吗，我去参加了婚宴，还遇到了沈寂。”

温舒唯言简意赅，很快便把事情说了一遍。

电话那头的程菲听了没什么反应，回道：“遇见就遇见了呗，说明你跟大佬挺有缘分。”

“这不是重点！”温舒唯音量不自觉拔高两度，难掩诧异，“重点是我后来梦见他了！还一梦就梦了三天！”

一听这话，程菲来兴趣了：“梦见他什么？”

“没什么实质性内容。”温舒唯一手举电话，一手托着腮帮子瞧窗外，表情苦恼，“而且，当年高三毕业的时候有一件事挺奇怪的，只是当时我记忆很模糊，后面过了太多年，也就慢慢忘了。”

“什么？”程菲狐疑，“居然还有我不知道的事情？”

温舒唯有点犹豫，陷入纠结，就在这时，姥姥的声音从卧室外传了进来，喊道：“唯唯，吃饭了。”

“来了。”温舒唯应了声，最终还是默默把快到嘴边的话咽了回去，跟程菲回过去一句“先不说了，一会儿微信聊”后，便挂断了电话。

晚饭时，温母何萍打来一个微信视频。

温舒唯一边埋头吃饭，一边听何萍说话，偶尔乖乖地回上几句。

温母还是老样子，叮嘱她认真工作，不要不务正业搞什么vlog录制，顺带还抨击了一下现在的“网红”产业，说那些网络红人都是学历低没文化没本事的社会底层，靠着卖脸卖低俗博眼球，登不上大雅之堂。还说下个月就是弟弟顾文松的十六岁生日，要温舒唯给弟弟准备好礼物，到继父家给顾文松过生日。

温舒唯由着母亲长篇大论，饭吃完的同时，挂断视频。

世界安静了。

洗完碗收拾完桌子，温舒唯陪姥姥说了会儿话，然后回到房间。人独处的时候最易胡思乱想，她在书桌前坐下来，托腮发呆，不自觉便又想起了十年前的那顿散伙宴。

那天晚上，她喝了酒，脑子不清醒，蒙蒙的，直到后来才得知送自己回家的人是沈寂。

那天晚上的事，多年来，温舒唯几乎从来不会去回忆。

她一直将之归结为“醉酒后产生的幻觉”。

思索着，温舒唯只觉全身的血液似在逆流，一股脑地冲上了头。她两颊忽然浮上两朵红云，连带耳根子都烧得滚烫一片。

温舒唯抬头看了眼镜子，里头的姑娘轻咬唇瓣，脸是红的，耳朵也是红的，两只手无意识地捂住了两边脸蛋。

她无语扶额。

细细回想，那场幻觉又有点太过真实。

真实到，时隔十年，她都还记得那人手指微凉的温度，和碰上他嘴唇一闪而逝的柔软触感。

工作生活一切照旧。

沈寂的突然出现像一粒石子投入湖中，惊起一圈涟漪后又沉没下去。温舒唯每天还是老样子，上上班，跑跑新闻，写写稿子，再挤出时间剪辑之前积攒的游记 vlog，偶尔和程菲、汤瑞希几个好友约饭玩桌游。

那个叫“S”的微信号再次发来消息，是在三天之后。

那天温舒唯刚洗完澡，趴在床上和汤瑞希一起玩《王者荣耀》，正在峡谷里乱丢技能大杀四方，忽然，手机“嘟”一声，弹出来一条微信消息。

温舒唯忙着打团，没有及时去看，等敌军砍爆他们这方的水晶高地后，她才欲哭无泪地默默切出游戏，打开了微信。

S：你东西落我车上了。

注定要暴富的小温同学：？

注定要暴富的小温同学：啥东西？

S：俩木头。

随后，对方发过来一张照片，是现拍的，画面中一只男人的大手，骨节修长分明，干净漂亮，掌心里躺着两个紫檀木雕成的小挂件，一个元宝状，一个竖条状，都是《山海经》的神兽形象。

温舒唯认识这俩小物件。这是她去年过年的时候到寺庙里去请的，经过方丈大师开光，称是招财进宝暴富神器。

看见这张图，她眼皮一跳，赶紧跳下床抓起自己的包包一看，果然，拉链上空空如也，招财挂件小组合不见了，估计是上回不小心给弄丢在了沈寂车上。

温舒唯看着空拉链，有点儿狐疑：两个挂件是被扣在拉链上的，怎么会无故松脱？

要换成别的东西，大大方方送给这位大佬也就罢了。

然而，温舒唯非常清楚地记得，这两个紫檀木小挂件，她花了整整1400 块。

温舒唯沉思约莫两秒钟，回复：麻烦你帮我收起来，下次你什么时候有空了我再拿吧。

S：我给你送过来。

注定要暴富的小温同学：也可以。那你什么时候有时间？

S：现在。

注定要暴富的小温同学：？

S：我就在你家楼下。

温舒唯微微瞪大了眼睛，看着手机屏幕上对方回复过来的一行字，整个人蒙了。呆滞几秒钟后，她反应过来什么，掀开被子嗖地从床上蹦了起来，跳下床，鞋都来不及穿，光着脚丫子踩在地板上嗒嗒嗒跑到了窗户边上。

“唰”一声拉开窗帘，推开窗，她探出脑袋往外瞧。

姥姥家小区的路灯前段时间坏了几盏，一直没修好，因此，平时有散步纳凉习惯的老人都在家里休息，没有出门。唯一还健在的一盏路灯刚好在温舒唯家单元楼的旁边。

夜幕低垂，温舒唯看见一个高高大大的男人站在灯下。

路灯投落下淡橙色的光线，将对方挺拔如画的身躯笼罩于光和影的交界处，又在地上描摹出一道修长的影。他站在楼下，头微仰着，面朝她家窗户的位置，手里有一搭没一搭地把玩着什么，似乎也正在看她。

隔着一段距离，温舒唯看不太清沈寂的面部表情。

她错愕又茫然地眨了眨眼睛，有点儿没明白这神奇的剧情走向——说给她送过来，下一秒就马上到她家楼下了，办事效率这么高？

她风中凌乱，不敢让楼下那位大佬等太久，转身就往大门方向跑，跑到一半想起什么，懊恼地一跺脚，身子急转一百八十度冲回卧室，飞快从衣柜里随便抓出衬衣牛仔裤换上，又飞快照了下镜子，理了理头发，最后才拿起鞋柜上的钥匙冲出家门。

坐在沙发上看电视的姥姥很疑惑，皱着眉喊：“上哪儿去啊，唯唯？”

“有朋友到楼下来找我了！我去去就回！”楼道里远远传来姑娘的嗓音，甜而脆，回音拖得长长的。

“什么朋友这么火急火燎的。”姥姥好笑，嘀咕，“看把这丫头给激动的。”

温舒唯一路小跑过去，停下来之后还有些喘，光洁的额头上凝起一层细细的薄汗，脸蛋儿微红，眼睛亮晶晶的。

不远处，沈寂侧目瞧见她跑过来，微拧了下眉："小心点儿，别摔了。"

两人距离缩短，温舒唯却忽地一愣。

之前在楼上，光线太暗又隔得远，没看清，走近了才发现这人穿的居然是军装。夜幕下，他穿着中国人民解放军 17 式海军蓝色夏常服，肩很宽，背脊笔直，肩膀两侧各是二杠一星的肩章，臂章上印蛟龙图腾，胸前左侧是姓名牌，右侧是级别资历章，穿戴得极其周正。

他一手拿军帽，一手把玩着她的紫檀木貔貅挂件，垂眸淡淡地瞧着她，脸上看不出什么情绪。

温舒唯好奇："你……你才从什么地方回来吗？"

"有任务，紧急召回，临时借调到云城军区。"沈寂说，"下午到这边院子的政治部办了点手续。"

"哦……"温舒唯点点头，也没多想，接着随口问了句，"什么任务这么急啊？"

沈寂闻声，盯着她微微眯了下眼睛："刺探军情呢？"

温舒唯干咳两声："不好意思，当我没问。"

又跟沈寂胡乱扯了两句后，她指了指被他钩在食指上的那两个小挂件，道："真是太麻烦你专程跑这一趟了。"顿了下想起什么，又带着些担忧问，"你说你下午一直在院子里办事，不会到现在还没吃饭吧？"

沈寂说："在食堂吃过。"

温舒唯听完稍微放心，弯起嘴角，朝他露出一个微笑，摊开手："谢谢你。"

沈寂盯着姑娘嘴角的那丝甜笑看了会儿，没说话，把两个木头挂件递过去。

温舒唯接过挂件，宝贝似的用两只手捧着。

沈寂随口道："这是什么？"

"貔貅啊，旺财的。"姑娘抬胳膊，一只小手在俩挂件上拍了拍，换上一副神秘兮兮不可言说的表情，凑近他几分，嗓音压得低低的，"连戴三年，包富三代，我都打听好了。"

温舒唯这头还沉浸在宝物失而复得的喜悦中，笑盈盈的，边把貔貅收起来边随口问他："其实这两个小东西，你等之后再还给我也可以啊。为什么这么急着给我送过来啊？"

“因为，”沈寂说，“我想你了。”

温舒唯一时以为自己听错了，愣住，唰一下抬起脑袋看他：“什么？”

“我说，我想你了。”沈寂盯着她，“我想见你。”

温舒唯微怔，有点艰难地消化着刚刚听见的简短话语。

夜风温柔吹拂，周围昏暗静谧，一高一矮的两个人，一低眸，一仰头，在路灯下对望。空气里似乎逐渐弥漫开一丝悸动，和叫人脸红心跳的暧昧，两人一时都没出声。

沈寂打量她。这会儿姑娘应该是刚洗完澡，素面朝天，身上套着随手扒拉来的衬衣牛仔裤。那身衬衣于她而言有些偏大，她骨架子小，显得衬衣空荡荡的，头发没完全吹干，发梢尖尖还沾着几许湿气，搭在她肩头，被夜风一吹，看着越发娇软柔弱，像个脆生生的瓷娃娃，经不起磕碰，只能被人放在手掌心里捧着护着。

沈寂盯着她，眸色微沉，忽然问：“冷不冷？”

温舒唯闻声回过神来，冲他摇摇头。现在还是夏天，晚上温度再低也将近三十度，怎么可能冷。

他这回没出声，脸色挺淡，径自上前两步，伸出手，右手手背贴了下姑娘垂在身侧的细白手背。动作极其自然，像是纯粹无意的一个举动。

温舒唯一愣。

那触碰极短暂，只发生在一秒间，沈寂试过体温，确定她是真的不冷后便把手收了回去。

温舒唯心尖却倏地一颤，心跳不自觉加快几拍，连带着耳根子都传来隐隐约约的灼烧感。

沈寂微不可察地挑了下眉。视线中，自己刚收回手，那姑娘便下意识地把那只被他挨过的白嫩小手往后藏了藏，像是急于掩藏某种秘密的小动物，脸红红的，心慌意乱，带着怕被人发现的可爱窘态。

沈寂直直盯着她，眼底一丝很浅的笑意一闪即逝，片刻，慢条斯理地说：“我刚才路过，瞧见你家小区旁边有个烧烤摊，生意不错。”

温舒唯反应了会儿，回他：“你说那个开在路边的小店？哦，那是我们小区的邻居开的，干净卫生，味道也挺好的。”

“你饿不饿？”

“还好。怎么？”

“我似乎记得，有人还欠我一顿饭。”沈寂说，语气里听不出什么情绪。

温舒唯有些困惑地抬起眼来，看他。

“我饿了。”夜幕下，一身军装的英俊男人弯下腰，略贴近她，嘴角挑起个弧度，好看的薄唇弯着，浅棕色的眸子笔直盯着她的眼，“想吃烧烤。”

温舒唯眼里浮现出几分迷茫，没过脑，直接瞪着他脱口而出：“可你不是才吃过饭吗？”

沈寂回了一句：“我消化能力好。”

沈寂脸上没什么表情，很冷静：“而且，我不想这么早让你回去。”

扑通，扑通，温舒唯心口一紧，只觉心脏在胸腔里怦怦狂跳，连带着全身血液都往两边脸颊狂涌。她脑子有点儿迷糊，支吾着还磕巴了下：“为什么？”

沈寂说：“不为什么。”

片刻后，他往小区大门的方向抬了抬下巴，一侧眉峰挑起来，说话一如既往漫不经心，看着她：“怎么样，小温同志。请吗？”

沈寂是个非常冷静且理智的人。

在蛟龙服役的这些年，枪林弹雨，九死一生，战场上，他的每个决定和行为都关系到整个队伍的生死存亡。他能轻而易举克制住所有人性本能和欲念，确保自己说的每句话，做的每件事，都经过最缜密的算计，万无一失。

沈寂曾以为，他早已不知“冲动”为何物。

但是这个叫温舒唯的姑娘一出现，就颠覆了所有。

亚丁湾海域，“奇安号”上，沈寂在漫无边际的黑暗中听见她声音的那一刻，他脑子里叫作“理智”和“克制”的弦就崩了。

就像今晚。

他费尽心机就为过来看这姑娘一眼，当然得看个够。

部队有明确规定，军人着军装外出必须严格注意自己的形象，因此，为避免许多不必要的麻烦，大院里大部分干部都有下班就换上便装的习惯。有的把便装放在单位宿舍，有的直接放在车里。

这会儿是晚上八点多，姥姥家的小区里没什么人，但外边的马路牙子上人却不少，遛狗的小姑娘，散步的大爷，拿着扇子准备去跳广场舞的大妈，人来人往。

因此，温舒唯跟在沈寂身旁，刚走到小区大门口，她便明显察觉到周围投射过来许多目光，或好奇，或探究，或尊敬，或崇拜。

温舒唯想都不用想就知道大家在看谁。

就这样沐浴着道道目光走出几十米，她发窘，不好意思极了，脑袋无意识地越埋越低，越埋越低。

就在这时，边上响起一句话，淡淡的："低着头干什么？"

温舒唯一愣，转过头去。

沈寂个子本就高，宽肩窄腰骨架大，把一身海军军服撑得饱满而笔挺。他安静地走在她旁边，脸上没什么表情，神色冷峻，眉目如画，都不用说话也不用做什么动作，周身便自带一股子威严沉肃、不怒自威的强大气场。

温舒唯忍不住在心里啧啧两声。

这颜值，这身材，再配这一身正气凛然的军装，真是想不引人注目都难。

她被眼前的"军装美男图"晃花了眼，还没来得及说话，沈寂便侧过头来看向她，嗓音沉沉的："我给你丢人了？"

大佬清奇的逻辑果然不是正常人能理解的。

温舒唯静默了整整三秒，才干咳两声，干笑着小声回答："不是。是因为大家都在看你，顺带也就看见了我，我有点不好意思。"

沈寂问："为什么不好意思？"

温舒唯一听这句话，呆了："这么多人都看着，难道不应该不自在吗？"

沈寂答道："不该。"

温舒唯："？"

沈寂语气很正经："走在我身边，我不希望你低头。"

温舒唯一双大眼睛狐疑地眨了眨："为什么？"

此时，沈寂浅棕色的瞳孔映入夜色，竟黑得逼人。他直勾勾地盯着她，忽地，喊了声她的名字："温舒唯。"

那语调沉沉的，带着些许被这盛夏夜色浸染的低柔，意味不明，复杂百转。

温舒唯闻言侧过头，仰起脖子，看向身旁身着军装笔挺如画的高大男人："怎么？"

沈寂沉声道："你该重新了解我。"

温舒唯沉默了好半晌，才扶了扶额头，沉声义正词严道："你误会了。沈队，我没有觉得走在你身边丢人，相反，我觉得能跟你走在一起是特别骄傲特别自豪的事。"

沈寂不动声色地挑了下眉："是吗？"

"千真万确，肺腑之言。"姑娘态度诚恳，就差竖起三根小指头指天发誓，接着非常自然地跟了句，"我低着头走，是因为你长得太帅太好看了。"

"你长得这么帅，还穿军装，实在太吸引人眼球。"温舒唯眼睛晶亮，很真诚地建议，"所以在去撸串之前，要不我先陪你回车上换身衣服？咱帅归帅，还是帅得低调点，你看如何？"

沈寂站定，转过身来，看她，微微眯了眯眼睛，眼神不明。

温舒唯见他停下，也跟着站定，看向他。

片刻后。

他嘴角忽然弯了下，抬手，轻轻捏了下她光滑粉嫩的脸蛋儿，调子低柔又宠溺："好，我们小温同志说了算。"

随后，温舒唯陪沈寂回到车上换了身简单的黑色运动服，然后便去了烧烤店吃夜宵。

撸串时，温舒唯看着忙忙碌碌的老板和老板娘，一时兴起，换上一副老太太说评书的语气，跟沈寂聊起了这对小夫妻的故事。

烧烤店的老板是温舒唯小区里的邻居，一对新婚小夫妻，都是二十六岁。两人是从高中开始恋爱的，一路历经了高考毕业、大学异地以及父母反对等种种磨难，于去年年底修成正果，领证后，双双来到云城打拼开店。

沈寂坐在对面，安安静静地听她讲故事，不搭话，也不动筷，只直勾勾地盯着她看。

末了，温舒唯从竹签上咬下一口牛肉嚼啊嚼，咽下后，老气横秋地感叹："这个年代，像这么从一而终的男孩儿女孩儿简直都快绝种了。"

说完，她眼神一扫，看向对面，这才注意到沈寂从始至终就没怎么吃过东西，不由得狐疑，问道："你不是饿了吗，怎么不吃？"

沈寂从肉串堆里拿起一串五花肉，放到她盘子里，语气懒散随意：

“不多。”

但是有。

温舒唯愣了会儿，才反应过来这人回的是她上一句“从一而终的人快要绝种”，默了默，紧接着叹出一口气：“唉，凤毛麟角，现在都流行‘快餐恋爱’……”说着一顿，忽然心生好奇，“对了，沈队，你怎么还没有谈对象呢？”

沈寂盯着她，答：“找不到。”

温舒唯诧异：“怎么会？”

像他这种优秀到万里挑一的男人，工作好，家世估计也不差，怎么可能找不到对象？她继续猜测：“是不是平时工作忙，没时间谈？”

这么一想，也是。部队里的人际关系简单到极点，一群糙老爷们儿八万年也见不着一个姑娘，想脱单估计也不容易。

沈寂很随意地“嗯”了声。

“那你的父母、亲戚朋友什么的，没给你介绍对象吗？”温舒唯道，“有没有相过亲什么的？”

沈寂垂眸喝茶：“没有。”

沈寂明年就满三十。这些年，军校的同学和单位上的战友结婚的结婚，生子的生子，几乎就只剩他一个孤家寡人。院子里有几个热心肠的兄弟喜欢操闲心，早些年隔三岔五就给他发几张小姑娘的照片，张罗着要给他介绍。

其中有在银行工作的，有高中老师，甚至有几个舞蹈演员，长腿细腰，身材模样都不赖。

沈寂见都懒得见。

温舒唯听了更加惊异，不可思议道：“你父母居然不催你？也挺难得的。”说着自怨自艾地叹了口气，低头吃五花肉，半开玩笑地自我打趣，“连我都被拉着相过两次亲。”

话音落地，对面忽然“砰”一声。

温舒唯啃五花肉的动作顿住，抬起头。

沈寂刚喝了一口茶，放下杯子，不知什么原因，力道似乎没控制好，杯子里的茶水溅出来了几滴。

他撩起眼皮盯着她，眸色沉沉，没吭声。

温舒唯没有察觉到什么异样，见茶水洒出来，自顾自抽出张纸巾替他把桌面上的茶水擦掉，笑笑道：“是我那几个同学瞎起哄，叫出去吃过几次饭。都是朋友嘛，人家好心好意给你介绍，我也不好拒绝。不过都没成就是了。”

沈寂盯着她，道：“为什么没成？”

“就是没看对眼，不过我不急。我觉得一个人也挺好的。”姑娘弯弯唇，嘴角不小心沾了点辣椒也没有发觉，又问他，“那你呢？怎么一直不谈恋爱？”

“我挑。”沈寂说，随手也抽了张餐巾纸。

温舒唯一听，来了兴趣：“那看来你要求挺高啊。”促狭地冲他挤挤眉毛，笑盈盈道，“来跟我说说，你喜欢什么类型的女孩儿？我帮你留意留意，要是我身边有合适的呢？”

对面那人没应声，视线专注地停在她脸蛋儿上，忽然微微倾身，大手朝她伸过来。

温舒唯不知道他要干什么，一慌，下意识往后躲。

“好好待着，别动。”他微蹙眉，嗓音低柔，一只手捏住她的小下巴，把她的脑袋固定住，另一只手拿着纸贴上她的嘴角，轻柔拭去上面的一点辣椒面，淡声嗤道，“小花猫。”

温舒唯：“……”

沈寂给她擦着嘴角，动作温柔细致慢条斯理，擦完了，手却不离，埋头往她的脸蛋儿靠近几分，低声细语：“我喜欢傻里傻气的。”

等对面的姑娘把最后一串烤肉吃完，沈寂起身去前台结账。

温舒唯见了，连忙起身追过去，边掏手机边阻拦道：“说了我请客，怎么能让你买单？”

话没说完，对方已经把钱给了。

“先欠着。”沈寂说。

温舒唯没辙，只能无奈地叹了口气，心想报答“亚丁湾救命之恩”的饭依然没请上，这人之前还在网红节的活动现场帮过她一次……这么想来，人情债越欠越多，将来可真不好还。

她脑子里乱七八糟地琢磨着，跟烧烤店的老板和老板娘挥挥手说了声再见，然后便跟在沈寂身后离去。

两人并肩走在夜幕下，按原路返回。

此时将近夜里十一点，老街区的行人已经十分稀少，马路上冷冷清清，偶有车辆疾驰过去，街边只有少数刚下晚班的上班族，一个个埋头前行行色匆匆。

温舒唯往沈寂停车的方向看了眼，随口问他："你待会儿是直接回家吗？"

"嗯。"沈寂道，"先送你回去。"

温舒唯摆摆手，很客气地笑着拒绝："不用了，我家就几步路。时间不早了，你早点回去。"

沈寂点了根烟，别过头吐出口白色烟圈："先送你。

"我得看你进屋，不然不放心。"

温舒唯拗不过，只好由着他把她送到小区单元楼下。

一路安静，无人出声。

起风了。天上层层叠叠的浓云被风吹散，露出了后头月亮的半边脸，清辉洒下，将原本黑漆漆的花坛小径照亮。

温舒唯抬眼瞧见自家单元楼的门洞，不自觉地悄悄呼出一口气，扭过头，仰起脑袋朝沈寂笑："我到了，你回去吧。谢谢你送我回来。"挥挥手，"再见。"

沈寂盯着她，食指掸烟灰，问得平静："什么时候？"

温舒唯一时没弄明白，狐疑："什么'什么时候'？"

沈寂注意到，这姑娘在表达疑问情绪时，身体会有一个无意识的动作——她的脑袋脖子会很轻微地前倾几分，亮晶晶的眼睛瞪得圆圆的。

像某种软乎乎、毛茸茸的小动物。

"你刚说'再见'。"沈寂眼睛里漫上一丝笑意，扬起眉毛，没拿烟的那只手抬起来，半屈指，轻轻敲了下她的脑门儿，低声道，"什么时候？"

"都行吧，你定。"

事实上，"再见"只是一句再寻常不过的客套话，温舒唯根本没料到这位大佬会接上这么句，一时没反应过来，纯粹下意识回了这么几个字过去。

"行。"

"嗯。"

温舒唯又胡乱和沈寂瞎聊了几句便转身进了单元楼。开门进屋，只见客厅灯是关着的，黑漆漆一片，只有电视机屏幕发出丝丝彩光。

她换完拖鞋走进客厅，一看，姥姥正盖着一张薄毯坐在沙发上看电视。

“姥姥，您怎么还没睡？”温舒唯有些吃惊，“不是说了让您别等我吗？”

姥姥冲她招招手：“来。”

温舒唯一头雾水地走过去，挨着老人坐下。

姥姥拉过外孙女的手，稍稍压低声，笑眯眯道：“刚才那个是谁？”

温舒唯茫然：“哪个？”

姥姥抬手就赏她一记栗暴：“就是送你到咱家楼下，长得老高老帅那个。别跟我这儿装糊涂，我趴窗户边上可瞧得一清二楚。”

温舒唯吃痛，揉着额角可怜巴巴地道：“您说沈寂？哦，那是我高中同学，好多年没见，这会儿又联系上了就一起吃了个饭。”

“高中同学啊。”姥姥琢磨着，继续打听，“现在在做什么工作？”

“是个军官。”

“军官啊。”姥姥一听，自言自语地嘀咕，“军官好，为人正派，人际关系也简单，平时接触不到什么不三不四的人。”

紧接着姥姥又问：“有对象了吗？”

“没有。”

姥姥笑成了一朵花，乐呵呵地不住道：“好，好好好。太好了。”

温舒唯完全没搞懂老太太在乐个什么劲，微微皱眉，试探着说：“姥姥，您是不是有点儿误会？”

“误会什么！”姥姥眼一瞪，食指在温舒唯脑门儿上戳了下，“老大不小的人了，成天还跟个小屁孩儿似的，一点儿不知道操心自己的终身大事。我告诉你，这找对象就是看缘分，过了这个村儿就没这个店。这小伙子我瞧着不错，你长点儿心，好好把握。”

温舒唯沉默了整整五秒钟，说：“姥姥，这种事不能勉强。”

“哦。”老太太听完，竟破天荒地善解人意，点点头，说，“那就算了。前儿天你张婆婆给我介绍了一个男孩子，今年三十二，海归博士，家里做生意的，听说条件挺好。我跟你妈说了，帮你安排一下，这个周末去见见。”

“我突然觉得我同学挺好的，我们也不是完全不能勉强。”

老太太微微一笑：“那就去多接触接触，好好发展。”

应付完家里的老太君，温舒唯身心俱疲，洗了个澡躺到床上玩手机。她刚刷完朋友圈和微博，正准备刷 B 站，一条微信消息弹了出来。

她点开，发信人：小寂寂。

温舒唯看着这三个字反应了好几秒才想起来—— 这是沈寂的号。之前因为看那个“S”不太顺眼，她就随手给他瞎改了一个备注。

小寂寂：你公司几点上班?

注定要暴富的小温同学：？

注定要暴富的小温同学：八点三十，怎么?

小寂寂：明早七点整，你家小区门口等我。

温舒唯黑人问号脸，连打了一串问号过去。

小寂寂：顺路，捎你。

虽然很想感谢你的好意，但是，七点整也太早了吧? 赶高三早自习也不用这么勤奋刻苦啊。

温舒唯默了默，礼貌回复：谢谢你的好意。不用啦。

小寂寂：“再见”的时间，我定。你亲口说的。

注定要暴富的小温同学：……

小寂寂：明早见。

什么叫自己挖坑自己跳，见识了。

次日一大早，天边刚泛起鱼肚白，一阵闹钟铃声在黑漆漆的卧室内猛然响起，十分豪迈激昂——“雄赳赳，气昂昂，跨过鸭绿江！”

被窝里的人动了动，一颗重如千斤的毛茸茸的脑袋艰难地拱啊拱，蜗牛爬葡萄树似的，试图从被窝里钻出来，又在半途不敌瞌睡大军，栽倒下去，倒床不起。

“风在吼，马在叫！黄河在咆哮，黄河在咆哮！”

谁把她的闹钟铃声改成红歌串烧的?

温舒唯认命地爬下床。

七点整，顶着一头黑线的温舒唯准时出现在小区门口。她抬起眼皮一瞧，一辆熟悉的黑色城市越野车果然已经停在了马路边上。透过前面的玻璃窗，能看见驾驶室里坐着一个高高大大的人影，穿着作战军服，远远盯着她，脸上表情寡淡。

她默默走过去，拉开副驾驶座一侧的车门，坐上去，再“啪”一声把车门关上。

心里窝着一团起床气无处宣泄，她这会儿烦躁得厉害，抓抓头发，皱巴着脸蛋儿，扭过脑袋正准备跟某位大佬好好讲讲道理，谁料，面前先伸过来一只修长漂亮的大手，拿着一盒三角形的小蛋糕，粉红色，草莓味儿的。

温舒唯一怔："这是？"

"不是生气了吗？"沈寂低声，"吃点甜食，不要不开心。"

"请问，你……"温舒唯眨了眨眼睛，"你这是在跟我表达歉意？"

"不是。"沈寂说，"我在哄你。"

扑通，扑通。

车里开着空调，窗户都关得严实。密闭空间内，温舒唯听见自己的心跳又开始加快。那股子心慌意乱，头脑发热，连带着手掌心都出汗发麻的感觉又来了。

她眼睛微微瞪大，看着身旁的沈寂，一时没接话。

沈寂单手捏着草莓蛋糕的一头把东西递过来，见她呆呆不动，挑了下眉："不喜欢这个口味？"

"不是。谢谢。"温舒唯回过神，有些机械化地伸手接过那块蛋糕，低头，静默，捏住蛋糕包装壳的细白手指无意识地收紧，紧到骨节处泛起青白，"你……"

姑娘话到嘴边似乎有些犹豫，又顿住。

沈寂垂着眼睛看她。

清晨的第一缕阳光从车窗外照进来，温舒唯整个人刚好笼在光里，唇轻咬，脑袋几乎埋进胸口。一张小脸儿红红的，连白嫩可爱的耳垂都泛起娇媚动人的浅粉色。

晨光熹微柔和，沈寂盯着她的侧颜，轮廓温柔，光洁无瑕，浓密的睫毛随她眼帘开合的动作扇啊扇，羽毛似的，撩拨得他心里发痒。

沈寂直勾勾地瞧了她好一会儿，脸色平静，出声，嗓音低得有点发哑。他道："想说什么？"

这回，温舒唯深吸一口气又吐出来，稍显圆润的脸蛋儿小金鱼似的鼓了鼓，随后，仿佛是下定极大决心般转过脑袋，抬眼看向他，眸子黑白分明，让光一照，仿佛蒙着一层与生俱来的楚楚薄雾。

两道视线在空气里交汇。

温舒唯沉吟片刻，道：“沈寂。”

不是沈队，不是沈同学，而是直呼他全名，莫名便带上几分郑重其事的味道。

沈寂眸色骤深几分：“嗯。”

“你是不是……”她嗫嚅着，拿蛋糕的两只手掌心湿湿的，无意识地被汗浸透。她不确定地轻声开口，试探道，“对我有点儿意思？”

温舒唯自幼便不是一个向往爱情的人。

事实上，她自懂事开始，便不对“爱情”二字抱任何幻想。

在温舒唯十岁那年，她的母亲何萍与父亲温继伦便因感情破裂离异，两人争夺财产，争夺孩子的抚养权，为此还闹上了法庭，成了两边家族茶余饭后的笑柄。最终，离婚闹剧随着法院的一纸判决书宣告收场，昔日携手比肩、宣誓要共度余生荣辱与共的恩爱夫妻成了仇敌，老死不相往来，不久后便各自重组家庭，开始新的幸福生活。

温舒唯则成了这场失败婚姻的遗孤。

多年来，温继伦的不管不顾不闻不问，何萍对她纯属义务性的抚养，让温舒唯的童年笼罩在一片巨大阴霾下。

唯一值得庆幸的是，她身边还有姥姥姥爷。

两个老人温柔无私的关爱呵护，弥补了温舒唯缺失的父爱和残缺的母爱，使得她拥有健全正常的人格，乐观开朗的性格，没有走上什么邪门歪路。

但，这已经是姥姥姥爷能为她做的极致。他们填补了少年时的温舒唯对“爱与亲情”的渴望，却扭转不了她对“爱情和婚姻”的失望。

十六七岁时，学校里的少年少女们都处于躁动的青春期，懵懵懂懂，对容貌出众、成绩优异，或是性格另类的异性或多或少都会产生一些好奇和冲动，幻想着谈一场轰轰烈烈的早恋。

温舒唯是个例外。

那时，程菲笑话她太过迟钝，说她脑子里少根筋，是块木头，所以才会对各式各样的帅哥美男无感。

温舒唯每回都只笑笑，由着好友揶揄打趣。

事实上，只有她知道，自己并不是迟钝，而是她提前很多很多年，便看透了所谓“爱情”的本质——情爱一词，源于男女之间产生的性冲动和各自分泌的荷尔蒙，当这些激素和冲动消退，再浓烈浪漫的爱情也会变成柴米油盐。

就像安徒生和格林兄弟的那些童话，所有爱情故事的美好结局，都是“公主和王子幸福地生活在了一起”。

至于公主和王子婚后的一地鸡毛，鲜为人知。

温舒唯生在寒冬腊月，明年就满二十七，人生短短数十年，转眼过去三分之一，她一次恋爱都没谈过。

姥姥替她整夜忧愁，母亲也时不时就会旁敲侧击，示意她物色结婚对象，甚至连好友们都操心起了她的个人问题。温舒唯却一点也不着急。

在她心里，“男人”能给女人带来的安全感，远不及“万贯家财”。

何以解忧，唯有暴富。

至于谈恋爱，温舒唯着实没什么兴趣。

不着急，不需要，不感兴趣，自然也就大大咧咧不上心。然而，此时此刻，在这个一切寻常的清晨，她却难得地为所谓的情感问题产生了那么一丁点苦恼——眼前这位光辉伟大、救苦救难的人民子弟兵，这段时间的种种言行举止，都有些不寻常。

温舒唯觉得，结合沈寂前前后后对她的所作所为，如果不是有点儿喜欢她，那就是他脑子有毛病。

一阵晨风吹过去，老院子里的梧桐树在风里沙沙作响。

温舒唯这会儿心情有些复杂，有一丝好奇，一丝惶恐，似乎还夹杂着那么一丝说不清道不明的紧张慌乱。她微皱眉，捏着蛋糕望着沈寂，等对方回答。

边上，沈寂直勾勾盯着她看，浅棕色的瞳孔盛着一缕盛夏的阳光，三分兴味三分露骨，亮得逼人。

嘀嗒嘀嗒，车里安静了两秒钟。

须臾，沈寂淡淡地开口，调子轻缓低沉，懒洋洋的：“错了。”

听见这么一个答案，温舒唯没由来地竟悄悄松了口气，笑道：“我就说应该是我想多了，哈哈，大家都是朋友，我就跟你开个玩笑，你……”

“纠正。”沈寂说。

“不是‘有点儿意思’。”

“什么？”

"陪你去参加那个什么红人节，接你上班，昨儿大晚上来找你，都是为了多跟你独处；给你买蛋糕，是听说小姑娘吃了甜食心情好。"沈寂目光笔直落在她脸蛋儿上，一瞬不离，忽地，轻轻一挑眉，微俯身，往她的方向凑近了点儿，"本来以为我表现得足够明显，可惜，低估了你的傻。"

对方说这番话时语调平缓，轻描淡写无波无澜，仿佛只是在叙述一件再自然不过的事。

温舒唯嘴唇微张，已经完全被镇住了，大脑卡壳，一时半会儿转不过弯。

随后，听见沈寂的声音再次响起，从很近的地方传进她耳朵里。低低沉沉，清冷好听，字里行间带出一种不可言说的恣意野性。

"这样吧，换个让你印象深刻的说法。"沈寂贴近她右耳，打着商量，忽地，一勾嘴角，意味不明地笑了下。

"温舒唯，我稀罕你，惦记你，喜欢你。"他说，"喜欢得要发狂。"

温舒唯有点记不清自己是怎么出小区的。

只依稀记得，沈寂说完最后那两句惊天地泣鬼神的结束语，她嘴角那丝礼貌的浅笑便僵在了脸上，呆呆地又坐了几秒钟后，身体的反应速度远比大脑要快。

她瞪大眼睛望着沈寂，鬼使神差挤出了一句："好的，你的想法我知道了。"再顿一下，又道，"我突然想起来还有其他事，先走了，你不用等我，拜拜。"

再下一瞬，她来不及看对方的神态表情，也来不及等他回话，便推开副驾驶座那侧的门直接跳下了车，逃也似的跑了。

这会儿才刚刚早上七点多，天已亮透。在短时间内接收到一条爆炸式信息，温舒唯脑子有点蒙，迷迷糊糊地背着包，沿着马路牙子往前走。

经过一个公交站台时，她看见好些个背着书包的学生。他们不过十几岁的年纪，身着校服，有的手里拿着书，有的耳朵里塞着耳机，满脸的稚气未脱、青春洋溢。

温舒唯连看了那群小孩儿好几眼，才收回目光去往地铁站。

已经到早高峰，地铁站里人很多，温舒唯费了九牛二虎之力才挤上直达她单位楼下的三号线。没座位，她找了个角落里的位置挪过去站好，这才迟迟地回过神，开始思考数分钟前发生的事。

刚才那两句，算告白吗？

算吧。

沈寂跟她告白了？

温舒唯脑子里乱糟糟的，仿佛搅了一团沾了糨糊的毛线，一路浑浑噩噩思绪乱飞。而胡思乱想的结果，就是她坐过了站。

即使坐过了站，她到杂志社时仍时间太早，杂志社大门紧闭，连负责开门的前台小姐都还没来。

温舒唯在写字楼公共区域的沙发上坐下来，发了会儿呆之后，掏出手机打开微信，找到程菲的微信号，迟疑地敲字：在不在？

过了大概一分钟，程菲回过来：刚收拾完，在去公司的路上。怎么？

温舒唯敲字：说出来你可能不信，沈寂刚跟我告白了，就在二十五分钟之前。

她打完觉得这个语气有点太波澜不惊，无法表达自己的震惊之情，唰唰唰删掉，又打字：啊啊啊，沈寂跟我告白了！

这样又太傻了，删掉。

就这么删删写写了好几遍，“嘟”一声，程菲又回了过来：？一直显示对方在输入中，你准备写篇800字作文发给我？

注定要暴富的小温同学：……

注定要暴富的小温同学：沈寂说他喜欢我！

程菲：你说啥？

程菲：打错字了？还是我眼花了？沈寂？十七中那个沈寂？

注定要暴富的小温同学：嗯。

程菲：我的妈！天哪，这么突然，这么劲爆，这么不可思议，我一时半会儿简直无法接受（吐血）！

注定要暴富的小温同学：我也无法接受（扑通跪地.jpg）！

程菲：那你怎么回的？同意交往了？

注定要暴富的小温同学：当然没啊。

程菲：那你拒绝他了？天哪，我在想这个大佬一会儿放学了是不是要叼根烟带一群人到咱们校门口来堵你。

注定要暴富的小温同学：醒醒，少女。人家现在是中国人民解放军，从群众中来，到群众中去，一心为人民服务，不是当年那个逃课的十七中校霸。你活在十年前吗?

程菲：哦，不好意思，刚睡醒没反应过来。

紧接着，程菲的下一条消息飞快弹出来：快快快，说说，沈寂怎么跟你告白的?

温舒唯抱着手机回忆了下，脸上忽地一热，干咳两声，回过去：就直接说的‘我喜欢你’啊。

程菲：没其他的了?

温舒唯更认真地回想了半秒，又记起那句表程度的“喜欢得要发狂”，默了默，回复：没有了。

程菲：这样啊。那有花吗？有巧克力吗？有香水口红海蓝之谜吗?

温舒唯：No.

程菲：什么都没有?

温舒唯余光一扫，瞥见被自己放在旁边的草莓蛋糕，很实事求是：有个蛋糕。

温舒唯仔细思考了下，敲字：其实他本来好像没打算跟我告白的（发呆）。

程菲：那（发呆）？

温舒唯：他今天忽然到我家楼下来接我去上班，还给我买了蛋糕，我就突发奇想，问他是不是对我有意思，然后他就跟我说他喜欢我(发呆)。

程菲：你这么直接（发呆）？

温舒唯：嗯（发呆）。

程菲：（抱拳）厉害!

温舒唯：（抱拳）一般。

程菲：好的，基本情况我了解了。那你现在是怎么想的?

温舒唯：什么怎么想?

程菲：人家沈大佬喜欢你，都明说了，行不行你也得给个话啊。

温舒唯看着好友回过来的一行字陷入苦恼，抓抓脑袋，回复：嗯。那我等下就给他回个电话。

程菲：你准备怎么答复?

温舒唯眨眨眼，想了想，敲字：说我现在没有心思谈恋爱，谢谢他的喜欢，我们可以继续做朋友。

程菲：就这么直接拒绝了?

温舒唯：不然应该怎么说？

对话框里，八卦老程的头像半分钟没有回复，随后，好友一通电话打了进来。温舒唯接通，程菲打头第一句说的是："知道吗！这要是放在十年前，沈寂追你，我肯定按着你的头去跟他谈恋爱！校草啊！多少人的梦中情人！"

好友的情绪慷慨激昂，连带着嗓门儿都拔高了几个度，温舒唯掏掏耳朵，把手机拿远几公分，道："说人话。"

那头的程菲开着车，叹了口气道："不过现在，我只想劝你考虑清楚。"

"考虑什么？"

"你真的一点也不喜欢沈寂吗？"程菲问，"或者换个说法，你对他当真一点感觉也没有？"

闻言，温舒唯眼神里带上一丝迟疑和迷茫，没出声。

"咱们都不是十来岁的小女孩儿了。"程菲笑了下，她的语气一改往日的戏谑随意，竟难得地认真几分，继续道，"你没谈过恋爱不知道，其实到了我们这个年纪，男女都一样，'心动'已经成为一件非常奢侈的事。人越长大，越冷漠，越冷情冷心，越不容易遇到一个让自己打心眼儿里喜欢的人。"

温舒唯举着手机听电话，很认真，像是明白了，又像是不太明白。

过往二十七年，她从未考虑过男女之事，感情经历是一张白纸。正如程菲所言，人越长大，越难心动，她从未心动过，自然不知"心动"为何物。

在温舒唯看来，所谓的心动、喜欢，都太抽象了。

思索数秒没有结果，温舒唯迟疑地开口，问道："'喜欢'具体是种什么感觉？"

电话那头的程菲听见这话，差点被这只万年母胎单身狗气出一口老血，沉默好一会儿才道："面对喜欢的人，大家通常会心跳加速，脸红耳烧……只可意会不可言传。"

温舒唯琢磨着："听你这么一说，看到沈寂，我偶尔会。"

程菲一听，来了兴趣："哦？"

"但是我看到其他长得很帅的帅哥，比如那些一线男星小鲜肉，也会这样。"温舒唯有点狐疑，皱眉，"难道我同时喜欢那么多人？"

程菲无语，彻底不想再跟这个情感白痴探讨情感问题。她说："我马上到公司了，停车呢，得先挂。而且你姐妹我分手两个月了，现在一心赚钱，暂时没有心动的对象，你要是实在想取经，我建议你去问问现在有心动对象的人。”

话音落地，好友便挂断了电话。

温舒唯举着手机发了会儿呆，抬手扶额，有种越来越混乱的感觉。

就在她神思混沌之际，几个年轻时尚的男女从电梯里出来了。几人都是温舒唯单位的同事，看见温舒唯，大家都是一愣。其中一个身形瘦高，穿一身休闲黑西装的青年出声叫她：“舒唯，早啊，今天怎么这么勤奋？”

温舒唯闻声回过头。男青年一米八左右的个子，相貌英秀气质儒雅，年纪和她差不多大，叫郭家旭。

“早啊，家旭。”温舒唯朝他露出个笑容，“起早了，闲着没事儿干就到公司来了。”

杂志社虽隶属主流媒体，但主要做新媒体这一块，公司员工的平均年龄并不大。都是年纪相仿的年轻人，大家平日里的关系很和谐。

有人开玩笑：“可以啊温老师，赶明儿我去跟梁姐说，给你颁个优秀员工奖。”

“好啊。”

大家说说笑笑，一道进了公司。

这段时间临近新一期刊物出刊的日子，刚到上班时间，整个杂志社便忙活开，大家审稿的审稿，排版的排版，都全身心投入到工作中。

温舒唯却有点儿心神不宁，虽竭力让自己集中注意力，脑海中却总是不自觉想起今天早上黑色越野车里的一幕——

晨光下，一身军装的男人侧着头，把草莓蛋糕递到她跟前。他浅棕色的眼睛沉静而清冷，像是积淀着岁月和故事的古井，直勾勾地盯着她，嘴角轻微上扬，挑着个不甚明显的笑，玩味又认真。

过了约莫三秒，温舒唯两颊不自觉有点发热，火苗在极短的时间内蹿到耳根处，燎得她忽然心慌。

放在键盘上的指尖一抖，她敲错一个键，删掉了一行不该删掉的内容。

温舒唯深吸一口气吐出来，站起身，去洗手间洗了把脸。拧开水龙头，哗啦啦的水流冰凉解暑，终于令她乱糟糟的脑袋清醒几分。

温舒唯扶额。

就只是被告了个白，她就这么心神不定，真要是谈个恋爱处个对象，那她还能安心工作、哼哧哼哧奔跑在致富的康庄大道上吗?

啧。男人，真是暴富路上的绊脚石。

温舒唯深沉地想。

一整天忙得晕头转向，太阳落山时，不少同事打卡下班。温舒唯负责的专栏还有些内容需要调整，又留了会儿。等她把今天的工作任务完成，一看时间，已经快晚上七点。

她鼓起腮帮子吹了口气，关掉电脑，拎起包正要走，一道男声在身后响起，喊道："舒唯。"

温舒唯顿步回头，是郭家旭。

清俊儒雅的青年朝她走过来，目光定定望着她："一会儿有空吗?公司附近新开了一家日料店，要不一起去吃?"

温舒唯累了一天身心俱疲，此刻只想回到家里倒头就睡，笑了笑："改天吧，我今天还有别的事。不好意思。"

郭家旭表示理解，道："好，那就改天。"

两人边闲聊，边一道往公司大门走。经过前台时，身着深蓝色工作服的前台小姑娘出声，叫住温舒唯："唯唯姐。"

温舒唯回身："有什么事吗?"

"刚才你有个朋友来找过你。"前台姑娘道，"我跟他说你还在忙，他就先去停车场等你了。"

温舒唯刹那间没反应过来，不解道："我朋友?哪个朋友?"

"具体叫什么名字我不清楚。"前台姑娘笑眯眯的，眼睛里闪着亮晶晶的光，"不过长得很帅，特别帅，个子也非常高呢，身材老好。"

特别帅，个子非常高，身材老好。

温舒唯飞快提取出三个关键信息加以分析，过了大约两秒，她眯了眯眼睛，大概猜到是谁了。她默了默，微笑："谢谢你啊。"

前台姑娘扬起笑脸："不客气。"

这时，在边上听完二人对话的郭家旭走过来，垂眸看温舒唯，眉头皱着，有些担忧："舒唯，你是不是有什么麻烦?"

"没有。"温舒唯不便跟他多言，摆摆手，只道，"应该是我一个老朋友找我有事。"

郭家旭说："正好我也要去停车场，一起吧。"

不多时，温舒唯和郭家旭一道走出电梯，来到写字楼的地下停车场。郭家旭性格温和，幽默健谈，在单位里人缘很好，温舒唯对这个男同事的印象一直不错。

郭家旭跟温舒唯聊起了工作上的事。

温舒唯笑盈盈地回着话，忽地，余光里瞥见一道人影。她一怔，话音戛然而止，脑袋转过七十五度望过去。

只见不远处站着一道高高大大的人影。

估算时间，对方应该也才从单位下班不久，早上那身迷彩作战服已经换成了简简单单的黑色T恤和一条黑色长裤。偏就是这样一套低调烂大街的打扮，往那人身上一套，配上那宽肩窄腰大长腿，配上那张脸那副眉眼，竟也显得格外出挑招摇。

他正在抽烟，右手的食指和中指之间夹着烟，高大身躯背对她的方向，懒洋洋地踱着步，偶尔往边上的垃圾桶里掸一下烟灰。

似敏锐察觉到什么，沈寂回头，撩起眼皮，视线朝她看过来。

然后眯了眯眼睛。

四目交错，空气有一瞬安静。

旁边的郭家旭也是一脸诧异和疑惑，忘了说话。

过了四五秒，沈寂掐了烟，随手把烟头丢进垃圾桶，迈着长腿不紧不慢地走了过来。近了，站定。他居高临下直勾勾地盯着眼前的姑娘，片刻，余光往旁边扫了扫，语气懒洋洋的："不介绍一下？"

温舒唯回神，这才挤出个笑容，跟两人介绍彼此："这是我朋友，这是我同事。"

郭家旭后知后觉反应过来，朝沈寂打了个招呼。

沈寂公式化地应一声，表情寡淡。

温舒唯随后道："家旭，你先走吧，我们还有点事。再见。"

郭家旭还想说什么，动了动唇欲言又止，最后还是选择了转身离开。

停车场里寂静而开阔，脚步声逐渐远去，随后便是一阵汽车引擎启动声。郭家旭开着车从两人视野中驶离。

这边。

因着早上那桩事，温舒唯心里乱乱的，不知为何，与沈寂独处竟颇觉几分不自在，也不知道说什么，只好耷拉着脑袋一声不吭，眼神直直盯着自己的脚尖瞧，不敢看他。

忽地，头顶冷不丁响起一嗓子，说：“这个送你。”

温舒唯抬起头。

沈寂递过来一束花——花瓣洁白，簇拥成海，不知是什么花。温舒唯从走进停车场开始，便瞧见他手里一直拿着这捧花。

她望着这束花迟疑了会儿，问：“为什么送我花？”

“早上你忽然那么一问，来不及准备。”沈寂说，“得给你补上。”

温舒唯：“补什么？”

沈寂盯着姑娘看了会儿，开口，沉声道：“温舒唯同志。”

“嗯？”

“我想随时看见你，想拥抱你，想亲吻你，想和你有肢体接触。”他说，“我喜欢你，我想当你男人。”

温舒唯可以指天发誓，她活了二十几年，从来没想过自己会在一个加完班的寻常傍晚，在自个儿公司楼下的停车场里，被人这么直白露骨地表白：我想当你男人。

她整个人瞠目结舌，大脑陷入一片空白，被镇住了。

沈寂就站在距她一步远的位置，手里拿着花，低垂着眼睛盯着她，不催促，也不言语。眼神很沉也很深，安安静静地等她回话。

在这漫长又短暂的几秒时间里，温舒唯瞪大了眼睛看沈寂，表情错愕呆滞，嘴唇数次开合，最终却是一个字也没说出来。

她这会儿脑子受到的冲击太过巨大，快要炸开，心慌意乱心乱如麻，根本不知道能说些什么。

不知多久的静默后，沈寂动身，又朝她走近了半步。

属于他的男性气息再次侵占她的呼吸与思维，清冽干爽，是皂荚混合着淡淡烟草的味道。

温舒唯心尖忽地一紧，眼睫毛也跟着颤动了一下，屏息凝神。

沈寂开口，嗓音低沉，调子漫不经心里透出几分认真，尾音自然地拖长，对她道：“给个话啊。”

两簇火苗在温舒唯脸蛋儿上烧起来，她深吸一口气吐出来，迫使自己定下心神，脑袋瓜飞速转动。

片刻后，姑娘脖子后仰，悄悄将与他的距离拉开几公分，认真思考了下，道：“一般这种情况，我应该怎么回才合适？”

他一边眉毛挑起来。

姑娘默了默，似乎有点苦恼，紧接着非常实事求是地说：“我是第一次这么直接地被人告白，没有经验。”

沈寂：“我也是第一次这么跟人告白。”

温舒唯闻言,冲口而出:“哇,那你好厉害,完全看不出来是第一次呢。”

整个空间瞬间静了。

沈寂微微眯了眯眼睛：“你说什么？”

意识到自己又莫名其妙把心理活动说出来的温舒唯默了默，干咳一声笑笑：“我的意思是你看起来很淡定。也没啥，我很理解。”

温舒唯摆摆手：“这不是重点。重点是你觉得我怎么回比较合适？”

然后，温舒唯听见沈寂说道：“两个选项。”

“唔？”

“一接受；二拒绝。”沈寂淡淡地说，“选吧。”

温舒唯认真想了想对方给出的这道选择题，心里大概已经有答案了。但为求谨慎,她还是又补充问了句:“这两个选择,分别会带来什么结果？”

“你如果选择接受我，我们就正式开始交往。从现在这一刻开始，我是你男朋友。”沈寂直视姑娘晶亮乌黑的眼睛，沉声说，“从今往后，我会把你捧在掌心，对你好，爱你疼你，不让你受半点儿欺负和委屈。”

温舒唯两颊跟火在烧似的，沉默了下，点点头：“我知道了。那我如果拒绝呢？”

话音落地，沈寂好一阵儿没吭声。

半晌的安静后，沈寂笑了下，薄薄的唇弯起一道好看的弧度，视线直勾勾落在姑娘泛红的脸蛋儿上，道：“拒绝也可以。”

温舒唯有点诧异地眨了下眼，没料到这人会如此作答。

下一秒，对面的高大男人弯下腰，低到一个与她视线齐平的高度，盯着她，眸色深沉，蕴着一丝叫人不易察觉的兴味。他倾身贴近她，在距离那张粉色唇瓣儿半指的位置停住。

随之启唇，夹杂清冽烟草味的呼吸喷在她脸上，凉凉的，痒痒的，调子很平静。

“我追你。”

沈寂话说完，温舒唯心跳骤急，脸红得更厉害了。她心一慌，下意识就别过脑袋躲开他，挪动脚步往后退了半米，把两人的间距拉回到一个相对安全的范围。

距离太近，受不了。

着实是有点儿招架不住。

温舒唯低下头，吸气呼气，足足做了三次深呼吸才把混乱失序的心跳平复下来。趁这沉默数秒的光景，她在心里大概组织了一下语言打了个腹稿，然后才抬起脑袋，一脸正色地望向对面，露出个一本正经的笑容。

温舒唯说："沈队，首先，我很感谢你对我的喜欢。"

沈寂盯着她，扬眉不语。

"你是一个很好的人，各方面的条件都很优秀，可以说是万里挑一。"她说着，无意识地耷拉下脑袋，两只手捏着自己的衣角玩，每个字的发音都缓慢而清晰。

"但是，虽然我们高中的时候就认识，但交流不多。这一别十年，机缘巧合又遇上了，重逢后总共相处的时间也还很短，说实话，我认为自己不了解你，同样，你也不了解我。我琢磨着，你说喜欢我，可能是因为我长得还不错？也可能是我性格里的某个点让你觉得有意思？不过，就像我一个朋友说的，我们都已经过了可以随便谈个恋爱处个对象的年纪，我对感情不抱幻想和奢望，但如果真的遇到了，我会很认真。所以，我觉得我们还是更适合做朋友……"

温舒唯自顾自说着话，然而，还没等她把事先打好的腹稿背完，沈寂就点了下头，垂着眸，没什么情绪地将她打断："懂你意思了。"

不是，我话都还没说完。

"温舒唯。"忽地，对面又喊了声她的名字。

温舒唯闻声抬起脑袋："啊。"

沈寂撩起眼皮，重新看向身前的姑娘，这一回，那双浅棕色的桃花眼里再没了半分往日的散漫和随性。他身姿挺拔，轮廓线条本就凌厉，敛起嘴角那丝笑和一身痞劲儿，整个人看上去冷峻逼人，眼角眉梢，无一处细节不透露出威严与凛然正气。

他看着她，很冷静地说："我说喜欢你，是认真的。我没想过跟你玩玩。"

温舒唯与他对望，一时没说话。

沈寂轻轻一扯嘴角，笑了下，笑意丝毫不渗进眼底："你眼中的沈寂，还有十年前那个'隔壁烂高中混混头子'的影子，不学无术，浑蛋一个。

所以你心里不踏实，不放心，不信任。”

“你误会了。”一听这话，温舒唯心里没由来地一阵心虚，像内心深处的某个秘密忽然被人一语戳破，急急忙忙摆手否认，“我没有这么想，你别生气。”

“瞧把你紧张的。”

沈寂盯着她，调子不自觉便柔下几分，再开口时懒洋洋的，似笑非笑，语气恢复成一贯的漫不经心拖腔带调：“姑娘，放松点儿，我没那么小家子气。”

温舒唯心跳飞快，轻轻咬了下唇瓣，意识到自己刚才的那番言论可能造成了一些误会，不禁又慌又乱，还有那么点懊恼。

正想再解释些什么，那束白色的花第二次递到她眼皮底下。

温舒唯抬眸看他。

“你不心动的男人，你有拒绝的权利；我惦记的姑娘，我有继续喜欢继续追的权利。”沈寂挑挑眉毛，“小温同志，给个机会？”

温舒唯最终还是把那束白色的花收下了。

大佬不都说了吗，她可以拒绝，他也可以继续喜欢继续追，两码事，互不矛盾，谁也没权利干涉谁的选择。

只是一束花而已，不收有点不给人面子，他帮了她那么多次，维护一下人家身为大佬的脸面，就当还个小人情吧。温舒唯心里想着。

沈寂走到几十米远外，又抽了一根烟。

烟烧完，他别过头吐出最后一口烟圈，掐灭烟头扔进垃圾桶，然后走回停车位，绕到副驾驶座一侧拉开了车门，转过头。

不远处，姑娘怀里抱着一捧花，低着脑袋眉头微蹙，还沉浸在自己的思绪里不知在想什么，没有注意到他的举动。

沈寂出声：“过来。”

温舒唯听见这句，飞远的三魂七魄这才迟迟地从天灵盖钻回来，扭头一瞧，见他拉着车门正在等，赶紧颠颠地小跑过去跳上车。

“谢谢。”她小声对沈寂说。

沈寂眼皮子垂着，淡淡地说：“把安全带系上。”

“好的。”温舒唯应完，便一只手抱着花，另一只手腾出来往座椅靠背的斜后方摸过去。

可她怀里抱着九十九枝花扎成的花束，加上吸了水的海绵跟彩纸，体积十分庞大。温舒唯身形本就娇小，抱着这么一大束花，姿势别扭，右手捞了半天也没摸到安全带。

她无语，正准备把身子往后扭，眼前忽然压下一大片阴影，霎时将周围的光线尽数遮挡。

温舒唯怔住，短短几秒后，反应过来什么，身子微微一僵，一动不敢动。

沈寂一手扶住姑娘的座椅靠背，一手扯出安全带扣向车厢内侧。他个子高挑修长，这个动作使得他弯腰俯身弓背下压，修长的双臂展开，瞬间将姑娘整个都笼罩进了他的怀里。

两人距离很近。

温舒唯抱着花，后背紧贴座椅靠背，为了不与那人呼吸交融，她脑袋别向了车窗一侧。周围安静无声，她听见自己的心跳扑通扑通，不由自主便加快好几拍。

不过几秒钟光景，却像度过了漫长的几个钟头。

沈寂手上的动作不急不躁慢条斯理，侧着眸，视线在她柔美的侧颜上描摹，依次扫过姑娘光洁饱满的前额，故作镇定却又难掩慌张的眼，轻咬的唇，浮着两团红云的脸蛋儿和烧得红彤彤的一只小耳朵。

温舒唯僵着身子等得有些难受，不由得狐疑，清了清嗓子问："还没好吗？"

"吧嗒"一声，安全带落锁。

沈寂不动声色地收回视线，直起身。

"谢谢啊。"温舒唯揉了揉因长时间转向一侧而有点僵硬的脖子，抬头看他，随口问道，"怎么安全带扣了这么久？"

"刚才我离你挺近的。"对面传来这么一句，轻描淡写四平八稳。

温舒唯脸上流露出一丝迷茫。

沈寂脸色淡淡的，语气很冷静："我想近距离多看你一会儿，所以动作很慢。"

沈寂："我故意的。"

数分钟后，两人一道驱车离开了温舒唯公司楼下的停车场。

温舒唯今天忙工作，加完班已经七点，刚才又在停车场里跟沈寂耽误了好一会儿，两人离开停车场时已经快要晚上八点钟。

车里安安静静，始终没人说话。

温舒唯工作了一整天十分疲倦，整个人窝在椅子上，脑袋小鸡啄米似的一点一点，打着瞌睡。就在这时，手机嘟嘟两声，提示接收到了新消息。

温舒唯被那响动一吓，猛地醒过来，掏出手机摁亮屏幕，一看，是一条微信。

程菲发的。

——姐妹！和沈大佬同志有什么新进展不要忘了分享啊啊啊啊！（土拨鼠尖叫 .gif）

温舒唯看见这行字，下意识就抬手捂住了手机屏，眼神偷偷摸摸往左边一瞟——某位大佬正安安静静地开车，目视前方，脸上表情寡淡，看起来高不可攀。总而言之，不太像是会暗搓搓偷看她和闺密聊天的样子。

温舒唯稍微定了定神，看了眼自个儿怀里的一大束花，默默敲字回复。

注定要暴富的小温同学：大佬同志现在就在我旁边。

程菲：什么？

程菲：什么情况啊？这什么情况啊？相亲相爱卿卿我我地开始约会了？

注定要暴富的小温同学：不是！

注定要暴富的小温同学：唉，事情实在是太复杂了。今天我一下班，前台就跟我说有个帅哥来找我，结果我走进停车场一看，你猜怎么着？！

程菲：怎么着？

注定要暴富的小温同学：大佬同志抱着一捧小白花出现了！

程菲：哈？

程菲：又来跟你告白吗？！

注定要暴富的小温同学：嗯。（发呆）

注定要暴富的小温同学：他说早上太匆忙，没准备花，来补上。（发呆）

程菲：妈耶！这么浪漫！

程菲：不过，告白为什么是“小白花”？不应该拿九十九朵玫瑰吗？实在不行拿盒巧克力也行啊。

程菲：什么小白花？拍张图来看看？难道是现在最新的流行趋势？

注定要暴富的小温同学：我在他车上，不方便拍照。

注定要暴富的小温同学：唉，突然想吃冰激凌。

程菲：跟你说大佬告白的事儿呢扯个屁冰激凌！

程菲：那你知道那个小白花是什么花吗？

注定要暴富的小温同学：不知道。不过看着挺好看的，以前没见过（大拇指）。

注定要暴富的小温同学：我一会儿回家了上网查一下图片。

温舒唯抱着手机，几根细细白白的手指在九宫格键盘上飞快地敲打着。她正和八卦老程聊得不亦乐乎进入浑然忘我之境，边上忽然响起一嗓子，嗓音清冷低沉，没什么情绪地说：“为什么不直接问我？”

温舒唯被吓得一个激灵，想都没想就“啪嗒”一下摁下锁屏键，然后抬起头，一脸不可思议的表情看向旁边的人。

某大佬的高大身躯面朝她的方向，坐姿懒洋洋的，屈起一只手肘支撑在两个座椅间的置物台上，单手托腮，一双桃花眼眨也不眨，正直勾勾地盯着她瞧。

温舒唯惊了惊，扭过脑袋往车窗外一看，这才发现沈寂不知何时把车停在了马路边上。周围街景陌生，附近没有任何十层以上的建筑物，远远望去，整片街区开阔无垠一马平川，大约五十米外竖着一个牌子：

军事管理区

严禁摄像拍照

她一愣：“这是哪儿？”

“院子附近。”沈寂说，“回来拿个东西。”

“哦。”温舒唯点点头，静默片刻，深吸一口气吐出来，再说话时，尽量让自己显得淡定。

她微笑：“你偷看我手机？”

沈寂脸色冷淡语气平静：“没有。”

温舒唯：“那你怎么知道我和我朋友在聊什么？”

沈寂托着下巴瞧着她，回答：“我想看你，结果你在看手机，我就跟着你一起瞄了眼你手机，就正大光明地瞄见了。”

温舒唯抽了抽嘴角：“瞄一眼，就记住了？”

“我可以在一分二十七秒之内记住一张野外战区地形图，精准到点，并完全没有任何误差地完成手绘复制。”沈寂挑了下眉，漫不经心地说，“视力和记性，也就还成吧。”

温舒唯沉默了整整五秒钟，才回以干巴巴一笑：“您老人家谦虚了。”

沈寂盯着身旁的姑娘看了会儿，忽然眸子里浮起几丝若有似无的兴味，倾身靠她更近几分，淡淡地说：“鹭鸶。”

温舒唯没反应过来，疑惑不解：“什么？”

“不是不认识这种花儿吗？”沈寂抬抬下巴，视线下移，往她怀里的白色花束扫了眼，“这种花，叫鹭鸶。”

“鹭鸶？”温舒唯感到有些惊奇，脱口而出，“为什么要送我这种花？有什么特殊意义吗？”

他语气很淡：“这花儿有个花语。”

她好奇：“是什么？”

沈寂眼睛直勾勾地盯着她，几秒后，沉声，一字一句地答道：“鹭鸶花的花语是‘我连在梦里，都思念着你’。”

闻言，温舒唯怀抱花束，坐在原位几乎石化，有点儿呆呆地看着沈寂。

沈寂也没有等这丫头回话的意思。他脸色很平静，解释完鹭鸶花的花语，便抬起右手，微屈食指，自然地刮了刮她挺翘的鼻头，淡声道：“乖，在这儿等我几分钟。”

温舒唯大脑卡机，连躲都忘了，只是机械地点头：“哦。”

沈寂嘴角勾了勾，下车。

脚步声在夜色中远去。

温舒唯留在车里，默默目送那道高高大大的背影走人行道过马路。马路对面是一个军区大院，大门宏伟肃穆，门前水泥地上画着黄色警戒线，两边是竖尖刺的警戒栏，大门左右两侧各站一名哨兵，皆神色冷峻气宇轩昂。

沈寂径直走向人行横道，走近后，面无表情地站定，过了两三秒，人行门便“嘀”一声自动开启放行。

那道人影进了院子，很快便没入夜色，与之融为一体。

温舒唯眯了眯眼睛，远远瞧见大院办公楼正前方的空地上，是一面高高飘扬的国旗。鲜艳的五星红旗在夜色中翻飞起舞，与军区大门口那枚醒目的“八一”标志遥相辉映，十分醒目。

她忽然有刹那愣怔。

脑子里莫名升起来一个感慨——人类的成长，果然是宇宙中最神奇的一件事。

温舒唯抬了抬眸，透过车窗，刚好看见沈寂从军区大门里出来。

夜色下，那人眉目冷淡身姿笔挺，踏月而来，映衬着背后醒目赤红的“八一”标志和招展红旗，这一幕，宛如一幅工笔画。

温舒唯单手托腮，望着正在过马路的沈寂发起了呆。

成长真是神奇。随着岁月的推移和流逝，好的人会变坏，不好的人会变好。

这位大佬可以说是正面教材的典型，很励志了。

她正胡思乱想地琢磨着，驾驶座侧的门被拉开。沈寂上了车。

“等得很无聊？”他边系安全带边随口问了句。

“没有。”温舒唯摇摇头，把撑脸的那只手放下去，调整了一下坐姿，“也没等多久。”

话刚说完，某个不明物体猝不及防闯入视野。温舒唯一愣，定睛一看——可爱多，巧克力口味儿。

温舒唯狐疑地抬起脑袋：“唔？”

“不是想吃冰激凌吗？”沈寂说，“刚才看你跟你朋友发微信。”

又来了。

那种心跳加速、脸蛋儿热热、手掌心出汗的感觉，又来了。

温舒唯就这样顶着一张飘着两片小红云的脸，迟疑了下，伸手把冰激凌接了过来。她静默片刻，终于没忍住，语重心长地开口，道：“其实吧……”

沈寂闻声，侧过头来看她，发动引擎的动作顿住。

他面无表情地问：“具实什么？”

其实什么？

你倒是往下说啊！

怎么让人瞅一眼就尿了？亏你还是个威武不能屈的新闻工作者！

温舒唯在心里唾弃了自己一秒钟，然后深吸一口气吐出来，说：“其实你不用对我说的话这么上心，我跟朋友发的微信，只是随口一说，你不用这么在意我，也不用对我这么好，毕竟不是每份付出，都会有回报。”

话音落地，整个车厢里有几秒钟的安静。

沈寂盯着她，不语。街灯流光下，那双浅棕色的瞳眸色不清，唇抿着，轮廓线条透着一丝冷。

温舒唯也看着他，眼神真诚明亮。

过了四五秒钟，沈寂先把视线收了回去，把住方向盘踩下油门，把车开上了马路。他撩眼皮，随口问了句："一会儿有什么事没？"

"今天工作比较多，有点儿累，准备回家洗洗睡觉。"温舒唯说着，还非常应景地打了个哈欠，揉了揉眼角沁出来的泪珠子，"你还有其他事吗？"

沈寂点头："吃了饭我送你回去。"

"那你本来打算的是？"

"本打算找个地方和你好好聊一聊。"前面路口刚好是红灯，他把车停下，扭头看她，食指有一搭没一搭地敲在方向盘上，眯了眯眼睛，"不过你累了，我也可以长话短说。"

"我也想克制自己，不去看你，不去在意你，不去想方设法让你开心。"沈寂说，调子不紧不慢四平八稳，侧过头来，盯着她，"我试过，但是忍不住。"

"我就是会整天整天想着你，连梦的都是你。你说怎么办？"

此时此刻，温舒唯脸烫烫的，耳朵红红的，脑子里飞快思索了大概有三秒钟，想说点什么来回应，但是最后发现自己完全不知道能接什么话。

大佬就是大佬，永远有法子让你哑口无言。

沈寂不动声色，就这么直勾勾盯着身旁的姑娘看。视线中，这丫头耷拉着小脑袋面色苦恼，似乎在绞尽脑汁冥思苦想地琢磨着什么，最后动动唇，给他来了句："你等我回去思考一下，帮你想想办法。"

车里又安静了。

片刻，沈寂直接被这姑娘气得笑出一声，声音沉沉的，有点儿哑，几不可闻。他右手伸出去，在温舒唯毛茸茸的脑袋上撸了下："老子怎么就着了你这小傻子的道。"

温舒唯咬咬唇，不说话。扑通扑通，心跳更快了。

过了会儿，前方红灯跳成绿色。

沈寂这才把视线从她脸上收回去，重新发动了汽车。

温舒唯下午蹭了同事几根炸鸡腿和炸薯条，这会儿并不是很饿。两人在姥姥家小区附近找了家生意不错的小餐馆，点了几样川菜吃。

饭吃完，温舒唯趁着沈寂起身去洗手间的空当，瞅准时机，忙颠颠地抱着手机去前台买单。

然而刚问出一句“多少钱”，老板便回一句“你们那桌已经结过了啊”。

看来还是晚了一步。

收了人家的花，还老是让人家请客吃饭，怎么都说不过去。回去之后把钱转给他吧。温舒唯心里暗暗思考着。

当晚，她回家洗完澡后的第一件事就是给那个备注名为“小寂寂”的微信号发了个两百块钱的红包。

过了大概一分钟，对面回过来一个“？”。

注定要暴富的小温同学：这顿我请你。刚发工资，沈队甭跟我客气，不然我心里有愧（抱拳）。

然后微信系统便提示对方已接收红包。

温舒唯见状，满意地微笑，觉得自己内心的亏欠感总算是减轻了点儿。可正要切出和沈寂的对话框，对方一条新消息又弹了出来。

小寂寂：周末带你看场话剧。

注定要暴富的小温同学：……

刚把那串省略号发过去，手机就嗡嗡嗡连振好几下——沈寂把最近在云城巡演的几个话剧宣传照都发过来了。

温舒唯点开一看，一共六张，类型各异，有国外的也有国内的，有犯罪悬疑类，有大型史诗类，还有爱情悲剧类。剧情简介、演员阵容、配置表，应有尽有。

小寂寂：选你喜欢看的，决定了明天发我。我订票。

温舒唯看着手机屏幕犹豫了几秒，回复：都可以，你定吧。

小寂寂：早点睡，不准熬夜。

注定要暴富的小温同学：你也早点休息。

小寂寂：明早想几点?

温舒唯茫然地眨了下眼，一时没反应过来，狐疑地回：什么几点?

小寂寂：接你上班。

注定要暴富的小温同学：不用了不用了，我自己坐地铁挺方便的。你不用来接我。

这一回，手机那头的沈大佬破天荒地善解人意，回过来一个字：好。

小寂寂：话剧的票订好了，开场时间是星期六晚上八点钟。我七点接你。

注定要暴富的小温同学：嗯嗯。好的。

这条消息回复完，温舒唯锁屏，退出了和沈寂的聊天对话框，把手机随手往旁边的枕头上一扔，然后就瞪着眼睛望着天花板发呆。

这段时间发生的事情实在是太离奇了。

先是自己在亚丁湾被海盗绑架劫持，再是被八万年没联系过的隔壁学校大佬突然告白，温舒唯觉得自己需要冷静下来，好好捋一捋思绪，再决定下一步该怎么做。

是时候传唤狗头军师了。

如是一思索，她眼睛噌噌亮了亮，拳头一握，嗖一下从床上翻身坐了起来，拿起手机打开微信好友通讯录，迅速勾选出两个头像，创建群聊，还顺手改了个群聊名称：发家致富小天团。

创建成功，她在群里发了个表情包，把群聊顶到最上端。

几秒钟之后，狗头军师一号程菲发言了。

程菲：？这个群名？你准备带领我们开养猪场？

狗头军师二号汤瑞希紧接着发出来一行字：没钱。拒绝参与任何非法集资。

注定要暴富的小温同学：有件事想和大家聊一聊，大家明天晚上有空吗？面谈吧。

汤瑞希：啥事啊？

程菲：有个大帅哥在追她。

汤瑞希：（星星眼）大帅哥？！谁？有照片吗？有戏吗？要是没戏不如给我介绍一下？

程菲：人家对小温同志死心塌地。

汤瑞希：嘁。

注定要暴富的小温同学：唉，我今天已经拒绝过一次了，但是，剧情并没有按照我预料的正常节奏发展……还是见面详聊吧。

程菲：那就明天晚上老地方见。

汤瑞希：OK.

城市另一端。

沈寂靠在阳台上抽烟。温舒唯最后一条消息回过来的同时，他一根烟刚好抽完。不多时，他掐了烟头丢进手边儿放着的烟灰缸，眯了眯眼睛，手指微动，点了下那个抱元宝的财神爷的小头像。

进入她的朋友圈。

朋友圈封面是一张拼图，左侧是一条非常喜庆的锦鲤年画，右侧是“大富大贵”四个醒目大字。封面的右下角则是一行个性签名：大胆！竟敢看爸爸的朋友圈！

沈寂被嘴里包着的那口烟呛了下。

半秒后，他手指往下滑，面无表情地一条一条翻阅。

温舒唯的朋友圈没什么实质性的内容，发心情的频率也不高。除了和几个闺密好友的约饭自拍图外，大部分都是“转发这只独角兽，一个星期内一定会捡到钱”或是“转发这片云，一个月之内一定会收到好消息”之类的日常迷信。

那丫头只展示半年内的朋友圈，因此，里面的心情总共加起来也不过二十来条。

沈寂几乎已经可以将这二十来条内容倒背如流。

自加上温舒唯微信好友的那天起，他每晚入睡前便会看一遍这姑娘的朋友圈。这么做，倒也没有什么特别目的，就纯粹只是想看看她。

自拍图里的女孩儿，或是嘟嘴瞪眼的搞怪鬼脸，或是微微一笑的岁月静好样，瞳孔清澈，眼里有光，依然浑身都是朝气蓬勃的青春气息，与他记忆深处的少女区别甚微。

沈寂低眸，直勾勾盯着照片里的温舒唯。

他有时候觉得，这姑娘天生就是为降他而生。她不是最妖艳的美人，但那傻里傻气的笑容，柔婉的眉眼，稍显圆润的脸型，甚至是头发丝儿，都长在他的心尖尖上。

颦蹙浅笑之间，轻而易举便能勾得他神魂颠倒。

真跟撞了邪似的。

沈寂掂着手机玩味又自嘲地嗤了声。

看完所有图片，他熄灭了手机屏，扭扭脖子，踏着步子走到电视柜前，准备倒点儿水喝。他拿起热水壶，轻飘飘的，空空如也。

沈寂又看了眼已经见底的饮水桶，扬扬眉，拿起桌上的钥匙和烟，开门出去了。

他原单位在亚城，这次休假途中被紧急召回，是因为接到了海军陆战队政治处直接下达的命令，要他到云城军区参与某项海军类军事软件的研发项目，专攻海上作战时的信号拦截破译。科研团队的主要成员是战支部队的数名高级工程师，海军部队派出的人员主要是提供海上经验数据和战略建议，算是辅助。

此次，司令部从海军各大机关营区派出军官共计九名，全是具有丰富海上作战经验、执行过多项重大任务的精英。

大家伙儿到云城军区报到后，被统一安排住进了军官宿舍的三单元四楼，一人单间，有独立卫浴，住宿条件还算不错。

部队里大环境单纯，一帮军官将士别看平日里不苟言笑严肃正经，下了班，军装一脱，就是一群性格开朗嘻嘻哈哈的老爷们儿。来到这儿的第三天，这帮人基本上就都混熟了。

这会儿还不到晚上十点，大家都还没睡，一个个为方便串门聊天，房门也不关，都大开着。

沈寂刚开门走上过道，就听见隔壁屋传出来一阵歌声，五大三粗的糙汉嗓门儿，五音不全，正在哼陈奕迅的《白玫瑰》，哼得矫揉造作深情款款。

紧接着就是一记惊天地泣鬼神的“我的妈”，一个穿深绿色作训短袖的高个儿男人从一间屋子里冲了出来，跑到传出歌声的房间门口就是一通吼：“我服了你了刘大个儿，放过 Eason 吧，他老人家做错了啥？过几天是相片情人节，我正在网上给女朋友选礼物，你那歌声把我手机都给吓宕机了！”

屋里正在边哼歌边泡脚的汉子叫刘正，身高一米九，体重将近九十公斤，长得又高又壮威武不凡，放古代，活脱脱的张飞再世。

“给我滚。”刘正听完瞪大眼睛，抬手指着门口那年轻小伙，“陈浩浩，我看你就是欠揍，欺负我没穿鞋是吧？有本事站着别跑！”说着，眼神一扫，忽然瞧见了脸色冷淡、闲庭信步般从自个儿门前晃过去的沈寂，出声喊道，“哎哎，寂哥，看在咱俩以前一起打过全军友谊赛的份儿上，帮我给这小子一巴掌！赶明儿请你喝酒！”

陈浩浩一听，有点儿慌了，抬起两只胳膊交叉着比在胸前，怕怕地说：“寂哥，咱俩可都是海军陆战队里出来的，我可是你的人！”

沈寂自顾自从两人眼皮底下走了过去，跟没听见似的。

陈浩浩暗暗吐出一口气。

然而，还没等他把那口气吐完，已经走出大概十米的沈寂却忽地停下步子，站定了。

陈浩浩一滞，呼吸卡在胸口上不来下不去，差点没一口气背过去，套在凉拖鞋里的十根脚趾头都抠紧了。

过了半秒，沈寂回身，转过头来，视线没什么情绪色彩地落在陈浩浩身上，语气寡淡漫不经心，声线里带着他一贯的懒洋洋的倦意。

“你刚才说，过几天有个什么节？聊会儿。”沈寂从烟盒里掏出一根烟，丢过去，“请你包黄鹤楼。”

陈浩浩有一瞬间的茫然，不明白是什么原因让这个出了名的万年单身大佬突然对一个莫名其妙的西方“相片情人节”有了兴趣。

难道是单身太久，越缺什么，越渴望什么？

那也太可怜了吧。

陈浩浩望着自家老大，骤然生出一丝怜悯，心想果然人不可貌相，海水不可斗量，无坚不摧的“海上利剑”竟然也有如此空虚寂寞冷的一面。

心疼。

几分钟后，一头雾水外加同情心泛滥的陈浩浩就这样被一根烟收买，跟着沈寂一道走进了位于院子宿舍区和办公区交界处的小卖部，陪这位大佬逛超市。

大部分的军区大院都一样，小卖部都是自助购物，东西不多，都是一些零食和生活必需品，摆在数架自助购物机里。

沈寂径直走到摆饮料的机器前站定，选了一瓶大瓶怡宝，扫码付款。他头微垂着，给钱的同时冷不丁地冒出一句：“相片情人节是什么？”

“哦，这个啊，其实我也不太清楚。”陈浩浩迟迟地回过神，干咳一声清了清嗓子，答道，“是我媳妇前几天跟我说的。唉，女人嘛，今天想过这个节明天想过那个节，其实就是找借口想收礼物。”

“一般应该送什么礼物？”沈寂随口问。

“那选择可多了去了。”陈浩浩伸出手，开始依次列举，“什么花啊，香水儿啊，口红小裙子小包儿啊，轮着安排就行，准出不了错。”

沈寂听完，记下了，又问：“你和你媳妇谈几年了。”

这回，陈浩浩瞬间瞪大了眼，震惊：“啊？”

沈寂撩起眼皮，目光不咸不淡地落在他脸上：“听不懂人话？”

“三年半。”陈浩浩把张成O形的嘴巴给闭上了，强忍住内心“啊啊啊好激动，老大居然打听我私人八卦”的激烈情绪波动，面色平静，一脸镇定端庄地回答，“我俩是朋友介绍认识的。”

给完钱，一瓶大怡宝“哐当”一声落下来。

沈寂弯腰把水捡起，拿一根手指拎着，然后又走到另一台机器跟前买烟，又问：“追了多久？”

“你说我和我媳妇儿？没追啊。咱俩见面第一天就互相有好感。”陈浩浩狐疑地挠脑壳，说完一顿，又换上一副喜滋滋的得意表情，“我媳妇老喜欢我这类型了，成天夸我长得像精致版小沈阳，我买了束花跟她告白，她立马就接受我了！”

沈寂在小卖部里慢悠悠地逛着，微侧身，看了陈浩浩一眼，点点头，语气听着很正经：“你媳妇眼光挺独到。”

“可不是嘛！”陈浩浩笑，聊到兴起处，伸手搭在了沈寂肩膀上，一副过来人的语气，语重心长道，“这年头，小姑娘们都是颜控，帅小伙想谈对象基本不用追。网上不是流行一句话吗，如果你的告白不成功，那一定是你长得不够高不够帅。”

沈寂又买了两罐儿可乐，其中一罐递给陈浩浩，另一罐自个儿拉开拉环，喝了口，没有说话，脸上没什么表情，冷冷淡淡佛系如常。

陈浩浩一番话说完，顿了下，终于后知后觉地意识到什么，唰一下把脑袋扭过九十度瞪大眼睛看沈寂，直接爆了句粗口：“哥，不是吧，万年铁树迎来人生第一春了？打听这些，难不成已经有了相中的妹子？谁啊？”又一顿，“姚心雨？”

沈寂听都没听过这名儿，咬着烟皱了下眉毛，瞥他：“谁？”

“姚心雨啊！”陈浩浩说，“就那个大长腿美女，政治处那个学过舞蹈的女干事。她前几天不是来给咱们发了脸盆和洗脸帕吗，当时她还主动跟你说话来着，脸红红的，一看就对你有意思。那长相，给八分我都嫌低，五官特别像刘亦菲！”

沈寂毫无印象，也压根儿懒得回忆：“不认识。”

“那我未来的嫂子是干啥的？”陈浩浩好奇不已，兴奋得跟打了鸡血似的，“不如给我看看照片，我帮你判断一下她的性格喜好，来给你支一招，咱们对症下药争取一举拿下？”

沈寂慢条斯理地吐出一口烟圈：“仙女儿。”

沈寂挑了挑下巴，语气懒洋洋的：“来。支招。”

陈浩浩非常认真地想了想，说："仙女通常画风清奇，不食人间烟火，普通的香水口红化妆品什么的，应该入不了咱嫂子法眼。寂哥，我建议你直接展示自己威武雄壮的肉体，我掐指一算，必定能用你的男性魅力彻底征服她。"

话没说完，沈寂直接把那包黄鹤楼砸到这小子脸上："你就会耍嘴皮子。"

陈浩浩笑出猪叫，跳起来接烟，脚底抹油，一溜烟儿地跑远了。

第二天晚上，温舒唯和狗头军师二人组准时在市中心的某酒吧碰头。

她一到就被两位狗头军师逼到了墙角，开启"严刑拷打"模式。

"坦白从宽，抗拒从严，到底怎么回事，我们劝你一五一十地从实招来。"

温舒唯无奈，只能把这些天发生的所有事原原本本地又复述了一遍，说完以后托着腮，长长地叹出一口气，道："现在的情况就是这样。"

"原来是他啊。"汤瑞希若有所思地回忆着，忽然重重一巴掌拍在温舒唯肩膀上，"我就说！莫名其妙陪着你去参加网红节，给你当免费苦力，肯定是对你存着不可告人的小心思！果然狼子野心！"

温舒唯被这一掌震得差点吐血身亡，忍着剧痛，抽了抽嘴角，满脸黑线道："大哥，虽然我们都知道你内心深处住着一个娇滴滴的小公主，但请你不要忘了自己肉体还是个爷们儿。谢谢。"

汤瑞希微窘，尴尬而不失礼貌地捋了捋刘海上的几根毛："Sorry."

程菲喝了一口果酒，忽然问："沈寂真的捧着花跟你告白？"

温舒唯咬着果汁吸管，点点头。

程菲："你拒绝了，他真的说要追你？"

温舒唯苦瓜脸宕机相，继续点头。

"天哪。"程菲一脸的震惊加难以置信，抬手扶住额头，自言自语似的说，"天哪天哪……"

这时，程菲食指敲了敲桌面，盯着她，出声："唯唯，我发现你从头到尾都有个误区。"

温舒唯："什么？"

"感情这种事，根本不存在'应不应该'，只有'想不想'。"程菲两条大长腿交叠起来，伸出手，轻轻捏住了温舒唯的下巴，贴近几分，

"你应该问自己，你到底'想'怎么做？"

温舒唯抿了抿唇，说："我只知道，自己不想草率地开始一段恋爱。"

她是凡夫俗子。就如同这世间的芸芸众生一样，大家很容易就能知道自己不想要什么，至于自己想要什么，多数人就连踏进棺材的一刻，都是迷茫的。

听她说完，程菲微微扬起眉梢："那我来告诉你，你眼下想要的是什么。"

程菲微微一笑："你想了解沈寂。你想知道，他是不是一个值得你喜欢的人。"

温舒唯有些惊讶地瞪大了眼，静默几秒，又扭过脑袋看汤瑞希。

"你看我干什么，我的观点和老程一样。"汤瑞希耸肩，一脸平静，"没发现吗，早在你摇摆不定决定约我们出来商量的那一刻，你就已经间接承认，自己有点儿被那个男人吸引了。"

托两个狗头军师的福，温舒唯那一周几乎没有一晚上睡好，每天都是躺在床上翻来覆去烙煎饼，烙到天快亮的时候才迷迷糊糊地睡过去，闹钟一响又顶着鸡窝头爬出被窝去上班。日复一日，十分怨念。

而失眠数日的结果，就是周六温舒唯在床上躺了一整天，一觉睡到下午六点四十，完全忘记了之前和沈寂相约看话剧的事。

惊醒温舒唯的是温母的一通电话。

何萍还是老样子，公事公办的语气，敷衍的关心，最后不忘补充一句让她牢记弟弟顾文松的生日，准备生日礼物。

温舒唯有点迷迷糊糊地听着。

挂断电话，她打了个哈欠伸了个懒腰，就在这时，一条微信消息弹了出来。

——我十分钟后到。

发信人：小寂寂。

温舒唯瞪着手机卡壳了约三秒钟。第四秒的时候，她整个人一个激灵瞬间清醒过来，跳下床，光着脚丫子，以迅雷不及掩耳之势嗖嗖冲进了洗手间。

十分钟后，一向非常有时间观念的温舒唯准点下楼，出现在沈寂的车里。

“嗨。”她微笑，朝驾驶座上的人打了个招呼，从容淡然，镇定自若。

沈寂扭头，视线笔直落在温舒唯脸上：“才起床？”

毕竟也是见过大风大浪的人，温舒唯并没有被这人的一句话击倒。她嘴角的微笑一丝不减，摇头：“没有啊。”

沈寂语气懒洋洋的：“我还以为你睡过了头，完全忘记要跟我看话剧的事。”

“哪有，你想多了。”温舒唯呵呵干笑，摆手，“怎么会。”

车里静了静。

沈寂眯了眯眼睛，微倾身，整个人往她贴近过去，直勾勾地盯着她看，半晌不说话。

温舒唯被他看得不自在，心跳莫名漏掉几拍，脸上佯装的镇定微笑也有点儿崩。就在她实在忍不住想出声说点儿什么的时候，边上的男人一勾唇，竟然有些玩味地笑了。

“你好像不知道，”隔着两指距离，沈寂唇弯着，抬起手，食指指尖轻轻刮了下姑娘白里透红的小耳垂，“你说谎话的时候，脸跟耳朵会红。

“如果不是撒谎，那就是这会儿你见了我，在害羞。”

沈寂说完，温舒唯便明显感觉到一簇火苗在她脸颊耳根燃起来，轰一下，野火燎原一般将她从头烧到了脚。整个人都快蒸熟了。

她瞪着沈寂，亮晶晶的瞳孔轻微放大。

沈寂胳膊支在两个座椅间的置物台上，面朝她，单手托腮，坐姿随意，一侧眉峰半挑，眼神直勾勾的，充满一种懒倦清冷的兴味。

空气倏地安静了，一时间，两人谁都没说话。

片刻后。

温舒唯表情有点儿呆，无意识地抬起右手摸了摸自己的脸，又往后摸了摸耳朵，果然，滚烫一片，不用照镜子也能猜到这两个部位肯定已经红得跟番茄一个色。

不是。

才刚见面，人家大佬这会儿一没说啥二没做啥，就瞅你一眼，你们在这儿瞎红什么？

还有你。

温舒唯额头滑下一滴冷汗，左手上移，默默放在了左边胸腔的位置。

隔着衣服，她都能清晰感受到里头跟夜场蹦迪似的。

你扑通扑通地跳个什么劲？没见过帅哥吗？能不能有点儿出息？

温舒唯心里默默吐槽。

过了大概三秒钟，她清了清嗓子定定神，把两只手一起放了下来，沉思了会儿，开口，一本正经地说："现在是9月初，夏天还没有结束。"

沈寂懒洋洋的，从鼻子里轻描淡写地发出来一个"嗯"，尾音轻微上扬。

"我刚才走得急，出了汗，比较热。"姑娘朝他微微一笑，继续，"运动之后体温上升，血液循环加快，脸部毛细血管开放，所以'脸红'应该属于正常的生理现象。"

末了，她还很自如地补充一句："你看，现在车上开着空调，温度降下来，我脸马上就不那么红了。"

沈寂让这姑娘气得笑出一声。他托腮看着她，眯了下眼睛，下巴忽然往右侧微微斜过一个角度，说："转过去。"

温舒唯这头还在心里为自己的机智鼓掌点赞，注意力不集中，并未听清沈寂这句话。她眨了眨眼，下意识倾身朝他凑近了点儿，表达疑问："唔？"

"转过去。"沈寂下巴示意地往右挑了挑，眼皮懒懒散散耷着，没什么情绪，"脸。"

温舒唯茫然，不知道这人想干什么，但还是乖乖把脸转向了挡风玻璃，用柔美白皙的侧颜对着他。

姑娘还保持着倾身靠近他的距离，乌黑柔软的长发在脑后扎成一个可爱的圆丸子。沈寂目光落在她侧颜上，从这个角度，刚好能看见姑娘那段儿雪白纤细的颈项，和一只露在黑发外头的耳朵，肤色是细瓷似的白，轮廓清晰，耳骨娇小，耳垂圆润饱满，坠着一枚银质的精致环形耳饰。

沈寂目光不移地盯着那只小耳朵看了会儿，一只胳膊保持着托下巴的姿势，另一只胳膊抬起来，手伸过去。

干净修长的食指和拇指微收拢，很轻地捏了下那团粉白的耳垂，再慢条斯理往下，描摹那枚紧贴她耳朵的银环。

温舒唯察觉，身子骤然一僵，忘了躲，忘了惊呼，忘了一切应激反应，整个脑袋瓜都跟着空白了。

眨眼的光景，却漫长得叫人心惊肉跳。

她心跳如雷，呼吸都紧了紧，掌心汗湿，头皮发麻，无意识地将十指收拢成拳。不多时，听见耳畔传来一个声音，低沉沉懒洋洋，清清冷冷又漫不经心。

“瞧，这不又红了？”

温舒唯紧张得心都快从嗓子眼儿里蹦出来了。

下一瞬，下巴被人轻轻捏住，以一种温柔却不容悖逆的力道扳回来，把她的脸蛋儿转了回去。

温舒唯呼吸一滞，下意识抬起眼帘。

“小温同志，说谎可不太好啊。”沈寂俯身贴近她，眸垂着，嘴角慵懒地勾着，嗓音极低，呼出的气息就喷在她微颤的唇瓣儿上，“你对我有点儿感觉了，对吗？”

两人驱车去看话剧的途中，车里从始至终都很安静。

因着发生在姥姥家小区门口的“被大佬撩耳垂”事件，温舒唯整个人都被震蒙了，陷入羞窘且凌乱的情绪里，一路都没法儿缓过神。有那么点儿慌乱，还有那么点儿惊恐。

绝了。

沈寂这男人真是绝了。

你觉得自己挺心如止水波澜不惊的吧，他轻描淡写两句话，分分钟给你撩出一场十级海啸来。

Hold 不住。

再看看边上的沈寂。

他脸色寡淡如常，眼睛里却总是漫着一丝若有似无的笑意，看上去心情不错。

看话剧的大剧院位于南三环，距离姥姥家有将近三十五分钟车程。两人之前在姥姥家楼下耽误了几分钟，沈寂把车驶入大剧院地下停车场入口时，时间刚好是晚上的七点四十五。

周末大部分人不上班，来看话剧、音乐剧等各类剧的观众很多，加上又是晚八点左右的黄金时段，沈寂开着车在负一层绕了一圈儿，没发现空位。

他最后直接把车驶向了负二层，找了个车位停下。

沈寂熄火，侧目往身旁的姑娘看了眼：“到了。”

“哦。”温舒唯之前发了一路呆，听见这句话的瞬间才算彻底清醒。她深吸一口气，定定神，解开安全带推门下车。

环顾四周，只见剧院负二层的停车场还比较空，没停几辆车，也没其他人，只有几盏白炽灯挂在头顶，整体氛围看着有些阴森。

看着挺适合拍连环杀人狂类型的恐怖片。

温舒唯穿的衬衣和及膝裙，衣物单薄，地下空间温度较室外要低些，不由得抬起双手搓了下胳膊。她正一边东张西望，一边无限脑补各种惊悚片剧情时，肩头忽地一暖，驱走森凉寒意。

她一愣，低下头，看见自己肩膀上多出一件黑色的男士外套。干干净净，带着清爽的肥皂香气和一丝极淡极淡的烟草味。

“先披上。”沈寂说，“穿这么少，一会儿着凉了。”

温舒唯被这话卡了足足三秒钟，干咳一声，还是觉得自己有必要提醒一下这位大佬：“现在是夏天，我这穿着打扮应该挺合适的吧。”

沈寂脸上没什么表情，看着有那么点儿冷淡，又有那么点儿慵懒：“剧院里空调开得低，一出话剧前前后后将近三小时，你觉得呢？”

好吧。

温舒唯默了默，伸手捏了下男士外套的衣角，想起什么，抬起头看他：“那我穿了你的衣服，你要是觉得冷怎么办？”

沈寂：“这外套本来就是给你带的。”

温舒唯微惊，诧异道：“给我带的？”

“嗯。”他眉目间的神色慵懒而淡漠，从鼻子里喷出个字音，盯着她，扬了扬眉，“就你这弱不禁风的小身板儿，能经得住三个钟头的冷风？感冒了怎么办？”

温舒唯听完，心里不由得升起一阵感动，准备发自内心地对这位大佬说上一句“谢谢，你真是个好人”，可还没等她把好人卡发出去，就听见对面的大佬又出声了。

沈寂表情和语气都挺淡：“老子不得心疼死。”

两个人的对话永远是老样子，以沈寂的漫不经心泰然自若开头，以温舒唯的哑口无言结尾。

几分钟后，二人乘直达电梯上了楼，检票入场。

直到走进场厅的前一刻，温舒唯看了看票，才后知后觉地发现，沈寂选的是一场革命史诗剧，叫《红色》。这出话剧以抗日战争为时代背景，讲述了一帮革命前辈与敌人斗智斗勇，为保卫祖国河山而做出巨大贡献与牺牲的感人故事。

演员都是些舞台上的老戏骨，作品红，但个人知名度不高。

总而言之，就是挺根正苗红，挺有深度，挺能帮助青少年树立正确的三观。

沈寂票订得早，位置选得也还不错，在整个观众席的正中靠前位置。温舒唯猫着腰走过去，抱着包包弯腰落座，坐下后调整坐姿，再无意识地抬起脑袋左右一瞧，只见她视线可及的前后左右，方圆几米，全都是十四五岁的中学生和他们各自的家长。

没有一对年纪相仿、疑似约会的年轻男女。

除了她和沈寂。

温舒唯默了默，没忍住，扭过头去轻轻扯了扯一旁沈寂的袖子，压低嗓子："沈队。"

沈寂低眸，视线下移，瞧见一根细细白白的手指攥在自个儿黑衬衣的袖口处，羊脂玉似的。他看了那根手指片刻，才撩起眼皮瞧坐在自己身边的姑娘："嗯？"

温舒唯亮晶晶的眸子望着他，好奇："你之前发我那些图，我看最近在演的话剧挺多啊，你为什么要选这个剧？"

她本来以为他会选催人泪下的爱情剧的。

沈寂的视线从她脸蛋儿上收回来，望向正前方拉着幕布的舞台，语气很随意："这剧挺有教育意义，适合你。"

"唔？"她根本没听明白。

适合她?

什么意思?

沈寂脸色平静直视前方，微抬手，食指朝她勾了勾。

温舒唯见状，挪了挪身子朝他凑近了点儿，把耳朵贴过去，听他说话。

沈寂低声："提前带你来接受红色教育，方便以后传承红色基因。"

温舒唯闻言，嘴角不可控制地抽了抽，脑袋唰一下转过来看他，瞪眼："可我不是你女朋友。"

沈寂懒懒一挑："早晚是。"

温舒唯盯着近在咫尺的这张招摇恣意的俊脸，微微眯起了眼睛。

沈寂也直勾勾盯着她，目光笔直有力，眸色很沉。

两人就这么大眼瞪小眼地对视了几秒。

沈寂忽然勾了勾唇，整个人往她靠近了点儿，低声细语："这个距离，通常不是要接吻就是要打架。小温同志，选一个？"

来，打一架。

温舒唯很想这么答。

但也只能想想。就她大学军训时学的那套强身健体军体拳，只怕还没法儿跟他过上半招。

温舒唯无语之余，其实还觉得有点儿想笑。

他信誓旦旦说要追她，她还以为是个段位多高的老手，结果第一次约会，把女孩子带来看时代革命剧?

真是个画风清奇又另类的人。

静默片刻后，她再次开口，声音压得低低的："你难道就没发现，咱俩坐在这儿显得很奇怪吗？"

沈寂神色自若："有什么奇怪的？"

"这出剧大部分是爹妈带着小孩儿来看。"姑娘漂亮的杏眼定定地望着他，很认真地说，"沈队，一会儿开场关了灯，就咱俩这身高体型差，后排的说不定会以为你是我爸爸。"

沈寂让这姑娘给呛笑了，也没立即回话，高高大大的身子往后一仰靠在椅背上，就那么侧着头，直勾勾地盯着她瞧。

温舒唯刚开始还挺镇定，被这男人这么好整以暇地盯着看了会儿后，那股子脸红耳红脖子烧的怪异感觉又来了。

掌心又一次被汗打湿，并且隐隐发麻。

以前，温舒唯总是找不到合适的形容词来描述每回沈寂看她时，自己的感受。这会儿她却忽然灵感闪现——

那感觉就像被一头饿了三天三夜的野狼当成猎物，对方玩味打量，耐性极佳，只是在等待最后一刻的致命扑杀，享受饕餮盛宴。

仿佛下一秒，她就会变成他的盘中之餐，供他大快朵颐。

温舒唯脑子里乱七八糟一通思索，干巴巴地咽了口唾沫。

就在这时，舞台上的红色幕布缓缓拉开，观众席灭了灯，全场霎时陷入黑暗。

突如其来的黑暗令温舒唯回神。

她清清嗓子坐正了身子，视线转向舞台上的两个演员，集中注意力，不去理会旁边那道直白露骨的注视。

就在这时，左手手背传来一丝痒意。

那人拿食指轻轻敲了两下。

温舒唯心一慌，身子竟无意识地抖了抖，没有扭头。

“丫头，劝你悠着点儿。”耳畔响起懒懒沉沉的一嗓子，沈寂慢条斯理，“别老勾得我爸爸想对你耍流氓。”

温舒唯其实很想知道，沈寂是怎么把这句话说得这么气定神闲理直气壮的。

她绞尽脑汁，陷入沉思，想了整整一场话剧演出的时间也没想明白。

两个小时又二十九分钟的时间很快过去。

话剧《红色》完成了最后一幕的高潮演出，整个舞台和观众席的灯光全亮，数名演员集体登台亮相，向台下的观众庄重地鞠躬。

全场爆发出热烈掌声。

温舒唯也迷迷糊糊地跟着鼓掌。虽然这两个多钟头她都在开小差胡思乱想，看得云里雾里有点混乱，但是从全场的反应来看，演出质量非常高。

散场时，一个年轻母亲还在教导身边背书包穿校服的儿子，道：“你们这些孩子啊，从小到大接触的外国文化太多了，这个喜欢韩国，那个喜欢日本，都兴搞崇洋媚外那一套。这是不对的。我们现在的幸福生活都是革命前辈们用鲜血和生命换来的，我们一定要热爱我们的祖国，要有民族自豪感和荣誉感，要尊敬军人，知道吗？”

小男孩儿连连点头：“知道，我从小到大最崇拜的就是解放军叔叔了，我以后准备考军校呢！”

年轻母亲面露欣慰，带着儿子离开了。

温舒唯走出话剧厅时刚好走在这对母子后面，听见两人对话的同时，她忍不住转头，悄悄看了眼身旁的沈寂。

沈寂有所察觉，侧目：“看我干什么？”

温舒唯左右看一眼，清了清嗓子：“沈寂同志，作为被全国人民尊敬崇拜的对象，您偶尔是不是还是应该注意一下自己的言行举止？”

沈寂问：“我咋了？”

温舒唯沉默，然后干巴巴地笑了下，换了个自认为相对而言更能让他接受的说法："你说话有时候太太太直接了，容易让我不知所措。"

沈寂闻言，面无表情地回想了几秒钟，反思自己说的哪句话让她觉得"太太太直接"。反思几秒无果，他看向温舒唯："比如？"

"啊？"

"比如哪句？"

温舒唯一时有点儿没回过神，沉默地思考了下，脸微红，咬了咬唇，窘窘地支吾："比如话剧正式开场之前你说的那句。"

"悠着点儿，别老勾得我爸爸想对你耍流氓？"沈寂重复了一遍，扬起一侧眉，眼里带着疑问。

温舒唯："嗯。"

"这句话我说得已经够委婉了。"沈寂说。

她很茫然地看着他："那'不委婉'的说法是？"

沈寂脸色很冷静，一本正经，连半秒的停顿都没有，继续道："耍流氓，可以替换成'往死里亲'。"

此时两人已经走出电梯，重新走回了负二层的停车场。

全世界都静了。

温舒唯脚下步子忽地一顿，目瞪口呆面红耳赤，瞪着他，从脸颊到脚趾头整个红透了。

过了须臾，沈寂弯下腰，抬手轻轻拍了拍姑娘的脑袋，勾唇懒洋洋地说："吓到了？"

"还好。"温舒唯心尖儿都颤了下，下意识脖子后仰躲开他的触碰，挤出两个字，又沉默了至少十秒钟，点点头，很平静地说，"感受到你之前的'委婉'了。"

话剧八点整开始，总计两个多小时，这会儿已经快晚上十一点。

沈寂开车送温舒唯往姥姥家走。

车行驶至南二环附近时，一阵铃声忽然响起来，在安安静静的车厢内显得刺耳又突兀。

是沈寂的电话。

他一手握着方向盘，一手从裤兜里掏出手机，低头看了眼，随后便滑下接听键把电话给接了起来："喂。"

这通电话不到一分钟就挂断。

温舒唯转过头。车内黑漆漆的，街灯流光偶尔打亮沈寂的脸。他看起来气压极低，眸色很沉，面无表情，眉心微拧形成一个川字，脸上的轮廓线条格外冷。

她嗅见一丝不对劲，正想开口询问，沈寂却先一步出声："你着不着急回？"

温舒唯愣了下："回去没其他事，不着急。怎么了？"

沈寂点头："我得去景山路派出所办个事，挺急的。你要不着急回家就跟我一起过去，急的话我就先送你。看你。"

"要是方便的话就一起吧。"温舒唯说，"我没关系。"

"好。"

她有些奇怪，问道："不过这大晚上的，你去派出所干什么？"

"捞人。"沈寂面无表情道。

温舒唯几乎都要怀疑自己听错了："捞谁？"

"一个高中生。"沈寂没看她，沉着脸说出几个字，又顿了片刻，继续道，"我战友的儿子。"

温舒唯粗略数了下，从南二环开过来的二十分钟里，沈寂一共抽了四根烟。

她之前观察过，这位大佬平时虽然也抽烟，但烟瘾并不算太，极少有这种一根接一根烟不离手的情况。

很显然，这会儿大佬心情不太美丽。

景山路挨着西四环，这一带是整个云城的发展滞后区，附近坐落着一个军用机场的缘故，周边建设跟不上，街区依旧保持着九十年代时的样貌。放眼望去，整个景山路一带最高的建筑也不超过七层楼，大部分都是红砖老房。

十一点过十分，黑色越野车驶至景山路派出所附近。

温舒唯往外看了眼，这条街上的路灯似乎坏了，周围黑漆漆一片，一座平房小院从黑暗中突围出来，亮着幽白灯光，大铁门有些旧了，边上是几个掉了漆的黑色字体：云城市景山路街道派出所。

沈寂把车开进派出所的院子里，熄火停车。

温舒唯动手去解身上的安全带。

"不是什么好地方，你就别进去了。"沈寂说，"留车里等我。"

温舒唯闻言，手上的动作顿住，迟疑两秒，点点头："好吧。"

沈寂随后便下了车，迈着大步，径直走进亮着灯的大门。

温舒唯待在车里，依稀瞧见那是一个办公大厅似的屋子，并排列着五个工作台，每个台子后方各坐着一个穿警服做笔录的民警，前方则是数个社会哥，一个个吊儿郎当地瘫坐在椅子上，年纪看上去都不大。

隔着车窗和好一段距离，温舒唯隐约瞧见沈寂进门后，视线在屋里扫一圈儿，最后定住，直直走向年轻社会哥中的其中一个。

温舒唯抻长了脖子还想继续看，一堵墙却把她的视线挡住了。

她有点郁闷地吐出一口气，等得无聊，拿出手机开了一局游戏。

峡谷里砍砍杀杀数回合。

打完一局一抬头，便看见沈寂从问讯大厅里出来了。夜幕下，男人手里夹着一根烟，脸色阴鸷狠戾，好看的薄唇紧紧抿成一条线。

温舒唯心里忽地一沉。

此时的沈寂，一改往日的佛系慵懒，眼是黑的，瞳是冷的，浑身都是骇人的冲天匪气。

温舒唯微微皱眉，脑袋斜过一个角度，再往后看，这才注意到在沈寂身后还跟着一个穿着校服的少年。

少年看着不过十六七岁，个子不矮，有一米七五左右，整个人偏瘦，两侧脸颊凹陷下去，五官立体，容貌英秀，已依稀可见英俊帅小伙的雏形。他嘴角和额头处都青着，校服上也有血污泥泞，一副阴沉漠然的表情。

大写的"我是叛逆熊孩子"。

温舒唯看着这对奇怪的组合，满脸问号。

男人和少年似乎在说什么。但隔得远，温舒唯听不清两人谈话的内容，只看见两人边走边说，走着走着，忽然停了下来，面对面站定。

再下一刻，少年忽然挥起拳头就朝沈寂打了过去，沈寂眼皮子都没动一下，抬手便拦住了少年的拳头。

那头的少年暴怒，咬牙下死劲儿，拼命想把拳头往沈寂脸上砸，像是迫切地想证明什么。

沈寂面无表情，两秒后，扳过少年的胳膊，不费吹灰之力地把他按倒在地。

沈寂下手明显留了情，但见两人打起来，温舒唯还是有点儿担心，直接推开车门跳了下去。一路小跑到两人跟前，便看见少年挣扎着从地上爬了起来，恶狠狠地瞪着沈寂，咬牙，不说话。

沈寂抬手指着他：“老子最后警告你一次，别给我惹事儿。好好上你的学读你的书，宋子川，别让你爹后悔有你这么个儿子。”

宋子川在原地沉默片刻，忽地冷笑一声，转身准备离开。

回头就看见杵在后头的温舒唯。

宋子川冷冷看了她一眼。

“你好，同学。”温舒唯尴尬地笑笑，有点不自在地挥了挥手，打了个招呼。

宋子川没理她，绕过去头也不回地走了，背影很快便与夜色融为一体。

温舒唯一步三回头，连看了那少年的背影好几眼，走到沈寂面前，抬手试探性地往身后指了指：“他就这么走了？”

沈寂浑身的戾气已经褪干净了，整个人又恢复那副漫不经心冷淡懒倦的模样，回身把烟头丢了，语气听着挺淡：“他家就住隔壁。”

“哦。”温舒唯点点头，也不好多问什么，看一眼沈寂，想起刚才两人动手打架的一幕，便出于礼貌地随口一问，“你没什么事吧？”

沈寂说：“手疼。”

温舒唯一听，眉头一下皱起来：“哪只手？”

“这只。”沈寂把右手抬起来，眼睛直勾勾盯着她，“好疼。”

可能是刚才不小心扭到了。

她心里猜测着，有点急了：“很疼吗？那怎么办呀？”不然她去问问那些民警有没有药酒什么的找来给他抹上？

沈寂抬手，轻轻捏了下她软绵绵的耳垂，勾唇，懒声说：“要你亲一下。”

第五章　蜜

如果可能的话，温舒唯很想飞起一拳头，让这位大佬知道花儿为什么这样红。

她额头滑下一滴豆大的冷汗，决定自动屏蔽沈寂那句“要你亲一下”，和耳垂处传来的丝丝缕缕酥痒感。

脑袋一偏，躲开他捏在自己耳朵上的手指，然后深吸一口气吐出来，默念几句“习惯就好习惯就好”，温舒唯重新抬起脑袋，非常平静地看向站在自己跟前的高大男人，一只手伸出去，摊开。

沈寂低眸，看一眼那只白生生的小巧手掌：“干什么？”

“手不是疼吗？”温舒唯说，“给我，我帮你看看。”

沈寂扬了扬眉，慢条斯理地又朝她走近半步，把右手递过去，放进姑娘粉白粉白的手掌心，视线片刻不离地直直盯着她。

男人的掌骨十分宽大，指节骨节分明，指甲也修剪得整整齐齐，指甲盖饱满圆润，在夜色冷光下呈现出一种非常健康的淡粉色，看着非常干净漂亮。

温舒唯低头捏住他的手，细嫩的指尖儿无意间摸到对方指腹和掌心结着的一层薄薄硬茧，触感粗糙有力，和她的滑腻截然不同。

心忽地扑通两下。

她耳根子发热，强自定下心神，一只手托住对方的手背，另一只手握住他瘦削修劲的腕骨，动作轻柔，小心翼翼地转动了下。

对面的人倒吸一口凉气。

温舒唯心一慌，脑袋唰一下抬起来，看他，紧张极了：“这么疼吗？”

沈寂直勾勾瞧着她："嗯。"

"不然去医院吧？肯定是刚才和那男孩儿动手的时候扭到了。万一要真伤到了筋骨，那得及时处理。"她眉头皱得紧紧的，说完回头看了眼那辆停在不远处空地上的黑色越野车，自言自语，"伤了手腕肯定没法开车了，我又没带驾照，还是打个车吧。"

说完，温舒唯放开沈寂的手腕，从包包里翻出手机，打开地图搜索起了离派出所最近的医院。

谁知就在这时，头顶上方却传来一阵极低的轻笑。

夜沉云黑，忽地一阵冷风吹过来，她脑子一怔，直到这会儿才算反应过来。

她手里还拿着手机，手机页面停留在高德地图"医院"搜索结果，抬头看沈寂，眯了眯眼睛，唇抿着，不说话。

再看看那头的沈寂。

他薄薄的唇弯着，眉目舒展，眸垂着，在看她，浓黑的睫毛像是黑色蝴蝶的两瓣儿羽翼，在那冷白色的面部投落下浅浅淡淡的阴翳。那双浅棕色的桃花眼里清若浅溪，盈着几分笑意，映出一个腮帮子鼓鼓、有点儿生气的姑娘。

此时此刻，温舒唯简直都不知道自己还能说什么了。

堂堂一个人民解放军，马上都奔三的人了，居然还会装手疼卖惨来博取无知老百姓的同情？

你是沈三岁吗？

温舒唯沉默，无言以对。

沈寂也很安静。大约过了有三秒钟的时间，他才弯下腰，倾身往她贴近些许，声音低低的，听着有点儿慵懒的沙哑："这么心疼我？"

温舒唯抬手扶了扶额，道："正常情况下，任何关系不错的朋友说手疼，我都会紧张地满世界找医院。这是对朋友最基本的关怀。"

"是吗？"沈寂半抬眉，"对朋友的关怀？"

温舒唯理所当然："对啊。"

沈寂嘴角很淡地挑了下，这回没再出声，一双眼睛直勾勾盯着她，须臾，两只胳膊抬起来，伸手握住了她的双肩，像是要做某种事前的准备程序，固定住她，不让她有机会掉头跑开或者躲避。

温舒唯一愣。

夏季衣物本就轻薄，她上身只穿了件长袖衬衣，只隔一层衣料，她能清晰感觉到男人温热宽大的掌心轮廓，和修长十指在她肩膀上收拢的力感。

温舒唯错愕地瞪大了眼睛，不知道他要干什么，心跳骤急，只觉全身血液都在瞬间一股脑冲上了头顶，翻涌奔腾，瞬间将她的脸蛋和脖子耳朵烧得红彤彤一片。

沈寂弯下腰，埋头朝她贴近。

温舒唯胸腔里心跳如雷，头皮发麻，紧张得都快吐了。

夜色下，男人冷戾英俊的脸庞一寸寸贴近。

距离在缩短，二十公分，十公分，五公分……

她几乎已能闻到沈寂清冽、夹杂烟草味的呼吸。

温舒唯不知道即将发生什么，脑子里一团乱麻，纯粹是被吓得闭上了眼睛，整个身子都僵住。

她想，自己此时的面部表情肯定非常狰狞且扭曲。

男人的呼吸在她唇畔位置流连了约莫半秒，便又缓缓下移。

温舒唯察觉到，心生不解，有点茫然又有点害怕地偷偷睁开了一只眼睛——

沈寂双手扶在她肩膀上，高高大大的身躯半弓着，竟微侧着头，把右边侧脸贴在了她胸口处左心房的位置。从温舒唯的角度只能看见一颗黑乎乎的脑袋和对方高挺的鼻骨，低垂的眼睫。

天。

谁来救救她。

温舒唯指尖都在抖，浑身发热，明显感觉到自己全身血液的流速都在加快，仿佛下一瞬，整颗心就要从嗓子眼儿里蹦出来般。支吾着动唇，想说什么，但是语言功能似乎都在这漫无边际的羞窘海洋中被吞噬，她一点儿声音都发不出来。

时间缓慢流逝。

沈寂闭着眼，眉目冷静，不动声色，脸颊贴在她心口位置。

像是只过了几秒钟，又像是已经过了漫长的一个世纪。

他终于慢条斯理地直起了身子，站定，垂眸看向眼前这个几乎把脑袋埋进胸口，面红耳赤，甚至连余光都根本不敢瞄自己一眼的姑娘。

“小温同志。”沈寂似笑非笑，桃花眼里映出一个慌乱的她，懒洋洋的，

“你跟你其他朋友在一起的时候，心跳也这么快吗？”

还讲不讲道理了。

性别对调一下，一个大胸细腰的超级大美女忽然二话没说贴你胸口，您老人家能坐怀不乱心跳不快?

温舒唯觉得沈寂不仅说话做事画风清奇，连逻辑都和正常人不太一样。不过没什么，她还是挺能理解这位大佬的。

温舒唯思绪乱飞。

沈寂直勾勾盯着她，眼瞧着这丫头脑袋越埋越低，露出来的小耳朵尖儿也越来越红，一副熟透的虾米样，眼底一丝笑意闪过去，不动声色。

又过片刻，姑娘终于抬起头，仰起娇艳绯红的小脸儿望向他，眼眸清澈，目光专注，似乎有什么话要说。

沈寂不语，安安静静等她的下文。

温舒唯若有所思地望着他，似乎又认真思考了下，得出结论：“其实也不是完全一样。”

这话没头没尾莫名其妙，沈寂听完没明白：“什么不一样？”

“你啊。”她很诚实地说，“你和我其他朋友也不是完全一样。”

毕竟，她过去可没有遇到过如此锲而不舍，还每天对她告白的“朋友”。

沈寂挑起一边眉毛，盯着她：“哪儿不一样？”

“具体哪儿不一样，我也说不上来……”姑娘弯唇，不大自在地笑了下，夜色中，她两边脸颊的红云似乎更浓几分，“就是，感觉不一样。”

从派出所出来都要十二点了。

换作平时，一向早睡早起、佛系养生的温舒唯这会儿早就困得小鸡啄米眼冒金星，但此时此刻，白天睡了一整天所储蓄的精力发挥出了强大作用，她非但不困，还奇迹般地精神抖擞，神采奕奕。

坐沈寂车回姥姥家的路上，温舒唯先是抱着手机刷了会儿朋友圈，而后忽地想起什么，扭过头去：“对了，那个小高中生是什么情况？”

沈寂单手把着方向盘开车，脸色很冷淡。听见这话，他没什么情绪地回道：“是我一个战友的儿子，今年刚上高三。”

“你战友的工作单位在外地，平时很少能回来，所以托你照顾他儿子？”温舒唯自行脑补，猜测道。

闻言，沈寂自顾自开着车，一时没出声。

温舒唯隐约感知到点儿什么，莫名不安："不是这样吗？"

片刻后，沈寂道："我战友牺牲了。"

平平淡淡的一句话，短短六个字，没有透露任何多余的细节，也听不出太多情绪起伏。但不知为何，温舒唯却能从他沉寂冷肃的眉眼间读出其中的沉痛和遗憾。

整个车厢忽然安静下来。

温舒唯抿了抿唇："抱歉。"

"老宋跟我交情不错，临走前托我照顾宋子川。"沈寂沉声道。

她点点头，察觉到此时沈寂的语气有几分沉重，便将话题转移开，回到"熊孩子高中生"本人身上："唉，这孩子叛逆期，打架都打进派出所了，平时在学校应该很不听话吧？你说这些小孩儿为什么都这么想不开，非要去争当那华而不实的'校霸'呢？"

他侧过头，疑惑地看着她。

这姑娘满脸好奇，自言自语地说完，又把脑袋往他凑近几分，很认真地问："不爱学习，成天逃课当不良少年的感觉真的很酷吗？"

沈寂面无表情地看着她："我怎么知道？"

他神色很冷静，语气听着镇定自若："我上高中那会儿从来没逃过课，作业都按时交，成绩一直也还可以。"

坦白说，如果不是有幸亲眼见证过这位曾经的校霸大佬少年时代的无数传奇，温舒唯差点儿都要相信沈寂这一本正经的几句鬼扯了。

她默了默，最终还是十分好心地决定看破不说破。人非圣贤，谁能没个不忍回首的非主流的过去？既然他不肯承认，那她就也装作什么都不知道吧。

温舒唯心里琢磨着，然后干巴巴笑了下，尴尬而不失礼貌地说："哦，那应该是我以前听错了。主要是当初关于你的传说有点儿多，一传十十传百，大家传着传着可能就出了点儿岔。"

沈寂极难得地对这个话题起了点儿兴趣，淡淡接话："什么传说？"

温舒唯回想了下，试探性地说："比如你当年代表十七中出战金华职高，一挑二十三，把对面一群人打进医院躺了半个月？"

沈寂脸上没什么表情，回想一下，点头："嗯，是我。"

温舒唯又回想了下："还比如，你当年一言不合，就把三十八中的校霸张二麻子打得喊了你两个月爸爸？"

沈寂：“是我。”

温舒唯瞠目结舌，这回连装都装不下去了，脑子都没过地脱口而出，道：“那你还好意思胡说八道自己高中没逃过课，作业按时交，成绩还可以？我长得很好骗吗？”

“我没胡说。”沈寂说，“也没骗过你。”

温舒唯：“那这些传说是怎么回事？”

“都是利用课余时间、午休或者晚自习放学。”沈寂说，“高中学业比较繁重，极有可能一节课落下，整门学科就都废了。应该以学习为主要任务，好好学习，天天向上。”

温舒唯完全没料到自己会听见这么一番回答。

她都愣了，好一会儿才发自内心地称赞：“你当年高中的那些老师，如果知道你连跟人斗殴的时候都还在担心自己的学习问题，他们一定会很感动。”

沈寂：“我没担心自己。”

温舒唯：“那？”

“我担心那些跟我约架的人。”沈寂语气冷冷淡淡的，开着车，直视前方，非常冷静，“因为打架耽误了人家考大学，不太合适。”

此番言论，真是闻者感动，见者落泪。

这是一个多么善解人意、善良朴实的人啊！

温舒唯嘴角不可控制地抽了抽，瞪大眼睛望着他，好一会儿才挤出句：“沈队，冒昧问个问题，请问有没有人夸过你性格很特别？”

“没有。”

沈寂说：“他们通常夸我很变态。”

两个人一路东拉西扯地闲聊，没多久便到了姥姥家的老小区门口。

夜深人静，小区外的街道上空无一人，只有风卷着落叶从水泥地上吹过去的声音。

车停稳，温舒唯低下头，边解安全带边习惯性地道谢：“谢谢你送我回来，挺晚了，你也早点回去休息吧。”

“送你到门口。”沈寂点了根烟，“我看着你进去。”

“好吧。”

温舒唯见他坚持，便不再拒绝。两人一道下车，肩并肩，沿萧条寂静的马路牙子往老小区的大门走。

姥姥家的老小区不像现在的公寓住宅刷卡就能进，平时都是有一个固定的门卫大爷值班。大爷姓张，是附近街道办事处领导的亲戚，一把年纪了，作息规律，十分任性，每天都是早上六点半开大门，晚上十一点半关大门，门禁如山，雷打不动。

两人走到门口一瞧，果然，铁门上扣着一把大锁，已经关了。

温舒唯微皱眉，拍了拍门，喊道："张大爷？张大爷？"

喊了几声，无人回应。

温舒唯只好把嗓门儿拔得更高，手上下劲儿，铁门拍得砰砰响："张大爷？张爷爷？我是四单元温大妈家的外孙女，前几天还给你送过两个粑粑柑那个！麻烦你开开门放我进去啊！"

依旧毫无回应。守门大爷不知睡得太沉，还是压根就不在门卫室。

几秒钟后，她肩膀一垮颓然地叹了口气，回转身，只见背后的某位大佬正抽着烟，缓慢吐出一口烟圈儿，半眯着一双桃花眼瞧她。

"怎么办？"她苦恼地抓了抓头发，"叫不开门。你有什么办法吗？"

沈寂食指掸了下烟灰，盯着她，懒洋洋地给出一个建议："要不，我好心收留你，上我那儿睡？"

换成平时，温舒唯已经怼回去了。不过这会儿因着被关在小区门外这档事，她有点暴躁，没什么心思跟沈寂鬼扯，默默用关爱失智儿童的眼神看了他一秒钟之后，她深呼吸，尽量心平气和地说："劳烦，这位解放军同志，为人民服务，提点有建设性的意见。"

沈寂手里夹着烟，微挑了眉峰瞧她，神色几分懒散随性几分淡漠冷静。

温舒唯看着他，也非常平静。

夜深人静，月黑风高，一高一矮两个人影站在大门紧闭的老小区前，四目相对，刀光剑影。

过了约莫三秒，沈寂抖落烟灰，视线从温舒唯脸上移开，转过身，迈着步子不紧不慢地朝某个方向走去。一句话没说。

温舒唯不知这人意欲何为，微皱了眉，问："你这是要去哪儿？"

对方头也不回，只懒洋洋地丢过来两个字，听不出什么多余的情感色彩："跟上。"

温舒唯只好一头雾水地跟过去。

姥姥家的小区是典型的二十世纪七十年代宿舍区，面积不大，一个椭圆形的院子，红墙旧瓦，单元楼低低矮矮，最高也就七楼。整个院区由一面斑驳老墙围起来，周围是数个绿化林，依次拼接，栽种着竹子和其他绿植。

夜幕下，沈寂绕包围老院儿的竹林走了大约五百米后，站定，停步不前。

温舒唯茫然地上前几步，左右环顾，只见他们此时所处的位置刚好是两片小绿化林的交界处，间隔出五步左右的距离。

她不明所以，用询问的目光望向沈寂。

沈寂脸色冷淡随意，叼着烟看温舒唯一眼，下巴挑了挑，示意姑娘仰脖子抬头瞧。

温舒唯扬起脑袋。

看见一面水泥色的老围墙，墙不高，目测两米左右。

温舒唯："干吗？"

"翻墙进。"一根烟抽完，沈寂掐了烟头侧目看向她，调子寡淡随性，很冷静，"解放军叔叔为人民服务，抱你上去。"

此时已是凌晨一点左右，路灯投落下暖橙色的光，街道上也空空的，只极偶尔会有车辆驶过。放眼望去，方圆三里，除了翻墙二人组外没有第三个人。老街区像个已经安然入眠的老人，静谧安详，叫人连说话都不自觉地轻言细语，不忍惊醒一城温柔。

"有点儿不太方便吧？万一你……"

坦白说，比起之前那个"上他家睡"，沈寂这回提出的建议非常有良心，具有很高的可行性。但，她穿的是裙子，虽说是到膝盖以下的长裙……

温舒唯皱着眉头犹犹豫豫。

沈寂盯着她，嗤了一声："怕我占你便宜？"

"不不不。"温舒唯连忙摆手否认，有点支吾地解释，"我没有这个意思。我是觉得我穿着裙子不太方便，万一，不小心走光什么的……你让我再想想，再想想。"

一阵晚风飕飕吹过，两分钟过去。

沈寂垂着眸，出声："想好没？"

姑娘脑袋埋得低低的，显然正冥思苦想纠结不已。片刻后，她像是终于下定了极大的决心，深吸一口气吐出来，仰起头，看他，亮晶晶的眼睛里带着一丝试探："要不……等下托我上去的时候，麻烦你把眼睛闭上？"

沈寂有些不耐烦："我不乱看。"

"我不是怕你乱看，真不是。"温舒唯微窘，嗫嚅道，"我是怕我自己会乱看。万一对上你的眼神，我会很紧张。"

姑娘很认真："上次不是跟你说了吗，我紧张的时候容易打人，我怕我待会儿爬墙的时候太紧张，一脚踹你脸上。"

沈寂觉得自己真被这小祖宗折腾得一点儿脾气都没了。

他闭眼拧眉心，沉默了至少五秒钟后叹了口气，随即掀开眼皮，看向她，默认地妥协。

姑娘走到矮墙前，站定，刚举起双手又顿住，有点儿不放心地回过头来："你一定记得把眼睛闭上啊。"然后才又转回去，摆好姿势，屏息凝神，准备等他把自己托起来。

沈寂高高挑起半边眉毛，弯下腰，双臂收拢。温舒唯很轻，被他轻轻松松就托着双腿给抱了起来，举高。

"够着没？"

"马上，快了快了。"

"抓稳别摔了。"

"嗯嗯，知道。"

几分钟后，温舒唯面目狰狞手脚并用，使出浑身力气，终于万分艰难地爬上了小区围墙的墙头。

她鼓起腮帮子吹了口气，抬手抹抹汗，准备跟沈寂道谢，回转身的刹那却忽地一愣。

夜色很暗，男人身形高大笔挺，立于路灯下，暖橙色的光线投落，将他的影子拉成长长一道。他微仰着头眼睛闭着，浓密的睫毛像两把小扇子，低低垂着。

温舒唯一阵出神。

那一瞬，她脑子里鬼使神差般浮现出了八个字：郎艳独绝，世无其二。

"能睁眼了不？"沈寂冷不丁问出一句。

"可……可以了。"温舒唯脸微红，飞快整理好裙子，掩饰般干咳一声，清了清嗓子，将心头须臾的悸动掩饰得干干净净。

沈寂睁开眼。

夜幕下，骑在墙头的姑娘自上而下地看着他，忽地弯了弯唇，道：“谢谢。沈队，这段日子相处下来，我发现你人真的挺好的。”最后朝他挥挥手说了句“再见”，从围墙内侧借着一个台子跳下去，轻轻盈盈的脚步声逐渐远去，最终消失不见。

沈寂站在围墙下，良久的无声静默后，想起那姑娘走之前最后说的那句话，他嘴角意味不明地勾了下，转身走了。

沈寂自幼骨子里便狼性十足，从没觉得自己是什么善类。

温舒唯不知道，他在海军陆战队的这些年，个性狠戾冷漠，战场上枪林弹雨九死一生，敌人对他闻风丧胆，连过命的战友都怕他三分。

温舒唯更不知道，她只是对他浅浅那么一笑，他就需要用上全部耐心、善意、自控力，才能压下那股冲天的邪火和欲念。

沈寂有时也觉得好笑。

他本性如狼，向来果断狠厉一击必杀，谁知碰上只傻里傻气的小绵羊，把恶狼当好人，竟叫他一时半会儿无从下口。

只有沈寂自己知道，因为怕吓到她，所以他一直在忍耐。

一切的平易近人友善无害，都是伪装。

每次，他只要一看见温舒唯，就不能自已。

次日，沈寂接到单位通知要去会战组加班。下班后，他跟组长请了个假，开车出院子，准备回家去取点儿东西。途中收到了陈浩浩发来的一条消息，抱怨食堂伙食太清淡，让他帮忙找地方给买点辣咸菜。

部队里有专门的炊事班，负责为大院儿里的官兵提供一日三餐，云城这边的院子伙食总体还行，但口味方面偏清淡。陈浩浩是四川人，重口味，喜辣食，出差的这段日子简直都快憋出内伤。

沈寂看了眼手机屏幕，懒得回，把车开进小区，停车熄火，随后便出门儿准备往菜市场去转一圈。

经过门卫室的时候，他想起什么，步子一顿，进门取了个快递。

收件人：寂哥

寄件人：何伟

寄件地址是河北省下辖市区的一个小县城。

沈寂也不用刀，两手并用，轻而易举就把上头的透明胶给扯落了。拆开一看，里头是一盒喜糖、一盒喜饼，和一封拿牛皮纸包得完完整整的信。

沈寂拆开信封，抖开了信纸眯眼瞧。

寂哥：

见字如面。

答应给你的喜糖送上。你知道的，老何我嘴笨，说不来什么漂亮话，这段时间忙婚礼，成天晕头转向脚不沾地，一直也没空跟你打个电话什么的。后来一想，自家兄弟，该懂的都懂，也不需要走那些劳什子过场。

转业的钱，我打算拿着开一家面馆，跟媳妇一起安安稳稳过点儿小日子。我是个平凡人物，这辈子胸无大志，只求家人平安顺遂。

哈哈，文绉绉了，别介意。

最后还是那句老话，咱们当兵的，生当作人杰，死亦为鬼雄。

若有战，召必回。

退伍老兵何伟

信纸上的字体不算漂亮，但工整有力。沈寂看着这封信静默良久，点了根烟，收起信和喜糖，转身出去了。

天色已暗，菜市场里大部分卖新鲜蔬菜的商贩已经收摊儿，只有少数几个卖熟食的门面还开着，亮着灯。有卖凉拌菜的，也有卖猪耳朵猪头肉的，香味飘得半条街都是。

沈寂摸了根烟放嘴里，点着，熟门熟路，径直走向一家卖腌菜卤味的小店。

店主是个四十来岁的中年汉子，模样憨厚老实。沈寂显然是这店的熟客，见了他，店主立刻从椅子上站起来招呼：“今儿来点儿什么啊？”

“称点辣咸菜。”沈寂说，“再切四两卤牛肉。”

“好嘞。”老板笑，拿抹布往菜板上一抹，拎起刀麻溜地切牛肉。又一阵脚步声走近，老板抬起头，“这位大哥要点儿啥？”

来人不出声，像是迟疑又像是不太确定，好半晌才试探地挤出两个字：“寂哥？”

沈寂抽烟的动作微顿，闻声侧头。

一个高高大大的年轻男人站在卤味摊前。二十七八岁的年纪，寸头短发，脸微方，五官端正，习惯性般将背脊挺得笔直，眼神清明有力，透出强烈的难以置信。

“周超。”沈寂缓慢念出一个名字。

“寂哥，真是你！”这个一米八几的壮汉说完这句，竟一下红了眼睛，大男孩儿似的，“我没做梦吧！”

沈寂也笑，伸手用力拍了下周超的肩：“好小子，两年不见，又结实了。”

周超激动得甚至哽咽了下，跛着脚又往沈寂走近两步，很诧异：“寂哥，你怎么在云城？回来休假还是调过来了？”

“借调过来出差，待一个月就回亚城。”沈寂察觉到什么，视线下移，扫了眼周超的右腿，眉头皱起来，“你这腿怎么了？”

话音落地，周超面色忽地一变，下意识地把右腿往后缩了缩：“没什么，去年不小心摔了一跤，落了病根儿，不碍事。”

沈寂不相信，目光笔直盯着他，眯了眯眼睛，不语。

周超眼神闪烁东躲西藏，根本不敢直视那双眼睛。

良久。

卤味摊老板把切好的辣咸菜和牛肉一并给沈寂递过去，说：“好了兄弟，一共五十七。”

沈寂给了钱，接过塑料袋，掐了烟，烟头随手丢进旁边堆芦苇废料的桶里。

“这么久没见，聊聊？”沈寂说。

“行。”周超咧开笑脸，“我请！”

两人找了一家潮汕牛肉火锅店吃晚饭。

周超跟如今的何伟一样，是一名退伍军人，前年转的业，走之前一直在海军陆战队蛟龙突击队服役，是沈寂一手带出来的兵，在部队时跟沈寂关系相当不错。

吃饭时，沈寂再次问起周超右腿的事。

周超起先不肯说实话，打着哈哈想糊弄过去，一个劲儿道：“不都说了吗，去年摔了一跤落了病根儿，咋的，寂哥你不信我啊？”

沈寂垂着眸剥毛豆，眼也不抬，语气懒洋洋的：“周超，你是我的兵，你腚一翘老子就知道你是拉屎还是放屁。”

片刻，周超颓然地叹了口气，仰脖子一口把玻璃杯的啤酒喝完了。“砰”一声，把杯子重重撂在桌子上，他这才埋下头，沉声说：“去年老家的一个兄弟欠人工资不发，一帮民工把他堵工地上不让走。他打电话找我过去救命，我报完警就立马赶过去了。”

沈寂动作一顿，抬眸盯着他：“你这腿是被人打折的？”

周超不吭声，良久才缓慢地点了点头：“那小子是我发小，穿开裆裤的时候就有交情了。我当时赶到工地，一见那小子就狠狠揍了他两拳，鼻血都给他打出来了，我骂他没良心，连这种钱也黑。他哭着求我，说我今儿要是不管他，他就没活路了……”

“你管了？”

“这么多年兄弟，难不成看他被打死。”周超苦笑了下，点燃一根烟，“我走出板房，还没等我开口说话，一记铁棍就往我后背砸下来。”

沈寂静默，沉着脸，没有说话。

“当时警察一直没来。工地上黑灯瞎火，一棍一棍往我身上砸，我如果还手，那儿没一个人能近我身。但我是个军人，我能吗？不能。”周超手里的烟一直烧，一直烧，黑色的烟灰掉在饭桌上，“都是一群讨不到血汗钱的老百姓，我怎么能对他们动手。后面有人不知道拿什么砸中了我的膝盖骨，我皮糙肉厚，刚开始还没觉得有多严重，后面被警察送到医院，才知道这条腿基本上废了。”

说到最后，周超深吸一口烟，又笑笑：“打折我腿的民工后来赔了些钱。没什么，都过去了。”

空气骤然死寂。

好一会儿，沈寂夹起一块牛肉涮几秒，起锅，放进周超碗里：“医生怎么说？”

“我现在在云城做康复，大医院医疗水平更先进，租了个房子住，已经好几个月了。”周超道，“毕竟当过这么多年兵，医生说我身体底子好，只要坚持康复训练，像正常人一样走路应该没问题，但是跑跟跳都甭想了。”

沈寂抬手用力握了握周超的肩：“吃饭。”

周超夹起一筷子牛肉放嘴里，不愿再去想那些不开心的事儿，吃完抬起头，又是一副笑脸：“对了寂哥，老何呢？没跟你一块儿来出差？”

沈寂没说话，不知从哪儿摸出个什么东西给他丢过去。

周超连忙伸手接住。一看，是一盒喜糖。

他抬头，满脸问号。

“今年退的。”沈寂说，“结婚了，这是他给我寄的喜糖，喏，分你一半儿。”

周超又惊又喜：“这小子动作挺快啊。”

两人闲聊两句。

周超又喝了一杯酒，忽地摇头失笑，沉声道：“当年咱队里几个人，宋成峰宋哥牺牲了，留下一个不争气的儿子，老何退役结了婚，我落下了残疾……大家基本上都散完了。”说完一顿，抬起头，脸上带笑，眼里隐隐发红，“寂哥，现在就只剩你了。”

沈寂夹菜吃饭，顿了数秒钟，忽然道：“我之前又见了一次吉拉尼。”

周超整个人忽地一滞，猛地抬头看他。

沈寂面色却很冷静。他没什么情绪地说：“就在执行任务的时候。”

“打了照面？”

“对。”

“这个杀千刀的狗杂种，害死宋哥，我做梦都想宰了他。”周超咬牙切齿，说着想起什么，面上隐隐流露出一丝担忧，压低声道，“说起来，五年前，你弄瞎了吉拉尼一只眼睛，这又打了回照面。这人心狠手辣有仇必报，绝对不会就这么善罢甘休。以后你最好还是小心点儿。”

沈寂扯唇，皮笑肉不笑：“吉拉尼敢现身，老子就敢活剥了他。”

周超又问：“对了，宋子川那小子现在怎么样？还是天不怕地不怕，不服管教？”

沈寂脸色阴晴莫辨，不吭声。

“唉。”周超猜出几分，叹息，“这孩子其实也可怜，本来就没妈，宋哥走了之后，连唯一的亲人奶奶也过世了。宋哥临走前把他托付给你，寂哥，这又当爹又当妈的，也真是苦了你了。”

沈寂静了静，忽然道：“那小子拿我当仇人。”

“谁？”周超一愣，没听明白。

“宋子川。”沈寂抬眸看他，“他对我有很强的敌意。”

周超很不解：“为什么？你对他这么好，供他读书给他生活费，还给他找这个家教那个家教，这倒霉孩子还恨你？别不是有病吧。”

沈寂不语，手指有一搭没一搭地敲在玻璃杯上，目光透过车水马龙的夜景望向未知的远方，不知在想什么。

“算了算了，不提这些。”周超摆手，眼珠子一转换个话题，“寂哥，老何都结婚了，你准备啥时候给咱找个嫂子啊？”

沈寂撩起眼皮瞥他：“你很急？”

“急啊。”周超嘴贫，“你可是出了名儿的万年光棍儿‘海上利剑’，你要是脱单，估计全军都得放鞭炮庆祝。哟喂，你都不知道自己多出名儿，大家都好奇你能被什么样的姑娘降住，都抻长脖子瞧着呢！”

沈寂点烟，完了把打火机随手往桌上一丢：“快了。”

周超不敢置信，反应简直跟之前的陈浩浩一模一样：“沈队，您老人家铁树开花，终于春心荡漾了？”

连台词都似曾相识。

沈寂一脚踹他凳子上。

周超紧接着又很认真地问：“男的女的？”

沈寂一巴掌拍周超脑袋上，骂道：“皮痒欠收拾。”

周超哈哈笑了几声，好奇：“谁啊？是不是以前你放笔记本里那张照片上的姑娘啊？”

沈寂没说话。

周超观察着他的表情脸色，整个人都惊呆了：“我随口问的，还真是啊哥？天哪，我哥终于要追到自己卑微暗恋多年、连告白勇气都没有的女神了？”

沈寂叼着烟，皱眉：“瞎说什么呢。”

谁卑微暗恋了？谁连告白勇气都没了？

对面的周超不明所以：“？”

周超：“那？”

沈寂面无表情地说：“关你屁事。”

在过去的二十几年里，温舒唯从来没觉得“被人喜欢”是令人苦恼的事。她模样乖巧可爱，性格也柔顺温和，上大学那会儿也没少被人告白追求，可她万万没想到，有朝一日，自己会栽在一个姓沈名寂的人手上——她第一次发现，被人喜欢何止是令人苦恼，简直乱人心志。

继上次整整一周梦见沈寂拿着大刀追了她十条街后，这一周，温舒唯又连续梦了沈寂整整三天。

这次的梦，这位大佬倒是没再拿刀追着她跑。

他只是安安静静地站在她家小区的老围墙下，抬眸望着她，清冷如画，几乎与她记忆中十年前的少年重合。

周三下午，上完一天班的温舒唯又累又困，顶着黑眼圈，迷迷糊糊地在公司楼下买了杯咖啡，抄近路，找了条小巷子往附近的地铁站走。

虽是闹市区，但这条巷道不起眼，平时几乎没什么行人。温舒唯只身一人边喝咖啡边往前走，忽地，听见身后响起一阵高跟鞋的声音，嗒嗒，嗒嗒。

她正拿着手机给程菲发微信，并未在意那阵脚步声。

直到——

“哟，今天是什么破日子啊，居然能遇见这么晦气的人。”一道女性嗓音从后方传来，尖而细，字里行间都透出尖酸刻薄味儿。

温舒唯按手机的手指忽地一顿。

这个声音很耳熟。

似乎是……

她回过头。只见身后几步远外站着一个身材高挑火辣的性感美人，戴墨镜，踩高跟鞋，拎一个 Dior 戴妃包，穿一袭紧身连衣裙，墨镜下的烈焰红唇正挑着一个讥讽的弧度。

正是顶流网红姚杏儿。

温舒唯在心里默默翻了个白眼，暗道出门遇灾星，可见流年不利。

她看了姚杏儿一眼，回身继续往前走，对这位漂亮的顶流网红大美人视而不见，压根不打算搭理。

姚杏儿见自己被无视得彻底，有些恼怒，加快步子追上来，一把抓住了温舒唯的手臂，怒道：“上回你害我丢脸丢大了，现在见了面，连句道歉都没有吗？”

温舒唯完全没料到这个顶流会忽然跟个泼妇似的冲上来，先是一愣，而后皱起眉道：“有话站好了说，你抓着我干什么？”边说边把姚杏儿抓住自己胳膊的手往下掰。

姚杏儿不依不饶，抓得死死的。

温舒唯心里也起了一团火，手上下劲儿，用力把她的手甩开。

谁知就在这时，令温舒唯万万没有料到的一幕出现了——只见顶流美人低呼一声，整个人竟以一种断线纸鸢般非常华丽且优雅的姿势，重重地、猝不及防地在马路牙子上摔倒了。

“你、你干什么呀！我只是想来找你把上次的误会说清楚……”姚杏儿墨镜掉在了一边，抬起头，不可置信地瞪着她，两只眼妆精致、梨花带雨似的大眼睛扑闪扑闪，跟苦情剧里的白莲花女一号似的。

嗯?

等等?

梨花带雨？苦情剧?

哭了?

这就哭了?

这回换成温舒唯诧异地瞪大了眼睛。

姚杏儿坐在地上越哭越厉害，妆都哭花了，再次柔柔弱弱地怒斥：“你怎么还动手打人呢！”

这位大姐，有事吗?

温舒唯已经被这位顶流美人堪比专业演员的精湛哭戏惊呆了，站在原地，一手拿咖啡，一手拿手机，一时没回过神。

这边的姚杏儿边哭，边暗暗抬眼往不远处扫了眼。举着相机的经纪人和助理朝她点点头，比了个 OK，示意照片和视频都已经拍完，微博热搜位也已经预留好。

姚杏儿心下冷笑。

几个小时之后，#唯唯当街打人#的话题就会登上微博热搜，到时候，只要再发一条表面替唯唯说好话，实则卖惨的微博博取同情，她的千万粉丝就会带领所有路人，把温舒唯活生生骂出网红圈。

这样，她不费一兵一卒，就能干掉这个讨厌的温舒唯。

咔嚓咔嚓。

忽地，响起一阵手机拍照、摁响快门的声音。

姚杏儿有点茫然地抬起头。

“你先别起来，哎，对，就这角度。很好很好。”

温舒唯对着坐在地上、梨花带雨的顶流美人拍了几张照，然后在手机上操作了几下，最后弯腰，把姚杏儿扶了起来。

姚杏儿隐约觉得有些不对劲，挣开她：“你刚才拍我做什么？”

温舒唯说：“发微博啊。”

姚杏儿一愣，打开手机一看，@唯唯的花花世界 更新了一条微博，配图两张，一张是姚杏儿摔倒的照片，另一张是几个戴墨镜、鬼鬼祟祟、正在偷拍的狗仔的照片，配字：路上遇见一个女生，二话不说忽然过来掐我胳膊，结果自己不小心摔倒还疼哭了，旁边还有专业摄影师在记录，不知在干吗。我看她半天爬不起来怪可怜的，准备扶一扶。以防碰瓷，留图为证。不过这女孩儿长得有点眼熟？

姚杏儿做梦也没想到事情会这样发展。

她一双美眸忽地瞪圆，愤怒又难以置信，嗓音越发尖锐："温舒唯！你乱写些什么？谁准你未经我允许，擅自把我的照片发到微博上？"

美人原就哭过，此时花了妆又恼羞成怒的样子，再没了丝毫美态，像极了精神病院里被人踩中痛脚的疯婆子。

她尖声说完，便伸出双手，扑上去，欲抢夺温舒唯的手机。

温舒唯往后一撤身，姚杏儿扑了空，差点再次摔坐在地。她转身，看向温舒唯，目光里充满惊慌和怨毒。

温舒唯收起手机，嘴角挂着一个很浅的笑容，看着她，认真道："你想让我删除刚才发的微博？"

"没错。"姚杏儿心里慌乱，深吸一口气，强迫自己镇定下来不太过失态，"你如果识相的话，就赶紧把那条微博删了，否则……"

温舒唯目光定定望着她的眼睛，不躲不闪："否则怎么样？"

这双眼睛明亮清澈，清明坦荡，不掺杂任何威胁意味，也看不出任何图谋，一时间竟令姚杏儿面露错愕，不知能说什么。这感觉就像她铆足了全身力气，一拳头却砸在了棉花上，软绵绵，伤不了对方半分。

那一头，温舒唯面色一如既往地柔婉无害，整个人心平气和："你要封杀我？我主业是个记者，有单位有工作，微博 B 站很少接推广，也不混圈，也就是说，网络影响不了我现实的生活，对我来说不痛不痒。"

姚杏儿恨得咬牙切齿："温舒唯，你别太嚣张。"

"我没有嚣张，我只是在陈述事实。"温舒唯很认真地说，"其实你很清楚，自己根本没办法拿我怎么样。而你微博粉丝上千万，靠自媒体为生，这件事对谁的负面影响更大，不用我跟你分析。"

"当然，你也可以继续买话题买热搜引导舆论，甚至可以倒打一耙说是我动手打了你。"温舒唯摸了摸下巴，猜测着，"你刻意掐着我下班的时间，到我单位附近演这出戏，还找人拍了照片录了视频，原本应该就是这么打算的吧？”

姚杏儿：“……”

“但是我可以很明白地告诉你。”温舒唯朝她挥了挥手机，“有了我这条微博在前，你再怎么买水军控评，网上的风向也不会倒向你。大家都是明眼人，别把网友当成是非不分的傻子。”

姚杏儿双手垂在身侧，用力握紧成拳头。

她是网红鼻祖，微博粉丝上千万，一直是靠阳光正能量独立女性的人设在吸粉。如果这种丑闻被爆出来，后果不堪设想。

姚杏儿静默数秒钟，心头一阵利弊权衡，终于做出了选择。她道：“说吧，要怎么样你才肯把微博删了。”

温舒唯笑了下，道：“很简单，你只需要发条微博，公开向那天被你当众扇巴掌的女孩儿道个歉。”

这个交换条件在姚杏儿的预想之外，她惊讶又恼火，冷笑了声，怒道：“不过一个小助理，你跟她有什么交情，非要逮着这事跟我过不去？”

温舒唯说：“我不认识她，完全没交情。”

姚杏儿更加窝火：“那你什么意思？”

“我这是为你好呀。”她很自然地说。

姚杏儿：“你说什么？”

“在你小时候，你的父母没有好好教你怎么做人。”温舒唯非常认真，“到了社会上，就必须有人帮他们教你。”

姚杏儿一下子更加恼怒，一不留神就再次暴露本性：“你说谁没家教呢！”

“我没这么说，这是你自己理解的。”温舒唯边说边看了眼时间，七点半了，便道，“行了杏姐，现在时间挺晚了，我家里还等我回去吃饭，没其他事我就先走了。你先考虑吧，是想给那姑娘公开道歉，还是想借着我那条微博一火出圈，都你定。考虑好了跟我联系就行，我的 B 站主页有合作邮箱，电话不用留了，发邮件吧。”

温舒唯一副“好说好说一切都能商量”的语气，话说完，甚至还朝气得愣在原地、目瞪口呆的姚杏儿礼貌地挥了挥手，这才转身离开。

姚杏儿肺都要气炸了。

自上回网红节后台丢了脸，姚杏儿就对这个温舒唯恨得牙痒痒，做梦都想报仇，好好整整这个多管闲事的小网红。前段日子，她被日本的一个时装品牌邀请过去看秀，接着又开始忙自己原创美妆品牌的新品发布，一直没腾出时间，这会儿闲下来才有工夫收拾温舒唯。

谁知，精心策划了数日的计划，让对方一眼识破，率先发了微博，置她于水深火热不说，还把她所有后路都给堵死了。

姚杏儿是中国的初代网红，少年成名，一路顺风顺水受人追捧，半只脚已经踏进了娱乐圈，哪能忍得下这口恶气。

看着温舒唯的背影，姚杏儿暗咬牙，回身朝拿相机的两个助理递了个眼色。她本就做了两手准备，虽是下下策，但事到如今，不干也得干了。

两个男助理点点头，收起相机，飞快奔向温舒唯的方向。

前方的温舒唯似乎察觉到什么，微皱眉，不动声色，脚下步子却越走越快。这条巷子不算长，前面已依稀能瞧见大马路的灯光，汽车鸣笛声隐隐传来。

还差三百米左右，她不敢再耽搁，拔腿直接用跑的。

可还是晚了。

一股大力从背后袭来，竟一把拽住了她的衣领。温舒唯脚下步子跑得急，这一拉一拽，脚下踉跄险些栽倒，手上的咖啡洒了一地。她心一沉，倒吸口凉气，勉强把身子稳住保持平衡，咬咬牙，回身抡起包就砸在其中一个男助理脸上。

她背的时下流行的盒子包，四个棱角都是坚硬金属，男助理始料未及，被砸得“哎哟”一声，龇牙咧嘴捂住了鼻子。

趁助理五指松动的瞬间，温舒唯使出全身力气一把挣开，又飞起一脚，狠狠踹在另一个男助理的膝盖骨上。

那人也是一阵鬼叫，抱着膝盖原地蹦起来三下。

姚杏儿气得跺脚，恶狠狠地道：“连个女的抓不住，养你们有什么用！还不去把她的手机给我抢过来！在那个包里！”

两个男助理起先没缓过神，原本以为不过就一个细胳膊细腿儿的小娘们儿，抓起来根本不费吹灰之力，现在吃了瘪，顿时火冒三丈，迈开大步追上去，又一次拽住了温舒唯的胳膊。

温舒唯故技重施，对方却早有防备，一抬手把她的盒子包给挡开了。

男助理冷笑：“没招了吧？看你能跑哪儿去！”

话说完，两个男人同时围上来抢夺温舒唯手里的包。

温舒唯蹲下来，把包链缠手腕上，连绕几圈裹得紧紧的，两手交叉护在肚子上，倔强地怎么都不肯松手。

男人和女人的力气没法比，两个助理下劲儿，温舒唯手臂登时被勒出了道道红印。她痛得冷汗涔涔，喉咙深处溢出一阵低低的闷哼，还是不松手。

一番蛮横拉扯之下，姑娘身上的衣物已有破损，白衬衣的领口绷开松落，露出一片白花花又细腻如玉的皮肤和线条柔美的锁骨。

助理甲被那片雪白晃了下眼睛，问旁边那个："这是铁链子，她不松手，照咱这么拽，不得把她手臂给拉折了？"

助理乙骂他："这女的是杏姐死对头，没见杏姐多讨厌她吗？折了就折了，又不是你媳妇，没见过女人啊，看见个漂亮的就怜香惜玉。"

助理甲点头："也是。"

两人嘀咕着说完，正要不管不顾地发狠用力，没留神，两个人一人挨了重重一拳。两人被打得头冒金星眼前发白，直接飞出半米摔落在地，呻吟痛呼哎哟连天，爬都爬不起来。

这变故来得太过突然，姚杏儿根本就没回过神，霎时错愕地睁大了双眼。

这边，温舒唯抱着包蹲在地上，疼出眼泪，双眼都迷蒙了，全身也有点儿脱力，脑子迷迷糊糊，只隐约察觉到拖拽的力道消失，连带着手臂上的疼痛也减轻了许多。

她缓慢抬起头。

还没来得及看清来人是谁，一件宽宽大大的黑色男士外套就兜头罩了下来，将她整个人从脖子到大腿裹得密不透风严严实实。

温舒唯一怔。

她闻到了熟悉的清冽烟草味，和某个人身上特有的男性气息。

"手，我看。"沈寂整个人蹲在温舒唯面前，嗓音低柔，垂着眸，去看她抱在怀里的胳膊。夜幕下，他眸色很沉，轮廓线条格外冷厉，脸上是叫人不寒而栗的平静表情。

盒子包的铁链死死缠绞着胳膊，血液堵塞不流通，不用看也知道是如何触目惊心的可怕状貌。

加上他这样子看着有些吓人，温舒唯眨了眨还糊着泪珠子的眼，下意识地就把胳膊往里藏："小问题，只是勒了些印子……"

沈寂依然很冷静，沉了调子：“我看。”

温舒唯没辙了，拗不过，只好由着他捏住自己的上臂，动作轻柔、小心翼翼地把整只右手给拿出来。

铁链子在姑娘小臂上勒出了道道血痕，已经乌青了，原本雪白纤细的胳膊整个都有些充血，红肿骇人。

沈寂垂着眼，一手捏住温舒唯的上臂，一手轻轻托着她纤细的腕骨。半秒后，他侧过头，闭眼深吸一口气吐出来，尽量让自己保持冷静，不吓到她，然后才面朝她掀开眼皮子，说：“你这伤可不是小问题，得上医院处理。”

温舒唯说：“没这么夸张吧。”哪儿有这么娇气的。

沈寂不说话，唇紧抿着，微动身，一只手环过她后背，另一只手从她膝盖弯底下伸出去。

温舒唯被这人的动作弄得一愣，意识到什么，低呼出声：“别别……你要干吗？就算要去医院，我胳膊疼，两条腿又没受伤，不用你公主……”

“抱”字还没来得及出口，沈寂已一把将她打横抱起。

双脚骤然腾空，温舒唯吓一跳，怕掉下去，没受伤的那只胳膊下意识抬起来环住了他的脖子。

沈寂的车停在巷子另一侧。

他抱着温舒唯往车那边走，经过姚杏儿时，他步子顿了下，侧过头，看了整个儿被吓傻的女人一眼，眼神阴沉狠戾，脸上没有任何表情。

姚杏儿干巴巴地咽了口唾沫，动动唇，丁点儿声音都发不出来。

短短几秒，沈寂已收回视线，抱着温舒唯离去。

走出数米，温舒唯听见有警笛声远远传来。

她刚才疼傻了，这会儿才后知后觉地反应过来，猜测应该是沈寂或者其他路过的群众报了警，又狐疑道：“不过，你怎么在这儿？来找我吗？还是顺道路过？这也太巧了吧。”

“这事儿我记下了。”沈寂冷不丁地说，调子很冷也很沉。没头没尾，答非所问。

温舒唯一怔：“你说什么？”

“动我的人。”他忽而勾了下唇，笑容阴沉彻骨，遍布严霜，“挺能啊。”

沈寂把温舒唯抱上了车，自己拉开驾驶座一侧的车门坐上去，发动引擎。

正是晚高峰时段，马路上车流量很大，一塞一堵，跟蜗牛往前爬似的。沈寂薄唇抿成一条线，脸色很沉，手指在方向盘上有一搭没一搭地敲了两下，紧接着盘子一转，把车开进了另一条较为畅通的路，抄近道开了出去。

温舒唯坐旁边，眼神悄悄往旁边瞟，他眸色阴沉得吓人，整个人的言行举止却又很平静，越发叫人胆战心惊不寒而栗。

她有些害怕，定定神，心里琢磨着，终于清清嗓子开口，说："这儿附近有个小诊所，就在南街那边，其实都不用开车，走路也就十来分钟。"

沈寂没什么表情地说："去军总院，不远。那儿有我朋友。"

"你真的不用这么担心。"温舒唯嗫嚅着，强忍着疼还笑了笑，故作轻松的语气，"只是一点儿皮肉伤，不碍事的。"

沈寂没吭声。

忽地一阵手机铃声响起来。

沈寂单手摸出电话，看一眼来电显示，接起来："喂。"

"寂哥，人没事儿吧？"听筒里传出一个年轻男人的声音，语气里隐隐透着担忧。

"胳膊受了伤，我先送她去医院处理一下。"沈寂沉声说。

那头道："好。你放心，那几个人我们已经抓住了，刚丢进警车，你们从医院出来再过来就行。到时候可能还得麻烦嫂子做个笔录。先挂了吧，回头见。"

"嗯。"沈寂应声，掐了电话。

温舒唯坐在旁边，多的没听清，只隐约听见"警车""笔录"之类的字眼，不由得皱眉："谁给你打的电话？"

"以前军校的一个学弟。"沈寂说，"转业了，现在在丛云区公安局。"

温舒唯听了点点头："丛云区公安局，那挺近的，离我单位开车就几分钟。"顿住，忽然反应过来，一下子瞪大了眼睛，背脊挺直，"你让你学弟把姚杏儿给抓了？"

她说着一激动，忘了手上的伤，一番动作拉扯到右臂，瞬间袭来一阵钻心的疼。

"嘶——"温舒唯倒吸一口凉气。

沈寂听得心一紧，咬了咬后槽牙，抬手就在她毛茸茸的脑袋瓜上揉了把："先操心你自个儿。坐好，再乱动一个试试？"

温舒唯被吓住，顿时乖乖不再乱动。

军区总院离市中心就一公里，开车几分钟。不多时，沈寂把车开进停车场，带着温舒唯挂急诊。

军区医院同时服务社会群众和部队官兵，医疗水平先进，医生又都是军医，因此来这儿看病的人非常多。偌大的挂号大厅堆满了人，有身着便装的老百姓，也有穿军装戴军帽的军官战士，人山人海。

温舒唯跟在沈寂身边，只觉手臂火烧火燎地疼，一张脸蛋儿皱得紧紧的，小心翼翼用左手托着右手手腕，减轻痛楚。

忽地腰上一紧，被一股大力拦腰钩过去。

温舒唯微怔，回过神时已经被沈寂整个儿给护进了怀里。

男人修长的手臂环在她腰背上，高大笔挺的身躯像一堵墙，彻底将她和周围人隔绝开，形成一个私密独立的安全空间。

温舒唯闻到了淡淡的烟草味，清爽干净的皂荚味，和他身上温热好闻的荷尔蒙气息。

她心跳加快几拍，两边脸蛋儿隐隐发烫，不自在，很轻微地挣了挣，支吾："我……"

"别动，一会儿让人撞了。"沈寂微皱眉，手臂下劲儿护住她，低声说了句。

"大家都是来看病的，谁会撞人……"

温舒唯小声说着，谁知，话音刚落，背后便忽然蹿出来一个肤色黝黑的中年人。那人神色匆忙慌张，边用方言说着"不好意思请让一让"，边用手扒拉着人群往两边拨，力道蛮横。

中年人推了一个拿着化验单的大妈一把。

大妈正在跟边上人说话，没站稳，胖胖的身躯直接撞向了旁边的温舒唯。

温舒唯始料未及，只觉一股冲击力自左肩袭来，她低呼出声踉跄半步，脑袋"咚"一下便磕在了某个棱角分明、硬邦邦的不明物体上。

温舒唯胳膊疼额头疼，嗷了声，眼泪一下疼出来。

姑娘泪眼婆娑，眼睛雾蒙蒙的，整张小脸面色苍白，皱巴成一个小包子，看着可怜又柔弱。沈寂看着她，只觉心都跟着抽紧了下，一手护住她，一手抬起，轻轻在姑娘刚磕到他下巴的额头上面揉，语气不自觉便低柔几分，哄小孩儿似的："乖，不哭啊。"

温舒唯脸更红了，脑袋埋得更低，窘迫极了，头都不敢抬。

这边，撞人的大妈很不好意思，回身跟温舒唯道了句歉，紧接着便捋起袖子找中年人理论去了。

挂号窗口单独列有"军人依法优先"通道。

窗口里坐着一个年轻护士，抬眼看两人："出示一下证件。"

沈寂把军官证递过去。

护士小姐查看完证件后又问："谁看病？"

温舒唯举手："我。"

护士小姐按照惯例告知："军人看病免费，军属只能适当优惠啊。"说完开了个单子，"啪"地戳下一枚"军属优先"章，又道，"急诊科就在一楼，挂号大厅左转。"

护士小姐说完，把单子递了出来。

温舒唯有点儿没反应过来。她低头，盯着那张戳着"军属优先"章的单子看了好一会儿，这才意识到，护士小姐貌似误会了什么。

她不是军属，享受军属的福利待遇，这不是占便宜吗？

不合适吧？

她脑子里思绪乱飞，微窘，动动唇还想解释什么，一只漂亮的大手却进入视野，把那张单子取走了。

温舒唯诧异地转过脖子，仰起头。

沈寂低眸，居高临下地瞧着她，语气淡淡的："后面人还排队挂号呢，别傻站着。"说完伸出手，镇定自然、熟练自若地环过她的腰身，把她带离了挂号窗口。

走出数米。

挂号大厅那边摩肩接踵人挤人，相对而言，急诊室这边人就要少很多。沈寂把手受伤的小姑娘护在怀里往前走，到空旷处也并未松手。

温舒唯呼吸着久违的新鲜空气，没有察觉什么异样，忽然想起什么，紧张兮兮地左顾右盼一番，压低嗓子，用只有自己和边上那人能听见的音量，小声道："沈队，咱们这样，不太好吧？"

沈寂弯腰，脑袋凑近她几分："什么？"

"就是这个。"她把那张单子拿过来，戳了戳上面那枚蓝色的"军属优先"印记，心里十分过意不去，"我们这算造假啊。"

沈寂挑了下眉毛，直勾勾地盯着她："为什么？"

"冒充军属，造假行为。"温舒唯可怜巴巴地回答，"我本来也不是军属来着。"

沈寂向来浅若清溪的眸，此时宛若深海，盯着她，忽而勾勾嘴角，俯身，唇贴近那只小巧羞红的耳朵，学她的语气，也沉下嗓子，声音听着沙沙的，有点儿哑："没事儿，其他人不知道，你演像一点。"

温舒唯："比如？怎么演比较像？"

沈寂没说话，眼底浮现笑意，倾身几寸，脸颊就贴上了那张开开合合的粉软唇瓣。

那头的温舒唯刚说完一句话，猝不及防，就这么"吧唧"一口亲在了男人凑过来的俊脸上。

她蒙了，眼睛瞪大，脸蛋儿唰地红透，连耳垂都变成了粉色，一时间连胳膊的痛楚都忘干净了。

沈寂慢条斯理地直起身子，垂眸看她，满意地笑了。他伸手捏了捏那张绯红的小脸："这不演得挺好吗？"

温舒唯脸热如火，杵在原地进也不是，退也不是，一双晶亮的眸瞪得圆圆的，瞪着沈寂。整个人仿佛被置于一台烤架上，从头发丝儿到脚趾头都要被烤熟了。

沈寂倒一派自如，捏她脸蛋儿的手移开，眼底犹藏一丝浅淡笑意。

急诊室一带不同于挂号大厅，这里的病号情况严重许多，有的出车祸撞破了头，疼得龇牙咧嘴，血顺着脖子根往下淌；有的从楼梯上滚下去，摔折了骨头，哎哟连天地呻吟，总之，看着情况都不好。

温舒唯有些怕血，又见那些急诊病人可怜，很快便收回目光，不忍心再看第二眼，无意识地往沈寂身后躲。

沈寂察觉，大手轻轻捏了捏她的左臂，带着安抚意味。

两人走到3号急诊室附近，刚到门口，一个穿白大褂的青年便从另一侧的楼梯口小跑下来。说来也是巧，三人正好打上照面。

"寂哥！"青年笑着招呼了声，大步上前，"你刚说你急着过来，我看你半天没到，正说给你打电话呢……"说着注意到温舒唯，眼前一亮，面上笑容更加灿烂，"这就是嫂子吧？"

青年白大褂里套军装，显然也是一名军医。他身形瘦高，年纪看着也就三十上下，鼻梁上架一副无框眼镜，斯斯文文英俊清秀，笑起来叫人觉得格外亲切。

温舒唯听见青年叫“嫂子”，脸色更红，不好解释什么，只能干笑着冲他点点头：“你好。”

沈寂说：“张弛，我的朋友。这是温舒唯。”

温舒唯和名叫张弛的军医又互相笑着点了点头，算是认识了。

张弛把手里拿着的笔和本子放进白大褂的兜里，视线在温舒唯身上打量一圈儿，问道：“嫂子哪里不舒服？”

没等温舒唯答话，沈寂先开口了：“右边胳膊受了伤。”他边说边小心翼翼地托起她的右手手腕，递到张弛眼皮底下。

张弛看了眼。

纤细的小臂被什么东西勒过，皮下毛细血管都破了，瘀青成团，印着几道触目惊心的红印。整只胳膊比左侧完好的那只要肿足足两圈，像被人往里打了气，情况不容乐观。

张弛皱眉，道：“号挂了吗？”

沈寂把就诊单递过去，张弛接过，道：“来，跟我进来。”说完便带着两人进了 3 号急诊室，反手关了门。

急诊室干净纯白，摆着两张医生用的办公桌，两张桌前是供看诊病人坐的椅子，旁边还摆放着检查治疗用的医用单人床，以及几个放文件资料、医用品的柜子。

“来，寂哥，先扶着嫂子坐下来，我得给她检查一下。”张弛在自己的位置上落座，打开电脑，在上头调出温舒唯的挂号记录。

温舒唯坐下来，沈寂站旁边。

“今天正好是我值急诊班。本来有个兄弟过生日，我都说跟同事换一下班的，幸好寂哥电话来得早。”张弛十指飞快在键盘上敲打，随口笑道。

温舒唯闻言，客客气气地说：“真是麻烦你了。”

“这有什么，嫂子你千万别跟我客气。”张弛随意一摆手，紧接着顿了下，有点儿为难地看向温舒唯，道，“嫂子，我得检查一下你这胳膊有没有伤到骨头，如果伤到了，我得先给你正个骨，可能有点儿疼。但这没办法，只能委屈你忍忍。”

温舒唯正要说话，边上冷不丁又响起一嗓子：“很疼？”

张弛有些无奈地抬起头，说：“多多少少肯定会疼，我尽量快点。”

沈寂皱眉，没说话。

张弛又看向温舒唯，试探地问：“嫂子，有什么问题吗？”

“没问题，没问题。”温舒唯赶紧摇头，笑笑，“检查嘛，能有多疼。没事的，我能忍住。”

张弛随后便伸手握住了温舒唯那只惨不忍睹的右臂。

正要有所动作——

“等等。”沈寂忽然出声。

张弛一顿，迷茫地抬起脑袋。茫然之余，张医生还有点狐疑，不知道这位向来做派风格利落狠戾、说一不二的大佬怎么忽然变得这么磨磨叽叽。

温舒唯也困惑地抬头看沈寂，问：“又怎么了？”

沈寂动身，迈开长腿往她又走近半步，抬起手，摸了摸她的脑袋，语气竟低柔得不可思议：“一会儿，怕疼就抱着我，知道吗？”

温舒唯本来就不是多娇气的姑娘，闻言默了默，很认真地对他说：“我不怕疼。”

沈寂很冷静：“我怕。”

温舒唯：“啊？”

“看见你疼我会心疼。”

两人一番对话，听得旁边的张弛默默收回视线，无语望向天花板。

张弛有点儿欲哭无泪——不是，他放着兄弟的生日宴羊肉汤不去吃，上赶着跑来值急诊班，他到底是为了啥啊他？就为了吃你沈大佬的一顿黄金狗粮？

急诊室里足足安静了三秒钟。随后，张弛终于清了清嗓子，决定勇敢地站出来，维护一下自己身为医生的尊严。

他一本正经地说：“沈寂同志，请你不要妨碍我给病人做检查，如果你担心嫂子，你可以搬个凳子坐旁边盯着我给她检查；要还不放心，你也可以直接把嫂子抱怀里让她坐你腿上，这样你俩紧紧依偎卿卿我我，可能都比较有安全感。我这建议咋样？”

沈寂听完，面无表情地思考了下：“可以。”

可以个屁。

温舒唯实在不明白，就只是检查个手臂而已，这两位兄弟的戏怎么这么多。

“就这么直接开始吧。”温舒唯忍无可忍，深吸一口气吐出来，满头黑线道，“我没事，我很好，我特别坚强。”

沈寂盯着她：“你确定？”

“嗯。”

“真不怕？”

“嗯。”

“不要我抱？”

温舒唯：“嗯！”

沈寂一侧眉峰高高挑起来，右手食指屈起，轻轻刮了下姑娘小巧挺翘的小鼻尖儿，低声道：“你说的，到时候可别疼得哭鼻子。”

温舒唯后来反思，觉得人生在世，真不能把话说得太满。因为你不知道什么时候就会被啪啪打脸。

晚上八点半左右，温舒唯跟在沈寂身旁默默走出了张弛的急诊室。她鼻头红红的，眼眶也红红的，右臂敷上了膏药，被缠得像埃及木乃伊。整个人犹如被霜打过的茄子，蔫蔫儿的。

就在数分钟前，张弛给她检查臂骨时，她果然如沈寂所预料的那样疼出了眼泪。而后沈寂便把她的脑袋摁进了自己怀里，耐着性子轻声哄着。

温舒唯沉浸在疼痛中，只觉浑身上下每处感官都集中在了右臂，根本没有多余精力去思考他物。

直至医生的双手离开几秒后，她神思清明过来，才惊觉自己刚才竟疼得瘫倒在沈寂怀中，脸埋进他胸口，把对方衬衣胸前的布料都给哭湿了小片……

温舒唯回忆着，站在药房门口，木木的，出神发呆。那头沈寂已将张弛开的药取回。

他手里拎个印有“云城军区总医院”标志的透明塑料袋，里头装着大大小小几盒药，都作活血化瘀用。

沈寂站定，垂着眼，从塑料袋里将药盒拿出来，没什么情绪地叮嘱：“这是饭后吃的，一次两粒，一天三次；这一盒是一天一次，晚饭后吃。有条件的话，适当冰敷，每隔三天我陪你来医院换药。”

说完，对面毫无反应。

沈寂抬眸。

姑娘耷拉着脑袋站他跟前，一双漂亮的杏眼肿得像两颗小核桃，睫毛上还沾着点点泪珠，眉头微蹙，似在思索，被层层纱布缠绕的胳膊小心翼翼托在胸前，小小一只，看着可怜极了。

沈寂盯着温舒唯看了两秒钟，而后，侧头叹了口气，弯下腰，手掌在她头顶轻轻揉了揉，语气低低的："还很疼？"

姑娘这才回过神似的，抬眼看他，支吾："不、不是。"

"那你发呆？"

"没。"温舒唯说着，不知又想到什么，双颊忽地飞起两片红色云朵，有点儿慌张地转身就往外走，"快走吧，不是还要去公安局做笔录吗？别耽误了。"说完不等沈寂回话，自个儿先走出去。

两人一前一后离开医院大门。

云城地处南方，晚间的风里夹杂湿气，已近初秋，湿中又浸着三分寒凉。温舒唯走到停车场，让冷风那么一吹，整个人一个激灵，彻底回过味来。

太丢脸了。

痛得哭倒在沈寂怀里什么的，实在是太丢脸了。明明不久前才信誓旦旦说自己不怕疼来着。

温舒唯脑子里一通胡思乱想思绪乱飞，尴尬又窘迫。

就在这时，一阵汽车喇叭声在边上响起来，叭叭叭。

温舒唯回神，面前停着一辆纯黑色的城市越野车，干干净净，是沈寂的车。

她上了车，伤手僵着不动，另一只手绕到背后去拉安全带。连够几下，没摸着。正苦恼时，驾驶座上的人伸手，往她这边稍微倾压下来，便替她把安全带给扣上了。

陌生又熟悉的味道。

温舒唯心跳骤急，定定神，清了清嗓子："多谢。"

话音刚落，面前伸过来一只摊开的大手，手掌宽大漂亮，指节修长，掌心纹路清晰分明。

上头躺着一根棒棒糖，粉红色，西瓜味。

温舒唯诧异地转头。

沈寂掂了掂手里的糖，眼睛盯着她，语气漫不经心："受委屈了，吃点儿甜的。"

没由来的，温舒唯心里暖暖一甜，伸手把棒棒糖接过来，弯起唇，连翘起的嘴角弧度都甜甜的："谢谢。"

"不谢。"沈寂懒洋洋的，"爸爸疼自家小宝贝儿，应该的。"

这位大佬，你是不是觉得自己挺幽默挺有情趣？

这个父女梗过不去了还是怎的？

温舒唯沉默了足足三秒钟，最终决定对这种毫无笑点的"沈氏幽默"视而不见，只是扶了扶额，道："走吧。"

温舒唯可没忘，公安局里还有一个顶流网红在等着她去教做人。

沈寂笑，收回视线，把车开出了军总院大门。

两人驱车前往云城市公安局。

黑色越野车绝尘而去。

街对面，一个老旧典当行前停着一辆黑色加长版宾士，车身不染纤尘，四面都是纯黑色玻璃，从外头往里看，黑咕隆咚一片，私密性绝佳。中部位置的窗户半落，支出来一只夹雪茄的手，手部皮肤起着道道皱褶，腕上戴百达翡丽石英表，显然手的主人已很有一把年纪。

车前站着两个人。一个欧洲面孔，西装革履，精细考究，年龄在三十五以下，五官面貌谈不上多英俊，却是真的儒雅，仪表堂堂，一举手，一投足，甚至连那枚戴在小指上的翡翠尾戒都透露出一种上流社会的贵气。

另一个则三十来岁的年纪，梳油头，穿唐装，胸前挂着一把金镶玉长命锁，左手拿烟斗，右手拎金丝鸟笼，样貌俊美，丹凤眼狭长阴柔，乍一瞧，活像李碧华《胭脂扣》里走出来的陈家十二少。

他笼子里的八哥儿不知怎的，扬着翅膀在里头可劲儿地扑腾。

"就那个？"唐装男人咬着烟斗，眯了眼睛往旁边扫一眼。

"认清楚就好。"西装男说得一口流利中文，随之微微一笑，又道，"下个月，我家老爷子有个远方的朋友要到云城来过生日，老爷子想送他一份特别的生日礼物。百里先生，可别让我们失望。"

"我百里洲办事，向来只认钱，不问缘由。"唐装男人说着，似乎十分苦恼，"但这可是个军人，保家卫国的人民子弟兵，有违我作为一个中国人的原则。"

西装男闻言，皱起眉："你的意思是，这生意你不接？"

周围忽地一静。

宾士车里支出来的那只苍老的手，缓慢掸掸烟灰。

“我的意思是，”百里洲斜眼瞥他，淡淡地说，“要加钱。”

话音落地，西装男一下笑起来。

金丝笼里的八哥儿兴奋地抻长脖子叫唤，嚷嚷道：“加钱！加钱……”

去往公安局的路上，温舒唯接到了姥姥打来的电话。

“唯唯，这么晚了，怎么还没回来呀？饭菜我都给你热第二遍了。”姥姥的声音从听筒里传出，隐隐透出些许担忧和埋怨。

温舒唯顿了下，笑笑，并不打算告诉姥姥实情：“正要回来呢，路上接到公司电话又把我叫回去了，要加班。刚太忙就忘记跟您说。”

“你们公司也真是，哪儿有临时把人叫回去的……”电话那头，姥姥不满地嘀咕两句，叮嘱，“那你先在外面吃点，垫垫肚子。”

“嗯嗯。”

姥姥挂断电话。

巧的是，温舒唯跟姥姥的电话刚挂，她手里的手机便再次振动起来。她微皱眉，拿起手机看一眼屏幕上的来电显示：妈妈。

温舒唯安静了半秒，接起：“喂，妈。”

“我给你发微信怎么不回？打电话怎么不接？”何萍那头二话没有，劈头盖脸就是一顿数落，“你这孩子，现在长大了翅膀硬了，是不是觉得我这个当妈的管不了你了？不想理我？”

温舒唯：“……”

对方嗓门儿尖锐，火力与杀伤力都十分凶猛，她皱了下眉，把手机稍微拿远几公分，接着才心平气和地道：“我刚才在忙工作，没看到手机，也没听到您打的电话。”

“你们现在这些年轻人，随时都把手机拿手上，会看不见未读消息未接来电？”何萍说完平复了好几秒钟，又道，“三天后是你弟弟生日，你晚上下了班就在单位等，你爸说让老杨来接你，一起吃晚饭。”

老杨是继父顾长海的司机，将近五十的一个中年人，平时总是笑呵呵的，很好相处。温舒唯见过老杨两次，对这位司机印象颇好。

“好。”温舒唯又问，“姥姥也来吗？”

“姥姥说她报了一个什么夕阳红旅行团，明天去芽庄，来不了。”

何萍答完又忽然想起什么，“你弟弟的生日礼物你准备好了吧？”

温舒唯沉默。若没记错，这已经是母亲第四次询问她“给弟弟的生日礼物”这件事。

她微怔，在心里叹了口气，再开口时并无任何异样：“您放心，我早就准备好了。”

“那就好。”何萍语气里总算流露出几丝满意。

温舒唯余光不经意扫见自己裹着白色纱布的伤臂，迟疑片刻，道：“妈，跟你说件事，今天我下班的路上被人……”

话还没说完，听筒里便传来一阵开门声和说话人声。何萍紧接着打断她，道：“小松下晚自习回来了，我去给他做点吃的。先挂了啊。”

何萍又交代了几句后挂断电话。

一切人声消失，听筒里只余嘟嘟嘟的忙音，冷冰冰的。

温舒唯拿着手机发了会儿呆，垂眸，看向自己惨不忍睹的右手臂，眼底不由自主泛起一丝失落。

在母亲何萍心里，弟弟永远比自己重要。

如果告诉母亲自己受了伤，她会怎么做？除了责备之外，就是一贯公式化的关心吧。

温舒唯心里想着，把手机放进了包里。

沈寂将她的神色变化一丝不落地收入眼底，不动声色，问：“谁给你打的电话？”

“第一个电话是姥姥打的，第二个是我妈妈。”温舒唯回答。

沈寂自顾自开车，语气淡淡的：“倒是挺少听你提你妈。”

“是吗？可能因为我和我妈不住一起吧。”温舒唯有些尴尬地挤出个笑，静了静，轻声道，“我是我姥姥和姥爷带大的。”

沈寂回忆起那个四面围起斑驳矮墙的老小区，皱了下眉：“你跟你姥姥姥爷生活，你妈和你爸单独住？”

温舒唯静默半秒，回答：“是继父。”

沈寂闻声，侧过头，目光落在姑娘苍白柔美的侧颜上，没有吭声。

温舒唯也抬眸看他，嘴角浮起很淡的笑，开口，连嗓音也轻而柔：“我父母在我很小的时候就离婚了，后面他们都重组了家庭。我爸不在云城，我妈和继父又有了我弟弟。”

说到这里，她停住，失笑摇头，略微窘迫地说：“抱歉，你应该不想听这些吧。”

沈寂：“你想说，我就听。”

温舒唯闻言愣住，望着他，眸光忽地一跳。

“你愿意跟我说这些，”车窗外，霓虹光束照亮沈寂的侧脸，他目视前方，薄薄的唇勾着，冷峻的轮廓线条也似被那浅笑柔化三分，“我很高兴。”

“为什么会觉得高兴？”她轻声，带一丝小心翼翼，试探地问。

“这不就说明，”沈寂笑，语气懒洋洋的，尾音自然微微拖长，“我惦记这么多年的姑娘，在慢慢接受我吗？”

温舒唯心跳失序，脸色唰地红透，急于掩饰什么似的收回目光坐正身子，眼观鼻鼻观心，一眼不敢再往边上瞧了。

云城市丛云区公安局。

晚上八点多，问询大厅内灯火通明，几个身着警察制服的男女坐在椅子上，一个个神色冷峻，面无表情，忙着手里的活。

“杏姐，杏姐！”忽地，一阵压低了的嗓音响起，掩不住的惊慌失措。

姚杏儿侧目，瞥了男助理一眼：“什么事？”

那助理叫黄磊，年纪不大，上个月刚满二十五，是靠关系进的网红经纪公司，被派给姚杏儿当助理，平时就拿拿工资、看看美女混混日子，胆小怕事，哪儿进过公安局？他看着手上的铁手铐，胆儿都快吓破了。

“杏姐，你快想想办法啊。”黄磊哭丧着脸，“我妈炖了排骨汤还等着我回去喝呢，要是知道我进了局子，非得扒我一层皮不可。求你了杏姐，咱哥俩都是听你的话办事，你快想办法。”

姚杏儿满脸不耐，低斥：“瞧你那点儿出息。一个大老爷们儿，几个警察就把你吓成这样，怕个什么劲。”

黄磊支吾着还想说什么，手肘却被身旁另一个助理给撞了下。

他回过头，瞪眼：“干什么啊？”

“快别哭爹喊娘了，这点儿出息。”这人年纪比黄磊大几岁，跟在姚杏儿身边的年月也更长，相较新助理的惊慌失措，他则显得淡定许多，嗤道，“杏姐背后可是刘总。刘总什么人物？天裕集团的副总裁，黑白两道都吃得开，不就进了个破局子吗？只要杏姐一通电话，刘总马上就能把咱们都平平安安地保出去。”

黄磊一听，又惊又喜："真的？刘总真那么大能耐？"

"我跟了杏姐这么多年，还不懂这里头的门道吗？消停点儿，甭跟这儿丢你爹妈的脸。"

两个助理咬着耳朵窃窃私语。

这时，一个高个儿青年从一间办公室里走了出来。他模样清俊身姿笔挺，一只手拿一个泡了枸杞菊花茶的保温杯，另一只手拿着一沓文件，径直绕到姚杏儿对面的女刑警面前站定，扫了眼，低声问："怎么样啊岑美女？"

女刑警叫岑燕，脸上化淡妆，看着英姿飒爽干练美艳。一听这话，她淡淡翻了个白眼，说："这女的从进来到现在一声不吭，问什么都不说，跟个哑巴似的。"

枸杞茶警官诧异地挑高眉毛，换上揶揄打趣儿的语气，慢悠悠地说："不对劲儿啊岑美女，你可是咱局里的'狼毒花'，什么作奸犯科的贼人到你手上不得老老实实的？怎么，你是她粉丝？"

"滚你的。"

激将法奏效。

岑燕低骂一句，直接从椅子上站了起来，目光重新回到姚杏儿身上。她眯了眯眼，沉声说："姚杏儿小姐，你可能到现在都还不清楚事情的严重性。我告诉你，我不是民警，是刑警。知道为什么是我负责你这案子吗？因为你之前的行为是'当街抢劫'，已经构成刑事犯罪！我劝你老老实实配合我把口供录了，咱们谁都别为难谁，OK？"

姚杏儿跷着二郎腿坐在椅子上，垂眸看指甲，充耳不闻，满不在乎，一点儿回应都没有。

岑燕闭上眼深吸一口气吐出来，像是竭力克制着内心的怒火，说："你就准备这么跟我耗是吧？"

"我已经联系过我的律师了。"姚杏儿抬眸，视线漫不经心地扫过几人，"在我律师过来之前，我没什么话跟你们说。"

话音落地，忽然"啪"一声闷响。

岑燕把笔重重往桌上一摔，抬手指她："我就看看你能嚣张到什么时候。"

姚杏儿轻哼，理都不理。

不多时，一个二十岁出头的小警察推门进来，快步走到枸杞茶旁边压低嗓子，道："韩哥，姚杏儿的律师来了。"

话说完，一个西装革履的中年男人就拎着公文包进了门。他朝屋内的几人笑了笑，介绍自己："你们好，我姓蒋。"随后便径直走到姚杏儿身旁。

"蒋律师，你总算来了。"姚杏儿笑起来，眉眼间是掩不住的得意与骄矜，压低嗓子，"这里空气好差，闷得我胸口疼，快带我出去。"

蒋律师静默半秒，皱了下眉，脸色有些为难："姚小姐，我现在可能没办法带你出去。"

姚杏儿听完一愣，惊道："你说什么？不是刘总让你来保我出去的吗？"

蒋律师回答："刘总让我来，只是让我来把这个给你。"说着，他从公文包里取出一份文件，递给姚杏儿。

姚杏儿一头雾水地接过，一看，标题是几个醒目的大字：解约书。

她整个人都蒙了，甚至笑了下："一定是哪里弄错了。蒋律师，我跟天裕集团合作了这么久，一直是唯一的代言人，这一定是哪里弄错了。"

"姚小姐，具体解约缘由在解约书里写得很清楚，等你空闲的时候可以慢慢看。"蒋律师疏离地笑。

姚杏儿用力皱眉，嗓门儿尖锐地拔高，又慌又乱，难以置信："刘总呢？我要见他，我要给他打电话！"

"抱歉，姚小姐，刘总专门吩咐过，他在新加坡出差，不希望任何人打扰他。"蒋律师顿了下，补充，"尤其是不希望被姚小姐你打扰。"

姚杏儿脸色发白，好半晌回不过神来，低头，看看扣在自己双手手腕上的冰冷铁手铐，又看看灯火通明的问讯大厅，和身前站着的警察，这才意识到等待自己的是什么。

她一下子从椅子上站了起来，挣扎着扑向西装革履的律师先生："姓刘的居然在这时候抛弃我？我跟了他这么多年，他居然在这种时候抛弃我！"

蒋律师皱眉，起身退开到一旁。

岑燕上前一把将她摁回椅子上："发什么疯，自己做了什么自己心里清楚，敢做就要敢认！"

"为什么？为什么？"姚杏儿目眦欲裂，瞪着蒋律师，"为什么刘总要这么对我？"

蒋律师脸上露出职业化的微笑，淡声答："姚小姐，你仗着自己的名气和刘总的势力向来嚣张跋扈，但是一山更有一山高，有些人，别说是你，就算是刘总也是一点儿也招惹不起的。"

姚杏儿依旧云里雾里，不明白蒋律师的弦外之音。

就在这时，一道嗓音从问讯大厅外传进来，漫不经心、轻描淡写地吐出四个字："挺热闹啊。"

姚杏儿回过头，一下瞪大了眼睛。

温舒唯安安静静地立在问讯大厅入口处，在她身旁还站着一个高大笔挺、神色冷漠的男人。

姚杏儿皱眉，恶狠狠地问："你来干什么？"

"哦，没什么。我来围观一下，看看你的笑话。"温舒唯笑得很温婉，调子认真，"顺便做个笔录，送你女子监狱五年游。"

姚杏儿一张俏脸霎时黑如锅底。

原本的璀璨星途没了。

等待她的，将是漫长无望的牢狱之灾……

想到这里，姚杏儿脸色惶然愣怔，竟忽地身子一抖打了个冷战。前所未有的恐惧、不安和愤怒，如海水一般将她吞噬，她瞪大了眼睛怒视着温舒唯，忽然尖声道："是你？是你让刘正阳弃我如敝屣？是你毁了我的一切！"

温舒唯看着这个曾众星捧月风光无限，如今却身陷牢笼狼狈不堪的顶流网红，面无表情地说："我不认识什么刘正阳，我只知道，人在做，天在看。你如今得来的种种，都是咎由自取。"

"对。不是你，不会是你……"姚杏儿却像完全没听见温舒唯的话，自顾自思索着，自言自语，"我查过你的背景，你没这么大能耐……那是谁？那会是谁？"

她自说自话，两只戴着手铐的手握成拳，用力到骨节处都泛起青白色。整个人焦躁不安到极点。

枸杞茶观察了这女的两秒，皱起眉，压低嗓子对身旁的女刑警嘀咕："这整容脸怎么回事儿啊，神叨叨的，别不是受刺激太大直接傻了吧？"

岑燕瞥他一眼，冷冷打趣："怎么，有点儿不忍心？"

"我不忍心什么，一不是我朋友，二不是我媳妇。"枸杞茶翻个白眼，慢悠悠地说，"我只是心疼，心疼咱爱岗敬业的岑警官接手了这么个疯婆子。”

岑燕脸色微红，眼一瞪，没说话，收回视线，拿胳膊肘狠狠顶了下这人前胸。

枸杞茶吃痛，抱着杯子夸张地弯下腰。

这时，姚杏儿像反应过来什么，唰一下猛抬起头，目光跳过温舒唯，径直望向站在她身旁的男人。这人个头极高，身材高大，背脊笔直，五官英俊，甚至俊出了几分与那身冷硬气质矛盾的少年气。整个人的气质冷淡散漫，漫不经心，浑身的气场与压迫感却强得逼人。

一看便知绝非平凡角色。

姚杏儿不确定地盯着沈寂，话出口，甚至带着几分胆怯似的颤音："是你？"

沈寂脸上没有任何表情，冷眼旁观，不语。

"是你给刘正阳施压？是你在背后动的手脚？"姚杏儿浑身不可抑制地抖着，眼神惊恐憎恶，"是你毁了我？"

沈寂还是那副冷淡又漠然的态度，没说话。

这反应似乎激怒了姚杏儿。她再也控制不住情绪，厉声怒斥："为什么？！我和你有什么过节！往日无冤近日无仇，你为什么要这样赶尽杀绝！"

她嗓门儿尖锐刺耳，几句话吼完，整个问讯大厅都静了。

所有正在埋头工作的警务人员同时皱眉，看过来，甚至连几个偷电瓶的惯犯都忍不住悄悄抬眼，抻长了脖子打望。

一秒钟过去，两秒钟过去……

到第三秒的时候，始终静默不语、把顶流网红当空气的沈寂总算是有了回应——他打了个哈欠，侧目瞧向一旁抱着保温杯的枸杞茶，眉微拧，不太耐烦地淡声说："不是要做笔录吗？麻烦快点儿，我一会儿还准备带我家姑娘去吃炒面片儿。"

整个大厅再次安静了几秒钟。随后，还是走南闯北见过无数大场面的枸杞茶最先回过神。他干咳一声清了清嗓子，扭头看向姚杏儿，斥道："嚷嚷什么？这是你能随便喧哗嚷嚷的地方吗？当公安局是你家？"

与此同时，手上的保温杯重重往桌面上一放，"砰"一声。

姚杏儿被这声响吓得又一抖，愣怔须臾，回过神，彻底崩溃，泪珠子一下从眼眶里流出来。她怕蹲牢房怕吃牢饭，怕极了等待自己的未知的一切。她只是想教训一下温舒唯，让这个讨厌的小网红在网上挨挨骂吃吃瘪，知道自己的厉害，但从没想过会犯法。

她哭着看向沈寂，语气和姿态都彻底软下来，道："虽然我不知道你是谁，也不知道自己哪里得罪过你，但是我向你道歉。对不起，我错了，我真的知道错了，求你放过我，我才二十七岁，我的父母都还在老家等我回去尽孝，我不能坐牢，我真的不能坐牢。"

沈寂开口，很冷漠："我不知道你是谁，也不认识你。你犯不着跟我道歉。"

姚杏儿一愣，反应过来，又看向温舒唯，眼泪流得更厉害，近乎哀求："温舒唯，唯唯，我错了，我知道错了。上次在后台，我不该动手打那个小女孩儿。你之前不是让我发微博公开给她道歉吗？我愿意，我发微博，我公开给她道歉，公开给你道歉，或者你想要经济赔偿都行。只要我不坐牢，只要你撤诉，别把我送进牢房，我什么都听你的！大家都是一个平台上的，也算朋友，求你……"

话没说完，一只手掌便竖起来。

"停。"

姚杏儿一双大眼睛哭得红红的，看着她，收声。

温舒唯不想听了。她抬眼看姚杏儿，没什么情绪地说："首先，我们不是朋友，从来没有半点儿交情；其次，杏姐，你当网红享受名利的同时，真的该多读点书。"

"抢劫伤人，是刑事犯罪，属公诉案件，被害人根本不能撤诉。从我的角度，最多对你表示谅解，向法院书面说明，请求法院对你从轻处罚。"温舒唯道。

一听这话，姚杏儿心下一喜，红肿的眼睛里忽而噌地亮起两束光。她看着温舒唯，满脸期待地说："那你的意思是……"

"不过很可惜，"温舒唯面无表情地看着她，道，"我不准备原谅你。"

姚杏儿如遭雷击，一下子怔在原地，不知还能说什么。

"自己种的果，就要自己吞下去。"温舒唯说着，很浅地弯了弯唇，"毕竟这世道，德不配位，可是要天打雷劈的。"

负责给温舒唯做笔录的是一个很年轻的女警官。女孩儿瘦高瘦高，白净清秀，看着不过二十三四，齐耳短发，略施淡妆，应该刚从警校毕业没多久。

温舒唯印象中，从事军警职业的女性大多飒爽干练，英姿勃勃，这女孩儿却是个中异类，不仅人长得温柔，连说话的声音都细细柔柔的。

温舒唯观察到，整个过程中，年轻女警只偶尔开口询问温舒唯几句，其余时间都低着头认认真真地做记录。

她时不时，再拿余光偷偷瞄一眼坐在自己身旁，低垂着眉眼冷漠不语的沈寂。

再收回视线时，小姑娘脸便红红的，少女的娇态和羞怯纤毫毕现，瞧着越发美艳。

温舒唯心下觉得有趣，眨眨眼，观察了小女警一会儿后，眼神又悄悄扫向一边，去看沈寂。

可惜的是，落花有意流水无情，沈大爷坐在旁边等她，手里拿手机，屏幕上花花绿绿一片彩，看着像是某个单机手游。而他垂眸操作，从始至终都没看那漂亮小女警一眼。

啧。温舒唯在心里替小女警叹了口气。

如此佳人，比不上一个不知道过时几万年的单机手游，这位睁眼瞎大佬凭实力单身这么多年，果然是有原因的。

做完笔录，小女警向两人客客气气地说了句“谢谢，辛苦了”，便转身离开。

温舒唯也站起身，正要说什么，一道男性嗓音却从屋外传进来，爽朗阳光，笑道：“都搞定了吧小李？”

被称作小李的小女警忙颠颠地点头：“韩哥放心，我都记好了。”

“行，辛苦你了。忙去吧。”

温舒唯回头。

是之前那个帅气挺拔的“枸杞茶”警官。两人说完话，枸杞茶提步进门，小女警则消失了踪影。

估计这人就是沈寂之前提到的“转业后在丛云区公安局工作的军校学弟”了。温舒唯在心里猜测着枸杞茶的身份，脸上扬起笑，准备跟对方打招呼。

谁知她这厢还没来得及开口，枸杞茶那厢就先望向了她，笑呵呵地喊了句：“嫂子好。”

在那短短的零点几秒间，温舒唯有一瞬的茫然，实在想不通，为什么每个和沈寂有关的人物一出场，就会非常默契地喊她一声“嫂子”。

难不成自己和沈大佬有什么夫妻相?

温舒唯道：“你误会了，我们不是男女朋友。”

枸杞茶茫然地看向沈寂。

沈寂说：“暂时不是。”

“哦，明白了。不好意思啊姑娘。”枸杞茶反应过来，便又笑盈盈地望向了沈寂，随手拖了把椅子坐到沈寂旁边，伸手拍他肩，“真稀奇，八万年都遇不上你找我办件事儿。怎么样寂哥，这事儿老弟给你办妥当了吧？”

沈寂丢给枸杞茶一根烟，侧过头，视线直勾勾落在温舒唯身上，伸手指了下枸杞茶，懒声说：“韩宇。扫黑组的一把手。”

温舒唯一听，当即肃然起敬：“小韩警官好。”

“哈哈，姑娘你这么年轻，叫我小韩把你衬老了，叫我名字就行。”韩宇说完忽然想起什么，“哟，刚才听寂哥说你俩还没吃晚饭吧？那我不留你们了。我这儿还没忙完，一会儿还得跟组里的人接着加班开会，下次见面再请你们吃饭啊。实在不好意思。”

“这次麻烦你了。”沈寂说，“下回我请。”

“哎，你看你跟我客气什么。”韩宇说，“最近有个案子有点儿棘手，挺忙，等我有时间了我一定联系你们，到时候再好好聚聚。”

韩宇一路把沈寂和温舒唯送到了露天停车场，等两人上了车，再目送两人离去。

车上。

沈寂边开车边随口问：“饿了没有？”

“有点。”温舒唯摸了摸瘪瘪的肚子，回答得很实诚。

“我刚才开车看见这附近有一家西北菜馆子，不知道味道怎么样，带你去尝尝。”他顿了下，又道，“吃过西北菜没？”

温舒唯认真想了想，道：“吃过西城凉皮和肉夹馍，其他的好像都没吃过。”说完又紧接着问，“你喜欢吃西北菜吗？”

沈寂静默几秒，淡声答：“小时候常吃。”

温舒唯闻言，眸光忽地跳了下。

若没记错，这是她第一次听沈寂说起自己的“小时候”。

温舒唯抿了抿唇，心里迟疑了会儿，终于还是按捺不住好奇心，试探地问：“沈队，我好像，从来没有听你提起过自己的家人？”

沈寂直视前方车况，神色冷淡，放在方向盘上的修长手指轻轻敲两下。没出声。

温舒唯见状，估摸是他不想提，也就不再多问，脑袋转回去，拿出手机玩。

打开微博，进入热搜栏。

映入视野的第一个话题就是“# 姚杏儿被抓 #”。这条话题后面跟着的小字是沸腾的“沸”，濒临爆的边缘。

温舒唯扬起眉毛，点进这条热搜，弹出来的第一条内容发布自一个八卦营销号，内容：“有人投稿说看见顶流网红姚杏儿被抓了，还偷偷拍下了她被警察带上警车的照片（思考）（疑问）不知真假，大家觉得这些图片里的人是姚杏儿吗？”

后面还配了两张图，背景是她公司旁边的那条小巷子。第一张图里，一个身材火辣、妆花了的女人惊恐地双手抱头蹲在地上，旁边还有两个同样一脸惶然失措、抱头蹲地的男人。

第二张图，这三个人直接被身着制服的警察同志押上了警车。

温舒唯动动手指，继续点进评论区，下面都是各路粉丝在吃瓜。

温舒唯点进第三条热评的截图链接，正是她之前发的“以防碰瓷，留图为证”微博的截图。

再点开自己的微博主页面，只见她那条“防碰瓷”微博的浏览量已经破千万，转发 1 万，评论 4 万，点赞 27 万。

短短几个小时，她的微博粉丝从最初的 36 万，猛增到了 102 万。

她这是，莫名其妙就要出圈儿了？

瞪着忽然突破七位数的粉丝量，温舒唯蒙蒙的，一时半会儿有点没回过神。

就在这时，边上冷不丁响起一嗓子：“你对我的事很好奇？”

这句话倒是令温舒唯猛一下回过神来。

她环顾四周，见沈寂已经把车停在了一家餐馆门口。四周光线暗淡，他脖子后仰靠在椅背上，点了根烟，目光直直盯着自己。

烟雾模糊了那张英俊冷漠的脸，温舒唯看不透他。

她眯了眯眼睛。

之前在公安局，姚杏儿原本气焰嚣张，料定了她背后的金主不会对她坐视不理。谁知等到最后，等来的却是她的金主那份堪比“一纸休书”的解约书。

关于姚杏儿背后的那位前金主，温舒唯也听说过一点儿，据说是云城某个龙头企业的二把手，有钱有权。

很显然，要让这么一个大人物舍弃自己多年的“爱妃”，退避三舍，背后势力可见一斑。

温舒唯心里琢磨着，静了静，点头：“好奇。”

沈寂没吭声。

温舒唯接着说：“但是不一定就要知道。”

沈寂盯着她，高高挑起眉峰。

“我姥姥教过我，与朋友交往，对别人的家事不要打听太多。”姑娘朝他扬起一个笑容，映出两侧小梨窝，看着像沁了蜜一样甜。她认认真真地说，“你想告诉我，我就愿意倾听；你不想告诉我，我就不多问。大家都有秘密，我也是有秘密的人，所以我很理解你。”

沈寂抽着烟瞧她片刻，忽然垂下眼，掸掸烟灰，低笑出声。

温舒唯狐疑：“你笑什么？”

沈寂眼也不抬，淡淡地说：“我老家在京城，爷爷是个将军，早些年脑溢血，成了植物人。我爸是副师职干部，单位在西藏，我是我妈一个人带大的。后来在我十四岁的时候，我妈得了重病，临落气前都没见着我爸一眼。我和我爸关系特别差。我妈走后，我被我爸接到拉萨待了两年，我成天打架闹事，差点儿把学校拆了，他又把我送到了云城我姑姑家。”

“……”

“我的成绩本来可以上你们一中。但是校长听说我在拉萨初中的那些事儿，直摇头，不肯收我，说在你们一中，学生成绩是第二，家教修养是第一。”沈寂轻描淡写，嗤了声，“我姑打电话给我爸，让他想法子，他不肯。后来我就进了十七中。”

“一个打小就没爸的臭小子，你跟他谈什么家教修养，这不扯犊子吗？”他说着一顿，撩起眼皮看身旁已经愣在原地目瞪口呆的姑娘，懒洋洋地挑眉毛，“小温同志，你说是不是这个理儿？”

温舒唯怎么都没想到，自己会忽然从沈寂口中听见这么一番话。

他轻描淡写叙述自己的家庭过往，字里行间风轻云淡，像在说一件不相干的事。听完，她瞪大眼睛，望着他，一时都不知道能说什么了。

不知过了多久。

沈寂低头。

温舒唯震惊之后，心生同情，见他低头，以为他这会儿很难过，便皱起眉，嗫嚅着劝慰道："都过去了，现在你长大了，一切都好起来了。"说着，她还壮着胆子抬起手，拍了拍他的肩膀，"别难过。你妈妈在天上知道现在的你这么优秀，会很欣慰的。"

谁知下一瞬，安静的车厢里响起一阵低笑。

沈寂垂着头，手里夹着已烧了大半的烟，宽阔的肩一阵抽动，越笑越夸张，甚至连烟灰都抖下来落在了车上。

对方埋着头，这个角度，加上四周黑暗的光线，温舒唯看不见他脸上的表情。她着实费解了，满脸问号地问："请问，你在笑什么？"

"这故事我第一次讲，编了三十秒。"沈寂抬眸盯着她，薄薄的唇弯着，笑意未褪，"是不是很可怜？"

温舒唯没有察觉到对方眼底的深沉与复杂寒色，闻言再次被惊到："你说什么？这故事是你编的？"

沈寂从鼻腔里发出一个"嗯"音儿，嘴角含笑，看着凉薄又散漫。

温舒唯："你骗我的？"

"嗯。"

温舒唯要被他气死了，瞪大眼睛朝他怒目而视："你骗我干什么？无聊还是欠扁？"

"别生气啊。"沈寂，掐了烟，倾身，弯腰低头略略凑近她几分，夹杂着烟草味的呼吸喷在她软软的脸蛋和颈窝处。他嗓音低哑，沉沉地说，"我们家善良又可爱的小温同志，看你未来老公这么可怜，不打算亲亲一下表达安慰吗？"

第六章——甜

沈寂这个人，越接触，越让人觉得隔着一团薄纱似的雾。

温舒唯忽然发现，无论是十年前的过去，还是十年后的现在，她都从未认识过真正的沈寂。他看似随意散漫，吊儿郎当，骨子里却透着冷漠与疏离，戒心极重，从内心深处将人拒之千里。

从他嘴里说出来的话，真真假假，假假真真，永远叫人捉摸不透。

温舒唯看着沈寂沉默良久，忽而笑了笑，语气很温和："不过，还好这是你编的故事，不是真的。"

沈寂不语，狭长微挑的眸直勾勾盯着她，眼神里带一丝疑惑。

"不然你真的就太可怜了。"温舒唯轻声说。

话音落地，车厢里再次一静。

过几秒，沈寂很淡地勾勾嘴角，收回视线，随手拿起置物台上的烟盒跟打火机抓手里，字里行间听不出任何情感色彩："下车。不早了，吃了饭送你回去。"

这家西北菜馆子里客人很多，老板是一对中年夫妻，陕西人，来云城已经好几年了。热情好客的店老板告诉两人，店里菜品种类不多，但样样都精，其中以西城凉皮、大盘鸡和炒面片的销量最为火爆。

沈寂点了几样招牌菜。

老板依次记下了，转头边走边朝厨房方向高声吆喝："大盘鸡一份，凉皮儿两份，再要一盘炒面片儿！"

一晚上经历了太多狗血事件，温舒唯之前忙起来还没感觉，这时闲下来，顿觉饿得头晕眼花前胸贴后背。桌上放着豌豆、花生之类的坚果，她肚子咕噜作响，右手缠着纱布不方便，只能拿左手去够那个小碟子，拖到自己面前，一粒一粒地拈着吃。

她悄悄抬头看一眼。

对面的沈寂正低头看手机，一只手捏玩着一根烟，另一只手在手机屏上滑动，眼垂着，眉心微拧，脸上神色非常冷峻。

温舒唯见状，猜测是工作上的事，并未出声打扰，动作小小地把那个装坚果零食的碟子推到他手边。

沈寂察觉，掀高眼皮朝她看过来。手机屏的冷光打亮那张冷厉的俊脸，同时额头印出几道很浅的纹路。

温舒唯右手吊在胸前，左手抬起，指了指那个碟子，亮晶晶的眸子望着他：“饿了吧？先吃点这个，垫垫肚子。”

沈寂动作不变，低眸往姑娘缠严实的右手臂扫了两眼，没有说什么。

这家店上菜速度很快，片刻工夫，炒面片儿和凉皮就端上了桌。

空气里香味四散，温舒唯的五脏庙正大唱空城计，大眼一亮，连忙拿起筷子就想开动。然而刚从筷筒里把筷子取出，她就发现了新的难题——她的右手带伤，虽说不至于完全拿不动筷子吃饭，但多多少少还是有些影响。

两根筷子夹进虎口，稍微一用力，便会拉扯到手臂上的某处，隐隐作痛。

温舒唯无奈，只好有意识地放慢动作，龟速进食，吃得小心翼翼。

就这么埋头认真吃了三口后，边上忽然“哐当”一声轻响。

她抬眼看，见沈寂垂着眸，脸上没什么表情，随手把她旁边的那把椅子给拖开数公分，动身站起来，从她对面位置换到了她右手边。

随后，他径直夹起一块面片儿，微倾身，筷子直接递到她嘴边。

温舒唯：“做什么？”

“手不是不方便吗？”沈寂动动下巴，看了眼她裹成木乃伊似的细胳膊，说，“喂你。”

这话由他口中说出仿佛只是再自然不过的一件事。温舒唯闻言，心却突突两下，两边脸颊登时蹿起滚烫火苗，支吾了下，掩饰什么般清了清嗓子，故作镇定地微笑：“谢谢你，不用了。只是动作会慢一点，但是也不至于生活完全不能自理。”

沈寂说：“张嘴。”

温舒唯抽了抽嘴角正要说什么，耳朵里便听见隔壁桌传来几句人声，嗓门儿咋咋呼呼，奇大无比，基本上都是在调侃他俩。

她更窘了，想了想，支吾着压低嗓子，朝沈寂道："你要实在想帮我，那就麻烦你帮我找老板要个勺吧。你把菜啊什么的都夹我碗里，我拿勺子吃。"

沈寂直勾勾盯着她，轻轻一挑眉峰，也压低了嗓子："为什么不让我喂你？"

温舒唯非常诚实："我不好意思。"

沈寂："为什么不好意思？"

温舒唯一听这话，蒙了："不好意思就是不好意思，这还有为什么？"

他极淡定："当然有。"

"比如说？"

"比如，"沈寂说，"你看上我了。"

沈寂盯着她，目光沉沉的，清明而凌厉，带着某种能轻而易举洞穿人心的压迫感："小温同志，好好品，我说得对不对？"

直到很多年后，温舒唯回忆起当初和沈寂第一次去吃西北菜时的这一幕，她都十分费解。

怎么都没想通当时的自己，是出于什么心态会做出那样的反应和回复。

当沈寂话音落地后，她默了默，竟望着他，鬼使神差般想都没想地来了句："沈寂同志，看没看上你，我不知道，我只知道，自己常常梦见你。"

一句话说完，周围再次安静了。

两个人四目相对，足足对视了有五秒钟。

随即，沈寂懒洋洋地弯了弯嘴角，扬起眉梢："是吗？"

对方语气寻常，但寡淡中带那么丝慵懒，仿佛事事游刃有余成竹在胸。

而温舒唯蒙了，好一阵反应不过来。等她回过神，一股奇怪又格外强烈的情绪便犹如漫天海啸般席卷而来。

那感觉不好形容，有点儿被人掌控似的不满，有点儿说不清道不明的羞窘，又有点儿被猜中心事似的慌乱，更多的是对自己脱口而出的那句心里话的悔不当初。

天，天哪，天哪。

她在瞎说啥?

总之，种种情绪交织，复杂至极，令温舒唯头皮发麻手脚发热，脸颊耳朵火烧一样的烫，脑袋也跟着越埋越低。

她一把刀杀了自己的心都有了。

边上，沈寂把筷子和那块炒面皮一块儿给撂下了。

喧喧嚷嚷热火朝天的小餐馆里，他坐姿随意，侧着头，单手放餐桌上，撑下巴，眼皮微耷，直直盯着眼前的姑娘看。

她像一只被火点着尾巴的小兔子，悔不当初又惊慌失措，整张雪白的小脸儿通红一片，连耳朵尖尖都羞成娇艳浅粉色。在最初的数秒钟震惊与懊悔后，她反应过来，瞬间高高平举起了那只裹着纱布的胳膊，左手同时也抬起，捂住脸蛋儿。

沈寂盯着她，向来寡淡的眸里有浅浅笑意弥漫开，柔化了满目冷光锋利。

良久后。

他扬起左边眉毛，慢条斯理地问："梦见我什么？"

温舒唯恨不得挖个坑把自己埋起来，脸色如火，浑身发烫，好一阵儿才支支吾吾地回答："梦见你拿刀追着我。"

沈寂静默片刻："还有呢？"

"还有，梦见高三毕业那一年。"她轻轻咬了下唇瓣，似难以启齿，呼吸都变得困难，好一会儿才嗫嚅着挤出下句，"你送我回家，你好像还……"

尾音戛然而止，不再接着说。

沈寂回身从消毒柜里取出一个勺子放进温舒唯碗里，垂眸，拿筷子往她碗里添了些菜，不动声色，四两拨千斤地问："我还怎么？"

"没怎么。不聊这个了，咱们快吃饭吧。"温舒唯已然濒临自燃的边缘，摆摆手，拿起勺子，舀了一大勺面皮放嘴里，腮帮子鼓鼓地嚼。

沈寂淡淡继续："我还亲了你，对吗？"

温舒唯被嘴里的面皮呛到了，咳嗽着猛地抬起头，看他："你怎么知道我梦见了什么？"

"小傻子。"沈寂哼笑一声，"你就没想过，那要不是梦呢？"

这句话分明极简单，但其中的信息量却堪称巨大。温舒唯错愕，微微睁大了眼睛，正消化着对方这话，忽地，一阵手机铃声响起来。

是沈寂的电话。

他看一眼来电显示，脸色与眸光霎时冷下去，顿都没顿便接起来："喂。"

餐馆喧闹，沈寂说了什么，对面的温舒唯一个字也没听见，只能判断打来电话的人语速极快。

因为这通电话只持续了不到十秒钟便挂断。

温舒唯皱眉，打量着沈寂的面色："怎么了？"

沈寂端起茶杯一口喝完，啪一下把杯子重新放回桌上，道："送不了你了，我得马上回单位。一会儿自己打车回，到家跟我说一声。"说完他起身结账。

温舒唯心头升起一股不祥预感，起身小步追到他身旁，伸手，轻轻扯了扯他的袖子，压低嗓子："你饭都还没吃呢，出什么事了吗？谁给你打的电话？"

沈寂脸色极沉："一朋友，国安局的。"多的只字不提。

温舒唯嗅见了危险气息，用力皱眉，动了动唇，好半晌只挤出几个字："无论如何，你自己要小心点啊。"

沈寂笑，伸手轻轻捏了捏她的脸蛋儿："乖，别担心。为了我未来小媳妇儿，我怎么也得好好的不是？"

国安局，全称是中华人民共和国国家安全局。温舒唯虽是个平头小老百姓，但从事新闻工作这么多年，这个机构还是有所耳闻。

能和国安局这三个大字沾上边的，定不会是什么好事。

初秋，夜风夹杂森寒杀气，卷起马路牙子上的枯枝落叶。街上行人被风吹得裹了裹衣服，加快步子。路边卖糖葫芦串儿的大爷咬着叶子烟，慢悠悠地收起板凳扑扑灰，嘴里吆喝着："要下大雨了，收摊儿了收摊儿，糖葫芦便宜卖啊，十块钱三串！"

温舒唯坐在西北菜馆里，抬起头，目送沈寂离去。

男人脚下的步子快而稳，咬着烟走出餐馆，径直上了车，发动引擎，黑色越野车很快便汇入车流淹没于夜色中。

风更烈，街对面一家烧烤店的防雨布被吹得猎猎作响。

温舒唯皱起眉，心里七上八下，收回视线强行往嘴里塞了几勺面皮儿。

焦虑取代了饥饿感，她看着一桌子几乎没动过的菜，思考两秒，最后叹了口气，挥挥手："老板，麻烦打包！"

夜里十点左右，一辆黑色红旗车自机场路驶来，从四环高速的滚滚车流中突围而出，特立独行，拐个弯，由一条僻静小道平稳驶下，进入一片脱离城市建筑群的"荒芜地带"。

开车的班长叫张子涛，穿作训服，戴军帽，今年十九岁，是新兵连刚分进云城军区的驾驶员，平时负责驾驶军车接人送人。

坐在副驾驶位的是云城军区政治处的副处长余锋。后排位置还坐了两个人，一男一女，便是今晚张子涛班长从机场接回的人。

车里死寂，一路无人说话。

张子涛忍不住从后视镜里看了后排两人一眼。

后排右侧坐着的是一个女军官，肩上一杠两星，是个中尉。那姑娘模样是真的漂亮，白皮肤，鹅蛋脸，穿一身陆军军服，眼神清明，眉眼间透着一股正气与英气。或许是车里有些闷，她摘下军帽抱在臂弯处，露出一头乌黑的齐耳短发，脸上妆容清淡。

坐在女军官身旁的，则是一个已经上了年纪的中年人。

中年人五十几岁的年纪，身着深绿色军服，军装笔挺，一丝不苟，肩章外端衬金色松枝叶，内缀一枚五角星，来头了得，少将级军衔。他脸色十分沉肃，或许是常年面容严肃不苟言笑的缘故，眉心处已形成了"川"字纹，唇紧抿着，从那面部的轮廓和五官，能判断出他年轻时的相貌必然英俊。

张子涛暗中观察两人须臾，琢磨着，收回目光看前方，安安静静开车。

就在这时，一个声音响起来，没什么情绪地问："还有多久才到？"

问话的是后排坐着的中年人。

闻言，副驾驶席位的余副处抬头往前看，回答道："估计还得十来分钟。"他说着笑了下，"沈政委有好些年没来过云城了吧？"

"是有些年头了。"沈建国转头看窗外。这条路上路灯昏暗，周围都是一些低矮厂房，没有一栋超过七层楼的建筑。他沉吟片刻，道，"上次来，我儿子还在念高中。"

极寻常的一句话，说得平淡，叫人听不出任何情绪波动。

一旁的女军官却看向中年人，微微抿唇，神色复杂。

沈建国是西部战区的人，从一线离开后便常年待在西藏。余副处和这位首长的接触少之又少，并不知其中的内情。听见这话，他随口便笑问一句，道：“令郎多大了？”

沈建国闭眼，眉宇间隐有疲态。他沉默了会儿，回答：“快三十了。”

“那差不多。”余副处本就是开朗善谈的性格，接话又说，“您儿子只比我儿子大两岁。对了，孩子是做什么工作的？”

沈建国难得露出一个笑容：“和咱们一样，当兵的。”

余副处笑起来：“我本来也打算让我儿子念军校，结果那小子喜欢音乐。我寻思着吧，咱老余家几代了也没出个艺术家，正好他妈也喜欢音乐，我们也就随他去了。”

“搞艺术好啊。”沈建国说。

“唉，还是该弄进部队，我都有点儿后悔。”余副处摆摆手，“思想方面总体来说还是太过自由散漫，没有规矩，不成方圆嘛。”

两个中年人随口聊着。

片刻，余锋又想起什么，问道：“对了，政委，您儿子是哪个军种，现在在哪儿啊？”

“海军，单位在亚城那边，蛟龙突击队的。”沈建国没什么情绪地说，“前些日子听说被借调到云城这边来了。”

余锋诧异，回头看沈建国：“来云城了？在哪个单位？”

沈建国随手指指他，答：“就你们那儿。”

余副处一愣，万万没想到这会儿自己手底下还杵着这么一尊大佛，疑惑道：“叫什么名字？”

沈建国顿了顿，回答：“沈寂。”

闻言，饶是年轻时沙场歼敌历经枪林弹雨、见过无数大风大浪的余副处都忍不住瞪大了眼睛。

沈寂这个名字，余锋自然是听过的——在军校那会儿就因为各项成绩太过突出，引起了许多单位的注意，后来海军陆战队下手最快，这棵好苗子就被特招进了蛟龙突击队。他年纪轻轻，执行过多项重大任务，立功无数，名号可谓响彻三军。

沈寂刚被借调到云城军区时，来找余锋签过字。余锋跟沈寂打过照面，对那年轻人印象挺深。

穿着迷彩服，身形高高大大，那五官长相是真的好，就是眉眼太冷了，嘴角偶尔挑起一丝笑，但那笑容也疏离寡淡难以接近，整个人有种从骨子里透出来的狼性和狠劲儿。

一看就是个刺头，等闲降不住的主。

不仅余副处非常诧异，就连开车的小班长张子涛都惊了。

军校生自入学之日起算军龄，沈寂从军十一年，竟从没听人提起过，他上头有个叫“沈建国”的将军老爹。

这也忒低调了。

余副处一时半会儿找不着合适的说辞，静默数秒后，朝沈建国挤出一个由衷敬佩的笑容，说：“政委真是高风亮节。”

沈建国却忽然没了说话的兴致，闭眼捏眉心，不再吭声。

一旁的女军官观察着将军脸色，有些犹豫。好几秒才像下定什么决心一般呼出一口气，她道：“政委，您这次来云城，您儿子知道吗？”

沈建国摆手。

郭芸闻言，一副意料之中又意料之外的表情，片刻，叹息不语。

“那兔崽子就这鬼德行，也不是一天两天了，不用理。”沈建国说。再睁开眼睛时，他面上已恢复一贯的严肃冷峻，侧目看郭芸，吩咐道，“小郭，把移交给国安局的资料准备好。正事儿要紧。”

郭芸沉声：“知道了。”

红旗车驶向国安局大门。

哨兵抬手召停。其中一个端枪战士走上前，抬手敲车窗。

驾驶室的车窗落下来。

战士眼神戒备警惕，皱眉道：“请问有什么事？”

“云城军区余锋。”余副处出示军官证，沉声道，“车上是西藏军区沈政委，过来办事。”

上头应该早有交代，战士听完点点头，退开半步，敬礼放行目送。红旗车驶入国安局大院儿，停下。

沈建国和郭芸分别从后排两侧下车。刚停下，便听见一阵脚步声匆匆赶来，与此同时响起的还有一道人声：“对不住啊沈老哥，我这儿刚开完会，本来还说亲自去机场接的。实在对不住啊。”

来人五十来岁的年纪，中等身材，两鬓斑白，脸上堆着充满歉意的笑容。

沈建国抬手拍拍他肩膀，笑：“都是老战友，别客气。”说完转身介绍，“云城军区余锋，这是江局。”

两人握手。

“唉，你说你，找个信得过的孩子送来不就行了，还亲自跑这一趟。”江安民说。

沈建国笑：“这么重要的资料，其他人我不放心，亲自来，心里踏实。”

“这么多年了，还是和以前新兵连里一样小心。”江安民打趣儿几句，退身往后头的办公楼一比，说，“走，上去聊。”

几人说着话，正要离去，又一阵汽车引擎声在身后响起。

众人齐齐回头。只见一辆黑色越野车驶入了大院儿，就停在军用红旗旁边。

江安民和余锋看了一眼便收回视线，正要走，沈建国却站定了步子。他看着那辆夜色中的黑色越野，眉头皱着，若有所思，不知在想什么。

江安民和余锋对视一眼，都丈二和尚摸不着头脑。

女军官郭芸也狐疑，不好问什么，只能抻长脖子，也跟着首长往那辆黑色越野车瞧。

数秒后，黑色越野车驾驶室一侧的车门开了，下来一个身形高大笔挺的男人。那人穿一件简单的深色衬衣，底下裤子宽松，腿格外长。他嘴里咬着一根烟，看着匪气与正气并存，神色冷漠，漫不经心，似乎压根没察觉到另一拨人的存在，目无他物，眼神都不带往旁扫，迈开长腿径直就往办公楼那头走。

对方身姿笔挺，长腿笔直，郭芸忍不住便悄悄多看了两眼。

那人走近，距离缩短，女军官看清那人五官面貌，一愣，反应过来什么，迟疑地扭过脑袋看身旁的沈建国，动动唇，欲言又止。

余锋脸上的表情也陡然变得复杂微妙。

经过几人，俊朗青年顿都没顿一下，视若无睹。

沈建国冷不防开口：“眼瞎了？”

话音落地，沈寂身形一顿，步子停下了。烟在嘴里慢悠悠咬晃一圈儿，他眯了眯眼睛，冷峻神色纹丝不变。

夜浓如墨，空旷安静的院子里只有穿堂冷风嗖嗖刮过的声音。

过了差不多三秒钟。

沈寂回身，丢了烟，踏着步子走到沈建国跟前，站定。

两个男人面无表情地对视，没人先说话。

边上。

余副处默不作声，眼神来来回回在两人身上扫视一圈，侧目看江安民，用眼神感叹：不愧是父子，长得像，身高身材都像。

江局长瞅他一眼，用眼神回：你知道个屁。长相外表算什么，这爷儿俩的性格才真是一个模子刻出来。

那头。

沈建国沉声，训斥道：“见到上级直接走过去，你们海军陆战队就教你这些？”

沈寂脸上没有任何表情。半秒后，他立正，背脊笔直，抬手朝沈建国敬了一个标标准准的军礼，寒声：“首长好。”

沈建国漠然：“听不见。”

沈寂用吼的：“首长好！”

沈建国：“听不见。”

他嘶声：“首长好！”

沈建国：“滚。”

沈寂脸色从始至终都极冷淡。他没有多余的话，稍息立正又敬了个礼，然后转身，迈开大步，头也不回地走了。

这真的是一对父子，不是仇人？

郭芸感到万分费解。

看这情形，政委像是对这个儿子漠不关心。但，若真漠不关心，又为什么会把沈寂的照片放在自己抬眼就能看见的办公桌上?

性子同样古怪的父子。

国安局三楼某办公室。

“可吓死我了。你不知道，刚我趴在窗户边上往底下瞅，还以为你跟你爹要打起来。果然是父子啊，太有缘了，一起出个差都能在我们单位碰上。”说话的人穿一身便装，长得风流倜傥，个高脸帅，整个人莫名透着几分不正经，叫丁琦，国安警察。

沈寂几年前帮着国安局在大西洋海域抓过一个重犯，两人有过合作，交情还算不错。

丁琦说完啧啧感叹：“要不是看过你的所有资料，打死我也不信那是你爹。”

沈寂不想理，坐在办公桌前垂眸看文件，神色专注又冷漠。

“哪个大首长的儿子会待一线？这么多年出生入死刀尖舔血，你爹也不心疼？”丁琦实在好奇，觍着脸凑上去，压低声，“兄弟，能不能透露一下，你跟你爹到底什么仇什么怨啊？”

沈寂翻文件的手指一顿，撩起眼皮看他，微眯眼：“你哪儿来这么多废话。”

丁琦抬手打住：“得得。不问了，我不问了行了吧。”

沈寂视线重新落回手上的文件资料上。

第一页上是一名富商的个人资料，照片一栏，背景是聋哑青少年教育慈善机构捐款现场，已近不惑之年的老人衣着考究，慈眉善目，脸上挂着和蔼微笑。

丁琦端起桌上的茶杯喝了一口，也不闲扯了，顿两秒，沉下脸色道：“梅凤年，63岁，外籍华人，这些年长居国内，做进出口生意，家大业大，每个季度都至少有三艘船出海，来往世界各地买卖货物，经常捐款给各种慈善机构，虔诚佛教徒，是个慈善家。”

沈寂沉声：“你怀疑，之前‘奇安号’被劫持，是他在背后动手脚？”

“我只是怀疑，还没有确切证据。”丁琦道，“不过有三点值得深思。”

沈寂抬眸，等他下文。

丁琦坐在办公桌上，吊着两只大长腿，慢悠悠说：“第一，梅家每年那么多商船出海，时不时还会经过亚丁湾，却没一次被海盗光顾过。按理说，以这位大财主在全球范围内的影响力，树大招风，应该很容易成为海盗的目标；第二，梅凤年有二分之一的索马里血统；第三，这些年，奇安作为本土企业，有国家扶持，崛起迅猛，已经成为梅家最大的竞争对手。”说着，丁琦喝了口茶，又道，“当然了，我们做特工的比较会脑补，这些也有可能只是巧合。”

沈寂眼神里流露出一丝玩味：“有点儿意思。”

“大家都是同行，你也知道，有些话不能在电话里说。”丁琦道，“这次我这么着急叫你过来，除了跟你聊聊梅凤年和奇安号之外，还有一件事。”

“什么？”

“海外有伙计传话回来，说吉拉尼近期准备入境。”丁琦沉声，“不知道消息真假，不知道具体时间，不知道具体目的，甚至不知道他会用什么身份。总之，来者不善。”

沈寂闻言，垂下眼，随手把手里的一摞资料往桌上一扔，好整以暇地靠回椅子上。

“这不挺好的吗？”

丁琦不解地皱眉：“好？”

“有些事，该有个了结。”沈寂嘴角勾起一道冰冷的弧，淡声说。

顾文松十六岁生日这天，温舒唯去了一趟顾家。

顾长海这些年生意越发红火，早已带着何萍和儿子搬进了东郊别墅，顺理成章入驻“云城富人区”。温舒唯和继父、弟弟的关系不算融洽，加上这地方离姥姥家的老小区远，驱车需一个多小时，她很少来，为数不多来的几次，也都和这回一样，出于母亲的强行要求，过来做客。

她对自己的定位很清晰。

一个客人。

早在顾文松生日的前几天，何萍便带着家里的几个用人将别墅布置了一番，装点上了字母气球，还在墙壁上贴上了顾文松最喜欢的球星海报，映衬着整面落地窗外的壮阔山色湖景，别有一番美态。

当温舒唯在用人的引导下走进大门时，她环顾周围，微微一怔。

去年自己生日的时候，继父忙工作，在外地出差，弟弟顾文松约了朋友去马来西亚旅游，只有母亲过来姥姥家，陪着她一起吃了顿饭。

温舒唯很清楚地记得，当时母亲送自己的礼物，是一个 GUCCI 的最新款手提包，售价不菲。

奢侈品，名牌包，这几年，何萍送给她的礼物永远千篇一律。

思索着，温舒唯失笑地摇摇头，转身刚在沙发上落座，何萍的声音就从楼梯口传来，问道：“唯唯，你手怎么了？”

温舒唯回头，穿着一身 CHANEL 连衣裙的何萍从楼梯上走下来。

她低头看了眼自己还缠着纱布的右手，解释道：“之前在路上有人抢我包，我拽了下，手臂受伤了。”

何萍用力皱起眉：“怎么这么不小心呢？我说过多少次，晚上尽量少出门，如果加班到太晚，就直接在公司楼下打车。”她顿了下，走过去下意识就想去拉温舒唯的手，“给我看看，在哪个医院包的，疼不疼？”

然而，手指刚碰到那只缠着纱布的胳膊，温舒唯便退开了。

何萍一怔，手悬在半空，进也不是，退也不是。

温舒唯朝她不太自在地笑笑："已经不疼了，谢谢妈妈。"

一如既往的乖巧，柔顺，生疏，客气。

何萍眼里闪过一丝异样，短短几秒，便把手收了回去，点点头，说："不疼就好，记得按时去换药。"

"嗯，好。"温舒唯答。

母女两人有一搭没一搭地说着。不多时，何萍上楼接电话去了，一阵喧闹人声从别墅外传来，一帮衣着时尚的年轻男女从外头说说笑笑地走了进来。

是顾文松和他请来的同学朋友。

少年走在最前，看见屋里的温舒唯，他眼底的笑意褪去几分，挑起眉毛说："哟，看看这是谁，这不是我那个上了热搜的网红姐姐吗？"

话音落地，一帮子少年少女都炸了。

有人认出她，喊道："这不是唯唯吗？"

"顾文松，'唯唯的花花世界'居然是你姐？怎么以前没听你说过啊！"

"哇，姐姐长得好好看，比网上的照片好看！"

大家七嘴八舌议论着，把温舒唯团团围住，看稀奇似的，还有人从书包里翻出纸笔递过来，要她签名。

温舒唯架不住大家的热情，只好接过纸笔。

但她右手有伤，调理几日虽有所好转，动起来仍隐隐作痛。她抿抿唇，埋头在那些递过来的本子上写写画画。

顾文松在边上看了会儿，起先还有几分开玩笑逗乐子的心态，但眼瞧着温舒唯用伤手吃力地写字，甚至连额头上都沁出一层薄汗，一股莫名的烦躁感从少年心底蹿出来。

片刻，顾文松皱眉，喊了句："差不多得了，没看见她手上有伤吗？"

少男少女们这才反应过来，悻悻地把递出去的本子收回。

顾文松看了眼温舒唯裹成木乃伊的胳膊，皱起眉，碰碰她肩膀把人叫到一边儿。

"生日快乐。"温舒唯说，顺便从包里把事先准备好的礼物拿了出来，递给他，"喏，给你准备的礼物。有詹姆斯签名的球衣，我托跑体育新闻的朋友给你弄来的。”

顾文松接过球衣，冷冷地说：“我不是来问你要礼物的。”

温舒唯狐疑：“那你把我叫到一边干什么？”

“手怎么搞成那样？那个姚杏儿弄的？”少年看了一眼她的胳膊，语气很冷。

温舒唯不说话，默认。

“你那个男朋友呢？怎么没在你身边保护你？”顾文松继续冷冷地说。

温舒唯茫然：“谁？”

顾文松嗤：“还装。”

“前几天抱你翻姥姥家小区墙那个。”顾文松没好气道，“我当时正好坐朋友车从那儿路过，看见了。”

她磕巴了下：“这么巧？”

“还有更巧的呢。”顾文松冷哼，“那人我当时看着眼熟，之后回来一想，不就十年前把我姐摁在姥姥家楼下亲那个，能不眼熟吗？”

对于这个姐姐，十六岁的少年心中情感很是矛盾，毕竟一个是姥姥带大的孩子，一个是父母亲自带大的孩子，虽是姐弟，从小却没生活在一起，关系自然好不到哪里去。

在幼时的顾文松眼中，姐姐人长得漂亮，成绩优异，是个优秀到只可远观的人。每回自己跟着爸爸妈妈回姥姥家，姥姥都会献宝似的拿出一摞奖状，向他们展示。

姥姥喜悦又骄傲的表情，仿佛在说：瞧，我一手带大的孩子多争气。

而每回看见姐姐的各类奖状证书，妈妈在姥姥家的反应总是如出一辙：粗略地浏览几眼便放到一旁，淡淡地点评一句“不能满足于一时的成绩，要再接再厉”。但回来之后，却会拉着他的手，语重心长地告诉他：“小松，你姐姐年年都是三好学生，成绩好，品学兼优。她是妈妈的骄傲，你一定要向姐姐学习啊。”

姥姥和妈妈不加掩饰的夸赞和立榜样式的教导，让年幼的顾文松对温舒唯这个姐姐既向往崇拜，又有点不平衡的嫉妒。

最初，他想亲近温舒唯，想和优秀的姐姐成为朋友。

但，小小少年心智本就不成熟，加上父母的纵容溺爱，生活条件优越富裕，幼年时期的顾文松不仅调皮，还有富贵人家小少爷的通病：骄矜傲慢，口是心非。他就算心里喜欢这个姐姐，也不会直截了当地表现出来。

年幼的顾文松觉得，自己从小就众星拱月，在家里，爸爸妈妈围着他转，在幼儿园，他也是个“小大佬”，走到哪里后头都会跟着一帮小朋友。他喜欢的姐姐也应该先向他伸出橄榄枝，主动跟他亲近才对。

小少爷理所当然地跷着小二郎腿，等待着。

可每回，不管是他和爸爸妈妈去姥姥家，还是温舒唯到他们这里，姐姐都没有主动跟他说过话。

姐姐总是很安静，走哪儿都随身携带一本书，乖乖和爸爸妈妈打过招呼后，便独自坐到一边学习。回回都是两耳不闻窗外事，一心只读圣贤书的标准好学生姿态。

那时的小文松有些失望，不过他很快便调整好了心态，用小手拍拍自己的小胸脯，像个小男子汉那样宽慰自己：姐姐话少，不爱笑，应该天生就是这样的性格。自己作为弟弟，一个纯爷们儿，要理解姐姐，不可以小心眼。

直到某一日，顾文松被接去姥姥家时，透过卧室窗户，看见姐姐和几个跟她穿相同校服的哥哥姐姐们一起补作业的画面。

姐姐趴在单元楼的墙上，正在奋笔疾书写着一本练习册。

旁边一个哥哥正在抄她写的，边抄，边说了句什么。

姐姐瞪眼，抄起笔打了那少年一下，随后便捂着肚子笑起来，前仰后合，眼泪都笑出来了。

少年少女们嘻嘻哈哈有说有笑。

彼时，六岁的小文松看着姐姐灿烂的笑颜，撇撇嘴，心里怪怪的。他忽然意识到，姐姐的性格其实并不内向，甚至非常开朗活泼。她不是不爱笑，只是不爱对着他笑；她不是不爱说话，只是压根不想理他。

姐姐不喜欢他这个弟弟。

顾文松性格高傲，自幼便是“你进一步，我进半步；你退一步，我退十万步”。

小少爷的自尊心和自信心饱受打击，接连消沉了好几天。从那之后，他对姐姐温舒唯的情感便由最初的崇拜喜爱，变成了有那么点儿讨厌和气愤。

他不懂，像自己这么帅气可爱又聪明的小朋友，姐姐为什么不喜欢。

是瞎了吗？

因此，偶尔见到漂亮柔美的姐姐，还是小朋友的顾文松不再文静腼腆，而是会朝姐姐摆脸色，丢玩具，抢她的吃的，试图通过这种极端的方式引起姐姐的注意，隐晦表达内心的不满。

而阴差阳错，这种调皮捣蛋吸引注意的行为，被十六七岁的温舒唯理解成了“弟弟对自己的讨厌”。

于是，面对继父和弟弟时，她变得更加安静和小心翼翼。

姐弟俩的关系就这样陷入了某种微妙诡异的僵局……

此时，东郊顾家别墅内。

顾文松话音落地，温舒唯错愕地瞠目，愣在原地，好一会儿都没反应过来。

就在她愣怔的当口，何萍从二楼卧室下来了。

“小松回来啦。”何萍脸上漾开灿烂笑意，边下楼梯边笑吟吟地吩咐用人，“水果和点心我都准备好了，陈嫂，带同学们去花房那边玩。”

年轻的少男少女们看见何萍，当即礼貌地打招呼，七嘴八舌地说“阿姨好”，随后又压低了嗓子窃窃私语，很诧异：“松哥的妈妈真年轻，好漂亮啊！”

“松哥的姐姐和妈妈长得好像，颜值逆天。”

“这话说的，咱松哥本来就一人帅哥，校草级人物，他姐他妈能不美吗？”

“一家人都好好看哦。好羡慕……”

来参加生日宴的同学们乐呵呵地说着话，随后便在陈嫂的带领下离开了别墅客厅。吵吵闹闹的人声逐渐朝着花园方向远去。

何萍款款走到一双儿女身前，站定，看了眼顾文松，表情有点儿狐疑地问：“你说你一个寿星，来了这么多同学朋友你不去招呼，拉着你姐在这儿嘀咕什么呢？”说着一顿，又看向温舒唯，“你们俩在聊什么？”

顾文松：“聊我姐的男朋友。”

温舒唯：“聊我给他的礼物！”

姐弟两人同时回答，默契达到前所未有的新高度。

两道嗓音重合在一起，何萍一个字都没听清。她微皱眉，目光看看温舒唯又看看顾文松："到底在聊什么？"

顾文松懒懒散散吊儿郎当："我姐男朋友。"

温舒唯心跳如雷表情紧张："我弟的礼物！"

又是完全重叠的两个回答。

何萍深吸一口气吐出来，很平静地看着儿子和女儿，语气淡淡地道："一个人回答就行了。谁来说？"

温舒唯两颊发热手心汗湿，心跳扑通扑通，生怕顾文松又说出什么惊世骇俗的话来，当即想也不想地便抢话，摆摆手，答道："没聊什么。我刚把准备好的礼物给小松了，是他喜欢的球星亲笔签名的球衣。他挺喜欢的。"

顾文松嗤了声，嫌弃地瞥她："别跟这儿加戏啊，我什么时候说很喜欢？"

气氛破天荒地和谐有爱。

看着女儿脸上的笑容，何萍竟一怔，眼神有些放空恍惚，不知在想些什么。

那头的温舒唯也愣了下，反应过来什么，笑容缓慢凝固消失，取而代之的是眼底深处的一丝尴尬和窘态。

片刻，温舒唯习惯性把头低下去。

何萍很快回过神，静了静，视线收回去，转过身，边往屋外走边说："出来玩吧。前几天你们爸爸去延河出差，我让他买了当地的特产回来，一起尝尝。"

轻盈的高跟鞋声音渐行渐远，妇人曼妙婀娜的背影消失于姐弟两人的视野。

见母亲离开，温舒唯紧绷着的神经一松，鼓起腮帮子吐出一口气。

顾文松看她一眼，没好气道："谈了恋爱还不敢让妈知道，还以为自己十几岁在早恋？"

温舒唯瞪他，脱口而出地怼回去："乱说什么，这不还没谈吗！"

怼完，莫名一阵安静。

顾文松眯了下眼睛，目光暧昧几分，故意慢悠悠地拖长调子："哦，还没谈。"

温舒唯扶额，不想再跟这小屁孩儿瞎扯，静默几秒，摆手："你赶紧出去玩吧，那么多同学都来了，你这个寿星一直不见人影可不好。"

顿了下，轻声补充，“妈妈为了你的这个生日费了不少心思，一会儿记得去跟她说谢谢。”

“你真觉得妈办生日会是为了我一个人？”顾文松忽然说。

温舒唯奇怪：“你的生日，当然是为你一个人。”

顾文松一副看二百五的表情瞧着她，几秒后，翻了个白眼叹了口气，道：“本来我不想跟你说这些的，纯粹是看那件签名球衣的面子。”

“什么？”

“刚才回来的时候经过花园，我进去看了眼。”顾文松说，“那些水果点心，妈都是按照你的喜好准备的。昨天晚上她还专门跑来跟我说，你很重视我的生日，一直在精心挑选要送我的生日礼物，让我今天收收性子，对你客气点。”

温舒唯愕然万分。

“其实我知道，你根本不记得我的生日，是妈很早之前就在提醒你，让你一定要记得日子，一定要记得给我准备礼物。”少年两手插在裤兜里，自嘲似的嗤笑一声，“妈为了缓和咱俩的关系，也真是煞费苦心。”

温舒唯难以置信，嗫嚅道：“你说的都是真的？”

“我骗你干什么？”

顾文松接着又面无表情道：“其实何必呢，家里人都知道，你讨厌我也不是一天两天一年两年了。”

“咱们就继续井水不犯河水吧，这样也没什么不好。”顾文松说完，一低头，余光扫过手上拿着的签名球衣，很淡地笑了下，“难得啊，你居然知道我这个弟弟喜欢的球星是詹姆斯。”

温舒唯：“之前进你房间，看到过很多他的海报。”

“这礼物，还行吧。谢了。”顾文松一副风轻云淡满不在乎的语调，说完，转身便准备离去。

“小松。”忽地，温舒唯叫住他。

顾文松站定，回头看她一眼：“又干吗？”

温舒唯沉默一下，做了个深呼吸，道：“我一直都记得你的生日。就算妈妈不提醒，我也会给你准备礼物。”

顾文松眸光忽地一闪，没有说话。

“另外。”她顿了下，语气极不确定，“你之前说，十年前你看见有人在姥姥家楼下……到底是怎么回事？”

“你可能忘了。你高考毕业吃散伙饭那天，爸妈都出差，他们把我送到姥姥家去了。”顾文松说。

温舒唯：“然后呢？”

“我那天晚上很兴奋，躺床上好一会儿都没睡着，干脆趴在窗户上看星星。”顾文松说，“然后就瞧见你醉醺醺地让人送回来，再然后，那个人就摁着你亲了。”

“亲哪儿了？”

“这个没看清楚。”顾文松说着，还认真回忆了一下，摸着下巴眯着眼睛，“那角度，我瞅着像嘴，至于舌没舌吻就不知道了。”

温舒唯安静了足足十秒钟才艰难地消化掉这条信息，默了默，皱眉说：“可你当时才几岁，怎么可能记得那么清楚？会不会是你在做梦？”

顾文松耸肩：“你要不信，当面去问问那哥们儿呗。”

顾文松的生日宴结束，何萍留温舒唯就在家里住，温舒唯不放心姥姥一个人，拒绝了。何萍便让司机老杨送温舒唯回姥姥家。

车上，温舒唯脑子里反复想起顾文松数小时前说的话，越想越觉心乱如麻。纠结片刻后，她拿出手机打开通讯录，翻到一个号码，拨过去。

没响几声便接通。

“喂。”听筒里传出一个字的回音，音色低低的。

“喂。”温舒唯暗自做了个深呼吸，先是一句客套的寒暄，“吃晚饭了吗？”

那头低笑一声，寡淡又散漫的语气：“这会儿十点半，你该问夜宵。”

温舒唯一噎，整个人像泄了气的皮球，之前想求证的话、打好的腹稿全忘得干干净净。心头莫名紧张，她咬唇，左手悄悄攥紧了衣服下摆。

沈寂等了片刻，没听见回复，便道：“什么事？”

温舒唯沉默好一阵，支吾道：“也没什么，就是有些话想跟你说，你什么时候有空？”

“哪种话？”他像隐有感知，刻意低声似笑非笑地问了句。

温舒唯脸一下红了，清清嗓子：“见面再说。”

“好。”沈寂道，“明天下班之后在你们单位等，我过来接你。”

挂断电话的同时，沈寂车刚好开进小区。

近来云城这边有冷空气来袭，大幅降温，军区借调过来出差的同事都利用周末时间外出采购衣物。沈寂懒得折腾，跟单位打了声招呼，今晚不住院子，要回云城这边的家里拿点儿厚衣服。

沈寂在云城这边的住处，在一个九十年代的小区里。地处老街区，周围房屋低矮，都是老式建筑，胜在生活方便，出小区不远就是个菜市场，白天时，这一带人来人往还算热闹。

房子原本是沈寂姑姑的，前些年姑姑的女儿嫁去了北方，姑姑担心女儿一个人远嫁受苦，便准备卖了云城这边的房子，到北方买一套，搬过去，陪着自家闺女。奈何姑姑家是老房子，小区环境不好，周围一没学校二没地铁站，在网上挂了几个月也无人问津。

老人急得团团转。

那会儿正逢沈寂休假回云城。他得知这事儿后，直接掏钱就把房子给买下了。

沈寂把车停好落锁，走出小区去买烟。

今晚不知怎的，小区旁的杂货铺关得很早。沈寂在大门口站定，看了眼落下来的卷帘门，只好转身走向菜市场，踏着步子，不紧不慢，准备穿过市场，到另一条街的便利店去买。

夜深露重，无星无月。

起风了。

整个菜市场里空无一人，连唯一的一盏路灯也坏了，漆黑而安静，只有风的声音，从这头到那头，把散落在地上的菜叶枯枝卷得四处翻飞。

沈寂面无表情地往前走着，忽然，听见夹杂在风声里的一阵脚步声。就跟在他后面不远处，极轻微，几乎叫人察觉不到。

他神色纹丝不变，两手插裤兜，长腿交错前行，仍是松散随意的姿态。

两道戴着面具的黑影悄无声息紧随其后。

前方是个拐角，几人加快步子跟上去，转个弯后再一看，狭窄巷道里空空如也，只有冷风空洞地吹——对方眨眼之间便消失了踪影。

两个黑影一愣，你看看我，我看看你，面面相觑，瞬间警惕起来，放慢脚步，一边环顾左右，一边缓慢将手伸进外套内。

就在这时，一个人影猛然从侧方突袭而来，动作极快，刹那间便从后方死死箍住了其中一道黑影的咽喉。

对方下手狠辣毫不留情，壮汉始料未及被扼住脖子，无法呼吸，面具下的整张脸都涨得通红，使出浑身力气挣扎。

“你们是什么人？”沈寂质问，手臂下劲锁死，眸光凌厉迫人，冷进骨子里。

壮汉连声音都发不出，嘶声挤出几个音，说的英语：“要你命的人。”

沈寂眯眼，顺手从这人的夹克外套里夺过一把短刀，胳膊一旋，直接把皮夹克翻起来罩住对方头脸，拽住他的头发狠狠往墙上一撞。

面具壮汉痛哼一声，头昏眼花，反弹回来重重摔在地上，好半天都爬不起来。

相较牛高马大的壮汉，另一个戴面具的人身形则要矮小许多。他手持利刃，半弯腰，眼睛透过面具上开的两个孔死死盯着沈寂，不动声色地打量着。

沈寂寒声：“谁派你们来的？”

矮小身影不作声，飞扑过来就是狠狠一刀，动作极为灵活。

沈寂侧身避开，敛目，顺势拽住矮个子拿刀的手腕往后一折。

矮个子面具人反应极快，抬腿蹬上对面的墙壁，整副身子三百六十度往后翻转一圈儿，借力卸力得以脱身，回身又是一刀。

沈寂轻而易举再次闪过。

就在这时，之前倒地的壮汉也爬了起来，又拿出一根铁棍。

两人同时扑上去。

两个面具人的身手极为了得，沈寂一打二，缠斗几回合，一时半会儿竟分不出胜负。忽地，他余光里看见巷道尽头站着一道小小的身影。身穿糖果色连衣裙，脚踩小皮鞋，看着不过十来岁的年纪，似乎是某个和父母走散迷路的小朋友。

夜深人静，四下漆黑，小女孩儿孤零零地站在暗色的光影尽头，画面阴森诡异。

背光又隔得远，沈寂看不清那小姑娘的面容。

他危险地眯了眯眼睛。

趁这当口，两个面具人再次举刀攻击。沈寂没了耐性，对方同时举刀刺向他头顶，他抬手，两只手一左一右分别钳住两人手臂，发狠一下劲儿，两人同时痛哼一声，武器脱手，被他一脚一个踹开。

短刀和铁棍撞在一边的墙壁上，哐哐啷啷几声响。

沈寂面无表情，拽起那个壮汉的衣领，抡起拳头正要往下砸，忽然听见不远处传来一道嗓音，爽朗豪气笑道：“老三，这么多年没见，你这身手可越来越好了啊。”

沈寂闻声，眸光忽地惊闪，动作也顿住。

宋哥？

他愣怔一刹，猛地回头抬眼四下环顾。

周围空旷荒凉，夜风阴冷，哪里有宋成峰半点儿影子？只有那穿裙子的小女孩儿乖乖巧巧站在巷道尽头。

沈寂电光石火间已反应过来什么，刚要回身——

“刺啦”一声，刀锋滑下，他背部连皮带肉整个绽开一道血淋淋的刀口。

沈寂忍住剧痛，眉拧成川字，回身一脚把那偷袭的矮个子面具人踹出数米远，拎起刀正要刺过去，一阵巡逻警摩的警笛声从不远处传来，很快便近在咫尺。

两个面具人都受了伤，又意识到情况不妙，咬咬牙，互相搀扶着爬起来，很快跳上一辆倒在边上的摩托车夺路而去。

血越流越多，沈寂神色沉而冷，面容苍白，手扶墙稳住身形，抬头看。

巷道尽头空空如也，哪里还有小女孩儿的身影。

次日下午，温舒唯刚从主编办公室出来，兜里的手机便响了。

她看一眼来电显示，眸光微跳，起身到洗手间将电话接起。

“喂。”

“在忙？”听筒里的嗓音低低的，沙而哑，带几分难得的疲惫。

“没，还好。”温舒唯听出对方声音不对，心一颤，不由自主地皱起眉毛，“你在哪儿？”

那头懒洋洋地回了句：“家里躺着。”

温舒唯默了默：“打电话过来有什么事吗？”

“跟你说一声，今天可能接不了你了。”沈寂一顿，又问，“你要跟我说的事儿急不急？不急的话，改天再聊。”

“不急，什么时候聊都行。”温舒唯答完，不放心，“你今天有其他事吗？”

“生了点儿小病。”

温舒唯一听，只觉心脏都像被一只无形的手给捏住，瞬间收紧了：“什么病？严不严重呀？要不要我来看看你？”

“有点儿发烧，头疼。”对面说着，淡淡嗤了声，“这么紧张还说不喜欢我。”

温舒唯又羞又窘，气结，差点儿一口血吐出来，故意面无表情冷冰冰地回：“还有没有其他事儿，没有我挂了。”

“嗯。”

她无语，捏着电话顿了好几秒，终于认命地叹了口气，轻声：“你家有其他人吗？”

“就我一个。”

那生了病，岂不是吃饭都成问题？

温舒唯默了默，道：“你家地址在哪儿，发一个给我。我下了班给你带点粥过来。”

沈寂语气里的戏谑褪去，淡淡地说：“小事儿，不用担心。”

温舒唯不知怎的，想也不想便冲口而出：“就您老人家这如饥似渴的德行，真是小问题会不来见我吗？”

听筒那头安静了足足五秒钟。

沈寂很冷静：“你说什么？”

“没有啊，你听错了，我什么都没说。”

“再说一遍。”

“唔。”

那头又顿了几秒，忽地轻笑出声：“小傻子。等着，微信定个位给你。”

数分钟后，按照某大佬发过来的微信定位，温舒唯进了一个九十年代的小区，进入单元门洞，上到三楼。

在靠左那一户门前站定。

不同于其他人家大门前又是贴春联又是挂艾蒿，这一户的防盗门是黑色的，干干净净，周围墙壁上空无一物，干净单调，看着冷冰冰的，寻不见丝毫人气。

温舒唯拎着刚打包的青菜粥和下饭小菜，站在门前迟疑两秒，抬手敲门。

砰砰砰。

过了大约半分钟，她听见屋内传出一阵拖鞋在水泥地趿拉着往大门走的声音，步子松散又缓慢。

温舒唯心跳莫名急促，扑通扑通，扑通扑通，站在门口，竟觉得有些手足无措。

下一瞬，一道嗓子隔着防盗门传出来，懒洋洋的，有点儿明知故问的意味：“谁啊？”

温舒唯清了清嗓子：“我，温舒唯。”

门开了。

温舒唯抬眸，毫无心理准备，再次被震在原地。

沈寂出现在大门口，高高大大的身形懒散地靠着门框，上身打着赤膊。冷白色的胸膛上胸肌紧硕，随他的呼吸而微微起伏；双肩宽阔，左侧依稀可见一道枪伤，其余位置也大大小小布满各种陈年疤痕；胸肌往下，延展开一片巧克力状的腹肌轮廓，足有八块；再往下，是两条十分明显且又引人无限遐想的人鱼线。

温舒唯目瞪口呆，面红耳赤。

“小温同志，”沈寂唇色和脸色都有些苍白，垂眸瞧着眼前脸红如火的姑娘，懒懒地挑了挑眉，道，“胆子真不小。”

温舒唯默了默，看着眼前的胸肌腹肌人鱼线，非常平静地问：“有纸吗？”

沈寂：“有。”

“给我一张。”

沈寂顺手从鞋柜上抽了张纸，递给她：“要纸干什么？”话刚问完，便看见两道红色液体从姑娘小巧的鼻子里流出来。

姑娘拿纸捂住鼻子，瓮声瓮气的，很镇定淡然地对他说：“没什么，我流鼻血了。”

温舒唯觉得真不赖自己没见识，实在是这人的身材太具美感，线条，肌理，与那些健身房里灌蛋白粉练出来的明显不同。

他的每一块肌肉都十分修劲，似有生命力般，紧紧咬在全身各处的骨骼上。大小伤疤无数，和谐地镶嵌在那副充满力量感和阳刚美的身体上，野性十足，昭示着这副身体的主人不同寻常的生涯和过去。

大佬就是大佬，连身材都诱人得如此与众不同。

她心跳如打鼓，反应过来什么，捂着鼻子故作镇定地把目光移开，不敢再望第二眼。她一边暗自庆幸自己面部表情控制得还算淡定，一边又很是窘迫懊恼。

只能努力把脑袋埋低。

不就看了个半裸美男吗？你红个脸红个耳朵也就得了，流鼻血是什么情况？

这也太丢脸了吧！

温舒唯无语，打心眼儿里深深鄙夷自己。

那头，沈寂眼瞧着姑娘把整张脸都埋进胸口，只露出黑乎乎毛茸茸的脑袋和两只羞成粉色的耳朵尖，眼底霎时充满兴味儿。

他一手扶着门框，目光不离，微侧身，慢条斯理给她让开一条道。

等了一会儿，对面依然没反应。

沈寂说："你打算流着鼻血在门口站到半夜？"

温舒唯回神，脸更热，不敢抬头，忙颠颠拎着手里的青菜粥进了门。

此时，屋外天色已完全暗下来，客厅里没开灯，窗帘也拉得严严实实，只有卧室方向依稀有一丝光亮投射过来，勉强照亮四周。

四处昏暗，什么都看不太清，温舒唯进门的时候没注意，一脚踢中鞋柜边角，身子一晃，差点儿摔地上去。

就在这时，一只大手从后方扶住那把纤细腰身，稳稳的，极有力，瞬间将她稳住。

温舒唯更窘，干笑着支吾了声"谢谢"，躲开了。

沈寂那头没说话，接过姑娘手里拎着的青菜粥和几样小菜，抬手"啪"一下摁亮了鞋柜上方的电灯开关。

室内瞬间灯火通明。

沈寂住在九十年代小区里，屋内一应家具风格摆设也停留在上世纪。他常年待在亚城，回云城的时间不多，从姑姑手里买下房子之后，只抽空做了次大扫除，收拾出的旧衣物烂锅碗都扔了，把自己的东西搬了些过来，其余装修全部是原样，没动过。

温舒唯抬眼打量。

这屋子是套三居室，老房子和现在的住宅公寓不同，没有公摊，套内宽敞。这一间目测一百二三十平，格局方正，坐北朝南，空间利用合理，唯一不足是装修过于简单，全屋地面就是最简单的水泥地，连瓷砖都没贴一块。

客厅里的摆设也十分单调，纯白墙壁，一张餐桌，一张茶几，一个电视柜，一个沙发，电视墙是空的，没有电视机，也没有其他任何点缀摆件装饰物。

干净整洁，每个细节都透出一种军事化的单调和不近人情。

粗略看了一圈儿，温舒唯收回视线，刚要往里走又想起什么，顿住，回头看跟在身后的沈寂，道："有多余的拖鞋吗？我鞋在外面走过，一会儿把地给你踩脏了。"

沈寂回了句："直接进，我不嫌你脏。"

温舒唯鼻血还没止住，又抽了张纸巾捂住鼻子，出于基本礼貌和对某病人的关心，声音嗡嗡地答："还是换吧，不然你到时候还得重新打扫做清洁。"

沈寂皱了下眉，眉宇间疲态更重，没吭声，弯腰打开鞋柜，从里头拎出一双冬天穿的深棕色男士棉拖鞋，往地上一扔，自己换上。

然后把换下来的凉拖鞋放到温舒唯脚边，没什么情绪地说："你穿这个。"

温舒唯低头，一双硕大的男士凉拖鞋摆在眼前，深蓝色，最普通的款式，看着至少有四十三码。

再瞧瞧沈寂脚上踩着的厚实棉拖，温舒唯汗颜，默了默，忍不住道："你穿这个不觉得热吗？"

这个天穿棉拖，脚都得焐出汗吧。

沈寂："热啊。"

"我这儿就两双拖鞋，没其他的。"沈寂随口说着，修长漂亮的右胳膊往后钩住防盗门，关回来，不轻不重的一声"砰"。

整个屋子就剩他们两个人，温舒唯脸蛋红红的，脑子里思绪乱飞，半秒后，啪一下把那些莫名其妙不太健康的粉红色脑补内容拍飞回脑海深处，干咳一声，弯腰脱鞋。

"你说你在发烧，去过医院了吗？吃药了吗？"温舒唯今天是休闲打扮，简单白衬衣搭配铅笔牛仔裤，脚上穿的也是运动鞋，脱起来不太方便。她低着头，边解鞋带边问。

头顶上方漫不经心地"嗯"一声。

温舒唯脱下运动鞋，两只脚塞进那双男士凉拖，直起身来，走两步。拖鞋底有点儿硬，拖在水泥地上沙沙响。

虽然大得过分，但也不至于掉下来。凑合吧。

她心里想着，抬起脑袋，眉毛微微皱起，猜测着，语气里有几分担忧："是感冒发烧？这几天忽然降温，你衣服穿少了吧。"

沈寂懒懒散散地侧靠在墙上，垂眸，直勾勾盯着那双裹在白袜子里的娇小脚丫子看，并未搭腔。

温舒唯："唔？"

须臾，沈寂掀起眼皮，重新定定看向她的脸，随后动身朝她走过来，一手扯了张湿巾，一手轻轻捏住她的下巴，挑起来，神色寡淡平静如常，说："看一眼也能流鼻血。"

温舒唯身子一僵，微微瞪大了眼睛，不知他要干什么。

沈寂低眸直勾勾注视着她，把她之前捂鼻子的纸巾随手丢进垃圾桶，一看，姑娘鼻血已经止住了，只嘴唇和鼻子相连的小片皮肤上还沾着点点血渍，已经干了。

沈寂拿湿巾给她擦，动作轻柔得不可思议，嘴里却嗤一声："没见过男人？"

温舒唯小声反驳，支吾道："怪我吗？太突然了，都没给我一点心理准备。"

沈寂："怎么样算给你心理准备？"

温舒唯皱眉思考了几秒钟，然后认真地回答："比如，你提前跟我说一声'老子身材超级好而且有在家裸奔的习惯'？"

温舒唯顿了下，又认真地问："沈队，你这是不是就是传说中的色诱？"

沈寂侧过头，深吸一口气吐出来，觉着自己这辈子的耐性都用在这丫头身上了。接着他转回头，继续把血渍给她擦干净，漫不经心似笑非笑地勾了下唇，微贴近她，低声，充满暗示性地说："你人在我屋里，搓扁揉圆不都我说了算，犯得着色诱？"

温舒唯这回却没有出声，连害羞都忘了。眉心微皱。

之前楼道口光线太暗，直到这会儿，她才注意到他脸色和唇色都有些苍白。不同于寻常发烧感冒导致的面色不佳，而像是，失血过多？

想到这里，温舒唯心顿时一沉。

"昨晚出门没留神，受了点儿伤，本来不想让你知道。"沈寂轻描淡写地说，回转身，踏着步子往卧室方向走，"结果刚摘纱布，你人就来了。”

温舒唯瞳孔骤缩。

沈寂回身刹那，她看见一道狰狞蜿蜒的刀伤，呈纵向，劈在男人紧实漂亮的背部肌群上。伤口很新，血肉模糊，已经进行过缝合处理，周围皮肤充血红肿，针线痕迹与刀伤交错，像是一条千足蜈蚣，触目惊心，叫人毛骨悚然。

温舒唯手脚一阵冰冷，愣在了原地。

不多时，沈寂去而复返，手里多出碘酒之类的药物和一卷纱布。他侧目看了傻站在门口的温舒唯一眼，淡淡地说：“过来，帮我上药。”

哐当几声，几个瓶瓶罐罐被随手撂上了茶几。

沈寂弯腰坐在沙发上，眉眼垂着，侧过身，拿背对着身后的姑娘，脸色冷峻，没有多余表情。

温舒唯心惊肉跳，十根手指头都在发颤，左手拿棉签，还没痊愈的右手则拿着消毒用的碘伏，蘸了药，瞪着眼前男人的腰背肌理和狰狞刀伤，不知道该从哪儿下手。

沈寂察觉到她的心思，微侧目，嗓音不自觉便柔下去，轻声：“吓到你了？”

温舒唯深吸一口吐出来，摇摇头：“没。”说完定定神，抬手拿着棉签往伤口处贴近，柔声道，“如果疼，你就说一声。我会尽量轻点。”

消完毒，温舒唯又用棉签蘸上药粉，小心翼翼涂抹在男人背部的伤口上。

药粉似有刺激性，伤处肌肉有极轻微的抽搐。温舒唯心都悬起来，怕他太疼，棉签挨了两下就嗖一下缩回来，悄悄看了沈寂一眼。

他背对她，从温舒唯的角度只能看见一张线条冷硬的侧颜。他眉眼垂着，神色冷静，仿佛对背上的伤口毫无感觉，连眼皮子都没跳一下。

“你不疼吗？”温舒唯小声问。

他很淡漠：“嗯。”

嗯个屁，肌肉都神经抽搐了，你是变形金刚吗不觉得疼?

温舒唯在心里叹了口气，有点儿无奈，继续给他上药，忍不住问：“这么严重的刀伤，不知道的还以为黑社会古惑仔火拼。你跟人打架了？”

沈寂说：“嗯。”

“下手这么重，多大仇多大怨。”她心里难受得厉害，愤愤不平，手都跟着抖起来，“报警了吗？这是故意伤人罪，得抓进去坐牢才行。太过分了，太过分了，你们为什么会打架？”

“抢劫的。”

“你这身手都伤成这样，对方人很多？”

“十二三个。”

“这么大一团伙集体作案，就为了抢你一个人？”

沈寂想了想，说：“可能我长得比较有钱？”

对方漫不经心风轻云淡地讲述刀伤来由，温舒唯听完，半信半疑。这人心思深不可测，她根本分不清他哪句话是真哪句话是假。

两人一番对话的同时，药也上完了，温舒唯放下棉签，拿起纱布卷。

沈寂回头，抬抬下巴，扫了眼她手里的东西：“你会包伤口？”

温舒唯一卡：“不会。”

沈寂勾勾手，温舒唯只好把纱布递过去，眼瞧着他扯出一长段儿，盖住背部刀伤缠至胸前，往复几圈，最后“刺啦”一声扯断系结。一系列动作也不知自己做过多少次，熟练至极。

温舒唯默不作声地看着，抿抿唇，没由来一阵心疼。

那头，处理完伤口，沈寂不再说话，从茶几底下拿了盒烟，摸出一根塞嘴里，刚要点着，一只白生生的小手就从眼皮底下飞快蹿出来，把烟给他抢了。

沈寂回头，撩起眼皮瞅那姑娘，眯了眯眼睛，不语。

温舒唯被他看得心里发紧，脸蛋儿热热的，硬着头皮把那根烟重新塞回烟盒里，说：“受了伤就别抽烟了，刺激大，不利于伤口愈合。”说完，把烟盒跟打火机一道收回自己的包里，扣好，拎起桌上的青菜粥放到他跟前，指指，“还是喝粥吧。”

沈寂眸色微沉，直勾勾盯着她看。

温舒唯清了清嗓子，也不知哪儿来的勇气，瞪大眼睛，回视他：“你看我做什么？”

沈寂笑了下，懒洋洋地说：“姑娘，你不对劲儿啊。”

她心头慌乱，心跳得像打雷，嗫嚅着挤出几个字：“什么不对劲？”

“又是紧张我的伤，又是管我抽烟，还敢大晚上独身一人跑我这儿来。”沈寂伸手钩起她下巴，低头，略微贴近她，将她圈进他胸膛与沙发形成的狭小空间内，浅棕色的桃花眼里挑起一丝不一样的光，哑声道，“孤男寡女共处一室，你就这么放心，不怕我对你怎么样？”

整个屋子忽地一静。

温舒唯整个人都要烧起来了。两人距离极近，她眼睫颤动呼吸急促，几乎能清楚地闻到他身上的味道，和他呼吸之间清冽的烟草气。

温舒唯左手无意识地绞紧衣服下摆，咬着唇瓣，眼神飘忽，彻底不敢看他，也不知说什么。

沈寂捏着她的下巴，轻晃两下，低声：“说话。”

她支支吾吾半晌：“沈寂同志，你是军人，思想端正，品德高尚。”

沈寂危险地眯了下眼睛。

天晓得温舒唯都快窒息了。她瞅准这个空隙，脑袋一侧躲开他的手指禁锢，只想立马逃离那道灼灼目光。壮起胆子，抬手拍拍沈寂的肩，她故作镇定地说：“我相信你。那什么，我去趟洗手间，你先吃饭吧。”

说完站起身，一溜烟儿跑开了。

反手关上门，温舒唯开了灯，靠在卫生间的门上，听见自己的心跳声一阵比一阵快，几乎要从嗓子眼里蹦出来。

这段时间，与沈寂的接触颇多，她隐约也有感知，发觉自己对他的情感的确不同于对寻常朋友。

她时常都会想起他。

有时是在家里，有时是在公司，睡觉时，洗澡时，工作时，不分时间场合。这个男人的出现就像一道影子，霸道强硬又悄无声息，潜入她生活，侵占她的思维，轻而易举就能夺走她所有注意力。

而且，每回见面时的紧张不安，偶尔肢体接触时的脸红悸动，看见他受伤时的难受心疼，都是清晰而真实的。这种感觉强烈且陌生，她虽然不确定那是什么，但无可否认，她确实一点点地开始在意起了这个叫沈寂的人。

脑子里乱七八糟地思索着，温舒唯甩甩头，抬手摸了摸烫如火烧的两边脸颊，静默片刻，走到洗手台前准备洗把脸，物理降温。

拧开水龙头，底下却不出水。

温舒唯愣了下，又朝反方向拧，依然见不到水流的影子。

她皱眉，视线在并不宽敞的卫生间里扫视一圈，掠过干干净净的蹲便器，一尘不染的白色地砖，挂在墙上的老式拖布……最后落在洗澡用的花洒上。

温舒唯上前几步，把水流开关旋转到下方出水口，蹲下身，左手接在龙头下方，右手拧开开关。

谁知开关一开，头顶花洒霎时冲下一注强劲水流，跟下雨似的，眨眼工夫便将她从头到脚浇得湿透。

温舒唯傻了，始料不及，低呼一声，吓得反手又把开关给拧紧了。

门外脚步声由远及近，快而稳，停在卫生间门口。

哐哐。

沈寂抬手敲门，怕她在里面出了什么事，皱眉喊道："温舒唯？"

过了几秒钟，门打开，浑身是水的姑娘落汤鸡似的出现在他眼前。一头长发湿漉漉地搭在肩膀上，脸蛋儿皱巴成一个小包子，可怜巴巴，委屈得跟要哭了似的。

他视线无意识地往下移。

姑娘身上的白衬衣也湿透了，紧紧贴合着一身玲珑曲线，锁骨柔美，小腰纤细。

眨眼工夫，沈寂眸光骤暗，浑身上下的血流一股脑全往一处汇过去，快要爆炸。

温舒唯丝毫没有察觉，皱眉解释道："洗手台的水龙头不出水，我……"

话音未落，"砰"一声，某大佬二话没有，直接又把卫生间的门关了。

就在她丈二和尚摸不着头脑的时候，门又被打开，门缝里丢进来一件衣服。

"换上。"

温舒唯低头一看，是一件黑色的男士 T 恤衫，宽大得不可思议，带着一种很清新的皂荚香味。她眨眨眼，并没有多想，回过去一声"谢谢"便开始换衣服。

几分钟后。

温舒唯换上了那件宽大的男士 T 恤。

她照了照镜子，把头发上多余的水分拧干，然后抱着换下来的湿衣服，打开门，走出卫生间。

客厅灯不知什么时候关了，外头黑漆漆一片。

沈寂虚靠在卫生间对面的墙上，抽着烟，盯着她，唇畔火星子明灭闪烁，脸色冷静，眸色不清。

温舒唯被吓了一跳，下意识往后退了半步，回过神后拍拍胸口，松了口气："你站在这里干什么？"

沈寂没说话。

几秒后，他吐出最后一团烟圈儿，眸微垂，随手把烟头戳熄在烟灰缸里，没头没尾自言自语似的来了句："受不了了。"

温舒唯茫然，没听清楚："唔？"

黑暗中，沈寂脑袋转回来，直勾勾看着眼前的姑娘，片刻，忽然伸手一把环住她的腰，拉过来，低下头，狠狠咬住了那张他朝思暮想的唇。

四下漆黑，只有卫生间透出丝丝亮光。

温舒唯猝不及防，大脑一片空白，错愕地瞪大了眼睛，呼吸瞬间便被对方吞噬。最初的震惊后，她回过神，脸红得快烧起来，右手悬空，左手抵在沈寂胸前，试图把他推开。

触到的皮肤结实而柔韧，温度滚烫得像火。

她被烫到，指尖一阵轻颤，闷闷地含混抗议了句什么。

那声响听在沈寂耳中，似呜咽又像娇嗔，小猫儿爪子似的，挠在人心尖上，让他头皮发麻口干舌燥。嫌姑娘推搡碍事，他单手把她左边那只纤细腕子捏住，举高过头顶，反身一把将人整个儿给摁死在墙壁上。

男女之间，天生力量便有悬殊，再加上她右手使不上力，他只稍微下劲儿，便压制得她动弹不得。

温柔和克制都是面具，撕开伪装，沈寂原形毕露，狼性本能暴露无遗。他一手扣住温舒唯手腕，一手箍住她腰身，低着头，没有试探也不给她缓冲时间，贪婪放肆，霸道占有，兽般啃咬着姑娘柔软的唇。

这滋味儿清甜美好，暌违已久，在过去的十年中，曾无数次光顾他的梦境。

温舒唯耳根子都红透，心跳快突破极限，一呼一吸间全是他的味道，皱起眉，手被钳制无法动弹，只好把脑袋偏向旁侧，想躲。

刚有动作，下巴便被一只大手捏住，轻而易举扳回来。

"沈……"她羞得要炸了，愤愤地想骂人。

孰料刚一张嘴，却正中那人下怀。

沈寂再次吻住她，这回，不满足于嘴唇触碰，不再浅尝辄止，舌趁机撬开她的两排牙齿，钻进去。

温舒唯一下瞪大了眼睛，直跺脚，心慌意乱得都快晕过去了。

沈寂闭着眼，吻得深而重。

她只觉舌根被他吮得发疼，仿佛魂魄都要被他从嘴里吸出来。大脑缺氧，神思抽离，后头直接连挣扎都忘了，只能迷迷糊糊地由他引导，被他勾着走。

不知过了多久。

疾风骤雨总算告一段落，沈寂放开她，唇轻浅地碰着她嘴角和梨窝，闭着眼，额头轻轻贴着她的，沉沉平复呼吸。

整个屋子里静极了。

好一会儿，温舒唯睁开眼，两只眸子被他欺负得雾蒙蒙的，眼线和眼影都被沁出眼角的泪珠洇开，又羞又气，凶巴巴地瞪着他。

沈寂眸色仍深，往后稍微与她拉开些距离，眼底阴霾一扫而光，蕴着一丝笑意，也直勾勾盯着她看。

两人大眼瞪小眼，对视了差不多三秒钟。

沈寂低笑出声，抬手在她毛茸茸的脑袋上揉了把："看什么看，跟个小花猫似的。"

姑娘一脸正色地看着他，眯眯眼，片刻后，很认真地问道："你为什么这么色？"

沈寂："你给我好好说话。"

温舒唯闻言，沉思一秒，换了个比较委婉一点的说法："你为什么这么如饥似渴？"

沈寂："我怎么饥渴了？"

"亲就亲吧，哪儿有人第一次接吻就，就……"她脸烫得几乎失去知觉，顿了下，支支吾吾挤出下文，"就用舌头的。"

沈寂懒洋洋道："咱俩又不是第一次。"

温舒唯愣住，顿了两秒后忽然想起什么，惊诧万分："难道顾文松说的是真的？"

沈寂微皱了下眉："谁？"

"我弟弟啊。"

"你弟跟你说什么了？"

温舒唯卡壳一阵，眨了眨眼睛，最后还是老实巴交地回答：“我弟说，十年前他看见你偷亲了我，就在我姥姥家楼下。”

沈寂听完，这回没说话，依然保持着把温舒唯抵墙上的姿势，没什么表情地垂眸，看着她。

温舒唯见状，莫名生出一种“啊哈，被我抓到小辫子了吧！哑口无言了吧”的谜之胜利感。

片刻后，她清了清嗓子，朝对面的大佬微微一笑，抬起还缠着纱布的右胳膊，带安慰性质地轻轻拍了拍沈寂的肩，很开心地说：“沈队，采访你一下，你现在是什么感受？是不是觉得很尴尬，很不知所措，很无地自容？”

沈寂盯着她，忽然道：“你弟有一点没说对。”

温舒唯：“唔？”

“不是‘偷’亲。”沈大爷脸色淡淡的，浑然一副泰山崩于前也面不改色的镇定自若，“不管十年前，还是刚才，我都是正大光明地亲。”

温舒唯红晕未褪的脸蛋儿上流露出一丝迷茫，问他：“你们特种兵平时的训练任务里，都包含着‘如何把脸皮练成铜墙铁壁’这一项吗？”

沈寂盯着眼前的小姑娘，眯了眯眼睛。半秒后，原本扣住她腕子的大手顺着那条细胳膊往下滑，找到她同样纤细雪白的后颈，拎小猫儿似的，轻轻捏住。

姑娘不明所以，眨巴着雾蒙蒙亮晶晶的眸子，望着他。

“小温同志。”他微俯身，嘴角微微勾起一道弧，声音低低的，有点儿沙哑，“看来你对你男人还是不够了解啊。”

“唔？”

“我要是真忍不住，你就好好在这儿了。”

温舒唯深吸一口气吐出来，拍拍心口给自己做着思想建设：“没事，没事，他就是虚张声势。”几秒的静默后，她叹了口气，道，“我们还是先谈谈吧。”

沈寂没吭声。

温舒唯抬眸，视线笔直落在他脸上，正色：“那什么，都发展到这一步了，沈同学，你不觉得自己有必要好好跟我交代交代吗？”

沈寂懒洋洋地挑眉峰，似笑非笑瞧着她，明知故问：“交代什么？”

温舒唯瞪眼：“你说交代什么？当然是高三那年为什么趁我喝多偷

亲我！”

沈寂“嗤”地笑出声，伸出手，钩着姑娘细细的腰肢把人搂进怀里，低头一口亲在她粉红粉红的小耳朵上，嗓音沉沉的：“这有什么好交代的，稀罕你啊。”

温舒唯脸更红，撤着身子躲，斥道：“你这人怎么回事？有什么话站好了说，别动手动脚亲来亲去，你背上伤口不疼吗？”

沈寂不肯，低声：“我想抱着你，我要抱着你说。”

他非常有原则，还是那副冷淡又慵懒的调子：“不给抱就不说。”

这位大佬，您老人家今年刚满三岁吧？

温舒唯无语了，怕牵扯到这人背上的刀伤也不敢挣得太厉害，最终拗不过，服了，怀揣着“宁与智者论高下，不与奇葩较长短”的心态妥协道：“好吧。去沙发上抱着吧。”

沈寂嘴唇压着她耳垂，懒洋洋的：“打个商量，上床上抱着成不？”

温舒唯忍无可忍，红着小脸儿飞起一脚，直接踹他线条修劲的小腿肚子上：“姓沈的！”

当年高三。

自打发生过“三块钱锅盔”和“一中美少女言而有信，不远万里奔赴隔壁学校还校霸大佬三块钱”这两桩事件，十八岁的沈寂就对那个叫温舒唯的小姑娘留下了挺深的印象。

不同于他所在的十七中女生的浓妆艳抹，那姑娘一身校服总是穿得规规矩矩，扎着个清爽马尾，脸上不施脂粉，素面朝天，整个人有点儿怯生生的，从骨子里透出来一种好学生特有的“干净”。

温舒唯到十七中还完钱后，两人谁也没给谁留联系方式。

但，从那之后，沈寂发现，自己时不时就会想起那张白净小巧、笑起来时两颊还会露出小梨窝的脸。

时而是在上课，时而是在姑姑家，时而甚至是在梦里。

青春期的少年，正是气血方刚的躁动年纪，梦见一个娇滴滴的漂亮姑娘，梦里内容，自然都跟那档子事儿有关。

沈寂刚开始浑不在意，不当一回事。

那女孩儿模样好，又刚好是戳他心窝的娇软可爱型，他一个八万年没谈过女朋友的单身汉，以她为对象做点儿梦，也说不上什么不正常。

十七中和一中紧邻，两扇校门就隔着三百米，偶尔，沈寂会在学校外面看见温舒唯。

有时她是一个人，背着书包抱着几本练习册，独自往公交站的方向走；有时跟几个同班女同学一起，吃着蛋糕说说笑笑，到外面的文具店选购一些花花绿绿的笔记本和做成卡通娃娃状的奇形怪状的中性笔。

连续偶遇那姑娘几回后，沈寂开始毫无意识地总结她每次离校的时间，观察她的某些习惯和喜好。

她总是会在中午十二点二十五分左右离校，跟同学一起去吃午饭。

她喜欢吃甜食，喜欢的颜色是粉红色。

她身边的朋友几乎都是和她一样的好学生——沈寂从未见温舒唯跟任何十七中的人有过来往，更别说像他这样的问题学生了。

“等等？”温舒唯抬起双手比了个“暂停”的手势，不可思议道，“你的意思是，你高三的时候天天暗搓搓在我们学校门口偷窥我？你暗恋我吗？”

沈寂冷嗤一声，抱着她，侧了侧头，想把脸埋进她香香暖暖的颈窝里。

忽地，“吧嗒”一声，一只小手冷不丁伸出，用力抵住了他的脑袋。

姑娘小手抱着他的脑袋，晃来晃去：“回答我呀。”

沈寂不耐烦地撩起眼皮，瞅她，语气非常平静：“是又怎么样。”

温舒唯：“真的？”

沈寂静默两秒，抓起姑娘的一只爪子送到嘴边，照着那片白生生的细嫩手背就咬了口。她低呼一声，随后下巴便被他捏住，挑起来。

沈寂眯眼：“你记不记得，有一回，你看见我了。”

温舒唯：“哪回？”

沈寂直勾勾盯着她，不说话。

温舒唯微皱眉，绞尽脑汁认认真真回想了会儿，忽然一拍脑门儿，想起来了。

“哦对！是！”她仔细回忆着，认认真真道，“我记得当时我路过学校外面那条小巷子，看见你和你们学校几个男生待一块儿来着。我那会儿还挺纳闷儿的，为什么就你一个人在津津有味地吃薯条？”

话音落地，整个屋子静了至少有十秒钟。

然后，沈寂很冷静地对她道：“那不是薯条。”

温舒唯：“？”

“当时我瞧见了你，怕你对我印象更不好。”沈寂面无表情地说，“所以就把烟塞嘴里嚼了。”

又是一阵诡异寂静。而后沈寂怀里的小姑娘眨了眨眼睛，很认真地问道：“那你当时吃完之后有没有什么不舒服？香烟真的可以咀嚼食用吗？”

沈寂：“……”

沈寂咬了咬后槽牙，手指捏住温舒唯的下巴，挑高，盯着她，嗓音低哑：“我一本正经跟你讲了这么多，你就关心这？”

温舒唯想也不想便正色答道：“我是个记者，可不能放过任何奇闻异事，没准儿就是个头条。”

沈寂眯了眯眼睛，原本捏姑娘下巴的大手一移，挪到了她脖子上，五指收拢，轻轻捏住了那段儿雪白纤细的小脖子。

这个时常傻里傻气、语出惊人、冷不丁冒出句话能气出他一口老血，却偏偏还让他鬼迷心窍惦记了这么多年、招他喜欢得要命的小丫头片子。

沈寂面无表情地盯着温舒唯。

温舒唯眨巴着眼睛，也定定望着他。

僵持了大约三秒钟。

沈寂别过头，自嘲地无声一笑，捏住姑娘脖子的五指微动，捧住她下巴，视线转回来，直白露骨，直勾勾看她，指尖指腹流连摩挲。

温舒唯被他看得心里毛毛的，偏着脑袋躲，又羞又慌，不止是掌心，连T恤后背的料子都被汗打湿了。

片刻后，沈寂倾身，呼出的气息喷在她嘴唇上，眸色深不见底。他冷不丁说：“老子到底看上你哪儿了？”

温舒唯耳朵和脖子都红透了，支吾着，认真回他：“我也想知道。”

沈寂闻言，低笑出声，两只大掌并用，团住姑娘粉嘟嘟的小脸儿，给她挤成一个变形的白里透红的小包子，凑过去亲了亲她的脸蛋。

亲一下，嫌不够，又紧接着亲了第二下。

温舒唯招架不住，在对面要亲第三下的时候终于忍不住，抬手轻轻推他，小声斥道：“你够了啊。”

沈寂心情奇佳，向来冷沉的眸子里漫开柔情笑意，扣住她的脑袋把人整个儿裹进怀里抱住，又低头吻她的头顶，一连几下，啧啧作响。

温舒唯都被他亲蒙了，抬手打他一下，面红耳赤地抗议：“你有完没完，亲够了吗？”

“没亲够。”沈寂说，“亲不够。”

温舒唯简直要给这位大佬跪下了，瞪他：“你背上还有伤，消停点儿。”

沈寂伸手，食指慢条斯理卷起她一缕微润的乌黑发丝，沿指节缠绕几圈，又松开，那截黑发便形成一截波浪纹。他拨弄着那段波纹，动作亲昵到极点，懒洋洋道：“从高三到现在，一共十年，三千六百天，咱们每天亲的次数算三下，小温同志，你可差我整整一万零八百个吻。”

“我给你把零头抹了，取个整，我一共就还得补亲你一万下。”沈寂说着，手指摸到她软软的耳垂，捏了捏，“也没占你便宜不是？”

温舒唯已经被沈大爷这番既荒诞离奇又自圆其说的神奇逻辑给镇住了。

十年三千六百天，一天亲三下，一万零八个吻，还大慈大悲给凑个整抹个零，她是不是该真诚地唱一首《感恩的心》送给他？

再结合之前“烟当薯条吃”这件奇事……

温舒唯甚至有点儿开始怀疑这位大佬的脑子是不是不太正常。

算了，特种兵兄弟的脑回路可能都比较神奇，还是要理解。她在心里宽慰着自己，沉默须臾后，又觉得很奇怪。

“但是，如果你真的高三就暗恋我，为什么当时不跟我告白？”

沈寂脸埋在她温热的颈窝处，传出的声音闷闷的，很哑，听不出什么语气：“我告白了。”

温舒唯：“？”

温舒唯一下子瞪大了眼，惊愕道：“什么时候？”

她失过忆？还是有什么神秘莫测的平行时空？

“高考前一周，我给你写过一封信。”

“本来打算亲自交你手上，可那段时间一直没遇上你。”沈寂淡淡地说，“我就找了个一中的朋友，托他转交给高三（七）班温舒唯。”

当年高三。

沈寂的性子，自幼便孤僻且冷漠。母亲的过早离世，父亲的无端疏远，让他的整段童年笼罩在一片压抑的灰黑色中。

远离阳光的幼苗，只能汲取来自黑暗的养分，年幼的沈寂顺理成章成长为一个浑身尖刺、桀骜不驯的少年。

当初，温舒唯问过一次沈寂，他的身世。

彼时，沈寂轻描淡写，一副戏谑不羁、游戏人间的口吻，给姑娘“凭空编造”了一个悲惨故事。

但，姑娘不知道的是，那个故事九成都是真人真事。

沈寂的父母都是京城人，母亲在他出生时难产离世，而父亲直到母亲临终闭眼，都没回来见她最后一面。

沈母离世后，襁褓中的沈寂便由爷爷奶奶抚养。

在沈寂十四岁时，父亲沈建国从一线退居西藏，从事后方指挥工作，便将儿子也接了过去。

沈寂本就孤僻冷傲、乖张跋扈，当时又正值叛逆期顶峰，在西藏入学不到三个月，便被学校劝退。

沈建国雷霆震怒，又是动手又是说教讲道理，见儿子油盐不进，便在一气之下把沈寂送去了云城的姑姑家。

或许是继承了父母的好基因，小沈寂性格古怪，成绩却一直拔尖。到云城后，姑姑联系到从事教育行业的朋友，把孩子送去了云城市最好的第一中学。

沈寂的入学考核，卷面几乎满分，然而，就在姑姑兴高采烈地为孩子入学做准备时，却接到了一中校长打来的电话。

校长在电话里告诉姑姑，孩子成绩很好，非常聪明，这毋庸置疑。但他们从沈寂在西藏就读的学校了解到，这个孩子的性格缺陷非常大，表示一中可能没办法接收沈寂。

姑姑急坏了，致电沈建国，想让已经是大首长的哥哥为自家儿子想想办法。

沈建国一生清廉，刚正不阿，只说，每个人都要为自己的作为负责，种什么因，得什么果。然后置之不理。

姑姑无奈，在云城找了一大圈儿，但凡排得上名号的好学校，都将沈寂拒之门外。最后，姑姑只能把沈寂送进位于一中隔壁的十七中。

大染缸一般的学校，校风差，问题少年成堆，校纪校规形同虚设，连学校老师也束手无策，只能睁只眼闭只眼。

后来，“沈寂”这个名字便成了十七中新的纪律和规则。

在故事的最初，就如同温舒唯对他的态度一样，沈寂也只把那位“锅盔少女”当作一个无关紧要的路人。

沈寂真正意识到温舒唯于他而言的“特别”，就是小巷里那次。

一个娇小身影从巷子的那一头过来了——背着书包，扎着马尾，模样乖巧文静，浑身上下都洋溢着一种“好好学习天天向上”气息的小姑娘。

有人吹了声口哨，打趣儿地说：“寂哥，瞅瞅那谁？不是之前跑校门口给你还钱的一中美少女吗？”

沈寂眯着眼睛扫过去。

短短几秒，沈寂生平头一次感受到了一种叫作“慌张”的情绪。

怕她看见自己的不堪，怕她意识到她和他处在两个极端世界，一个天，一个地。

“天地良心，我真的真的真的没收到过你的信。”

此时，姑娘眨着眼睛定定望着他，三根纤细雪白的手指竖起来，表情认真：“如果收到过你告白的情书，就算是拒绝，我出于基本礼貌也是会给你回信的。”

沈寂托起她的脸，额头轻轻触上她的，低声：“不重要了。”

温舒唯眸光一跳：“你不想弄清楚当初究竟是怎么回事吗？”

男人嗓音很轻，懒洋洋地说：“十年前，那封信有没有到你手上，你有没有收到，都不重要了。”

“为什么？”

“你只需要知道，不管是十年前的沈寂，还是十年后的沈寂，温舒唯都是被放在心尖尖上的姑娘，就够了。”

“好了，你的提问时间结束。”沈寂说，“换我问你。”

温舒唯好奇：“你要问我什么？”

沈寂捏捏她的脸蛋儿：“小温同志，我喜欢你。这一次，你愿意让我当你男人吗？”

小温同志，我心爱的姑娘。

天知道，我多希望初次遇见你时，就是我最好的样子。

“后来呢？”

之后几日，云城接连降雨。整座都市像被泡进了水中，阴雨绵绵，空气潮湿。温姥姥风湿腿痛的老毛病又犯了，温舒唯和母亲何萍一道，将姥姥送去了市里最好的骨科医院住院治疗，母女两人轮班照顾。

雨天一直持续到这个星期的最后一天。

周末午后，雨停了，天空放晴，阔别多日的阳光与彩虹一道出现，远远挂在天边，温暖大地。温舒唯给姥姥送完午饭后从医院出来，搭乘地铁来到云城市第一中学附近的某咖啡厅内，与好友程菲见面。

程菲与温舒唯相交多年，两人从学生时代起便是好友，关系亲近得能穿一条裤子。不同于温舒唯的家庭境况，程菲幼时家庭条件虽不好，但父母恩爱关系和睦，对自家的掌上明珠十分宠爱。

此时，程菲眯了眼睛，把温舒唯“壁咚”到靠窗座位的墙角处，严刑逼供：“话先说在前头，坦白从宽，抗拒从严，我劝你一五一十把什么都给交代清楚，否则，女人——”说着，她吐出一口烟圈儿，吊起嘴角朝温舒唯邪魅狷狂一笑，“后果自负。”

程菲平时没什么爱好，就是喜欢看小说，什么《霸道总裁爱上我》《霸道王爷下堂妻》之类的，她倒着都能把剧情一字不落地讲出来。

面对闺密的霸总附身台词，温舒唯静了整整两秒钟，诚实回答：“沈寂跟我告完白之后，我跟沈寂说，‘咱们现在亲也亲了，抱也抱了，到了这个地步，不处对象那就是在耍流氓’。”

闻言，程菲眉毛高高挑起来：“你的意思是，你答应了？”

“唔。”

“你，跟沈寂成了？”

温舒唯端起桌上的咖啡，边鼓着腮帮子吹凉风，边认真思考了下，回答：“应该是？”

程菲震惊之余，狠狠一巴掌拍在自家姐妹弱不禁风的小肩膀上：“可以啊老温，平时看着老实巴交，没想到深藏不露还有这本事。沈寂都能让你给拿下，有前途。”

温舒唯正在喝咖啡，始料未及，被女侠的降龙十八掌震得差点儿呛死。她默了默，抽出张纸巾擦了擦嘴，单手托腮，抬眸望向玻璃窗外的车水马龙城市街景，认真说：“虽然不知道沈寂喜欢我什么，但是，我觉得自己对他也很有好感。这种感觉很真实，先交往一段时间吧。”

程菲别过头吐烟圈，手指掸掸烟灰：“这就对了。还记不记得我之前跟你说过什么？”

温舒唯侧目看好友。

“到了我们这个年纪，‘心动’这词儿就是件奢侈品。”程菲说，一顿，

“这应该是第一个让你觉得动心的男人吧？”

温舒唯闻言，两颊微热，点点头。

“好好把握，好好相处，没准儿就是一段良缘。”程菲嘴角勾起一个很淡的笑，眉眼垂得低低的，温舒唯看不见她的眼神，“那句电影台词怎么说的？‘人生就这短短数十年，你不妨大胆一点，攀一座山，追一个梦，爱一个人’。”

“但，那可是沈寂。”温舒唯叹了口气，“我还记得高中那会儿十七中流传的一句话，‘一见沈寂误终身’。光那张脸，就是多少少年少女青春期的梦想和埋在心底不可触及的暗恋。我其实想不通，他总说自己喜欢我，但他到底喜欢我什么，我也不知道。”

“纠结这个做什么。恋爱中的女人，就应该好好享受恋爱的酸臭味。”程菲淡淡翻了个白眼，掐了烟，身子懒洋洋往后靠在座椅靠背上，感慨道，“说起来，真羡慕你啊。”

“羡慕我脱单？得了吧。”温舒唯笑，“你程大美人勾勾手，多的是富二代心甘情愿拜倒在你工装裤下。”

程菲故意嗲着嗓子，矫揉造作：“人家羡慕你和沈大佬的缘分，兜兜转转过去十年，还能在茫茫人海中相遇呀。”

温舒唯察觉到好友眸光微黯，意识到什么，微皱眉，抿抿唇，试探地问：“你该不会又想起你小时候那个邻居小哥哥了吧？”

程菲摸下巴，若有所思地自言自语：“也不知道人家现在怎么样，还记不记得我。”

温舒唯在心里叹了口气，伸手轻轻摸了摸程菲的肩，叹息道：“你七岁搬走之后，回去找过那个小哥哥吗？”

“找过。”程菲说，语调神色掩不住失落，“但是那个哥哥搬走了。我唯一知道的信息，只有他的名字。他叫余烈。”

“如果真的有缘分，你们一定会再遇见的。”温舒唯笑，“别难过了。”

程菲好笑，翻白眼：“我有什么好难过的，当年我才几岁，那个小帅哥顶多只算个童年玩伴，过去了这么多年，谁知道人家现在是人是鬼。”

温舒唯沉思：“不过，按照你说的你家小哥哥那个性格，长大了没准儿真会报复社会？”

程菲一巴掌敲她脑门儿上：“滚你。”

温舒唯噗地笑出声，喝完咖啡，唤来老板买单。

程菲收拾好自己的帆布包，挎在身上站起来，道：“对了，你今天怎么忽然心血来潮，约我到学校这边来喝咖啡？”

“沈寂说，他之前给我写过一封情书，高考前一周，托人交给我。”温舒唯摊开双手，“那个转交人说他把信放在了我课桌上，可我没有收到。”

两个姑娘肩并肩，边聊天边走出了咖啡厅大门。

“高考前一周？”程菲眉头皱起来，回忆数秒，忽然说，“我记得，当时我们学校刚好购进了一批新的课桌椅，高考前一周高三放假，班主任就让男生把大家的课桌都堆到废弃礼堂那边去了。”

温舒唯说：“对。有这回事。”

程菲忽地一愣：“你怀疑那封信跟着课桌一起被搬到了废弃礼堂？”

“有这个可能。”

“你把我叫过来，该不是让我陪你进学校去找信吧？”程菲瞪眼，不可思议，“唯唯，这都十年了，就算当时真的掉在了礼堂，那现在也不可能找到啊，没准儿早风化了。”

温舒唯笑笑，冲她促狭地眨眼睛，伸手挽住好闺密的胳膊：“女侠，你最好了，陪我去看看嘛。难道不想一睹校霸大佬的文采吗？”

程菲无语，作势打她：“我怎么有你这种朋友。”

两人嬉笑打闹着。

头顶阳光灿烂，忽然，前方传来一阵说话声。

温舒唯抬眼看过去，见是三五个穿校服的少年少女正说说笑笑地走来，校园的操场、栏杆、教学楼，都矗立在光里，迎着那几道十六七岁的身影，构成一幅名为“青春”的画面。

温舒唯忽然想起一句话：人们之所以歌颂青春，是因为青春包含着对未来的、世界的无限可能性。

她笑起来，慢悠悠地感叹：“看着这些孩子，才真正意识到自己老了。他们才是下一个世界。”

“屁。我正值青春。”程菲说，“故事还长得很。”

距离一中校门数米远，停着一辆纯黑色商务车，安安静静，无声无息。

车内。

“你盯着那两个女人看了那么久，我还以为你擦出什么爱情火花，看上她们之中的谁了呢。”一道稚嫩清脆的嗓音忽然响起。

说话的是一个穿红黑泡泡裙的小女孩儿，十来岁的年纪，天然卷的黑发用蝴蝶结绑成两个小马尾，怀里抱着一个少了只眼睛的芭比公主。粉雕玉琢，天真烂漫，可爱得像个瓷娃娃。但女孩儿说话的语气却缓慢讥诮，不同于外表的天真无邪，她脸色平静，微垂的眼眸里有种厌世的冷淡。

一只修长的手从车窗外伸出去，掸了掸烟灰。

“于小蝶，我劝你跟我说话客气点儿。”男人面容清冷俊美，视线收回来，逗着金丝雀笼里的八哥，慢条斯理喊出一个名字寒声说，“上回你带着两个一流杀手都没搞死沈寂一个人，打草惊蛇，之后再想下手可就难了。”

“如果不是你前期计划有误，突然冒出来几个巡警，沈寂早就死了。”叫于小蝶的小女孩儿朝他弯弯唇，露出一个天真又明媚的笑脸，小手缓慢地摸着芭比公主的金色长发，“收了人家那么多钱却没办成事，百里先生这可是在砸我们的招牌。”

八哥在鸟笼里上下扑腾着。

百里洲手指动作一顿，冷冷瞥过去，忽然微挑眉，轻声一字一句道：“你听过一句话吗，打蛇打七寸，杀人要诛心。”

于小蝶眉眼弯弯，说：“听不懂，我可还是个小孩子。”

百里洲苦恼地叹了口气，摇头：“不过，对一个女人下手，有违江湖道义，委实不是我的风格。”

“那你的意思是？”

“可能得辛苦你了。”百里洲笑，“于小姐。”

时隔十年，一中的废弃礼堂早已变样，改建成了室内游泳馆。当年堆放的老旧课桌椅也早就不见了踪影。

温舒唯并没有找到那封传说中的来自大佬的充满爱意的情书。

她对此很有几分遗憾。

周末这天，温舒唯起了个大早，准备到附近的菜市场买只鸽子回来炖汤，中午给姥姥送过去。谁知刚随便套了件衣服下楼，便在单元楼的门洞入口瞧见一道挺拔高大的身影。

那人侧对着她，一只手拿着手机，另一只手拿着一根点燃的烟。

晨光透过门洞照进来，沈寂侧颜笼在光里，黑色短发上跳跃着细碎光晕。他低着眉眼，神色冷静淡漠，整个人在光与影的交界处，唇色依旧有些发白。

温舒唯诧异，来不及感叹这人数年如一日的绝世颜值暴击，走过去道："你怎么跑这儿来了？医生不是让你好好在家养伤吗？"

沈寂闻声，转过头来，随手把烟头掐灭："好几天没见面，这不来看看你吗？"

温舒唯干巴巴地笑了下，费解："有什么好看的？"

沈寂眼睛直勾勾盯着她，似笑非笑地懒声道："哪哪都好看啊。"

温舒唯默了默，干咳一声清清嗓子，道："我姥姥住院了，腿疼，我准备去菜市场给她买点东西回来炖汤。"说完想了想，提出建议，"你上楼坐会儿吧，我很快就……"

沈寂说："不用，我跟你一起去。"

"但是你的伤……"

"小事儿。"

几分钟后，两个人一道走进位于姥姥家老小区附近的菜市场。

正是清晨时分，菜市场里最热闹的时候，整个市场里闹哄哄的，四处都是大妈大爷跟卖菜小贩砍价的动静。

大概是身姿笔挺大帅哥和鸡窝脑袋素颜女的组合太过引人注目，温舒唯和沈寂一踏进菜市场，便收获了无数注目礼。

温舒唯刚开始还能眼观鼻鼻观心，勉强稳住心神认真买菜，可随着接收到的视线越来越多，她很快就觉得有点儿招架不住。

早知道就化个妆了。

别人会不会以为她很有钱，沈寂是她养的小白脸?

温舒唯脑子里乱七八糟地思索着，然后在心里叹了口气，第一次发觉处对象如此艰难，连"男朋友长得太帅太优秀"也是一种烦恼。

片刻后，温舒唯抬头，往前面的沈寂看了眼。

某位人帅腿长的大爷正两手插兜，镇定自若地站在一个家禽点杀铺前，脸色冷淡地指挥老板从笼子里抓鸽子。

可怜的鸽子心知自己无法摆脱被煲汤的命运，在老板手中做着垂死挣扎，扑腾下漫天鸽子毛，可劲儿叫唤着。

温舒唯默默走过去，伸手，扯了扯沈寂的袖子，低声：“哎。”

沈寂回头看她，下意识弯下脑袋贴近她几分，嗓音轻柔得不可思议：“嗯？”

“要不，我自己买吧。”温舒唯支吾，“你到小区门口等我？或者先去街对面的茶楼喝杯茶坐会儿？”

沈寂皱了下眉：“为什么？”

因为你的存在太吸睛了，没化妆的我自惭形秽。

沈寂：“因为我长得帅？”

沈寂掀眼皮，定定盯着她，忽然又很冷静地问了句：“我长得帅，让你有压力？”

温舒唯被问得一卡，茫然抬头，看着他——原来脸皮厚到一定程度，自夸起来可以如此自然吗？

这时，对面抓着鸽子、系着围裙的大叔和打下手的年轻伙计忽然听见这么句，也茫然地看了过来。

“你之前不是一直问我喜欢你什么。”沈寂没什么情绪地说，“我这几天，认真想了想。”

“唔？”

“你人很漂亮，性格也好，善良可爱，985 名校毕业，才华横溢，优点多得数不过来。”沈寂低头直勾勾盯着她，一字一句道，“温舒唯，你是个特别好的姑娘，我喜欢上你，是再正常不过的事。我一直觉得，能追到你，能跟你在一起，是我沈寂祖上积德烧了高香。”

空气仿佛凝固了，整个点杀铺前安静了整整三秒钟。

然后——

抓着鸽子的大叔和旁边帮忙的小伙子，在几秒的茫然和震惊之后，相视一眼，竟不约而同地鼓起掌来。周围路过的几个大妈大爷正不明所以地围观，听见掌声后愣了愣，也一头雾水地跟着拍手。

啪啪啪啪一阵掌声。

最终，温舒唯一脸黑线地接过店铺老板手中拔完毛的鸽子，拽过沈寂胳膊，拖着这位大佬，在大妈大爷异样的目光中离开了。

走在人声鼎沸人来人往的菜市场里，温舒唯脸蛋耳朵烧红，脑袋埋得低低的。

边上的沈寂呢？

这位爷不愧是个大人物，菜市场告白算什么？人家十一年特种兵生涯，刀尖舔血九死一生，什么样的风浪没见过，照样懒洋洋地一手拎个装鸽子的塑料袋，一手任前方那姑娘牵着，脸色冷淡慵懒，气定神闲。

仿佛刚刚在点杀铺门口告白，被不明真相群众围观鼓掌的不是他本人。

温舒唯着实打心眼儿里佩服。

行出数米后，两人周围人流逐渐稀疏，到了一处相对安静空旷的区域。道路两旁是一些卖干辣椒之类的香料铺，门可罗雀，老板们瘫在太师椅上百无聊赖地挥舞着苍蝇拍。

脱离人潮注视，她实在忍不住，转过头去："你刚才为什么莫名其妙突然说那些话，你不知道这个地方叫'菜市场'？"

沈寂闻言，侧过脑袋低眸看她，语气冷静："我夸我家姑娘，挑什么场合。"

温舒唯硬生生被噎了下，沉默半秒，道："那你能不能委婉点？这么直来直去的，总是让我措手不及。"

沈寂表情纹丝不变："我喜欢你，正大光明，为什么要拐弯抹角？"

他说得好有道理，一时竟叫她无言以对。

一番对话下来，温舒唯脸色更红，彻底不知道还能接什么话，只能认命地在心里叹了口气。须臾，她咬咬唇，准备穿过菜市场，从另一侧出口回小区。

她侧身刹那，余光不经意一瞥，看见自己手掌心儿里的一块衣角。是沈寂胳膊处的衬衣布料。他被她牵着袖子走，那块布料已被她无意识攥得皱巴巴一片。

温舒唯微窘，这才发觉自己一直忘了松手，五指当即一松，放开他，掩饰尴尬般干咳一声，把一缕发丝捋到耳后，支支吾吾："不好意思，刚才走得急。"

沈寂看了眼那只松开自己的雪白小手，撩眼皮，视线重新看姑娘的脸："为什么松手？"

她刚在走神，没听清楚这句："唔？"

"我似乎记得，你在几天之前已经点过头，答应了我。"沈寂直勾勾盯着她，"你现在是我媳妇儿。"

温舒唯心跳快了一拍："所以？"

"小温同志。"沈寂微弯腰，贴近她，空着的那只手抬起来，修长食指轻轻钩了下姑娘软滑细腻的脸蛋儿，语调不紧不慢，懒洋洋地说，"男女朋友关系的两个人跟大街上走着，都是要拉小手的。"

"过来，牵着我。"沈寂淡淡地说。

这头，温舒唯听完沈寂的话之后仔细一品，觉得有几分道理。她虽然单身二十几年，但没吃过猪肉总见过猪跑，一把年纪的人了，当然知道正常男女处对象的常规操作。

反正亲都亲过了，牵个手而已，难度不到两颗星。

温舒唯给自己做了会儿心理建设，几秒后，伸出左手，抓住了沈寂垂在身侧的右手。

尽管之前早有准备，纤细指尖碰上他手指的一刻，她心尖仍不受控制地一颤——常年端枪拿刀的手，看着骨节修长干净冷白，掌心却硬硬的，触感粗糙，和她的柔滑细腻截然不同，反差强烈。

温舒唯忍不住钩了下小指，完全条件反射的一个动作，指甲盖儿轻轻搔过对方结着薄茧的掌心。

第一次牵手，完成得很自然。

温舒唯心跳怦怦几下，脸发热，暗自悄悄呼出一口气，面上若无其事。

沈寂将姑娘一系列可爱的小动作和红得滴血的脸颊颜色收入眼中，眸中漫上一丝浅笑，忽觉心情大好，五指分开，大掌收拢，将那只软软的小手囫囵个儿包入掌心，握得紧紧的。

两人手牵手往小区大门走去。

从菜市场到小区门口，再到姥姥家的单元楼下，一路无人出声。

晨光静谧温柔，金色的光线落下，将两人投在花坛边的影子拉得长长的，某个角度，仿佛合二为一，亲昵得不分彼此，似同一个人。

忽地，温舒唯听见头顶上方响起个声音，慢条斯理的："姑娘，只是牵个手，至于这么激动？"

她顿了顿，仰起脖子看身旁那人，不自觉地皱了下眉，很困惑："为什么这么说？"

沈寂说："你手心儿全是汗。"

"谁激动！我今天穿厚了，觉得有点热。"温舒唯本就害羞窘迫，淡定表象被揭穿，一阵心虚，耳根子火烧火燎的，抿抿唇，小声回怼，“还说我，你手心不也有汗吗？”

“我喜欢的姑娘头回拉我手。”沈寂淡声，“我高兴，也紧张。”

温舒唯脸蛋一下更红，望着眼前这张帅得惨绝人寰的脸，不禁又眯了眯眼，陷入沉思。

这位大佬哄女孩子的技术如此出神入化信手拈来，事实上，她从很早之前就开始怀疑，他这一身本事都是阅人无数，在一代又一代前女友手下练出来的。

如今看来，历任前辈确实调教有方。她深沉地想。

在单元楼门口和沈寂闲聊了会儿之后，温舒唯带着沈寂上了楼，掏出钥匙开门，请他进屋，给了他一双透明鞋套后便请人到客厅里坐。

姥姥的房子不大，除客厅饭厅外，一共三个房间。平时就姑娘和老人两个人住，第三间卧室被老人用来堆了杂物。整间屋子装修简单却温馨，无论是摆在入门鞋柜上的哆啦A梦玩偶，还是阳台边上满是小盆栽的绿植架，都将祖孙两人对生活的热爱和阳光乐观的性格特征暴露无遗。

沈寂不动声色地打量着这处居所。

忽闻轻轻一声“砰”。

他微侧目，观察到姑娘进屋之后做的第一件事，就是走到一个房间门口，伸手把房门带过来，关上。纯粹下意识的行为。

显然，温舒唯请他进门只是出于基本的待客之道和礼仪，她没有让他参观自己卧室的打算。

须臾，沈寂没什么表情地收回视线。

“你先坐，我给你倒杯水。”温舒唯笑盈盈地从卧室那头走回客厅，边说，边转身走进厨房。

刚找出茶杯洗干净，正要倒水，一阵脚步声便从背后传进她耳朵。

温舒唯回头，目光里带着诧异：“你要找什么吗？”

沈寂拎着塑料口袋径直走到洗菜盆前站定，眉眼垂着，拿出那只拔了毛的鸽子，漫不经心地说：“不是要给姥姥炖汤吗？”

她不明白：“是要炖汤啊。怎么了？”

“出去歇着。”沈寂解开银色的衬衣袖扣，挽起衣袖，露出两只肌理线条紧实漂亮的小臂，“我来。”

“不好吧，你这也太客气了。”温舒唯震惊之余，干巴巴一笑，随口道，“我厨艺虽然一般，但是炖汤还行。我自己来自己来，哪有让第一次进家门的客人动手的道理，姥姥要是知道了也会骂我的。”

话音未落便被沈寂打断。他忽然侧头盯着她：“你说什么？”

她狐疑，回忆着重复：“姥姥要是知道了会骂我的。”

“上一句。”

“哪有让第一次进家门的客人动手的道理？”

沈寂手上的动作顿住，微抿唇，眼睛直勾勾看了她片刻后，伸手，轻轻捏住了她小小巧巧的下巴。

姑娘不解地眨了下眼睛，心里莫名一慌：“干吗？”

“客人？”沈寂语意不明，有点儿玩味地重复一遍这两个字。

温舒唯正要说什么，猝不及防，对方钩过她的下巴把她整个儿往身前一带，弯腰低头，高挺鼻梁贴近她的唇，嗅了嗅，再然后便压下来一个吻。

和初次的吻如出一辙。先是唇，再是舌，他吻得深且用力，发狠似的，把她天灵盖都亲得发麻。

不知过了多久，沈寂直起身，结束这个吻，舌尖在温舒唯微肿的唇瓣嘴角轻舐着。

姑娘眼睛里都是雾，有点儿蒙，瞪着他不知说什么。

“看来印象不够深刻。”沈寂说。

“嗯？”

“我的小温同志，”他额头紧贴她，唇抵着她的嘴角，轻声说。那嗓音极低，沙哑性感得要命，尾音缓缓拖长，“现在记起来了吗？”

温舒唯发觉自己声音也哑，用力清了清嗓子：“记起什么？”

“我是你的谁？”

温舒唯咬唇，窘得想原地施个魔法凭空消失：“我男人。”

沈寂满意，勾嘴角，手指轻轻捏她脸蛋儿：“乖了。”

拔了毛的鸽子没能逃过沈寂的魔爪，在大佬的熟练操作下被煲成了一砂锅香气扑鼻的汤。

上午九点四十，两人驱车前往骨科医院住院部，给姥姥把补身子的汤送了过去。

沈寂把车停在露天停车场，到医院外的超市买了些水果和老人家吃的保健品，两人一道上楼。

双人间病房里安安静静，一张床上躺着一个和姥姥一般年纪的老婆婆，另一张被褥叠过，空无一人。

温舒唯狐疑，询问隔壁婆婆姥姥的去向。

“你姥姥在医院躺了几天，久了不动浑身难受，想出去走走。你妈妈陪着去旁边的公园逛去了。”老婆婆笑眯眯地回答。

温舒唯点点头，谢过婆婆，把装汤的保温瓶和沈寂带来的礼品放在了姥姥床头，与沈寂一道离开病房。

进了电梯，她拿出手机准备给何萍打电话，刚要按键又想起什么，扭头看沈寂，道：“你一会儿有什么事吗？我姥姥腿脚不好走得慢，可能要一两个钟头才回得来呢，你要是忙，就不等了？”

沈寂摁亮电梯按键数字“1”，垂着眸安静道：“我一会儿得去趟汉房山，下次再来看她老人家。”

温舒唯听后一怔。

汉房山这地方，云城本地人都知道，位于北郊六十公里以外，附近有个军用机场和一处烈士陵园，市里中小学经常有老师领着一帮孩子到那儿去进行爱国教育，传承红色精神。

她问：“去那儿做什么？”

“今天是我老大哥的冥寿。”沈寂语气很平静，“得去看看。”

温舒唯隐约猜到什么，心头莫名一紧，静默须臾，点头。

电梯停下，门开。两人走出去，与医院大厅内来来往往的病患和医护人员擦肩而过。

“你想不想去？”沈寂冷不丁问了句。

温舒唯微讶，抬头看他：“我可以去吗？”

沈寂很淡地笑了下：“可以。”

气温稍有回暖，车窗外太阳升至半空，阳光和煦。温舒唯和沈寂说话的同时已行至停车位，拉开车门，上了车。

沈寂给身旁的姑娘系上安全带，身子撤回来，一顿，摸出手机，从通讯录里调出一个号码，盯着屏幕眯了眯眼睛。

他摁下拨号键。

嘟嘟忙音。一连拨出四通，全是无人接听。

温舒唯转过脑袋，只见沈寂掐了电话，把手机撂上置物台，面色沉冷，唇抿成一条线，目视前方，发动了引擎。

她皱眉，目光看向不远处的手机。

屏幕亮着，仍停留在拨号键上。

拨号对象在沈寂通讯录里的备注是三个醒目大字：宋子川。

第七章——雾

温舒唯对这个名字很有印象。

她仔细回忆，脑海中很快浮现出一张少年的脸：十六七岁的年纪，容貌英秀，整个人阴沉漠然，站在笼在冷光中的派出所空地上，像只浑身都是刺的刺猬，对世界充满无尽的嘲讽和森然敌意。

思索须臾，温舒唯目光重新回到沈寂脸上。

他目无他物，面部表情冷淡平静，叫人无从判断这人此时的心境。他开着车，看上去没有什么说话闲聊的欲望。

温舒唯的大脑在这时冒出一个奇怪的念头。

面对她时的吊儿郎当戏谑轻佻，亚丁湾上的铁血冷酷，和此时的淡漠深沉拒人千里，温舒唯忽然分不清哪个才是真正的沈寂。

也是这一刻，温舒唯才终于后知后觉地意识到，不管是十年前还是现在，她所认为的、所理解的、所定义的“沈寂”，都只是这个人的冰山一角。

她摸着下巴，若有所思地眯起眼睛。

这个男人一人千面，太复杂，凭她想要看透，可能是件比登天还难的事。

她觉得，自己极有可能被骗上了一艘贼船。

就这样思绪乱飞胡乱思索了会儿，忽地，边上响起道凉凉嗓音。沈寂察觉到姑娘的专注目光，眼皮都没动一下地道：“一个人想什么呢？”

温舒唯摇摇头：“没想什么。”

“那你盯着我看。”沈寂懒洋洋地说，“眼睛都快长你老公脸上来了。”

你怎么知道我在看你？眼睛长在太阳穴上？

温舒唯被言中心事，微窘。根据以往经验，自己和他打嘴仗就没赢过，这种时候的最佳做法就是置之不理。因此她很快便默默把脑袋转回去，从兜里掏出手机。

她点亮屏幕，在通讯录找到备注为“妈妈”的号。

她看着这串号码犹豫了一下，拨过去。

嘟嘟数声，通了。

那头的何萍接起电话，“喂”了声。

不知出于什么原因，今天母亲的心情似乎不错，就连接电话的嗓音都比往日温和几分。温舒唯听着这声难得柔软的“喂”愣了下，须臾，定下神，乖乖喊了声：“妈妈。”

“嗯。”电话那头的何萍一顿，语调里带着些笑意，“我陪你姥姥逛公园儿呢。你到医院了？”

“刚才去了，没见到你们人。”温舒唯说，“鸽子汤炖好了，放在姥姥病床的床头柜上，还有一些水果和保健品。”

何萍是多聪慧机敏的人，一听这话顿时便察觉到什么，问道：“除你之外，还有谁到医院来过了？”

温舒唯没立刻答话，而是侧目，看了眼身边正在开车的沈寂。

十字路口，正好红灯，车流列了队在几条车道上排起长龙。驾驶座那侧的窗户落下大半，沈寂目光落在车窗外，一只手很随意地搭在窗玻璃上，食指敲着窗沿，冷静慵懒浑不在意，仿佛根本没听见温母在电话里问温舒唯的话。

温舒唯目光转回自己的膝盖，安静两秒，暗暗做了个深呼吸吐出来，说：“我刚谈的男朋友。”

最后一个字音落下刹那，敲窗沿的食指微顿。

沈寂目光里有什么跃动一瞬，动作神态不变，仍旧没有说话。

温舒唯话说完，电话另一端安静了好半晌。

然后，没有预料中的惊讶质问和隐忍怒火，她听见何萍的声音再度响起，很平静地“哦”了声，又淡淡地问：“男朋友，具体是什么时候谈的？”

“大概一周之前。”

“朋友介绍？”

"高中时候的老同学。"

"做什么工作的？"

"部队里的。"

一问一答，母女二人在电话里聊着，气氛竟破天荒般和谐了一回。

没多久，何萍那边给这段对话画上了个句号。她没什么情绪地道："具体情况等你回来再详细说吧。替我和你姥姥谢谢人家，让他费心了。你姥姥要上洗手间，我扶她过去，先不聊了。"

"妈妈再见。"温舒唯挂断电话，而后，鼓起腮帮子暗自呼出一口气，极轻微，紧绷的神经终于放松。

车厢里忽然一阵安静。

不多时，沈寂先看向她，出声："你跟你妈说我了？"

"嗯。"姑娘闻言有点不好意思地笑了下，脑袋埋低，不知是紧张还是什么原因，沈寂看见她抓手机的几根纤细指头扣得紧紧的，"我是觉得，既然谈都谈了，还是得跟家里说一声吧。"

沈寂安静不语。

姑娘说完沉默片刻，又道："之前，其实我都没想过要处对象。现在时代不一样了，大部分女孩儿的思想也有变化，大家独立、自信、自强，很少还有人觉得'爱情'是多么不可缺少的东西。所以，之前家里催归催，我都没当一回事，一门心思搞事业。"一顿，小声嘀咕，"要不是你太坚持，我都准备一直这么单着的，赚钱多实在。"

前方路口转弯。沈寂看着路况单手转盘子，闻言很淡地勾了下嘴角，嗤道："合着我耽误了你的致富伟业。"

"我可没这么说。我这人有原则，不谈就不谈，要谈就走心。"温舒唯摆手，换上一副江湖儿女豪情万丈的口吻，"你放心，既然咱们革命友谊已经升华，正式成了男女朋友，我这边儿肯定会对沈寂同志你负责。"

这台词真是怎么听怎么别扭。

沈寂静默了会儿，淡声说："之前听你说，你是跟着姥姥长大的。"

"嗯。我爸妈都再婚了，我跟着妈妈，她现在跟继父还有了个弟弟。"温舒唯随口聊着，停了下，转过脑袋，半带试探地轻声道，"说起来，我弟估计跟你那战友的儿子差不多大。"

沈寂脸色冷淡，没有说话。

见状，温舒唯紧接着安慰道：“这个年纪的小孩儿，没几个让人省心的。其实不光是你战友的儿子，我弟也叛逆，听说前几天还因为打架被请家长来着。等再大点儿就好了。唉，你真怪可怜的，我只能向你表示深切同情。”

沈寂安静两秒，看了眼中控台上的地图，语气柔和，脸上却没什么表情：“估计还得一个小时才到。你要不睡会儿？”

温舒唯这回不吭声了。

之前东拉西扯只是想转移他注意力，但很显然，这方法对沈寂不起作用。他这会儿气压低得叫人遍体生寒，整个车内温度仿佛都低了几分。

她沉沉叹了口气，脸上的轻松散漫褪下去，抬起手，壮着胆子拍了拍对方肩膀，没说话，然后便垂下手在座椅上调整一个相对舒适的坐姿，闭上了眼睛。

数分钟后，等温舒唯一觉醒来时，黑色越野车已在高速公路的某个岔口驶下。周围景物变化，没有了钢筋水泥和一切大都市痕迹，取而代之的是一片遮天蔽日的高大芦苇墙，浩浩荡荡闯入她视野。

温舒唯睡得迷糊，揉了揉眼睛坐直身子，摇下车窗朝外看，郊区的秋风将片片芦苇吹得东摇西荡，偶尔一阵劲风侵袭，几簇芦苇被强劲风力压弯腰，便显露出被隐蔽其中的庞然大物一角。

一望无垠的军用机场，占地面积极广，停着数十架染成迷彩绿的军用直升机，机场内随时都有持枪哨兵巡逻。

天空嗡嗡的，巨大的螺旋桨声从人的头顶擦过去。

温舒唯在那阵刺耳噪音中皱了下眉，仰起脖子，看见几架直升机盘旋在机场上空，应该是空军飞行员们正在执行飞行训练任务。数百米远外依稀可见几栋办公楼的影子。

“这附近的建筑物都很低。”温舒唯随口问，“为什么？”

“空军的训练任务分白天和晚上。”沈寂没什么情绪地回，“为了隐蔽，直升机必须在全黑暗环境飞行，建筑物修得高，夜间容易出事故。”

温舒唯明白过来，点点头，不再多问。

继续行驶，又过了约二十分钟，沈寂所驾驶的黑色越野车停在了北郊烈士陵园大门口的停车场内。

熄火，下车。

沈寂摸出一根烟，点着，经过停车场某处时，步子忽然顿住，侧过头去眯了眯眼睛。

温舒唯跳下车，瞧见不远处有卖祭祀用花束的小商铺，便过去买了一束。回来跟到沈寂后头，见他停着不走，一愣，视线顺着看过去，见是一辆普普通通的黑色大众轿车，不由得狐疑："怎么了？这车怎么了？"

"没什么。"沈寂抽了口烟把目光收回来，"走吧。"

两人进入陵园。

北郊的这处陵园修建于九十年代，距今已有二十年，其间，政府拨款为陵园进行过多次翻修，因此整个园区的植物虽生长茂盛，但整体看着并不见丝毫破旧。

葬入此处的烈士年年都有。部队官兵，人民警察，或是消防员。这些烈士中，有的被媒体报上过新闻，引得无数市民前来悼念，有的则因某些特殊原因，悄无声息长眠于此。

陵园很大。

温舒唯跟在沈寂身后往前走，一路上，遇上了不少胸前戴红领巾的小学生和身着校服的中学生。这些孩子在各自领队老师的带领和指导下，或蹲或弯腰，正动手给那些墓碑擦洗除杂草，个个表情专注认真。

温舒唯看了那些学生一会儿，收回目光。

须臾，沈寂步子停下。

温舒唯抬起头。他停在了一座墓碑前面。

纯黑色的墓碑，不知哪一年立的，碑身旧了，碑主人的照片也旧了——或许是立碑时，队友们特意给墓碑主人选了一张年轻时候的照片，黑白照片上的男人看起来不超过三十岁，穿着一身军装，戴着军帽，向这个世界展露出一个很和善的微笑。

温舒唯看向墓碑上的铭文。

——宋成峰 中国人民解放军海军 98435 部队一等功烈士

温舒唯抿唇。

边上，沈寂安静地看着墓碑，墓碑上的军人也安静地看着他。

须臾，沈寂嘴里的烟抽完，又拿出烟盒，抖出第二根，放进嘴里，拿火点燃，然后又把点着的烟放在墓碑上方的石材边缘处。

"又老一岁了。"沈寂笑了下，"老规矩，一根中华，你喜欢的。"

温舒唯默不作声地把那束白菊花放在了墓碑旁边，退到一旁，站定。

整个祭奠的过程，沈寂几乎没怎么说过话。

温舒唯观察到，大部分时候，他都只是静静地站在那儿，就那么陪墓碑上的人待着。

过了会儿，沈寂侧身朝她招了下手，语气很淡：“过来。”

温舒唯走过去。

沈寂伸出手，轻轻环过她的肩，往自己身边一带，看着宋成峰笑了下：“宋哥，这我媳妇，温舒唯。”

温舒唯看着照片上一身军装的男人。

“你看过她照片，一直说什么时候见见。”沈寂说，“这回算是见着真人了。”

温舒唯面露诧异，看向沈寂正要开口询问什么，一道男声却从身后传来，说道：“我就知道会遇见你。”

温舒唯闻声回过头。

来人是个三十来岁的年轻男人，一米八几的个子，穿着一身深灰色的皮夹克和一条黑色长裤，只身一人，气质硬朗，手里拿着一束百合。

沈寂看了那人一眼，表情没有丝毫变化，目光冷淡收回。

皮夹克见他不搭理自己，也不生气。他径直迈着长腿上前几步，见了温舒唯，笑起来，道：“这就是嫂子吧？我叫丁琦，是寂哥朋友。”

温舒唯猜测丁琦是沈寂的战友，恰好在云城，便也来祭奠宋成峰，也笑了下：“你好。”

丁琦上前两步把百合放在了白菊旁边，脸色微沉，抬手把墓碑上的灰扫干净，语气里还是带着笑：“好久没见了老兄弟，别来无恙啊。”

丁琦跟墓碑上的宋成峰笑着聊了几句，忽然一顿，抬眼四下打望一圈儿，皱起眉，问沈寂道：“宋子川那小子呢？”

沈寂没说话。

丁琦脸上的笑容一下没了，狠狠咬了下后槽牙，低骂：“这兔崽子。”

温舒唯在心里叹了口气，难怪刚才沈寂会动怒。之前在车上，他打电话给宋子川，想必是想带那孩子一起过来吧。

正琢磨着，背后又传来一个声音，冷冷讽刺道：“你有什么资格来祭拜他？”

话音落地，墓碑前的三人同时回转身。

少年不知何时出现，就站在几米外，眼底森寒，嘴角带着一丝嘲讽的笑。

沈寂面无表情地与宋子川对视。

温舒唯皱眉，一时没搞清楚状况，不知道少年这话是对谁说的。

倒是边上知道内情的丁琦沉声呵斥道：“宋子川，睁大眼睛，你爹就在这儿看着你呢，少放屁！”

宋子川盯着沈寂，眼里隐隐有血丝，寒声道：“这些年，我每天都在想，当年死在亚丁湾的，为什么不是你？”

沈寂唇抿成一条线，眸色沉冷如冰。

旁边的温舒唯听不下去了，用力皱眉：“你这孩子怎么说话的？”

“呵。”宋子川轻嗤。

这态度彻底激怒了丁琦。他火冒三丈，挽起袖子就想动手，嘴里骂道：“你这不识好歹的臭小子，信不信我替你爹好好教你什么叫感恩什么叫做人！”

丁琦刚动，一只胳膊便抬起来拦在他身前。

丁琦睁大了眼睛瞪沈寂。

沈寂死死盯着宋子川，手放下来，还是一声不吭。

“你不是一直想知道，我为什么讨厌你吗？”宋子川忽然笑了下，“今天当着我爸，我把话跟你说明白，我不是讨厌你，我是恨你，恨不得你下地狱。”

丁琦拳头捏得咯吱响：“你……”

宋子川侧目看丁琦：“感恩？他对我有什么恩？如果不是他，我爸根本不会死。你现在居然跟我说感恩？”

“你这小兔崽子知道个屁！如果你爹知道你现在这个鬼德行，棺材板儿都压不住。老子今天非揍你不可！”丁琦红了眼，大步过去一把攥起宋子川衣领，抡着拳头就要往他脑袋上砸。

“丁琦。”沈寂沉声喝止。

丁琦用力咬咬牙，竭力压制怒火，深呼吸，最终反手给了少年一巴掌，松了手。

宋子川被那股力道扇得别过头去，嘴里尝到了丝丝血腥味。他冷笑，瞪着沈寂低声说：“我不会原谅你。这辈子都不会。”

说完转身，头也不回地走了。

数分钟后。

陵园一棵上百年的老梧桐树下。

“那小子走后，沈寂一个人在墓碑旁边的石墩子上已经坐了半个小时了。”

“唔。”

“他还要一个人这样多久啊？”温舒唯蹲在树下，两手托腮，苦恼地问。

“不知道。”丁琦也蹲在树下，两手托腮，摇摇头。

“你和他这么多年朋友，都摸不准他发呆要发多久时间？”

“可能那包烟抽完就正常了吧。”

温舒唯：“……”

不远处，坐在墓碑旁的高大背影纹丝不动，两只大长腿随意地敞开着。从他们的角度看不见沈寂的表情，只能看见他垂在膝盖上的手夹着一根烧了一半的烟，偶尔抽上一口。

温舒唯颓然地收回视线，抱住脑袋烦躁地抓了抓头发，忽然一顿，侧目看丁琦，拿胳膊肘撞了他一下：“喂。”

丁琦扭头：“干吗？”

温舒唯迟疑了会儿，有点不知该怎么开口。

“怎么，有话要问我？”丁琦挑起眉毛，“你不说我也知道你想问什么。你想问宋子川为什么对老沈敌意那么大，是吧？”

温舒唯皱着眉，连连点头。

丁琦一顿，叹了口气，道：“宋哥是执行任务的时候牺牲的。”

“那，那小孩儿为什么要说是因为沈寂？”

“那几颗子弹本来是朝老沈打的，宋哥冲过去替老沈挡了枪。”丁琦语气沉下去，“对面都是亡命之徒穷凶极恶，子弹打穿了防弹背心，宋哥当场就……”

听完，温舒唯心揪起来，抿抿唇，彻底静默。

丁琦说完，抬手指了指从头顶飞过的一架直升机。温舒唯不解地抬起头。

丁琦说：“就上个星期的事儿。这个营区派了七个人到边境执行任务，最后都进了这地方，全没了。”

温舒唯用力皱眉。

“和平年代，从来不意味着没有牺牲和伤亡。”丁琦笑着说，“军人和警察都一样，穿了那身衣服，谁的命就都不是自个儿的。”

从陵园出来已经中午十二点多。

初秋时节，天气回暖，太阳明晃晃地挂在头顶，洒下来的阳光竟有些刺眼。陵园的树木花草在风中摇曳，光从枝干树叶的缝隙里透下，在地上投落斑驳的影。

沈寂、温舒唯，和祭奠时偶遇的丁琦一道，三人步行往停车场方向走。

走在路上，好半晌都没人说话。

温舒唯侧头看了沈寂一眼。

他穿着一身纯黑色的外套，一只手拿着烟，另一只手插裤兜，高大挺拔的侧影笼罩在秋日的阳光中，眉眼略微低垂着，从始至终没说过一句话，整个人显得格外冷静、淡漠。

沈寂平日话也不多，但，从未像今天这样安静寡言。

温舒唯思索片刻，在心里沉沉叹了口气。对沈寂而言，出生入死的战友为救自己而中枪身亡，这样的打击和伤痛，过去再多年也难以淡化吧。

加上宋子川今天又对他说了那种话……

“宋子川那小子。”忽地，一旁的丁琦自言自语似的骂出几句，“我长这么大，还没见过这么忘恩负义的人。小小年纪，读的书让狗吃了！”

丁琦自顾自骂完，又转过头看沈寂，说：“你脾气什么时候变这么好了。这么多年，你为那小子尽心尽力，供他生活供他上学，他逃学逃课不认真读书也就算了，还狼心狗肺跟你说那种话！换成我，见他一次抽他一次，早晚把他给抽清醒！”

沈寂唇紧抿，咬着烟，微不可察地皱了下眉。

温舒唯敏锐地捕捉到他表情的细微变化，咬咬唇，低声喊丁琦：“少说两句。”

丁琦也意识到自己情绪有点儿激动，沉默半秒，侧头深吸一口气吐出来，抬手不耐烦地挥了挥：“算了算了，一倒霉熊孩子，咱们也懒得跟他一般见识。”

这时，沈寂忽然开口，低声道：“我欠宋哥一条命。”

话音落地，温舒唯和丁琦都是一愣，一同抬眼看向他。

沈寂说：“那小子恨我，也该。”

“你这话说的。”丁琦简直难以理解，道，“宋哥一辈子护犊子，你们都是他一手带出来的兵，不是你，换成别人他一样会去挡子弹。这根本不是你的错。”

沈寂抬头看他，沉声：“老丁。世上从来没有真正的‘感同身受’，刀不划在自己身上，没人懂那种滋味儿。”

丁琦拧眉，没接这句话。

“咱们都不是宋子川。”沈寂低头，掸了掸烟灰，“丧父之痛，只有他能体会。”

“但是……”

“宋哥临走前，只交代了我两件事。一是要我活着把大家带回去，二是把宋子川抚养成人。”沈寂语气里听不出什么情感色彩，很冷静，“我不能辜负宋哥。”

丁琦听完沉默好一会儿，终是叹了口气，无奈道：“只希望等那孩子再大点儿，能明白宋哥和你的良苦用心吧。”

两个男人聊着，温舒唯在旁边从头到尾没插话，一来因为那段过去她不曾参与没有发言立场，二来也因为确实不知道能说什么。这话题过于沉痛，简单的安慰，苍白无力。

须臾，沈寂转过视线看向她，语气柔下来：“饿不饿？”

温舒唯愣了下，抬起脑袋，这才意识到这话在问自己，便笑了笑，干巴巴地答道：“还好，早上我吃得挺多。”

“大中午的，不饿也该找地儿吃饭了啊。”丁琦机灵得很，连忙顺着这个话头往下接，一扫先前的沉重气氛，换上轻松愉快的语气笑道，“正好我有个朋友要过来找我，大家认识认识。”

话音刚落，他兜里手机就振起来。

丁琦接起电话：“你到了？等会儿，我们正往停车场走呢。对，我知道卖花那儿，行，你就站那儿等我。”几句话便挂断。

几分钟后，三人一同回到停车场区域。

温舒唯跟在沈寂身边，抬起眼，远远便瞧见一道人高马大的身影站在花店大门的左侧。那男人长得非常高，身高粗略目测接近两米，穿着简单的深蓝色长袖卫衣和运动裤，肩宽得像堵墙，块头又大又结实，留着板寸头，方脸圆眼，长相木木的，和“英俊帅气”统统沾不上边儿，倒有几分憨厚老实的可爱劲儿。

丁琦看见那两米大块头，远远就招手，笑着喊："铁柱！这儿呢！"

温舒唯被丁琦口中的"铁柱"二字震了震，心想还真是个恰如其分、充满形象感的绰号。

大块头朝几人走过来。

近了，丁琦笑着给大家做介绍。他先看向大块头，抬手朝沈寂那方比画比画："沈寂，寂哥，蛟龙突击队的一把手，我哥们儿。这是温舒唯，老沈媳妇儿，你跟我一起叫嫂子就行。"

大块头脸上依然木木的。听丁琦说完，他看着沈寂和温舒唯，面无表情地挥了挥手，打招呼："寂哥，嫂子。"

挥挥手?

怎么这位大兄弟还有点儿萌？温舒唯抽了抽嘴角。

丁琦又说："我以前的搭档调走了，这是局里刚给我配的新搭档，叫梁铁柱。"

多么朴实无华的名讳。

温舒唯静默了至少三秒钟才扬起唇，朝大块头露出一个干巴巴的笑容，招呼回去："你好，铁柱兄。"

说完眼神一斜往边上悄悄扫了眼。只见，比起被这个名字给镇住的自个儿，人家沈大佬就显得有见识有素养多了。他只是随手掐了烟，没什么表情地朝梁铁柱点了点头，语气也淡淡的："你好。"

"以后大家就都是朋友了啊，有什么事儿互相关照着。"丁琦笑着，"这附近有一家火锅不错，走，难得聚一回，今儿我请客，带大家下馆子吃顿好的。"

说完，他扭头看了眼梁铁柱："你开车了吗？"

梁铁柱面无表情，摇头："没。"

"那开我的。"丁琦随手从裤兜里掏出车钥匙丢过去，故意"哎哟"一声，闭着眼揉脑袋，"昨儿没睡好，我脑瓜子疼。车牌号你认识，你开吧。"

梁铁柱点头："好。"说完转过身，面无表情地走了。

温舒唯默了默，实在没忍住，凑到丁琦旁边压低声音由衷赞叹，竖起一只白白的手掌挡住嘴巴："丁琦兄，你这搭档好有性格啊。"

丁琦闻言，一顿，转过脑袋神秘兮兮地左右看了眼，然后才凑过去，小声回道："可不是吗！嫂子，我跟你说，你别看我这哥们儿块头大，长得也有点儿憨，人家可连续五年蝉联全国散打冠军！那身手，啧，往我们局里一放，梁铁柱称第二，没人敢称第一。”

“局里？”温舒唯诧异，“你不是当兵的吗？”

丁琦摇头：“不是啊。”

“我还以为你和沈寂是战友……”她小声嘀咕着，又好奇地问，“方便透露一下你们是什么局吗？”

“国安局。”丁琦生怕她不知道自家这个神秘莫测高大上的组织，还特别提醒了下，“国安局你知道吧，就是中华人民共和国国家安全局，很厉害的。”

温舒唯瞪眼：“哇，那你是特工吗？”

丁琦清了清嗓子，两手并用理了理衣领，自谦地微笑：“低调低调。”

温舒唯发自内心地称赞：“真是看不出来啊。”

忽地，边上响起一嗓子，听不出语气地说：“你俩靠这么近做什么。”

温舒唯和丁琦闻言，卡住，不约而同地转过脑袋往后看。某大佬不知何时已经到了他们跟前，站姿随意，面容冷淡，垂着眸，没什么表情地懒懒瞧着他们。

丁琦一愣，只觉后颈平白灌进来一阵阴风，凉飕飕的。

杀气腾腾，红色危险警告。

常言道，识时务者为俊杰。下一秒，丁琦“唰”一下往旁边迈开一大步，一本正经道：“我那兄弟四肢发达头脑简单，这么久没过来，可能忽然忘了怎么踩油门，我去看看。”说完一溜烟儿跑没影了。

杵在原地的温舒唯沉默了会儿，回答：“我在问你朋友事情。”

这种莫名其妙被“捉奸”的羞耻感是怎么回事？

沈寂脸上没什么表情，抬起手，屈指轻轻钩了下她的脸蛋儿，懒洋洋地说：“小温同志，时刻谨记，你是个有家室的人。”

“你和其他男人走得近，我可是要伤心的。”沈寂说。

温舒唯支吾：“只是说了会儿话，而且还是你哥们儿，你不至于不高兴吧。”

“我没有不高兴。”沈寂淡声，“我是吃醋。”

“饿了。先去吃饭吧。”沈寂说着，伸手钩过姑娘细细的腰身环过来，埋下头，嘴唇贴近她耳朵，用只有她能听见的音量低哑道，“回去了再让你好好哄我。”

温舒唯脸忽地微红，打他一下，小声：“有人呢。”

吃饭的火锅店离烈士陵园不远，开车十来分钟就到。

虽是郊区，但这家火锅店的生意却十分红火，正是饭点儿，店门口的停车位全被占满，沈寂一行只好把车开到不远处的小区内，再步行回火锅店。

丁琦几分钟前打电话定了个包间，四人进门后，一个服务员小姑娘便过来带着他们进了包间。

点菜时，丁琦拿着菜单抬头问：“要什么锅底？”

沈寂拿开水给温舒唯涮了涮筷子，头也不抬地说：“红的白的各一半儿。”

丁琦诧异：“我记得你挺能吃辣啊。”

“你嫂子不吃。”

丁琦于是要了个鸳鸯锅，开始点荤菜素菜。

温舒唯倾身往沈寂那边儿靠近了些，低声问：“你怎么知道我不喜欢吃辣？我没跟你说过吧。”

沈寂撩起眼皮瞧她：“跟你吃了那么多回饭，你怎么点菜，哪些菜色吃得多，哪些菜色不碰，我长了眼睛知道自己看。”

温舒唯听完，贴近他：“这么说，沈队您很了解我？”

沈寂也贴近她，轻声：“你的事，就算你不说，我也一清二楚。”

温舒唯眯了眯眼睛。

沈寂微微挑了下眉毛。

两道目光在空气里交会。

电光石火几回合。

须臾，又各自收回来。

那头丁琦已经点完菜了。他把菜单递回给服务员，转头看温舒唯，笑说：“嫂子，听说你和老沈是高中同学，这缘分，那不是两小无猜，一起玩到大的？”

“差不多吧。”温舒唯笑笑，“我在我学校玩，他在他学校玩。”

丁琦：“你们不是高中同学吗？怎么还不是一个学校的？”

沈寂淡声接话：“她一中的，我十七中的，我屌丝逆袭追女神。”

这对夫妇，一个活泼一个高冷，一个纯良无害一个鬼神莫近，但两个都是谜之话题终结者。别说，还真不是一家人不进一家门。

丁琦忽然觉得正常人的生活真是太难了。最终，他决定放弃“饭桌话题发起人”这个艰巨的重任，埋头喝茶。

好在这时候菜上桌了。

大家开始吃饭。

吃饭过程中，丁琦询问着沈寂当年蛟龙突击队一干老兵的近况，沈寂有一搭没一搭地回着。温舒唯则和萌萌的铁柱兄一道，专注吃饭。

刚夹起一块涮毛肚要往嘴里放，忽地，两阵手机铃声同时响起。

温舒唯一愣，抬起头。

沈寂和丁琦各自掏出手机，看来电显示，脸上都没什么表情，随后又各自离开包间接电话。

温舒唯把那块毛肚放进了嘴里，咀嚼着，不知为什么有些心神不宁，毛肚吃进嘴里也像没什么味道。

忽然，旁边的梁铁柱木木地说了句：“出事了。”

温舒唯莫名，侧过头看那大块头，以为自己听错了：“你说什么？”

“丁琦这个人，一直嬉皮笑脸，天塌下来也不当回事。”梁铁柱面无表情地说，“他刚才，很严肃。”

热火朝天的火锅店，二楼包间外的走廊。

沈寂在窗户边上接起那串未知号码来电：“喂。”

听筒那端无任何人声回音。

沈寂脸色沉下去。

片刻后，响起一阵敲击声，极轻微，类似人手指扣在手机屏面板的脆响。敲击声时而连贯，时而停顿。

看似毫无章法，又带着某种昭示性的规律。

摩斯密码。

短短几秒，沈寂双眸骤然充血赤红，哑声道：“你在哪儿？”

对面没有回复，然后，挂断，只剩冰冷空洞的忙音。

“坏了坏了，老沈！出大事了！”背后响起急促的脚步声，丁琦向来戏谑散漫的面容极沉，皱眉快步走到沈寂身旁，低声语速飞快道，“我刚接到我们江局的电话……”

“我已经知道了。”沈寂说，“西藏‘十四所’最新研发的一套航母系统的武器资料失窃了。”

“对，就是这件事，这谁告诉你的？”

“我爸。刚打的电话。”沈寂沉声说，“他伤得很重，不知道能不能撑到医院。”

包间里，温舒唯心神不宁，早就没什么胃口吃火锅，正拿筷子拨弄着面前的一盘油炸花生米，微皱着眉，怔怔发呆。一旁的梁铁柱还是老样子，方方的脸上表情木讷，也没继续吃了，微垂着头，两只手端端正正放膝盖上，军姿坐姿一语不发。

听见脚步声，两人不约而同地抬头看向门口。

沈寂推门大步走进来，面无表情，垂着眸，唇抿成薄薄的一条线，径直将搭在椅背上的外套一把抓起。

温舒唯端详他脸上神色，意识到什么，出声问：“怎么了？谁给你打的电话？”

“沈建国。”沈寂说话的语速快而稳，眉眼冷静至极，顿了下，“我爸。他受了伤，这会儿正在抢救。”

温舒唯闻言，手指没抓稳，卡在虎口处的筷子掉下去，磕到瓷碗边沿，发出“哐当”一声响。

沈寂抬眸看她，很平静地说：“我得马上去医院。”

姑娘脸发白，竭力克制住发颤的双手和内心慌乱，朝他点点头，也很平静：“走吧。我跟你一起去。”

沈寂动作微顿，又看了她一眼，眸色很深。

“问清楚了，问清楚了，沈首长就在军总院。”丁琦紧随其后走进来。他像刚又打过一个电话，手机还攥在手里，声音沉冷中隐隐透出焦灼。他也抓起自己的外套，从外衣兜里摸出车钥匙丢给梁铁柱，招呼道，“老梁，你先开车去，我还得给江局再回个电话。”

“好。”

说走就走，四人随即便大步从包间离开。

上菜的服务生小哥刚好走到门口，撞见这一幕，直接愣了。丁琦走最后，把夹克套身上，说了句“结账”便大步下楼。

“一共五百四十二……不是。”服务生报完价后才反应过来什么，赶紧抱着一大托盘的菜追上去，扯着嗓子喊，“我说几位，这菜还没上齐呢，你们就吃完了？我们这儿菜品上桌就不给退的，要不打个包吧，不然你们多不划算啊！哎哎！”

几人行色匆匆，转过楼梯拐角没了影儿，压根没人搭理他。

服务生小哥皱起眉，嘀咕了句什么，挠挠头，进包间收拾去了。

一个半小时后，沈寂的黑色越野和丁琦的黑色大众前后停在军总院停车场大门口。

今天是云城气温回暖的第一天，难得的好天气，太阳明晃晃地挂在头顶，刺得人睁不开眼。温舒唯忐忑不安，没心情享受秋日艳阳，两只手一路上都无意识地攥着挎包包带，掌心被汗打湿了，此时车速明显放缓，她才迟迟回过神，转头望车窗外。

这会儿的时间是下午两点多，正是医生午休完刚上班的时候，放眼整个军区总医院，里里外外全是病患和陪同来看病的家属。停车场里也乌压压一片，所有车位都被病患家属的私家车占满，没留下一个空的。

这时，医院守停车场的保安过来敲了敲黑色越野的车窗，指指里头，不太耐烦地说：“这儿没位置了，要停得停到旁边的商场地下车库去。”

沈寂没什么情绪地问：“商场有多远？”

“一公里吧。”保安说，“你俩停了车再走过来，最多也就十五分钟。”

沈寂这回没吭声，握着方向盘，把嘴里的烟拿下来掐了。

温舒唯看了眼放在置物架上的烟盒。

那盒烟现在还剩几根。没记错的话，这盒烟是这人从火锅店出来之后才买的。

这一路，他一直在抽烟，温舒唯几乎没见沈寂停过。

她咬了咬唇。

后头大众车里的丁琦摇下车窗，脑袋从驾驶室一侧探出来，观望了一番前方状况，骂骂咧咧低咒了句，从车里下来了，迈开长腿走到黑色越野跟前，说：“你把车钥匙给我，我和老梁去停车。你和嫂子先上楼去。”

沈寂点了下头：“谢了。”

丁琦说：“自家兄弟，你跟我客气什么，更何况还是这种情况……”说着忽然一顿，道，“我帮你打听了，这会儿正在给政委做手术的是副院长，军总院的外科一把手，医术了得。政委福大命大，不会有事的。寂哥，你心放宽点儿。”

沈寂把车钥匙从车窗里给他丢出去，下了车，绕到副驾驶座那侧拉开车门，低头给温舒唯解安全带。他眉眼始终冷淡地垂着，一声不吭，脸上看不出丝毫情绪波澜。

座椅上的温舒唯盯着那张近在咫尺的冷静面容，心里忽然一阵抽紧。

是了。

这就是沈寂。他永远都是这样。

好像什么都漠不关心，满不在乎，天塌下来，他也能勾勾唇给你扯出个漫不经心的笑。他的内心世界四面铜墙铁壁，筑起孤高的严霜和寒冰，旁人别说走进去，就算只是靠近也绝无可能。

他高傲，散漫，冷漠，永远强大到无所不能，他大概不会让世上的任何人看到自己脆弱的一面。

不是大概，他一定不会让任何人看到自己脆弱的一面。

正胡乱思索着，“吧嗒”一声，锁开了。

她一瞬回过神，抬起头，怔住。就在几厘米远的上方，沈寂垂着眸，清冷的桃花眼，视线无波无澜落在她脸上，不知已看了她多久。

沈寂淡淡地说：“又胡思乱想什么呢？”

“没。”温舒唯低眸摇头，没有多言。

“丁琦刚不都说了吗，接诊的是最好的外科医生，军总院副院长。”沈寂的语气非常平静，“沈建国是个阎王爷都不敢收的主，出不了事儿。”

温舒唯看向他，神色复杂，抿了抿唇想说什么，但话到嘴边还是咽下去。最后只能在心里叹了口气，点点头，附和地“嗯”了声，拎包下车。

两人转身往门诊大楼走。

丁琦想起什么，扯着嗓子提醒道：“政委在急诊科手术二室，三楼！”

沈寂闻声没回头，背对着把右手高举过头顶，随便那么一挥，示意知道了。

丁琦和梁铁柱各自驾车掉头，停车去了。

温舒唯则跟在沈寂身旁赶往急诊科手术室。

沈寂面上神色冷淡，脚下的步子却快而稳，加上身高优势摆在那儿，一双腿本就格外长，她在旁边跟得有些吃力，几乎需要压着挎包小跑，才不至于掉队。

数秒后，走在前头的沈寂察觉到什么，步子一下停住，微侧身，伸手牵住了温舒唯细白的右手，带着她往前。

男人的手掌一如既往的宽大有力，骨节修长，掌心处的薄茧带着些许湿意，紧紧攥着她的。

温舒唯心尖一颤，轻声喊："沈寂。"

"嗯。"他嗓音低低的，语气淡而冷静。

"你手心里都是汗。"温舒唯说。

"嗯。"他没什么太大的反应。

她轻轻咬了咬唇瓣儿，没再说什么。被他握在掌心里的纤细五指收拢，反手用力握住了他的。

两人走进门诊楼，见大厅里人头攒动摩肩接踵，几台电梯前全都人山人海，便直接爬楼梯上了三楼。穿过全是各科门诊室的走廊，转过一个弯儿，在另一条安静走廊的尽头处瞧见一扇双开门——

大门紧闭，上头"手术室"三个醒目大字亮着红灯，显示里头正处于手术抢救状态。一名身着笔挺军装的警卫员战士神色冷峻地守在门边。

再看看手术室外，两排座椅分别紧靠着走廊的两侧白墙。此时，在这不算宽敞的地方或坐或站的有四五个人：一个五十多岁的中年人，衣着朴素，气度不凡；两个三十来岁的硬朗男青年；一个身着军服的年轻女孩儿。清一色的表情严肃，眉头紧皱。

听见脚步声，几人同时抬头看过来。

最先认出沈寂的是云城市国安局的局长江安民。江安民年轻时候和沈建国一起当过兵，两人是几十年的老兄弟，过命的交情，情谊颇深。

"来了啊。"忧心着老友伤势的江安民脸色不太好看，朝沈寂淡淡点了下头。

"江局。"沈寂眉眼平静地招呼了声，说着一顿，回身，牵着温舒唯把她带上前两步，松开手，介绍说，"这是国安局的江局。"

温舒唯很有礼貌地打招呼："江局好。"

"你好。"江安民看着眼前的年轻小姑娘，有点儿疑惑，侧目看沈寂，"这位小姐是……"

沈寂说："温舒唯，我女朋友。"

江安民听了一怔，视线又回到年轻姑娘身上，来回打量好几眼，眼中露出几丝赞许的神色，点点头，没有说话。

沈寂抬头看了手术室一眼，走近两步，抬抬下巴，微皱着眉沉声问："现在里头什么情况？"

"政委中了两枪，一枪打在左臂，一枪打在左胸。左胸那处伤很致命，子弹就差三公分到心脏。”两个男青年的其中一个开口，叹了口气，语调复杂沉痛，“现在正在全力抢救。已经一个多小时了，还没脱离生命危险。”

枪伤，左胸，差三公分到心脏，全力抢救。

这些字眼钻进温舒唯的耳朵，她整颗心脏重重一沉，下意识地去看沈寂。

他站在手术室门前，高高大大的身躯笼罩在红灯投落的红色光线下，头微垂着，背对着所有人，温舒唯无法看清他的面容和表情。

只有一道背影，莫名透出几分萧瑟孤独。

良久的静默后，沈寂回身看向江安民，面无表情地问：“知不知道这事儿谁干的？”

江安民顿了下，余光扫了眼站在旁边的温舒唯。

温舒唯很自觉，见状连忙道：“大家守了这么久，应该都渴了吧。我刚才看见外头有卖果汁和奶茶的，我去买一些回来。”说完就转过身，准备从楼梯口下去。

忽地——

“唯唯。”一道低沉嗓音冷不丁响起，喊她的名字。

温舒唯步子顿住，回身看他，有点儿不解：“怎么了？”

沈寂说：“小心点。”

“放心，我又不是小孩子。你们先聊。”温舒唯冲他笑了下，转身走了。

轻轻盈盈的脚步声在空旷的楼梯间响起，一阶一阶下楼，渐行渐远，逐渐消失。

手术室外，沈寂抿了下唇，冷淡视线落回江安民脸上，神色冷峻到极点。

“大约两周前，你爸接到上级命令，亲自带了份机密文件到云城，准备移交给我们。”江安民说，“但是出于某些特殊原因，这道命令临时撤回了，老沈只能把这份文件带回去。他本来是乘今天下午的飞机回拉萨，结果去机场的路上就出了事。”

沈寂面无表情地听着，出声打断：“这么重要的资料，就他一个人来回？”

“还有我和另外两个同志。”一道清亮女声响起。

沈寂回头。

说话的是坐在长椅上的尉级女军官。这女人二十七八岁的年纪，齐耳短发，眼神清明，眉宇间透着一股子由内而外散发的正义感和飒爽英气。

郭芸眼眶有些红，显然哭过。她深吸一口气吐出来，定了定神，接着才道："另外两个同志都是陆军特种部队'利剑'的尖兵，是我们刻意选过的。现在两个同志都受了伤，昏迷不醒，还不知道能不能救回来。"

"他们在去机场的路上遇袭，你当时在不在场？"

郭芸摇头："刚好云城这边有个学习任务，政委让我留下来参加。"她愧疚得又要流出泪来，只能咬着唇用力忍住。

沈寂静默两秒，声调依然冷静无波没有起伏："从军区招待所到机场，要差不多两个半小时，哪个路段遇袭，调监控查。"

话音落地的同时，丁琦和梁铁柱一前一后走到了手术室跟前。丁琦听见沈寂的话，顺口便接道："我已经查过了，没用。政委他们遇袭的地方是西郊南安镇的一条乡村小路，没有任何监控设施。"

沈寂危险地眯眼："乡村小路？"

"我刚才打电话问了一交警朋友，机场高速今儿上午有一辆运木材的大卡车侧翻，引起了连环车祸，十几条人命，全没了。所以政委的车才绕了道。"丁琦咬了咬牙，"那帮抢东西的混账蓄谋已久，这些事儿肯定都在他们计划内。这么多人命不当一回事儿，畜生，不是人！"

手术室外忽然一静。

沈寂闭眼，抬手发狠拧了下眉心，唇紧抿，没有说话。

"都别气了，事已至此，我们只能尽全力挽回损失。"江安民抬眼看了看两个年轻男人，沉声说，"另外，我觉得很费解。"

丁琦和沈寂同时侧目看过去。

江安民皱眉，百思不得其解："这个密令是直接下达给我和老沈两个人的。老沈送过来的资料，具体是什么，今天之前，总共就只有我和他两个人清楚，那帮雇佣兵怎么会知道？"

话音落地，在场的所有人都是一愣。大家你看看我，我看看你，一时都有些疑惑。

以沈政委和江局的缜密心思和谨慎性格，这样的绝密信息，绝对不会透露给第三个人知道。

那是怎么回事？

郭芸也出声，道："对，我现在都还不知道那份资料是什么，其他人怎么会知道？”

好一会儿，沈寂淡淡开口，道：“有两个可能性。”

众人闻声，目光齐齐汇过去。

“一、你们的上级机关出了内鬼；二、那些暴徒的本意或许不是为了资料而来，他们的目标，极有可能是你们沈政委，抢这份东西只是顺手。”沈寂寒声道，“你们遇袭，下意识便以为那群人是来抢硬盘的，拼死相护，他们看出那玩意儿值钱，也就顺走了。”

丁琦听完眼睛一亮，一拍脑门儿：“有道理啊。有可能那群人也不知道那个军用硬盘里装的是什么。军用硬盘在普通电脑和系统上，就算打开也是一片空白，有四重军密锁，除非能攻破军网的顶级黑客，不然不可能破得开。”他一顿，激动得伸手搭住沈寂的肩膀，“在那帮家伙打开硬盘之前，咱们还有时间把东西找回来！”

江安民盯着沈寂，忽然道：“如果是你推测的第二种可能性，那帮人为什么要老沈的命？他退居战略指挥线这么多年，怎么会招来这种报复行动杀身之祸？”

沈寂拧着眉，没说话，目光穿过走廊的窗户落在未知的远处，神色极冷，叫人看不出在想些什么。

边上的丁琦却像想到什么，眼神骤然一凛：“难不成是……”

忽地，手术室门被人从里头拉开。

一个戴口罩和眼镜的女军医从手术室走出来，外罩手术服，手里拿张单子，抬眼扫过众人：“沈建国的家属是哪一位？”

这边，拎着一口袋奶茶果茶走出楼梯的温舒唯，一出来就刚好看见这么一幕。

她眸光忽地一跳，心脏悬空，看见沈寂上前两步，回那女医生一个字：“我。”声音低低的，沉沉的，有点儿哑。

女军医看他一眼：“你是病人的什么亲属？”

“儿子。”沈寂答。

女军医说：“你父亲现在的情况非常不乐观，这是病危通知书，请你在上面签字。”

女军医一副公事公办的语气，音量其实并不大，但由于整个手术室外太过安静，这寥寥几句便显得尤为清晰刺耳。

所有人的表情都在瞬间变得格外凝重。

温舒唯心里难受得厉害，压着步子悄无声息地走过去，站到了沈寂身边。

片刻后，她看见他抬手，接过笔，在那张通知书上写了几笔，面容非常冷静，平淡。

女军医转身准备回手术室。

关门前一秒，医生像是听见了什么，顿步，回头看了那高大冷峻的男人一眼，然后才重重合上了手术室大门。

温舒唯蓦然泪湿了眼眶。

刚才距离很近，她清楚地听见，她的沈寂垂着眸，用很低很低、压着嗓，几乎只有他自己能听见的音量对那女军医道："救救我父亲。"

温舒唯把买来的奶茶果茶分给了大家。

这种节骨眼儿，所有人的神经都绷得紧紧的，其实都不太有心思喝什么吃什么，但想到人家姑娘专程大老远买了回来，拒绝也不好，便都收下了，一个个插上吸管，有一搭没一搭地喝着。

手术室红灯还亮着。

江安民把手边儿的热茶放在椅子上，头靠墙，表情复杂地看着手术室大门，眼里隐有血丝。丁琦坐过去，说道："江局，您这几天加班都没休息好，要不先回吧，这儿有我，有什么情况我给您打电话。"

江安民摇头："我得等老沈出来。"

丁琦抿唇，不作声了。

这边，温舒唯把奶茶递给了郭芸，弯腰坐在女军官旁边。女军官对她礼貌地说了句谢谢，两人简单做过自我介绍之后就算认识了。

所有人都拿到奶茶了。

温舒唯看着口袋里还剩下的两杯奶茶愣怔一下，抬起头重新扫视一圈儿，这才发现沈寂没了踪影，不知去哪儿了。

她拿出手机打了个电话。

嘟嘟好一阵，无人接听。

温舒唯有些担心，没有惊动其他人，独自起身，在洗手间附近找了一圈儿没见着人影后，她拐个弯儿，去了安全出口那边的楼梯间。

医院里的安全出口楼梯间，大多隐秘安静，平时没什么人走动。人气不足，又没开窗，常年见不到任何阳光，空气阴冷微潮。

她压着步子靠近过去。

刚走近，便听见一声沉闷到极点的“砰”，重重的，闷闷的，像肉墩子砸在钢筋水泥上的声音。

温舒唯皱眉，绕过那扇门走过去，看见黑暗中果然立着一道高高大大的熟悉人影。

沈寂背对着她，面朝墙壁站着，两只胳膊抬起来撑在墙上。墙壁上印着一枚沾着血迹的拳头印，他十指收拢两只手都握成拳，右手手背指骨一片血肉模糊，血顺着指缝往下流……

温舒唯一时愣住了。

沈寂又是一拳砸在墙上，下手狠而重，接着是第三拳……

“沈寂！”她吓得喊出一声。

沈寂动作顿住了，没有回头。

温舒唯大步走过去。沈寂依旧没有任何动作。他低着头，眉眼都隐匿在黑暗中，垂得低低的，整个人的气场阴沉森冷，极为骇人，像是降临人间要大开杀戒的修罗。

她抓起他的右手，看了眼，皱眉道：“我们所有人都希望事情往好的方向发展。”

沈寂侧过头看她，向来清浅的瞳色漆黑一片，沉沉混浊，没说话。

像只受了伤独自舔舐伤口的野兽。

温舒唯一阵愣怔。她忽然意识到，在这一刻，她无意窥见了这个叫沈寂的人，他从来不愿意展露给任何人的、内心深处一些不为人知的秘密。

沈寂的眼睛直直看着她。

“没事的，一切都会好起来的，一切都会好起来。事已至此，你更应该振作。”温舒唯抿唇，手抬起来，小心翼翼地抚上他的脸颊，柔声安抚，“相信我，一切都会好的。好不好？”

沈寂盯着她，片刻后，出声，嗓音哑得可怕：“好。我相信你。”

姑娘嘴角很浅地弯了弯，捏捏他的耳朵，眼眶红红的：“嗯。”

沈寂静了静，忽然弯腰，伸手抱住了她娇小柔软的身子，侧过头，把脸整个埋进姑娘怀里。她愣了下，随即抬起胳膊抱住他的脑袋，脸颊软软贴上去，轻轻拍着他的背，一下一下。

沈寂闭上眼，他听见一个轻柔的嗓音说：“不管发生任何事，我都会陪在你身边。”

那一瞬，他在漫无边际的黑暗中看到了一束光。

长达三个钟头的手术后，手术室上方的红灯暗下去。门开了。

众人抬起头。

主刀医生最先从里面走出来。江安民动身上前两步，询问道：“陈副院，政委这会儿情况如何？”

“子弹取出来了，已经基本脱离生命危险。”副院长摘下口罩，看向寸步不离守在外头的几人，“不过还得进 ICU 观察 24 小时以上，再看看情况。现在麻药还没过。不过根据我的经验，挺过来，就应该是没什么大问题了。”

“什么时候能探视？”

“隔离期间不能探视，等转入普通病房再说吧。”

闻言，大家伙儿这才长松一口气，心落回肚子里。

温舒唯抬手抚了抚心口，扭过头。沈寂靠站在走廊上，脸色淡淡的，右手经过简单消毒处理，贴着创可贴。

她抬手，从底下悄悄握住他垂在身侧的那只大手，捏了捏。

沈寂目光转落在她脸上，直勾勾地瞧她。姑娘也看着他，勾起嘴角，朝他很淡地弯了弯唇。

看见那丝浅笑，他目光不自觉便柔下来，抬起手，食指轻轻钩了下她的脸蛋儿，眉峰微挑：“刚是不是吓到你了？”

温舒唯脸微热，朝他摇了摇头。

沈寂捏了下她的脸，直起身，牵着她迈开步子便往楼梯口走，脸色冷淡平静，没跟任何人说话。

温舒唯回头往身后看了眼，不解道：“去哪儿？”

“你饿了。带你吃饭。”沈寂面无表情地说。

温舒唯硬生生卡了下：“那不用跟大家打声招呼吗？”

沈寂没吭声，牵着她径直进了楼梯口，大步下楼离去。

手术室前。

郭芸抬眸看了眼两人离去的背影，皱起眉，自言自语地说：“政委这个儿子也真是，直接就这么走了，是不是有点儿太没礼貌……”

江安民沉沉叹了口气：“那小子心里估计也不好受，由他去吧。”

沈建国是常年行军的人，又正值壮年，身体素质没得说。次日下午，医院那边就给沈寂打了电话，说人已经从ICU重症监护室转入普通病房。

家属可以进行陪护探视。

因着这桩事，温舒唯一夜都没怎么睡好。彼时，她正顶着一对熊猫眼，坐在电脑前剪辑视频。刚合成完音轨拼接，边上的手机就响起来。

她看一眼来电显示，眸光跳动，接起电话："喂？"

"在哪儿？"听筒里传出的嗓音一贯低沉冷清，语气淡淡的，听不出什么情绪。

"家里，在剪东西。"温舒唯应着，"怎么了？"

"医院那边来电话，说可以探视了。"沈寂调子寡淡，"我马上要过去一趟，你要不要一起？"

"我马上收拾换衣服。"温舒唯摁下保存键，"唰"一下合上电脑，边踩着拖鞋飞快跑回卧室，边道，"你现在过来吧，20分钟之后楼下见。"

"嗯。"

大鱼

寒鸦
Han Ya
下
弱水千流
著
百花洲文艺出版社
BAIHUAZHOU LITERATURE AND ART PRESS

第八章 溺

探病二人组很快便在姥姥家楼下碰面。

沈寂刚从单位出来，一身笔挺军装衬得那副宽肩窄腰大长腿的身材格外引人注目，背朝单元楼门洞，站在花坛边上抽烟。听见背后的脚步声，他掸着烟灰回过头。

温舒唯今天穿了身白色的英伦风衬衫鱼尾裙，梳着一个半丸子头，脸上略施淡妆，拎着一个手提包，看上去活脱脱就是上个世纪的文艺女青年，安静文雅，落落大方。阳光下，那张脸蛋儿雪白无瑕，晃得沈寂眯了下眼睛。

沈寂没出声，抽着烟，就那么直勾勾地瞧着她。

温舒唯没有察觉到什么异样，踩着尖头靴走过去，在他跟前站定，眨了眨眼，忐忑地小声问：“你看怎么样？”

沈寂：“什么怎么样？”

“我这一身衣服、妆容和发型啊。”温舒唯考虑得很周到，“第一次见你爸爸，我怎么着也得好好打扮打扮，给咱叔叔留个好印象吧。”

沈寂闻言，眉微挑，视线肆无忌惮在她身上游移打量一番，忽然抬了抬手，说：“转一圈儿。”

温舒唯狐疑，依言在原地打了个转，站定了，又抬头看他，很认真地问：“如何，好看吗？”

沈寂掐了烟，点头：“好看。”

温舒唯没有注意到他比平时骤深几分的眸色，自顾自低头打量自己，笑着自言自语道：“这衣服是去年买的，压箱底了没来得及穿，还是新的。这回倒是派上了大用场，哈。”

黑色越野车在马路上飞驰。

数分钟后，温舒唯出现在军总院住院部的外科病房609门口，身边站着手上拎着水果和各类有助于伤口复原的保健品、脸色冷峻的沈大佬。

虽表面上是前来探病，实际却是初次见沈父，温舒唯心里难免有些不自在。她心跳“怦怦怦怦”莫名急促。她扭过头，有些忐忑地打量了一下沈寂手里的那些东西，嘀咕：“我这些东西买得够不够？你爸爸会不会不喜欢？他要是不喜欢，对我的印象是不是就不好了呀？”

沈寂直勾勾地盯着她，道：“小温同志，放松点儿，别这么紧张。”

温舒唯一本正经：“我很放松啊，我挺放松的，不紧张，我为什么会紧张？只是见你父亲而已，我最多就是有那么一点点的不安。之前人民大会堂开全国人大代表会，我们杂志社都是派我去采访的，我们主编时常称赞我，说我心理素质好，泰山崩于前也能面不改色处变不惊，是天生的一线新闻工作者，还很有当卧底的天赋。我不紧张，真的一点也不。”

沈寂听完，点头，语气依然很平静：“嗯，看得出来你不紧张。”下巴往前随意挑了挑，瞧着她，“进。”

温舒唯深吸一口气吐出来，定定神，抬起手，敲响了面前这扇紧闭的病房门。

细白指骨叩在门板上，“哐哐”两声。

房门随即便被人从里头拉开。

温舒唯抬眼一瞧，见是之前那个守在手术室门口的警卫员战士，穿军装，戴军帽，个子高高的，面容严肃，看着最多二十二三岁，非常年轻。

警卫员道：“请出示一下证件。”

温舒唯解释道：“这位是政委的儿子。”顿一下，补充，“亲生的。”

警卫员道：“特殊时期，上头有交代，每天最多只能两人探视，且探视者必须出示证件。”

温舒唯点点头，深表理解，余光看见边上的沈寂已面无表情地把军官证递了出去。

警卫员同志接过，打开证件仔细核对几秒，交还过去，站定立正，朝沈寂敬了个标准的军礼，侧身打开病房门。

沈寂脸上没有一丝表情，摘下军帽抱在胳膊上，唇微抿，眉目冷峻。

温舒唯探出圆圆的脑袋，从门缝往屋里打望——这间病房是一个单人间，宽阔明亮，安静极了，整个空间充斥着一种浓郁的、医院里独有的消毒水气息。

正观察着，腰背位置被一只大手扶住，稳稳的，很有力。

温舒唯一怔，侧过头看沈寂。他已带着她提步走进病房，眉眼垂着，神色冷静淡漠到极点。

极轻微的一声“砰”，病房门在两人身后关上。

怕吵到病人休息，温舒唯脚下步子刻意压轻，边往里走，边环顾四周，一眼便瞧见了位于白色空间正中央的那张病床。

白色床单，白色棉被，床头的墙面上还印有鲜红色的“八一”标志。病床上躺着一个五十几岁的中年男人，身形高大，半靠半坐地躺在床上，闭着眼。因为刚动完手术死里逃生，他的脸色和唇色都十分苍白，身上挂着止疼用的麻药仪器、输液的针管和心电监测设备。

他的警觉性显然很高，听见动静，几乎是立刻便睁开眼睛，看过来。

双眸炯炯，目光清明有力，沉沉的，充满了压迫感。

温舒唯注意到，中年人无论是容貌五官，还是颦蹙间眉宇的神态，都与她身旁的男人颇有几分相似。

她不由得感叹基因遗传的强大与神奇。

沈建国苍白的面容上神色寡淡，淡淡地看着进屋的高大男人和男人身旁的漂亮小姑娘，不说话。

沈寂随手把带来的一堆东西放到床头的柜子上，脸上没什么表情，随后便踏着步子走到距床尾几步远外的椅子前，弯腰落座，两条大长腿大马金刀地屈起敞开，坐姿随意，手里把玩着一枚打火机，看起来丝毫没有主动跟沈建国搭腔的打算，也没说话。

太诡异了。

这对父子间的氛围，实在是太诡异了。

活像一对有不共戴天之仇的死对头。

温舒唯默然，暗暗抽了抽嘴角，脸上浮起一个笑容，礼貌地柔声说：“沈叔叔您好，我叫温舒唯，是沈寂的女朋友。”说着一顿，抬手指了指桌上的那一大堆水果补品，有点不好意思地支吾，“初次见面，也不知道您喜欢吃什么，所以就随便买了点，希望您喜欢。”

沈建国看了小姑娘两眼，移开目光淡声道：“眼光不行啊。”

话音落地，整个病房忽地陷入一阵死寂。

温舒唯一愣，完全没反应过来，大约三秒后，前所未有的窘迫和难堪涌上心头。她手指在轻轻发颤，有点愤怒又有点不解，不明白自己说错了什么话，或是做错了什么事，会引得沈父如此不满。

温舒唯用力咬紧了唇瓣，脸色沉下去，垂下头，没有接话。

座椅上，沈寂把玩打火机的动作忽地一顿，撩眼皮，视线冷漠地看向病床上的沈建国，出声，压着嗓，声音里压着泼天盛怒：“你说什么？”

沈建国冷冷瞥沈寂一眼：“没跟你说话，插什么嘴。”

温舒唯一瞬间呆若木鸡。

沈建国训完儿子之后扭过头，目光重新看回身前看着乖巧又文静的女孩子，淡淡地说：“温舒唯小同志。”

温舒唯闻声，茫然地抬起脑袋看向病床上的政委：“唔？叔叔您说。”

沈建国目光不露痕迹地扫了眼沈寂，语重心长地淡声道：“小同志，你人长得这么漂亮，乖巧懂事，性格也好，怎么就看上沈寂这狗崽子了？这眼光，我看不太行。”

事实证明，姜还是老的辣，能生出传奇大佬沈寂这种角色的爹，果然也不会是什么凡夫俗子。说到“不按常理出牌”，这世上，沈氏父子排第二，估计没人敢排第一，温舒唯领教之后，深深折服。

沈建国和沈寂都是冷漠寡言、拒人千里的性子，加上两人积怨已久不对付，整个病房里的气压始终都处于一种零下低冷状态。

探病全程，几乎就是温舒唯一个人的独角戏，偶尔，沈建国会很给面子地跟她聊两句，问问她做什么工作，问问她的家庭情况。

待了差不多有一个钟头，下午五点左右，胖胖的护士长过来清场赶人，道：“病人才刚脱离危险，需要好好休息。这一周我们都有专人进行护理，家属不用守在这儿,每天探病时间不要超过一小时,不然有伤口感染的可能。走吧。”

说完，“啪”一声，冷酷无情地反手关上病房门，转身给沈建国开过刀的伤口换药去了。

沈寂和温舒唯离开军总院住院部时，正是太阳快落山的时候，夕阳将半边湛蓝色的天空染成鎏金色，云朵颜色鲜艳，像被火烧过。

住院部和停车场之间的这片区域修建了草坪和亭子，供住院病患散步活动，暖橙色的阳光洒在绿色草地上，一切都静谧祥和。

温舒唯仰起脖子呼吸了一口久违的安宁空气，忽然笑道：“看到叔叔这么生龙活虎，你现在也可以放心了。”

沈寂没什么表情地走在边上，闻言，侧目看她一眼，没说话。

“你看着我做什么？”姑娘扭过脑袋和他对视，语气很认真，“我说错了吗？”

沈寂眯了眯眼睛，看她几秒后，收回视线看向前方，淡声问：“一会儿想去哪儿？”

“唔？”温舒唯没明白，微微皱了下眉，站定了，转过身子问，“什么去哪儿？”

“打扮得这么精致，”沈寂也顿步，手指钩起她的下巴，眼睛直勾勾地瞧着她，懒洋洋地说，“不准备趁机跟我约个会吗，小女朋友？”

温舒唯脸蛋儿微热，想了想，点头：“那我们现在去逛超市吧，男朋友。”

沈寂看着她：“去超市做什么？”

“买只鸡。”姑娘笑盈盈地认真道，“拿回你家炖汤，明天一大早你好给沈叔叔送过来。”

沈寂静默，没说话。

温舒唯便当他默许。

说来也巧，军总院附近不远就有一家综合购物中心，两人目的明确，径直到负一层的超市生鲜区拿了一只拔了毛的老母鸡便结账，又在超市外头随便吃了点东西，驱车打道回府。

到沈寂住处时已近晚上七点半。

天暗下来，夜幕低垂，城市各处亮起了灯火。霓虹和街灯映衬下，整个云城一改白昼的繁华忙碌，平添几丝纸醉金迷的迷乱气息。

两人下车。温舒唯抱着包走在前头，沈寂拎着从超市买回的东西安静地跟在后头。视线中，姑娘个头娇小，鱼尾裙下的身段妖娆曼妙，乍一瞧，勾人得很。

单元楼门洞黑咕隆咚，伸手不见五指，温舒唯进去之后跺跺脚，楼道灯没亮。

她有点怕黑，皱眉狐疑道：“这灯怎么了？”

“声控的，应该坏了没修。”背后那人答道，语气散漫如常。

温舒唯没有多想，提步进去，凭记忆上到对应楼层便退到一边，等身后的人掏钥匙。

黑暗最能轻而易举勾出人内心深处的所有欲念。

那股子邪火又上来了。

沈寂轻轻滚了下喉结，没出声，腾出只手，拿出钥匙开门，金属碰撞出一阵窸窣声。

防盗门开了，里头依然漆黑一片。

不知怎的，温舒唯心跳莫名加快几拍，站在门口没动。忽然，背后一只大掌有力托住她的纤细腰肢，轻轻往前一推，带着柔和却不容悖逆的力道。

她微微瞪眼，一脚跨进前方那暗无天日的黑洞。

屋子主人似天性不喜光亮，屋里没开灯，客厅窗户的挡光帘也常年拉得严严实实。温舒唯人刚进去，细细的腕子便被身后一只大手攥住。

沈寂随手把塑料袋撂鞋柜上，单手钳着温舒唯往自己身前一拽，反身就把她给抵在了门上，两只大掌往下滑，箍住那截小腰往上一托，高大身躯压上去，动作干脆利落，将她整个儿身子给托起抱住，摁死了。

温舒唯始料不及，被这突然的变故惊呆了，下意识地挣扎。她挣了挣，挣不开，不由得瞪大眼睛，脸唰地变得通红。

"知道吗，我忍得很辛苦。"耳畔响起又沉又哑的嗓音，沙沙的，透着危险，近在咫尺。

温舒唯脸红得快滴血，心跳如雷，双脚悬空不知道往哪儿放，胡乱蹬了下，被沈寂捉住给盘钩到他的修劲窄腰后。

"谈了这么些日子，就第一天解了个馋，其余时间全配合你清新唯美柏拉图。"沈寂低嗤一声，循着那小巧粉红的耳垂贴上去，轻轻咬了口。

她"呀"了声，整个人都僵了，随后便听见他低声玩味地说："小温同志，你对老子够狠啊。"

老实说，那一瞬，温舒唯真的以为自己会羞窘紧张得直接昏死过去。

然而没有。

她偏偏还清醒得很！

大脑有刹那空白，她嗫嚅了下，竭力让自己冷静镇定，但声音出口还是发着颤，软得能滴出水来："你要理解一下，我二十七了，第一次谈恋爱，没经验，不了解什么时候该拥抱该接吻。你有什么想法和不满，可以跟我说。我们一起努力创造更美好的明天。"

沈寂眸色极深，紧贴她耳朵道："我再过一年三十岁了，第一次谈恋爱，你咋不理解一下我？"

温舒唯来不及对沈寂的这番话感到深思和震惊，用力深吸一口气，吐出来，定下神，尽量善解人意地说：“那你说吧，你现在想干什么，我尽量配合。”

之前沈建国还没从鬼门关出来，沈寂一门心思念着老头的伤，没想其他。此时，他神经放松，多时的强压自控造成了巨大反弹，今天又瞧见她穿着这身裙子在自己跟前晃一天，细腰翘臀，勾得这会儿他满脑子都是那档事。

沈寂忽然觉得好笑。

他生性狠戾如狼，向来强势果决一击必杀，看上眼的东西，没有一样不弄到手，下定决心做的事，不择手段也必达目的。谁知碰上这么个丫头，让他记记重拳都像打在棉花上，力没处使，火也发不出，回回拿这小东西无可奈何。

沈寂不想忍了。

他眸色很深，低声道：“我现在就想睡你，配合不，小温同志？”

温舒唯脑子一片空白，完全蒙了。

就在她大脑宕机，还未来得及对身前男人发出的高危信号做出任何反应的时候，对方已失了耐性。他下劲儿摁着她，埋低头，自上而下，重重吻住了她的唇。

像沙漠的旅者狂饮久违的甘泉，像溺水的人汲取空气，没有缠绵的技巧，也没有任何高超的调情手段。他的唇吮住她的，毫无征兆，舌撬开她的唇齿，灵活探进去。

黑暗中，温舒唯身子一僵，瞬间瞪大了眼，两只手无意识地抓紧了他的衣领。

指尖触感异样。

她一怔，才意识到自己抓住了他作训军服领口上的刺绣军衔章。

视线习惯了暗处环境，这会儿不再是睁眼瞎状态，她睫毛颤动，清晰看见那张与她不足半寸距离的面容。

此时，他闭着眼，肆无忌惮碾吻她的唇，少了冷戾目光的威慑，竟显出几分错觉般的柔软与深情。

温舒唯在这一刹非常佩服自己。

这种节骨眼儿上，她居然还能注意到“这么近的距离都看不见毛孔，这位大佬的皮肤真的太好了”这种事。

她忽然又想起不知在哪本书上看过的一句话。

两个人接吻，深爱的那一方，必定会闭着眼睛。正如丘比特将爱神之箭射向两个注定相爱之人时，它也会闭着眼。

因为人类最美妙的情感，不能用眼睛去看，要剔除一切声色表象的迷惑，用心灵感受。

晃神间，温舒唯脸已涨得通红，在他的蛮横掠夺下几乎无法呼吸，觉得自己像被人从水里捕捞上岸的鱼，躺在砧板上，任人宰割。

这种几近窒息的甜蜜让人心惊胆战，她阵脚大乱慌了神，两只手抬起来，抵住沈寂坚韧紧实的胸膛，推搡。

可女娲造人本就不公，人类的两种性别之间，天生力量便有巨大悬殊，遑论常年行军打仗、刀口舔血的男人。

小猫儿似的推拒，猫爪挠痒痒似的，沈寂眼皮都没动一下，一只手稳稳托抱住她，腾出另一只手，钳住姑娘两只细细的腕子往上一折，举过她头顶，扣死。

温舒唯呜咽了一声。

那嗓音细细软软，柔弱可怜无助得很，仿佛一根火柴，嗖一下便将沈寂内心深处压抑多时的火给点燃。

野火燎原，焚毁理智。

由神入魔，向来只在一念之间。

沈寂狠狠啃咬着温舒唯的唇，与此同时，他睁开了眼睛。向来清浅的眸色，此时浓黑如墨，比窗外的夜色更深。

温舒唯见了，不由得一愣。

如果说，之前沈父重伤，此人在楼道雷霆震怒时，让她见到了一个险些堕入魔道的沈寂，那么此时的沈寂，何止走火入魔。

他简直濒临兽化的边缘。

忽地，沈寂停了下来，直起身，唇离开了她。

温舒唯一双眼睛沾着湿意，蒙着层雾气，又羞又气地望着他正要说什么，下一刻，更令她始料未及的事发生了——

沈寂微弓腰，修长双臂环过她大腿，有力抱稳，直起身，竟下劲儿一把将她给扛抱了起来，转身就往卧室方向走。

血液霎时往脑袋上涌，温舒唯面红耳赤羞窘欲绝，简直恨不得找把刀先杀了自己再杀了沈寂。

她头充血，本就通红的脸跟要烧起来似的，趴在他肩头又捶又蹬地扑腾，喊道：“沈队！沈寂！姓沈的！沈二狗！”

“瞎嚷嚷什么。”沈寂抬手，一巴掌打她臀上，力道很轻，却十分奏效地叫那姑娘瞬间哑了声。他嗓音低低的：“你给我老实点儿。”

我给你老实个屁！

温舒唯都要炸了，两只胳膊抡得高高的，砸他宽阔紧实的肩背。两拳头下去，硬邦邦的，像砸在石头上。

她吃痛，皱着眉龇牙咧嘴地甩了甩腕子，冷静几分，知道和这野男人硬刚捞不着好，只好退而求其次，换上一副好好打商量的语气：“那什么，沈寂同志啊，有什么话咱们好好说，你先不要冲动。冲动是魔鬼，你……”

话没说完，眼前一阵天翻地覆，后背触及一阵柔软，人已被沈寂放到了他床上。

卧室也没开灯，但比客厅稍亮些，窗帘缝隙里透进几缕窗外的霓虹灯光。

温舒唯吓得手脚发软，手撑着床，慌里慌张地往后退，仰着脖子两颊赤红地瞧他。

沈寂眼睛也直勾勾盯着她，眸色极深，一瞬不离。窗外彩灯隐隐约约照亮他左边侧脸，他整个人半明半暗。

放下她后，他稍微直起身子，抬起双手去解身上那件荒漠迷彩的扣子，一颗接一颗，自上而下，慢条斯理地脱衣服。

温舒唯差点吐血，抬起右手指着他，声音发颤：“你你你……”

最后一颗扣子解开。

沈寂随手把那件迷彩军装外套撂一边儿，两手捏住里头那件军用T恤的下摆，往上一扒，脱下来丢开。然后侧过脑袋瞧她，一侧眉峰微挑，整个人看着痞里痞气邪劲儿冲天，懒洋洋地问：“我什么？”

温舒唯向来不是一个喜欢夸谁奉承谁的人。

但眼前的这副雄性身躯，确实漂亮得让人每次看见，都忍不住赞叹。她耳根子都快起火，窘迫至极，飞快移开视线望向别处，不看他，支支吾吾挤出一句话：“你，你把衣服穿上，我们再好好商量一下。”

沈寂脸上表情淡淡的，勾勾嘴角，嗤了声，忽然俯下身，一把捏住她的下巴钩起来，迫使她看向自己。他一只胳膊撑在床上，紧硕胸膛和床形成一方狭小空间，将她的身子完全囚禁其中，哑声说：“我要不穿呢？”

天。

天哪，天哪。

救命！

沈寂贴她更紧，呼出的气息拂过她脸蛋儿上软软的细绒，带着清冽寡淡的烟草气，一点也不难闻："我要不想和你商量呢？"

你能不能离我远点？

我、我好像又要流鼻血了……

温舒唯望着他，睫毛不可抑制地颤动，无意识地抬起手，捂住左胸位置，怀疑自己马上就要成为史上第一个因太过羞窘而心跳过快原地暴毙的人。

沈寂居高临下，视线直勾勾落在她脸上，又问一遍："你刚问我想法，我说了。现在换我问你，配合不？"

温舒唯舌头都有点捋不直，磕巴地问："原则上说，我觉得自己应该理解，毕竟你单身这么多年。但，我们这样，是不是有点儿太快了？"

沈寂没说话，原本捏她下巴的指尖缓慢往下滑，顺着她精致的下颌线条，滑过那段儿雪白纤细的小脖子，再开口，低言细语，带着某种诱惑："你的意思是，小温同志，你不愿意？"

"我的意思是，我们可以循序渐进。"温舒唯回答。

沈寂挑眉，身子俯下去。温舒唯见状，下意识往后一倒，整个人就这么直接躺在了床上。

他也侧躺下来，单手撑着太阳穴垂眸瞧她，没什么情绪地说："比如？"

"比如……"温舒唯这会儿紧张得话都说不太清楚，绞尽脑汁左思右想，"比如"半天，挤出下文，很认真地说，"比如我们先从其他比较亲密的行为做起，一天一小步，三天一大步。"

黑漆漆的卧室骤然安静。

沈寂盯着她，眯了眯眼睛，不知是在思考她这番话的可行性，还是其他什么。

温舒唯心里十五个吊桶打水七上八下，忐忑不安地等他宣判。

片刻后。

沈寂侧过脑袋，深吸一口气重重吐出，然后低头狠狠在她红肿的唇瓣上啃了口，压着嗓道："老子迟早得死你手上。"

温舒唯小脸红红的，听完这话，一喜，一双大眼亮晶晶地望着他："那今天就先不了？"

"嗯，听你的。"沈寂应了声。今天脑子一热确实有些匆忙，人家姑娘头回经历这事，总得给她留个深刻愉快的好印象。

他食指绕起她一束柔软发丝缠在手上，低头，轻轻吻了吻，又转而去亲她红彤彤的小耳朵，脑袋埋进她颈窝里，蹭了蹭，嗓音沙哑性感得要命："今儿不睡也行，给我摸摸。"

温舒唯没反应过来，抱着那颗大大的黑脑袋怔了怔，也学他的音量，贴他耳朵边上，很小声很小声地问他："摸什么？"

沈寂从喉咙深处溢出一阵低笑，贴近她耳朵，轻声说了句什么。

闻言刹那，温舒唯"唰"一下从头发丝儿烧到了脚趾头，又羞又恼，抬手轻轻打他一下，眼一瞪，难以置信："你一光辉伟大的解放军，怎么这么坏呀？"

沈寂照着她脸蛋儿轻咬一口，轻嗤："你是我女人。我想摸摸我小宝贝儿，怎么就坏了？"

姑娘整个人像煮熟的虾米，眼儿瞪得圆圆的，说不出话来。

"是不是，我的小宝贝儿？"沈寂盯着她，捏着她的下巴轻轻一晃，问。

"唔。"

他不依不饶："是不是？"

好半晌，底下人知道躲不过，只好挤出蚊子叫似的声儿："是。"

她应完，整张脸犹如一颗熟透的鸡蛋，羞窘得低呜一声，内心一片翻江倒海日月无光，扑过去，整张小脸儿噗一下埋进他怀里。

沈寂心情大好，低笑着亲她毛茸茸的脑袋，一下嫌不够，又亲了第二下。

数分钟后。

温舒唯迷迷糊糊睁开眼睛，双眸雾蒙蒙的，一把扯过被子蒙住头，满脑子都是之前挥之不去的几帧画面，跟电影镜头回放似的，她窘得恨不得挖个地洞钻进去，表演原地去世。

沈寂撑身坐起来，把被子里的小东西扒拉出来，低头寻找她的唇。

温舒唯仰着脖子，睁着眼，乖乖巧巧懵懵懂懂，配合地任由他亲。

吻了大概十秒钟的时间——

沈寂忽然嗤一声。

温舒唯眼神还有些迷离，茫然地看他："唔？你笑什么？"

沈寂伸手刮她鼻子，低声说："没吃过猪肉总见过猪跑，接个吻都不会，下回抽个空，好好教教你。"

温舒唯本来想问怎么教的，但想想刚才这人如饥似渴恶狼附身的数分钟，还是很机智地闭上了嘴，生怕又惹来一场无妄之灾。

随后沈寂便起身出去了。

他径直走进浴室，冲冷水澡。

已是秋季，冰冷刺骨的水流如注，冲刷在那身紧实偾张的肌肉上。沈寂抹了把脸，皱着眉，两只胳膊撑着浴室墙，忽然自嘲似的嗤了声。

本想解个馋，结果越吃越饿。

栽得彻彻底底。

冲完冷水澡，沈寂抹了把脸，拧住花洒龙头一摁，把水关了。边上的不锈钢栏杆上总共就挂了两条毛巾，样式简单，一条深蓝色，一条浅咖色，搭得整整齐齐，干干净净。

他随手扯下那条深蓝色的，在身上各处抹了两把，水擦得半干，又把毛巾撂回去，套上之前穿进来的黑色拳击短裤，单手拿起另一条毛巾撸头发，另一只手推门，走出去。

客厅里的灯不知何时被人摁开。一室宽敞明亮，简单的几样家具摆放得整整齐齐，各处角落不染纤尘，每个角落都透露出一种军事化的整洁和严谨。

主卧里头黑漆漆的，门半开，里头的人似乎已出来了，厨房方向依稀传来一阵响动。

沈寂面无表情地站在卫生间门口，擦着头发，眉目冷静，侧耳听。

砰，砰，砰。这是菜刀重重落到实木菜板上的声音。

隐约还夹杂着一阵细细软软的姑娘嗓音，哼着歌儿，曲调轻快活泼。天生柔甜的声口，句句歌词儿都让她唱得糯糯的，停顿规律，听不太清。

沈寂叫不出那歌儿的名字。

他微挑眉，动身走到厨房门口，站定，不动声色地抬起眼皮，瞧过去。

视野中，有些狭小的厨房里，案台边上站着一道娇小纤弱的身影，背对着门口，一手拿菜刀，一手捏着把刚洗好的青葱，正在菜板上切葱花儿，动作看上去虽谈不上熟练，但也不算很生疏，显然也有过几次下厨经验。

灶台上放着一口锅，中火烧着，锅里的水在沸点边缘，一簇簇小水泡从底下直直往上冒。

姑娘烧水切葱哼着歌，专注认真，以至于完全没有注意到无声无息出现在门口的他。

她切完葱，又接着切生姜。

头发还没干，沈寂懒得擦了，毛巾丢一边儿，摸到鞋柜上的烟盒跟打火机拿起来，抖出一根烟，放嘴里点着，懒洋洋地斜靠厨房门框站定，瞧着那道背影，视线直勾勾的，肆无忌惮。

不知出于什么原因，她没穿那件衬衫鱼尾裙，而是换了件宽宽大大的深绿色军用 T 恤。衣服自然是他的，下摆大而长，几乎齐到这丫头膝盖往上十公分左右，底下两条白花花的细腿儿光着，光洁如玉，毫无瑕疵，两侧膝盖弯各有一枚妖娆勾人的小窝。

她从鞋柜里翻出了他的棉拖鞋，穿在脚上，鞋和光秃秃的小脚丫尺寸悬殊巨大，格格不入，看着滑稽好笑，又可爱得紧。

须臾，姑娘左脚丫从拖鞋里伸出来，光秃秃的，往后钩，似乎有点儿痒，蹭了蹭另一只拖鞋。五根肉嘟嘟的脚趾俏皮地往上翘，指甲没染甲油，呈现出一种自然又健康的浅粉色光泽。

沈寂眸色微沉，烟雾背后的眼睛被熏得微微眯起。

与此同时，专注于切菜的温舒唯终于后知后觉感应到什么，愣住，手上动作一顿，哼歌的声音也渐弱直至消失——不知是不是错觉，她察觉到一道视线似乎落在了自己身上，放肆游移，充满了某种令人心惊肉跳的侵略感。

并且，她似乎闻到了一股熟悉的烟味。

温舒唯回过头。

沈寂靠站在不远处，抽着烟，脸上表情寡淡，目光却直勾勾地盯着她瞧。

温舒唯脸部瞬间呈充血状态，电光石火之间的第一个念头，就是这位大佬这颜值这身材，不当“爱豆”，对天下的“饭圈”女孩而言真是一个巨大损失。

紧接着，她大脑便无意识回放起了之前的某些片段。

温舒唯大窘，心跳再次失序，脸红得滴血，连忙甩甩脑袋，一拳头将之前卧室里的“摸摸事件”细节拍飞回脑海深处，也不敢多看沈寂，只瞄了两眼便飞快把眼神收回来，清清嗓子，故作镇定地说：“你洗完了啊，来帮忙吧。”

沈寂吐出口烟圈，踏着步子走进厨房，侧头往料理台上扫了眼。姜葱都已经切好装碗放在一边，拔了毛去了头尾的鸡在另一个搪瓷盆里等着下锅，边上还有一袋从超市里买回的去芯白果。

他挑眉，掐了烟把烟头丢垃圾桶里，调子懒洋洋的：“闺女这么贤惠。”

不是，你有完没完？父女梗还没被你玩烂吗？

温舒唯因为这称呼硬生生梗了下，决定对大佬的无聊父女游戏视而不见，自认为非常威严平静地说：“你很闲吗？水烧开了，把鸡放进去。”

沈寂照做，顺手调了下火力，随后便侧过身子靠在料理台上，继续直直盯着她看，眼神里充满兴味。

温舒唯被他瞧得发窘，全身都不自在。她先是面无表情故作镇定地忍，十秒钟后，蔫下来，跟泄了气的皮球似的丧丧扭头，仰着脖子望他，很苦恼：“我说，你老看我做什么呀？”

“不是故意的。”沈寂语气很淡，散漫地说，“眼睛长你身上了，不听使唤。”

须臾，他朝她勾勾手。

姑娘脸蛋红红的，疑惑不解，但是学乖了，很防备：“又要干吗？”

沈寂盯着她，继续勾手：“过来。”

温舒唯心有余悸，摇摇头，不肯依：“要说什么就这样说，很近了，我耳朵好使。”

他调子微低：“来。”

自古以来，一个字的命令最具有威慑力。

温舒唯脸色瞬间便有点儿崩不住了——虽说富贵不能淫，威武不能屈，但人在屋檐下，不得不低头，谁让她打不过他。

两秒后，温舒唯挪着步子满心警惕地挪过去，走到他跟前，站定：“唔？”

周围气场变化，压迫感重得逼人。

她心跳不自觉漏掉几拍。

沈寂半靠半坐，两条大长腿往两侧微敞着，伸手环住她的腰，往自己身前轻轻一钩。她踉跄半步便被框进他的掌控范围，一呼一吸间瞬间被他身上的味道充盈，温热，强烈，男性荷尔蒙混合着清爽香皂的气味。

又是这么近的距离……

温舒唯耳根子发红，呼吸一紧，脑袋下意识往后仰了点，不敢离这人太近。

沈寂一只手臂搂在她一截小腰上，下劲儿收拢，稳稳圈住；另一只手钩起她的下巴，从很近的上方低眸俯视那张近在咫尺的小脸儿，眉峰微挑，沉着嗓："为什么穿我的衣服？"

温舒唯眨了眨眼睛，反应了半秒才答道："我那条裙子下厨不方便，而且弄脏了也不好洗。你这件衣服就摆在旁边，我想着应该本来就是要洗的，就拿来穿了。"顿了下，微微窘迫，音量弱下几分，"本来想征求你意见的，但你不是洗澡去了吗……"

"大晚上的。"沈寂低声打断她，指尖轻轻钩了下她的脸蛋儿，眸色很深，声音亦低得危险，"穿着我的衣服在我屋里光着腿瞎晃，小温同志，我看你胆儿是真的肥。"

温舒唯觑见他眸里那丝不一样的光，心一慌，条件反射想要逃开。

沈寂不费吹灰之力看穿她心思，不等她有所动作，他手臂用力将她箍死，钩着她往自己贴得更紧："跑？你跑一个给老子看看。

"乖乖的，让我抱会儿。"

温舒唯只好由他抱着。可这人抱着抱着，手就开始不规矩。她连耳朵都要烫得没知觉了，挣不开，眼一瞪，忍不住抬手轻轻打了他一下，急得脱口而出："你这人今天怎么回事，以前也不这样啊，能不能正常点？刚才还没摸够吗！"

话音落地，整个厨房都静了。

只有锅里的水煮鸡在可劲儿地翻滚扑腾。

温舒唯反应过来自己说了什么，当即悔得肠子都青透，恨不得把自己的舌头给咬掉。

瞧瞧对面，沈太爷倒是镇定自若，泰然得很。

他随手关了灶台的火，垂着眼皮定定看她，语气很冷静："没摸够。"

沈寂非常冷静："摸不够。

"另外，有件事儿我觉得有必要跟你解释解释清楚。"

"什么？"

沈寂钩着她的下巴贴近自己，微低头，唇和她的只隔半指，低哑道："这才是我最正常的样子。这位温小姐，你拖我拖得够久了。"他闭上眼睛，额头轻轻触上她的，与她呼吸交融，忽然自嘲似的轻嗤一声，"有时候觉得好笑，我一把年纪好不容易追到自个儿喜欢的姑娘，该顺该宠该捧在手心儿当小祖宗供着，我认。不过你也够狠，不知道心疼，我迟早为你憋出病。"

温舒唯心跳如雷，看着他的脸，睫毛微微颤动，说不出话来。

少顷，沈寂大掌包裹住她精巧的下颌骨，高挺鼻梁轻轻蹭她的小鼻尖儿，再次开口，轻轻喊她："小温同志。"

温舒唯动唇，出声才惊觉自己喉咙也是哑的，赶紧清了清嗓子，应他："唔？"

他沉溺动情的声音听着又沙又哑，性感得可怕："想学接吻吗？"

温舒唯被他撩得脸烫如火，老实巴交地支吾道："我应该大概会了。"

"好。"沈寂轻笑，低声，"你来。"

姑娘明显害羞极了，犹豫半天没有动作。好一会儿，两只软软的小手才抬起来，试探性地抱住他的脖子，闭上眼，唇紧张不安地寻找着，先是碰到他的下巴。

棱角分明，粗糙的，胡楂扎人。

姑娘停顿了下，似乎有点退缩。

下一瞬，一个轻柔的吻落在温舒唯额头上，鼓励似的亲了亲她："乖，别害怕。"

她心尖一颤，紧接着便高仰起头，循着那个轻吻，成功找到那张微微弯起的薄唇。

沈寂抱着她，先是有一搭没一搭地引导配合，而后也闭上眼，瞬间夺回主导权，霸道强势，反客为主，一把托抱起怀里的姑娘，狠狠压在了对面的墙壁上。

事后，温舒唯回忆起人生中第一次主动亲人的感觉，其实有点儿模糊。

心跳如雷紧张窘迫，外加那么一丝丝的激动不安和甜蜜，总体来说，心中隐隐的欢喜大过一切。

她混混沌沌地被沈寂抱在怀里，深吻。懵懂生涩，手足无措，只能全程被动地配合。最初的温柔浅啄只是昙花一现，随后，他霸道强硬，食髓知味，疾风骤雨一般贪婪索取，她只觉舌根都隐隐作疼。

不知过了多久，灶上熄了火的水煮鸡已经微凉。

沈寂终于稍感餍足，放开她，额头仍紧紧抵着她的，温热的呼吸重重喷在她鼻尖儿和脸蛋上。

温舒唯脸色红透，两只胳膊轻轻抱住他脖子，大眼迷离呼吸不稳，半天说不出话。

须臾，他微抬头，棱角分明的下颌骨轻蹭她软软的脸颊，闭着眼，哑声自嘲似的说："唯唯，你真会折磨我。"

温舒唯声音也是沙的，轻挣了下，支支吾吾说："好了，炖汤吧，时间不早了，不然一会儿回姥姥家，小区大门又被门卫大爷给锁了。"

沈寂轻轻咬她鼻头，低声："那正好，咱俩今晚就来个全套。"

温舒唯又羞又急，两只原本挂在他颈项上的手顺势掐住他脖子，不满道："满脑子都想些什么呢！"

沈寂似笑非笑，懒洋洋地答："你啊。"

片刻，他嗤地低笑出声，又在她额头嘴唇上各亲了一口，挑挑眉："逗你玩呢，我要真想办你，你这会儿哪儿来的力气在这儿横。"

他抱抱怀里的姑娘，托着她的腰肢把人给放下来，顺手在她毛茸茸的脑袋上揉了把："站稳了。"

温舒唯口干舌燥，腿还有点儿发软，扶着他的手臂借力支撑住自己，两颊红云未褪，不敢看他，转过身，去看锅里的鸡，试图用最快速度让自己从之前数分钟的意乱情迷中脱身出来。她转移注意力，把炉灶点燃，放入辅料，转小火慢炖。

她弯着腰，边动作，边出声吩咐道："我昨天特地问过一个医生朋友，叔叔刚做完手术，饮食方面既要营养又要清淡，不能油腻了。"随手拿起放在一边儿的汤勺，往后一递，"拿着，待会儿把浮起来的油全部打出来。"

沈寂接过勺，看她，调子自然地懒懒拖长，语气淡淡："现在使唤我使唤得挺自然啊。"

温舒唯回过头去，两手把腰一叉，好气又好笑地问："不然呢，请问这位大佬您还想怎么着？"

沈寂一侧眉峰轻挑："让人办事，不说点儿好听的？"

"举个例子？"

"叫声老公来听听。"他说。

话音落地，温舒唯脸蛋儿上两朵好不容易才淡下几分的红云再次浮现，咬唇瓣儿，轻轻哼了一声把脑袋转回去。她拧开水龙头，边洗菜刀边小声嘀咕："你也好意思，'老公'这称谓也是能随便叫的吗？"

沈寂双臂懒散环抱，右手还拎着个白瓷勺，靠站在一边儿。

姑娘脑袋埋着，侧颜朝他，从他的角度看去，刚好能瞧见她通红的一只小耳朵和同样被红潮弥漫席卷的一段儿脖子。

开个玩笑，就害羞成这样儿？

他觉得有趣，垂眸直勾勾地瞧她，浅棕色的桃花眼里兴味盎然，又说：

“‘老公’不肯喊，叫声‘哥哥’应该不过分。”

哗啦水声瞬止。

温舒唯关了水龙头，静了静，似乎有点儿迟疑，好几秒才下定决心般嗫嚅着挤出两个字。

沈寂听见，眸子里蔓延开一丝很浅的笑意，故意俯身，稍微贴近她一点，盯着她，懒洋洋地拖腔带调：“你刚说什么？没听清，再喊一遍。”

温舒唯知道这人想使坏，不知哪儿来的勇气，也不躲了，站正了身子，不避不闪地和他对视。

撩上瘾了？

看她老实巴交好欺负？

常言道，狭路相逢勇者胜，老虎不发威，你不知道花儿为什么这样红。温舒唯面无表情地认真想。

整个厨房里安静极了。

大约过了两秒钟，沈寂瞧见温舒唯微微眯了眯眼睛，下一瞬，姑娘竟微扬眉梢，嘴角往上翘，朝他露出了一个笑容。

她原本长了副温婉柔顺的五官，漂亮得毫无攻击力，然而，此时挑了眉，盈盈那么一笑，眼角眉梢竟都流露出一股惊人的自信和娇态，媚眼如丝，竟风情万种勾人得很。

像只清纯又娇艳的小狐狸。

沈寂被那丝媚笑晃了眼，微微一怔。

就在这时，姑娘忽然伸手，抱着他的脖子把他钩下去，踮起脚，红艳艳的唇贴紧他，呵气如兰，软着嗓子，柔柔在他耳朵边上喊了声：“哥哥。”

一嗓子喊完，姑娘非常满意地笑了笑，收回手撤回身子，大拇指往炖着的鸡汤方向指了指：“守着啊，别忘了把油都捞出来。”说完抬起右手拍拍他的宽肩，转过身，哼着小曲儿很开心地到客厅里去了。

沈寂拿着汤勺就那么愣在了原地。

好几秒后，他回过神，抬起右手，从额头顺着黑色短发撸到后脑勺，又缓慢揉了揉脖子，好气又好笑，自言自语低咒了一句。

有没有点儿出息。

搬起石头砸自己脚，人家姑娘都没撩，光喊两个字儿你就受不了了？

沈寂眯眼，侧头看了眼厨房外的客厅方向。外头隐约能听见手机游戏放技能的各种音效，不止如此，那纵完火的丫头还开着语音，激动地指挥道：

"快快快，放大放大！这拨稳住，我们能赢！啊啊啊，我死了！加血加血给我加血，啊啊啊！"

他视线往下一瞥，而后自嘲一哂，揭开锅盖舀鸡油，咬着后槽牙语意不明地说："拿人一点儿办法没有，能怎么着？今儿晚上继续自个儿伺候自个儿。"

来日方长，再留她些时候。

债先欠着，他迟早连本带利，狠狠在那小姑娘身上讨回来。

温舒唯本打算第二天早上陪沈寂一同去医院送鸡汤的，可天还没亮，一通电话便把还在被窝里熟睡的温舒唯给惊醒。

一只白生生的细胳膊从被窝里探出来，伸到床头柜上捞啊捞，抓起手机，又"嗖"一下缩回被子里。

温舒唯迷迷糊糊的，闭着眼也没看来电显示，含混接起："喂？"

"小温，刚接到群众来电，有个突发新闻，你赶紧去一趟。"听筒里传出一个女人的嗓音，低沉冷静，带着上流社会人士谈吐间专属的精英感。

温舒唯愣了下，脑子里瞬间飘出三个鎏金大字：梁主编。

她一下清醒过来，身子如离弦之箭般从床上弹起，边听电话，边飞快抓起床边的卫衣牛仔裤往身上套："具体在什么地方？"

"西三环附近的一家废弃工厂，说是一个男人刚刚抢劫了一家珠宝店，逃亡途中被警察围捕，劫持了一名人质。"梁主编语速飞快，"现在警方正在和那个暴匪谈判。"

"好，我马上去。"温舒唯应着，来不及洗漱，抓起包和钥匙就冲出了卧室，在玄关处边换鞋边道，"摄像的同事安排了吗？"

"给你配的小敬。"梁主编说。

"嗯。我打个车直接到现场去。"温舒唯说完便挂了电话。

早起的姥姥正在厨房里熬粥，听见响动，缓慢晃着身子走出来，稀奇极了："哟，你这孩子今天怎么起这么早？赶紧洗漱过来吃早饭。"

"不吃了，姥姥。"温舒唯慌慌忙忙的，"有个新闻，我得马上赶过去，走了啊。"

纤细人影冲出家门，门"砰"一声关上，外头下楼梯的脚步声逐渐远去消失。

姥姥皱眉，忽然余光看见鞋柜旁边的地板上掉了个什么东西。

姥姥走过去，弯腰捡起来，借着光眯了眼睛细细瞧。一块让红绳穿着的护身符躺在老人苍老的掌心。

是她很多年前在寺庙里给外孙女求回来的。

这护身符，外孙女多年来贴身携带，从未离过身。

不知为什么，老人一阵不安，心中莫名升起一丝不祥的预感。满是皱褶的五指捏紧了那块护身符，姥姥走到沙发旁的座机前，拿起电话，刚想拨外孙女的手机号，又反应过来什么，放下电话忽然一阵失笑。

人老了，就是不中用，胡思乱想些什么。

天边泛起了鱼肚白，深秋的晨风带着微微凉寒，路边的残叶被卷起来，漫无目的地翻飞。

温舒唯打了个车，赶到梁主编口中的废弃工厂附近时，才刚刚早上七点钟。

远远便瞧见几辆警车和一条拉得长长的警戒线，警戒线外全是看热闹的附近居民，趿拖鞋穿睡衣，里里外外围了三层人墙，一个个交头接耳议论纷纷。

负责摄像的同事已经提前到了。温舒唯目光从人墙那头收回，快步走过去，神色严肃："现在情况怎么样？"

"人质还没救出来，我们估计进不去。"同事扛着摄像机，皱眉说，"现在警方和劫匪正在僵持。"

"人质情况怎么样？受伤没有？"温舒唯从包里拿出记者证挂在胸前。

"不太清楚。"

两人架好机器，在人墙外围录了一个新闻开头。

随后，温舒唯举着收音便携话筒走向那堵厚厚的人墙，随机找了个大爷进行采访。

大爷也是刚来瞧热闹的，摇摇头，一问三不知。

温舒唯又接连采访了好几个围观群众，一圈问下来，什么有用信息都没得到。

她有些失望，站在路边叹了口气。就在这时，一股微弱的力道从身后传来，由下而上，轻轻扯了扯她的卫衣衣摆。

温舒唯下意识转过身，一愣。

面前站着一个小女孩儿，看着不过七八岁，穿一身深红色的泡泡裙，兔耳朵白袜子,和一双黑色的圆头皮鞋。两侧高马尾各扎着一枚粉色蝴蝶结,五官精致可爱，一双大眼清澈干净，亮晶晶的，像个真人洋娃娃。

小姑娘手里还抱着很多很多的玫瑰花，抬头望着她，脸上笑盈盈的。

“姐姐，这些警察叔叔是我报警叫来的，我也是第一个发现那个叔叔在做坏事的人。你想采访我吗？”小女孩儿问。

温舒唯见对方是个小孩子，又长得这么可爱，并未多想，弯弯唇，蹲下来看她：“小朋友真聪明。好呀，姐姐采访你。”

“那你买我一朵花。”小姑娘递过来一朵妖异的红玫瑰，天真无邪地笑了，“可以吗？”

温舒唯看着女孩儿递过来的玫瑰花，忽地一愣，没有伸手接。

身后的摄像同事见了，上前两步笑着说：“我当你跟谁说话呢，原来是个卖花的小姑娘。”

同事是个二十六七岁的大男孩，性格善良阳光，十分有爱心，平时看见路边的流浪猫流浪狗都会买根火腿肠来喂食。他见这小姑娘大清早便上街卖花，心生同情，便从衣兜里摸出钱包，也蹲下来，伸手摸摸小女孩儿的脑袋：“小姑娘，你啊，卖玫瑰得卖给哥哥跟叔叔，让他们去送给姐姐阿姨，这样才有生意知道吗？”

双马尾小女孩儿咧开嘴，露出两排雪白整齐的牙，看着乖巧又机灵：“知道啦。”

同事指了指女孩儿手里的花，“这玫瑰多少钱一朵？”

“10块。”小女孩儿说，“买九朵以上，就算每朵8块钱。”

同事家里条件优渥，十分豪气，递过去好几张百元大钞：“小丫头，我把你这儿的所有花都买下来，不用找了。你好好跟这个姐姐说一说里头究竟是怎么一回事，行吗？”

小女孩儿一听，“哇”了一声，开心得给同事连连鞠躬：“谢谢哥哥！哥哥你人真好！”

男同事笑,又摸了摸小姑娘的脑袋,把她抱着的几十朵玫瑰花全都接过,放到路边的花坛边。

温舒唯也对眼前的小女孩儿既喜欢又同情，笑眯眯的：“小朋友，现在可以让姐姐采访了吧？”

小女孩儿仰起小脸看她：“哥哥姐姐，我没钱找给你们，再额外送你们一捧百合吧。”

温舒唯摆摆手，笑着婉拒：“不用啦。”

“没关系，花店是我奶奶开的，我可以做主呢。”小姑娘一脸骄傲地拍拍胸脯，“奶奶说了，不能白占人家便宜，而且百合很漂亮的，既可以摆在家里，也可以探望病人的时候送过去。”

探望病人。

温舒唯微怔，想起还躺在医院里的沈父沈建国，犹豫半秒，这回倒是没再拒绝，点点头道：“好吧。你家花店在哪儿？等这边忙完，我自己过去取就好。”

女孩儿小手一指：“就在街对面。”

温舒唯抬眼，顺着小姑娘手指的方向看过去，果然，废弃工厂的对面是一排刚交房不久的商品住宅楼，底层是一排铺面，中间正好就是一个花店，门口摆放着各色绿植和花草，看着郁郁葱葱生气勃勃，招牌上写着四个大字：幸福花舍。

小女孩儿又眨了眨眼睛，歪着脑袋瞧她，一双明眸圆而亮：“姐姐，你现在就跟我过去拿吧，我待会儿八点多就要去上学了呢。”

“去吧，反正就在对面，也耽误不了多少时间。”同事在旁边低声道，“这么小一孩子懂什么，估计是她家大人报的警。你去问问她奶奶，老年人一般睡眠浅起得也早，应该知道得更多。”

温舒唯听完一琢磨，眯眼竖大拇指：“有道理。”

“去吧。”同事说，“我在这儿等你，顺便拍点儿现场照片跟视频资料。”

几分钟后，同事举起摄像机拍摄影像资料，温舒唯则牵着穿泡泡裙的卖花小女孩儿朝街对面的花店走去。

人行道刚好是红灯，温舒唯牵着女孩儿站在斑马线的尽头处等待，随口问：“对了，小朋友，你叫什么名字？”

小女孩儿乖乖答道：“我叫王小依。”

“小依怎么这么早就出来卖花了呀？”

“我爸爸病了，奶奶说，给爸爸治病要花好多好多钱。”小女孩儿说着，低下头，纤细稚嫩的嗓音也跟着弱下几分，“我想帮奶奶多赚一些钱呢。”

温舒唯皱眉：“你妈妈呢？”

卖花小女孩儿认真回答：“奶奶说，我一出生，妈妈就去很远很远的地方了。要等我考上一个好大学，妈妈才会回来。”

小女孩儿身世可怜，母亲早逝父亲又病重，全家只靠奶奶的小花店维持生计。温舒唯听完，心里难受极了，微抿唇，抬手捏了捏女孩肉嘟嘟的小脸蛋儿，又从背包里翻出一根棒棒糖递给她。

到底是小孩子，看见糖果，小女孩儿脸上的笑容霎时更加灿烂。

一高一矮两个人影聊着天，没一会儿便走到了花店门口。

温舒唯牵着小女孩儿走进去。

这家花店的店面不大，总共也就三十几平方米，花架上整齐地摆放着各种观赏性植物。收银的小吧台里头摆着一张摇摇椅，再往里是一扇小门，略微斑驳破旧的木板门半掩着。

“姐姐，你先在这里等我一下。”小女孩儿说，“奶奶在里面，我去叫她。”

温舒唯点头。

小姑娘踩着小皮鞋走进吧台，小小的身影瞬间消失在那扇木门背后。

温舒唯拿着录音笔在花店里晃了一圈儿，看见一个花架旁放着一张小凳子，弯腰坐下，眼神无意识地环顾四周。

这时，里屋响起了一阵老年妇人的咳嗽声，然后一道年迈和蔼的嗓音隔着木门传出：“对不住啊姑娘，我这腿上的风湿病又犯了，医生给开了几服草药让每天早晚泡脚，这会儿没穿鞋，不太方便出来。”

“没关系的，婆婆。”温舒唯连忙摆手，“我是个记者，这附近发生了一起抢劫案，抢匪劫持了一个人质正在对面和警察僵持，听说是您孙女报的警，我就想来问问，看看您知不知道具体情况。”

“哦，你说那个抢珠宝店的？”老人的声音顿了下，“那个抢匪大概四十多岁，听口音，不像咱们云城本地人，脸上有道疤，看着就不像个好东西。被他劫持的是一个清早出门扫大街的清洁工。那人也怪倒霉的，好端端的出门扫地，居然遇上这种事，唉……”

老人大致跟温舒唯描述了一下事情经过。

温舒唯听得认真，边用录音笔记录，边拿笔在本子上记重点。问完后，她向门板后的老人道谢，说：“谢谢了啊，婆婆。”

屋里的老人笑了笑，说：“姑娘，我乖孙女都跟我说了，你心眼儿好，一次性买了她所有花，她喜欢你，要多送你一捧极品百合。小依，把花送给姐姐。”

话音落地，那扇木门便开了。

穿红色泡泡裙、扎蝴蝶结双马尾的小女孩儿抱着一大捧洁白的百合花从屋里走了出来，笑盈盈地递给温舒唯。

这捧百合不知有多少朵，团团簇簇巨大一捧，包装得非常精致。

温舒唯接过花，不好意思极了："你们真是太客气了。谢谢谢谢。"

小女孩儿亮晶晶的眸子望着她，没说话，屋里继续传出老人的声音，笑道："该我们谢谢你。行了，你忙去吧，这捧百合是用花泥养着的，里头有水，小心点儿别洒了。"

"嗯，知道。那我就先走了。"温舒唯收拾东西从凳子上站起来，转身，刚走到花店门口又顿了下，有点儿犹豫地说，"婆婆，你们家的情况，小朋友都跟我说了。如果需要帮助的话，你们随时找我。"

说着，她从包里翻出一张自己的名片，弯腰交到小女孩儿手上，笑着摸摸女孩儿的小脸蛋儿："这上面有我的电话。我先走啦，待会儿上学别迟到哦。"

小女孩儿冲她挥小手，笑容甜甜的："姐姐再见。"

年轻姑娘抱着百合离开了花店。

小女孩儿站在门口远远目送，待温舒唯走远，小姑娘脸上纯真无害的笑容消失得无影无踪。

须臾，她面无表情地转身，踩着小皮鞋重新回到花店的里屋。

六十多岁的花店婆婆被绑在午休用的小床上，嘴被透明胶带封得死死的，根本发不出声音，看见小女孩儿进来，婆婆的表情霎时惊恐万分，嘴里呜呜叫着，身子挪蹭着往后缩，像是看见了某种极为可怕的事物。

"再用那种看怪物的眼神看我，我就把你眼珠子挖出来。"小女孩儿淡淡地说。

花店婆婆被吓住了，闭上眼睛不敢多看。

于小蝶脸上没什么表情，把之前温舒唯同事给的好几张百元人民币放在了桌子上，说："这是卖花的钱，喏，给你放这儿了。"

花店婆婆悄悄把眼睛睁开一道缝，看了眼钱，眼神显然很惊讶。

于小蝶没再多言，转身就往外走。

"呜呜……"婆婆挣扎着再次呜咽出声。

"别着急，躺着好好休息会儿。最多再过三四个钟头，自然会有人找过来，发现你，给你松绑。"于小蝶头也不回地道。

踏出花店，路边不知何时停了一辆黑色轿车，窗户都是纯黑色，从外往里看，黑漆漆一片。后座右侧的车门开着。

女孩儿一蹦一跳地走过去，上车乖乖坐好。

车里原本坐着的男人身形高大，一身纯黑色绣龙纹唐装，两条大长腿随意交叠着。他半靠在椅背上，闭目养神，五官俊美立体，右手拎着个金丝鸟笼，里头的八哥换成了一只漂亮的金丝雀。

于小蝶看他一眼，有点儿狐疑：“你那只八哥呢？”

“昨儿晚上嚷嚷一宿，吵得我睡不着，宰来喂狗了。”百里洲语气淡淡的，睁开眼，眉眼间带着一种消沉的玩味和风流，打量她，“办妥了？”

“我什么时候失过手。”于小蝶轻哼一声，又问，“看你这打扮，今天要见客人？”

“下个月月底是梅老七十寿辰。”百里洲微挑着眉，修长食指尖有一搭没一搭地敲着眉骨，“梅家四公子也要回来贺寿，双喜临门，邀请我参加。我打算去古玩市场挑块儿好石头当贺礼。”

“那个梅凤年不是一共就三个儿子吗？”于小蝶不解，“从哪儿冒出来个四公子？”

“听说是私生的，没名没分，这些年为了避嫌一直养在外头。”百里洲答道，又看一眼于小蝶，“咱萝莉姐姐今儿心情不错啊？”

于小蝶拿起座位上的洋娃娃，抱着，小手轻轻理着洋娃娃的金色鬈发，很开心地说：“好久没玩这么有意思的游戏了。”

百里洲视线往下一扫，瞧了眼小女孩儿手表上的计时器。

他一弯唇，笑了：“于小蝶，你可真够狠啊。”

“是死是活，全凭运气，不是很有趣吗？”于小蝶也笑，“百里老板也知道，我就那么两个爱好，一是赌石，二是赌命，后者可比前者好玩得多。”

百里洲轻声：“先是老爹，再是自己心爱的女人。如果温舒唯出了什么事，你猜，沈寂会是什么反应？”

于小蝶扬起眉毛：“我好奇得很呢。”说着，她低头看了眼自己手上戴着的儿童手表，挑挑眉，轻轻按下一个按钮。

“嘀”一声。

电子表上的计时器开始跳动。

179 分 60 秒，178 分 59 秒，178 分 58 秒……

女孩儿稚嫩可爱的脸庞上，露出一个甜甜的满意微笑。

等温舒唯抱着那束百合花回到废弃工厂外时，劫持人质的抢匪已经被警方当场击毙。

清洁工的后颈被抢匪用刀划伤，送进了医院紧急救治。

天已亮透，围观人群见没了热闹，纷纷议论着作鸟兽散。

温舒唯和摄像同事又采访了两名现场刑警和医护人员。新闻素材收集得差不多，温舒唯与同事两人打道回府，回到杂志社编辑新闻稿。

她工作效率很高，从案发现场回单位，再到初稿写完，总共只花了两个半小时不到。

温舒唯坐在办公椅上伸了个懒腰，喝了口咖啡，站起身，从打印机里取出初稿样件送进了主编室，随后去了趟洗手间。

刚出来，兜里手机就开始振动。

她看一眼来电显示，折回洗手间接起："喂？"

"怎么不接电话也不回消息？"听筒里的嗓音低沉微冷，喜怒莫辨，听不出多余情绪。

温舒唯顿了下，窘迫道："啊，我今天一大早就跑新闻去了，手机调的振动，可能没听见。"

那头半晌没出声。

她自知理亏，吐吐舌头，嗓门软下来，轻声说："不好意思，你别生气呀。"

"没生气。"沈寂说，"就是担心你。"

"别担心，我只是在忙，没什么其他事情。"温舒唯笑笑，"鸡汤给叔叔送去了吗？"

"还没。"沈寂说，"刚丁琦来家里找我说了点事，人刚走。我正准备出门去医院，要不要来接你？"

温舒唯迟疑几秒，道："我手上有个稿子还没定稿。这样，我先去问问我们主编，稿子还有没有其他要改的。五分钟后给你回电话。"

挂了电话，温舒唯收起手机，敲响了主编室的门。

"请进。"

她推门进去。

一袭深蓝色职业套装的梁美娟坐在办公桌后，正在电脑上看一份稿件，脸色很严肃。

温舒唯问："梁姐，那份新闻稿还有什么需要修改的吗？"

"稿子我看过了，很好，没什么问题。"梁美娟朝温舒唯投去赞许的目光，笑笑，拿起之前那份稿件递给温舒唯，“你的业务能力我一直很放心，照着这个发就行了。”

“都是梁姐栽培得好。”温舒唯应了声，接过稿件站原地，半天没出去。

梁美娟察觉到什么，抬头看她：“还有什么事儿？”

“是这样的，梁姐。”温舒唯有点儿为难地开口，道，“我男朋友的爸爸生病了，在住院。他们是外地人，在这边也没有其他亲戚能照应，我……”

梁美娟瞬间听出她言下之意，挑挑眉：“行了，稿子交给新媒体部，先发在公众号跟微博上。你去吧。一大清早就把你从被窝里叫起来也辛苦了，放你半天假去陪老人，省得你们这群家伙又在背后说我是‘没人性的灭绝师太’。”

温舒唯笑起来：“谢谢梁姐。”

离开主编室，她拎起包抓起手机给沈寂回了个电话，随后便往外跑。跑出几步后又踩了个刹车，急急忙忙倒回来，抱起了桌上的那捧百合，随即才兴高采烈、一溜烟儿地飞奔出去。

在办公楼下等了没多久，一辆熟悉的黑色越野车便进入视野，停在了路边。

温舒唯小跑过去，拉开车门坐进去，边系安全带边随口打招呼：“嗨，早上好。”

沈寂一会儿从医院出来得直接回单位，身上军装笔挺，眉目冷淡。闻言，他侧目，懒洋洋地瞥了边上的姑娘一眼，倾身靠过去，把自个儿右脸贴近她。

温舒唯看着眼前这张线条利落、轮廓分明的侧颜，一愣：“干吗？”

“早安吻。”沈寂说。

温舒唯脸一热，悄悄扭头看窗外，做贼心虚生怕被人发现似的，顿了下，默默地说：“我刚说错了，这会儿还差十五分钟十一点，早上已经过去了。”

“早安吻。”沈寂调子四平八稳地重复，“补上。”

她脸一下更红，拗不过，只好凑过去，蜻蜓点水似的亲了亲他的右脸，吧唧。

沈寂扭头，又把左脸朝向她。

沈寂懒洋洋的：“午安吻。”

她耳根子都烧得烫烫的，又凑过去，吧唧一口。

沈寂心情由阴转晴，一早上的阴霾情绪扫去半数，勾勾嘴角，伸手捏住姑娘的下巴扳过来，在她唇瓣上不轻不重地咬了口，舌尖舔舔她的嘴角，低声道：“我宝贝儿真乖。”

温舒唯羞得往后躲，抬手打他一下，小声说：“你能不能清心寡欲点！我单位门口呢，被人看见怎么办。”

沈寂淡声道：“又没在这儿摸你。”

眼瞧着小丫头整个人羞得快冒烟，沈寂眼底漫开一丝笑，撤回身子不逗她了，看见她怀里的百合，微微一挑眉：“怎么还买了束花？”

“不是买的。”温舒唯拨弄了下手里的百合，“是一个小女孩儿送我的。”

沈寂发动引擎，把车开上了马路，闻言，依然是随口闲聊的语气：“哪个小女孩儿？”

“今天我不是去跑新闻吗，结果遇到了一个卖花的小姑娘……”

温舒唯把早上遇到可爱的卖花小女孩儿的事情一五一十告诉了沈寂。

沈寂听完，眉心却微微拧起一个结，低声说：“一大早，怎么会有那么小一孩子在街上卖花。”

“我也觉得有点奇怪。”温舒唯嘀咕着，“不过那小姑娘爸爸重病在床，又没妈妈，全家就靠奶奶开个花店维持生计，看着挺懂事的。”

沈寂神色不明，薄唇抿成一条线，不再吭声。

就这么一路无言地又往前开了几分钟。

忽地，他似察觉到什么，眸色骤冷，一打盘子将车靠边停下，没说话，径直从温舒唯手里把那捧花给拿了过来。

温舒唯一滞：“你……”

话没说完，沈寂已三两下扒开了那束百合的纯黑色包装纸。淹没在花枝里的花泥露出来，呈长方形，中间位置竟被掏空，嵌入了一个大约半个手掌大的古怪金属仪器。

那仪器上头还有一个计时表，正分秒流逝，无声无息。

1分09秒，1分08秒，1分07秒……

车厢里刹那死寂。

温舒唯和沈寂同时抬头看对方，相视一眼。

下一秒，两个人同时推门从车里跳了下去。沈寂速度很快，眸色极沉，脸色也极冷静，大步走到一个垃圾桶前将那束百合扔进去，反身一把将温舒唯扯到怀里护住。

与此同时，“轰”一声，垃圾桶在背后整个炸开。

温舒唯处于震惊中还没回过神，便觉一股巨大冲击力袭来。沈寂抱着她飞扑出去，重重落地，宽阔胸膛将她死死护住。

垃圾桶被熊熊烈火吞噬。

繁华的闹市街区骤然陷入一片恐慌。

尖叫声，议论声，消防车的警笛声，交织成一片。四周很快便围满了人。

"受伤没有？"沈寂把怀里的姑娘扶起来，低头在她全身各处检查，"有没有哪里觉得疼？"

温舒唯脸上毫无血色，嘴唇也是白的，动动唇，半天发不出声音。

耳鸣阵阵，眼前的一切都有些模糊，视线中，她看见沈寂两手扣紧自己的双肩，眉头紧蹙，在对她说什么。

良久后，耳鸣终于消退几分。

周围一切声响终于逐渐清晰。

沈寂沉声："唯唯，说话。"

温舒唯嗫嚅着，望着他，终于后知后觉、有点茫然地挤出一句话："就我也能被恐怖分子盯上？"这是什么狗屎运啊。

围观的人越来越多，附近路段的交通完全堵塞。后头车辆不知发生了什么，火冒三丈，喇叭摁得叭叭作响，刺耳的鸣笛声响彻云霄。

云城最繁华的闹市区陷入一片混乱。

巧的是，附近正好有个派出所。接警后，警方第一时间便赶到爆炸现场，拉起警戒线，将附近路段全都封锁起来，维持现场秩序。

不知哪个好心的路人打了 120 和 119，救护车和消防车也在片刻之后赶到。

消防员们有条不紊地开始灭火。

边上，几个医护人员也抬着担架飞快从救护车上下来。走在最前方的女医生看了眼熊熊燃烧的大火，眉头霎时紧蹙，沉声询问："伤员在哪儿？"

"这边，这边！"一个热心肠的围观大妈指着沈寂和温舒唯，冲医生喊，"刚才那个垃圾桶忽然炸了，他俩就在边上，也不知道怎么样了。估计都受了伤，医生快来给看看！"

女医生闻言，快步走到两人身前，矮身蹲下，给半躺在地上的姑娘做了个基本检查，随后便指挥护工把人抬上担架，送上了救护车。

救护车鸣着笛呼啸而去。

警戒线外围。

众人七嘴八舌交头接耳，拿着手机不停录录拍拍。

百米外，一辆加长版宾士悄无声息地停在马路对面，车身是纯黑色的，干干净净，不染纤尘，连轮胎都像是崭新的，寻不见丁点儿灰尘泥土的踪迹。

一只苍老的右手伸在半落的车窗外，食指和中指之间夹着根褐色雪茄，烧到一半儿，火星子在雪茄尽头明明灭灭。

几秒后，那只手掸了掸烟灰，收回去，黑色车窗缓慢升起，彻底隔绝外界的一切声响。

“梅老。”

说话的是坐在副驾驶座的男青年。这人三十四五岁的年纪，金发碧眼高鼻梁，典型的欧洲人长相，西装革履，俨然一个上流社会的精英人士。他微侧着身，眉眼低垂，说的英语，神色间尽是沉稳恭敬：“需不需要联系百里洲？”

被欧洲人称作“梅老”的梅凤年一头银发，穿身做工考究的红色唐装，一脸富态。他抽着雪茄随意摆了摆手，笑：“用人勿疑，疑人勿用。有些事，咱们不能亲自动手。花了大价钱才请来的人，可别伤了和气。”

助理杜兰特闻言，点点头：“看得出，梅老对百里先生很是欣赏。”

“这个百里洲，十七岁就在道上混，以前跟着我手下的樊正天。”梅凤年长长地叹了口气，道，“可惜，我那姓樊的兄弟命不好，五年前让人出卖一命归西，百里洲这才出去自立门户，否则他也算我们梅家半个自家人。”

杜兰特笑，换上字正腔圆的中文：“年纪轻轻，就有这样的作为，确实不简单。”

这时，车厢内响起一阵低低的咳嗽声。

杜兰特目光微转，不露痕迹地看向坐在梅凤年身旁的人。那是个看不出年纪的男人，里头白衬衣黑西装，外罩一件厚实的黑色大衣，戴着墨镜和口罩，整张脸遮得严严实实。他身体似乎很虚弱，见不得丁点儿风。

杜兰特跟在梅凤年身边多年，何等乖觉，并未多看，下一瞬便将视线收回去。

梅凤年侧头，伸手拍了拍黑色大衣男人的后背，低声关切道：“你刚动完手术不久，还是少走动，之后就在家里好好歇着。”

黑大衣沉吟两秒，开口说话，声音又沉又沙嘶哑难听，几乎分辨不出原本音色。他没有语气地用英语问：“货找到买家没有？”

梅凤年道：“那玩意儿加了四重军密锁，这边暂时解不开。我联系了一个意大利的军火商朋友，他很感兴趣。下个月我生日，那个朋友会带着一个武器专家来中国。”

“越机密，证明越值钱。误打误撞，捞着一笔大买卖。”黑大衣笑起来，笑声嘶哑诡异又沉闷，听得人不寒而栗，“其实何必这么麻烦，这么多军事研究所，随便绑一个人回来，总有办法把锁解开。”

“你不了解这些中国人。”梅凤年抽了口雪茄，微皱眉，“都是些又臭又硬的骨头，没那么好拿捏。”

“他们不在意自己的命，总有在意的东西，比如父母家人，妻子儿女。”黑大衣轻声，“是个人就有软肋，有弱点，不是吗？我亲爱的父亲。”

梅凤年眯眼，没有说话。

这时，副驾驶座上的杜兰特看了眼行程表，道：“BOSS，云城市残疾儿童慈善机构的募捐仪式就要开始了，您是特邀嘉宾。”

“什么时候开始？”

“两小时后。”

“先送四少爷去机场。”梅凤年淡声说，“他下周还有一个手术要做，交代家里的厨师，这些天饮食要清淡。”

杜兰特面上的惊讶之色一现即隐，应道：“是。”

梅凤年又看向身边的儿子，说：“这边的募捐仪式完了还有个晚宴，我明天就回亚城。有什么情况我会让杜兰特第一时间联系你，别着急，安心养病。”

四少爷戴手套的右手微抬起，捂着口罩又咳嗽了两声，缓慢点头。

云城市第三人民医院急诊科。

“片子也拍了，心电图也照了，除了轻微脑震荡和一点擦伤之外，没什么其他问题。”穿白大褂的中年女医生浏览着各项检查的报告单，而后动作一顿，放下手里的几张纸，朝面前军装笔挺的青年笑了下，说，“你女朋友没有大碍，不用担心。”

沈寂闻言，冷峻的脸色没有一丝变化，淡淡点了下头，接过各项报告单，推门出去。

急诊室外的走廊上人来人往，他抬眼瞧，姑娘乖乖坐在不远处的长椅上，脑门儿上缠着一圈白色纱布，垂着脑袋，蔫蔫的，似乎正在发呆。

一个牵小孩儿的妇人从另一间急诊室里出来，追在医生后面急切地询问着什么。被妈妈牵着的小男孩儿也就六七岁的年纪，模样乖巧可爱。看见坐在长椅上的漂亮姐姐，调皮的小男孩儿眨了眨眼，忽然伸出小手戳了一下她的膝盖。

姑娘一下回过神，抬眼看向小男孩儿，微愣，然后便从包里翻出一根棒棒糖递过去，摸摸孩子的脑袋，脸上挂着一个温柔的浅笑。

沈寂没有立刻过去。

他转过身，径直走向了走廊尽头的洗手间，在洗手台前站定，把手上的单子放在台子上，拧开水龙头弯腰洗手。他低着眸，唇紧抿，面无表情。

水流哗啦啦冲下来，淋在他手上，冰凉刺骨。

两秒后，他关了水，垂着头，两只胳膊微微屈起，撑在大理石台面上，闭眼咬了咬后槽牙。毫无征兆地，他两手握拳，猛地狠狠往下一砸。

边上的男厕大门正好出来一个中年男人。路人大哥冷不丁撞见这景象，吓一跳，好几秒才试探着，战战兢兢挪过去洗手。

沈寂垂着头闭着眼，眉拧成川，半晌不再有任何动作。

路人大哥被刚才一幕吓得心有余悸，又见这男人穿着军装，气度不凡，不由自主便又偷偷多瞄了好几眼，然后脚下生风飞快离去。

好半晌，沈寂压下心头的盛怒，深吸一口气吐出来，掀开眼皮，神色寡淡地转身出了洗手间。

一路上和数个行色匆忙的护士病患擦肩而过。

这边，坐在椅子上的温舒唯正在发呆，不知想着什么。听见脚步声，她抬起头："医生怎么说？"

沈寂屈起一只长腿半蹲在她身前，微弯唇，一手握住她的手，另一只手轻轻捏她脸蛋儿，语气不自觉便低柔下来："医生说你有点轻微脑震荡，好好休息就行。没事，乖。"

"嗯。"温舒唯点点头，心有余悸。之前被吓傻了，这会儿彻底冷静下来，细细一回忆，她只觉背上的衣服都被冷汗给完全湿透，望着他，紧张地说，"今天幸好有你，不然我真不敢想象会发生什么事，没准儿我现在都躺太平间里头了。"

攥着雪白小手的大掌一下收拢，狠心掐了把。沈寂沉声，眸色冷进骨子里："温舒唯，你再给老子胡说八道试试？"

姑娘被吓住，连忙抬起左手捂住嘴，黑白分明的大眼圆溜溜地望着他，不敢再乱说。

沈寂直勾勾地盯着她，须臾，道："我问你，你说送你花的是个小姑娘，你还记不记得那小孩儿的长相？"

温舒唯蹙眉，回忆几秒钟，点点头："看着像六七岁，可能还要大一些？总之肯定不会超过十岁。皮肤白白的，眼睛大大的，身上穿的是萝莉公主裙，红色。"

话音刚落，背后传来一阵脚步声。

两人同时转头。只见不远处走过来两个男人，一个四十来岁，一个更年轻些，都身着便装身姿挺拔。

沈寂盯着两人，微微眯了下眼睛，站起来。

"你好。"年纪稍长的男青年走到沈寂身前，站定，取出警官证向他展示，神色严肃道，"我们是云城市丛云区公安局的，我姓易，大家都喊我老易，这是我搭档小崔。"

沈寂轻轻点头："你们好。"

老易沉声说："今天早上在丛云区怀生路三段发生了一起爆炸，我们检查过发生爆炸的垃圾桶，爆炸物是一束白色百合花。根据周边群众反映，那束花是你们扔进垃圾桶的。这起案件严重危害公共安全涉及谋杀，在社会各界造成的影响极为恶劣，希望你们能全力配合我们调查，尽快找出幕后黑手。"

忽地，一个声音响起来，说："我记得花店的地址。"

闻声，三个男人齐齐转过头。

温舒唯从椅子上站起身。她脸色隐隐还有几分苍白，抿抿唇，道："给我这束花的，是一个花店的小姑娘。我还记得那个花店的地址，现在就能带你们去。"

数分钟后，一行人来到今早发生抢匪劫持事件的废弃工厂附近。

温舒唯凭记忆找到那家名为"幸福花舍"的店铺，指了指，侧头看向沈寂："就是这里。"

沈寂和老易相视一眼，都没有说话。

温舒唯回过头正要继续往里走，面前却横出一只胳膊将她拦住。

沈寂低声说："你在外面等。"说完，他提步跨进了花店大门。

正是正午，外头天气晴好艳阳高照，这间花店却因植物太多，茂盛的绿植树叶挡住了大半阳光，显得有些阴冷。

店铺内空无一人。

吧台内侧有一扇破旧木门，虚掩着，里头隐隐有些声响。

老易紧随沈寂之后。他朝小崔递了个眼色，小崔顿悟，点点头，右手悄无声息地伸进了衣服里，神色警惕，环顾四周。

沈寂在木门外静立几秒，一脚踹开了门。

门开了，一个倒在门边的身影映入几人视野——老人手脚都被绑住，嘴巴也被透明胶带密封严实。她从床上滚落下来，艰难地挣扎着，试图开门出去求救。

“你说什么？绑那花店店主的是个几岁的孩子？”

云城市丛云区公安局，刑侦大队办公室内灯火通明。小崔警官不可思议地瞪着老易，仿佛听见了什么匪夷所思的笑话。

“我仔细看过花店老板的口供，诸多细节显示，她说谎的可能性趋近于零。”沈寂没什么情绪地开口，冷声道。

“怎么可能。”温舒唯震惊不已，“你们的意思是，一个几岁的小孩子，闯进一家花店，把一个六十多岁的妇女五花大绑，然后自导自演、精心策划了一场谋杀？不可能的。就算那个老婆婆确实毫不知情，那小女孩儿也肯定有其他大人帮忙。”

老易放下喝水的茶杯，皱眉道：“但是根据花店老板说的，从绑架她，到在花泥里安装炸弹，一切都是那小姑娘一个人做的，全程没有任何帮凶。”

温舒唯还是不相信，坚定道：“我早上在花店确实听到了一个老人的声音，她还叮嘱我花泥里都是水，不要弄洒……如果按照那个婆婆的说法，她全程被绑在床上堵了嘴，这声音又怎么解释？”

一番话说完，整个办公室瞬间陷入一片死寂。

温舒唯一头雾水，目光无意识看向身旁的沈寂。他坐在椅子上，坐姿很随意，食指第二关节轻轻敲击着眉心，神色冷漠眉目寡淡，似乎在想什么，又似乎什么都没想，看不出任何情绪起伏。

众人皆是眉头深锁，不再作声，百思不得其解。

疑云笼罩，迷雾重重。

就在这时候，一个身着制服的女警拿着一摞文件资料，敲响了刑侦大队办公室的门。

砰砰。

老易抬头看了眼，点点头，让女警进来。他精神稍稍一振，说："温小姐，这是本市近三年来，所有符合你描述的走失女童，你辨认一下，有没有你见到的那个小姑娘？"

温舒唯从女警手里接过厚厚一摞纸，仔细翻阅起来。

数分钟过去。

温舒唯拿资料的双手垂下来，缓缓摇头。

屋里再次一静。

几分钟后，老易叹了口气，站起身来笑了下，说："今天就到这里吧。沈先生，温小姐，我们会继续跟进调查，一有新的进展会第一时间通知你们。你们早些回去休息，这段时间，出门多长个心眼儿。"

两人走出刑侦大队时已经是下午两点。

太阳被灰色云层遮挡住，天空暗下去。起风了，路边的树叶被卷到半空中飘来荡去，景物荒凉萧瑟，隐隐有下大雨的前兆。

"要下雨了。"温舒唯坐在车里往外瞧，忽然想起什么，扭头看沈寂，"鸡汤肯定都凉透了，不过住院部应该有微波炉，可以加热。我们赶紧把汤给叔叔送过去吧。"

沈寂此时的脸色和头顶天空如出一辙，阴云密布。

他面无表情平视着前方，没有吭声，自顾自发动引擎把车开上了大马路。

车里气压低冷得可怕。

温舒唯隐约感知到什么，咬咬唇，试探着伸手轻轻扯了扯他的袖子，小声道："我已经没事了，你不要担心。"

"嗯。"沈寂很冷静地应了声。

"易警官他们很快就会找出真凶的。"

"嗯。"

他这会儿明显心情不佳到极点，显然没有闲聊的兴致。温舒唯在心里叹了口气，也不再说话了。

沈建国重伤未愈，温舒唯怕他担心自己，并未跟着沈寂一道进病房送鸡汤，而是留在病房门口的长椅上等。

身着军装的警卫员同志神色冷峻地站在病房门口。

温舒唯就坐在警卫员同志旁边，有些无聊，索性拿出手机刷微博。打开热搜一看，话题 # 云城闹市区爆炸 # 果不其然在短短几小时内便登上了热搜榜。

温舒唯点进去浏览了几眼。

发话题的大部分都是云城本地的市民，有的是纯文字说明，有的还配有视频，有的是真的，有的是截取的好莱坞电影片段。随着影像资料的传播和各位网友道听途说添油加醋的描述，一时间，各种猜测满天飞。

有说是极端分子报复社会的，有说是垃圾桶内的垃圾发生了化学反应的，还有说是白素贞在垃圾桶里飞升历劫的……

温舒唯一头黑线地刷了会儿微博。

退出去回了程菲一条微信之后再进热搜一看，话题已经被撤下去了。估计是怕各种臆测和谣言会引起社会恐慌。

她熄灭了手机屏，再抬头，看见病房门打开，军装笔挺的高大男人从里头走了出来。

温舒唯一怔。从进去到出来，他只在里头待了不到十分钟。

“这么快？”她起身迎上去，刻意压低了嗓子，“怎么没陪你爸爸多待一会儿？”

“人睡了。”沈寂没什么情绪地说，手牵起脑门儿上包着纱布的姑娘，转过身，径直往电梯方向走去。

温舒唯脑子还有点儿晕乎，眨了眨眼：“现在去哪里？”

沈寂眉目敛着，没答话。

沈寂带着温舒唯回了他那儿。

从医院到回来，车上的数十分钟再加上步行走路，他从头到尾没说过一句话。温舒唯心里有点儿打鼓，隐约觉得这人的气场有些不正常，但仔细一瞧，对方除了那副眉眼比往日更冷冽清寒几分，又好像没什么区别。

她轻轻咬了咬唇，怀疑是自己经过中午那一出，有点儿神经过敏。

进了门洞，温舒唯走在前面，到三楼时脚下步子一停，乖乖站到旁边等。

沈寂掏出钥匙开了门，随手一指，示意她先进去。

温舒唯没多想，提步进屋，正拿手扶着鞋柜换拖鞋，却猝不及防，忽然被人从后头整个儿圈住。她吓一跳，惊呼一声，下意识挣扎。

姑娘身形娇小，沈寂下劲儿，一把将人整个儿腾空抱起来。她脚上脱一半的运动鞋踢飞到电视柜旁边，两只套着白袜的小脚丫子在半空晃来晃去。

“你干吗呀。”她脸一下烫如火烧，低斥道，“我鞋还没换！”

沈寂像没听见，逮着她脖子就啃上去，右脚往后一钩关了大门，架着她往客厅方向走，一路怼着她耳根和脖子又亲又咬，变本加厉。

温舒唯脸涨红成番茄，整个人都蒙了，实在想不通青天白日这个男人又在抽什么风。

细胳膊细腿儿，手脚并用地胡乱蹬挣，丝毫抵不过对方一根指头。

她很快被他拎到了沙发跟前，对方大手往前捏住她下巴，往后一扳，她被迫转过头，还没回过神，他唇便从后上方压下来，顷刻间便吞噬掉她所有呼吸和呜咽，吻得野蛮，甚至有些残暴，像是野兽迫切需要通过一切行为确定伴侣的存在。

屋子里的暧昧气息愈演愈烈。

蛮横深吻变成温柔浅啄。温舒唯心怦怦跳，脑子更晕了，整个人在他怀里，像要化成一摊水。

好一会儿，沈寂唇离开，弯腰在沙发上坐下。温舒唯脸红得要滴血，想往后退，手臂却被他握住，轻轻往前一带。

他两只手握住她的细腰轻轻往上一提，把姑娘放到了自己腿上，双臂环住她，头埋进她颈窝里，不再有任何动作，也没有出声。

半晌，温舒唯回过神，看了眼把自己当小熊抱枕的大佬，默了默，伸手轻轻推他一下：“喂。”

“别动。”沈寂声音从她颈项间传出，低低的，有点儿哑，听不出太多情绪，“让我好好抱一会儿。”

温舒唯一愣，只好乖乖让他抱着。

沈寂是个冷静理智到几乎冷血的人，他能轻而易举控制自己的情绪，因此，自他记事起，便对很多情绪的概念十分模糊。

今天，是他第一次清晰地体会到，何为“恐惧”。

只要一想到，温舒唯曾和死亡擦肩而过，他就恐惧到遍体生寒。

沈寂闭上眼睛，侧过头，轻轻吻住了怀里姑娘的唇。

如果世上有唯一一件让我怕的事，就是失去你。

沈寂随手把迷彩外套脱了撂一旁，越吻越深，越吻越狠，温舒唯脑子也越来昏沉，原本瞪得圆圆的眼睛逐渐微闭起，被他禁锢在怀里，没有抗拒的力气，也不想抗拒。

他一手握住她的后颈耳侧，另一只手环着她的腰身，紧紧的，极用力，几乎要将她囫囵个儿勒进自己的身体里，与他骨血交融。

温舒唯迷迷糊糊的，脸红得要滴出血，大脑空白。她察觉到对方微侧身，将她从他腿上放了下来，而后摁在了沙发上。

沈寂闭着眼，唇从姑娘微肿的唇瓣上离开，缓慢游移，浅浅啄了啄她挺翘的小鼻尖儿，又亲亲她红彤彤的脸蛋。

胡楂扎在细腻光滑的脸颊上，温舒唯又是害羞，又是怕痒，缩着脖子往后躲。

他控住她，唇一路追过去，沿着她的额头眉心一路往下，逐一亲吻她柔美的面部轮廓线，像个朝拜布达拉宫的虔诚信徒。

空气里一片暧昧旖旎。

不知过了多久。

沈寂在最后一刻拾回理智，唰一下睁开眼，眸色漆黑混浊，从上往下俯视怀里的姑娘，眼神直勾勾的，里头翻滚的情潮犹如漫天海啸。

温舒唯连耳朵根都红透了，头发乱蓬蓬的，也睁开眼，一双晶莹大眼蒙上一层雾，有些茫然又有些迷离地望着他。

这副模样娇媚柔弱得要命，轻而易举便勾出沈寂心底深处，压抑已久的欲念。

他盯着她，不言不语，也没有任何动作。那目光就像锁定猎物的狼，仿佛下一瞬便要展露利爪獠牙，将她骨头都不剩地拆吞入腹。

温舒唯心怦怦跳，也看着他。须臾，自己都不知道怎的，竟鬼使神差般很认真地问出一句："你是不是想？"

沈寂没料到这姑娘会忽然有此一问，静了静，微微挑了下眉："你说呢？"

"小温同志。"他微俯身，高挺鼻梁亲昵地蹭蹭她鼻头，唇随之贴近她右耳耳垂，低哑道，"我想把你变成我的，想要你从心到身完完全全属于我。想要你只想着我，只念着我，连眼睛里都只能看到我一个，想得要发狂。"

温舒唯闻言，眸光一跳，震惊和羞窘交织，整个人都快冒烟了。她眼睛睁得大大的，瞪着白色的天花板安静几秒钟。

下一瞬，她深深吸了口气又吐出，咬咬唇瓣儿，像是下定巨大决心、鼓起莫大勇气一般，抬起双手，轻轻抱住了眼前这个男人。

她说："沈寂，虽然我平时看着大大咧咧没心没肺，但事实上，我是一个很较真的人。"

姑娘声线轻柔软糯，音量并不大，语气十分平和，但每个字的字音却非常清晰有力，响在沈寂耳畔。

话音落地，沈寂眼底极快地略过一丝诧异，身子稍撤开，垂下眸，视线直勾勾地盯着她，不语。

那眼神沉沉的，会压人，锋芒锐利，带着一种似能轻而易举看透人心的力量。

温舒唯和他对视，目光没有丝毫躲闪，继续道："我的原生家庭不幸福，我父母离异，从小到大，我对所谓的'爱情'其实不抱任何幻想。我一直觉得，两个素不相识的陌生男女，因为一些机缘巧合相遇、相识，产生羁绊，这样的'感情'就像海市蜃楼，太过虚幻。当新鲜感和激情消失，一切就会被打回原形。"

沈寂安静地听着，没有打断。

"在过去的很长一段时间，我内心深处，排斥恋爱。所以……"温舒唯说着，忽然有些不好意思地笑了笑，停顿好几秒，才支吾着继续道，"接受你，我真的下了很大决心。"

沈寂微挑眉，手指捏住她的下巴轻轻一晃，有点儿似笑非笑地说："我的小温同志，你这段话的重点，想表达什么？"

"我想表达的重点，就是……就是，"她一卡，原就红透的脸蛋瞬间更烫，嗫嚅着，声量越来越低，"就是我对待感情的态度很认真，和你谈恋爱，也很认真。"

沈寂"嗯"了声，带着浓浓鼻音，贴上去，鼻尖亲昵地蹭着她的唇，嗅似的轻触。

"你对我而言，真的是很特别的人。"温舒唯眼睛睁得大大的，接着又小声补充了句，像是对他说，又像是自言自语。

沈寂闻声，食指钩起她下巴，直勾勾盯着她眼睛瞧，低声："哪种特别？"

姑娘顿了顿，认认真真地回答："特别喜欢的那种'特别'。"

沈寂眉毛高高扬起来，眼底漫开一丝很浅的笑，照着她挺翘的鼻梁轻轻一刮，声调听着漫不经心："那是什么感觉？"

这话由他问来，分明别有用心，但温舒唯并未察觉，仔细思考了下，便用一双大眼看着他，老老实实地答道："看不见你的时候，我不由自主就会想你，看见你的时候，我莫名其妙就会很开心；看见你笑，我心情再差都会变好，你不高兴的时候，我也会很难过。"稍稍一顿，"总之，只要你在我身边，我就会很安心。这种感觉，难道不是特别喜欢吗？"

听完最后一个字的同时，一个吻已经落在温舒唯唇上。

毫无征兆的，沈寂狠狠亲了她一口。

温舒唯一怔，眸子微微瞪圆。

接着他又狠狠亲了第二口，第三口……

接连不知道被狼吻了多少下之后，温舒唯唇瓣儿更肿，都被亲蒙了。

沈寂抱着她，脑袋埋在她温热香软的颈窝里，蹭了蹭，片刻后，忽然低声蹦出一句话，沉沉的，没头也没尾，也没什么情绪："真跟做梦似的。"

温舒唯不解："你说什么？"

沈寂侧过头重重亲了下她的脸蛋儿，力道之大，吮出"啵"一声响。他哑声说："我惦记了你温舒唯十年。我等你说这句话，等了十年。"

温舒唯听见这句话，不知怎的，鼻头忽然微微一酸。她抱住怀里那颗大大的黑脑袋，也学他一贯的动作，凑过去，吧唧一口亲在他侧脸上，脸颊软软贴上去，蹭蹭他的。

"我们还有很多个十年，以前的，可以补回来。"

男人一米九的高大个儿，大宽肩大长腿，温舒唯身形娇小，跟他在沙发上腻一起，被衬得跟个娃娃似的。

沈寂毕竟人高腿长，在姑娘怀里窝久了，四肢舒展不开，浑身都不自在。他松开她，微动身子坐远了点儿，脖子左右扭转，抬手揉后颈，然后盯着她，随手在自个儿大腿上拍了两下。

小姑娘脸红红的，乖乖爬到他腿上坐着，两只小手抱住他脖子，自动调整一个较为舒适的坐姿，在他怀里窝好。

沈寂低头，环着他的姑娘，额头和她的紧触在一起，闭上眼，半晌不再言语。

两人安静相拥。

过了几秒。

忽地，一根细细白白的指头翘起来，试探性地轻轻戳了戳他的手臂。

"嗯。"沈寂眼睛都懒得睁，手里把玩着她另一只小手，从鼻腔里应出一个音。

温舒唯仰起脖子，亲亲他棱角分明的漂亮下巴，小声问："今天又不了吗？"

沈寂掀开眼皮，低眸。

怀里的姑娘小小一只，趴在他怀里，扬着头眼巴巴地瞧着他，一双眸子晶亮晶亮，看着可怜兮兮。

沈寂俯身，在她可爱的小鼻尖上轻轻咬了口："不什么？"

小丫头似乎难以启齿，两边脸颊更红了，支支吾吾半天也没说出个啥。几秒后，终于吊住他脖子往下一拉，嘴唇贴到他耳边，小声说道："你不是想要吗？"

她退开几公分，大眼睛瞧着他，定定的，而后做个深呼吸，把牙一咬把眼一闭，英勇就义似的："来吧！"

沈寂让这傻里傻气的丫头整得低笑一声，大手在她毛茸茸的脑袋瓜上揉了把："合着你刚铺垫那么多，是想睡老子？"

温舒唯绯红的脸蛋上流露出一丝茫然。

几秒后，她默了默，侧身指了指被沈寂脱下、随身搭在沙发靠背上那件作训军服，很平静地问："你们蛟龙突击队的其他同志，知道他们勇猛无敌的老大实际上不仅是个流氓，还是个无赖吗？知道他们老大脸皮比城墙还厚吗？"

她真想在心里给这位大哥鼓个掌。

居然连"做梦都想开车"这个设定都想甩锅给她，如此毫无痕迹地颠倒逻辑混淆黑白，不愧是狠人中的狠人，大佬中的大佬。

沈寂眯眼，没说话，两手猛地下劲儿掐她腰。

温舒唯本就怕痒，"噗"一声笑出来，缩着躲到旁边。沈寂贴过去，追着她的手臂和脖子咬，两个人差点儿一起滚地上去。

沈寂怕她摔，眼疾手快一把将她整个人捞进怀里紧抱住。

他静默好片刻，微抬手，食指轻轻钩了下她的脸蛋儿，道："你欠我的我都给你记得清清楚楚，早晚找你讨回来。"说着一顿，嗓音沉几分，"现在还不是时候。"

温舒唯原本还笑容轻松，闻言，嘴角弧度微微淡下几分，静了静，盯着他道："你还在想那束放了炸弹的花？"

"先是沈建国，再是你。"沈寂眸色微寒，"这事儿没那么简单。"

温舒唯眸光忽地一闪，反应过来什么，惊道：“你觉得我和沈叔叔先后遭遇危险，这两件事有联系？”

沈寂食指绕着她的一缕发丝，眸垂着，眉目冷静，好几秒没出声。

良久的死寂后。

他忽然出声，淡淡地说：“你还记不记得，我背上那道刀伤。”

温舒唯一滞：“记得。怎么？”

“当天晚上那伙人里，”他掀起眼皮看她，目光很沉也很静，没有丝毫波澜，“如果不是幻觉，我也隐约瞧见有一个小姑娘，不到十岁，穿着裙子。”

温舒唯错愕瞠目。

窗户分明关得严严实实，她却觉得有一阵冷风顺着领口钻进来，阴阴森冷。

沈寂淡声：“当晚和我交手的两个人，身手都不差，但正常来说，他们伤不了我。你猜，是什么让我分心走了神？”

温舒唯摇头。

“那天晚上，我听见了宋哥的声音。”沈寂说。

只一瞬，温舒唯全身汗毛倒竖，声音出口，几乎有些发颤：“怎么可能？宋哥不是好几年前就……”

沈寂：“所以，当晚跟我说话的肯定不是宋哥。”

听到这里，温舒唯隐约已经明白几分。她皱紧了眉，道：“我记得，今天我在那间花店里听见了花店婆婆的声音，所以才放松了警惕……”她一顿，音量忽地拔高几分，脑子里蹦出一个离奇猜测，“咱们遇到的小孩儿应该是同一个！她会伪装各种人的声音？”

“咱们行内管这叫‘口技’，天赋和后天训练，缺一不可。”沈寂手指轻抚着她的发，绕起一缕青丝缠在指尖，寒声道，“那小女孩儿绝不是个简单角色。”

“太不可思议了。”温舒唯怔然，“只是一个不到十岁的孩子，怎么会这种技能，而且还残忍到这种地步？”

“这件事我已经跟丁琦说过了，他那边一有消息会立刻跟我联系。”沈寂说。

话音刚落，一阵手机铃声忽然响起来。

温舒唯一愣，循着铃声找半天，从沙发缝隙里找到手机，拿起来一看。

看清来电显示，她脸色微微一僵，顿了半秒，才起身走到旁边，划开接起：“妈妈。”

何萍的声音从听筒里传出来，难得有些急切：“你现在在哪儿？”

“外面。”温舒唯不想让母亲知道自己险些被炸开花的事，回答，“刚才出来跑了个新闻，怎么了？”

“那就好。”何萍那头明显松了口气，说，“刚才我一个朋友给我打电话，说她中午的时候路过市中心，那儿发生了一起爆炸，还说伤员里有个女孩儿和你长得很像，你没事就好，可吓死我了。”

温舒唯微愣，睫毛颤动了一瞬，没有说话。

何萍又说：“我这会儿在姥姥家，陪她看电视呢。你下了班早点回来，咱们聊聊你那个新处的对象。”

“好。”温舒唯应了声。

电话挂断。

她捏着手机站在沙发旁，还有点儿出神。

记忆中，这是母亲第一次对她这样直接且强烈地传达出“关心”这种情感。

须臾，温舒唯甩甩脑袋，回转身，看见沙发上空无一人。沈寂不知何时已经回了卧室。

她狐疑，动身跟过去。

卧室门没关。沈寂侧对着她，垂着眸，正在换衣服。他换下了军装衬衣，从衣柜里取出一件纯黑色的男士衬衣，套在身上，一颗一颗地扣扣子。

温舒唯脸微热，强迫自己无视那隐约瞥见的巧克力腹肌线条，好奇地问：“你要出去吗？”

“嗯。”沈寂整理着银色袖扣。

“去哪里？”

“你家。”

温舒唯目瞪口呆：“你去我家干什么？”

“让你母亲和姥姥见见我。”沈寂慢条斯理地说，“免得之后你搬过来，她们有意见。”

温舒唯依然目瞪口呆：“我搬过来？搬哪儿去？”

“我这儿。”他很冷静，“在所有事情完全解决之前，你的安全我来负责。你不能离开我视线。”

“你的意思是，我多了个私人保镖？”

“我的意思是，”沈寂衣服换好了，侧过身，抬眸看向她，轻轻挑了下眉，“我要和你，同居。”

沈寂的话来得太快就像龙卷风，温舒唯听完“同居”两个字，整个人呆站在原地，惊了。

再看看对面的沈大佬。

那张俊脸上仍是一副风轻云淡漫不经心的表情。他直勾勾盯着她，眼尾微挑的桃花眼里漫着一丝若有似无的笑，站姿随意，两只手很散漫地插在裤兜里。

两个人面对面站着，相顾无言。一个呆若木鸡，一个似笑非笑。

不多时，沈寂动身，踏着步子不紧不慢地朝姑娘走了过去，弯腰在她的眉心位置落下一个轻吻，蜻蜓点水，温柔得叫人心颤。而后牵起她的手，轻轻捏了下，带着她转身离去。

温舒唯就这样迷迷糊糊地被沈寂牵着上了车，迷迷糊糊地看着他发动引擎，把车开上大路，驶向姥姥家的老小区。

工作日，错开了上下班高峰，行驶一路畅通无阻。

数分钟后，黑色越野车稳稳停下。

温舒唯后知后觉回过神来，往车窗外头瞧。小区大门口人来人往，门卫室旁边摆着两台麻将桌，站着不少围观打牌的大爷大妈，都是些老邻居熟面孔。

不知怎的，她莫名便感到一阵紧张不安，连带着心跳也加快几分，转动脖子看沈寂，不大确定地问：“你真的要跟我一块儿上楼见我妈和我姥姥？”

沈寂熄了火，脸色寡淡平静如常。听见这么个问句，他动作微顿，侧目，视线慢条斯理地落在温舒唯脸上。

那表情就像在说：你看老子像在跟你开玩笑的样子吗？

温舒唯迅速便解读出沈大佬这表情想要表达的思想内容，缓慢地点点头：“我明白了。”而后停了下，再开口时，微微眯眼，换上副非常认真且充满关怀的语气，问道，“那你觉得自己现在准备好面对了吗？”

沈寂很冷静地点点头：“准备好了。”

“嗯。”姑娘深吸一口气吐出来，抬起一只小手拍他肩膀两下，“只是见家长而已，放轻松，虽然我妈不是那么好相处，但总体说来，她依然是个心地善良的好人，第一次见面，应该不会太为难你的。”

“嗯，我知道。”沈寂侧着身，胳膊肘支在驾驶座和副驾驶座中间的置物台上，单手托腮定定地瞧着她，“你别这么紧张。”

“我不紧张啊。”温舒唯这五个字说得小声，明显有点儿心虚，反应过来，立刻清清嗓子故作镇定地说，“你马上就要见到我妈和我姥姥，接受两位家长的无情审视与考核了，该紧张的是你，我紧张什么。”

“那你说说。”沈寂贴近她，嗓音低沉，一侧眉峰微微挑起。他左手抬高，绕起垂在姑娘耳侧的一缕乌黑发丝缠在食指上，别在她耳后，动作轻柔缓慢，指尖若有似无扫过她柔软小巧的耳骨，然后，轻轻捻住了她耳朵上的软肉。

“不紧张，你这小耳垂怎么又红成这样了？”他漫不经心地淡问。

老小区外，人来人往人声鼎沸。越野车的双面隔音玻璃却将整个车厢与外界隔绝开，形成一个静谧的私密空间。

这一幕就像电影的慢镜头。

两人的距离近得危险，温舒唯眸光跳动了一瞬，甚至能清晰看见沈寂根根分明的浓黑眼睫，光滑无瑕的脸部皮肤，和那双浅棕色瞳孔里映出的双颊绯红的她。

短短几秒，温舒唯头皮发麻掌心发热，只觉全身血液又开始往脸部狂涌，整张脸唰地再次红个底儿朝天，眼前鬼使神差飘出来四个黑体大字：男颜祸水。

被他捏在指间的耳垂火烧一样烫。她性格天生温暾怕羞，即使之前有过更亲昵百倍的肢体接触，这突如其来的触碰仍旧叫她心慌意乱。

温舒唯心尖一紧，下意识侧过脑袋躲开他捏住自己耳垂的手，咬了咬唇瓣，没忍住，红着脸抬手打他一下，瞪大了眼睛嗔道：“喂，在我家楼下呢，你就不能规矩点？”

这娇羞楚楚的小模样勾得沈寂心里发痒，他微眯眼，大手托着她的下巴把人钩过来，啄了下她的唇瓣儿：“那可怎么办？”

“小温同志。”沈寂唇紧贴着她的唇瓣开合，一弯唇，低哑道，“对你，我一秒钟也不想规矩。”

温舒唯脸红成番茄色，脑袋被他扣住动弹不得，眼神无意识往车窗外东瞄西瞄。

好巧不巧，不远处的马路牙子上正好摆着一个流动水果摊，一个牵小孩儿的中年女人正站在水果摊前挑选香蕉，跟小贩讨价还价。一旁的小男孩儿手里拿着一根棒棒糖，一双亮晶晶的眸子充满好奇，正定定地盯着他们车窗这边看。

事实上，黑色越野车窗玻璃的材质，里头能清楚看见外面，从外朝里看，漆黑一片。

温舒唯视线冷不防和那小男孩儿撞上，即使明知外面的人看不见他们，她心里也忽地一颤。这回连手指头都要羞得红透，竟莫名生出一种“光天化日朗朗乾坤，他们竟在众目睽睽之下行此等苟且之事”的谜之羞耻感。

脑子里一通乱七八糟思绪乱飞地脑补，温舒唯整个人着了火，赶紧手忙脚乱地推开他，嘴里连连道：“好了好了，我们还是快点上去吧！”

沈寂手臂下劲儿环住她的细腰，不让她走。

温舒唯挣了挣，对方力大无穷不动如山。她败下阵来，无奈，两只小手伸过去捧住沈寂的脸，坏心眼儿地逮着他的冷峻脸皮往两侧捏了把，柔声道：“这位大佬，请问你还要怎么样呀？”

沈寂瞧着她，面无表情冷冷地说：“我要亲亲。”

上次说你是沈三岁看来是高估了，就这幼稚撒娇的样儿，撑死也就两岁半吧。

温舒唯这厢卡壳了足足两秒钟，然后抻长脖子，在他脸颊上吧唧了一口：“可以了？”

沈寂说：“亲嘴。”

她脸红红的，又凑过去吻了吻他好看的薄唇，然后要羞炸了，把毛茸茸的脑袋埋进他怀里，滚过来滚过去地蹭。

沈寂这回满意了，勾勾嘴角，埋头在她头顶亲了口，拍拍她的背，低柔道：“你先下车。后备厢里有给咱阿姨和姥姥准备的上门礼，我去取。”

怀里的姑娘“嗖”一下抬起脑袋，诧异道：“上门礼？你什么时候准备的礼物？我怎么不知道？”

“第一次上你家，总不能空手。”沈寂食指勾了下她的脸蛋儿，“前些日子托朋友随便买了几样。”

“是什么呀？”温舒唯一方面好奇，一方面又有点担心，“化妆品？护肤品？口红？”

沈寂微挑眉：“怎么，对你男人眼光不放心？”

温舒唯默，心想你个直男，审美能让人放心才怪，但表面上还是干笑着摆摆手，道："不是，我不是这个意思。"

"我眼光，没得挑。"沈寂淡淡地说。

温舒唯对这位大佬的谜之自信十分费解，不由得问："何解？"

"看我媳妇不就知道了。"

两人一起下了车，进入小区大门，往姥姥家的单元楼走去。

路上，温舒唯思来想去，为了免去一些不必要的尴尬，还是决定提前跟母亲和姥姥说一声。于是她打开微信给何萍发了一条消息：

妈妈，我马上到家。沈寂也跟着一起来了，说要跟我一块儿回来看看你和姥姥。

消息发送成功。

温舒唯捏着手机咬了咬唇，心里十五个吊桶打水七上八下，忐忑地等待母亲回复。

差不多过了半分钟，手机"嘟嘟"响起。

温舒唯垂眸一看屏幕，何萍的回复就只有短短三个字，看不出任何情感色彩：知道了。

温舒唯拿着手机咬了咬唇，抬眸一看，他们已经走到单元楼下。她顿步，站在门洞前有些迟疑，还在思索母亲那三字回复下是否隐藏着什么其他情绪。

就在这时，一只大掌扶住了她的后腰位置，掌心温热，极有力。

"怎么了？"沈寂低眸看着她，问。

温舒唯笑着摇摇头："没什么。"暗自深吸一口气吐出，提步走进去。

沈寂给姥姥准备的礼物，是一幅水墨山水图，名家秦松大师真迹，价值连城；给何萍准备的礼物，则是一个做工精细考究的牛皮手袋，包身以及外包装都非常精致，却没有任何品牌 logo 名称，像是纯手工高定。

此时，秋日午后，阳光从阳台窗户透入室内，不算宽敞的老屋客厅大半都笼在一片浅金色的光晕里。

红木沙发上坐着四个人。

"看这孩子，真是太客气了。"白发苍苍的老人和蔼地笑着，边说，边不露痕迹地打量着坐在自己对面的青年。

这年轻人看着三十岁上下，轮廓深刻立体，五官长得相当好，出挑得放在人群里，能叫人一眼就找出来。他安安静静地坐着，坐姿端正，双手习惯性置于上膝位置，背脊挺直成一条挺拔又利落的线，眉宇分明舒缓，嘴角挂着一丝礼貌浅笑，但温和的表象下却无端生出一种距离感，整个人看着沉稳持重，不怒自威，目露锋芒，又波澜不兴。

如此气度仪表，一看便不是平凡角色。

“来就来，心意到了也就行了，还带这么好的礼物。”姥姥说着，转头数落坐在自己身旁的外孙女，低声不满道，“唯唯，你也是的，不知道拦着点儿。”

温舒唯小声回：“我都不知道他什么时候准备的，这些东西我也是今天头回看见。”

姥姥目光重新回到对面的青年身上，又是一笑，说：“孩子，这幅画太贵重了，姥姥可不能收。”

“姥姥，您别这么客气。”沈寂淡笑，道，“这幅画是我一个朋友送的。我是个粗人，欣赏不来这些。这幅画放在您这儿，比留在我手上有意义。”

“这……”姥姥为难，一时不知如何是好。

温舒唯见状，轻轻扯了扯老人袖子，小声说：“姥姥，他东西都带来了，难道您要他又拿回去吗？人家这么用心给您准备的名画，您要是不收，多不给他面子呀。”

姥姥一听，也是这么个道理，点点头，朝沈寂笑起来：“好吧，姥姥就厚着脸皮把画收下了。谢谢你啊小沈。”

沈寂笑：“姥姥客气。”

姥姥是大学教授退休，文化人一个，一直对国画情有独钟。收下礼物，她赶紧小心翼翼地拿起卷轴放回书房，嘴里笑呵呵道：“秦松大师的画，宝贝啊，我得好好珍藏起来。”放好画后回到客厅，对沈寂几人道，“小沈，你阿姨陪你先坐会儿，姥姥去切点水果。”

温舒唯闻声，站起来想去帮忙，可刚有动作，余光里又看见坐在沙发上、嘴角含笑面容平静的母亲。

她一顿，又看了眼同样嘴角含笑、面容平静的沈寂，最终还是乖乖地坐了下来。

她战战兢兢地端起桌上的水杯，喝了口。

须臾。

何萍拿起放在桌上的手工牛皮手袋打量了一番，笑道：“这手袋真是漂亮。”抬头看沈寂，“沈先生有心了。”

“阿姨喜欢就好。”沈寂淡声说。

“听唯唯说，”何萍关上包装盒，把牛皮手袋放到了手边位置，笑道，“你是军官？海军？”

“对。”

“部队里都是按年龄升级别，你这个年纪，应该是上尉？”

“以前跟着队里出过几次任务，沾光立了些功。”沈寂淡淡地说，“现在两杠一星，少校军衔。”

何萍闻言，眼底流露出一丝不甚明显的满意之色，又问：“你单位在什么地方？”

沈寂说：“亚城。”

“亚城。”何萍闻言，微不可察地皱了下眉，但又很快恢复笑容，“那你家在哪里？是云城本地人吗？”

“我籍贯在京城，后来到西藏待过一段时间，高中来的云城生活。”沈寂答道。

“是准备在云城定居？”

“对。”

何萍点下了头，又笑问：“你父母也在云城吗？还是在外地工作？”

“我家里三代都是军人。”沈寂说，“我爸在陆军系统，从一线退下来之后去了西藏。”

何萍有些惊讶：“你爸爸现在还没有退役吗？”

“再过个几年也快退了。”沈寂慢条斯理地道。

“那你爸爸现在的级别应该挺高的。”何萍喝了一口清茶，闲聊的语气。

“是少将。”

两个人你一言我一语地聊着，气氛还算融洽。

然而，温舒唯在边上听得聚精会神，战战兢兢。母亲性格强势，是个女强人，从小到大，她和弟弟的一切事宜都被母亲主导控制，偏偏沈寂这个狠人大佬也不是个吃素的主，别看这两人现在还挺“母慈子孝”，指不定哪句话不顺心就杠上了呢？

温舒唯脑子思索着，捧着杯子喝果汁，丝毫不敢掉以轻心。

正这么琢磨，忽地，何萍的声音再次响起，道：“沈先生是一线部队的特种军官，平时的工作，出任务那些，会不会有什么危险？”

温舒唯低着脑袋，闻言，心一紧，握水杯的手指无意识便收紧几分。

紧接着她便听见沈寂开口，很平静地回答：“有。”

话音落地，整个老屋客厅忽地一阵安静。

温舒唯心“咯噔”一下，猛地抬头看向母亲，心跳如雷，紧张和不安交织。

片刻后，何萍盯着面前的冷峻青年人，淡淡地问：“你现在和唯唯在一起了，如果一切顺利，过个一两年估计也就领证结婚了，想没想过转业回云城？”

沈寂垂眸喝了一口清茶，摇头：“暂时没这个打算。”

何萍目露诧异：“你年轻有为，父亲是将军，就算是想继续在军队里发展，也没有必要一直待在一线。过安宁的日子不好吗？”

“阿姨。”沈寂抬起眼皮看向她，语气冷静，“我是一个军人。”

何萍微微一怔。

沈寂极淡地笑了下，沉声，一字一句道：“我们存在的意义，就是守护安宁。”

出乎温舒唯意料，狠人大佬与铁娘子的第一次见面，没有想象中的互呛或互怼，竟从始至终都十分和谐。

很快，姥姥把切好的水果端了出来，招呼大家吃。

又有一搭没一搭地闲聊了会儿，到了下午五点，姥姥热情地留沈寂在家里吃晚饭，拉着何萍出门买菜去了，交代温舒唯在家里把冰箱里的空心菜拿出来，洗洗择好。

“砰”一声，温舒唯把两人送到楼梯口，关上了门。

两人离去后，她拍拍胸口长长地呼出一口气，转头看向身后。沈寂靠站在玄关的鞋柜上盯着她，眼神不明，眸色比往日明显要深几分。

她走过去。

“你不知道，刚才真是吓死我了。我妈的性子你不知道，不管是家里还是工作单位，她说一就是一，一贯连丁点儿说二的声音都不许有。你以后跟她相处注意点儿，别惹她不高兴。”顿了下，她又换上副老太太的口吻，教导道，“小伙子，你们在部队里待久了，不懂外面社会的门道，有时候不要那么诚实，常言道，自古套路得人心。”

沈寂嗤了声，手指轻轻捏她粉嘟嘟的颊：“这种事，套路不顶用。”

她眨眼：“那什么才有用？”

“心诚则灵。”

温舒唯有点儿苦恼地抓了抓头发，叹了口气，走到冰箱旁边，拉开冰箱门，从菜盆里取出装在塑料袋里的空心菜，准备到厨房里洗，自言自语地说：“不过也没关系，我姥姥对你应该是挺喜欢的，我妈性子一直都不太好，不用太在意她。”

沈寂没说话，从姑娘手里把那把青菜接了过来，眉眼低垂着，挽起黑色衬衣的袖口，拧开水龙头开始清洗空心菜：“水凉，我来。”

温舒唯忽然问：“你怎么知道我姥姥喜欢秦松大师的国画？”

“之前来过一次。”沈寂没什么情绪地说，“看到客厅沙发墙上挂了一幅画，餐桌柜上的摆件也有两把国画折扇，落款都是秦松。”

温舒唯惊讶地瞪眼：“你就待了那么一会儿，观察得也太仔细了吧。”竖起大拇指，“沈队厉害。”

沈寂自顾自洗菜，没理她。

“那幅画真是你朋友送的？”

“买的。”

温舒唯一惊，脱口而出：“那么贵的画，你哪来的钱？”

沈寂侧过头来，眯了眯眼睛：“我看起来很穷？”

温舒唯默了默，心里一甜，嘴角不自觉地微微往上翘，胳膊肘侧撑在墙上，右手托下巴，左手叉腰，亮晶晶的眸子直勾勾地盯着他侧颜看，表情若有所思。

沈寂察觉，撩起眼皮看她一眼：“看什么？”

“看我男人呀。”姑娘指尖轻轻敲打着自己的脸蛋儿，故意笑得一脸花痴，“出得厅堂，下得厨房，能文能武，盛世美颜。”

沈寂扬起眉毛：“觉得自己赚大了？”

温舒唯“扑哧”一声笑出来，过去伸出两只细生生的胳膊，从后头拢住他劲瘦的窄腰，脸颊软软地贴在他背心位置，蹭蹭，忽然不知想起什么，眸光微暗，自言自语似的轻声道：“你有怕的事，其实我也有。”

沈寂没有听清，微侧过头：“你说什么？”

“没什么。”她笑，“夸你帅。”

沈寂嘴角很淡地勾起一道弧，低头，拿高挺的鼻梁轻轻蹭她的脸蛋儿，又亲了亲她的唇：“捡到宝的，是我。”

片刻后，温舒唯去了趟洗手间。

就在这时，兜里的手机“嘟嘟”两声。她点亮屏幕一看，是一条新的微信消息。

妈妈：挑男朋友的眼光不错。

温舒唯有些错愕地扬起眉毛，探出脑袋望向厨房里那道高高大大的背影，深沉地眯了眯眼睛。

能让何女士见一面就夸的，这位爷还是古往今来第一人。

温舒唯忍不住在心里给沈寂点了个赞。

这个赞刚点完，外头的门铃忽然响起来，叮咚叮咚。

“姥姥她们这么快就把菜买回来了吗？”温舒唯狐疑地嘀咕，走到玄关位置，打开门一瞧。

外头的少年十六七岁，穿校服，书包拿一边肩膀背着，面容英俊，神色桀骜。

不是她老弟顾小爷又是谁。

温舒唯一愣：“顾文松，你怎么来了？”

“听说你带了个男人回姥姥家。”顾小爷说着，伸出根手指抵住自家姐姐的胳膊，往旁边轻轻一推，人走进来，左右环顾一圈儿，语气吊儿郎当，凉凉的，“人呢，我瞅瞅呗。”

温舒唯对顾文松这个弟弟的情感其实有些复杂。虽是亲姐弟，但同母异父，自幼又没生活在一起，关系要说有多亲近也不太可能。但，自从上次在顾文松的生日会上，这个弟弟破天荒将她叫到一边儿闲聊几句后，也不知怎的，她内心深处便对顾文松大大改观。

就好像，在少年桀骜不驯、冷淡疏离的外表下，还藏着不为人知的另一面。

打心眼儿里说，现在的温舒唯，甚至是有些喜欢这个弟弟的。

此时，见顾文松还穿着校服背着书包，她皱了下眉，连忙把门关上，转过身小步追上去，说：“今天又不是周末，你不在学校里乖乖上课，跑过来凑什么热闹？”

那头的顾小爷听见这话，扭过脑袋看身后的姐姐一眼，还是那副高冷的二流子状貌，一哂：“怎么，你家男人是大罗金仙不食人间烟火，我这凡夫俗子没资格见啊？”

温舒唯沉默。若不是和少年是亲姐弟，自幼便领教过这小子的“欠扁毒舌神功”，她真想抄起拖鞋，好好教一教顾文松什么叫做人。

静默了差不多两秒钟后，温舒唯闭上眼，深吸一口气又沉沉吐出来，再睁开眸子看顾文松时，她换上了一个十分和蔼可亲的笑容，关切且认真地问道：“你平时在你们三中，是不是一天要被打八次？”

顾小爷瞥她一眼，一嗤，右边眉毛高高挑起来，抬手指自己，故作惊讶地笑出一声：“我？被打？你知道自己在说什么吗？”

“不好意思。”温舒唯四两拨千斤，风轻云淡地说，“我听你老人家嘴巴这么毒，还以为你在学校里过得很苦。”

“哦，不对。”温舒唯又眨了眨眼睛，像忽然想起什么似的，捂了捂嘴，“不好意思，我忘了你好像是你们三中的校霸，失敬失敬。主要是看你言行举止太有青春气息，一时没想起来你那么狂霸酷炫的身份。”

顾文松不咸不淡地瞧着她：“言行举止太有青春气息？这话我听着咋一点儿不像夸呢。”

“怎么不是。”温舒唯正色，竖起大拇指，“我在夸你幼稚，特别幼稚。”

向来孤高傲慢不可一世的三中校霸，就这么被噎在原地沉默了足足三秒钟。下一刻，校霸少年眯了眯眼睛，侧过头吐出一口气，心里想：老子堂堂一个校霸，在三中翻手是云覆手是雨、手底下上百号兄弟的大人物，没必要跟你个黄毛丫头见识，算了算了。

如是思索着，顾文松不由得在心底叹了一口气，唉，他不仅承受着这个年纪不该有的美貌，还承受着这个年纪不该有的成熟。也罢，谁让自己是个稳重大气有担当的爷们儿呢？

一番活跃的思想活动后，成熟的校霸顾小爷决定原谅眼前这个无知的女人。他脸上的神色依旧冷冷淡淡吊儿郎当，径直斜拎着书包从厨房门口目不斜视地走了过去，行至沙发前，弯腰落座，随手把书包往边上一扔，二郎腿大剌剌地跷起来，身子往后懒洋洋地靠在了沙发上：“那哥们儿呢？怎么，胆子有点儿小，只敢见女眷，不敢见男丁？”

也没多长时间不见，请问你这欠扁的毒舌功力为何能如开挂一般日进千里？

她眯眯眼，脑子都没过，鬼使神差般就脱口而出地怼过去，叉腰义正词严地说：“顾文松同学，请你把态度放端正点儿，你姐夫他是我的心肝儿，是我的宝贝儿，是我最贴心的亲亲小棉袄，是你这小子能瞎开玩笑的吗？”

谁知，话刚说完，背后便冷不丁响起道嗓音，低沉冷清，音色磁性悦耳，发出一个简单利落的双音节词，语气漫不经心的：“是吗？”

温舒唯脸上的表情忽地一僵，愣住了，脖子机器人似的一顿一卡，转向身后。

沈寂踏着步子从厨房里走出来，宽肩窄腰，高大挺拔，黑色衬衣的左右袖口都挽起，露出两截肌理分明、瘦削修劲的冷白色手腕。他两只手还是湿的，顺手抽了张餐桌上的纸巾擦手上的水，完了把用过的纸巾拧成一团丢进垃圾桶，侧过头，视线精准无误落在温舒唯脸上。

他直勾勾地盯着她，眼睛里蕴着一丝寡淡兴味儿，朝她走近，曼声问：“我是你心肝？”

温舒唯无言以对，沉默着，后退半步。

“是你的宝贝儿？”他继续朝她走，目光锁住她，一瞬不离。

温舒唯还是沉默，继续后退。

“是你最贴心的亲亲小棉袄？”

“咔噔”一声，温舒唯的卡通拖鞋后跟踢到了沙发脚，整个人被逼到了客厅里单人沙发的后方，后背紧紧贴着沙发靠背。

退无可退。

沈寂弯腰俯身，两只胳膊抬起来撑住沙发靠背边沿，将她圈进自己的臂弯间，低头，慢条斯理地贴近她些许，一侧眉峰挑起来，淡声低问：“这都谁教你的？”

背后说人被听见，还是这么一番乱七八糟的话，温舒唯脸蛋涨得通红，简直恨不得就地挖个坑把自己埋进去。沉浸在窘迫尴尬中，没听清楚他的话，她狐疑地抬眸，很谨慎：“你说什么？”

“小嘴儿这么甜，这么会招我喜欢招我心疼。”沈寂用只有她能听见的音量，食指指尖若有似无勾了下她同样通红的小耳垂，“都谁教你的？”

温舒唯被他撩得脖子都红了，明显察觉到四周空气在暧昧升温。

就在这时，一道声音忽地在客厅里响起，冷冰冰的，语气压抑，几乎从后槽牙里咬牙切齿挫出来一个音儿：“喂。”

刹那间，温舒唯如遭当头棒喝如梦初醒，瞪大了眼睛“唰”一下扭过头，这才想起这屋子里还有第三个人的存在。

而沈寂脸上没什么表情，微侧目，视线冷淡移向坐在另一张沙发上的顾文松。

“这么个大活人跟这儿坐着呢，你俩瞧不见？”全程被当作背景墙，被无视得彻彻底底的校霸少年，出离愤怒的同时，眼底深处又流露出了一丝迷茫。他望向温舒唯，“我这个弟弟就这么没存在感？”

他长得像空气还是怎的？

至于这样卿卿我我恩恩爱爱旁若无人？

之前，一听说温舒唯要带个男人回姥姥家，他直接逃了晚自习打个车从学校飞奔过来，翻墙越狱的时候太激动，校裤的裆都被划烂了。

就为了来吃你俩一顿黄金狗粮？

周围空气忽然凝固了几秒钟。

须臾，温舒唯以迅雷不及掩耳之势伸出手，嗖一下推开了沈寂，站远几步，干咳一声清清嗓子，又掩饰什么般捋了捋头发，脸还红着，表情却十分淡定自若。她抬抬手，向两人介绍对方：“这是沈寂，我男朋友。这是顾文松，我弟弟。”

沈寂没什么表情地看着顾文松，顾文松也没什么表情地看着沈寂。

两道视线就这样无形交会，刀光剑影，冷风飕飕。

温舒唯皱眉，隐约察觉到空气里弥漫着一丝诡异浮动的杀气，先是转动脖子，看了眼自家男人，再是扭过脑袋，看了眼自家弟弟。

男人和少年继续对视。一个寡淡冷静，一个目光不善。

见状，温舒唯呆愣两秒后，干笑了声，说：“那什么，你们不准备打个招呼吗？”

话音落地。

沈寂面无表情地说：“你好。”

顾文松态度也很冷淡，凉声：“你好。”

温舒唯着实费解了，很认真地问：“你们两个以前有仇吗？”

整个屋子再次静了数秒。随后，顾文松冷不防忽然从沙发上站了起来，上前两步，走到了沈寂身前，微抬了眸，瞧他。

少年还在长个儿，身高一米七五，比男人足足矮了半个头还多，身形也明显单薄些许。一靠近，顾文松明显便感觉到周围气场变强，那股子压迫感比之前更重数分，压得人几乎要喘不过气来。

沈寂目光冷冽凌厉，叫人不敢直视。

男人和少年就这样面对面站定，好半晌，谁都没有说话，也没有任何动作。就在温舒唯忐忐忑忑惴惴不安，甚至都要以为两人下一秒就要动手打起来，来一次老校霸与小校霸穿越十年光阴的大佬之战巅峰对决时——

顾文松忽然咧开嘴角，笑起来："姐夫好像很严肃啊。"

下一瞬，沈寂也很淡地勾了勾唇："只是长得有点儿着急，见谅。"

那什么，虽然对话风格清奇了点，但好歹还算和谐太平？

如是琢磨着，她悄悄呼出一口气，心里的巨石落下来，道："你们先聊，我去烧点水泡茶。"说完，她抬手扶住沈寂的肩，踮起脚尖凑到他耳边，压低嗓子道，"我这弟弟有点儿叛逆，小屁孩儿不懂事，麻烦你多担待。毕竟他的现在就是你的过去。"

说完，姑娘小手重重拍了拍他的肩膀，转身进了厨房。

轻轻盈盈的脚步声嗒嗒离去。

这头，顾文松继续两手抱肩盯着沈寂看，忽然步子微动，脑袋贴近对方寸许，道："本来吧，我还挺紧张，毕竟我这个姐姐一看就挺好骗的。不过，"说着一顿，又是一笑，"沈姐夫，看见是你，我倒是放心了点儿。"

沈寂拿余光看少年一眼。

"十年前，你送我姐回来的那天晚上……"顾文松冲沈寂挤了挤眉毛，两根大拇指并拢起来，轻轻往下一折，嗓音更低，"我可都瞧见了。别看我当时年纪小，我这眼力，看得可清清楚楚。"

没等沈寂说话，顾文松又拍拍他的肩膀，流里流气道："这年头，长情的人可是稀有物种，料想你也不会不靠谱到哪里去。而且，姐夫你还挺对我眼缘，小爷看对眼的人，一般不会错。"

沈寂低头，瞅了眼少年搭在自己肩膀上的胳膊，坐回沙发上，漫不经心地说："那我得谢谢你。"

"以后都是自家兄弟，客气什么。"顾文松摆了下手，也弯腰坐在了沈寂身旁，随口道，"对了，姐夫，听我姥姥说，你是个特种兵？"

沈寂不答话，不置可否。

顾文松眼睛一亮，一下来了兴致，有点儿好奇："那你打架是不是特厉害？你像我这年纪的时候，一定也是个叱咤风云的人物吧。"

颇有几分惺惺相惜、英雄相见恨晚的调调。

沈寂垂着眸淡声说："还行。"

"我看你这气质，就知道姐夫你不简单。"顾文松眯着眼，一副老气横秋的口吻说着，一停，又半带感叹似的说，"不过，你这人物居然能被我姐给收了，我姐也不简单。”

沈寂微侧头，目光看向正在厨房里忙碌的娇小身影，眸色不明。

两人话题不多，随口闲聊了两句，顾文松便摸出手机开始玩手游。沈寂坐在沙发上抽了一根烟，掐灭烟头，去了厨房。

温舒唯正在切姜片，忽然腰上一紧，被人从后拥住。对方占据绝对海拔优势，棱角分明的下巴轻轻抵在她头顶，亲昵地蹭着。

她微怔，红着脸小声道：“小松还在呢。”

“看不见。”沈寂说。

温舒唯紧张兮兮，跟做贼似的回身看门口，见厨房门带了过来，才稍松一口气，任由他搂着自己，有点儿好奇地微侧头：“你和我弟弟聊了什么？”

沈寂鼻梁蹭她颈窝，唇贴上去，亲了亲：“瞎聊。”

温舒唯不信：“我这弟弟，嘴里没好话，在他眼里我就是一二傻子。他是不是问你，‘看上我那姐姐什么了’‘怎么就被我姐给降住了’？”

沈寂笑，懒洋洋地说：“能被你温舒唯降住，我心甘情愿，三生有幸。”

傍晚，夕阳将半边天空染成了耀眼橙金色，一群倦鸟扑扇着翅膀从西北边飞过，掠过城市上方，归巢而息，鸟鸣声渐远。

六点十几分的时候，老宅大门外传来一阵钥匙窸窣的声响。下一瞬，门从外头打开，姥姥跟何萍一前一后进了屋，一人手上拎着一大袋菜，有鸡有鸭有鱼，还有不少海鲜虾贝。

两人在玄关处换拖鞋。

温舒唯见状，赶紧从厨房里迎出去，两只手在围裙上擦了擦，余光里却瞧见两只修长漂亮的大手已先她一步伸出去，去接姥姥和母亲手里的东西。

姥姥抬眼见是沈寂，连忙摆手：“不用不用，我拎得动，你歇着去。”

“姥姥就别跟我客气了。”沈寂语气温和而随意，径直接过几大口袋的菜和肉，拎着转身走进厨房。

看着青年挺拔高大的背影，姥姥脸上绽开笑容，眼底的满意之色更浓几分，随即侧过脑袋看何萍，小声赞许道：“这小伙子，工作好，长得好，还挺孝顺挺勤快。”

何萍笑着没有说话。

姥姥目光又看向一旁的温舒唯，笑眯眯的，忽然嗖一下，朝她竖了竖大拇指。

温舒唯被老人可爱的举动逗得“扑哧”一声笑出来，脸微红，有点不好意思，低声支吾了句：“我去厨房帮他忙。”说完也回转身，脚下生风，一溜烟儿跑开了。

走进厨房，看见沈寂正在料理台前整理青菜，然后拿出一颗蒜头，开始剥。头微垂着，脸色寡淡，额前的黑色短发落下几缕，微挡住额头。

温舒唯靠在墙上欣赏了一会儿“美男剥蒜图”，忽地出声，压低嗓子道：“哎。”

沈寂撩起眼皮，懒懒看她一眼：“嗯？”

姑娘一双圆溜溜的大眼睛瞧着他，眸子里满是促狭调皮，小声：“来，请你看戏。”一根细细白白的食指翘起来，朝他勾了勾。

沈寂闻声，动作一顿，眉毛高高扬起来。

两秒后，厨房门“嘎吱”一声被人从里头轻轻打开，露出一道缝儿，两双眼睛从门缝里露出来。矮点儿的那双杏仁儿状，亮晶晶的充满好奇；高点儿的那双狭长微挑，冷冽无波。

只见玄关处，何萍换好拖鞋，随手把手提包放在了鞋柜上，余光一瞥，看见客厅沙发上坐着一道熟悉人影。

她起先还没反应过来，皱着眉头走过去，细细打量，只见一个英秀少年正没骨头似的瘫在红木沙发上，两手拿着手机，眼皮耷拉着，视线懒懒散散地瞧着屏幕，正玩游戏。书包撂一边儿，穿校服，校裤裆部还肉眼可见地烂了一道口子，看着活像个混社会的二流子。

何萍眉毛越皱越紧，居高临下地看着儿子，沉声问道：“你这会儿不是该准备上晚自习了吗？跑姥姥家来做什么？”

顾家小爷不愧是个人物，面对铁娘子何女士的质问，他不慌不忙不紧不慢，连目光都没从手机游戏上挪开，眼也不抬地淡淡回道：“我肚子疼。跟老师请了个病假，先回来了。”

这个鬼扯淡的理由，显然糊弄不了精明的铁娘子。何萍表情平静，语气也淡淡的没有起伏：“肚子疼，妈妈带你上医院。”边说边替顾文松把书包拎起来，“走。”

话音落地，屋子里一阵诡异的安静。

顾文松放技能的手指顿住了，冷淡且吊儿郎当地蹦出两个字：“好啊。”

何萍气得笑出一声：“行。现在就去。”

闻言，顾文松又静默了差不多两秒钟，然后“咔嗒”一声，熄灭了手机屏，没有语气地说：“明知道我逃课，还问，不知道我最讨厌扯犊子编理由吗？”

正露出双眼睛偷听的温舒唯：“？”

随后，她看见校霸顾小爷随手把手机丢到了一边儿，慢吞吞地从沙发上站了起来，面朝脸色铁青的母亲，面无表情道：“动手吧。”

“今儿头回见我姐夫。”顾文松站定了，那桀骜不驯、嚣张狂妄的姿态，就像一个王者。两手松散地插在裤兜里，扭脖子，把脑袋偏向另一侧，淡淡地说，“妈，给点儿面子，别打脸。”

最后，嚣张傲慢、不可一世的王者少年，被铁娘子何女士揪着耳朵给拎进了姥姥的房间。

卧室门重重关上，“砰”一声。

温舒唯被那阵关门声惊得抖了抖，缩缩脖子，叹口气，在心里默默替小校霸掬了一把同情泪。掬完一回头，看见那位老校霸不知何时已经回到了料理台旁，继续面无表情地剥蒜。

温舒唯走过去，狐疑道：“沈寂同志，同样是校霸，同样是大佬，你对你后辈的遭遇毫不同情吗？”

沈寂淡声：“我不做大哥很多年。”

“你弟弟有点儿意思。”沈寂随手把剥下来的蒜壳扔进垃圾桶，语气挺随意，“这小孩儿关心你，维护你，我对他印象还行。”

温舒唯撇嘴：“那你还这么冷漠？”

“逃课，”大佬动作顿住，视线落在姑娘脸蛋儿上，非常有原则，“该收拾。”

沈寂这个外孙女婿，姥姥是越瞧越喜欢。但人家毕竟是第一次来家里，姥姥自然不好意思让客人动手下厨。由着两个小年轻剥完蒜理完青菜后，姥姥便让两人到客厅里玩，只叫了女儿何萍进来打下手，开始做饭。

客厅里，才被何女士教训了一顿的顾文松有些消沉。想他堂堂三中校霸顾小爷，长到十六岁，头回见到个活的特种兵大佬，仪表堂堂，气场强大，还是自家姐夫，他心头的敬仰之情就犹如黄河泛滥一发不可收拾，谁知，还没来得及拜大哥，就在大佬大哥面前丢了大脸。

顾文松蔫蔫儿的，瘫在沙发上，低头玩手机，拉着脸情绪不佳，一副不想理人的状貌。

温舒唯走出厨房后看见弟弟这副模样，心生同情，摇摇头，决定不再刺激校霸少年已经饱受创伤的自尊心，默默牵着沈寂回到自己的卧室，关上门。

沈寂抬眼，不动声色地打量自己身处的这个房间。

他从军十一年，军区大院纪律如铁，一切都是军事化管理，就连生活方面也有严格规定，大到军服装备，小到脸盆脸帕，全都由后勤部门统一发放。一切都单调，森严，冰冷，没什么人情味。

温舒唯的房间，和沈寂常年身处的世界，截然不同。

一张单人床，铺着浅茶色的格子床单和同色系棉被；米白色的书桌上铺着暖粉色的桌垫，还有摆放得整整齐齐的文件书籍；书桌正对的墙壁上还挂着小彩灯，灯条上拿小夹子夹着许多照片。

有些照片是她和姥姥，有些是和同学，还有一些是风景图，配着些非主流文字。

简简单单，傻气温暖。

“欢迎参观！”温舒唯笑盈盈的，背着手走过来，见沈寂在打量自己的照片，微窘，有点不好意思地抬手抓抓耳朵，“这些……这些都是我高中时候随便弄的，那时候比较中二。”

沈寂忽然勾了勾嘴角。

温舒唯察觉到这抹笑，一愣，微皱眉，抬手在他胳膊上轻轻打了下：“不许笑话我。”

沈寂弯腰在书桌前的椅子上坐下，没说话，牵着姑娘轻轻拉到自己面前。而后两手分别架住她两边胳肢窝，往上一提。

温舒唯天生骨架小，没什么重量，被他拎小鸡仔似的给整个儿拎起来，放到他腿上。

沈寂抱小孩儿似的抱着怀里姑娘，坐姿随意，一手勾住她的腰肢，一手捏住她的下巴，抬起来，垂眸低声：“你还记不记得，我第一次来你家。”

“你第一次来？”温舒唯脸红红的，望着他仔细回忆，“啊，是上次姥姥住院，你过来给姥姥煲汤那回？记得，怎么？”

“你关了你的卧室门。”沈寂道，调子平淡，叫人听不出语气情绪。

闻言，温舒唯怔了下。

上回她关门了吗？好像是有这么回事。

她轻轻咬了咬唇瓣，望着他，一时没有出声。

“唯唯。”沈寂整个环住她，脑袋埋进她香香软软的颈窝里，嗓音低低的，有些模糊，“我很开心。”

温舒唯眸光忽地一跳：“为什么？”

“这里。”

沈寂手掌抬起，摁压在她左心房的位置。隔着一层薄薄的衣料，宽大掌心下的心跳明显有些急促，扑通扑通，柔弱而清晰。

他低头，狠狠在她脸蛋上亲了口：“我终于等到你放我进来了。”

姑娘脸色更红，眼眶却忽地一阵湿润，双手环住他脖子，红红的脸贴过来，蹭蹭他的，像只撒娇的小奶猫，在他耳旁柔声道：“沈寂同志，我们错过了十年，但是余生还很长。”

沈寂闭上眼，手臂下劲儿，几乎要将她整个勒进自己的身体里，低哑道：“嗯，余生很长，未来可期。”

温舒唯笑：“一言为定。”

“一言为定。”

见家长后，一晃就过去了三天。

姥姥对自家外孙女找的男朋友相当满意，这几天，时不时就会在温舒唯面前提上沈寂两句，一会儿夸他人实在，有孝心，一会儿夸他模样英俊，一会儿夸军人同志有担当，总之是哪哪都好。

老人嘛，年纪大了，难免对晚辈的终身大事格外上心，第三天吃晚饭的时候，甚至还忽然莫名其妙自言自语似的念叨了句“你年纪也差不多了，和小沈再相处个半年一年，估计也就差不多该结婚了，嘿嘿”。

呛得温舒唯把一口酸萝卜老鸭汤直接给喷了出来。

第四天傍晚时，沈寂在市中心金角写字楼下接到了刚从单位下班出来的温舒唯。他刚掐灭一根烟，扭过脑袋看她：“今天搬我那儿去的事，跟姥姥说了没？”

“说了呀。”温舒唯系好安全带，点点头。

他伸手捏了捏她的脸蛋儿，坐正身子发动引擎，边开车，边随口道：“老太太有什么意见？”

“没什么意见。”温舒唯说着，好气又好笑，“你都不知道我姥姥多夸张，自从见了你之后，成天就把你挂嘴边，说你这个好，说你那个好，就跟你才是他亲孙子似的。正好她过两天要去国外旅游，只是让我出门在外，注意安全。”

沈寂微微挑了下眉毛，侧目瞧她：“注意哪种‘安全’？”

温舒唯一愣，先没反应过来，几秒后回过神，一张脸顿时羞红成颗番茄，气呼呼的，忍不住伸手掐他脸，挠挠挠：“你这人，脑子里都想什么呢。下流。”

沈寂被这丫头勾得心痒痒，一手把方向盘，另一只手一把抓住那只捣乱的爪子咬了口，低声：“这就叫‘下流’？我要真下流起来，你还能这么完好？”

温舒唯羞窘欲绝，小拳头一握，对这人的动机表示十二万分怀疑：“你让我搬过去，真的是要保护我安全？我怎么看怎么都觉得你是想以公谋私呢？”

“乖乖坐好。”沈寂捏住她下巴，晃了晃，嗓音压低，“知道我馋你身子就老实点儿。老子火旺，经不起撩，你老实点儿，咱们还能耗到晚上，否则信不信老子把你就地正法？”

是她才疏学浅了？

第一次知道，“就地正法”还能这么用，大佬你怎么就这么牛呢？

好在，说完“就地正法”这一成语之后，沈大爷那头就把捏她下巴的手给收回去了。他稍坐正身子，一手把方向盘，目视前方路况，脸色寡淡漫不经心，嘴角若有似无还挑着一丝笑，看上去心情十分不错。

副驾驶座上，温舒唯让他撩得小脸儿绯红，瞪着沈寂的侧颜想怼回去，嘴唇动了动，转念一想，又忍住。

算了。

毕竟一大老爷们儿，血气方刚身强力壮，单身二十九年，这么饥渴，也能理解。更重要的是，这位大佬的脸皮厚到出神入化，指不定还会冒出什么更加惊世骇俗的言论。和他打嘴皮子仗，温舒唯觉得自己胜算不大。

如是思索着，她清了清嗓子，准备将话题从马赛克成人频道切换回绿色频道。忽地她想起什么，呀了声，急忙道：“快把车往回开！快快快！”

沈寂看她一眼，眉微蹙：“怎么了？”

温舒唯懊恼地抓抓头发，回答：“我早上把行李从家里拿出来了，就放在我们写字楼一层的前台，刚才走得急，忘了去拿行李！”

“就那黑色行李箱？”

“对呀。”温舒唯应完一愣，“你怎么知道？”

沈寂继续开车，语气很随意：“我替你取了。”

“啊？”温舒唯诧异地眨眼，“你怎么知道我行李放在那儿？”

“你早上去上班的时候不是跟我发微信语音了吗，当时你随口提了一句。”

“我随口提了一句，你就记住了？”

“嗯。”

“前台每天要寄放那么多东西，你怎么知道我箱子长什么样？”

沈寂淡声道：“上回去姥姥家，看见过一次。”

温舒唯闻言，瞠目结舌，不由自主便朝他比画出一根大拇指，由衷称赞道：“沈寂同志，你这记忆力，牛，佩服。”

沈寂睨她一眼：“少拍马屁。”

前方路口正好红灯，沈寂停了车。

“这么大一姑娘，还跟个小屁孩儿似的。”他侧过脑袋直勾勾盯着她看，一侧眉梢微扬，语气里几分无奈好笑几分宠溺。又伸手，揪着那翘嘟嘟的小鼻尖儿轻轻一掐，柔声低道，“小迷糊蛋儿一个，哪天离了我，指不定让人卖山沟里去。”

温舒唯两颊一下起火，有点心虚又有点窘迫，默了默，底气不足地回了句：“我今天太忙，所以才忘了。我平时还是很细心的，不会丢三落四。”

沈寂明显不信，不咸不淡地嗤了声：“是吗？”

姑娘闻言，两边儿腮帮子鼓起来，像只不甘示弱的小金鱼，正色说：“当然是。你看我以前没和你在一起的时候，不也把自己照顾得好好的吗？”

“那不行。”

温舒唯茫然：“什么不行？”

“疼媳妇宠媳妇照顾媳妇，都是我的任务。”沈寂手指轻刮她鼻子，“你自己把什么都料理好了，我多没存在感。”

温舒唯被这番听上去稀奇古怪莫名其妙，但又似乎有那么几分道理的言论给震住了。她足足沉默了差不多三秒钟，才眨眨眼，有些迷茫地问：“你的任务是照顾我，那我的任务是什么？”

沈寂看着她：“你的任务，就是让自己平平安安，开开心心。”

温舒唯忽地一怔，没有说话。

“其实，我也说不上来是为什么。”沈寂说着，忽然很淡地勾了勾嘴角，贴过去，唇印在她额头上，“看见你开心平安，我心里就觉得很满足，踏实。”

温舒唯听他说完，鼻头没由来一酸，也笑，抬起胳膊，小手握住他瘦削冷白的手腕，捏捏，又抬得更高去捏他的脸，低声说：“你就会说些好听的话来哄我。”

“你是我小媳妇儿，”沈寂咬她脸蛋儿，“我不哄你哄谁。”

温舒唯“扑哧”一声笑出来，耳根发热，两边嘴角的弧度却止不住往上翘，故意瞪大了眼睛，佯嗔道：“这位先生，你说起甜言蜜语来这么得心应手信手拈来，我真的是你谈的第一个对象吗？”

沈寂盯着她眼睛：“是。”

“真的？”

“真的。”

她心里甜得要溢出蜜来，面上却不表现，漂亮的杏仁儿眼眯起来，摸摸下巴：“我怎么觉得有点儿不信呢？那你告诉我，自己这手撩妹神功是打哪儿学来的？”

“这还用学？”

“？”这回换温舒唯呆掉，“不用吗？”

沈寂嗤，让这傻里傻气的小狐狸气得低笑出声，手指捏住她的脸蛋儿轻轻一掐，嗓音出口，语气低柔得要命：“男人只要一遇上自己喜欢的姑娘，有些事就无师自通。”

温舒唯好奇：“除了说好听话，还有其他的吗？”

“还有……”沈寂挑挑眉，眸色微深，目光凝在她脸蛋儿上打量两秒，而后大掌扣住她后脑勺，朝自己摁过来点儿，唇贴近她耳垂，音量极低极低地道，“疼你。”

两人正脸贴脸说悄悄话，就在这时，前方路口的红灯跳成绿色。沈寂目光从姑娘红成番茄色的脸颊上收回来，素来冷黑的眸子里带着丝柔和浅笑。

黑色越野车继续在马路上行驶。

温舒唯脸上红云未褪，心跳怦怦，坐在副驾驶座上，心中莫名一阵忐忑，甚至连手掌心里都沁出一层细密薄汗。

看看窗外，天已经暗下来，夜幕低垂，周围霓虹闪烁灯光斑斓。

就在她脑子里迷迷糊糊神思乱飞时，汽车减速，靠边停了下来。

温舒唯抬起脑袋左右环顾，只见沈寂停车的位置，马路牙子上正好是一家便利店。灯火通明，门口收银台处站着一个年轻的店员小姐姐，正在百无聊赖地拨弄关东煮。

她正狐疑，便听见边上传来嗓音，没什么情绪地说：“待着，我去买个东西。”

沈寂说完，又倾身过来，习惯性在她粉嘟嘟的唇瓣儿上咬一口，然后推开车门下了车。

温舒唯目送那道高大笔挺的背影走进便利店。

她咬了咬唇，捏手机的十根手指无意识地收紧，将机身攥得紧紧的，忍不住抻长了脖子，探出脑袋往车窗外观望——

数米外，沈寂在收银台前站定，背对着她，似乎正在跟店员小姐姐说要买什么东西。

店员小姐姐本来都无聊得快打瞌睡了，见忽然进来这么一个大帅哥，瞬间精神一振，同时有点儿羞涩，边按照他说的去拿东西，边悄悄拿余光不住地往沈寂脸上偷瞄。

见此情形，温舒唯不由得挑了挑眉毛，再次生出感叹：长着这么一张脸，本可以万花丛中过，片叶不沾身，却偏偏过成了一个和尚。

啧，可怜。

不过，他去便利店是准备买什么呢？

烟？打火机？温舒唯琢磨着，眼光一扫，瞧见男人落在置物盒里的那包还剩大半的烟跟绿色塑料打火机，摇摇头，否定了这个猜测。

那会是什么？

两人现在正驱车往他家的方向去，大晚上的，月黑风高，孤男寡女，再加上，那位饥渴的大佬刚刚还有过把她“就地正法”的恐怖念头……这么想着，温舒唯就开始浮想联翩。

她就这么迷迷糊糊地胡思乱想，心跳越来越急促，脸蛋儿也越来越烫。

好在，在温舒唯自己把自己烤熟的前一秒，“咔嗒”一声，门开了，沈寂去而复返，回到了车上。

温舒唯回神，干巴巴地咽了口唾沫，清清嗓子，故作镇定地在座椅上调整了一下坐姿。视线却东张西望，去看沈寂手上拎着的、从便利店拿出来的塑料袋。

唔？袋子居然不是透明的？

里头装的什么啊！

她有点急躁地皱了皱眉。

就在这时，一只修长漂亮、肤色冷白的大手忽然进入温舒唯视野。她一怔，只见那只大手从塑料袋里取出了盒什么东西，捏在手里，又慢条斯理、不紧不慢地递到了她眼皮底下，抬了抬，示意她接。

那是个深蓝色的盒子，正方形，扁扁的。

这种独特的包装，辨识度实在是高，温舒唯虽从未购买过，但逛超市的时候经常在收银台附近瞧见。

看见这物件，姑娘眸光一跳，脸上噌一下便烧起两团熊熊烈火，没敢看第二眼，连忙侧过脑袋望向别处，不好意思极了，面红耳赤地低声道："这种东西，你给我干什么？你自己拿着就行了。"

沈寂盯着她看，短短半秒已明白过来。随后，他轻轻抬了下眉，故意沉着嗓，尾音微微拉长道："你真不要？"

温舒唯脸红得要滴血，连连摆手。

沈寂这回没说话，只是看着她，而后两手微动，慢条斯理地当着她的面，把那盒东西的外包装给拆了。

温舒唯瞧见这一幕，惊得眼睛都瞪直了，不可思议道："你干什么？你现在把这个拆了干什么……"她说着话，紧张得手指发抖，都开始结巴了，"我告诉你，这里大庭广众来来往往全是人，你不要乱来，你要是……"

话音未落，包装纸完全拆开，露出一个铁质小盒子。

沈寂扭了扭脖子，自顾自从小盒子里倒出一颗浅蓝色的颗粒，随手丢进了嘴里，然后直勾勾瞧着她，腮帮子蠕动，脸上没什么表情地咀嚼着。

温舒唯一下愣住："这是？"

沈寂说："口香糖。"

"不然？"沈寂把口香糖盒子往置物架上一放，随手挑起她下巴，勾过来，低声道，"你觉得是什么？"

温舒唯支支吾吾，半天说不出话。

沈寂："以为是安全套？"

温舒唯尴尬得不行，脑袋越埋越低，恨不得找个坑跳进去，嗫嚅了好一会儿才干巴巴笑笑，挤出句话："不好意思，实在是长得太像了。"

沈寂瞧着她，低嗤一声，须臾，拿起那盒口香糖慢悠悠地说："乖乖听好了，小丫头，哥哥来给你扫个盲。"

温舒唯不解："扫盲什么？"

“通常情况,这种小盒包装的套套,里头最多就装三个。”沈寂淡淡地说。

此时此刻，温舒唯忽然觉得自己这个国家发放的大帅哥特种兵大佬男友，没准儿脑子被门夹过——正常人遇上这种事，会这么联想?

神经病啊你!

温舒唯嘴角不可控制地抽了抽,黑线重重,静默,忽然不知还能说什么。下一刻，“吧嗒”一声，某个不明物体被扔在了中间的置物台上。

她目光移过去，一个长方体形状的大盒子大剌剌地映入视线，上头是品牌名，下方明明白白写着几个大字:

12（只）装。

沈寂食指往下指着这盒子，挑挑眉毛：“这才是老子买的套。”

车厢里一阵诡异的死寂。

温舒唯抬手扶住额头，两秒后，正想说什么，一阵手机振动声却忽然响起，在安静的车厢内显得格外突兀。

沈寂从外套兜里摸出手机，看一眼来电显示，脸色一沉，眼底的戏谑霎时消散得干干净净无影无踪。

接起电话。

不知为什么，温舒唯心口莫名一紧，有些不安地看着沈寂，心中隐隐约约升起不祥的预感。

这通电话，沈寂从接起到挂断，只用了二十秒不到。

温舒唯抿了抿唇，试探地问：“谁给你打的电话？”

“丁琦。”沈寂脸上没有任何表情，平添三分寒色，边打方向盘把车开上大路，边目不斜视地道，“我之前让老丁去查上次那个在百合花里放炸弹要害你的小女孩儿。”

温舒唯眸光忽地一跳，没有接话。

沈寂寒声说：“有眉目了。”

驱车飞驰，一路无人出声。

沈寂面无表情地开着车，薄润的唇紧紧抿成一条线，眉眼冷冽，不怒自威，不知在想什么。一旁的温舒唯扭过头，看了眼沈寂的侧颜，见他神色冷峻，心情便也跟着凝重几分。

又有些感慨。

这个男人，浑身上下都透着一股桀骜恣意、吊儿郎当的痞劲儿，挑眉轻笑，皆是无边风流；正经时却又沉若古井，眉目冷静，喜怒不形于色，严肃冷峻得叫人根本不敢接近。

烈时满山火，冷时一池冰，动静皆宜，无缝切换。

温舒唯琢磨着，又默默地欣赏了一会儿自家男人沉冷时的盛世美颜，然后拿出手机，打开微博。

云城市中心的爆炸事件已过去几日，上回的微博热搜被撤后，点进相关话题，浏览量和评论量仍旧不低。

温舒唯随手点进一条相关新闻的评论区。

“嗒”一声，温舒唯熄灭手机屏，闭眼捏了捏眉心。

一边儿的沈寂瞧见，眸色不自觉便柔下来，伸手摸摸她脑袋："累了？"

“没有。”温舒唯摇摇头，睁开眼睛看他，说，“待会儿你和丁琦要见面吧？”

“嗯。”沈寂说，“他开车到我那儿，已经在路上了。估计还有 20 分钟到，和我们差不多。”

职业原因，沈寂的时间概念很强，估摸时间十分精准。他和温舒唯前脚刚下车，丁琦后脚就打电话来说已经快到小区了。

“你去接一下吧。”温舒唯说着，弯腰去拎放在地上的黑色行李箱，“这个我自己提上去就行。”

箱子里装了好些衣物和电脑，很沉，姑娘身形娇小，使出全身力气，两手并用才勉强提起来。正要转身进门洞，手上忽地一轻，沈寂把行李箱给接了过去。

“老丁来过我这儿，路熟，不用接。”沈寂边说边拎着箱子上楼梯，语气挺淡，“这个我拿。你这细胳膊细腿儿，不是干粗活的。”

庞大又沉甸甸的行李箱，温舒唯使出吃奶的劲儿才勉强提动，在他手里却像团没重量的棉花。沈寂单手拎着箱子，只有结实修劲的胳膊在发力，脚下步子稳健轻盈，高大挺拔的背影很快便没入黑暗。

温舒唯站原地，忽然无意识地弯了弯唇，无声笑起来。

单元楼里再次传出嗓音，低沉好听，空洞洞的，还有些回音："跟上，别一个人傻笑。"

你怎么知道我在傻笑，后脑勺上长眼睛了？

她吐吐舌头腹诽几句，提步跟上。

“仔细看路，这楼道声控灯坏了，一直没修好，别把人给我摔了。”沈寂在前头说。

“摔也是摔我自己，什么‘给你’呀。”温舒唯小声嘀咕，“你怎么这么霸道不讲理。”

前边人步子骤然一顿：“你说什么？”

温舒唯一僵，干笑着打哈哈：“没什么啊。”

沈寂淡声：“我讲不讲理不知道，我只晓得，我的耳力相当好。”

“慢慢走。”黑暗里的声音语气很冷静，“不然摔的是你，心疼的是我。”

温舒唯咬唇，边走，边悄悄抬起两手摸摸自己脸蛋儿。

果然，又烫熟了。

进了门，沈寂换上鞋，把箱子拎进了卧室。温舒唯站门口，打开鞋柜一看，里头竟躺了双粉色拖鞋，小小巧巧，崭新崭新。

她微微愣了下，从柜子里把鞋拿出来，扔地上，两只脚丫踩进去。

她走了两步。鞋底软软的，码数也正合适。

正试着拖鞋，沈寂趿着大凉拖踏着步子从卧室里走出来，看她一眼：“大小怎么样？”

“刚好呢。”温舒唯笑盈盈的，抬起脑袋看他，“这是你专程给我买的吗？”

“嗯。”

她走过去，两手抱住他的胳膊轻轻晃了晃，一双大眼瞧着他，亮晶晶的：“你还买了什么？”

“水杯、牙刷、洗脸帕之类的。”沈寂捏捏她脸蛋儿，语气柔和随意，“乱买了些，也不知道你喜不喜欢。”

温舒唯心里暖暖的，勾住他脖子，嘟嘴，踮起脚尖。沈寂很淡地笑了下，配合地弯腰低头。

粉色唇瓣还差半寸挨上他的脸颊，一阵敲门声响起来，砰砰砰。

沈寂神色微冷，脸颊凑过去贴了贴她的唇，又摸摸她的脑袋，直起身子过去开了门。

丁琦站门口，灰外套黑长裤，手里拿着个装着资料的透明文件袋，一头黑色短发往后梳，整个人看起来风尘仆仆。

看见面无表情的沈寂，丁琦正要开口说话，就见一颗毛茸茸的脑袋从对方身后探出来。

姑娘望着他，笑着打招呼："丁琦同志，你换发型了啊。"

"哈哈，嫂子也在啊。"丁琦很快便从惊讶中回过神，也笑，抬手缓慢撸了撸自己的大背头，"常言道，男人要想混得好，头发必须往后倒嘛。"

说完，丁琦嗖一下把脑袋撤回来，贴近沈寂，眼一瞪，压低嗓音难以置信道："好家伙，可以啊老沈，这才在一起多久，都把人拐回家了！果然兵贵神速！"

沈寂冷眼瞅着他："你进不进，不进我关门了。"

"开个玩笑，你个冰块脸干吗这么凶？"丁琦轻轻"嘁"了声，赶紧一个大跨步进了门。

几分钟后，客厅里。

温舒唯抱着装着热水的玻璃杯坐在沙发上，脑袋时而往左转，时而往右转，视线跟着丁琦的身影。只见他神色警惕，一会儿趴在地上观察茶几底部，一会儿伸手在沙发底部外侧摸来摸去，一会儿又敲敲客厅的四面墙壁，东走西看，南摸北敲，猥猥琐琐，不知在干什么。

温舒唯侧头，看向把玩着打火机，从始至终脸色寡淡冷静，仿佛司空见惯的沈寂，着实费解了，压低嗓子凑过去："他在做什么？"

"检查。"

"检查什么？"

"看我这屋子有没有窃听装置。"沈寂没有语气地说。

这时，在整个屋子里晃了一圈儿回来的丁琦，也弯腰坐在了沙发上，笑道："不好意思啊嫂子，职业习惯，请你理解，毕竟我是全中国最顶尖的国安特工警察，必须时刻保持高度警惕。"

温舒唯被这句"全中国最顶尖的特工警察"震得足足沉默了三秒钟，点头："嗯，我非常理解。"

"那个小女孩儿是怎么回事？"沈寂冷不丁开口。

话音落地，客厅里的空气霎时凝固，先前欢脱愉快的气氛一扫而空。

温舒唯不再出声。

丁琦表情也瞬间沉下来。他静默两秒，一伸手，把放在茶几上的那个透明文件袋拿了起来，从里头的一沓资料里找出一张照片，递给温舒唯。

丁琦说："嫂子，你看看，上回你见到的卖花小姑娘，是不是照片上的这个？”

温舒唯接过照片，垂眸。

照片中，一个八九岁的小女孩儿站在一座欧式花园内，穿着一条精致的小裙子，怀里抱着一个洋娃娃，双马尾，蝴蝶结，可爱得像个跌落人间的天使。

“看着很像，几乎一模一样。”温舒唯皱眉，“应该就是她。”

丁琦接回照片沉沉叹了口气，道：“那应该没错了。上回在花里放炸弹，在市中心闹出那么大一桩爆炸案的，就是她。”

温舒唯眉头皱得更紧：“这小孩儿为什么这么做？”

谁知，丁琦闻言，竟惊得笑出一声：“小孩儿？”

话音落地，屋子里又是一静。

温舒唯：“什么意思？”

“嫂子，”丁琦把那张照片重新举起来，“你知道这张照片是什么时候拍的吗？”

温舒唯摇头。

“2004 年。”丁琦挑眉，“一个‘孩子’，2004 年的时候这个样儿，十几年过去了，还这个样儿？”

沈寂沉默半秒，身子往沙发靠背一仰，没有笑意地笑了：“侏儒症。”

温舒唯瞬间错愕地瞪大了眼睛。

丁琦把文件袋朝沈寂丢过去。

沈寂抬手稳稳接住，拆开，取出里头的一沓资料，垂眸翻看。

“于小蝶，女，1981 年出生，起州农村人。”丁琦说，“七岁时患上侏儒症，停止发育，被父母卖给了当地一个靠走村串队表演口技为生的老光棍。于小蝶十六岁时，他养父意外坠山身亡，她到了亚城，被有恋童癖的涉黑富商樊正天收养，其间曾经改名为樊小蝶，她一直跟着这个富商，名为养女，实为情妇。五年前，樊正天在警方的抓捕行动中激烈反抗，中枪身亡，这个女人就彻底失踪，至今下落不明。”

听完丁琦的话，温舒唯双眸忽地瞪圆，出离震惊了：“1981 年出生……也就是说，她现在已经快 40 岁了？只是看起来像一个小孩子？”

“对。”丁琦点头，目光看向沈寂，沉声道，“而且于小蝶在起州的养父是个口技人，她应该也会口技，这也就合理解释了，为什么当时花店婆婆被堵了嘴绑在床上，嫂子还能隔着一扇门听见婆婆在屋里说话。

“但还是有一个疑点。”

水壶咕噜噜冒着泡。水烧好了，温舒唯起身给两人倒了杯白开水，两道细眉微拧，回忆着爆炸当天，自己待在花店数分钟的种种细节。“我记得，当时婆婆在屋里对我说话，于小蝶就站在我跟前。她又不会分身术，难不成还能克隆一个自己，屋里屋外两头跑吗？”

闻言，丁琦面上也浮起一层疑云，微蹙眉头：“这样啊……”

“不难解释。”沈寂忽然开口。

话音刚落，客厅里其余两人的目光便齐齐朝他望过去。

沈寂坐在沙发上，两只大长腿以一种很随意的姿势朝两侧微敞着，撩起眼皮，视线从手上的一沓文件资料移向她。抬眼的动作，使得他光洁饱满的前额印出了几道浅淡纹路，神色冷静，无波无澜。

温舒唯困顿不解，摇摇头：“我不明白。”

沈寂说：“腹语。”

温舒唯眸光一跳，眼中的诧异之色更浓几分。

“对了！”这时，坐在边上的丁琦却是如遭当头棒喝恍然大悟，抬手重重一拍大腿，“口技是民间绝活，这些口技人，经过专业训练，喉咙里的发声区域都和咱们正常人不一样，十个里有八个都会腹语。还是老沈你反应快，我刚怎么就没想到呢。”

“在很多农村地区，手艺人思想落后，独门技艺都是传男不传女。”温舒唯半带感叹，“于小蝶的第一位养父能这么倾囊相授，什么都教给她，对她也算挺好的了。”

丁琦刚才说了好一通，正口渴，端起水杯吹吹凉气，嘴贴着杯沿喝了口。听了温舒唯的话，他摇头，换上副老大爷的语气：“说来也是命。要是这个于小蝶能走正道，这么厉害一绝技，没准儿还能成为非遗文化接班人，新时代的身残志坚励志代表，可惜啊可惜。”

沈寂垂眸，继续面无表情地翻阅那些资料。

忽地，在浏览到某个页面时，他微微眯了眯眼睛，沉声说：“樊正天，这名字我有点儿印象。”

“我就知道你会对这个人感兴趣。”丁琦来了兴致，挑挑眉，道，“这个樊正天是亚城人，你们驻地也在亚城，虽未打过交道，多多少少肯定也听说过一些。他倒台之前，可以说是背靠大树，风光无限，据我掌握的信息，全亚城七成以上的娱乐场子，都跟这厮姓。”

两人聊着，旁边温舒唯的新闻工作者职业病犯了，对真相充满好奇：“你刚才说，樊正天涉黑，难不成以前是亚城的……”说到这儿，她脸色微变，谨慎地左右观望两眼，压低声，“黑老大？”

丁琦食指有一搭没一搭地敲桌面：“嫂子可别乱说话，人家归西之前，表面上可是个热衷公益的正经商人。”

“热衷公益，正经商人。”沈寂沉吟，若有所思地重复这个词。

丁琦抬眸，看向沈寂：“这段儿形容，是不是似曾相识？”

沈寂脸色冰冷，嗓音也没有丝毫温度：“梅凤年。”

“寂哥牛。”丁琦“嗒”一声弹了个响指，竖大拇指，又倾身往沈寂凑拢，扬扬眉，“我当时一查到这个于小蝶，就顺手去查了查她背后的富商‘爸爸’，你猜怎么着？”

沈寂没出声。

丁琦此时兴奋得宛如撒娇的大猩猩：“猜嘛，猜嘛！这事儿可有意思！特工小丁有重大发现！”

温舒唯一脸黑线地看着丁琦。

沈寂也看着丁琦，目光和脸色都冷冷的。

此时此刻，情侣二人组瞧着这位自称“最顶尖特工警察”的眼神，十分默契地就像在看一个智障。

见状，优秀的特工小丁同志尴尬地沉默了几秒钟，而后哈哈干笑两声，一拍手：“哎呀，我开个玩笑，活跃一下凝重的气氛，不猜就算了呗，你们真没情趣。”

“情趣”这词儿还能这么用？你和沈寂的语文都一个老师教的吧？

几秒的安静后，丁琦清了清嗓子，道：“这个樊正天，和梅凤年交情匪浅，甚至可以说，樊正天能有后来的成就，全靠梅凤年一手提拔栽培。”他一顿，“我刚不是说，樊家背靠大树好乘凉吗？梅家就是樊家背后的大树。”

“那个……”温舒唯一头雾水，实在是有些忍不住，试探着出声打断，“我能插个话吗？”

两个男人目光落在姑娘脸上。

温舒唯说：“梅凤年，我知道这个人。”

丁琦目露诧异，沈寂没有出声。

温舒唯继续说道：“这个梅老先生，他是外籍华人，有二分之一索马里血统，但是长居国内，是个出了名的大善人，经常给慈善机构捐款捐物，还捐资修了很多希望小学。我们杂志社还专门做过一期他的专栏。”

“你采访过他？”沈寂问。

“没有。”温舒唯摇摇头，“当时采访他的是另一个同事，同事回来说，这位老先生人很和善，笑眯眯的，也没有那些大老板的架子，对人客气，很好相处，真没想到，他背景这么复杂。”

丁琦叹气：“这世道，有的人外表无害，内里毒蛇，于小蝶不就是现成的例子吗？人心隔肚皮，嫂子你年纪轻阅历浅，看人的本事，得多跟咱寂哥学。”

温舒唯默了默，脑子里依然疑雾重重，道：“可话说回来，于小蝶以前跟着樊正天，但你们也说了，樊正天五年前已经中枪身亡。那在樊正天死后的这五年，她去了哪里？我和她无冤无仇，她又为什么要害我？”

“于小蝶的目标不是你。”沈寂沉声说，“她这么做，是想警告我。”

“你？”温舒唯又惊又忧，转过头去。

沈寂抬眸盯着她，道：“你还记不记得，我背上的伤是怎么回事。”

“记得。当时，你说你听见了宋哥的声音，分心走神，让人从背后偷袭。”温舒唯说着，忽然一顿，反应过来，“当时也是于小蝶？她用口技模仿了宋成峰的声音？”

沈寂：“对。”

“你和于小蝶有仇？”

“素不相识。”

一番对话结束，再次陷入僵局。

温舒唯闭上眼睛用力摁了摁太阳穴，冥思苦想，仍没有结果，不由得抬手敲了敲脑袋。脑子里不断闪过各种人名和信息，混乱极了。

这时，沈寂伸手揉了揉她的脑袋，淡声道：“你会不会下面条？”

温舒唯点点头，狐疑：“你怎么忽然问这个？”

“你该饿了。冰箱里有面条和青菜，去下个三人份。”沈寂嘴角勾了勾，语气低柔，手指若有似无捏了捏她的耳垂，“乖。”

温舒唯这才回过神，拍拍脑门“呀”了声：“说正事说到现在，我都忘了你还没吃晚饭了！”笑眯眯地拍拍他肩膀，“等我一会儿啊，让你尝尝我的手艺。”

沈寂捉住那只小手亲了亲：“谢谢媳妇儿。”

温舒唯脸微热，余光瞥见一旁坐着的丁琦嘴角抽搐的样子，不好意思极了，抬手就在沈寂胸前打了下，低嗔：“讨厌。”说完便起身离开了客厅。

姑娘走进厨房，顺带反手关上了厨房门。

沈寂眸色霎时冷下去。这副冷峻沉肃、不近人情的冷漠冰山样，和先前的柔情似水，简直不像一个人。

丁琦酸溜溜地挑眉，道：“看不出来，咱们的‘海上利剑’还有两副面孔呢？对着自家小宝贝儿腻腻歪歪深情款款，对着老子一张臭脸都不带笑，老子欠你钱啊？”

沈寂垂着眸在想事，压根没理他。

“唉，典型的有了媳妇忘了兄弟，重色轻友大狼狗。”丁琦摇头晃脑地叹了口气，二郎腿一跷，身子往沙发背上一靠，“故意支走你的小宝贝儿，想跟我说什么？”

沈寂开口，没有语气地说：“从我爸手里被抢走的硬盘，追查得怎么样了？”

丁琦脸色微沉，道：“政委清醒后，我们去问过一次。当时抢硬盘的一行人总共四个，都是武装人员，身手一流，初步判断是雇佣兵或者杀手。那伙人都蒙着面，开一辆黑色面包车。”

“那辆车查过吗？”

“政委昏迷之前特地记了车牌号，但是我们根据车牌号查过去，发现车主已经在数个月前因病过世。”丁琦说，“没有头绪。”

沈寂道：“顺着于小蝶查。樊正天死后，她跟着谁，和谁共事，帮谁做事，一定有线索。”

丁琦一下眯起眼睛：“你怀疑，这些事之间都有联系？甚至都是一伙人干的？”

“世上不会有这么多巧合。”

“我明白了。”丁琦缓慢点头，从沙发上站起来，“我这就联络公安局，把这张照片发给他们，全国通缉于小蝶。”

丁琦说完，再不耽搁，转身拿起文件袋便大步离去。

大门开启又关上，轻轻一声“砰”。

温舒唯听见响动，忙颠颠地从厨房里走出来，腰上系个围裙，手上拿个锅铲，狐疑道：“哎？丁琦这就走了？不留下来一起吃面条吗？”

话音刚落，娇小的身子便被人从后头整个儿拢住，抱得死死的。

温舒唯脸一下红了，轻轻挣扎着，小声道：“喂，锅里还在煮面呢。”

“嗯。”沈寂似有几分疲惫，懒洋洋地应了声，下巴搁在姑娘柔弱纤细的左肩位置，一侧头，唇在她颈侧浅吻轻啃。

温舒唯被他折腾得四肢发烫头皮发麻，四周空气隐隐有升温的趋势。她呼吸微急，脸红得快要滴血，支支吾吾道：“喂，怎么也得先吃晚饭吧，我好饿，想吃面。”

沈寂声音闷闷的，从她颈窝里飘出来，低哑性感得要命：“我也饿，只想吃你。”

温舒唯拿锅铲的手都开始抖了，轻轻推了下横在自己腰肢上的手臂，小声威胁：“我告诉你，是你让我下面给你吃的，现在面在锅里，你如果不吃，我可要生气的。”

这可是她第一次做饭给他吃。

温舒唯被沈寂撩得满脸通红，一时间羞窘得手都不知往哪儿放。斥完他流氓，她又抬起胳膊肘轻轻往后撞了他一下，小声说：“撒开。面快糊了，到时候不好吃可别说是我手艺差。”

不知怎的，他今天黏她黏得格外紧，双臂缠住她腰身，弓着腰，唇细细啄吻着她的颈窝耳后皮肤，闭着眼，沉醉其中，就是不肯松手。

锅里的面条在翻滚，煮开的水咕噜噜冒着泡，白雾升腾。

温舒唯担心面真的会糊，心下着急，不由得又轻轻挣了挣，还是挣不开。

僵持几秒，她鼓鼓腮帮子无奈地叹出一口气，略思索，另一只没拿锅铲的小手轻轻握住他横在自己腰间的修劲长臂，指头微屈，在他小臂的紧实肌理上轻轻钩了钩，柔声轻语，撒娇似的软着嗓子哄道：“乖，我们先吃饭。好不好？”

沈寂脸埋在她颈窝，呼出的气息滚烫，灼着那一小片粉白色的皮肤。他嗯了声，带着浓重鼻音。

“先吃饭，”沈寂侧过头，咬她耳朵，低语呢喃般道，“然后呢？”

温舒唯一颗心快从嗓子眼儿里蹦出来，紧张得都快吐血了。

天……天哪。

吃不消，吃不消。

他哑声：“嗯？”

“然后，”温舒唯指尖发颤，脸红得更厉害，支支吾吾挤出几个字，“然后你帮我收拾行李。”

沈寂食指绕起她一缕黑发，缠在指尖卷着玩，四两拨千斤，从善如流：“收拾完行李之后？”

“洗洗，睡觉。”

“跟谁睡？”

全身血液往脑袋逆流，温舒唯头皮发麻大脑空白，这回是真说不出话了。

好在这时，对面的沈大爷像是终于良心发现，在怀里的丫头羞窘到七窍流血而亡的前一秒，低笑一声，铁臂松动把她放开。他大掌抬起来在她毛茸茸的脑袋上撸了把，懒洋洋道：“随便说两句脸就红成这样，这么容易害羞，小姑娘，没长进啊。”

好不容易得以脱身，温舒唯赶紧站远两步与他拉开距离。她心还怦怦跳着，定定神，等大脑重新恢复正常运转后才转过脑袋瞧他，眯了眯眼睛，似陷入沉思。

下一瞬，温舒唯望着沈寂，忽然正色道：“我以前一直以为，沈寂同志你只是脸皮厚，现在看来，我对你的误会真是太深了。”

沈寂也直勾勾地盯着她：“什么意思？”

姑娘翘起嘴角，眉眼弯弯，朝他露出一个笑，语气很认真：“你哪儿是脸皮厚，你根本没脸也没皮。”

温舒唯说完便拎着锅铲转过身，回厨房捞她的面条去了。

沈寂瞧着那道纤细娇小的背影琢磨两秒，忽然迈开长腿两个大步跨过去，可就在他手臂都伸了出来、人马上就要走进厨房的前一秒，“砰”一声，厨房门被人从里头推过来关上了。

“咔嚓！”还上了锁。

沈寂步子急，高挺笔直的鼻梁骨差点儿撞门板上。

沈寂咬牙，两手往腰上一撑，在厨房门前踱步几个来回，忽地一声嗤，直接被那小丫头给气得笑出来。

他盯着那扇紧闭的厨房门眯了眯眼睛，嗓音低得危险，道：“让你再嘚瑟几个钟头，一会儿老子非吃得你骨头都不剩。”

沈寂是独居，驻地又在亚城，这些年，他回云城的次数两只手就数得过来。这间屋子很少开火，因此厨房里的碗具并不多，常用的就一个大号白瓷碗和一双木头筷子，他平时用来吃点儿面条和饺子。

温舒唯翻箱倒柜，好不容易才从最里头的吊柜里找到一些盘子和碗，拿出来洗洗干净。一个装面条，另外几个留着备用。

兑好佐料，她关了火，面条出锅。

几分钟后，厨房门“咔嗒”一声被人从里头打开。

客厅里，沈寂正坐在沙发上回丁琦微信消息，闻声抬眸，瞧见姑娘两手端着一大碗面条从里头走了出来，笑盈盈地说：“去洗洗手准备吃饭。”

沈寂见状，放下手机站起身，大步走过去，单手把那碗面条给接过来放餐桌上，又抓起温舒唯的两只手，垂眸打量。

她的手长得很漂亮，肤色雪白，十指纤细，指甲盖圆润，在光下呈现出健康的浅粉色，修剪得整整齐齐。刚端完面碗，这会儿她十指指尖都红红的。

沈寂眉头微微拧起一个结：“端面怎么也不喊我一声，手都烫红了。”

他说这话时，眸垂着，前额的黑色短发落下几缕，挡住了眉眼，语气听着也很随意。他边说边下意识般低下头，往她指尖呼凉气，又拿大手轻轻地揉。

“不烫啊。”温舒唯脸微热，不好意思，轻轻把手往回抽，“端个面而已。你别这么夸张好不好，我又不是纸人，哪有这么娇气。”

沈寂撩起眼皮瞧她，抬手捏她脸，低声：“夸张什么，我这是心疼你。”

温舒唯沉默，有点担忧：“我跟你说，你这样会让我觉得自己是个大爷。”

沈寂直勾勾盯着她看，眉峰微挑：“你不就是我的小祖宗小大爷？”

温舒唯心里甜甜的，忍不住抿嘴，“扑哧”一声笑出来，抽回手转身去端另一碗面，半开玩笑道：“你这张嘴，说起好听话来一套一套的。我有时候都在好奇，”她说着，动作一顿，忍不住转过身去望着他，“你们部队里平时还训练你们怎么哄女孩子开心吗？”

沈寂跟进来，端起料理台上的另一碗面条走出去，没什么情绪地说：“没教过，也没练过。”

温舒唯：“那你还能张口就来？”

“我就是喜欢你，想疼你宠你对你好，让你每天都开开心心。”沈寂视线落回她脸蛋儿上，淡声，“心里怎么想的就怎么说、怎么做，需要什么技巧和训练？”

他说得好有道理，竟让人无言以对。

温舒唯听完，愣住，站在餐桌边上没有说话，也没有任何动作，一时若有所思。

沈寂把洗好的筷子放在桌上，给她把椅子拖出来，摆好，看她一眼：“别发呆。”食指在桌面上轻轻敲两下，“坐下吃饭。”

温舒唯回神，赶紧点点头坐下来，拿起筷子，有点忐忑地悄悄抬眼，往对面看。

眼瞧着沈寂挑起一大筷子面，放进了嘴里。

没由来的，温舒唯有些紧张，一只手抓着一根筷子，盯着他，小声地询问：“你觉得怎么样呀？”

沈寂腮帮子蠕动咀嚼，点头：“好。”

闻言，温舒唯眼睛噌地一亮：“真的？”

“嗯。”沈寂一口面咽下去，随手扯了张纸巾擦嘴，看向她，伸手在她的小鼻尖上宠溺地捏捏，“我媳妇儿真厉害。”

“你喜欢吃就好。”温舒唯脸红红的，欢喜极了，挑起一筷子面放进嘴里嚼，眼角眉梢掩不住兴奋和雀跃，吃完又兴冲冲地对他说，“这种面叫‘怪味家常面’，是我姥姥的原创做法，我家独有，你在别的地方都吃不到的。”

姑娘漂亮的杏仁眼弯成两道长月牙，沈寂看见她笑，阴霾心情也大半转晴，嘴角勾了勾，随口配合着跟她闲聊：“姥姥的手艺上回就见识过，没得挑。”

“你喜欢吃我姥姥做的菜，以后我去多学几样。”温舒唯笑吟吟，又道，“对了，上回听你说，你喜欢吃西北菜？”

沈寂吃着面：“嗯。”

“你出生在京城，后来又在西藏生活，为什么会喜欢西北菜？”温舒唯好奇。

“我妈是西北人。”沈寂淡淡地说。

温舒唯微微一怔。

印象中，沈寂极少在人前提起他的母亲。如是思索着，温舒唯心里不由得有点难过又有点尴尬，抿抿唇，低头拿筷子拨弄着面条，小声说：“不好意思。”

“没什么不好意思的。”沈寂没什么情绪，“你是我的人，早晚得嫁过来，这也是你的家事。”

温舒唯耳根子发热，默默咬面条，不说话。

沈寂眼底的笑意一闪而逝，收回视线吃他的面。

之前以为丁琦要留下来吃晚饭，温舒唯下的面条是三人份。丁琦一走，她又不愿浪费，便将三人份的面条平均分进了两个碗。无奈她饭量太小，面条又太多，她哼哧哼哧努力吃了好半天，面条也才刚刚消减下去一小半。

数分钟后，温舒唯放下筷子，实在是吃不下了。

沈寂往她碗里看了眼，皱眉："剩这么多，吃饱没？"

"饱了。"温舒唯忙颠颠地摆手，"吃不动了。"

"饭量这么小。"沈寂自言自语似的说了句，随后便不再出声，把她的碗端过来，摆在自个儿面前埋头接着吃。

温舒唯见状，一双大眼瞪得圆溜溜的，低声问："你很饿吗？"

沈寂动作微顿："为什么这么问？"

姑娘伸出根细细白白的手指头，指着那个碗，戳戳空气："这是我吃过的。"

沈寂语气很冷静："所以呢。"

"没……没什么啊。"

"吃你面怎么了。"沈寂盯着她，语气非常冷静，"你以后是要跟我结婚的人。"

温舒唯眯眼，羞愤欲绝，忍无可忍，三两下把擦过手的纸巾揉成一团，照着那张俊脸扔过去。

小纸团在空中"嗖"一下画出道抛物线，又被稳稳接住。

沈寂笑，食指在她脸蛋儿上轻轻一钩，又捏捏："吃好了？"

"嗯。"

"那就乖乖洗澡去。"他语气柔和，哄小孩儿似的宠溺，嗓音微微压低，"今晚早点儿休息，我们可有正事儿要干。"

姑娘羞得厉害，脸红扑扑的，瞪他一眼又朝他吐舌做了个鬼脸，转身一溜烟儿跑开了。

沈寂把温舒唯的行李箱直接拎进了他的卧室。

温舒唯推门进去，只见这房间还是老样子，四处没有杂物，床单被褥十分整洁，就连棉被也叠成了个方方正正的豆腐块儿。桌面上摆放的东西非常少，看着单调干净，不染纤尘。

她东张西望地参观了会儿，感叹了一番她家男朋友优良的生活习惯后，打开箱子，从里头拿出了一套睡衣睡裤和浴巾，走进洗手间。

这会儿已经将近晚上十点，夜幕低垂，风吹得有些烈，将小区里歪脖树的树叶吹得摇摇曳曳沙沙作响。

温舒唯摁亮洗手间的灯开关，关上门，开始洗澡。

温热的水流冲在身上，舒舒服服，洗去大半疲乏。

她在莲蓬头下鼓鼓腮帮子，满足地呼出一口气。

然而，就在温舒唯打湿长发，准备往上头抹洗发液时，头顶灯光忽地一闪。下一瞬，整个空间猛地陷入一片黑暗。

她被吓一大跳，下意识地叫出一声，连带着手上的洗发露瓶子也啪地掉在了地上。

紧接着洗手间的门便被人从外头拍响。

沈寂的嗓音隔着门板传进来，低低的，喊她名字："温舒唯。"

眼睛还没习惯黑暗，温舒唯全身湿漉漉的，惊慌失措，听见他的声音稍微定下神。深吸一口气吐出来，反手关了水龙头，她从毛巾架上扯下浴巾裹在自己身上，气息有点不稳，问道："怎么回事？为什么灯突然黑了？"

"停电了。"沈寂语气平静，"热水器里还有水，你先洗澡，我去外面看看什么情况。"

"别！"温舒唯急得脱口而出。

洗手间外一阵安静。

她窘迫，咬了咬唇瓣儿，沉默两秒才支吾着说："你……你就在外面陪我吧，跟我说说话，待会儿等我洗完，换了衣服跟你一起出去。"

门外静了静，他问："害怕？"

"嗯。"温舒唯小声，"我有点怕黑。"尤其是在这种较为陌生的环境。

片刻后，门外的男人很轻地笑了声，语气低柔下来："好，我陪你。别怕。"

听他说完，温舒唯心里稍微安定几分，打开水龙头继续洗澡。

整个屋子里一片漆黑。门外，沈寂靠在洗手间左侧的墙壁上，没什么表情地把玩着一串钥匙，抽着烟，黑暗中一点火星在他唇畔间明灭闪烁。

对面的白墙上有一个黑色的点，不知是墨还是什么。沈寂听着洗手间里哗啦的水声，盯着那个黑点，眯眯眼，掸烟灰，眸色深沉不明。

烟灰落进他脚边的垃圾桶。

沈寂出声，淡声说："你这会儿在干什么？"

洗手间里的姑娘似乎愣了下，声音隔着门板传出来，有些茫然：

“什么？”

“不是要我跟你说说话吗。”沈寂抽了口烟，把手里的钥匙串抛到半空，又接回，语气很随意，“你这会儿在干什么？”

“洗头发。”姑娘轻声说。

过了会儿，他又淡声问：“现在呢？”

“抹沐浴露……”姑娘说着一顿，又道，“你沐浴露放哪儿了？”

“只有一块香皂。”沈寂说。

“好吧。”

门内水声淅沥。

几分钟后，沈寂一根烟抽完，随手掐了烟头丢进垃圾桶。与此同时，洗手间里的水声也停了。

他转身，端起桌上的透明玻璃杯，喝了一口水，又踏着步子走回洗手间门前，没什么情绪地问：“洗完了？”

门内的姑娘回道：“洗完啦，我拧头发呢。”

“嗯。”沈寂淡声应了句，从裤兜里摸出一颗不知哪儿来的薄荷糖，拆了包装纸丢嘴里，随后把手里的钥匙串微微举高，微眯眼，挑出其中一把。

黑漆漆的洗手间内，温舒唯身上的水还没来得及擦，正裹着浴巾，微弯着腰站在洗脸台前拧头发。忽然，背后的门锁发出轻响。

她忽地一愣。

紧接着，“咔嗒”一声响，反锁的洗手间门被人从外头打开。

沈寂收起钥匙，踏着步子不紧不慢地走了进来。

黑暗中，温舒唯看不清对方脸上的表情。

她身子一僵，惊恐得都结巴了，两只手下意识地抓紧胸前的浴巾：“你……你进来干什么？我还没穿……”

话音未落，腕子一紧被对方捏住。温舒唯眸光惊闪，还没反应过来，整个人便让他一把拽过去扣进了怀里。

温舒唯已经完全呆了，陷入失语状态，望着他，一双大眼惊恐地眨巴两下。

沈寂搂紧怀里的人，居高临下地盯着她看了两秒，大掌箍住她的细腰猛一下劲儿，直接把她给凌空架起来，放在了洗脸台上。他俯身弯腰，两只手臂撑在她身体两侧，将她完全禁锢在自己的空间里。

沈寂捏住她的下巴，贴近她，低声从后槽牙里挤出几个字，慢条斯理的：

“小温同志，出息了啊。”

暗色空间里，她看见他向来清淡的浅棕色瞳仁，此时浓黑如墨，深不见底。他低声道：“现在还会隔着门勾引我了？”

洗手间本就有些狭小，此时逼仄感更重，加上周围漆黑一片伸手不见五指，温舒唯整个人都要炸了，呼吸间全是他唇齿间清冽的烟草气和一丝淡淡的薄荷糖香。

她脑子有点儿晕乎，磕磕巴巴道：“误会误会。你先放开我，我身上有水，会把你衣服给打湿。”

话音未落，沈寂勾起她的下巴往上一抬，狠狠封住了她的唇。

像是溺水太久的人重获空气，又像是急于抓住些什么，满室黑暗中，他吻得蛮横强硬，甚至堪称残暴，近乎疯狂地在她唇舌间攻城略地，放肆索取。

温舒唯脑子里像搅拌着一团糨糊，迷迷糊糊地被他压在洗脸台上深吻。

她双手抬起，想把人推开，却被他单手钳住反剪到身后。

不知过了多久。

他眸色混浊得有些狂乱，稍稍停下，轻吻她的嘴角和耳朵，嗓音低沉沙哑，性感得可怕：“甜吗？”

温舒唯大脑一片空白，茫然地睁开眼睛看他，好几秒才回过神，一怔：“你嘴里为什么是甜的？”

沈寂低笑，咬她的小耳朵：“因为我马上要吃我的糖啊。”

“什么糖？”

“我的糖，叫温舒唯。”

温舒唯脸色霎时更红。

温舒唯身上的浴巾不知何时落了下来，被沈寂随手丢到了一边。她成了只刚从水里捞出来的美人鱼。

沈寂抱着怀里的美人鱼一路从洗手间深吻到卧室，把她放在了床上。

刚脱去身上的衬衣，一阵手机铃声却忽然响起。

小美人嗖地回过神，羞得连脚趾头都红了，赶紧扯过被子把自己给裹成颗粽子，只露出一双圆溜溜湿漉漉的大眼睛望着他，软声道：“你手机在响。”

沈寂向来冷静清冽的眸色此时浊而沉，盯着床上的小糖果，眯了眯眼睛，思考着是去接电话，还是继续享用他的糖。

他的糖果脸蛋儿红扑扑的，以为他没听见，一只白生生的可爱脚丫从被窝里钻出来，指了指床头响个不停的手机："在那儿，快接啊。"

片刻后。

沈寂闭眼，深吸一口气吐出来，捏捏眉心，翻身坐在了床沿上，拿起手机，看一眼来电显示：丁琦。

只一瞬，他眸中的情潮便褪得干干净净，沉吟半秒，滑开接听键，道："喂。"

丁琦的声音从听筒传出，语气很低，有些沉重："你现在在家？"

沈寂沉声："发生了什么事？"

"十分钟前，市区内一家诊所发生了爆炸。"丁琦沉声，"当时诊所里有一个正在输液的病人，受了伤，已经送去医院救治了。"

沈寂眸光骤冷，捏手机的五指极用力，骨节咯吱作响。

丁琦顿了下，又道："那个病人，是前蛟龙突击队的退役队员，你一手带出来的特种兵，叫周超。"

沈寂嗓音沉冷如冰："医院地址。"

丁琦飞快报上一串地址。

电话挂断。

一旁，温舒唯端详着他脸上的神色，意识到什么，裹着被子坐起来，皱眉道："怎么了？"

"一个战友出事了。"沈寂捡起地上的衬衣往身上一套，道，"唯唯，换衣服，跟我去趟医院。"

第九章 燎

温舒唯一听这话，当即变了脸色，裹着被子跳下床，以最快的速度从行李箱里随便找出件白色卫衣和牛仔裤穿在身上，又从箱子底部拿出一双从家里带来的运动鞋，边换边焦急道："怎么会这样，怎么会又发生爆炸案？"

"现在具体情况还不清楚。"沈寂语气很低，唇紧抿，脸色不善。他说完顿了下，又拉开衣柜中部的一个抽屉，从里头拿出了一个厚厚的信封，收进夹克内兜。

温舒唯动作很麻利，两分钟就把衣服鞋子穿完，接着扭头看沈寂，说："我收拾好了，现在就能出发。"

沈寂视线落在温舒唯身上，打量一番，又弯腰从开着的行李箱里找出一件灰色风衣外套披在她肩头，说："夜里风大，多穿点，别着凉。"

温舒唯朝他露出个笑，点点头。

沈寂没再出声，牵起她转身大步离去。

刚出单元楼，一股刺骨凉风便从东北方扑面袭来。温舒唯头发还是湿的，让这阵夜风一吹，不由得"啊"的一声打了个喷嚏。

她裹了裹风衣外套，下意识把两只手放在一起对搓取暖。

沈寂察觉，握住她两只手，温热暖流霎时从他掌心淌进她四肢百骸。他看一眼她披在肩头的湿发，眉头微微拧成一个结，沉了嗓子："洗了头发怎么也不吹干？"

温舒唯被这句话问得硬生生呛了呛，静默几秒，脸再次不争气地红了，眼一瞪，望着他小声斥道："你好意思问我？"

刚洗完澡又停着电，她连身上的水都还没来得及擦干，就被他二话不说地给摁着亲了顿，请问哪儿来的时间吹头发？

闻言，沈寂静默几秒钟，不说话了。怕她湿着发会受寒，他索性胳膊一收将她揽进怀里，自己身体挡住风，护着她一路往停在车位上的黑色越野走。

上了车，温舒唯正扣着安全带，余光看见沈寂绕到了汽车后侧的后备厢前。

她有点狐疑，抻长了脖子往后打望，只见他拉开后备厢，拎起隔层，从里头的一个方形盒子里取出个什么东西，又啪地合上后备厢门，折返回来。

"给。"沈寂把手里的东西递给她，"围上。"

温舒唯接过来一看，见是一方宽大厚实的羊毛围巾，浅灰色，粗线织，摸着光滑柔软，质量挺好，干干净净的，看着像是很多年前的男款。

她抬头看他："这是你的围巾？怎么放在车上？"

"这围巾是我爸的。"沈寂从驾驶座那一侧上了车，边系安全带边回她，冷静淡漠，语气里没有多余情绪，"他有一年来我姑姑家串门儿，把围巾给落下了，姑姑洗过之后一直没机会还给我爸。她搬家之前清理东西，把我爸的所有东西都放在一个盒子里，让我转交。"

温舒唯听完一怔，脱口而出道："所以你就把那盒子放在车上，都不让叔叔的东西进你家门？"

沈寂目光直视窗外，自顾自发动引擎，没有说话。

温舒唯垂眸，看着手里的围巾低低叹了口气，自言自语似的说："真不明白。你和沈叔叔明明是父子，却闹得像一对仇人，明明彼此都很关心对方。"

沈寂还是没吭声。

温舒唯见他不想谈这个话题，也识趣，不再继续，只是把围巾叠好放在了一边儿。

沈寂侧目瞧见了，皱眉："围上。"

"谁秋天就往脖子上围这么厚的围巾。"温舒唯好气又好笑，"出门招人笑话吗？"

沈寂说："我让你围脑袋。"

温舒唯摇头不肯。沈寂眯眼，腾出只手拿起围巾，抖开，三两下就把姑娘一颗脑袋给缠得严严实实，只露出一双睁得圆溜溜的大眼睛在外头，十分无语地瞪着他。

“不听话，一会儿受了凉感冒的可不是我。”沈寂说，“不许摘，敢摘看我回去怎么收拾你。”

这位大佬向来是个敢说敢做的真把式，迫于其“淫威”，温舒唯敢怒不敢言，只好乖乖待着不动了。

车里一阵安静。

数秒后，她想起什么，脸色凝重几分，两手把围巾扒拉开一道缝隙露出嘴巴，问：“你刚才说，这次爆炸的伤者是你战友？”

“嗯。”沈寂点了下头，脸色沉而冷，“是我带出来的兵，已经退役两年了。”

“他也是云城人？”温舒唯问。

“不是。”沈寂说着顿了下，继续道，“外地的。早些时候帮兄弟出头，让人把腿给打折了，前几个月刚到云城这边的医院来做康复治疗。”

听闻此言，温舒唯不由得诧异地瞪大了眼睛，惊道：“你战友不是特种兵吗？就凭你战友的身手，居然还有人能伤得了他？”

沈寂侧头看了她一眼：“当过兵的同志，会对老百姓动手？”

温舒唯怔住，一时没有答话，皱着眉，陷入沉思。

沈寂收回视线，不再出声。

车里再次安静。

数分钟后，黑色越野开进了云城市一家公立医院的大门。门卫大爷过来打了个手势，指挥着沈寂把车停到挂号大厅外的空车位上。

熄了火，两人下车。

出来得急，温舒唯包都没背，手上就抓了一部手机。她脑袋上包着围巾，行色匆匆，跟在沈寂身旁往挂号大厅走，刚要踏进大厅门口，沈寂的手机忽然响起来。

温舒唯侧目看了他一眼。

沈寂接起电话，沉着脸道：“到挂号大厅了。”说完便挂断。

数秒后，一道黑色的高大身影大步流星从住院部那头走过来，径直朝两人而来。温舒唯听见脚步声后抬头一看，是丁琦。

“你可算来了。”丁琦的表情瞧着不太好看，余光看见沈寂身旁的温舒唯，微愣了下，点头打招呼，“嫂子也来了啊。”

“现在特殊时期，留她一个人我不放心。”沈寂说，“周超情况怎么样？”

“已经脱离危险了。”丁琦说，“这会儿人已经醒了，正在挂水，跟我来。”

三人一道沿着走廊，往住院部病房去。

走到半道上，丁琦又感叹似的道：“说来，周超这小子真不愧是你们蛟龙退下来的人，机警得很。当时他正在诊所输液，爆炸发生之前半分钟，他察觉到不对劲儿，立马就拔了针往外头冲，撞了玻璃从诊所窗户跳了出去，只是后背被严重烧伤。否则那么多的炸药，只怕命都没了。”

沈寂唇紧紧抿成一条线，步子顿都不顿，没有出声。

对比起其他疾病，烧伤科的病患所承受的痛楚显然要大许多，一走进烧伤科住院部，整个楼道上便都是伤员的痛苦呻吟声。一阵接一阵，此起彼伏，宛若正在施刑的炼狱，听着叫人心头发紧。

不多时，三人在尽头处的一个病房门前站定。

哐哐。丁琦抬手敲门。

三人一道进了屋，在病房最里侧的病床上看见一个男青年。

青年身形十分高大，有一米八几，由于烧伤大面积集中在背部，因此他是正面朝下趴在病床上的，没穿上衣，背部抹了药，被一层薄薄的医用隔尘布盖着。从露在隔尘布外的背部肌群看，青年的身材还不错，古铜肤色，肌肉结实漂亮，两条胳膊屈起，垫在脑袋下。

和整体大环境的呻吟哭闹相比，青年显得十分格格不入。

他非常安静，眼皮子垂着，正在闭目养神，仿佛背上的严重烧伤于他而言，根本无关痛痒。

想必这就是沈寂和丁琦口中的退役军人，周超。温舒唯猜测着。

沈寂在病床旁站定，沉声喊了句：“周超。”

病床上的男青年并未睡着，听见这两个字的瞬间，他便睁开了眼睛。青年的目光很清明，并没有一般重伤患的混浊痛苦。

周超抬起头，看见站在床侧的沈寂，明显一愣。

“寂哥？”似有些激动又有些难以置信，他竟动身想从病床上下来。这一系列动作牵扯到背上烧伤，疼得他“嘶”地倒吸一口凉气。

“受了这么重的伤，就好好趴着。”沈寂勾勾嘴角，笑了下，语气故作轻松，“还以为自己好人一个？”

看见自己军旅时代的老队长，这个二十六七的大老爷们儿竟腼腆地笑了下，像是瞬间又变回了十八岁刚当兵时候的大男孩儿，挠挠头，道：“真是的……受个伤还惊动寂哥和丁哥你们来看我，我还怪难为情的。”又小声嘀咕，“幸好刚才把裤子穿上了，否则光个腚，我还不得被你们笑死。”

这老战友性格有趣，温舒唯沉重的心情也不由得缓和几分，“扑哧”一声笑出来。

周超听见笑声，转过脑袋，这才注意到自家老大身边还多了个身形娇小、脑袋上还包着一条大围巾的小姑娘。

周超一愣：“寂哥，这姑娘是……”

沈寂伸手从后方托住温舒唯的腰，往前轻轻一带，淡笑着道：“温舒唯，你嫂子。”

温舒唯也连忙动手把缠住脑袋的围巾给摘下来，朝病床上的大男孩战友笑眯眯地说：“周超同志你好，我叫温舒唯，很高兴认识你。”

看见温舒唯的真容，周超眸光一闪，显然怔了下，而后回过神，赶紧堆着笑脸道：“嫂子好，嫂子好……真对不住，我不太方便，只能这么跟你问好了。”

“别客气。”温舒唯摆手，“你快好好休息。”

几人又寒暄了两句。

就在这时，门口一阵脚步声由远及近，进了病房。

病房内的几人闻声转过头。

温舒唯不由得诧异地出声，道：“易警官？小崔警官？你们也负责这起案子吗？”

“短时间内接连发生两起类似案件，我们怀疑是同一伙人所为。”着便装的老易和小崔也有些吃惊，目光在几人脸上来来回回扫视一圈儿，“还真是巧，你们和这起爆炸案的伤员认识？”

温舒唯点头：“嗯，周先生是我男朋友的老战友。”

“老战友？”老易低声重复了一遍这句话，心下琢磨着，面上若有所思。

“易警官。”丁琦脸色微沉，道，“我发给你们的照片你们收到了吗？”

老易点头：“嗯，已经在走程序了，通缉令最晚明早就能下来。”他说着，伸出胳膊跟丁琦握手，笑了下，说，“这次的侦破工作，丁琦同志你帮了大忙，我代表丛云区刑侦大队全体成员向你表示感谢。”

丁琦说：“谢什么，我帮你也是在帮我自己。”

老易狐疑：“我不明白。”

“我初步判断，你手上的案子和我手上的案子应该有些关联。”丁琦说着，余光一扫，看了眼旁边的沈寂，挑挑眉，“更说不定，咱仨手上的案子都有关联？”

沈寂眉目冷静，没有出声。

老易和小崔警官相视一眼，都是一头雾水。

几秒后，一道女声忽然从病房门口传进来，颇为不满地说：“你们这间病房在开茶话会啊，挤这么多人？”

一行人闻声散开，一个胖胖的女护士推着车走了进来，环顾一圈，皱眉摆手说：“都出去，都出去，病人要休息，人越多细菌越多，伤口感染的可能性越大，还想不想病人痊愈了？”

老易从兜里摸出警官证，展示给她，道：“护士小姐，我们是公安局的，来办案，最多耽误病人十五分钟，麻烦你通融通融。”

胖护士看了眼那张警官证，琢磨两秒，只能点头，说：“除了警察，其他人都赶紧离开。”

“那我们先出去吧。”温舒唯笑笑，“就不耽误易警官他们办案了。”

“对，我没什么事儿。”病床上的周超绽开一张笑脸，朝沈寂几人摆手，道，“寂哥，嫂子，丁哥，你们都别担心，我命硬得很，阎罗王都不敢收。你们都回去吧！”

沈寂两步走到周超跟前，弯下腰，在他肩膀上很轻地拍了下：“好好将养着，明儿我和你嫂子再来看你。”

“好嘞！”

丁琦又跟周超闲聊了两句，几人随后便退出病房。

住院部楼下的花园走廊上，路灯光线暗淡，四下无人，只有凉风静静地吹着。

温舒唯被沈寂牵着手，走在他身旁，忽然道：“你刚才往周超枕头底下放什么了？”

沈寂侧目看她一眼，语气淡淡的：“什么？”

边上的丁琦嗤了声：“还能是什么？票子呗。”

温舒唯诧异，望向丁琦：“你也瞧见了？”

“嫂子，咱寂哥身手好动作快，小丁我的眼力见儿也不差啊。”丁琦两手环胸踱着步子往前走，又叹了口气，“周超这小子最讲义气，之前为兄弟出头，被人废了腿，这些年生活一直挺拮据的。不容易啊。”

沈寂由着两人说，微眯着眼，在想事，从始至终没吭声。

温舒唯又道："真是太奇怪了。这件事会是谁干的？难道又是那个侏儒女？"

"八成是。"

"为什么？"温舒唯想不通，扭头望向沈寂，"你说她对我动手，是想警告你，那对周超动手呢？你和周超虽然是老战友，过命交情，但为什么偏偏选中周超？这关系也太远了吧。"

丁琦也皱起眉毛，摸着下巴百思不解，道："是啊，我也觉着古怪。最先遇袭的是老沈，再是嫂子你，现在又加个周超，你们三个之间根本就没有任何共同点。"

就在这时，始终一言不发的沈寂却冷不丁开口，沉声说："谁说没有。"

温舒唯和丁琦同时转头看向沈寂，眼神里带着疑惑。

沈寂撩起眼皮，盯着丁琦，缓慢道出三个字："吉拉尼。"

话音落地，周围似连风都有一瞬死寂。

丁琦着实震惊了，反应两秒，低声道："难道是因为四年前你废了吉拉尼一只眼睛？当时执行这项任务的人是蛟龙突击队的前一批队员，你，宋哥、小超子，还有何伟跟陈浩浩。"

"如果我的判断没有错。"沈寂嗓音如冰，眸色冷进骨子里，"吉拉尼的一系列报复行动，已经开始了。"

"吉拉尼入境了？"

"极有可能。"

丁琦两手叉腰，一脚踹在墙壁上，低咒出声："这个浑蛋在国际上臭名昭著，伤天害理无恶不作，让老子抓到他，非把他千刀万剐。"

温舒唯听两人说着，沉吟须臾，忽然自言自语道："这已经是第多少次了？会不会还有下一次？"

沈寂和丁琦同时看向她。

"如果真如你们推测的那样，那个坏人，还有下一步报复行动。"她沉声，"那他们的下一个目标，会是谁？"

"肯定是当年执行任务的其他队员。"丁琦接话，边思索边道，"陈浩浩还在役，老何今年刚退，前几个月刚结婚……"

嘀嗒嘀嗒，两秒钟过去。

温舒唯和丁琦猛然抬头相视一眼，异口同声地惊道："何伟？！"

两人话刚说完，沈寂手上的电话早已拨通。

响了没两声，那头接起来。

行过军的铁血男儿，大都性情豪爽耿直，大家伙儿入伍后同吃炊事班，同住军营，朝夕相处，情谊自然非同一般。

蛟龙当年那一届的队员，共同执行过多项重大任务，出生入死数十回，关系都好得像亲兄弟。

沈寂脸色很沉，拿着手机摁下公放键。

边上的温舒唯心都提到嗓子眼儿，两只手无意识地绞握在一起，指节泛起青白色，暗自祈祷。

丁琦也是眉头紧皱，屏息凝神。

不多时，一阵轻微的电流杂音后，听筒里传出一个男人的嗓门儿，万年不改的客气含笑，语气听着似乎很是诧异惊喜："寂哥？怎么忽然想起来给我打电话啊？"

听见何伟的声音，温舒唯和丁琦紧绷着的神经这才稍稍一松，同时长呼出一口气。

"你这会儿在什么地方？"沈寂低声问，语速稍有些快。

"老家，馆子刚打烊，正和我媳妇一块儿收拾呢。"何伟到底是个退役军人，多年的特种兵生涯赋予了他极高的敏锐度和感知力，只一瞬，他便从沈寂的只言片语中听出了异常。

电话那头顿了约两秒钟，又响起一个女人的声音，隔得有些远，不甚清晰，隐隐问了句："老公，谁给你打的电话呀？"

又听见何伟把手机拿远，随口笑回了句："老战友，打个电话来叙叙旧，没别的事儿。"

电话那头的女人显然性子温柔，闻声笑笑，说："那你出去聊吧，我先把地扫了。"

"你大着肚子就好好休息，放着，待会儿我回来扫。"

随后便是一阵脚步声。

周围环境变得嘈杂几分，何伟似乎走出了自家面馆，到了外头，依稀有车轮碾过柏油路的声音和汽车鸣笛声从听筒里传出。

然后是打火机点烟的声音。

何伟静了静，再开口时语气明显微低，问："寂哥，出什么事儿了？"

沈寂没有情绪地说："超子让人给炸进了医院，我刚从病房出来。"

“什么？”何伟大惊，“那现在超子情况怎么样？”

“那小子机警，察觉不对劲儿立马就跳窗逃了出来，背上受了些伤，没有生命危险。”

“那就好。”何伟又是愤怒又是疑惑，追问道，“是意外？还是？”

沈寂静默半秒，答：“人为。”

“前些日子，云城的爆炸案上了微博热搜，我还专门浏览了这条新闻。”何伟说着一顿，忽然反应过来什么，“这两件事儿不会有什么关联吧？你没事儿吧？”

“案子还在查，已经有点儿眉目了。”沈寂语气微寒，道，“这段日子不太平，有些老朋友想回来找咱兄弟几个叙旧，你自己多注意。”

何伟当年是队里的狙击手，枪法头脑都是一流，几秒不到，他便已将对方别有深意的暗语自动消化解读，沉声道：“好，我明白了。”稍一停，又道，“好几年没见，这些老朋友有没有什么特别的地方？我记性差，怕打了照面也认不出。”

沈寂说：“这个朋友做水路生意，左眼有点儿毛病。”

何伟暗暗咬了咬牙，回：“知道了。寂哥，你们也多保重。”

“马上就是要当爹的人。老何，照顾好你媳妇。”

听见这话，电话那头的何伟明显一怔。听筒里静了足足数秒，才听到那头笑了下，语气温和下来。

“知道，谢谢哥。”

“挂了。”

电话挂断。

夜色冷风中，沈寂唇微抿着，脸色寒冽，情绪不明。他在原地站了会儿，又从裤兜里摸出烟盒，拿在手里倒过来，抖出两根，一根往嘴里一塞，一根随手给旁边的丁琦丢过去。

丁琦把烟点着，抽了口，忽然失笑出声，凉悠悠道：“何伟那小子居然都快当爹了，唉，看来咱哥俩是真老了。”

沈寂抽着烟，白色烟雾背后的眼睛被熏得眯了下，目光穿过浓黑夜色落在未知的远方，没有出声，不知在想什么。

温舒唯扭头，视线在两个人高马大的男人之间扫视一圈儿，皱起眉毛：“所以现在该怎么办？”

“我再让那个姓易的催催于小蝶的通缉令。”丁琦叹气，“事态远比我们最初以为的严重。这个侏儒女，行踪诡秘，而且还有一帮杀手同伙，都是穷凶极恶的亡命之徒，想要抓住她，只怕也没那么容易。”

这时，沈寂忽然开口，寒声道：“我让你查的事，怎么样了？”

丁琦一个白眼直接翻到了天上：“沈队长，沈大佬，沈爸爸！老子是个国安警察，你真以为我是好莱坞的 007，上天入地无所不能啊？现在离咱们今晚碰头还不到四个钟头，你就让我摸清楚于小蝶这些年的行踪去向，我上哪儿给你查去！”

沈寂冷眼瞅着丁琦，两秒后，随手把兜里还剩十几根的烟连着烟盒全给他丢了过去。

丁琦抬手一把接住烟盒，掂着一掂，挑挑眉：“呵呵，一盒中华就想收买最顶尖的国安特警？”

沈寂冷淡得很，面无表情道：“再加一瓶飞天茅台。”

“好。”丁琦闻言，眼睛噌地亮起两束光，一拍手，朝沈寂竖起根大拇指，“这可是你说的，大佬豪气！”

那头，丁琦边说边把那盒中华给收进了衣兜里，而后笑眯着眼，很满意地拍拍兜，曼声道：“要不怎么说咱俩是军警界的合作楷模最佳拍档呢，要说这世上谁最了解特工小丁的业务能力，还得是寂哥您哪。”而后稍微一停，扬起一侧眉尾，“就这四个钟头，我还真摸出了点儿名堂。”

温舒唯额头滑下一滴豆大的冷汗，急得跺脚：“你这时候可就别卖关子了，快说呀！查到了什么？”

丁琦被自己的口水给呛了下，而后才轻哼一声，两手抱肩往后头的白墙一靠，说：“我动用了一点儿地下关系，查到樊正天死后，于小蝶辗转到了淮市，被当地的福利机构发现，被当作儿童给送进了当地的一家福利院。”

“福利院？”温舒唯诧异，脱口而出道，“难不成又被人给收养了？”

“还真被嫂子你说中了。”丁琦扬眉，“这个于小蝶极善伪装，她在福利院表现得天真无邪乖巧听话，加上模样长得还不错，进去的第三个月就被一对三十几岁的青年夫妇给收养了。但，非常离奇的是，收养于小蝶的第二年，这对青年夫妇家里忽然电线短路，起了一场大火，两个人双双葬身火海，于小蝶再次沦为孤儿，回到了福利院。”

一番话听得温舒唯毛骨悚然。她抿抿唇，道：“这个于小蝶，第一任养父坠山身亡；第二任养父是个涉黑的恋童癖，也死了；第三任父母又离奇葬身火海……真是够邪门儿的。”

沈寂掸掸烟灰，眼也不抬地淡声说：“继续。”

“这对夫妇被火烧死后，于小蝶在福利院就被其他孩子给孤立了，连福利院的院长和老师都觉得她是个灾星，很晦气。”丁琦接着道，“之后再有人想来领养孩子，他们也就不推荐于小蝶了。”

温舒唯皱眉：“那之后她就一直待在福利院？”

“不。”丁琦摇头，“2017 年年初，一个男人从福利院接走了她。”

“又是收养她当女儿？”

“这个男人自称是于小蝶的舅舅。”丁琦道，“并且还向福利院出具了许多证明资料。”

沈寂：“这个‘舅舅’是什么人？”

“根据这人提供给福利院的资料，他叫刘飞扬，淮市人，职业是某艺术院校的辅导员，已婚，没有子女。”丁琦回话，“但很显然，这些信息全系伪造。”

“知不知道他的真实身份？”

丁琦闻声，一口烟深深吸进肺里，叼着烟眯着眼，从上衣口袋里摸出一张对折好几次的彩色打印纸，递给沈寂，含混道：“喏，来不及拿照片纸打了，凑合着看看。”

他接过那张彩色纸张，展开，低眸，借着走廊灯光眯眼审度。

边上的温舒唯按捺不住好奇心，也悄悄上前看那张纸。

彩打纸上的男人看着挺年轻，黑短发，五官立体，长得是真的可以，眉宇间有种消沉颓废的俊气，乍一瞧，竟有种民国时期世家公子哥儿的况味。

“百里洲。”丁琦说，“樊正天倒台归西前，他表面上是正天集团的高层管理人员，实际上是樊正天手下的头马，帮樊正天看场子，包揽所有见不得人的灰色勾当。樊正天与警方的那场生死枪战后，这个人和于小蝶一样，人间蒸发。”

“我知道了！”温舒唯一拍脑门儿，“于小蝶跟这个什么洲都是樊正天手下的人，以前肯定就认识。他应该就是于小蝶的同伙！”

沈寂一根烟抽完，掐了烟头随手丢进旁边的垃圾桶，没吭声。

温舒唯又看向丁琦，连声道：“那，不如你把这个人的照片也给易警官发过去，和于小蝶一起通缉？”

话音落地，一阵秋风扫落叶的声音。

沈寂侧过头，直勾勾盯着身旁的姑娘，抬抬手里的彩色纸，微抬眉：“你见过他杀人放火？”

温舒唯被问得一愣，摇摇头。

“你见过他做别的坏事儿？”

她依然摇头。

“你见过他？”

“没。”

沈寂抬胳膊，大掌在姑娘的后脑勺上轻轻撸了把，调子低柔宠溺又好笑：“这位小姑娘，长点儿心，警察抓人要讲证据，知道什么叫‘空口无凭’不？”

“真复杂。”温舒唯颓然地叹了口气，小肩膀一垮，摊摊手，“这也不行，那也不行，我不说话了，你们继续。”

丁琦目光重新看向沈寂，道：“你现在有什么想法？”

“百里洲，于小蝶，吉拉尼……”沈寂微闭上眼，食指关节有一搭没一搭地轻扣眉心。

其余两人都不说话，周围安静无声。

片刻后，沈寂撩起眼皮，沉吟道：“吉拉尼是全球通缉犯，要入境中国，难比登天，背后一定有不小的势力暗中相助。一个百里洲一个于小蝶，只怕不够格。”

丁琦用力皱眉，隐约明白点什么：“你的意思是……”

沈寂勾了勾嘴角，毫无笑意地笑了，视线移向丁琦：“你不是一直想查梅凤年的老底吗？机会来了。”

“真是。本来平时工作压力就大，每回一见你沈队长，我这头发就得多掉几把，都快秃了我。”丁琦从沈寂手里把那张彩打纸接了过来，重新叠好放回上衣口袋，嘀咕道，“这些破事儿，真不知道什么时候是个头。唉。”

丁琦用三十岁的脸叹了口八十岁的气，摇摇头，收好了彩打照片回转身，正要继续跟自家大佬哥们儿说些什么，却刚好瞧见如下一幕：

风凉飕飕地吹着。

小姑娘似乎穿得有些薄，让风一吹，一张脸顿时冻得微红，两只手下意识掬起来，对嘴呵了口热气儿。他家大佬哥们儿见状，皱起眉，一伸手就把姑娘娇小的身子整个儿给拉进了怀里，敞开外套，将人裹住。

两个人霎时贴得严丝合缝，跟一对连体婴似的。

不光如此，他哥们儿还把人家姑娘的一双小手给捏住，放在掌心里，面无表情地搓搓揉揉，跟搓面团似的。姑娘脸蛋儿瞬间红透，不好意思地想把手往回抽。

一个想躲，一个拽着不放，无声地打情骂俏。

又是一把冷冷的狗粮在脸上胡乱地拍。特工小丁哑声，悻悻把滚到嘴边的几句话给硬生生咽回来，默默裹紧了自己的小外套。在意识到自己十分之多余后，他心里酸溜溜的，轻哼一声，撂下句“先走了”，便头也不回地大步离去。

背影毅然决然，十分萧瑟孤独。

温舒唯瞧见了，赶紧扯着嗓门儿冲那背影大声喊：“再见啊，丁琦同志！路上小心。”

丁琦没回头，抬起右手，很潇洒地挥了挥。

两人一道驱车回住处。

之前家里欠费停电，出来一趟正好也就把电给充上了。两人前脚刚踏进家门，外头便电闪雷鸣狂风大作，下起了瓢泼大雨。

温舒唯摁亮开关，在玄关处边换鞋边庆幸道：“还好我们动作快，不然都得成落汤鸡了。”

沈寂没说话，盯着她的背影看了几秒后，一伸手，撩起一缕乌黑的长发捻了捻。

温舒唯有点奇怪，转过头来：“怎么？”

“这么大个姑娘，降了温出门也不多穿点。”沈寂嗤了声，直勾勾瞧着她，手指挑起她的下巴轻轻一晃，“是不是故意想让我心疼。”

“谁故意。”温舒唯脸发热，心生窘迫，伸手把自己的头发从他掌心里抽回来，往后挪几步，小声嘀咕道，“这不是情况紧急吗？”

“躲什么。”沈寂挑眉，伸手环住她腰，一把将人捞回来，微眯眼，嗓音刻意压低，“怕我吃了你？”

温舒唯动了动唇正要说什么，忽地脚下一轻，被对方一把打横给抱了起来。

她吓了一跳，条件反射抬起双手抱住他脖子。

沈寂脸上没什么表情，抱着怀里的姑娘自顾自往卧室走。

温舒唯瞪着头顶那副棱角分明的漂亮下颌骨，胸腔里一颗心怦怦乱跳，紧张得手脚都开始发麻——来了来了，这一刻终于还是在今晚来了吗？

她脑子里一通乱七八糟思绪乱飞。

进了屋。

沈寂弯腰把温舒唯放在了床上。

温舒唯羞窘得满脸通红耳根滚烫，下意识就缩着往后躲，不敢看他，两只手忐忑地绞着被子，眼神左右乱飞东张西望，有点儿结巴：“那什么，你今天心情是不是不太好……不然，我们下次吧？”

边上响起拉抽屉的声音，然后关上，接着是逐渐逼近的沉稳脚步声。

她更紧张，胃部抽抽都快吐了，脑袋几乎埋进胸口。两秒后，她闭上眼深吸一口气吐出来，似乎下了极大决心一般，一咬牙，一蹬腿，雄赳赳气昂昂地把脑袋扬了起来：“算了，早死早超生，来吧！”

她猛睁开眼睛一瞧，人家大佬衣衫完整地站她跟前，面如冠玉，冷冽散漫，手里还拿个吹风机。

温舒唯一双大眼眨巴了两下，傻了。

沈寂微挑眉：“这位姑娘，给你吹个头发，我能怎么个粗暴法？”

他嗤了声，垂眸饶有兴味地瞧着床上这丫头，片刻后，转身坐下来，一手拿吹风机，另一只手环住她的细腰往身前一带，她瞬间跌坐在他大腿上。

温舒唯觉得自己丢人丢到姥姥家了，羞得要爆炸，脸如火烧，整颗脑袋埋进他的温热颈窝，抬都不敢抬起来。

沈寂低头吻了吻她的头顶，大掌轻轻在她背上拍着，哄小孩儿似的，压低声：“来，跟我说，你刚在期待什么？”

我期待个屁！

温舒唯又羞又气，再也忍不住，抬起头来委屈兮兮地望着他，不满极了：“只是吹个头发，你干吗突然公主抱！不知道这个动作很神圣，象征着很多意义吗？！”

“听说，结婚的时候新郎都得这么抱自个儿新娘。”沈寂勾起姑娘的下巴，咬了咬她粉嘟嘟的唇瓣儿，低语，“我这不是提前练习吗？”

话说完的同时，沈寂打开了吹风机，大手拨弄着怀里姑娘的一头浓密黑发，动作轻柔细致得不可思议。

吹风机吹出来的热风，暖乎乎的，夹杂着吹风机电流的嗡嗡声，和他平稳规律、夹杂清淡烟草味的呼吸。

温舒唯整个人坐在沈寂的大腿上，乖乖由着他帮自己吹头发，心中莫名安定。她弯弯唇，将脸颊软软地贴在了他胸前，两只手臂环住他的腰。

两人安静相拥，气氛难得地温馨和谐。

过了差不多两分钟，温舒唯依然侧着脸蛋儿，将脑袋枕在沈寂的胸膛上。由于长时间保持着同一个姿势，她脖子隐隐发酸，咕哝了声，挪蹭着身子在他怀里调整坐姿。

谁知，这一蹭一扭，直接令沈寂嘶地倒吸了口凉气。

温舒唯察觉，身子一僵不动了，连忙抬起头来看他，紧张兮兮地问："怎么了，怎么了？我把你压疼了？"

沈寂眼睛直勾勾盯着她，眸色微暗，低声说："你压我腿了。"

温舒唯闻言，先是一滞，而后屈膝跪在了床上，借了点儿力，不让自己把全身重量都压给他，身子悬空抬高，不与他双腿接触，又问："现在呢？还疼吗？"

"嗯。"

"喂，你至于吗？"温舒唯有点儿无语地看着他，嘴里嘀嘀咕咕，很认真地问，"我现在根本挨都没挨着你的腿。而且我哪有这么重？亏你这么大块头又高又结实，一九十几斤的姑娘都觉得太沉，敢情大佬您是假把式，这身腱子肉是虚壮呀？"

沈寂眯了眯眼，安静半秒，然后把吹风机的电源按钮往上一推，关了，随手给扔到一边儿，手指勾住她的下巴挑起来，自上而下地盯着她看，压着嗓，声音低得沙哑危险："你好好感受一下压到的到底是什么。"

温舒唯起先还没反应过来，等回过神后，双颊霎时便噌地蹿起两簇鲜艳火苗，瞪大了眼睛望着他，一时语塞。

昏黄的灯光自头顶洒落，姑娘此时素面朝天，但羞涩窘迫的红云却比胭脂腮红更显娇俏。红晕染透了姑娘雪白的面庞，像是颗熟透的小桃子，杂糅着女孩的稚嫩青涩，和女人的妩媚勾人。

如丝丝轻羽从沈寂心尖上搔过去，撩得他心里发痒，食指大动。

窗外电闪雷鸣风雨交加，屋子里的两人也大眼瞪小眼地盯着对方，就这么僵持，谁都没说话。

数秒后，温舒唯率先在对面大佬杀气凛然的"目光杀"中败下阵来，干咳一声，故作镇定地挠挠脑袋试图看向别处，嘴里支支吾吾道："不好意思啊，一时没注意。下次我小心点。"

沈寂瞳孔的浅棕色寸寸转浓，浓黑如墨，深不见底。他捏着温舒唯的下巴将她转回自己，不许她躲，视线直勾勾落在那张绯红娇艳的脸蛋儿上。

片刻，他勾了勾嘴角，盯着她，意味不明地笑了，玩味重复，调子又低又懒散：“假把式？”

温舒唯朝他干巴巴地笑了下，摆摆手：“误会，误会。”

沈寂一侧眉峰挑起来：“虚壮？”

温舒唯继续干笑：“用语不准确，不准确。”

“我的小温同志，”沈寂手臂收拢将她腰身箍得更紧，与自己严丝合缝地紧贴着，低下头，唇停在离那张粉色唇瓣儿半寸的地方，声音低沉沙哑，细腻得可怕，“你胆儿真是越来越肥了。”

外头狂风呼号，又是大雨又是电闪雷鸣，温舒唯心里本就紧张忐忑，被他这么损人似的一夸，不只是手心，连背上都冒汗了。

她动了动唇，发现自己喉咙发紧发不出声音，十指不可控制地微微发颤，最后收握成了两只拳头，轻轻咬住唇瓣。

沈寂张嘴，往温舒唯的下嘴唇上不轻不重地咬了口，哑声呢喃似的低语：“知道什么样的人最不能挑衅吗？”

吃不消，太吃不消了。

想她活了这么整整二十几年，没吃过猪肉也总见过猪跑，小说电影什么的也看过许多，没人说过前戏这个环节这么漫长磨人啊。

简直就像加了蜜的升级版满清十大酷刑。

温舒唯大脑一片空白，瞪大了眼睛看着沈寂近在咫尺的脸，只觉呼吸都极其困难。

他不依不饶，贴她更近，拿鼻梁轻轻蹭了蹭她滚烫娇红的脸蛋儿，从鼻腔里懒洋洋地哼出一个音儿：“嗯？”

“不，”温舒唯好不容易才找回声带的发声功能，磕巴着回，“不知道。”

“欲求不满的男人。”

沈寂答完，低嗤了声。在那短短的一瞬间，温舒唯眸光微跳，觑见他情动到极致的眼眸深处，似有某些复杂到极点的隐忍和怜惜。

没等她细看细想，他已翻身将她压在床上，大掌垫住她后脑勺，往上轻抬，俯身狠狠吻住了她的唇。

不知过了多久，窗外的雨停了。

卧室地面一片狼藉，某件灰粉色的不明物体被扔在衣柜和门之间的夹角内。

沈寂额前短发还淌着汗，紧硕漂亮的胸肌腹肌上也蒙着一层薄汗，屈着一只长腿靠坐在床头，等呼吸稍稍平缓，他重新躺回床上，一伸手，将边上包成粽子的丫头连人带被裹进怀里，紧抱住。

温舒唯脸红得快滴血，迷迷糊糊间，隐约觉得好像发生了什么，又似乎什么都没发生。几秒后，她从被子里睁开眼睛，抬眸望向他，默了默，伸出一根食指，在对方紧硕漂亮的手臂上轻轻一戳，然后又挠痒痒似的挠挠。

沈寂察觉，亲亲她的额头眉心，嗯了声，带着浓重的鼻音，听着性感又慵懒。

沈寂微动，改成侧躺姿势睡在她身旁，一只胳膊撑住额头，另一只手绕起她铺洒在枕头上的一缕黑发，在食指指尖缠绕打圈儿，毫不吝啬地向她大方展示自个儿的男模身材。

他语气懒懒的，听着很随意："奇怪什么？"

温舒唯认真思索片刻，也裹着被子趴在床上，伸出只白生生的细胳膊撑住下巴，定定地望着他，两条纤细雪白的小腿交叉着从被窝里翘起，左右晃。

她问："你明明喜欢我，为什么刚才还要忍着？"

说着，姑娘抿抿唇，探出脑袋朝他凑近了些，声音也稍稍压低，小语气和小表情都透出几分委屈巴巴和俏皮："你不想要我了吗？"

一股子清甜撩人的体香霎时劈头盖脸蹿进沈寂鼻息。

沈寂静了差不多三秒钟，瞧着她，很冷静地说："温舒唯，我可以很负责任地告诉你。"

"唔。"

"我想睡你。"沈寂神色非常冷静，"很想，非常想，想得天天晚上都得换裤子。我看你一眼，就恨不得把你扒光睡了你。"

温舒唯嘴角抽了抽，着实费解了，面红耳赤地小声咕哝："那你还顾忌什么呀？"

姑娘说着一顿，似是不安，悄悄深吸一口气又鼓起腮帮子给吐了出来。当她再抬起头时，沈寂看见他的姑娘轻轻咬了咬唇瓣，分明红着脸，羞涩不安，却仍鼓起勇气无比严肃地说道："沈寂，我记得自己很早以前就对你说过，我对待感情很认真。"

沈寂直勾勾盯着她，眸色很深，没有说话。

“同样，我对待感情也很挑剔。不是最好的，最喜欢的，就宁缺毋滥。”温舒唯只觉此刻自己全身血流都在奔腾。她定定地望着他，“自从和你在一起，我就每天都在庆幸，庆幸自己没有错过你。最好的你。”

沈寂微微挑起了眉峰。

“我已经认定你了。”说到这里，她抿抿唇，一字一句，肯定道，“所以，我愿意把我最珍贵的礼物送给你，绝不反悔。”

话音落地，整个屋子又是一静。

时间分秒流逝，沈寂神色冷静眸光深沉，温舒唯心跳如雷头皮发麻。两人四目相对，皆是无言。

半晌光景。

沈寂忽然侧过头，“嗤”的一声笑了出来。

温舒唯平生头回跟人正经八百发自肺腑地告一次白，本就惴惴不安到极致，被他这么一笑，她窘得都快烧成灰了，忍不住抬起拳头在他肩膀上捶了下，羞愤道：“笑个屁呀！”

沈寂双肩轻颤，越笑越大声，好一阵儿工夫才停下来。

他视线回到温舒唯脸上，扬扬眉，道：“知道吗小温同志，你说那番话的表情，不像告白，像‘入党宣言’。”

温舒唯差点吐血，默了默，尽量心平气和：“打住。别讨论我的表情和措辞了，您直接说您怎么想的吧。”

沈寂笑够了，忽然伸手，一把将她死死揽入了怀中，双臂下劲儿，几乎要与她四肢百骸都融为一体。

温舒唯一怔。

耳畔响起一道沉沉的嗓音，带着轻笑，他说：“我的傻姑娘，你对我认真，愿意把自己交给我。我对你认真，才愿意为你忍耐。明白吗？”

温舒唯摇摇头：“不太明白。”

沈寂自嘲似的一笑，拥紧她，埋在她黑发间的眼，眸色骤沉，几分玩笑几分认真：“一大堆烂摊子等我收拾。你就不怕，哪天我人没了，留下个小寡妇？”

没由来的，温舒唯鼻头一酸，竟瞬间有点想哭。她两只手紧紧缠在他腰上，下巴抵着他的左肩，低声斥道：“什么人没了？什么寡妇？你再乱说话，信不信我一个星期不搭理你。”

沈寂笑，大掌轻柔抚着她脑后黑发，唇贴近她耳侧，语气低而柔，又带着一丝他惯有的轻佻戏谑："这么舍不得我？"

温舒唯身子后撤数公分，抬眸，没有说话。

沈寂视线也看向她，竟微微一怔。

昏暗的灯光将姑娘莹白的脸蛋儿笼罩其中。她裹着被子，长发蓬松微乱，一双漂亮的杏仁眼儿隔着不远距离定定盯着他，亮亮的，红红的，门牙轻咬着下嘴唇，浓密的眼睫毛在她脸上投落下两圈浅浅的影。

忽地，温舒唯开口，沉声喊他的名字："沈寂。"

沈寂也直直瞧着面前的姑娘，应声："嗯。"

她深吸一口气吐出来，忽而竟弯了弯嘴角，朝他笑了："我刚都把话说到这份儿上了，咱们干脆都来表个态吧，今晚一次性，把所有想法都说个清楚明白。"

沈寂伸手捏住她的下巴左右轻晃，问："想让我交底？"

"不光是你向我交底。"温舒唯直视着他狭长微挑的眼睛，正色道，"我也会把所有我心里想的，都原原本本告诉你。"

沈寂听她说完，调整姿势，半坐半躺地靠在床头，嗯了声，然后抬手轻轻在自己的大腿上拍了拍，懒洋洋道："过来，有话抱着说。"

温舒唯被卡了足足三秒钟，红着脸道："喂。我跟你说正事呢，能不能严肃点。"

"抱着怎么就不严肃了？"沈寂嗤了声。见她裹着被子几秒不动，挑挑眉，伸手一把将那丫头连人带被给提溜过来放腿上，抱得紧紧的，头埋进她香暖温热的颈窝里来回蹭，声音低柔，"想说什么，说。"

温舒唯四肢都禁锢在被子里，又被他死死抱住，想动都动不了。她试着轻轻推了他一下，小声斥道："你这样，我还怎么跟你说正事？"

沈寂侧头在她粉嘟嘟的脸蛋上咬了口，说："给你两个选择。"

温舒唯眨眨眼："唔？"

"一、我们抱着说；二、我们躺下说。"

温舒唯羞得瞪大眼睛，忍无可忍地举起脚丫，隔着被窝朝他踹过去一脚："我算是看出来了，你根本就是个大色狼。"

"谁刚才生气我不'啪'她的？"

"再说了。"沈寂撩起眼皮瞧着她，语气非常一本正经淡漠平静，"我色我家小媳妇儿，色得光明正大日月可昭，有什么见不得人。"

她简直被这段话里的几个成语用法和这位大佬义正词严的不要脸言论给震呆了。她瞠目结舌，卡壳好几秒才挤出一句话，道：“听沈队您这意思，您色得还挺理直气壮，不以为耻反以为荣？”

沈寂从鼻腔里淡淡哼出个“嗯”。

温舒唯眯眼，又隔着棉被踹他一脚。

这回，沈寂挑挑眉，眼疾手快一把钳住她裹在被子里的脚丫，又屈起另一只胳膊撑住脑袋，手肘很随意地靠在床头，低声威胁：“劝你悠着点儿啊。”

温舒唯听了低低“喊”一声，红着脸蛋儿小声嘀咕：“少吓唬我，你才说不会把我怎么样，谁怕你。”

沈寂眉毛挑得更高：“丫头，你太年轻了。”

温舒唯一脸茫然：“你想表达什么？”

“信不信——”沈寂眯了眯眼睛，低头贴近，在她嘴角处落下一个轻吻，沉着嗓，哑声低语，“就算不动真格，我也有几百种法子让你明天下不了床。小温同志，你想不想试试？”

果然，狗嘴里吐不出象牙，男人嘴里也说不出什么正经话。

温舒唯耳根子都烫得快失去知觉了，静默，决定不再与这位没脸没皮的大佬探讨这种黄色的话题。她清了清嗓子，换上副正经严肃的语气，道：“言归正传，你说吧。”

沈寂绕起她一缕头发丝儿，放在唇边吻了吻，随后捏在手里玩，语气懒洋洋的：“我说什么？”

温舒唯定定神，继续道：“你和丁琦提到的那个全球通缉犯‘吉拉尼’，是什么人，和你有什么过节，为什么要一而再再而三地跟你过不去？”

话音落地，周围忽地一静。

数秒后，沈寂盯着她，沉吟道：“你还记不记得，‘奇安号’被劫持的事？”

从对方口中听见“奇安号”三个字，温舒唯的面色明显微变，静了静，缓慢点头：“记得。”她说着顿了下，“当时我也在那艘货轮上。”

沈寂沉声答：“那群海盗的头子，就叫吉拉尼。”

听他说完，温舒唯瞳孔骤然微缩。如今，距离她在亚丁湾遇险一事已过去近五个月，但那噩梦般的数个小时却犹如梦魇，久久挥之不去，几次午夜梦回，她醒来后都睡衣湿透，心有余悸。

短短几秒光景，她脑海中已自动浮现出数道面目狰狞的丑恶身影。

温舒唯略皱起眉，飞快在记忆里搜索，忽地，一张脸庞从模糊群像中跳脱出来。那个男人一米七五左右的个子，身高体型在一众牛高马大的海盗里并不出挑，样貌也不起眼，整副五官里，唯一让人印象深刻的，便是他左眼处盖着一只黑色眼罩，剩余完好的那只右眼，瞳孔是罕见的琥珀色，目光阴沉，残忍凶狠。

她脱口而出说：“是那个独眼怪？”

沈寂点了下头，眉宇间蒙上一丝霜色：“对。”

“居然是他。”像有一股冷风钻进脖子里，温舒唯背上汗毛倒竖，不寒而栗，有些不安又有些疑惑地道，“他为什么要大费周章，闹出这么多事？就因为上回勒索中国政府未遂，所以恼羞成怒要报复？”

沈寂沉声：“不止这一个原因。”

温舒唯狐疑：“还因为什么？”

沈寂这回没有立刻答话。

他静默片刻，伸手从床头柜上拿起烟盒，摸出一根玉溪放进嘴里，拿打火机点燃。浓白的烟雾从他唇齿间飘散升空，熏得他眯了下眼睛，随手把烟雾挥散。

沈寂靠在床头抽烟，眸微垂着，脸色深沉不明。

温舒唯隐约感知到什么，抿抿唇，只是坐在他怀里安静地看着他，并不催促。

好半晌，沈寂才再次出声，淡淡道：“‘奇安号’遭劫持那回，是我和吉拉尼第二次交手。我第一回遇上这个人，是在五年前。”

他说这话时，眸色平静，字里行间也没有任何起伏，几乎叫人听不出任何情绪色彩。

温舒唯听了抿抿唇：“五年前？”

沈寂没有吭声。

她从他复杂隐忍的眼神里读出了某些东西，略思索，猛地反应过来：“如果我没有记错，你说过，宋哥是五年前执行任务时牺牲的。”她眸光惊跳，“难道宋哥的死和吉拉尼有关？”

沈寂掸了掸烟灰，嘴角微勾，竟很淡很淡地笑了，大手在怀里小丫头的脑袋上撸了把：“行啊。平时看着笨，关键时候这小脑瓜还挺好使。”

温舒唯没有理会他故作轻松的玩笑，一把抓住他的大手，眉头皱起来：

“五年前的任务，才是吉拉尼报复你们的真正原因吧。”

沈寂眼中的笑意褪去，寒声道：“五年前的恶战，宋哥丢了一条命，吉拉尼丢了一只眼睛。”

“这就难怪了。”温舒唯说，“他应该从五年前就对你们怀恨在心。上回‘奇安号’被劫持，吉拉尼本想狮子大开口找中国政府海捞一笔，结果又遇上了你们。新仇旧恨加一块儿，像这种心理阴暗的恐怖分子，用脚趾头想也知道他不会善罢甘休。”

沈寂没说话。

温舒唯死死盯着他的眼睛：“从叔叔出事开始，你就知道了？”

沈寂与她对视，答：“当时我只是怀疑，没有确定。”

“从我收到炸弹百合的那一天开始，你就隐约猜到了。”温舒唯说，“这一系列报复行动的最终目标是你，吉拉尼想要你的命，对不对？”

沈寂静默数秒，沉声：“对。”

温舒唯眼中飞快升起一丝惊慌，脑子里电光石火又闪过那张阴森森的人脸，霎时连脊梁骨都透着凉意。

屋子里又安静了好一阵。

“想这么多做什么，这不是你该操心的事。”沈寂忽然笑了下，伸手，捏捏她隐隐发白的小脸，“就算天塌下来，也有我给你顶着，有我在，没人能伤害你。”

温舒唯咬了咬唇，望着他，心里忽然难受得厉害。

又听见沈寂道：“你要我说的事，我说了，要我交的底，我也交了。现在，唯唯，是不是该换你说了。”

温舒唯嗫嚅了下，声音低低的，有点儿闷：“你要我说什么？”

沈寂垂眸直勾勾地看着她，道：“回答我，如果有一天，我不在了，你打算怎么办？”

窗外忽然起风了，深秋的晚风将树叶吹得沙沙作响。

少顷工夫，温舒唯深吸一口气吐出来。她看着他，很平静地问：“不在了是什么意思？”

沈寂不说话。

温舒唯道：“牺牲？”

沈寂还是没有吭声。

“那还能怎么办。”姑娘叹口气，无所谓地耸耸肩，“要么成为烈士遗孀，每年去陵园给你上炷香，要么就回归森林，重新找个男人。”

沈寂微微挑起眉毛，语气挺随意：“那小温同志是想给我上香，还是重新找个男人？”

她眨眨眼：“我觉得吧，我应该会先重新找个男人，再每年跟他一起去给你上香。你觉得怎么样？”

沈寂一把钩住她的腰把人圈过来，眯了眯眼，薄唇紧抿，后槽牙在腮帮子里挫动两下，一语不发。

温舒唯仰着脖子看他，扬扬眉。

数秒后。

“本来我以为，你这回答，我得气疯。”沈寂忽而弯了弯唇，竟自嘲似的低笑出声，捏住她的下巴挑了挑，哑声，“但真听你说出来，温舒唯，我反倒觉得放心了。”

温舒唯再也装不下去了，满眼通红地用力打他两下，也不知哪儿来的胆子，居然还一把揪住了他左边耳朵，拎起来。

沈寂一僵，都让这小心肝儿给揪愣了。

姑娘话刚出口便带上哭腔，奶凶奶凶的，恶龙咆哮：“姓沈的，我告诉你，人是你招惹来的，我跟定你了。要真有那天，你敢丢下我，姑奶奶追到阎王殿也要锤爆你的狗头！”

揪着沈寂的耳朵吼完这番话后，温舒唯安静下来。刚才气势如虹的一番威胁加怒斥消耗不少体力，这会儿，她眼眶红红的，胸前起伏呼吸不稳，一双眸子凶巴巴地瞪着他。

对面的沈大爷直勾勾盯着她看，须臾，沉声从后槽牙里挤出俩字儿，阴沉沉的：“松手。”

温舒唯跟撞了邪似的，也不知哪儿来的熊心豹子胆，竟咬咬牙，右手用力把他耳朵揪得更紧，很淡定地也说出两个字：“我不。”

沈寂瞧着她，一双桃花眼的眸光又沉又邪，语气轻得危险：“给我松。”

温舒唯仰头，心跳如雷故作镇定：“我就不。”

男人耳朵被姑娘揪在手里，两个人就这么大眼瞪小眼地僵持，你盯着我，我瞪着你，谁都没有任何动作。

过了差不多有十秒钟——

忽地，出乎温舒唯意料，在两次威逼她松手无果后，这位大佬竟侧过头，垂着眼皮低低笑出了声。

温舒唯一下愣住，眼睛瞪得更大，着实是震惊了："你抽风啊？被我揪着耳朵还这么高兴？"

沈寂笑完，目光重新落回她脸上，微一挑眉："你才知道老子疯？"

"老子要不疯，能被你个傻里傻气的小丫头片子迷得神魂颠倒死去活来？"

"喂。"温舒唯脸蛋不争气地发热，手继续揪着他，低声道，"我可在生气，别以为你说两句好听话我就不跟你计较了，少在这儿嬉皮笑脸插科打诨。"

沈寂又盯着她看了会儿，冷不丁淡声道："对不起，我错了。你别生气。"

温舒唯再一次愣住，怀疑自己耳朵出毛病了——沈寂是谁？大家伙儿青春岁月里的狠人校霸，响彻三军的'海上利剑'，身上背负着多少传奇和故事的人物，卧是一条龙，站是一头熊，从他口里说出"对不起我错了"六个字的惊悚程度，简直堪比天上下红雨。

温舒唯目瞪口呆，支吾了好半天才道："你、你这就认错了？"

沈寂的表情很平静："嗯。"

"道歉不行？说吧，我怎么做才能让你消气。"沈寂脸上没什么表情，说着，他还很认真地思考了几秒钟，而后非常冷静地向她提议，"要不我牺牲一下，以身相许？"

好大的牺牲，真是见者感动，闻者落泪。

温舒唯被自己的口水给呛到了，陷入沉默，无言以对。

几秒后，沈寂瞧见眼前的姑娘松开了揪他耳朵的小手，毛茸茸的脑袋垂下来，眉头皱得紧紧的，忽地，又裹着被子唰一下转过一百八十度，拿一个粽子似的娇小背影对着他。

连那撮翘在她头顶的呆毛都在无声宣示愤怒。

沈寂挑挑眉，倾身，从背后凑近了瞧她脸蛋儿。

"还生气呢？"

温舒唯心里不舒服，把脑袋别过去，不理。

沈寂又从另一侧贴近她，嗓音低低的，夹杂着寡淡烟草味的呼吸喷在她雪白的耳垂上。

"我家宝贝儿这么舍不得我？"

温舒唯眼眶又红了，咬咬唇瓣儿，回过头看他，深吸一口气吐出来，尽量让自己的语气听上去平稳如常："你这样吓唬我，我不喜欢。"

沈寂握住她纤柔的双肩，将她身子扳回来，面朝自己。他低眸静静地注视着她，片刻后，淡声道：“这不是吓唬你。”

温舒唯牙齿用力，嘴唇咬得更紧，不吱声。

沈寂开口，语气沉稳平静，再寻不见丝毫往日的戏谑散漫。他很冷静地说：“我十九岁进军校，正式入伍。穿上那身衣服的第一天，我就知道一切都不同了。”

温舒唯没有出声打断，安静地听他说。

“知不知道，我们大学的第一堂课是什么？”沈寂说。

温舒唯摇头。

“是宣誓。”沈寂神色冷峻，说，“我是一名中国人民解放军，我宣誓，服从党的领导，全心全意为人民服务，服从命令，严守纪律，英勇顽强，不怕牺牲。”

温舒唯听他说着，忽然泪湿眼眶，用力握住了他的手。

“苦练杀敌本领，时刻准备战斗，绝不叛离队伍，”男人的嗓音低而稳，“誓死保卫祖国。”

他说完最后一个字，窗外的风声再次消寂。

良久。

沈寂嘴角淡淡勾起一道弧，伸手，轻轻捏了捏温舒唯的脸，嗓音忽而变得低柔几分：“你现在明白了吗？”

数秒的静默后，温舒唯点点头：“明白。”

说完，她伸手抱住了他。

沈寂侧头，轻轻吻了吻她鬓角的发，微闭上眼，哑声说：“如果真的有那一天，你答应我一件事。”

她双臂收得紧紧的，用力到骨节都泛起青白，摇头：“你不用说了，我什么都不会答应。”

耳畔一静。

温舒唯两手环在沈寂腰后，下巴垫在他肩膀上。她所处的位置正对不远处的衣柜。柜门半敞，里头整整齐齐地挂着几套他的军装。夏常服，秋常服，海洋迷彩，荒漠迷彩，还有一件冬季的军装外套，全都笔挺整洁，一丝不苟。

温舒唯忽然弯了弯唇，笑起来，轻声喊他一句：“喂。”

“嗯。”

“我听说，你们军装有很多套，各个季节，不同时期，要穿的衣服都不一样。”温舒唯道，“结婚的时候，要穿的是军装礼服？”

“对。”

“我很期待你穿礼服的样子。”温舒唯柔声说。

以她家男人的盛世美颜，必定帅得前无古人，后无来者。

闻言，沈寂眸色骤然深不见底。他沉吟片刻，才低哑答道：“好。”

得到这个承诺，她嘴角一弯便轻轻笑起来，话音出口，却含泪半秒哽咽，然后才说：“沈寂，我害怕孤独，你一定要平安健康，跟我白头偕老。”

须臾——

“好。”沈寂也很淡地笑了，“我答应你。”

这一晚，温舒唯和沈寂聊完正事，又乱七八糟地鬼扯了些家长里短有的没的，一直聊到了半夜一点多，随后又被他摁在床上摸摸啃啃地亲了快一个钟头，近三点的时候，她才眼皮打架又累又倦，在他怀里沉沉地睡了过去。

一觉睡到了早上七点。

清晨时分，半梦半醒间，温某人是被尿给憋醒的。

头天夜里被折腾得够呛，早上睁眼，温舒唯两边眼眶黑得像国宝大熊猫。她压根不记得自己身在何方，只以为还在姥姥家，迷迷糊糊地从床上坐起来，迷迷糊糊地挠了挠鸡窝头，然后又迷迷糊糊地从手边随便捞了件衬衣套在身上，掀开被子跳下床，光脚丫趿拉上拖鞋，打开卧室门，哈欠连天地走出屋子。

到洗手间门口，她想都没想地伸手把门推开了。

“吱嘎”一声。

里头的人听见开门的响动，回过头来。

温舒唯嘴上的哈欠打到一半，看清洗手间里的景象，嘴巴保持着打哈欠时张开的“O”形，目瞪口呆，傻了。

于是乎，伴随着厨房里紫米粥的咕噜沸腾声，花洒下哗啦啦的水声，洗手间处，鸡窝脑袋迷糊女和冷脸全裸冲澡男的拉风画面，于这个晨光熹微、静谧美好的早晨，彻底定格。

约莫过了十秒钟。

沈寂浑身一丝不挂，随手抹了把脸上的水，湿润的黑色短发下是湿润的眸，瞧着她，语气挺随意：“你要洗澡？”

不知是被沈寂的从容淡定所影响还是别的什么原因，温舒唯竟也没显得多慌乱。她只是完全无意识地、目光机器人似的一寸一寸往下移，依次滑过对方宽厚结实的双肩，线条流畅起伏的胸肌纹路，和底下那片引人无限遐想的八块腹肌，两条人鱼线，和两条修长结实的漂亮大长腿。

然后，她又如机器人似的重新抬起脑袋，重新看向他的脸，机器人似的摇头摇头。所有动作都一卡一卡。

沈寂又问：“上厕所？”

姑娘表情呆滞，继续机器人似的点头，还是一卡一卡。

两秒后，将身上的泡沫冲完，沈寂关了水龙头，随手从毛巾架上扯下一块干毛巾，边揩着身上的水，边直接从洗手间里迈着步子不紧不慢地走了出来。

嗯？直接走了出来？

一阵散发着热气的雄性荷尔蒙随着他走近迎面袭来，还夹杂着一丝极清淡的洗发露清香味。再一次近距离接受“美男出浴”的暴击，温舒唯眼珠子都瞪圆了。

她抬手捂住嘴，呆呆地瞪着已经近在咫尺的美男，一点声音都发不出。

再看看沈寂。

他脸色寡淡没有什么太大的反应，一只手拿毛巾擦水，另一只手腾出来，在姑娘毛茸茸的鸡窝脑袋上揉了把，语气淡而宠溺：“乖，去洗漱。我煮了粥，洗完出来吃，一会儿我送你去单位。”

话音落地的下一秒，温舒唯被震飞的三魂七魄终于回归皮囊，顿时一脸惶然，躲鬼似的嗖一下蹿进了洗手间，“砰”一声，把门关上，咔嚓咔嚓反锁。

洗完澡的沈大爷在原地站了片刻，有点儿费解，然后转身，面无表情地进屋穿衣服去了。

洗手间里。

温舒唯心跳快得要从嗓子眼儿里蹦出来。她背贴门板捂住嘴，眼神惊恐，满脸通红，羞窘欲亡，几乎要烧成灰！

她刚才看到了什么？看到了什么！

完蛋了，非礼勿视！要长针眼！

易警官所言非虚，于小蝶的通缉令，于次日清晨八点钟下达至全国公安局内网。

收到这个消息时，温舒唯刚打卡上班，走进杂志社的大门。

她抿抿唇，给专程发短信告知自己的易警官回复过去：谢谢易警官，你们辛苦了。

云城市接连发生了两起人为引起的爆炸案，性质恶劣至极，梁美娟决定跟进整个案件的侦破工作，做一系列的新闻报道，待罪魁祸首归案后通报各界。她思来想去了好一会儿，还是决定把这项艰巨任务交给温舒唯。

整个上午，温舒唯都待在主编室开会，出来时已经快要中午。

到了饭点儿，大家伙儿忙了一上午，终于捞着点儿闲暇时间，便点外卖的点外卖，外出就餐的外出就餐，张罗上了午饭。

有同事笑着问温舒唯："唯唯，你中午吃什么？要不要我帮你点餐？"

温舒唯婉拒了热心同事的好意，整理好会议笔记后便合上了笔记本，背着包走出了办公室。

刚到公司大门口，便瞧见一个坐在前台左侧的候客区沙发上的人影。

温舒唯笑着招呼："程菲！"

对方闻声，转过头来。

好友一身休闲装打扮，背着一个帆布斜挎包，秀丽五官在淡妆的点缀下显得格外精致。看见温舒唯，程菲笑起来，抬手招呼着温舒唯在身旁的位置坐下。

"喏。"程菲从包里拿出一个保温盒，"我做的，吃吧。"

温舒唯诧异地瞪大眼，调侃道："你给我发微信的时候，我还以为自己看错了，你居然还真给我准备了爱心便当，这太阳不是打西边儿出来了吧？"一顿，眯眼，"说，是不是做来送给哪个小哥哥的，人家不要才拿来给我吃？"

她边说边打开饭盒，香气四溢。

"是啊是啊，你可真聪明。"程菲白她一眼，没好气道，"我最近新学了两道菜，自己尝着还不错，就想着给你尝尝。早知道你这狗东西嘴里没好话，我就给汤瑞希了，不要拉倒。"

温舒唯连忙赔笑脸，抱着程菲的胳膊晃啊晃。

两个姑娘嘻嘻哈哈地闹了会儿。

温舒唯拿着筷子夹起一块鸡腿肉，放进嘴里，腮帮子鼓鼓地嚼，味道不错。她笑眯眯的，边吃边随口问：“对了，你最近怎么忽然对做菜感兴趣？”

“我前段时间在网上看见了一个福利院在招聘义工，心血来潮就去了。平时没事就去给那些小孩子做点吃的，陪他们聊聊天，教他们背背唐诗什么的。”程菲说着，托着腮叹气，“那些孩子真的好可怜啊。”

温舒唯点头赞许：“做义工不错啊，献爱心，行善积德，福报多多。”

“英雄所见略同。”程菲说着，忽然顿了下，像想起什么似的低声道，“而且你知道吗，我在福利院做义工的时候，还遇见了一个男……”

话没说完，电梯门开了，几个取完外卖的同事说说笑笑地走进来，跟温舒唯打招呼。

程菲被人打断，话音戛然而止。

一行人很快走远。

温舒唯注意力重新回到好友身上，问道：“你刚想跟我说什么？”

“就是遇到了个帅哥，也不是什么重要的事。”程菲笑了下，“快吃吧。”

云城是全中国数一数二的大城市，经济繁荣，十分发达，但就是在这样一个繁华都市里，却存在着一个与整个云城格格不入的区域——平谷区。

平谷区地处云城市西二环，位于丛云区和望平区的交界处，早些年属三不管地带，后来才被规划局给单独划成一个独立区。

出于某些原因，对这个落后贫穷的城中村，程菲内心深处，存在着一种不为人知的情感。

而她近来做义工的福利院，正好便位于平谷区。

守着温舒唯吃完爱心便当后，程菲又陪着好友说了一会儿话，便不再打扰她午休，边收拾好饭盒边站起身，道：“你下午还得忙工作，快进去睡午觉吧。”

“饭盒我拿回去洗吧，又让你做饭又让你洗碗，多不好意思。”温舒唯赶紧道。

“没事儿。我待会儿两点半要去福利院，正好在那儿就洗了。”程菲笑，“咱俩什么关系，你跟我还客气什么。”

“好吧。”温舒唯笑弯了眼，腻过去，故意嗲着嗓子柔声说，“我家美妞对我最好了。”

程菲故作嫌弃，搓手臂：“恶心死了。要撒娇，跟你家大佬撒去，少在我面前贫。”

温舒唯撇嘴：“小菲菲不爱我了。”

程菲眼一瞪：“是谁谈个恋爱就玩失踪？重色轻友，说的就是你这狗东西。”

“我不是故意冷落你们的。不是跟你说过吗，最近我遇上了一些……小麻烦，只能跟沈寂待一起，我都搬他家去了。”温舒唯不愿让好友担心自己，含糊其辞，有些紧张地说，“等麻烦解决了，我一定请你和瑞希吃大餐，负荆请罪，你们不要生气。”

“跟你开个玩笑还当真？要真生你气，谁还专程做吃的送你公司来？”程菲被她的表情逗笑了，“扑哧”一声，“我知道你们最近忙，工作压力大。我又不是深闺怨妇，会跟你计较吗？”

温舒唯挠头，嘿嘿傻笑。

两个姑娘又东拉西扯地闲聊了会儿。

温舒唯忽然想起什么，道：“对了，你刚才说去做义工遇见了个帅哥？”一顿，朝程菲别有深意地挤挤眉毛，压低嗓子，猥琐兮兮，“怎么，对人家有意思啊？”

“胡说八道！人家确实长得好，我也就顺嘴那么一夸。”程菲嘴上毫不犹豫地否认，唇尾却翘起一道弧度，“果然是恋爱中的女人，看什么都冒着粉红泡泡。才懒得理你。好了，不耽误你休息了，回头联系。”

“嗯，你注意安全。”

温舒唯一直把程菲送到了电梯口，随后才挥挥手，目送好友的身影走进电梯。

程菲离开温舒唯杂志社所在的写字楼后，到路口处打了个滴滴车。

昨晚下过一场大雨，今天倒迎来了难得的好天气。

程菲在福利院做义工已经快三周，总共来了有七八回，连福利院守大门的大爷都已认得这个漂亮高挑的姑娘。

看见程菲，大爷笑呵呵地随口招呼：“又来了啊。”

“今天来教孩子们背点唐诗。”程菲把义工证递出去，笑着回答。

大爷摆摆手：“直接进，直接进。”说着一顿，又说，“你那个朋友今天比你早到。”

程菲闻言，微微愣了下：“我朋友？”

“就那个帅哥，个子高高的，上回还和你一块儿给小朋友上烘焙课那个啊。”大爷说完又感叹，“难得。这年头，像你们这么有爱心的年轻人真不多了。”

程菲垂眸回想几秒钟，大概已猜出大爷口中说的是谁，弯弯唇，脸上的笑容无意识便更灿烂几分：“我知道了。”

这家福利院已经有些年头，占地面积不大，总共就一栋楼，一到二层是教室，三到四层是孩子们的宿舍和院长和老师们的办公室。大楼前的空地上修了一些供小孩玩耍的娱乐设施，还有一个小花园和一个养着金鱼的小水池。

福利院里的孩子有六十来个，年龄不一，小的只有几个月，大的十四五岁，都是些身世可怜的孤儿。

此时正是午后，孩子们刚午睡起来，正在教室里上课，程菲路过空地上的彩色滑滑梯，远远便听见一楼教室里传来的琅琅读书声。他们在念英文字母。

她目露诧异，脚下动作下意识放轻，走过去，站在教室的窗户边上往里看。

小教室里坐着大约二十个小朋友，都是六岁左右，坐在课桌前，两只小手拿着书，坐得端端正正。

而教室正前方的讲台上，则站着一个高高大大的男人。男人手上拿着一本书，垂着眉眼，有一搭没一搭地教孩子们念简单的“ABCD”发音，从他嘴里念出来也平添风流。

程菲站在窗前望着这一幕，竟有些失神。

忽地，耳畔响起一道中年女人的嗓音，笑眯眯道：“他很早就来了。当时孩子们在睡午觉，他不忍心打扰，就一个人坐在滑滑梯上玩，等了足有一个钟头。”

程菲闻声回过头，见是福利院的院长。

她忍不住笑出一声，很惊讶：“滑滑梯？”

院长语调和蔼，道：“第一次见周先生，我还以为他只是心血来潮才想来做义工，本来不准备要他的。看来，人不可貌相，真是个不错的年轻人。”

“他姓周？”

“对呀。”院长听完有些诧异，看程菲一眼，“你不知道？我一直以为，你们是朋友，一起来的。”

程菲笑着摇摇头："我们不认识。"

甚至，连话都还没说过一句。

她目光重新回到教室内，消沉公子哥儿教孩子们念字母的画面，有点儿格格不入的滑稽，又有点儿奇怪的和谐，看着很有趣。

就这么安安静静地等了快二十分钟，一节课结束，男人收起书，从教室里走了出来。

不自觉的，程菲抱着帆布包，心跳竟莫名加快几拍。

那人余光扫过程菲，脸色凉薄并无停顿，径直便要走过去。

然而，就在擦肩而过的瞬间——

程菲鬼使神差般，忽然出声："你好。"

男人步子微顿，侧过头，视线终于第一次看向眼前的女人。她妆很淡，皮肤很白，身形是一种很健康的清瘦，眉眼明媚，显然是一张天生爱笑的脸。

他静默一下，回复得礼貌而平淡："你好。"

"周先生。"不知为什么，程菲此时反而平静下来。她嘴角咧开一个灿烂笑容，伸手过去，落落大方，"在福利院看见你好几次了，我姓程，交个朋友吧。"

男人垂眸，盯着女人伸出来的手看了会儿，也弯弯唇，伸手握住她的："你好，程小姐。"

傍晚时分，麻雀成群在电线上集结，叽叽喳喳嚷个不停。

距离福利院两百米左右，停着一辆黑色轿车，车窗漆黑。

"这张照片是多少年前的了，把我拍得这么丑，讨厌死了。"于小蝶嘬嘴嘀咕，随手把一张印有她照片的通缉令揉成团扔到一边，侧头看向刚刚上车的男人，"现在我被通缉了，你有什么打算——"轻声，"周先生？"

百里洲垂着眸，手里把玩着一个墨玉古董玩件，没说话，不知在想什么。

于小蝶侧目，视线穿过黑色车窗，看向不远处正在过马路的年轻女孩儿，挑挑眉毛，意味深长道："我没记错的话，这女的好像是温舒唯的好朋友？挺有缘分啊。"

话音落地，百里洲竟忽地勾勾嘴角，笑了下。

他眼也不抬："于小蝶。"

小女孩儿眨眨水汪汪的大眼睛，天真无邪："嗯？"

"别的我都不管。"百里洲食指在真皮座椅上轻敲两下，掀起眼皮看她，眸光沉冷，狠进骨子里，“离那女人远点儿。不然我有一万种法子，让你后悔当初没跟着樊爷一起死。”

“你说什么？”对方最后一句说完，于小蝶目露讶色，惊得笑出一声来，“我耳朵没出毛病吧。百里洲，你这是在威胁我？”

百里洲勾起嘴角，笑意却不达眼底：“不是威胁，是‘善意提醒’。”

于小蝶眯了眯眼睛，视线在男人那张风流又消沉的面容上审度，一语不发。片刻后，她扬扬眉，倾身往百里洲凑近几分，低声说：“可千万别跟我说，你看上那女人了。”

百里洲脑袋往远离她的方向稍偏几分，面无表情道：“我的私事，只怕不需要跟于姐你交代。”

于小蝶闻言，一怔，随之冷笑几声，笑声稚气未脱，可面色却森冷阴沉到极点。她盯着百里洲，小巧稚嫩的手抚上他左脸，低言细语阴森温柔地道：“小洲，你十七岁起就跟着樊正天，在他手下做事。你是我看着长大的。”

只一刹，百里洲眼神里强烈的嫌恶一闪即逝，侧过头，避开了于小蝶手指的触碰。

对方厌恶反感的肢体动作，并没有令于小蝶感到气恼。相反，她眼中的兴味更浓几分。

“过去，我是你大哥的女人。现在你大哥死了，我也可以拥有其他身份。”

于小蝶说这话时，语气里带着令人毛骨悚然的温柔。

百里洲冷眼看着她，沉声：“什么意思？”

于小蝶说：“当初你把我从淮市福利院接到身边，难道不是因为喜欢我吗？”

话音落地，整个车厢里霎时一片死寂。

半晌，百里洲没有笑意地笑了。

“于姐，这误会可闹大发了。我当初从福利院把你带回来，一是因为樊哥这么多年待我不薄，你是他的人，他死后，我理所当然要照顾你；二是因为你和我一样，被樊家栽培多年，是最出色的杀手，有你在，咱们的生意会更兴隆。”

于小蝶安安静静地坐在一旁，垂着眸，听百里洲说。每听一个字，她眼底神色便寒几分，眉宇间哪里还有半丝孩童的童真可爱？

百里洲凉声继续："我一直都很佩服欣赏于姐你的能力。除此之外，我对你绝没有任何个人情感。"

"好了。"于小蝶冷不丁开口，调子沉沉的，"你不用说了。"

于小蝶被这句话里的某些字眼狠狠刺痛，瞬间拔高了嗓音，近乎尖叫地将他打断。

百里洲面上不见慌张。他挑挑眉，仍旧不紧不慢地转着那两个墨玉太极球，瞥于小蝶一眼，嗤道："于小蝶，我劝你还是好好想想怎么脱身。现在你是A级通缉犯，身上重罪无数，警察布下了天罗地网要抓你。与其在这里打听我的事，不如多操心操心自己的命。"

"你觉得那些警察抓得住我？"于小蝶眼神不屑，轻蔑道，"要是一张通缉令就能让我大乱阵脚，我也没命在樊正天身边待那么多年。"

百里洲笑了下，轻声又问："不怕警察，那梅老呢？于姐怕不怕？"

于小蝶面色忽地一滞。电光石火之间，她似反应过来什么，眼中惊恐惶然刹那交错，抿抿唇，没有出声。

"梅老来中国多年，能坐到如今这位子，靠的就是'心狠手辣'四个字。"百里洲语气淡淡的，"梅老交给我们的活，你接连失手三次不说，还给警方留下了把柄，梅老早就对你十分不满。现在通缉令一下，你的照片贴满大街小巷，身份早就暴露。沈寂可不是省油的灯，只怕用不了多久就会顺藤摸瓜查到梅老头上。于姐，你觉得梅老会放过你吗？"

于小蝶咬紧了嘴唇没有出声，稚气面庞毫无血色，显得很苍白。

车里再次静了静。

须臾，于小蝶深吸一口气吐出来，收起刀片放回洋娃娃的小背包，沉吟数秒钟，语调不明地说："你说这些，是打算帮我？"

啪。百里洲不知从哪儿掏出来一个牛皮信封袋，随手扔到了座椅上。

于小蝶拿起牛皮信封袋，拆开，只见里头是一些伪造的身份证明，和一张50万美元的支票。

于小蝶眸光忽地一跳，抬头看百里洲，面上惊疑交织。

"这是你的新身份和一些钱。"百里洲寒声道，"我安排了人带你去昆城，然后途经瑞丽入缅甸，到了那边会有我的朋友带你去安全的地方。"

于小蝶心里大为动容，沉默地点点头，又问："什么时候走？"

"我查过，云城到昆城最近一班还有票的列车是凌晨十二点四十。"百里洲说，"你回去之后把行李收拾好，不要外出走动。"

于小蝶："嗯。"

百里洲闭眼捏了捏眉心，叹道："我也只能帮你到这儿。梅老是什么样的人，有什么样的手段，你也清楚。希望樊哥在天有灵，能保你一命吧。"

于小蝶捏信封袋的手指微微收紧，忽道："百里洲。"

"什么？"

她淡声："谢谢你。"

"谢我干什么。"百里洲满不在乎地笑了下，"我说过，樊哥对我恩重如山，你是他的人，他走后，我理所当然要替他护你周全。"

于小蝶嘴唇嚅动几下，似是有些犹豫。少顷，她还是沉沉叹出一口气来，对百里洲说："小洲，我知道你这人打小不服管教，也不喜欢任何人对你的事指手画脚，但我希望你听姐一句劝。"

百里洲闭着眼靠在真皮座椅上，闭目养神，没吭声，跟个晒太阳的老大爷似的。

"干咱们这一行的，都是半只脚踏进棺材的人，结局天注定，要么像你樊哥一样死在警察手里，要么就是死在自己人手里。"于小蝶道，"不说断绝七情六欲这么夸张，但正常人的情爱和生活，是不可能有的。"

百里洲眉心微微蹙起，仍不睁眼，安静。

"我不知道你跟那姓程的女孩儿有什么过去，有什么羁绊，有什么故事。"于小蝶沉吟着，又淡笑了下，眉宇间绽开几分真正的和蔼与柔色，"我只知道，你要真想为她好，就离人家远远的，一辈子也别去招惹。"

良久的死寂后。

百里洲缓慢睁开眼睛，目光透过车窗，望向平谷区潦倒落寞的斑驳街景，忽而很轻地勾了勾唇："我明白。"

与此同时，亚城临海的一座庄园式别墅内。

"砰砰"，一阵敲门声在一片静默中突兀响起。

随后便是一个男人的声音，嘶哑带沙，低低沉沉。那个声音听着有些虚弱，咳嗽两声，随后才没有语气地用中文回道："谁？"

"四少爷。"杜兰特语气平稳不急不缓，恭恭敬敬地说，"梅老和许医生来了。"

"请进。"

"是。"

门锁轻响，门开，进来四个人。

走在最前面的是一身高定黑色唐装、富态毕现的梅凤年。他身后则是一个穿白大褂戴口罩的中年医生和两个同样打扮的助理医师，金发碧眼的欧洲籍助理杜兰特则跟在最后。

卧室内的装潢整体呈灰黑色调，窗帘布拉得严严实实，屋子里没有多余的装饰物，黑暗，冰冷，死气沉沉，只有坐在床沿上的那道会喘气的黑色人影是唯一活物。

“爸爸。”他穿着一件黑色连帽衫，戴着帽子，全身包得严严实实，根本看不清面貌长相，喊了一句，随后又是一阵咳嗽，虚弱至极。

“嗯，你好好歇着，别起来。”梅凤年语气里带着担忧，回身问医生，“上次你说，今天就能拆纱布，是吧？”

许医生礼貌地笑笑，答道：“是的，梅先生。根据四少爷的复原情况，今天就能把脸上的纱布拆下来。”

梅凤年点头：“嗯。”

许医生和两个助理医师便动身走到了黑色人影跟前。

许医生笑笑：“四少，这段日子胃口还可以吗？”边说边动手，将四少爷戴在头上的帽子取了下来。

露出一颗木乃伊似的脑袋，从额头到下巴处，全都用纱布缠得严严实实，只露出一双闭着的眼睛。

男人哑声，冷漠答道：“还可以。饮食清淡，每顿能吃一些粥和小菜。”

“嗯，有胃口就好。”许医生笑着，随后便从助理医师手里接过一把医用剪刀，开始给男人拆脸上的纱布。

白色纱布一圈一圈拆卸，隐藏其中的真容也一寸寸清晰。

几分钟后，纱布完全拆下，露出一张十分年轻的白皙脸庞。

“好了，四少。”许医生满意地打量眼前这张脸，顺手递过去一面镜子。

男人缓慢睁开双眸。那目光阴沉而平静，像是两潭惊不起丝毫波澜的泉水。他接过镜子，看向镜中的自己，不时左右调整角度，仔仔细细地看着。

一旁的梅凤年眼中也露出一丝满意之色，点点头，笑道：“辛苦了，许医生。”

“您太客气了，梅老先生。”

梅凤年笑了下，道：“管家会安排车送你们回去。”

西装笔挺的助理杜兰特上前两步，送三个身着白大褂的医护人员下楼。

门开启又关上，屋子里只剩下梅凤年和四少爷两个人。

“你啊，平时得多晒晒太阳。”梅凤年语调平常，动身走到落地窗旁，一伸手，把黑色窗帘拉开，霎时间，满目生机盎然的碧色映入视野。别墅高墙的广袤园林内，人工湖镶嵌于苍翠绿植中，太阳将落未落，挂在远方，在湖面上投落下一片残阳倒影。

四少爷苍白俊美的面容被夕阳的橘红色光线笼罩。在黑暗中待了太久，不适应光线，他皱眉，抬手略微挡了挡。

梅凤年将整片翠绿和海蓝踩在脚下，脸色淡漠，点了根雪茄。他抽两口后徐徐吐出一口烟圈，换上英语，道：“那个侏儒留不得了。”

四少爷闻言，眸子里浮起一丝讥讽趣味，也说的英语：“一把不再锋利的刀，留在手上，确实只会割伤自己。”

“可惜了。”梅凤年有些惋惜地叹了口气。

不多时，关上的房间门再次被人从外头敲响。

梅凤年手里拿着雪茄，微侧目：“进。”

杜兰特推门入内。他眉眼垂着，恭恭敬敬地对落地窗旁的老者道：“梅老，两分钟前，您的私人邮箱收到了一封加密的匿名邮件。”

“哦？”梅凤年回转身来，“给我看看。”

杜兰特将手里的平板电脑递过去。梅凤年垂眸，邮件的发信人：未知。

邮件内容：于小蝶今晚将逃往境外，午夜 12 点 40 的火车，云城市火车南站，2 楼 20 号候车台。

梅凤年眯了眯眼睛，若有所思。

四少爷端详着父亲的神色，沉声问：“怎么了，爸爸？”

梅凤年忽然道：“杜兰特。”

欧籍青年恭恭敬敬地应：“您说。”

“挑几个脑子好用身手利落的。”梅凤年曼声道，“那个侏儒知道得太多，不能让她活着离开。”

杜兰特闻言，眼皮子都没动一下：“是。”

这时，四少爷徐徐开口，很平静地说：“别忘了刚才那几个医生。”

杜兰特：“四少放心，一切都安排妥当了。我会处理得很干净。”

梅四少苍白俊美的脸庞绽开一抹森然的笑：“那就好。”

下午六点多，沈寂照例去接温舒唯下班，两个人在写字楼楼下随便吃了点面条，便驱车去医院看望沈父沈建国。

看见沈父的身体日渐康复，温舒唯很开心，边坐在病床旁边给沈父削苹果，边有一搭没一搭地跟沈父聊天，说一些自己家里和工作方面的情况。

在病房里待了有半个小时，沈寂全程就大剌剌地跷着二郎腿，坐在椅子上，脸色冷淡，不言也不语。沈建国也拿这个儿子当空气，跟完全没看见那高大人影儿似的。

见此情形，温舒唯只能在心里默默叹气。她心里琢磨着，这父子两人，陈年积怨已久，想要缓和父子关系，不是件易事。

从医院出来，天色已完全暗下来。上了车，温舒唯系好安全带，一连侧目看了驾驶座上的男人好几眼，终于忍不住，开口道："小沈同志。"

沈寂脸上没什么表情，边发动引擎边随口应了句："嗯。"

"你和叔叔的关系，为什么会这么差啊？"温舒唯小声嘀咕着问，"你明明关心他。而且，从他对我的态度来看，他也是关心你的。为什么你们相处得这么别扭？"

沈寂闻言静默两秒钟，淡然答道："因为我妈。"

温舒唯一愣："什么意思？"

"我妈是因为生我，难产死的。沈建国一直觉得，是我害死了我妈，所以对我排斥。"这些往事从沈寂口中说出来，轻描淡写，没有流露出一丝一毫的悲戚。他说着，甚至还很淡地嗤了声，"无所谓，我不在乎。"

温舒唯皱眉，轻声："真的不在乎吗？"

话音落地，沈寂直视着前方路况，唇微抿，没有出声。

温舒唯又低头思考了会儿，说："沈叔叔一定很爱你妈妈，才会在她走后这么多年都无法释怀。"

边上的人静了静，忽然淡淡道："听我姑说，她的性格一点也不像西北人。温柔乐观，很爱笑。"

温舒唯微怔，有些诧异地转过脑袋，看向沈寂，没有出声打断。

沈寂顿了下，声音沉下几分，开着车，调子依然很平静。

"姑姑还说，自己很难想象，沈建国常年因为各种任务，跟我妈分居两地，临到她过世，也没能赶回来见她一面。她那样弱不禁风的姑娘，不知是怎么撑过那么些年的。"

不知为什么，温舒唯听他说着，眼前便浮现出一个年轻女人的模糊身影。

她不自觉便弯了弯唇。

两人一路有一搭没一搭地聊着，回到了沈寂住处。

进了门，她摁亮灯开关换好鞋，又从鞋柜里拿出他的拖鞋给他放在脚边，忽然鬼使神差般说了句：“等之后抽个空，我们把你这屋子重新装修一下吧。”

沈寂一顿，抬起头来，直勾勾盯着她，道：“为什么忽然说这个？”

“这还有什么为什么。你这屋子，连块地砖都没贴，也太简单了，摆设装饰全没有，哪里像个家的样子？”

沈寂眸色骤深，似乎被她这句话里的某个字眼打动了。

几秒后，他瞧着她，轻轻一挑眉：“我家宝贝儿已经开始思考咱俩的婚后生活了？”

温舒唯两颊发烫，清清嗓子故作镇定地把脑袋转向别处，不看他：“我这……这不是住在这儿吗，重新装修一下，住起来心情愉快。”

沈寂伸手，大掌扣住她的后脑勺把她的脸蛋扳正回来，垂眸定定瞧着她，懒洋洋地哑声道：“说，是不是想嫁给我？”

温舒唯被他撩得全身发热，默了默，一握拳，雄赳赳气昂昂地回过去：“是又怎么样，难道你不想娶我吗？”

沈寂笑起来，没说话，扣着她就低头压过去，舌尖不由分说，撬开她红嫩的唇和雪白的牙，钻进去。

温舒唯被他压在鞋柜旁边的墙壁上又亲又抱地折腾了好一会儿，她有点儿脱力，靠在他肩头通红着脸小口深呼吸，没力气说话。

沈寂安静地抱着怀里的姑娘，眸色深沉，也没有说话。

他低头吻了吻她绯红的小脸蛋，又更往下，在她嘴角处狠狠亲了口，低声道：“你说得对。”

温舒唯没反应过来，嗓音软软的：“唔？”

“我想娶你，想昭告天下温舒唯是我的，我一个人的。”沈寂声音低得发哑，“朝思暮念，想得要发疯。”

温舒唯两只胳膊抱紧他，回道：“我也想嫁给你，很想很想。”

沈寂低笑一声，鼻梁贴过去蹭蹭她的脸蛋儿，轻声说：“羞不羞啊，羞不羞。”

温舒唯羞得要起火，打他一下：“呸。”

两个人正咬耳朵说着话，旁边的大门忽然被人敲响，砰砰两声。

沈寂脸色微变，侧过头看向大门口：“谁？”

门外响起一个男人的声音，是丁琦的，听语气很急。

“是我，开门儿开门儿。”

温舒唯和沈寂互看一眼。

下一刻，沈寂拉开房门，看向门口风尘仆仆的高个儿青年，脸色冷峻：“什么事？”

“易警官刚收到了一封匿名信。”丁琦皱眉道，“说于小蝶今晚准备从云城逃往昆城，经瑞丽到缅甸。火车南站，晚上12点40，2楼20号候车台。”

丁琦脸上的表情很不好看，他一番话说完，屋子里的温舒唯登时一怔，随即皱眉问：“这封匿名信是什么时候收到的？”

“据老易那边说，这封信大约是在半个钟头前被送到公安局门卫室的。”丁琦答道。

“凌晨12点40。”温舒唯两道细眉紧拧，念叨着，掏出手机看时间，“现在是8点55分，距离匿名信上说的登车时间还有3个多小时。”

说着，她转头看向沈寂。

对方脸上没有丝毫表情，似是在思考什么。一秒后，沈寂道：“易警官他们人在哪儿？”

丁琦沉声答：“事发突然，老易他们紧急制定了一套抓捕方案，这会儿应该已经去火车南站周边部署了。”

闻言，沈寂点了下头，没有片刻耽搁：“走。”

温舒唯眼看两个男人转身就要走，连忙道：“这封匿名信来得不明不白，怎么能确定这个消息是真是假？万一是耍你们呢？”

沈寂目光落回温舒唯脸上，神色非常冷静。

“于小蝶是樊正天手下的职业杀手，受过专业训练，反侦查能力强，再加上她背后的未知势力，光靠易警官他们，想短时间内抓到她，难。”

“所以我们不能放过任何跟她有关的线索。”丁琦接话道。

沈寂面无表情，又道：“而且，还有更重要的一点。”

温舒唯：“什么？”

“于小蝶的身份已经暴露，成了全国通缉犯。”沈寂语气极低，“不排除她背后的势力弃车保帅的可能性。”

温舒唯先还没反应过来，顿两秒，回过神，一股寒意霎时从脊梁骨蹿上来：“你的意思是，除了我们，可能还有其他人要抓于小蝶？”

“我跟老沈想的一样。”丁琦很淡地冷笑了声，“于小蝶身上的秘密太多。

如果我是她的老板，就一定会杀人灭口。毕竟，只有死人才不会说话。”

“那，那我们也赶紧出发吧。”温舒唯手指都有些发抖，说完，转身从鞋柜上拿起手机和钥匙。

她刚弯下腰准备换鞋，头顶却传来一道嗓音。

“有危险，你就别去了。”

温舒唯动作忽地顿住，眸光一瞬闪动。

自在友人的婚礼上重逢后，沈寂便一直待在云城，待在她身边，每天正常从军区上下班，正常作息，也正常生活。

他们和世界上所有的情侣一样腻腻歪歪，甜甜蜜蜜。

他的性子冷淡随性又散漫，笑起来时眉眼会习惯性地微微挑起，会下厨，会生气，会吃醋，会黏人，待她温柔宠溺，时不时对她冒出几句情话，开上几句玩笑，和所有这个年纪的大男孩一样。

这“寻常”的种种，几乎让温舒唯忘记，他是一名军人。

“危险”一词从他口中说出来，轻描淡写，无波无澜，仿佛是一件再寻常不过的事。

不过，事实也的确如此。

危险与黑暗，对于军人沈寂而言，本就是他生活的一部分，是家常便饭。

温舒唯抬起头，看向沈寂。

直到这一刻，温舒唯才头一回清楚真切地意识到，这个几分钟前和她热烈亲吻，无数个夜晚都和她耳鬓厮磨，对她百依百顺宠爱有加，满眼都是她的男人，并不仅仅属于她一个。

他的世界，也从来不止一个温舒唯。

温舒唯望着他，没有说话。

沈寂站在原地，自上而下地看着蹲在自己脚边的姑娘。

片刻后，他屈腿矮身蹲下来，与她的目光在同一水平线上，勾勾嘴角，手指轻轻在她脸蛋上捏了捏，语调懒散又宠溺，说：“你乖乖的，洗漱完就早点上床睡觉，关好门窗。我办完事就回来，好不好？”

“好，那你们路上小心。”

沈寂盯着她看几秒，微低头，唇往她红嫩嫩的唇瓣儿贴过去。

蜻蜓点水的一个吻，一触即离。

沈寂最后又揉了揉她的脑袋，笑了下，站起来转身往大门外头走。

“沈寂！”

沈寂脚下步子一顿，回头。

温舒唯嘴角微微朝上弯，扬起一个浅笑，口吻轻松如常："注意安全啊，我等你回来。"

沈寂盯着她，眸色微深，没说什么，点点头，开门出去了。

丁琦的车停在大门口。两人默契十足，径直便走到沈寂的黑色越野前，拉开车门坐进去。

暗色光影隐约照亮驾驶室。沈寂脸色沉冷如冰，发动引擎，把车开出了小区。

片刻后，他问道："从这儿到火车南站，最近的路是哪条？"

副驾驶座上的丁琦早已打开地图，语速飞快道："从泉安路上二环高速是最快的，目前没有堵车，预计 19 分钟能到。"

"那封匿名信是谁送去的公安局门卫室？"沈寂直视前方，调子平静无波，"有没有目击者？"

丁琦回道："我已经问过了。易警官说，门卫室的大爷去撒了泡尿，回来之后那封信就在门卫室桌上了，写着'刑侦大队收'。至于目击者，应该也没有。"

沈寂开着车，忽然意味不明地笑了下，低声道："这事儿有点意思。"

"什么有意思？"丁琦不解地皱眉。

沈寂说："如果那封匿名信是真的，那就说明，这伙人里有人反水。"

丁琦思忖着，道："我估摸着，是于小蝶平时得罪了他们组织里的谁，人家前脚知道了她的行踪，后脚就给公安局递条子了。"

沈寂不假思索地否定："不对。"

丁琦："为什么不对？"

"如果是跟于小蝶有仇，就不会把她的潜逃计划和路线告诉公安局，应该告诉她的老板。"沈寂寒声说。

"对哦。"丁琦听完想了想，一拍脑门儿，"直接把她的行踪告诉他们的'老板'，杀于小蝶灭口，神不知鬼不觉，惊动警察就是自寻死路，迟早被一锅端。想岔了，想岔了……那就怪了，这好端端的，这个送匿名信的为什么要反水？除非……"

话音落地，整个车厢忽地一静。

丁琦被自己脑子里冒出来的猜测给惊到，侧目看旁边的沈寂，微微眯了下眼睛，若有所思。

丁琦压低嗓子：“你也想到了？”

沈寂没吭声。

丁琦死死盯着他，道：“除非，有人想帮警察抓到人。有人想让于小蝶活着，活着落网，活着把她知道的所有事，都说出来。”

沈寂沉吟须臾，说：“这是最有可能的可能。”

“如果真是这样，那就太好了！说不定是自己人？”丁琦面露喜色，道，“我得赶紧想法子把这伙计找出来。”

“他有他的事要做。”沈寂沉声道，“好不容易戴上脸的面具，该脱的时候，他会主动找来。”

“那怎么着？”丁琦瞠目，“你的意思是不查那‘伙计’了？”

“不查。”

“万一之后交火误伤怎么办？”

沈寂没有笑意地笑了下：“能瞒天过海骗过这么多人，可不会是简单角色。”

丁琦闻言静默，思索着不再说话。

数秒后，他从裤兜里掏出一盒黄鹤楼，摸出一根给沈寂递过去，又摸出一根塞自己嘴里，点着抽了口，忽然想起什么，道：“说起来今儿你也是的，有行动就有行动，干吗非跟嫂子提一句‘有危险’。”

沈寂瞥他一眼：“不提，她就不知道？”

丁琦愣住。

沈寂嗤了声，慢条斯理地收回视线：“你真以为你嫂子傻。”

丁琦抬手挠了挠头，说：“不过，嫂子今天的反应还是让我挺震惊的，一年纪轻轻的小丫头片子，头回遇上这种事，不哭哭啼啼都算好的了，她居然还能笑着把自个儿爷们儿送出门，佩服。”

“我的姑娘，”提起她，沈寂语气不自觉便柔下几分，“当然是最好的。”

疑犯于小蝶多次以炸药故意伤人，危害公共安全，手段残忍，犯罪情节恶劣，且有涉黑前科，云城警方对案件予以了高度重视。

接到匿名信的第一时间，丛云区刑侦大队便紧急召开会议，部署抓捕工作的相关方案。参与此次抓捕行动的，除老易与小崔外，还有队里的其余 5 名精英刑警。

晚上9点半左右，沈寂、丁琦与易警官等人碰面。简单了解完参与人员和部署情况后，身着便装的几人便分头行动。

一个年轻女警伪装成了旅客，手里拎着一个旅行包，坐在2楼20号候车台附近，正低头看手机，偶尔抬头，视线与旁边一个身着蓝色工作服、打扫卫生的中年男人交流。

中年人手上拿着扫帚，有一下没一下地扫着地，神色警惕戒备，观察着周边人员。

警务人员们分布在火车站的各处，不动声色地织起天罗地网。

快12点30分时，车站内依旧不见于小蝶的人影。

刑警们不由得有些着急了。

“易叔……”年轻女警压低嗓子，对衣领里侧的通信器道，“目标还没出现。那封匿名信会不会是假的？”

坐在麦当劳里看报纸的易警官面上神色丝毫不变：“还有10分钟，再等等。”

说话同时，他抬眸，目光扫过对面的一家高档西餐厅。

餐厅靠窗的吸烟区。

丁琦把第六根烟戳熄在烟灰缸里，说：“都开始检票了，那侏儒女怎么还没来？老子不会被耍了吧？”

沈寂单手端起桌上的白色杯子，低眸喝咖啡，与此同时，他余光里看见一个人影。

那是一个抱孩子的妇女，年纪在33岁左右，衣着朴素，挎着一个劣质大帆布包，脸上也没化妆，看起来就是个最普通的农村妇女，一点也不起眼。

妇女怀里抱着一个几岁的孩子。大约是天气太冷，小孩儿的脸被包得严严实实，只露出半颗后脑勺，头发短短的，一身土气的男童装，应该是个小男孩儿。

男孩儿非常乖巧，从两人进站到现在，那孩子始终安安静静地趴在母亲怀里，一点也没哭闹。

“哐当”一声，沈寂把手里的杯子放回桌上。

他盯着那对母子，抬头看一眼候车台标识：18号候车台。

沈寂在座椅上调整了一下坐姿，高大身躯往椅背一靠，眯了眯眼睛。

列车出发前5分钟停止检票。

12点33分的时候，那个农村妇女从候车区的座位上站了起来，抱着怀里的孩子径直就往检票口走。

沈寂低头，对衣领内侧道："目标现身，拦住检票口那个抱孩子的女人。"

低沉嗓音语速快而稳，随电流传输至所有刑警的通信仪。大家霎时精神一振，迅速起身往检票口快步靠近。

"老贺。"易警官沉声喊了句。

话音刚落，一个站在母子身边的中年男人忽然手一抖，手里的杯子打翻，水瞬间倒了女人和孩子一身。

"哎哟，对不起，对不起……"中年男人赔笑脸。

妇女皱眉，不愿纠缠，绕开老贺就大步往检票口走。

"大姐，你们身上都湿了，孩子会着凉……"老贺一把拽住女人的袖口，"我带你们去休息室，你给孩子把衣裳换了吧。"

"让开！"妇人变了脸色，焦急道，"我们车马上要开了。"

老贺手上下劲儿，愣是不松手。

纠缠之际，沈寂和丁琦已大步流星，走到距离母子和刑警老贺几步远的地方。

忽地，两道高高大大的身影进入沈寂视野。那是两个外国人，其貌不扬，身材非常高大结实，一身背包客的运动打扮，但目光犀利，满是杀气。

两人手上拿着车票，也大步往检票口的方向走。

其中一个边走边把手伸进了外套里。

沈寂和丁琦脸色同时微变，电光石火间已猜到什么，看一眼周围来来往往的无数普通旅客，相视一眼，眼神交换。

下一瞬，丁琦加快步子直接朝两个外国人撞上去，力道又狠又重。

其中一个外国人被他撞得一个趔趄，站稳了，恶狠狠地瞪丁琦一眼，用英语骂了句脏话。

丁琦蛮不讲理："哟，洋鬼子撞了老子还撒泼！赔钱！"

"有杀手。"沈寂沉声对通信器道，"周围旅客太多，不能直接抓捕。"

老易没忍住，拧紧了眉低骂一声。

所有人都被这个变故给弄得有些无措。

正在此时，检票口关闭。

中年妇女脸色大变，紧接着便听见怀里响起一道稚嫩嗓音，语调冰冷道："这是个'条子'，别和他纠缠。"

妇人闻声，下一瞬竟飞快从包里掏出一瓶喷雾，直朝老贺的眼睛喷。

那喷雾不知是什么，老贺始料未及，被喷了满脸，双眼火辣辣地疼，一下松手。

见有人受伤，整个检票区霎时陷入混乱，大家伙儿纷纷围过来。

人头攒动，其余队员一下被冲散，赶紧拨开人群艰难地往老贺处集中。

两个外国杀手和丁琦也被人挤得踉跄几步，一时半会儿抽不出身。

趁这当口，妇人连忙转身往别处跑。

她跑到人流量相对较少的洗手间外，却迎面和一个高个儿人影撞上。

沈寂脸上没有一丝表情，直接伸手就去抢夺妇人怀里的男童，出手狠重，动作干净利落。

妇人不敌，孩子被抢过去。沈寂抱着孩子大步就往火车站大门口走。

忽地，一只戴戒指的小手抬起，比刀刃更锋利致命的戒指边沿紧贴住沈寂颈动脉。“小男童”轻声开口，稚嫩悦耳的小姑娘嗓音，冷冷道：“放了我。”

沈寂连眉毛都没动一下，语气寡淡冷漠，没有一丝温度。

“你的老板派了杀手来杀你。想活命就跟我走。”

闻言，沈寂怀里的“小男童”缓慢抬起头，白色灯光洒下，照亮一张白皙稚嫩却麻木冰凉的女孩儿脸庞。一头乌黑长发被剪去，剃得短短的，从背面看，若不细看，当真会误以为是个长相精致的小男童。

于小蝶看着沈寂，戒指仍抵在他颈动脉位置，眸光迟疑，似乎是在判断他这句话的可信度。

沈寂脸色冷峻没有丝毫表情，脚下步子不停，大步流星往火车站出口方向走。

忽地，于小蝶听见背后传来一阵脚步声。

她眯了眯眼，余光往后瞟。

两名背包客打扮的外籍杀手紧跟在后头，冲锋衣运动裤，脚下却踩着两双军用黑皮靴，幽冷目光一瞬不离地盯紧沈寂背影，眼里满是狠戾杀气。

于小蝶没有多看，只一眼便将视线收回，拉高连帽衫的帽子盖住头部，心思百转千回。几秒后，她终是咬了咬牙，移开抵住沈寂命门的锐器戒指，低声道：“这些都是国际上一等一的雇佣兵，顶尖杀手。”

沈寂没吭声，眼皮都没动一下。

于小蝶又问：“你有什么打算？”

“先出火车站。”沈寂语速快而稳，没有情绪地说，“这里人太多。”

话音落地，他们已走到距离出口只剩一百米左右的位置。可就在沈寂准备继续前行的时候，出口处却又走进来两道人影，一个是穿深棕色皮衣的外籍壮汉，人高马大极其魁梧；另一个的身形则瘦小许多，是一个穿黑色风衣的瘦高女人，肤色是健康的小麦色，丹凤眼，面部五官稍显扁平，偏南韩地区的长相。

两人手上都没拿任何大件行李，只那女人掩饰般拎了个手拿包。她目光锐利，进站后环视一圈，下一瞬视线便死死锁住了沈寂和于小蝶两个人，大步朝他们走来。

显然，这两个也是那位“老板”的人。

腹背受敌，进不得，也退不得。

见到这情形，饶是处变不惊的于小蝶，心头都升起了一丝慌乱和不安。

沈寂面上神色却纹丝不变，转过身便往另一个方向走去。

于小蝶抬头看了眼悬在头顶上方的指示牌：B2 停车场——员工通道，旅客止步

就在这时，沈寂颈侧的通信仪里传出一阵沙沙电流音，紧随其后响起的是丁琦的声音，语调听起来非常焦急：“老沈，刚才人太多，我和易警官他们都给挤散了。而且易警官那边的通信器好像出了故障，我也联系不上他们人，你现在在哪儿？”

沈寂语速快而稳，面无表情地回道：“西广场出入站口附近。我准备带着于小蝶从员工通道直接去 B2 层。”

丁琦闻声一喜：“你抓到于小蝶了？”

“嗯。”

“太好了。”丁琦语速飞快，又问，“那两个杀手呢？还跟着你？”

“我这儿一共四个。”沈寂说，“不知道还有没有其他的。”

“知道了，我马上过来支援你。”

对话结束，沈寂绕开横在员工通道正中间的“禁止通行”路牌，没摁电梯，一把推开通向楼梯间的安全防火门。

声控灯应声而亮。

安全门开启，又在液压杆的作用下反弹回来，自动合上。

前后间隔不到二十秒钟，两个背包客打扮的外籍雇佣兵也跟着来到了安全门前。两人在门口站定，侧头对视一眼，下一瞬，不约而同弯腰蹲身，

从军用皮靴里将绑在脚踝上的短刀给拿出来，握在手上，然后才一脚踹开那扇门，闪身进去。

彪形大汉和风衣女也很快赶来，鬼影一般无声无息地推门入内。

火车南站的地下停车场占地面积极广，除对外供给旅客停车的区域外，还有一个出租车上下客处、一个公交总站，和一个给火车站内部工作人员专用的停车场。

其中，前三个区域各自相通，只有最后一个员工停车场被单独划分了出去，和其余区域完全隔离开。

从员工通道出来，正好就是员工停车场。

此时已是凌晨一点多，偌大的停车场里停着数辆私家车，空无一人，灯光昏暗，其中，靠右面墙壁处有一辆白色丰田，车灯似乎坏了，忽明忽暗，给整个寂静空旷的停车场更添几分阴森气氛。

一阵轻微的脚步声在入口处响起。

进入停车场后，四人手持武器放轻脚步，神色间全是戒备与警惕，悄无声息观察四周。

瘦高风衣女走在最前面，显然是一伙人里的头儿。几秒后，她冷着脸抬起右手，做了个手势。

其余三名高大壮汉瞬间往四处散开，弓步前行，一处不落地搜索着各个方位。

忽地，背包客打扮的杀手在经过一堵墙时察觉到什么，侧过头隐约看见露在墙拐角处的童鞋一角。

背包男眯了下眼睛，一步一步走过去，然后举刀就往下劈。

谁知定睛一看，墙后却只有一只孤零零的蓝色童鞋，哪儿有半个人影。

正是这愣神的短短几秒间，一只修长手臂猛地从背后横过来，死死箍住了他咽喉部位，干脆利落狠辣果决，不给对方留半分活路。

背包男一张脸瞬间由于缺氧涨得通红，瞪大了眼珠挣扎着，咬咬牙，挥刀转手就往后头砍，却被对方一个侧身敏捷避开。

沈寂一只手箍死背包男咽喉，另一只手钳住背包男握刀的右手，照着脆骨位置下劲儿一拧，只听见一阵骨肉分离的清脆响声，背包男手腕骨被整个儿折断。

沈寂面无表情，卸了他的刀，夺过来，又狠狠一脚踹在背包男肚子上。

其余两个男杀手听见动静，第一时间疾步赶来，看了眼倒在地上要死不活的同伴，脸色微变，咬咬牙，举刀一起扑上去。

沈寂面色极冷静，轻松避开左侧攻击，捞起身上的皮夹克下摆缠住右侧那人的手，下劲儿一拽，抬腿狠狠踢在他膝盖骨位置。

彪形大汉吃痛，一个没扛住，瞬间一弯膝盖跪在了沈寂跟前。

背包男2号见对方不费吹灰之力便躲开了自己的全力进攻，心生恼意，反手又是一刀砍过去。

沈寂眼疾手快一把抓住他的手，借力卸力往另一方向刺。

跪在地上的杀手还没来得及起身，见刀朝自己刺过来，一惊，赶紧往旁边躲，却还是被锋利刀尖刺伤了手臂。

彪形大汉见了血，吃痛，火冒三丈："Fuck!"

下一瞬，两个杀手齐齐将矛头对准了眼前始终脸色寡淡冷漠，仿佛丝毫不把他们放眼里的沈寂。

员工停车场入口处。

风衣女听见远处的打斗声，正要赶过去帮忙，却忽然听见背后的防火门"嘎吱"一声，被人推开了。

她警惕地回过头去。

丁琦一眼看见个女的，都愣了，视线上下打量了一番这女人一身的行头打扮，默了默，有点儿烦躁地抠抠脑壳，嘀咕："派个娘们儿来是几个意思，不知道老子从来不打女人？"

风衣女冷冷地盯着他，不发一言。

然后，丁琦朝风衣女露出了一个十分礼貌绅士的笑，乐呵呵道："这位杀手小姐，这样吧，我先让你三招，免得传出去说我堂堂国安特警，欺负女孩子。"

风衣女嗤笑一声，用韩语啐了句什么。

丁琦一愣："韩国妹子思密达？"

风衣女不跟他废话，抬手就朝他发起攻击，步步紧逼，刀刀致命，每一招都下了死手。

几个动作下来，丁琦愣是硬生生被逼退了三步。他动了怒，解开黑色外套一把扔在了地上，慢悠悠地冷笑："妹子身手不错啊。"

"要你命，"风衣女蹦出几个蹩脚的中文，"够了。"

丁琦扬扬眉毛，勾手。

数分钟后，风衣女毫无意外地被击倒，艰难地爬起来，抬起手，抹去嘴角血丝，恶狠狠地瞪着丁琦。

小丁眯了眯眼睛，竖起一根大拇指指着自己："老子看你是个女人，让着你，你还真以为老子吃素的？"

沈寂那头也已经把两个大汉撂翻在地。

几个雇佣兵心知暗杀于小蝶的任务已成定局，不愿赔上自己，也不再与两人纠缠，飞快转身离开了员工停车场。

丁琦动身想追，思索半秒，作罢。

这时易警官等人也终于根据丁琦留下的信息追到了停车场处。

一行人齐齐走到沈寂旁边，左右环顾一番。丁琦微微皱起眉："老沈，于小蝶呢？你不是说她在你这儿吗？该不会又让这狡猾女跑了吧。"

沈寂撩起眼皮看了丁琦一眼，没说话，随后迈开步子径直走到一个堆放杂物、上头还铺着一层挡灰布的角落，矮身半蹲下来。

一伸手，他扯开了那层布。

一个穿着男童装的短发女孩儿安安静静地坐在地上，全身脏兮兮的，手跟脚都被人捆得结结实实。

整个停车场忽然一静，所有人都面露惊讶。

即使早有心理准备，但，当真真正正看见她的这一刻，大家伙儿仍受到了不小冲击。谁也无法想象，这样一个漂亮可爱、跟天使似的小女孩儿，会是一个实际年龄将近四十的侏儒。

几秒后，老易上前几步，说："姓名。"

女孩儿开口答话，连嗓音都稚嫩甜软："于小蝶。"

"你涉嫌故意杀人、危害公共安全以及涉黑等多项罪名，根据《中华人民共和国刑法》相关条例，我们决定对你进行拘捕。"易警官神色严肃道。

话音落地，几个年轻刑警拿着特制的小号手铐上前，给于小蝶解绑。

可那结也不知怎么系的，半天解不开。

几人面面相觑，有点儿不好意思地抬头看沈寂，试探着道："寂哥，解不开，麻烦你给帮帮忙。"

沈寂脸上没什么表情，弯腰，随手就给于小蝶松了绑。

于小蝶侧目看了他一眼，狠狠咬牙，没吭声。

几个刑警拿了一个黑色头套罩在于小蝶脑袋上，铐着她起身离去。

刚走出两步，沈寂出声，叫住了老易。

老易回身："怎么？"

沈寂抬手丢过去一个东西，老易接住一看，见是一枚漂亮的戒指，边沿锋利。

沈寂说："这女的身上还有一瓶有毒的喷雾，待会儿记得给她搜出来。小心点儿。"

老易点点头："知道了，多谢。"

一行人离去。

丁琦和沈寂走在最后面。

忽地，丁琦嗤地笑出一声。

沈寂瞥他一眼，眼神像在瞧智障。

"我猜，于小蝶被你捆在那儿的时候，说不定还挺高兴的，觉得你掉以轻心，给了她机会趁机逃走。"丁琦语气笃定，"她哪儿知道，你系的结，全天下也没几个人能解开。"

沈寂没理他。

丁琦点了根烟，边抽边觍着脸凑过去，压低嗓子："哎，寂哥，你什么时候教我打那种结？这么些年，我真是好奇死了。"

"你参军进蛟龙，"沈寂懒洋洋地说，"再喊我一声爸爸，我就教你。"

丁琦凑得更近："参军我这年纪过了，怕是只有下辈子。喊你十声爸爸成不？"

丁琦可怜巴巴，就差摇尾巴了："再不然，十声爷爷？"努力地眨眨眼，"好不好嘛爷爷？"

沈寂皱眉不耐烦，一侧头，离这厮远远儿的，抬手指着他："警告你，你离我远点儿，一身烟臭，我是有媳妇的人，一会儿还得回家哄我家小宝贝儿睡觉，别把我熏臭了。"然后头也不回地大步离去。

说得跟你不抽烟一样？

深夜时分，路上车很少，沈寂几乎是一路飙车回的住处。

门卫已经睡了，叫了几声才把门打开。他把车开到距单元楼几十米远的位置停下，锁好车以后抬头往上看，整栋楼甚至整个老小区都黑漆漆的，连着他那户也没一丝光。

难道睡着了？沈寂想。

进了门洞上楼梯，开门锁时，他怕吵到已经熟睡的姑娘，动作刻意放缓放轻。

客厅里漆黑一片。

沈寂没开灯，把车钥匙轻放在鞋柜处，弯腰换拖鞋。沙发上却有什么东西忽然动了动。

沈寂察觉，眸光一瞬凌厉，扭头看向茶几柜后头的布沙发。

隐约能看见上头蜷着一个小小的人影，用棉被把自己裹成了一颗小粽子，只露出一颗毛茸茸的脑袋。

他走过去，在沙发前站定，自上而下地盯着睡在沙发上的姑娘。

沈寂弯腰半蹲下来，单手托腮，垂着眼皮直勾勾盯着她看，片刻后，伸出手，修长指尖隔空描摹她精致小巧的唇形轮廓。

忽地，温舒唯毫无征兆地睁开了眼睛，望着他。眸子黑白分明亮晶晶的，没有丝毫刚睡醒的迷糊。

两个人就这么对视了差不多五秒钟。

然后，沈寂伸手捏了捏她的脸蛋儿，语气很淡："为什么不听话？"

温舒唯："唔？"

沈寂说："我走之前，让你好好睡觉。"

温舒唯安静了会儿，奇怪道："发现我装睡，你好像一点也不惊讶啊。"

沈寂微微一挑眉："惊讶什么？"

沈寂懒洋洋地说："小温同志，我太了解你了。"

"老实说，"沈寂贴近她，嗓音压得低低的，轻而柔，"放我跟丁琦走的时候你就忍得不行了吧。明明舍不得，担心得要死，还非得一副淡定自若识大体的模样。口是心非的小骗子。"

短短几秒，姑娘一下红了眼，两只小手抱住他脖子，整个人一下扑进他怀里。她手臂用力，抱得很紧，嗓音温软，夹杂一丝儿不可察的哭腔："原来你知道啊。那你还走得那么干脆，你知不知道我担心得快死了！"

沈寂抱紧她，低头亲亲她的额头，脸蛋，然后往下亲亲她红嫩的唇瓣儿，声音低柔得要命，哄道："我不是东西，我让我家宝贝儿担心了。我错了，你原谅我，好不好？"

温舒唯抽了抽鼻子，红红的眼睛望着他，哼唧："我有时候真不想这么懂事。"

沈寂盯着她："我知道。"

“我其实不关心什么爆炸案，什么于小蝶。”温舒唯说，“我没有那么伟大，我没有宽广的胸怀，我唯一在乎的只有沈寂一个人。”

“我知道。”

“我自私地希望，你是我一个人的，只是我一个人的。我想你远离战场，远离危险，远离使命，远离你背负的所有。”

沈寂唇紧紧印在她眉心，哑声：“我知道。”

温舒唯说完，忽然又笑了下：“但是我知道，不行呢。”

沈寂没说话，眸色隐忍深沉。

她抬手，轻轻捏了捏他的耳朵，一双蒙着雾气的眸子定定望着他，道：“我的沈寂同志，可是一名中国人民解放军，是个大英雄呀。”

第十章——眷

温舒唯话刚说完，下巴便被沈寂捏住，拉向自己。她一双眼红红的，无声地望着他，眼中交织着诸多复杂情感，有庆幸，有后怕，有不安。

沈寂直勾勾盯着近在咫尺的姑娘，下一瞬，他低头吻住了她。

这个吻来得很突然，像是毫无征兆，又像是预谋已久。

不知是因为数小时短暂又漫长的分离，还是因为被她说的那番话所打动，他的亲吻急切热烈，带着满满的霸道和某种不为人知的深情。

在一切即将失控的前一秒，他轻轻握住了她抚摸自己脸庞的手，又埋头贴过去，在她红彤彤的小脸儿上亲了口，哄道："宝贝儿乖。别撩，我这会儿难受。"

他说这话时，调子懒洋洋的，嗓音低沉沙哑，性感得叫温舒唯心尖发颤。

她心跳突突狂跳两下，巴巴盯着他看，轻咬唇，没有出声。

沈寂被这小丫头瞧得心痒难耐，忍住了，耐着性子又低头，鼻梁贴着她的小鼻尖拱了拱，又说："到屋里去睡。我身上脏，先去洗个澡就来陪你。"

说完，他手指在她软嘟嘟的颊上轻捏两下，便准备起身进卫生间。

谁知刚转过身要有动作，一股轻软微弱的力道却从后方传来，形成一股反向力，把他往后扯了扯。

沈寂动作顿住，脑袋重新转回来，看见一根细细白白的手指屈起，攥在他袖口位置。他撩起眼皮一瞧，沙发上的姑娘大半个身子都裹在被子里，毛茸茸的脑袋暴露在空气中，大眼望着他，还是没有说话。

他被她幼稚又可爱的小动作给逗笑了，低嗤一声，指尖勾起她的下巴轻轻一晃，低声懒洋洋地说："还想怎么着啊，乖乖小祖宗。"

温舒唯静了静。片刻后，她侧过头，深吸一口气吐出来，像是终于下定什么决心一般重新转回脑袋，看向他，很冷静地说：“沈寂同志，我们俩睡吧。”

沈寂乍一听，以为他听错了：“你说什么？”

温舒唯一愣，以为是自己这么直白，让他一时有点儿不适应。

沈寂默了默，一侧眉峰高高挑起来，盯着她，那眼神直勾勾的，有点儿肆无忌惮，有点儿露骨直白，又有那么点儿好奇。没吭声。

他不说话，那她就接着说。温舒唯的表情依然很冷静，并且认真。她继续道：“今天你和丁琦走之后，我一个人待在家里，就一直在想一件事。”

沈寂：“什么事儿？”

温舒唯眯了眯眼，语调很深沉，答：“人活着究竟是为了什么？”

“哎，你先别惊讶，听我说完。”温舒唯抬起一只小手，在他宽肩上安抚似的拍了拍，“这个问题虽然听上去有点儿假大空，但是我仔仔细细琢磨了这么一晚上，最后，在你开门进屋的那一刻，还真让我想出了答案。”

沈寂瞧着自家傻里傻气的小姑娘，眸子里兴起一丝兴味儿：“说说。”

“人活着，最终目的都是为了一件事，那就是让自己开心。”温舒唯注视着他的眼睛，道，“沈寂，能和你在一起，就是我最开心最幸福的事。”

沈寂闻言，瞳色忽地一沉，没接话。

温舒唯柔柔地笑了：“将来的事，谁都说不清。我们唯一能做的是活在当下，把握好在一起的每一天。不是有句经典台词吗，把每一天都当作世界末日来过，才不会给自己留下任何遗憾。”

“我期待和你的‘未来’，期待和你的‘来日方长’，期待和你的‘漫漫余生’。”温舒唯勾唇，眼底却泛起了点点泪光，用力握住他修长有力的大手，“也想和你认真拥有‘现在’。”

沈寂眼睛盯着她，眸光如缀繁星，亮得逼人。嗓音出口，有点儿哑，他道：“想好了？”

温舒唯点头：“嗯。想好了。”

“不怕将来后悔？”

“绝不。”她摇摇头，神色前所未有地肯定，甚至孩子气地竖起三根细白指头，“君子一言，驷马难追。谁后悔，谁就天打雷劈出门儿被车撞，天上的菩萨做证。”

沈寂闻言安静半秒，旋即微眯眼睛，食指在她脸颊上慢条斯理地抚了一下，调子懒散随意："这么毒的誓，我琢磨着，自个儿是不是得考虑考虑？"

天晓得温舒唯是鼓起了多大勇气，下定了多大决心，才对他说出刚才那番话。他这么个吊儿郎当没正经的回应，气得她差点儿一口血吐出来，眼一瞪，一脚蹬在沈寂胳膊上，话音出口就是一阵恶龙咆哮："沈二狗！"

沈寂眼疾手快，伸出右手一把抓住她的纤细足踝，一下劲儿，坏心眼儿地捏了把，挑挑眉毛："行啊小温同志，现在不仅敢揪我耳朵，还敢拿脚踹老子了？"

温舒唯气呼呼的，咬咬牙，用力把脚往回缩。

可她细胳膊细腿儿，力气哪里是他对手？接连挣了好几下，奈何足踝被对面的大爷捏死，动不了分毫。

"松开！"姑娘气得攥起两只小拳头捶被子，"你慢慢考虑去吧！"

沈寂嗤地低笑出声，顺势把这丫头的右腿往后一勾，动身贴过去，两只胳膊抱住她，先是亲了亲她毛茸茸的头顶，而后托住她，往上一举，直接把人从沙发上凌空给抱了起来。

男人的胳膊从底下横过，稳稳的，极有力。

忽然离地，温舒唯心一颤，两只胳膊下意识环住他脖子，紧紧搂住，整个人犹如八爪鱼般缠在他身上，脱口而出，慌慌的："你要干吗？"

沈寂站在原地，一只手托抱她，另一只手腾出来，"哐"地赏她脑门儿一个栗暴。

温舒唯吃痛，疼得眼泪都快流出来，又气又委屈，揉着脑门儿可怜兮兮地抬眼质问："你敲我干什么呀？"

"一张小嘴儿成天叭叭叭地往外冒胡话，什么天打雷劈出门儿被车撞。"沈寂狠狠咬了咬后槽牙，忍不住又在她鼻尖儿上咬了口，低声，"谁准你乱发毒誓，嫌老子收拾你不够？"

温舒唯表面上敢跟沈寂叫板跟他横，都是仗着他心疼她宠着她，有恃无恐，其实骨子里还是很怕他的。

闻言，她只能咬咬唇，怯生生地小声嘀咕："我这不是跟沈寂同志你表明态度嘛。"

沈寂默了默，随后很冷静地点了下头："行了。"

温舒唯一脸茫然："什么行了？"

"我刚跟天上的菩萨打了个商量，毒誓你发，后果你爷们儿来扛。"

沈寂懒洋洋地说，“所以你尽情发挥。”

温舒唯被这厮一本正经胡说八道的样子气得笑出来，抬手打他一下，心里甜甜的，嘴角不受控制地往上翘起来。她抱住他，脸颊软软贴上他的胸膛，蹭了蹭，闭上了眼睛。

沈寂埋头，唇吻在她的头顶，声音低低的，有些沙哑，带着丝丝诱哄味道：“宝贝儿，乖，热情点儿。”

温舒唯脸烫得快要滴出血，心跳如雷，扑通扑通。

她缓慢抬起头，抱着他，在黑暗中摸索着寻找他的唇。先是亲到他的脖子，再往上，下巴，柔软的唇触碰到了些许胡楂，最后才青涩地贴上他的唇。

满目漆黑中，沈寂全身肌肉紧绷，性感凸起的喉结上下滚动一瞬。

他等待着她下一步动作。

然而，整整十秒钟过去，姑娘就这么乖乖巧巧呆呆静静地亲着他的唇，像是紧张到极点，连呼吸都不会了，憋着气，不再有任何动作。

沈寂素来清明冷厉的眸此时柔光一片，勾了勾嘴角，抱着她在黑漆漆的客厅里，慢悠悠地迈着步子走到了通向卧室的过道处。

在经过某处时一侧身，将怀里的姑娘狠狠压在了墙上，反客为主，夺回主动权，狠狠地深吻她。

好一会儿后。

温舒唯迷迷糊糊，光是接吻几乎就耗光了她所有力气，靠在他肩头，连动眼皮子的劲都提不起来。

沈寂嗓音哑而沉，咬了咬她的耳朵：“小温同志，下回主动吻我，记得用舌头。”

她本就害羞，听他说完更是羞窘欲绝，恨不得挖个地洞钻进去，脑袋深深埋进他胸膛，不说话。

沈寂被她身上清甜好闻的香味勾得神魂颠倒，低头在她颈间嗅了嗅，然后就又咬住了她的唇。

他温柔得不可思议，几乎要令她溺毙在那一池柔情里。

温舒唯蒙蒙的，脑子里像搅了一团糨糊。

事实证明，单身三十年的老男人真的很可怕。

一夜过去，温舒唯腰酸背疼腿抽筋，直到天快亮的时候才终于从魔爪中脱身，迷迷糊糊地睡过去。

严重超负荷的高强度“运动”，带来的直接后果，就是第二天早上温舒唯没能下得了床。

工作日，闹钟七点半准点儿响起，她头昏脑涨，全身酸软无力，连睁开眼睛的力气都没有，皱着眉头嘴里乱七八糟地嘀咕着什么，整个人从头到脚都捂在被子里，像颗小粽子。

“叮叮叮，叮叮叮……”

终于，在第三拨“催命铃”响起时，闹钟被人关了。

扰人清梦的铃声终于被拍飞,睡梦中的温舒唯弯了弯嘴角,眉头舒展开，安详地重新进入了梦乡。

睡着睡着，被窝里的一团再次拱了拱。

有点想上厕所。

怎么办？

好困啊……憋着吧。

温舒唯内心深处天人交战，纠结着是缩在被窝里继续梦周公，还是睁开眼睛下地去上厕所。就这么纠结徘徊地憋了大概半分钟，她败北，终究还是撬开了自己重如千斤的眼皮，把盖住脑袋的被子给拉了下来。

没有预想中的刺眼光线。

卧室的挡光帘拉得严严实实，整个空间昏沉黑暗，还跟晚上似的。

温舒唯迷迷糊糊还没睡醒，在被窝里动了动，只觉全身上下像被重型机车给重重碾压过似的。她抬手揉了揉眼睛，正准备坐起来，却忽然察觉到自己似乎被什么东西给牢牢禁锢住，动弹不得。

温舒唯茫然地眨了眨眼睛，又转过脑袋，往自己的左侧一瞧。

沈寂侧趴着躺在枕头上，双眼紧闭，呼吸均匀，还沉沉地睡着。屋子里昏暗，他深刻立体的五官隐匿在黑暗里，平添几分朦胧感，少了平日里凌厉眸光的威慑，加上额前碎发垂下几缕，微挡住额头，使得他整副面容褪去几分冷硬，多了几分柔和又招摇的少年气。

乍一瞧，竟让她有种回到十七岁那年的错觉。

看见沈寂睡颜的同时,关于昨晚的种种记忆瞬间如潮水一般涌回脑海。

短短几秒，温舒唯整个人“嗖”一下，从脸颊红到了脚趾头。

心里默默感叹了会儿，温舒唯便动身准备去洗手间。怕吵醒他，她刻意轻手轻脚、小心翼翼地抬起横在自己腰间的那只胳膊，下床。

谁知，还没等她的脚丫子挨到地面，一只大手就从背后一把将她给捞了过去。

沈寂把偷跑的姑娘摁回胸膛上紧抱着，眼也不睁，懒洋洋地说："去哪儿？"

"上洗手间。"

沈寂掀开眼皮，眼神惺忪懒散，带着浓浓的倦意。他低头盯着她，贴过去，亲了亲她的脸颊，问她："你这嗓子怎么了？这么哑。"

温舒唯默了默，尴尬而不失礼貌地微笑："刚睡醒的原因吧。"

沈寂扬起一边眉毛，屈起一只手臂支在枕头上，撑住太阳穴，垂着眼皮看她："不是因为昨晚哭得太大声？"

"你都知道还问什么？"温舒唯鼓起腮帮子，"逗我好玩吗？"

沈寂勾嘴角，捏住她的小下巴轻轻晃了晃，低声："辛苦了，小媳妇儿。"

温舒唯愣了下，忽然被他这句话弄得不好意思起来，支支吾吾半天不知道回什么，好一会儿才鬼使神差地挤出几个字："你可能更辛苦？"

沈寂淡声："嗯，你知道就好。"

她羞得厉害，抬手打他一下。

沈寂低笑出声，在她唇瓣上狠狠亲了口，又亲了口："温舒唯，你终于是我的了。"

温舒唯看见他笑，也不自觉地弯起嘴角，笑容甜甜的，没有说话。

"知道吗，有时候我觉得你对我下了毒。"他脑袋埋进她颈窝，亲昵地蹭了蹭，像个大男孩，"你就是唯一的解药，我靠你续着一条命。"

听他说完，温舒唯心尖忽地一颤，满脸通红，抬手轻轻在他胳膊上推了下："喂，大清早的你撩够没有？别贫了，赶紧起来。"

沈寂抱着她不松手，把下巴搁在她肩膀上，蹭来蹭去，嗓音又沉又哑："不想起。"

温舒唯皱眉："那你想干什么？"

沈寂带着浓浓鼻音说："就想一直赖在我宝贝儿身上。"

温舒唯又羞又气又好笑，被这男人有些孩子气的反应逗得"扑哧"一声，手指捏捏他鼻尖："我以前怎么没发现，原来沈同志你这么幼稚？"

"不等着你哄吗？"沈寂勾了勾嘴角，唇贴过去，亲亲她，低声，"怎么，到这地步了想退货？晚了。"

温舒唯耳根子烫得厉害，又推他一下，几次三番挣不开，忍不住小声抱怨："重死了，快起。"

她娇滴滴的小模样儿勾得沈寂心里又一阵痒。他垂着眼皮直勾勾盯着她瞧，片刻后，微微一挑眉，调子慢条斯理地拖长，懒洋洋的："求我啊。"

温舒唯啐他："求你个头。"

沈寂刻意压低了嗓子，温热呼吸就喷在她耳垂上："姑娘，您昨儿晚上可不是这么说的。"

她整个人都要被他调戏着火，脸色更红，咬咬唇，手往他修劲窄腰上掐了一把："你这人怎么回事，好赖话全不听。快撒开，没跟你开玩笑，我上班都快迟到了！"

沈寂被她碰了腰，反应强烈，一把抓住那只使坏的小手，眸色瞬间锐利微沉，贴近些许，眯了眯眼，语气亦低得危险："小温同志，随随便便碰男人腰，可不是什么好习惯。"

温舒唯被对方眼中的涌动暗流吓住了，一僵，眨眨眼，随即冲他干巴巴地一笑，说："不好意思，我不是故意的。"

沈寂视线定定落在她娇艳绯红的脸蛋儿上，眸光沉沉，瞧了会儿，终究还是那把股子邪火给压下去。

沈寂心头琢磨着，侧过脑袋，把脸直接送她嘴唇边上，脸色看着淡淡的。

姑娘乖得很，显然熟门熟路，见他脸凑过来，很自觉地便嘟起红艳艳的唇，在他瘦削的脸颊上印上一个浅吻。

沈寂稍微满意了点儿，又改换另一边脸。

姑娘又羞答答地贴上来，亲了亲他，而后伸出两只小手抱住他脖子，人贴近几分，在他耳边软声开口，语气里带着几分可爱的小骄傲："你说过，早上要有早安吻，我记得可清楚了。"

沈寂嗤了声，嘴角弯了弯，捏住温舒唯下巴，在她嘴唇上又狠狠亲了口，低声："小没良心的，亏老子昨晚把你伺候得这么好，转头就把人推开。"

温舒唯闻言，怕他真的不开心，连忙小声解释："我这不是急着去单位吗。"

瞧见她紧张兮兮的小模样，沈寂心情忽然大好，低笑两声，手指在她脸蛋儿上轻轻捏了捏："逗你的，还当真。"说完翻过身，松开了她。

温舒唯窘迫地咬咬唇，伸手从床头柜上把手机抓了过来，看眼时间，当即变了脸色，再也不敢耽搁，赶紧跳下床。

光秃秃的脚丫刚碰着地，温舒唯想起什么，“嗖”一下缩回来。

沈寂懒洋洋地侧躺在床上,一只手屈肘支撑额头,视线直勾勾地盯着她。见她又躲回来，他挑挑眉毛，明知故问地来了句：“怎么了？”

温舒唯脖子都羞成粉红色，把自己严严实实地捂在被子里，只探出一颗脑袋，默默地说：“劳烦，衣柜就在旁边，请随便递件衣服给我。”

沈寂调子散漫寡淡：“又不是没看过。”

好在，沈大爷说归说，行动上还是挺体贴的。话刚说完，他便掀开被子下了床，迈开两条大长腿径直走到了衣柜跟前，拉开柜门，从里头取出一件自己的白色衬衣，回身递给裹着被子坐床上的姑娘：“喏。”

温舒唯一把夺过沈寂手里的白衬衣，三下五除二，动作飞快地套在了身上。下一瞬便掀起被子跳下床，站定了，噔噔噔往后倒退三步，一脸警惕地瞪着床上某人。

昨晚的后遗症使然，她两条腿没力气，踩在地上都是飘的，像站在棉花做的云朵上，往后退的时候没留神，踉跄一步。

沈寂皱眉，怕她摔，飞快伸手握住她手臂，扶稳她：“小心点儿。”

两人距离缩短，温舒唯条件反射地垂眸，视线下移，傻了。

沈寂没有察觉到姑娘震惊羞窘的目光，嗓音低柔几分，说：“能走路不？要不上午先跟单位请个假，下午再过去？”

“不、不用。”温舒唯反应过来，忙颠颠收回视线，有点儿磕巴地回答道。随后轻轻把自己的胳膊从他掌中抽出，默了默，没忍住，终是咬了咬唇瓣儿，小声说，“那什么，你以后能不能把衣服穿好了再在家里晃悠？”

沈寂静默半秒，表情很冷静：“我跟自个儿屋里待着，为什么非得把衣服穿好？”

好吧。

你说得很有道理，我好像也没办法反驳什么的样子。

温舒唯沉默了差不多有三秒钟，最终选择妥协，秉承着弘扬“退一步海阔天空，互相包容，互相理解”这一恋爱黄金相处法则的精神，对他说：“那你不穿衣服，把裤子穿好，总行了吧？实在还不行，至少罩条大裤衩？”

沈寂瞧着她，须臾，一侧眉峰懒洋洋地那么一挑：“怎么，害羞？”

温舒唯竖起一根细细白白的食指，左右摇晃。

沈寂眸子里浮起一丝兴味儿：“那是为什么？”

姑娘开口，回答得非常认真：“您的这副造型，真的辣眼睛。”

温舒唯说完，朝他弯起嘴角真诚地笑了笑，然后低下头，两只光脚丫趿拉上拖鞋，转身嗒嗒嗒地从卧室出去了。

沈寂被她怼得一时没回过神，侧过头，视线追着那道娇小纤细的背影沿着过道往洗手间走。

忽地，他危险地眯了眯眼睛，迈开长腿，几个箭步跨出去。

前面的温舒唯察觉到什么,赶紧一个灵巧闪身躲进洗手间,反手想关门。

但动作仍慢一步。

沈寂追上来，一把握住她纤细雪白的腕子把人扯怀里，凌空架起来，放到了洗脸台上。

“温舒唯，”沈寂嗓音低而沉，两只手臂撑在她身体两侧，把她囫囵个儿圈进自己的空间里，“你不想活了？”

温舒唯见躲不开逃不掉，只能乖乖认尿，小声嘀咕道：“我跟你开玩笑的，别当真。”

沈寂扬眉：“有你这么跟自家男人开玩笑的？”

她促狭地眨眼，吐吐舌头。

沈寂低头，在她唇瓣上咬了口，低声威胁：“自己说，错没有？”

小丫头恃宠行凶，仰着脸儿冲他摇摇头，一双眸子亮晶晶的，嘴角弯弯。

沈寂又在她唇瓣上咬了口，眼睛里漫开柔和浅笑：“错没有？”

温舒唯脑袋摇得像拨浪鼓似的。

“行啊。”沈寂眯了眯眼睛，忽然笑了，勾着嘴角，大掌往下抓住她细白如玉的脚踝，抬高，随手把那只拖鞋给摘下来，拿两根修长手指捻着，动作慢条斯理。

温舒唯绯红的脸蛋上流露出一丝迷茫：“你拿我拖鞋干什么？”

沈寂眼睛直勾勾盯着她，半秒后，两指一松，拖鞋“吧嗒”一声掉在了地上。然后，举高她的脚丫子，开始面无表情地挠痒痒。

“别别别！哈哈哈哈，我真的很怕痒，饶了我，沈寂同志！沈队长！”这是温舒唯的声音。脚底板奇痒无比，让她几乎抓狂，都快笑岔气了。

“错没有？”沈寂懒洋洋的。

“错了错了，哈哈哈，我真的错了哈哈……”

“下次还敢不敢？”

“不敢了，不敢了！我跟你道歉，我跟你认错哈哈哈……沈大佬！”

笑闹好一阵儿，想按时上班是不可能了。温舒唯满心的负罪感，从沈寂手中脱身后，便以最快的速度洗脸刷牙换衣服。

等她从洗手间里敷着面膜走出来时，一道高大人影出现在眼前。

温舒唯微微一怔。

不知为什么，看着这名站在晨光中的中国军人，温舒唯眼底忽然一阵发热，一股自豪感从内心深处油然而生。

这时，沈寂似乎察觉到她的注视，掐了烟，回过头来。

两相对望，片刻无言。

几秒后，沈寂单手插在军裤的裤兜里，朝她很淡地勾了勾嘴角，轻嗤："哪儿来的小丑鬼。"

温舒唯这才反应过来自己脸上还贴着面膜，微窘，移开视线干咳着清了清嗓子："我已经跟我们主编发过短信了，会晚到一会儿。"

说话的同时，她摘下面膜扔进了垃圾桶。

沈寂则一言不发地盯着她看。片刻光景，沈寂忽然动身，迈开步子朝她走了过去。

温舒唯刚丢完垃圾，正弯腰收拾昨晚堆在沙发上的棉被，冷不防被人从后头给拢住，紧紧的。

她愣了下，轻轻戳了下他交叠在她腰上的两只手背，轻声："怎么了？"

沈寂唇印在她后颈，低声语意不明地说："原来是这种感觉。"

温舒唯没听明白："什么？"

沈寂却没答话，笑了下，扳正她的身子，低头，亲吻她的唇："知道吗，有时候我看着你，就觉得自己像在做梦。"

姑娘白皙的面容沐浴在光里，冲他笑，抓起他的手，脸颊软软地贴上去，向他证明："不是梦。"

沈寂眸色忽地一深，轻抚她的脸："小温同志，你知不知道，我有多开心。"

"我也是。"她眼眶忽地一湿，踮起脚，拥住军装笔挺的他，"我也好开心。"

沈寂安静地抱紧她，没有出声。

温舒唯眨眨眼，笑着笑着就流下泪来，柔声："我多幸运呀。最珍贵的礼物，送给了最好的人。"

沈寂埋头吻住她的发，闭上了眼睛。

温舒唯，你知道吗？

在你身边，我内心总能生出一种前所未有的安定和平静。

这是第一次，我感受到如此强烈的归属感。

想拥有，想独占，想私藏，想把你藏进我的心尖，想用全身铠甲和血肉之躯，为你阻挡一切外界的伤害，和你一起留住所有美好的时光。

你究竟对我下了什么蛊，让我迷恋你至斯，十年光阴，未改初心。

没时间做早饭，两人在楼下随便买了几个包子两杯豆浆带上了车。

沈寂先送温舒唯去杂志社。

见他开着车没办法吃东西，温舒唯便主动把包子掰开，边一口一口地喂给他，边自己吃。途中，她提起了昨晚的抓捕行动，询问沈寂，于小蝶是否已经落网。

沈寂吃了口姑娘喂过来的包子，一边腮帮子鼓起，咀嚼着，咽下后才答道："人已经抓住了。"

闻言，温舒唯面露喜色，开心道："真的？那可太好了，这种恐怖分子逃亡在外不知道还会祸害多少人。"说着一顿，又有点儿好奇，"抓捕过程顺利吗？有没有遇到什么危险？"

沈寂静了静，淡淡地说："有啊。"

尽管是意料之中的答案，温舒唯心头仍是一阵抽紧。

沈寂目视前方，调子和表情都平静如常，轻描淡写道："于小蝶背后的人担心她被警察抓住，会泄漏出什么，派了杀手到火车站去堵人。"

温舒唯盯着他的侧颜，忽然想起什么："你之前说，昨晚上打了架，就是对付那些杀手？"

"嗯。"

她瞬间紧张，脱口而出："没受伤吧？"

沈寂回："不都脱光让你看完了。"

温舒唯脸微红，默了默，支吾："外伤好像是没什么，但那些杀手穷凶极恶，谁知道会不会给你留下什么内伤？"

话音落地，沈寂侧过脑袋看她一眼，扬扬眉，嗓音压低几分："昨晚那质量，我受没受内伤，你不知道？"

沈寂说完，又认真思考了下，自己淡淡地补充，道："不过就算真受了伤，咱夫妻生活的质量也下降不了，夫人不用担心。"

我担心的是那什么什么的质量？你这男人脑子里到底在想什么啊！

温舒唯整颗脑袋都要烧起来了，咬咬唇瓣儿，忍不住抬起胳膊打了他一下，愤愤小声道：“喂，现在是大白天，光天化日朗朗乾坤，你身上还穿着这身衣服，能不能严肃正经一点？你可是光辉伟大的解放军，注意身份！”

沈寂看她一眼，语气挺随意：“解放军就不是人了？就没老婆了？就不能有七情六欲了？”

温舒唯被硬生生噎住，腮帮子鼓起来，像只圆乎乎的小金鱼。

他勾嘴角，伸手在她脸蛋儿上轻轻一刮，道：“在我家小宝贝儿跟前，我的头衔就只有一个，那就是‘温舒唯的男人’。至少，目前只有一个。”

温舒唯心怦怦跳两下，嘴角不由自主地翘起来，又有点儿狐疑：“为什么是‘目前只有一个’？将来还会多什么头衔吗？”

沈寂低声：“将来，还会多一个。”

温舒唯：“唔？”

“‘温舒唯孩子的爹’。”

温舒唯手一抖，直接把装包子的塑料袋给扯破了。她眼睛瞪得大大的，两颊更红，羞涩之余心头涌上满满甜蜜，故意咬咬唇，直接把还剩大半个的包子囫囵塞进他嘴里，小声娇斥：“吃你的早饭吧，没个正经，坏死了。”

沈寂冷白瘦削的腮帮子鼓起一大坨，咀嚼着，嘴角带笑，没再说话。

将温舒唯送至单位后，沈寂接到了丁琦打来的电话，挂断后，驱车直接前往丛云区公安局。

上午时分，身着制服的警务人员们行色匆匆，整个公安局气氛凝重。准确地说，自昨晚从火车南站将重犯于小蝶抓回起，整个公安局便忙碌起来。

“老沈！”一瞧见那道身着海军军服的笔挺身影，等在公安局大门口的丁琦便眼睛一亮，挥挥手，招呼着迎上去，“这儿。”

沈寂神色冷峻面无表情，健步如飞地往公安局内走，沉声问跟在身旁的丁琦：“从什么时候开始审的？”

“昨儿一回来就审到现在，整整一晚上加半个上午。”丁琦道。

“谁在负责审讯？”

“轮换。”

“交代些什么了？”

“除了承认那几桩爆炸案都是她干的之外，别的问什么，都跟你说不知道，不清楚，跟她没关系。”丁琦懊恼地撸了把脑门儿，“这个于小蝶，心理素质太好了，耗了这么多个钟头，重案组一些个年轻点儿的刑警都要被折磨疯了。”

沈寂冷着脸没吭声，直接大步进了审讯室。

听见开门声，屋内众人纷纷转头看过来。很显然，将近十个小时的审讯僵持已令刑侦大队的警务人员们感到十分疲累，大家伙儿有的坐椅子，有的靠着墙，有的坐在桌子上，脸色都不太好看。

看见沈寂，小崔警官微微一愣，诧异道：“寂哥，你怎么来了？我们这儿内部正在办案，你有什么事……”

老易摆摆手，小崔警官便收声，不再说话。

沈寂走到老易身前站定。这名四十来岁的刑侦大队长仍是一身便装，浅黑色外套，一条洗得发白的牛仔裤，五官面貌并不起眼，但一双眼睛却极为犀利精锐，露出一种似乎能洞察人心的锋芒。

沈寂转头，透过单向镜玻璃窗，看向里面的房间。

那是一个十分封闭的审讯室，屋子不大，总共也就十七八个平方，摆着一张白色长形桌和几把椅子。

此时，于小蝶正垂着头，安安静静地坐在长形桌后方，眉目平静，不见丝毫惊慌失态。也许是多年伪装孩童形成的习惯，她两只穿皮鞋的脚够不到地面，悬在半空，自在地晃动着，两只小手撑着椅子，每个动作都自然而然地流露出小孩子独有的天真无邪。

一个年轻女警正坐在于小蝶旁边，对她说着什么。

沈寂沉声：“你试过了？”

“嗯。”老易拧眉点点头，“于小蝶好像有意保护背后那个大老板，自己揽下了爆炸案。”

“其他案子呢？”

老易沉吟道：“你是说袭击军车、抢夺沈政委携带的绝密文件？”

沈寂点头。

老易叹气：“关于这些事，她只有一句话，自己什么都不知道。”

沈寂眯了眯眼睛。

丁琦却极其讥讽地一笑：“像她这种人，居然还知道江湖道义？也挺难得的。”

过了会儿，众人透过单向镜玻璃窗，看见女警起身，从屋子里开门出来。

大家定定望着女警。

女警满脸失落，摇摇头，显然还是无功而返。

就在局势胶着、众人一筹莫展之际，忽地，审讯室的门被人从外头推开，进来一个二十几岁、身着制服的年轻刑警。

“易叔，门卫室又收到了一封匿名信。”

众人闻言皱起眉，都是一头雾水。

老易伸手，从年轻刑警手中接过了那个牛皮纸信封，看一眼封皮，只见上头空白一片，什么也没写。

易警官狐疑，拆开信封。

里头只有一张折叠起来的信笺纸，陈旧泛黄，边缘破碎，显然已经很有些年头。

众人齐齐围过去。信笺纸展开，只见上头字迹潦草地写着几行字：

交易地点：西码头废弃造船厂。

交易时间：200× 年 7 月 14 号凌晨 2 点整。

“这是什么东西？什么交易时间？还是五六年前？”丁琦用力皱眉，“谁送来的？”

沈寂不语，从易警官手里接过那张信笺纸，垂眸察看。就在这时，他兜里的手机振动起来。

沈寂摸出手机看一眼来电显示：（未知号码）。

“是用网络电话打来的，查不到拨号地。”丁琦沉吟道，抬眸看沈寂。

下一瞬，沈寂接起电话：“喂。”

听筒里一阵沙沙电流音，片刻无人回应。

诡异的几秒死寂后，响起了一阵敲击声，嗒，嗒嗒嗒，嗒嗒——嗒……一声接一声，带着某种规律性，仿佛在传达着某种讯息。

沈寂安静地听着那些敲击声，闭上了眼，心头默念：B，O，S，S，K，I，L，L，F……

最后一个敲击音落下，电话瞬间被切断。

BOSS，Kill，F。

沈寂唰一下睁开了眼睛。

丁琦在旁边定定地盯着他，道：“这个人告诉你什么了？”

“这个人告诉我，”沈寂侧目看丁琦，没有语气地说，“五年前，出卖樊正天，害他被警方枪杀的人，是他的老板。”

闻言，屋内所有人都是一惊。

沈寂举了举手里的信笺纸：“这就是证据。”

丁琦皱眉，摇摇头：“不能轻信。仅凭这么一张纸条和一通电话，说明不了什么。”

“我们不用信。”沈寂很淡地弯了弯唇，视线透过单向镜玻璃落在里头的女人身上，“她信就行了。”

丁琦起先没回过神，忽地一拍脑门儿：“于小蝶是樊正天的人，如果知道当年的真相是这样，按理说，就不会再保她上头的那个人。”说着一顿，“这些线索永远在关键时候出现，看来，咱们这个自己人还挺厉害的。就是不知道，这个于小蝶上不上道了。”

“死马当活马医，”沈寂语气懒洋洋的，漫不经心，边说边把手里的单子扔给丁琦，“赌一把呗。”

丁琦接过，茫然地抬起脸：“给我干什么？”

“去编个好故事。”沈寂往桌子上一靠，没有语气地说。

丁琦抽了抽嘴角：“不是。哥，你自己咋不去呢？你身经百战，见过的大场面可比我多多了。”

沈寂：“我一有家室的人，要是跟个女的单独相处太久，你小嫂子要生我气的。”

多么感天动地催人泪下洁身自好情比金坚的理由，合着欺负老子是个单身狗？

丁琦暗暗咬了下后槽牙，嘴里嘀咕着低咒两句，把那张信笺纸折起来放进了裤兜，转过身，踏着步子，从容自若地朝有于小蝶在的小房间走去。

在门口处站定，他抬起手，握住门把轻轻一拧，人进去了。

坐在椅子上的于小蝶听见动静，连眼皮子都没动一下，完全拿丁琦当空气。

丁琦也没什么反应，仿佛他这会儿根本不是要去审讯一个穷凶极恶的恐怖分子，而是要去跟一个老朋友喝下午茶。

他迈着步子走到了那张白色长形桌旁边站定，伸手“哐当”一声拖出把椅子，随手扑两下灰，弯腰坐下了，抬起眼皮，就那么直勾勾盯着对面的人看。

几秒后，丁琦从裤兜里摸出了一盒薄荷糖，倒出两颗放在手上。一颗扔自个儿嘴里，一颗递到于小蝶眼皮底下，掂了掂，示意她接。

于小蝶见对方做出这个举动，面上并不见丝毫惊诧。她只是静了静，而后缓慢抬起头，看向坐在自己对面的男青年。

褪去伪装，她的目光再没了往日的天真烂漫，那双圆而大的眼睛就像是两潭死气沉沉的泉水。

几秒的对视，丁琦已从于小蝶的眼神里解读出了一些东西。

下一刻，于小蝶率先开口，打破了一室死寂。

她弯了弯唇，居然很轻地笑了下，摇摇头，言辞之间竟温和有礼："我不喜欢吃糖，谢谢你，警察先生。"

听完于小蝶的话，丁琦并没有太大反应。他无所谓地一耸肩，手收回来，顺势把掌心里的那颗糖扔进自个儿嘴里，两下嚼碎。

整个屋子里再次陷入几秒的死寂，只有丁琦咀嚼薄荷糖的声音，闷而脆。

丁琦喉结一个吞咽动作，咽下糖，忽而朝于小蝶勾了勾唇，慢悠悠地说："不好意思，我这人有个习惯，跟人讲故事之前喜欢吃块糖，润润嗓子。"

"小伙子，不用在我面前卖弄小聪明，你们警察学院教的那些心理战术，我全都学过，而且我可以毫不谦虚地告诉你，那些心理学知识，我研究得绝对比你们透彻。"

丁琦闻言挑了挑眉，没有说话。

"你们这群小娃娃，不是我的对手。"她顿了顿，又道，"我不愿意说的事，没有人能从我嘴里挖出来，别白费力气了。与其把时间耗在我身上，不如去办几件其他案子，那样或许对你升职更有帮助。"

丁琦这回笑出声来，越笑越大声，要岔气儿似的："别。你这么个形象叫我'小娃娃'，我真是鸡皮疙瘩都起来了，好恶心。"

几秒后，丁琦笑够了，拿手背抹了抹眼角笑出来的泪珠子，随口闲话家常似的语气又说："你刚才说，我们学校教的心理学知识，你全都学过？可拉倒吧！你的老底儿我早摸透了，你出生在一个小山村，七岁得了病，让你亲生父母卖给了一个会口技的老光棍儿，一天学都没上过。你上哪儿去学那些东西？"

话音落地，于小蝶脸上的温柔之色瞬间褪尽，像被忽然戳中了心底某个最肮脏不堪的痛处。

"哦，我想起来了。"丁琦盯着于小蝶的眼睛，微倾身，声调放轻了点儿，缓慢悠长，刻意细致描绘出那段往事，"你不安现状，为了摆脱那个老光棍儿，就把他推下了山。老光棍儿死后，十几岁的你辗转流落到亚城的福利院，被樊正天收养，成了他的‘女儿’。”

于小蝶垂下了头，两只手戴着特制手铐，放在椅子上，眼神没有任何情感色彩地盯着白色桌面上的一个墨点，又成了之前被年轻女警问话时的样子。

平静，沉默，麻木，仿佛听不见外界的一切声音。

丁琦继续。

“樊正天腰缠万贯，在亚城只手能遮一片天，这个养父可比那个只会口技的老光棍儿好多了。他不仅送你去贵族学校读书，让你学历史学英文，还把你培养成了他手下最得力的助手。”一顿，“要是我没猜错，于姐你的心理学和反侦查术，都是你那个姓樊的养父教的吧？”

于小蝶还是不吭声，两只手却无意识地收握成拳，攥得死紧。

“你过上了大小姐的生活，穿金戴银，锦衣玉食。”丁琦又低低叹了口气，说，“只可惜，好景不长，五年前，樊正天在亚城西码头废弃造船厂与人交易的事走漏了风声，警察赶到现场和他发生了激烈枪战，他死了。”

“住口。”冷不丁的，于小蝶沉声开口，“我不准你提他。”

于小蝶忽然抬起头，双眼充血死死盯着他：“就是你们害死了他，就是你们！”

“你真的觉得，五年前害死樊正天的，是警察？”

于小蝶此时已经被彻底激怒，目眦欲裂，怒极反笑：“难道不是？”

“如果我告诉你，”丁琦站起身，高大身躯越过整个桌面朝她俯低，眉毛挑了下，“当初樊正天，是被自己人出卖呢？”

话音落地，整个审讯室霎时一片死寂。

良久的静默后，于小蝶一脸震惊和难以置信，眯眼：“你说什么？”

丁琦没接话，一伸手，把裤兜里的那张折叠好的信笺纸掏出来，扔到她面前。

于小蝶戴手铐的双手在发抖，颤颤巍巍拿起那张陈旧泛黄、边角残破的纸张展开。只一眼，绝望和愤怒霎时如洪流般自她眼中涌出。

丁琦很平静：“害死樊正天的，就是你一直维护的那个人。”

“不，”于小蝶摇头，“不可能。”

丁琦冷嗤一声：“你为你的老板卖命，事情败露之后，他第一时间想到的不是保你，而是杀你灭口。这样心狠手辣六亲不认的人，有什么事做不出？樊正天在亚城活动这么多年，根基稳如泰山，手底下那么多兄弟对他唯命是从。功高盖主，你的老板早就把这个‘兄弟’当作眼中钉肉中刺，这才趁机借刀杀人，让警方除了他。”

听完他说的，于小蝶如遭雷劈，双手颓然地垂下去。

丁琦沉声：“于小蝶，你想自己一个人扛下所有罪，但是这一切根本没有任何意义，你保护的只是你的仇人。”

话音落地，于小蝶埋下头，再次陷入沉默。

时间分秒流逝，丁琦并不催促，只是安静地垂着眸，看着她。

忽地，椅子上的“小女孩儿”低低地笑出声来，笑声里带着几分自嘲，几分悔恨，痴痴温柔地道：“你看你，多蠢啊，为梅凤年卖了一辈子的命，宁肯自己死也不愿意牵连你的大哥，到最后落了个什么下场……”

丁琦眯了眯眼，手指慢条斯理敲着桌面，轻声：“那就把你知道的都告诉我们。”

数分钟后，审讯室大门打开，丁琦大步走了出来。

沈寂抬眸看他，很冷静。

其余人的视线也落在他身上，焦灼急切。

“累得我够呛。”丁琦扭了扭脖子揉了揉腰，做了两个保健操的动作，扭头看沈寂，竖起大拇指往后一指，“老沈，这可是我帮你干的活，你就说吧，请我吃什么？”

沈寂瞥他一眼：“赏你半个月饭。”

“成交！”丁琦一拍手，笑了下，回头看老易，“费了九牛二虎之力，总算是把这大姐的嘴巴给撬开了，之后要怎么挖东西是你们的事儿，我可不管了啊。”

沈寂抽着烟没有出声。

丁琦看他：“下一步你有什么打算？”

“事情该有个了结了。”

“你准备回亚城？”

沈寂没答话，侧目看向易警官，道：“老易，我们还有其他事，不耽误你们办案了，先走一步。”

易警官点头，依次与两人握手：“感谢二位，祝你们一切顺利。”

两人转身，大步离开了审讯室。

从公安局出来，时间是上午十一点半左右。已经到饭点儿，公安局附近的几家小饭馆逐渐热闹起来，热情好客的店老板直接走出店门儿招揽生意，朝路过的行人们笑眯眯地吆喝。

“吃饭不美女？”

“吃饭不帅哥？”

“我们这儿牛肉新鲜得很，天气冷了，进来吃点儿烤肉暖暖身子……”

沈寂和丁琦在那些小餐馆里随便挑了一家，进去点了份羊肉汤锅。

丁琦搓了搓手，从筷筒里抽出两双竹筷子，一双递给沈寂，一双自己拿着，夹起两粒油炸花生米丢嘴里，边嚼边慢悠悠地说：“沈老大，可是您说要包我半个月饭的啊，您老人家金口玉言，这顿怎么着也得你请。”

沈寂自顾自端起桌上的茶喝了口，脸色淡漠，没应声。

丁琦察觉，静了静，咽下花生米把筷子放回桌上：“还在想那个口供呢？”

沈寂撩起眼皮，目光看向丁琦，食指不轻不重地点在桌面上，寒声说：“她背后的人是姓梅的老板，这个老板背后，肯定还有人。”

丁琦闻言微愣了下，思索几秒，回过味来，缓慢点点头：“她帮那个梅老板做事，其实既在咱们的意料之中，又在咱们的意料之外。这个心狠手辣的娘们儿，前前后后犯了那么多案子，先是带杀手袭击你，又装作卖花女童设计加害嫂子，再接着又是往超子输液的诊所放炸药。依照你先前的判断，她的目标应该是整个‘蛟龙’。梅老板一个搞进出口贸易的富商，虽然钱来得不太干净，笑面虎一个，但和你们‘蛟龙’也算是往日无怨近日无仇，根本没理由这么大费周章搞你们。”说着，丁琦一顿，拿起一根筷子敲敲桌子边沿，发出哐哐两声，盯着沈寂，“真正和‘蛟龙’有深仇大恨的，不是他。”

沈寂微垂眸，屈起食指抵住眉心位置，漫不经心地轻叩两下：“梅老板和那个人之间一定存在着某种联系。”

“生意伙伴？还是那个人手上攥着梅老板什么把柄？”丁琦越想越困惑，叹息着摇摇头，“老实说，我实在想不明白，什么样的联系，能让一个有钱有势的外籍富商冒这么大险，帮他在中国做这么多事。”

沈寂沉吟片刻，说：“人应该已经在中国了。”

话音落地，丁琦似反应过来什么，猛地抬头看向他，低声，神色间流露出一丝不安："坏了。那个从你爸手里被抢走的航母系统硬盘，会不会已经……"

"所以我才说，事情耽误不得，必须尽快做一个了结。"沈寂眉眼之间尽是凉色，说道。

丁琦琢磨着，忽然眼睛一亮，盯着沈寂语速飞快，压低嗓子说："现在于小蝶已经松了口，交代了梅凤年是那么多案子的背后主谋，不如我派人把人抓回来，再问清楚硬盘的下落。"

"梅凤年一不是间谍，二没向海外组织卖情报，你国安局用什么理由去抓人？"沈寂语气冰冷，"就算真的要抓人，也只能让老易他们动手。但是公安机关又用什么理由？故意伤人罪？危害公共安全罪？凭什么？没有其他证据，就凭一个恐怖分子的一面之词？梅凤年老奸巨猾，知道于小蝶落网，肯定早就做好了一切应对准备。退一万步，你如果真的贸然行动抓捕梅凤年，也只是打草惊蛇，只要他坚决否认自己和军车被袭一案有关，你就永远也找不到硬盘，也抓不住吉拉尼。"

他说这话时，嗓音低沉字字有力，每个音符都如一记闷棍打在丁琦脑门儿上。最后一个字音落下瞬间，整个羊肉馆子陷入一片死寂。

好一会儿。

丁琦深吸一口气吐出来，闭眼咬咬牙，狠狠一脚踹在了桌腿上。

刚好就是这时候，老板端着满满当当的一锅羊肉汤从厨房里走了出来，笑呵呵说："好吃的来了！不好意思，久等了啊两位！"

"哐啷"一声，羊肉汤上桌。老板弯腰替两个男人把火炉子点燃，笑着抬手比比："能吃了，吃，吃！"

沈寂脸色冷静如初，不动声色地拿起筷子，微侧目，瞥了眼情绪有些失控的丁琦。

丁琦后槽牙咬得咯吱响，闭眼缓了缓，定神之后才拿起筷子，却像是没了胃口，半天也不往锅里伸。

沈寂拿筷子捞起一片羊肉，放进碗里，冷冷淡淡地说："吃饭。"

丁琦看他一眼，见对面这爷肉照吃茶照喝，一副没事儿人的样子，默了默，也夹起一块羊杂裹了酱，塞嘴里，嚼完咽下后又说："要是于小蝶知道军车被袭的事儿还好，她要是不知道，可就真难办了。"

沈寂淡嗤一声，冷淡地扫他一眼："如果你是梅凤年，你袭个军车抢个绝密军事资料，会敲锣打鼓昭告天下？"

丁琦被硬生生一噎："应该，不会。"

沈寂凉凉地瞧着他，一副父爱如山对智障儿子不离不弃的眼神。

丁琦气得低骂出声："老子最讨厌这种滋味！知道是谁干的，偏偏拿不出任何证据，太无力了。"

沈寂夹菜吃饭，没再搭腔。

两个人安安静静地吃了会儿。

忽地，丁琦听见对面冷不丁传来一句话，道："我明天回亚城。"

丁琦微怔，抬起头来："你跟这边出差的单位打过招呼了？任务做完了？"

"我的内容差不多了，其他不归我管。"沈寂语气淡淡的，眼也不抬，"亚城才是我的地儿，熟门熟路，办起事来也方便。"

丁琦静默几秒，道："亚城可是梅家的大本营。如果梅凤年真的和吉拉尼勾结，他们肯定不会放过你，毕竟你才是吉拉尼真正的眼中钉肉中刺。你回了亚城，肯定比待在云城危险。"

沈寂没搭腔。

丁琦忽然又想起什么，问："可你一走，我家小嫂子怎么办？你不是要贴身保护人家吗？"

沈寂漫不经心地喝了一口茶，还是不语。

丁琦反应过来什么，愣住，压低了嗓子："你准备把温舒唯也带亚城去？住你们单位？"

沈寂垂着眸随口回："不是有家属院儿吗？"

丁琦忽然发出一阵猪叫："啊啊啊啊！"

"开什么玩笑！万年老光棍儿'海上利剑'终于脱单，还把大嫂带回去见兄弟了！我告诉你，等你把嫂子带回海军陆战队营区的时候，那帮小子肯定是这么个反应，没准儿尖叫声比我刚才的音量还要激昂个八度。"丁琦朝他微微一笑，"我这不提前让你感受一下那种欢天喜地过大年的喜庆氛围吗。"

说完，丁琦十分应景地拍拍手，哈哈哈哈笑了起来。

桌子对面，沈寂瞅着他，就像在看二傻子。

这边，丁琦笑了几秒钟之后，掩饰什么般往嘴里塞了口羊肉，边嚼边嘀咕着："刚才气氛那么凝重，我这不开个玩笑活跃活跃氛围吗，没情调。"

丁琦静默了会儿，面上的戏谑之色褪去，又道："老沈，你和嫂子这一去亚城，日子恐怕更不太平。”

沈寂微侧目，看向小店大门外的灿烂阳光和繁华街景，没有说话。

“也不知道老易他们那边审讯情况怎么样了。”丁琦自言自语似的说，“一个于小蝶，牵出了这么多事，还有那个一直在暗处帮衬咱们的伙计，也不知道是何方神圣。”说着，他失笑摇摇头，“说起来，真是有好些年没遇到这么有意思的案子了。”

“有意思？”

“怎么？”

“有空在这儿说废话，不如多吃几碗饭攒力气干活。”沈寂看他一眼，手指慢条斯理在桌面上轻敲两下，“于小蝶这事儿还没完。”

丁琦狐疑地皱眉：“你咋知道？”

沈寂淡声：“有老婆的男人的直觉。”

从云区公安局审讯室。

“这就是你知道的全部？”

老易和小崔警官一左一右坐在白色长形桌的侧边，前者面无表情，从头到尾公事公办，后者则拿着笔认认真真在笔录本上记录。

两人对面，于小蝶点点头，表情非常淡漠平静，整个人显得毫无生气：“对。”

“你说，每次袭击行动都是梅凤年授意给你。”老易沉声，“你们通常是通过什么方式联系？”

于小蝶回答：“梅老非常谨慎，每次联系我，都是用的网络电话。没有来电显示，没有通话记录，没有任何痕迹。”

老易从小崔警官手里接过笔录本，一页一页地仔细翻看。忽地，他翻笔录本的动作微顿住，倒回之前一页，抬头看于小蝶，说道：“你说自己2015年到2017年之间，一直待在淮城的一家福利院，第一次被人收养，是一对年轻夫妻，后来这对夫妻家里失火不幸遇难，那之后呢，梅凤年就派人找到了你？”

于小蝶眼底平静无波，点点头：“嗯。”

“樊正天都已经死了，他找你做什么？”老易皱眉问。

于小蝶回答：“樊正天为了把我培养成樊家最好的杀手，几乎倾尽所有心血。梅凤年一直很欣赏我的身手，他派人找到我，是想我继续替他卖命。”

老易："这几年你住在哪里？"

"警官先生。"于小蝶抬眸看他，"你在刑侦大队重案组这么多年，应该知道，像我们这种职业杀手，不可能长期在某个地方定居。狡兔三窟这个成语，你应该听过吧。"

"这么多年，你一直利用自己患有侏儒症的外貌伪装成小孩儿，瞒天过海。"老易说，"无论是买房、租房，还是住酒店，都肯定要有一个成年人陪同。我要知道的是，是谁一直在你身边为你掩饰身份？"

闻言，于小蝶顿都没顿便答道："我一个人生活。必要时刻，我会花钱请人替我应付那些麻烦。"

"每次行动也是一个人？"

"梅凤年手底下养了很多杀手和雇佣兵，重要行动，他都会派人来帮我。"

老易眯了眯眼睛，静默片刻，倾身朝于小蝶靠近些许，压低嗓子说："于小蝶，我告诉你，抛开你跟着樊正天那些年犯的事儿不提，光是你这段时间做的事，我们就完全可以把你从'犯罪分子'定性为严重危害社会安全的'恐怖分子'。你身上重罪无数，只有把你知道的全部说出来，不隐瞒，不欺骗，协助我们把所有事情查清楚，才有可能获得将功补过的机会，争取从轻处罚。"

出乎老易的意料，在听完他的话后，于小蝶不仅没有丝毫动容，甚至还埋下头低低笑出了声来，像是听见了什么极其好笑的笑话。

于小蝶笑了好一会儿才停下。她看着老易，讥讽地说："我真是搞不懂你们这些警察。你问那些炸弹是不是我放的，我承认了，受谁指使，我也告诉你了。你还想在我这儿挖什么？觉得我有同伙，想把你们眼中所有'坏人'一网打尽？你们可真正义啊。"

小崔被这个女人嚣张嘲讽的态度激怒，重重拍了下桌子，指着她愤愤道："我看你简直没得救了！干了这么多伤天害理的事，到今天都没点儿悔意！我们当然正义，你和你的同伙丧尽天良，我们当然要刨根问底，一个都不能放过！"

于小蝶轻轻抬眉："在你们眼里，什么是'好人'，什么是'坏人'？"

小崔和老易没料到她会忽然有这么一问，都怔了下，没出声。

"我七岁那年得了病，被我的亲爸妈卖给了一个老光棍儿。我爸指着那个跟我爷爷差不多年纪的老头子，让我喊他爸，告诉我，小蝶要跟着新爸去新家了，去学手艺，去过好日子了。”于小蝶笑着说，“当天晚上，我的新爸爸就强暴了我。”

老易一震。

小崔也直接蒙了。

于小蝶面容本就稚气可爱，嘴角弯弯的样子，天真烂漫充满童真。她用甜软稚嫩的嗓音描述自己肮脏不堪的过去，听得人毛骨悚然。

“新爸白天在村子里表演口技，赚钱，晚上就回来喝酒，变着法儿地折磨我，糟蹋我。这种噩梦一样的日子，我从七岁过到了十六岁。九年的时间啊，我每天都盼着他死。”

于小蝶说着，双眸忽然充血，望向面前的两名警察，歪了歪脑袋："我被强暴，被一个老畜生捆在床上虐待的时候，你们这些正义的警察在哪儿？”

老易和小崔一时失语，都没有答话。

“一个连畜生都比不上的人，过得好好的，是村里村外出了名的口技人，被大家尊敬；从来没做过任何坏事的我，只能被关在那个臭烘烘的瓦房里，生不如死。”于小蝶说，“所以，我趁他不注意，把他从山上推了下去。”

老易静了静，说："你悲惨的遭遇让人惋惜同情。但是于小蝶，这不是你犯罪的借口。”

“你误会了，我说这些，并不是想给自己开脱什么，干我们这行的人，都知道自己会是什么下场。”于小蝶低笑，眼中满是对世界的憎恶和鄙夷，“我只是想告诉你们这些‘正义的警察’，别一副正气凛然高高在上的样子，一个人，不是做了一件好事就能称之为‘好人’，也不是做了一件坏事就要变成‘坏人’。”

审讯室里静了静。

老易深吸一口气吐出来："我再问你一遍，你真的没有同伙？”

于小蝶摇摇头。

见此情形，老易知道她是铁了心不会说实话，静默几秒，又道："最后一个问题。上个月，有一辆军车遇袭，遗失了一份重要文件，这件事你知道吗？”

于小蝶还是摇头："我不知道你在说什么。”

老易还想说话，忽地，砰砰一阵敲门声响起。

易警官狐疑，看小崔一眼，示意他去开门。小崔放下笔从椅子上站起来，打开门一看，见门外是重案组的一名年轻男同事。

小崔压低声：“咋了？师父还在忙。”

男警官面色有些难看，视线越过小崔警官往里张望，看见老易后，招了招手。

老易起身出来了。

“什么事？”

“易叔。”男警官眉头皱得紧紧的，低声说，“刚才来了几个人，自称是启康精神病疗养院的医生，说于小蝶是他们的病人，已经患病三年，几个月前偷跑了出来……”

老易破口骂道：“鬼扯！”

男警官把手上那份用牛皮文件袋装着的东西给老易递过去，道：“这是院方提供的精神病鉴定书、于小蝶的病历资料，和这三年期间她在精神病院的所有治疗项目以及用药清单。”

老易接过，拆开袋子，把里头的东西拿出来一看，鉴定书上赫然写着“严重精神分裂症”几个字。他瞬间脸色大变。

老易咬咬牙：“该死！”

小崔上前几步，低头看了眼老易手上的精神鉴定书，也有些慌了，道：“师父，于小蝶如果真的有精神病，那她说的所有话不就……”

没等小崔说完，老易视线便回到男警官脸上，道：“那些医生怎么说？”

男警官答道：“他们说于小蝶的精神分裂症非常严重，随时可能自残或者伤害他人，建议先让于小蝶保外就医。”

老易沉思数秒钟，把牛皮文件袋扔回男警官怀里，沉声说：“这件事不对劲。听着，打发那些医生离开，就说目前于小蝶精神状况稳定，我们之后会请专人对她进行精神病司法鉴定，形成意见书，绝对不能让他们接近于小蝶。”

“明白。”

小崔目送男警官的背影离开，顿了下，说：“师父，现在怎么办？”

“不管于小蝶有病没病，都不能让任何人接近她。”老易神色冷肃，“沈队和丁琦千辛万苦才抓回来的人，可不能在咱们手上出闪失。”

“是！”

今天杂志社破天荒地不算忙，温舒唯上午被梁主编叫进主编室安排了工作，下午的时候一会儿写写稿子摸摸鱼，一会儿托着下巴望着落地窗外傻笑。杂志社六点整下班，到六点半的时候，单位上的人就走得差不多了。温舒唯趴在位子上百无聊赖地玩手机，下巴垫桌子上，脑袋倒过来倒过去，心中无数次升起给沈寂打电话的冲动，又无数次忍住。

最近那么多事情堆一块儿，他肯定都忙死了。

这么晚了还没来接她，估计在加班？

温舒唯脑子里乱七八糟地思索着。快七点的时候，手机铃声忽地响起。

她正小鸡啄米似的打瞌睡，听到铃声吓一跳，赶紧抓起手机瞧屏幕。看清来电显示后，顿都不顿地便接起来，语气兴冲冲的："喂，你到楼下了吗？"

听筒里的嗓音低沉好听，懒洋洋地"嗯"了声。

"好的！我马上出现！"她霎时像打了鸡血，一身疲惫一扫而光，火速抓起包冲出杂志社大门。

几分钟后，温舒唯在写字楼一层的大厅休息区看见了一道熟悉人影。

温舒唯背着包，绕到沙发后头悄悄走过去。站定后，她伸出根食指，在沈寂的后脑勺上戳了戳。

沈寂熄灭手机屏，回过头。

小姑娘俏生生地站在他身后，一只手竖起根细细白白的食指，另一只手背在身后，嘴角上翘，一双漂亮的杏仁眼弯成两道月牙，眸子晶亮晶亮，看起来就像一个开心的小朋友。

下一瞬，姑娘望着他，那根细白指头往某个方向一指，非常有礼貌，嗓音也甜甜的："可以跟我过去一下吗？"

沈寂侧目看了眼。那是大厅旁边的一个过道，墙上画着个"卫生间"标识。

他视线重新回到她浮着两朵红云的脸蛋儿上，直勾勾盯着她看了会儿，然后一挑眉："好啊。"

温舒唯脸上的笑意更浓几分，没再说话，背过手往过道方向走去。

沈寂起身，迈着步子不紧不慢地跟在她后头。

不多时，一矮一高两道人影保持着小两米的距离，前后离开休息大厅，来到卫生间附近的过道处。

头顶的筒灯似乎坏了几盏，这个过道明显比别处昏暗许多。

温舒唯走在前面，没由来的一阵紧张，听见那阵一直跟在自己背后的沉稳脚步声，忽地停下。

她心一颤，也跟着停下，回转身。

沈寂就站在离她几步远的地方，他直勾勾地瞧着她，两只胳膊朝她微微伸展开，勾了勾手，带着某种亲昵的暗示性。

温舒唯心跳飞快，嘴角的弧度越绽越大，随即原地起跑，娇小的身子嗖一下整个儿扑进了他怀里，连腿都条件反射般环住了他的腰。

沈寂有力的手臂稳稳托住她。

姑娘脸色红得像番茄，小脸深深埋进他颈窝，蹭了蹭，像只撒娇的猫儿。她嗓音软软的，有点羞窘又有点好奇地问："你怎么知道我想干什么？"

"一见面就用那种眼神看我，还把我往没监控没人的地方带。"沈寂亲亲她的小鼻尖，低声，"我能不知道你个小坏蛋想干什么？"

温舒唯没忍住，"扑哧"一声笑出来，小声说："没办法。你穿着这身衣服，我当着别人面连牵都不敢牵你，要维护你们解放军同志刚正威武的形象嘛。"

沈寂轻轻在她脸蛋上咬了口："看不出来啊，我家小军嫂还挺有觉悟。"

温舒唯抱住他脖子，吧唧一口亲在他脸上，骄傲兮兮："我家沈寂同志教导有方！"

沈寂和温舒唯从写字楼出来时，已经快七点半了。

夜幕低垂，黑色越野在马路上行驶着。

沈寂和温舒唯都还没吃晚饭，本打算回家途中去超市买点菜，自己动手做，一看这塞车的阵仗，等到家不知道得猴年马月，遂改变行程，把车拐进旁边小路，随便找了家西北面馆吃晚饭，准备错开晚高峰再往回走。

两人在面馆里落座。

操着一口西北腔普通话的店老板笑眯眯地走过来，询问两人要吃什么。

沈寂要了一份牛肉烩面片，温舒唯则要了一份西红柿炒蛋拌面。

老板进厨房忙去了。不多时，两份食物上桌，温舒唯一看摆在自个儿面前的拌面，眼珠子都瞪大了。

"哇。"她望着满满一大盘面条，十分震惊，抬眸看坐在对面的沈寂，"分量这么多的吗？"

沈寂拿起几根筷子，竖着往桌面上一顿，挑出长短近似的两根并成一双，递给面前的姑娘，随口道："你先吃，吃不完剩下给我。"

“好的。”温舒唯笑眯眯，乖乖点头，接过筷子开始吃面条。

这丫头吃东西的样子斯文又可爱。面条有些烫，她挑起一筷子，送到唇边小口吹凉气儿，呼啊呼的，腮帮子一鼓一鼓，然后放进嘴里咀嚼，腮帮子也一鼓一鼓，跟刚偷吃完松果的小松鼠似的。

沈寂盯着她看了会儿，勾了勾嘴角，垂眸进餐。

耗到现在才吃晚饭，两个人都饿了，一时间没人说话。

过了会儿，温舒唯摸了摸自己圆滚滚的肚子，饱了，便把自己面前还剩一半多的面条推到了沈寂跟前，说：“喏，都是你的了，你混着一起吃吧，一会儿凉了。”

沈寂抬眸看了眼，微皱眉：“你把鸡蛋吃完。”

温舒唯摇头：“我吃不下了。”

“一点儿鸡蛋胀不了你肚子。”沈寂语气很淡，边说边夹起一筷子鸡蛋喂到温舒唯嘴边，“吃了。”

“我吃不下。”温舒唯摆摆手，很坚持。

沈寂盯着她看了会儿，一侧眉峰微挑起来，慢条斯理地说：“你这小身板儿，不吃点蛋和肉补充补充体力，夜里又得半道就晕过去。”

温舒唯万万没想到这位大爷会在吃饭的时候，在一家面馆里忽然说这种事，一下蒙了。几秒后，她回过神，脸瞬间红到耳朵和脖子，紧张兮兮地小声道：“喂，在外面，边上还有人在呢，你乱说什么！谁晕了！”

沈寂似笑非笑地瞧着她：“谁昨儿晚上晕了，你不知道？”

温舒唯脸都烫得没知觉了，咬咬唇，做贼心虚似的四下张望一眼，见没人注意他们才稍稍放心。她沉默一下，最终还是乖乖张嘴，把他喂过来的鸡蛋给吃了。

沈寂满意了，捏捏她脸，语气宠溺：“我小宝贝儿真乖。”

“嘁。”

温舒唯红着脸小声嘀咕了句，嚼完鸡蛋咽下，喝了口茶，忽然又想起什么，一顿，抬起眸子看向对面，道：“对了，今天梁主编找我说了一件事，我想跟你商量商量。”

沈寂吃着面“嗯”了声，语气很淡：“我也有事儿跟你说。”

温舒唯微讶，点点头：“那你先说。”

“于小蝶的案子牵出了不少事，我得尽快回亚城，那边办事方便。”沈寂说着，抬起眼皮，视线落在温舒唯脸上，“唯唯，你杂志社的工作可能得暂时停一段时间。你留在云城，谁保你我都不放心，我得带你一起走。”

谁知，温舒唯听完却一愣：“亚城？”

沈寂点头。

“那真是巧了。”温舒唯诧异地笑起来，“今天我们主编找我，说是亚城那边成立了一个分社，想让我出个长差过去待几个月，带带那边的新人，等一切工作步入正轨再回来。她让我先考虑，后天给她答复。”

沈寂动作顿了片刻，垂着眸，若有所思。

温舒唯没有察觉到他神色间细微的变化，笑着说：“既然这样，那我就跟梁姐说我愿意出这个长差。”

沈寂很淡地笑了下：“好。”

“那我一会儿得打个电话跟姥姥和妈妈她们说一声。”温舒唯自言自语地念叨着，又问，“你准备什么时候走？”

“最晚后天。”

“好。”她对他说，“那咱们争取明晚就启程。”

沈寂闻声，忽然轻嗤了声，抬手在姑娘挺翘的小鼻尖上轻轻一刮：“答应得这么爽快，连半点儿犹豫都没有？”

温舒唯竖起根食指，正色道：“当然要以大局为重。”

沈寂挑眉梢：“你知道什么是‘大局’？”

“当然知道。”温舒唯神色严肃而认真，说，“你在做的事，就是‘大局’。我的大局就是你呀。”

话音落地，沈寂眯了下眼睛，坐在对面直勾勾地盯着她看，不言不语，也没有任何动作。

几秒后，就在温舒唯以为自己的脸蛋儿要在他的注视下开出一朵花来时，对面军装笔挺的沈大爷微动身，筷子一撂，起身结账。

温舒唯一头雾水地跟着他离开了小面馆，前后上车。

温舒唯坐进副驾驶室，边系安全带边狐疑地问：“为什么突然不吃了？你吃饱了吗？”

沈寂发动引擎，脸色很冷静：“没有。”

温舒唯更费解了，两道眉毛皱起来：“那你干吗这么火急火燎地往回走？”

沈寂非常冷静：“回去吃你。”

城市另一端，医院某病房。

警卫员战士手持钢枪，神色冷峻面无表情，立于病房门口。须臾，一个身着陆军常服的年轻女军官从电梯口出来，向警卫员出示军官证。

战士开门放行。

病房内，沈建国躺在白色的病床上，正闭目养神。

“政委。”郭芸笑了下，“主治医生说，您的伤口已基本愈合，下周应该就可以出院。”

“这点儿伤居然都养了这么长时间。”沈建国眼也不抬地嗤了声，语气淡淡的，“看来，我是真的老了。”

郭芸语调轻松：“政委别这么说，您老当益壮，等养好了身子，还能去给新兵蛋子练体能呢。”

“老了，不中用了。”沈建国说着，缓慢掀开眼帘，静了静，问，“让你办的事，办得怎么样？”

“已经给您在新闻总局的老战友打过电话了。”郭芸道，“那个女孩儿应该很快就会得到消息。”

沈建国点点头。

郭芸在原地沉默了会儿，没忍住，终于说道：“政委，这段日子，国安局和咱们都在追查那块军密硬盘。您在和丁琦的接触中，一面了解案件进展，一面通过他了解沈寂的动向。”说着，年轻女军官顿了下，皱眉，“您分明很关心沈寂，为什么不让他知道呢？”

沈建国目光穿过窗玻璃，看向远处的夜景，没有说话。

郭芸叹了口气，不知还能说什么，转身出去了。

半晌。

忽地，“叮”一声，放在床边的手机接收到一条短信。

沈建国皱眉，没输液的那只左手伸出去，拿起手机，戴上老花镜，点开收件箱。

收件人那一栏是一串陌生号码。

内容只有简简单单的两个字：谢谢

连个标点符号都没有。

沈建国面无表情地盯着这两个字看了会儿，闭眼，熄灭手机屏，并未回复。

沈寂食髓知味，不知节制，这天晚上，温舒唯刚进门就被他给摁在了鞋柜上。

最终，果然如某大佬金口玉言预料的那样，她又一次在半道上晕了过去。

第二天一大早，温舒唯迷迷糊糊从睡梦中醒过来，只觉腰酸背痛腿抽筋，全身像被重型卡车重重碾压过一次，好像被掏空，连动一下都极其艰难。

历史总是惊人的相似。

对此，温舒唯躺在床上，睁着眼睛迷茫地望着天花板，迷迷糊糊地又陷入了一番沉思。

就在这时，卧室门开了，一阵沉稳有力的脚步声由远及近。

听见这声响，温舒唯吓了一跳，担心某人有晨起运动的习惯，立马就闭上了眼睛，脑袋往被子里一缩，开始装睡。

为了增加逼真度，她甚至还轻轻地打起了呼噜。

脚步声近了，停在了床边。

几秒后，温舒唯明显感觉到床沿一侧压上来一股沉甸甸的力道，塌陷下去。她不受控制，裹成小粽子的身子顺着下塌的弧度直接往那人滑去。

“再不起床得迟到了。”被子外传来低沉的嗓音，难得的好耐性，哄道，“乖，我给你做了早饭。”

闻言，被子里的一小团默了默，下一瞬，缓慢露出一双晶亮晶亮的大眼，眨巴两下，望着坐在床沿上的人。

沈寂弯腰贴近她，拿鼻尖拱了拱她的脸蛋儿：“别发呆，一会儿粥凉了。”

温舒唯脸蛋皱巴成一颗小包子，可怜巴巴，跟他软声撒娇：“可是我手酸，腿酸，全身都酸，怕是瘫痪了，连碗都端不起来。”

沈寂脸色淡淡的，亲她的嘴角，低声说：“瘫痪了我抱你，端不起碗我喂你。”

温舒唯“扑哧”一声抿嘴笑，不闹他了，两只胳膊从被子里伸出来，抱住他脖子凑过去亲亲他的脸，说：“我跟你去了亚城，我住哪儿呀？”

沈寂双臂揽住她，把姑娘从被窝里提溜出来，抱腿上，随手拿起散落在旁边的衣物给她穿，随口说：“住我单位。”

温舒唯一听，愣了：“直接住你们大院儿？你难道不怕惹人非议？”

“怕啊。”沈寂漫不经心，说着，挑起眉，食指指尖在她下巴上轻轻一钩，懒洋洋地说，“要不，住进去之前，你先跟我领个证？”

当沈寂说出“领证”两个字的时候，他语气极其自然，表情极其平静，全身上下每一处都透出一股子淡定，仿佛，此刻从他口中道出的不是什么人生大事，只是在跟她说“今天的大葱挺便宜。要不，你跟我一起去买两把”。

与沈大爷的淡然不同，温舒唯听完这话，两只眼睛瞬间惊得瞪圆。

她整个人有点儿茫然，有点儿蒙，有点儿不知所措，又有点儿似懂非懂。

再瞧瞧沈寂。

他单手拎着一件女士浅灰色卡通卫衣，翻到正面，随后又用另一只手握住姑娘一边手腕，抬起来，把那只白生生的纤细胳膊给塞进卫衣袖子。他垂着眸，神色寡淡，就跟刚才语出惊人的不是他似的。

温舒唯还沉浸在种种交织在一起的复杂情绪中，脑子转不过弯，迷迷糊糊地由着他给自己穿卫衣。

一边袖子套上，沈寂换另一边。

直到沈寂理开卫衣的领口往她脑袋罩下来，温舒唯才迟迟回过神，脸微红，咬咬唇，静默几秒，小声嘀咕：“这么重要的事，是不能随便拿来开玩笑的。”

卫衣穿好，沈寂一只手环着怀里姑娘的细腰，搂着她，另一只手从她脖颈脑后穿过，替她把压在领子里的乌黑长发给轻轻撩了出来，分开五指穿过去，梳理发丝，一下一下，动作轻柔又细致。

男人修长的指尖带着一丝深秋清晨的寒气，有意无意，扫了下温舒唯光滑细腻的颈后皮肤，触感凉凉的，有点儿糙，温柔得叫她心尖发颤。

“谁说我在开玩笑。”头顶上方冷不丁响起这么句话。

温舒唯仰起脖子看他。

沈寂脸上还是那副散漫随意的表情，微垂着头。察觉到怀里丫头的目光，他眼皮微微撩起来，视线直勾勾落在姑娘白里透红的脸蛋儿上，微微挑了下眉：“我看起来像在跟你开玩笑？”

姑娘想了想，非常认真地点点头：“老实说，挺像。”

沈寂盯着她，有点儿危险地眯了下眼睛，手指捏住她下巴往上一挑，脑袋低下去，贴近她，故意放轻了嗓音慢条斯理道：“这位小姐，你这件衣服，”说话同时，他指了指穿在她身上的卫衣，“是我才给你穿上的。”

温舒唯脸上流露出一丝迷茫：“所以？”

“信不信我分分钟给你扒下来。”他沉声说。

温舒唯听出对方话语中的弦外之音，霎时脸色更红，羞得抬手打他一下，小声说：“大清早的就在这儿耍流氓，就不能正经一点。”

沈寂被她那张娇红的小脸蛋儿勾得心痒痒，双臂下劲儿把她圈得更紧，人贴近，在她脸颊上狠狠亲了口，咬她耳朵，嗓音低沉沙哑：“你说怎么办，对你我正经不了。”

他呵出的热气儿就喷在她耳垂上，那儿敏感得很，温舒唯本就怕痒，一面求饶一面笑着往后缩脖子，直躲。

沈寂哪里肯放过她，不依不饶，一只胳膊环紧怀里的小姑娘，不许她逃，另一只手腾出来，在她胳肢窝和腰窝位置挠她痒痒。姑娘被逼急了眼，又羞又气，竟也壮起胆子伸出一只小手，胡乱摸索找到他的腰，用力一掐。

沈寂“嘶”地倒吸一口凉气，咬咬牙，大掌一收，把这小东西给摁床上，居高临下地盯着她，眉毛挑得老高：“你个小丫头片子，翻了天了。”

“明明……”刚才一通闹腾令温舒唯呼吸有些不稳，她缓了缓，然后小下巴一抬，一双亮晶晶的眸子定定望着他，不甘示弱，“明明是你先动手的！怎么，只许州官放火，不许百姓点灯，只许州官挠痒痒，不许百姓掐你腰？”

沈寂眼眸深处含着笑，语气却故意阴森森的，声音低哑：“说，错没有。”

温舒唯轻哼，正儿八经地摇摇头，眼里也弥漫开灿烂笑意。

沈寂眯眼，不再说话，半跪在床上，直接上手又给那丫头好一顿收拾。

片刻后，温舒唯再也忍不住，“扑哧”一声哈哈笑起来，撑起身，整个人一下抱住他修劲的窄腰，扑进他怀里。

沈寂动作顿住，垂下头。

落地窗的窗帘没拉严，一缕晨光从外头照进室内，他眸光清浅，瞳孔映入几丝阳光，呈现出一种非常漂亮的浅棕色。两泉浅棕里如缀星辰，框进一个长发微乱、俏脸羞红的小姑娘。

姑娘小八爪鱼似的紧紧抱住他，两只手臂缠住他的腰，脸颊隔着一层衬衣布料，软软贴在他紧硬的腹肌上。既没有说话，也没有任何动作。

数秒后，小丫头身子跪坐起来，手臂松开他的腰，环住他脖颈，腻腻歪歪地贴上来，用热热的脸蛋儿蹭了蹭他轮廓分明的颊，忽然一笑，柔声说：“我当然知道你没有开玩笑。”

沈寂扣住她腰，侧头亲亲她的太阳穴，没有出声。

“虽然我们在一起的时间不算很长，但是我真的觉得，自己对你已经算挺了解了。”温舒唯说。

“是吗？”

“当然。”

“说说看。”沈寂眸子里勾起一丝兴味，抬起她下巴，垂眸直视那双晶亮晶亮的眸，“你觉得你男人是个什么样的人？”

温舒唯定定地瞧着他。

这个男人，虽然平日里总是一副满嘴骚话吊儿郎当的样子，但骨子里对感情的态度却非常慎重。

在爱情这件事上，她和他从某种程度上来说是一类人。宁缺毋滥，专一认真，爱则深爱。

“我的男人对我有多不正经，就有多深情。”温舒唯轻声开口，“绝对不会随便拿我们的婚姻大事当儿戏。”

话音落地，沈寂眸色骤然微深，并未接话。

几秒后，温舒唯深吸一口气吐出来，两只小手依旧紧紧勾着他的脖子，脸蛋红红的，望着他眨眨眼：“现在，老实交代吧。”

沈寂轻轻一挑眉，似笑非笑地瞅着她：“交代什么？”

温舒唯脑袋朝他凑得更近，眯眯眼，低声：“你从什么时候开始有……”说着，她明显有些羞窘不好意思，停了下，然后才清清嗓子接着说，“有跟我结婚的打算的？”

沈寂定定注视着她，连半秒钟的停顿都没有，淡声答道：“从我在‘奇安号’上认出你的那一刻开始。”

温舒唯闻声，一怔，整个人呆在了原地。

“当晚，‘奇安号’被海盗劫持的消息传回京城，上级紧急命令我们海军陆战队前往亚丁湾执行营救任务。”沈寂说，“仓库很黑，我看不见你的脸，但是听见你开口说话的一瞬间，我就知道你是温舒唯。”

温舒唯眸光忽地一跳，安安静静地继续听他说。

“当时我琢磨着，”沈寂抬手轻轻捏了下她的脸蛋儿，调子轻描淡写，“这可是我惦记了整整十年的姑娘，那么乖巧可爱，那么好。就算搭上这条命，我也得平平安安把这女孩儿带下船。”

沈寂说着，静了静，又说：“当晚，我把你抱上通风管道的时候，就在想，今儿我要是死在了亚丁湾，那就是命，注定我和温舒唯没缘分。我要是好人一个活了下来，就一定得娶温舒唯当老婆。”

不知怎的，听他说到这句，温舒唯鼻子发酸，眼眶忽地便泛起湿意，嘴上却故作轻松地笑出一声，哑哑地说：“这位同志，你是不是傻？居然这么草率就把自己的结婚对象定下来。我们整整十年没有见过面，万一我长残了呢？万一我毁容了呢？你打算怎么办？”

沈寂也笑了下，抱她抱得更紧，微俯身，下巴搁在她细弱的肩膀上，亲亲她的脸蛋儿，又恢复成往日那副松散随意漫不经心的腔调，懒洋洋地说：“能怎么办？自己选的丑媳妇儿，自己受着，难不成把你抱出去扔大街上？”

温舒唯被他逗得“扑哧”一声，捏他的脸：“我看你敢？”

沈寂抬起她下巴，盯着她，眼神直勾勾的，笔直又专注，道：“我该交代的已经交代完了。现在，该换我问你。”

温舒唯心跳莫名加快几拍，眨眨眼：“问我什么？”话还没说完，其实便已猜到。

沈寂沉声，一字一句：“我想娶你，很想，特别想。那你想不想嫁给我？”

温舒唯连耳根都唰一下红透，望着他，咬咬唇，欲言又止，半天没挤出个字音。

他的唇与她的只间隔半指，他手微动，在她细细的小腰上不轻不重地掐了把，低声催促：“说话。”

温舒唯羞得满脸通红，都被这个直男气死了，没忍住，攥起拳头轻轻打了他一下，娇嗔：“我说个屁呀。”

姑娘一副快抓狂的模样，红着脸气呼呼地嘀咕：“哪有人直接问女孩子想不想嫁的？求婚呢？戒指呢？沈寂同志，‘空手套白狼’可不是好行为。”

沈寂盯着她看了好一阵儿，微挑眉：“谁说我‘空手套白狼’？”

温舒唯困惑地皱眉。

他眸色深而亮，贴近她耳朵低哑道：“我整个人不都成你的了吗？”

温舒唯听出他言语间的暧昧，耳朵烫得都快熟透，瞟一眼外头越来越亮的天色，这才想起待会儿还得上班的事，赶紧推开他，忙忙慌慌道：“我得赶紧洗漱去了，不然又要迟到。”

沈寂揽着那段小腰把人勾回来，垂眸，懒洋洋地说：“你忘了什么？”

温舒唯一怔，反应过来，赶紧仰脖子在他右边脸颊吧唧一口，又换左边脸颊吧唧一口。

沈寂好整以暇：“还有嘴。”

温舒唯便又伸出两只手捧住他脸，吧唧一口吻住他好看的薄唇，贴了足足十秒钟才松开，然后便跳下床，一溜烟儿跑出了卧室。

沈寂心情大好，嘴角勾了勾，半躺在床上目送那道娇小背影冲出去，余光一扫，瞥见床边的地上，两只胡乱扔着的卡通小拖鞋。

“温舒唯。”沈寂沉声，“大秋天的地上那么凉，给我回来穿鞋。”

姑娘正在刷牙，咬着牙刷，声音含含糊糊：“哎呀，我好忙，没时间。”

卧室里的男人捏了捏眉心，认命地叹了口气，弯腰，捡起来，给他家小祖宗送拖鞋去了。

早上莫名其妙就和沈寂在床上腻腻歪歪好半天，耽误了不少时间。这天早上，温舒唯用了五分钟的时间洗漱，五分钟的时间在脸上捣腾了个淡妆，然后便以迅雷不及掩耳之势冲到了餐桌前，准备开始享用沈大爷亲手给她做的爱心早餐。

温舒唯坐在餐桌前，低眸，凝神，认认真真地端详了眼摆在自己面前的这碗玉米粥。稠度适宜，香气扑鼻，暖黄色的玉米粒和白白的米粒，看着便让人很有食欲。

她拿起勺子，喂了一勺到自己嘴里，香糯可口，味道非常不错。

就在这时，一道低沉嗓音在背后响起，随口问了句：“觉得怎么样？”

温舒唯回过头去。只见沈寂微靠在连接卧室与客厅的那面白色墙壁上，身上军装已经换好，没戴军帽。他整个人被笼在深秋的阳光里，英俊挺拔，招摇耀眼得像个发光体，目光平静柔和地落在她身上。

“好吃，我很喜欢。”温舒唯冲他笑，竖起一根大拇指，“手艺值得点赞！”

沈寂淡淡勾了勾唇。

温舒唯又自言自语似的说：“要是每天都能吃到你给我熬的粥就好了。”

闻言，沈寂低嗤一声，迈开长腿不紧不慢地走到她跟前，站定了，大手在她脑袋上轻轻揉了把，语调散漫：“怎么，觉得我手艺还行，想我给你当免费厨子？”

姑娘眸子里都是促狭的光："我可没这么说，都是你自己理解的。"

沈寂微眯眼："以前还客客气气的，现在你使唤我使唤得挺自然啊。"

"以前是因为我跟你不熟呀。"温舒唯仰着头瞧他，眨眨眼睛，很认真地说，"原来你不喜欢这样吗？不好意思，我看你平时被我使唤得挺开心，还以为你喜欢。"

"喜欢得很，谁让这是我心肝宝贝儿小祖宗呢。"

温舒唯脸微热，道："好了，我快点吃完饭要去上班了。"

温舒唯最后是踩点儿到的杂志社。刚打完卡，单位墙上的挂钟便"嘀嗒"一声指向了八点整。

她鼓起腮帮子吹了口气，抹去额角吓出来的冷汗，回到座位，收拾了一番便起身敲响主编室的大门，进去跟梁主编说明了自己愿意到亚城分社带新人的想法。

梁美娟闻言，朝她笑了下，说："小温，其实我私心是希望你能拒绝这次出差，留在云城，继续跟踪报道之前那桩'爆炸案'。你是整个锦华云城总部最好的记者，这一点是大家公认的，洞察力强，能吃苦，文字功底也非常拔尖。"说着一顿，换上副轻松玩笑的语气，"你是我的左膀右臂，你这一走，我可就要几个月没胳膊了。不过你也不用有什么心理负担，我尊重你的个人意愿。"

温舒唯很不解："把我调到亚城分部帮忙，不是梁姐您的意思？"

梁美娟摇头："不是。"

"那为什么会派我去？"

"别说你，我也觉得纳闷儿。"梁主编道，"是新闻总局的一个大领导直接给我打的电话。"

温舒唯困惑地皱起眉。

"好了，既然你已经决定了，这边的工作就尽快移交。"梁主编低头，目光重新回到面前的电脑屏幕上，继续审稿子，"我安排了小邹和闫小玉接你手上的活，去吧。"

温舒唯虽心存疑虑却也不再多问，点点头，转身离开了主编室。

梁美娟安排过来接手温舒唯工作的两个记者，一个是在杂志社干了四年、工作经验较为丰富的老员工，另一个则是大学毕业没多久的小新人。温舒唯非常耐心，把全部文档资料重新整理了一遍，拷进硬盘，拿到两位同事面前，分门别类细细讲解。

临近中午饭点儿，温舒唯手上的活基本上都交了出去。同事们都吃饭去了，温舒唯坐在办公椅上伸了个懒腰，边喝咖啡，边拿出手机，打开微信，找到那个名为“S”的风景图头像。

发送道：我手里的工作基本上交接完啦。下午没什么事，我准备回姥姥家收拾行李，然后再给妈妈打个电话说一声。

过了会儿，对方回过来一个字：好。

温舒唯继续敲字：嗯嗯。

一条信息发过去之后，她皱了皱眉，忽然想起什么，又写道：对了，刚才我们主编告诉我，让我去亚城不是她的本意，是上头某个大领导的意思。好奇怪呀，为什么会有总局的大领导突然关注我？

这次，对面好一会儿没有回复，然后便发过来一条航班信息。

温舒唯：晚上八点半的飞机？

S：嗯。

温舒唯：OK，知道啦。

几秒后，那个名为“S”的微信号再次发来一条内容：因为我爸。

温舒唯一下没反应过来。她皱眉，盯着这四个大字仔仔细细地看了好一会儿，又翻回去看之前的聊天记录，联系上下文理解，这才顿悟。

温舒唯：是沈叔叔找人把我调到亚城出差的？为什么？

沈寂无回复。

温舒唯：为了帮你？

沈寂依然无回复。

这边，温舒唯抿抿唇，心里忽然涌出一丝异样感受。片刻后，她看着手机屏幕叹了口气，继续敲字：其实，沈叔叔真的很关心你。你们俩毕竟是亲父子，总不可能一辈子都这么别扭吧？要不，我做东，请你们父子俩吃顿和好饭？大家欢聚一堂，冰释前嫌？（小熊竖大拇指 .jpg）

信息发送成功。一秒钟过去，五秒钟过去……在第十秒的时候，掌心里的手机终于再次振动。

S：你中午吃什么？

话题陡转，把她之前敲了半天字才发出去的一大段话忽视得彻彻底底。

她无语，回复道：程菲说她又学了几样菜，做好了给我送来。人还没到，我正等她呢。

S：多吃点，下午我忙完联系你。

温舒唯正要回复，一通电话打了进来。她看眼来电显示，笑笑，边接起电话边转身往前台方向走："喂，你到了吗？嗯，好，我马上出来。"

"不错呀，手艺越来越好了。"

杂志社前台的候客区，温舒唯坐在沙发上，拿筷子夹起一片乌鱼片放进嘴里，拍拍手，一副赞叹的表情："咱程大厨再练上几个月，可以去开个酒楼。"

程菲被这女人夸张的说法给逗笑了："行了，别在这儿夸大其词吹彩虹屁。好好吃你的饭，待会儿我还得去福利院呢。"

温舒唯冲她笑眯了眼，又夹起一块鱼肉放进嘴里，腮帮子鼓鼓地嚼，含混不清道："又去做义工？你打算去做多久？"

"哪里说得清呢。"程菲两手托腮，道，"有空就去呗。做义工又不是上班，就当是给社会献爱心，那些小孩子真的怪可怜的。"

温舒唯点头赞同。

两个姑娘又东拉西扯地闲聊了会儿。忽地，温舒唯想起什么，换上副揶揄打趣的口吻，问程菲："哎，你上回不是说，跟你一块儿做义工的有个大帅哥吗？有没有什么进展？"

程菲眼睛里明显略过一丝慌张，掩饰什么般清了清嗓子，随手捋了下头发，东张西望看别处："偶尔碰上了就聊两句，还、还能有什么进展。"

温舒唯敏锐察觉到什么，眯了眯眼睛，定定盯着程菲看。

程菲皱眉："你看我干什么？"

温舒唯咬着筷子，抬手指指好友那张漂亮脸蛋儿，认真道："你脸好红。"

程菲："我这是热的，你们这栋大楼暖气开太大了。"

温舒唯继续瞧着她，忽然一笑，说："其实也挺好的。"

程菲不解："什么？"

"我们是最好的朋友，你专程跑去平谷区的福利院做义工，我还能不知道是为什么？"温舒唯说，"这么多年了，你虽然表面上嘻嘻哈哈不在意，但是你心里，从来没有放下过那个'小哥哥'。你之所以会那么同情福利院里的小孩子，也是因为那些孩子让你联想到了那个小男孩儿，对不对？"

程菲一怔，眸光微微闪动，没有说话。

温舒唯放下筷子，两只手握住程菲的胳膊，笑道：“我记得，之前是你教我的，心动很难，如果真的遇到了让自己心动的人，就要好好把握。所以我才会接受沈寂，和他在一起。菲菲，我现在真的过得很好，很幸福，所以我也希望你遇到对的人，收获自己的幸福。”

程菲弯唇，抬手敲她额头：“看见你现在这么快乐，我就已经很开心了。”

“如果真的心动，就尝试着去接触。”温舒唯说，“那个男人能到福利院做义工，和小孩子接触，可见是个心地不错的人。”

听完这番话，程菲仍有些迟疑，忐忑道：“可是，人家好像对我完全没意思。”

“那你就追他呀。”温舒唯说。

“我……”

“你身材那么好，长得还这么漂亮，天底下几个男人能扛得住你追？”

“相信我。”温舒唯拍拍她肩膀，“你二十年前遇见了那个小哥哥，念念不忘至今，现在又在相同的地方遇见了让你动心的男人，这本身就是一种很奇妙的缘分。”

正午时分，天气晴朗，阳光将整座城市温柔包裹。

平谷区儿童福利院内传出一阵琅琅读书声。

教室内，孩子们规规矩矩地坐在小课桌前，手持书本，神情专注。而在教室正前方的讲台上，站着一个身形十分高大的男人。

程菲按照惯例，又一次提前四十分钟到了教室外，透过窗子，安安静静地望着教室里正在给孩子们上英语课的男人。

一节课结束，男人收拾好书本，走下讲台，从教室前门出来了，边走边摁亮手机屏幕，查阅信息，看一眼，眉头微拧。

就在这时，前方忽然出现一道人影，挡住了他的去路。面前是一张俏生生的小脸，双颊微红，嘴角扬着抹弧度，正笑盈盈地望着他。

他静了静，礼貌而疏离地朝这女孩儿点了点头：“程小姐。”

“你好，周先生。”程菲笑着说。

打完招呼，男人便微侧身，绕过她径直离开。可刚走出没两步，背后嗒嗒嗒一阵脚步声便追过来。

“等等！”

他回过头去。

程菲心跳有些失序，定定神，然后才有些不太自然地挤出几个字，试探道：“你能不能给我一个你的联系方式？”

对方没有答话。

程菲窘迫，眼睛不太敢直视那双冷清的眸，纠结好几秒才低声说：“后天是我的生日，就当，送我一份生日礼物。可以吗？”

百里洲平静地看着她。

此时，头顶阳光灿烂，女孩儿站在光里，身上的浅色衣物明亮洁白。

而他却身处阴影中，一片黑暗。

几秒后，百里洲转身走了，头也不回，一句话也没有留下。

百里洲径直走到路边，摸出一根烟塞嘴里，点燃，神色不明。

忽地起风了，垃圾桶旁边一个脏兮兮的塑料袋被风卷起来，打着旋儿飘到百里洲脚边。他像没有察觉，迎风抽烟，黑色短发稍有些长了，额前几缕被风吹得凌乱翻飞。

百里洲视线顺着马路，落在遥远而未知的某处。燃烧后的尼古丁在冷风的肆虐下朝后突袭，他再次吐出烟圈，被那阵呛人浓烟熏眯了眼睛。

“小伙子，想打车啊？”背后响起一个笑呵呵的声音。

百里洲回头，见跟自己搭腔的是福利院的门卫大爷。大爷年纪六十来岁，两鬓斑白，穿一身深蓝色的保安服，抱着个保温杯坐在门卫室前的一把椅子上，面前还摆着个烤火炉，整张满是褶子的脸被烤得红光满面。

百里洲笑了下，随口回道：“是啊。”

“你平时不都自己开车吗？”

“前几天出了车祸，送到修理厂去了。”百里洲笑容寡淡，叼着烟，边说边踱着步子坐过去，给大爷散过去一根。

“哟，谢谢。”门卫大爷显然是个热心肠，乐呵呵地把烟接过来，又好心提醒两句，“你啊，顺着这条路往前再走个六七百米，能瞧见个巷子，穿出去就是大十字路口，那儿车多。”

百里洲虚抬了下拿烟的手，笑：“谢谢啊，师傅。”

“甭客气。”门卫大爷打开保温杯的盖子，喝下一口浓茶，咂咂嘴又说，

“我在这福利院待好几年了，见过的义工没有几千也有几百，这些年轻人，要么是大学生来混寒暑假的社会实践报告章，要么就是赶个时髦，心血来潮三分钟热度，哪有像你这样每周都来两三次，说几点就几点，还经常给孩子们带吃的，给福利院捐钱捐物。一个你，一个那漂亮小姑娘，真是不错。唉，这世道，要多几个像你们这样的青年就太好了。”

百里洲闻言，扯扯嘴角，没答话，跟大爷打了声招呼，转身离开。

他眉宇冷漠，一只手夹着烟，另一只手插在裤兜里，沿着马路牙子松散随意地往前走着。刚走出差不多三百米，一阵喇叭声忽然在街对面响起。叭叭，突兀刺耳。

百里洲视线扫过去，眯了下眼睛，只见街对面停着一辆银灰色轿车。短短几秒，百里洲心里已经有数。他在原地站定片刻，把烟抽完，随手将烟蒂往一旁的下水道入水口一丢，提步走过去。

拉开左侧后座车门，他坐进去。

后座靠右面车窗的位置坐着一个外籍男士。穿一身灰色西装，身形高大，气质儒雅，从微卷的头发丝到光整的手指甲，无一不流淌出一股子上流社会的精英味儿。

“百里先生，”杜兰特转过头，望着刚上车的百里洲微微一笑，开口就是一口流利中文，“好久不见，你看上去精神头还不错。”

“还行吧。”百里洲调子清冷又流气，跷起二郎腿，看杜兰特一眼，曼声笑道，“你找我有事，直接打个电话不就行了？杜兰特先生可是梅老身边的第一红人，我们这些跑腿打杂的，哪儿值得你纡尊降贵，跑这么个鬼地儿来。”

杜兰特笑容不减：“百里先生最近在这家福利院做义工？”

百里洲扬眉，道：“你是外国人，有所不知。在咱们中国有个说法，伤天害理的事儿做多了，死后要上刀山下油锅，我这不心里发怵，提前给自己积点儿阴德吗。”

“原来是这样。”杜兰特点点头，面上含笑，语调仍旧十分温和，“我听说，你最近和一个跟你一起做义工的女孩儿走得很近。”

百里洲闻言，眼底神色微变，但也只是极短暂的一瞬。他很快又恢复一贯的散漫表情，勾勾唇：“最近忙着给梅老跑腿儿，好些日子没开过荤，这种清纯小正妹，解腻不正合适？”

杜兰特面上的笑容淡去，眯了眯眼，眼神审度，似在判断他话语的可信度。

百里洲直视那双深蓝色的眼睛，目光冷静清明，没有丝毫波澜。

整个车厢内的空气有须臾的死寂。

杜兰特再次笑起来，抬手指指他，一副揶揄打趣的口吻："早就听说百里老板是风流种，万花丛中过，片叶不沾身，果然有一套。"

百里洲也笑，挑挑眉峰，说："行了，别绕弯子了。梅老让你大老远从亚城过来找我，难不成就想打听我床上躺着哪个女人？"

杜兰特闻声，一静，脸上笑容稍敛几分，再次开口，语气微微沉下去："于小蝶被抓的事情，你应该收到风声了。"

"知道。怎么？"

杜兰特眸光一凛，冷声说："这个女人知道的事情太多，她活着，梅老总觉得心里不太踏实。"

"据我所知，于小蝶打算坐火车出逃，那晚在火车站，梅老派过去的人全军覆没，硬是眼睁睁看着那些条子把于小蝶抓上了警车。"百里洲怅然地叹了口气，"如今于小蝶被关在拘留所，不允许任何人探视，梅老再想动手，只怕不容易了。"

杜兰特道："区区一个于小蝶，怎么可能扳得动梅老。"

百里洲挑挑眉，没说话。

杜兰特的助理低头，打开放在手边的一个黑色公文包，从里头取出了一个厚厚的牛皮文件袋，递给他，示意他打开。

百里洲拆开文件袋，见里头装着厚厚一沓文件。他拿出来翻阅，几秒后，抬眸，目光重新回到杜兰特面上，很淡地笑了。

"这就是梅老留的后手？"

"没错。"杜兰特微笑着说，"派人截杀于小蝶，能成功最好，即使失败，我们也有应对之策。BOSS 早在数年前就打点好了一家精神病疗养院，在那家疗养院里，住着一个叫'于小蝶'的病患，该患者患有严重精神分裂症，住院期间曾多次自残、伤害他人，有严重暴力倾向。甚至还伪造了每天的药品清单。"

百里洲思索数秒，道："但那些警察也不是吃素的。他们肯定会派专人对于小蝶进行精神病司法鉴定。"

"百里洲，你和于小蝶共事这么多年，难道还不知道吗？"杜兰特说，"她本来就是个疯子。"

百里洲神色不明，没有出声。

“我们要的就是警方那份精神病司法鉴定书。只要警方出具了那份证明，她是个疯子的事就板上钉钉。”

百里洲静了静，道：“梅老打算什么时候动手？”

杜兰特道：“警察动作如果够快，最迟明天就能拿到鉴定书。到时候，需要你和你的人伪装成疗养院的医护人员，以保外就医为理由，把于小蝶从拘留所弄出来。”

百里洲侧目：“为什么是我？”

“上回火车站的追杀，已经让于小蝶对我们失去信任。”杜兰特说，“你和她朝夕相处多年，当初又都在樊哥手下做事，如今，她唯一相信的人只有你。只有你才能让那个女人乖乖离开拘留所。”

车里再次一静。

片刻后，百里洲垂眸，扑哧低笑出声，拊掌叹道：“明知于小蝶现在已经走投无路，还要她死在自己唯一信任的人手上。这世上，论心狠手辣，咱们 BOSS 称第二，还真没人敢称第一。”

杜兰特用英语问道：“这句中文，我能理解为赞美吗？”

百里洲笑：“当然。”

“另外，”杜兰特沉吟须臾，又说，“于小蝶生性谨慎，不会轻易将自己的行踪透露给别人。警察会知道她的逃跑计划，只能说明，你的人里有内鬼。”

百里洲不语。

“尽快把那个鬼找出来。”

“知道了。”

杜兰特弯起唇，抬手拍了拍青年左肩膀，笑道：“BOSS 很信任你。百里洲，别让 BOSS 失望。”

百里洲听完打了个哈欠，扭着脖子问：“梅老的意思我都明白了，还有其他事儿没？”

“没有。”

“行，那我先走了。”百里洲说完，便准备推开门下车。

然而，他手刚碰到车门把，又顿了下，回转身，瞧着杜兰特眯了下眼睛。

杜兰特面露不解：“怎么？”

下一瞬，百里洲勾了勾嘴角，意味深长地笑了，吊儿郎当慢悠悠地道：

“您生日马上要到了，生日宴我可能参加不了，就提前祝梅老您生日快乐。恭祝您老人家，福如东海，寿比南山。”随后便推开车门下了车，头也不回地走了。

杜兰特目送那道高大背影远去。

“BOSS，”外籍助理开口，恭恭敬敬地用英语道，“您都听到了。”

入耳听筒里随之便传出一阵老者的沙哑低笑，和蔼可亲，听上去心情不错。

梅凤年笑够了，淡声说：“这几天，你留在云城，好好盯着他。”

“是。”

“一方面，尽快把那个内鬼揪出来；另一方面，”听筒里的嗓音顿了下，又道，“留意一下那个和他一起做义工的小女孩儿。”

杜兰特静默几秒，道：“第二点，我不太懂 BOSS 的意思。”

“百里洲是个孤儿，自幼无牵无挂，留这样的人在身边，有一个好处，那就是他心肠够硬也够狠，肯拼命，不怕死。”梅凤年说，“也有一个坏处。我控制不了他，如今他为我做事卖命，全凭他对我、对樊正天忠心。”

杜兰特没吱声。

梅凤年语重心长地叹气，说：“但是人心啊，是最不可信的。这么多年，我一直很希望，这些孩子都能有点儿真正在意的东西。”

“您是说，您希望他们有软肋，有牵绊？”

“谁也不能保证，这些孩子不会成为第二个于小蝶。”梅凤年道，“只有手上攥着他们的命门，我才能睡得安稳。”

下了那辆灰色辉腾，风更烈，头顶的天空云层厚重，天幕压得极矮，叫人喘不过气。

快下雨了。

百里洲烟瘾又上来了，从裤兜里摸出烟盒，一抖，空了。他眉心拧成一个川字，看着空了的黄鹤楼烟盒，眸光微沉，脑子里一刹那浮现出一张女人的脸。

皮肤很白，大大方方地袒露在阳光下，化着清淡细致的妆容，笑容腼腆，清丽姣好。细细的眉，弯弯的眼。她的脸型不算圆润，也不是瓜子脸，是最古典耐看的鹅蛋形，鼻梁细细的，挺而直，唇形长得很特别，两边嘴角往上翘，上唇中部嵌着一个可爱性感的唇珠。

百里洲想起数分钟前在福利院里发生的事。

他勾勾嘴角，自嘲似的弯了下唇，随手把空了的烟盒丢进垃圾桶。侧过头，不远处是一排在平谷区极常见的破旧平房，其中一家打开门做生意，开了个杂货店，门口挂着个脏兮兮的破招牌，用红色毛笔歪歪扭扭地写着一个“烟”字。

百里洲迈开大步过了街，走到杂货店前买烟。

这店面小得可怜，门沿低矮，他身形挺拔高大，站进去都得弯腰。往里一瞧，一个八十多岁的老婆婆坐在一个小板凳上，正边烤火边看一台市面上已经淘汰多年的老电视。

“一包玉溪。”然后就准备刷手机付钱。

这时，老婆婆看了他一眼，说：“这儿只收现钱。”

百里洲动作顿了下，脸色冷淡，没说什么，伸手去摸钱包。

就在这时，一只白生生的小手忽然从背后“嗖”一下伸出来，纤细雪白的五根手指攥着几张十元纸币，递到柜台里面。

“多少钱？”姑娘的嗓音紧接着响起来，轻柔好听，带着几分笑意，“我这儿正好有零的。”

百里洲静默两秒，侧过头。

身旁不知何时多出一个俏生生的女孩儿，穿着浅色连衣裙，外面套了一件同色系的针织衫外套，长发散在肩头，正笑吟吟地跟卖烟婆婆说话。

百里洲微皱了下眉，正要说话，那个卖烟婆婆却已经把女孩儿手里的钱收了，拿出一盒烟放桌上，又找过来几枚一块钱的硬币。

姑娘随之低头，用右手把那些硬币一枚一枚拿起来，一枚一枚放进左手掌心。

百里洲淡淡地说：“谢谢。”

程菲闻声，抬头看过来。对上那双清冷深邃的黑眸，她心跳无意识加快几拍，红着脸笑笑，尽量自然地冲他摆手：“没事。我正好路过，而且也正好有零钱。”一顿，音量稍低几分，“你加我微信，然后转我就行了。”

百里洲没什么表情地盯着她看了会儿，没说话，自顾自从裤兜里掏出一个黑色男士钱包，打开，从里头找出一张百元纸币，捏在手里给她递过去。

程菲看着那张红票子，愣住了，没有伸手接，紧接着抬头看他：“干什么？”

“还你的钱。”百里洲没有语气地说。

“这也太多了。”程菲道，“这包烟才 26 块，你给我 100，我不是还要找你七十几块钱？我身上没有那么多零钱。”

百里洲淡声：“不用找。”

程菲被呛了下：“那怎么行，这不是占你便宜吗？”

百里洲不想和她多说，静了静，把手上那张百元纸币往玻璃烟柜上一放，道：“给你放这儿了，记得拿。”说完便转身大步走出了杂货店。

程菲呆在原地，又错愕又惊讶，须臾，抓起柜台上的钱跑了出去。站在老街上左右环顾，很快便看见一道高高大大的黑色身影。

她小跑着追上去，喊道：“周先生！”

百里洲听见背后那道嗓门儿，步子顿住，皱起眉，眼中隐忍不耐，站在原地，回转身。

“你这人……”程菲微喘着，有点好笑又有点生气地说，“你这人真的好奇怪呀。我只是想要一个你的联系方式而已，不会没事儿骚扰你的。”

百里洲瞧着这姑娘亮晶晶的眸子，眯了下眼睛。

然后，他弯腰微微朝她贴近几分。

程菲被吓了一跳，窘迫，条件反射地往后退半步。

“你搞推销的？”

“不是。”

“做微商的？”

“不是。”

百里洲直起身，语气冷淡而平稳：“那你为什么要我的电话？”

程菲脸忽地微热，强自镇定，回道：“留电话，当然是方便以后联系。”

“你联系我做什么？”

她语塞，一时不知怎么答话。

百里洲扬起眉峰，忽然没有笑意地笑了：“你看上我了？”

风更大，乱七八糟横在天上的电线被吹得乱颤，周围的老树枝叶也沙沙作响。几个坐在平房外头聊天的老头儿老太太吆喝了句“下雨啦”，然后便拎起各自的板凳转身回屋。

雨点子落下来，一滴一滴。

程菲被对方最后一个问题给整蒙了，脸红如火心跳飞快，根本不知道该说什么，隐约感觉到有水珠子落在自己头顶。

百里洲又问：“是不是？”

程菲轻轻咬了咬唇，说：“如果只是想跟你交个朋友呢？不行吗？”

“我不喜欢交朋友。”他淡声答。

程菲再次被卡了下，心头忽然生出一股无名火来，冲口而出：“那我要就是看上你了呢？”

话音落地，整个老街仿佛都静了。

不知过了多久。

百里洲抬手摸了下额头，垂着眸，忽然嗤笑出声，像是听见了什么天大的笑话。

程菲两颊滚烫，攥在手里的硬币深深陷入掌心。她这辈子也是第一次遇到这种荒谬事，也很无措，站在原地不知道该怎么办。

好一阵，百里洲似乎笑够了，抬眸看她：“你知道我叫什么名字？”

“不知道。”

“你知道我是干什么的？”

“不知道。”

“你知道我是个什么样的人？”

“不知道。”

“那么——”一连几个问题之后，百里洲眉毛高挑起来，歪了歪脑袋，“请问程小姐是看上了我什么？”

雨下大了，程菲的头发和衣服已经有些湿意，她忽然感觉到一股前所未有的狼狈和窘迫。她垂下头，用力咬了咬唇瓣，然后故作轻松地耸耸肩，笑笑，说：“不好意思，是我冒失了。抱歉啊。”

说完她转过身，淋着雨大步离开。

走出几步后，背后冷不丁响起一道嗓音，道：“喂。”

程菲步子微顿，忍着委屈和气恼，头也不回地问：“请问还有什么事？”

背后不再有回应。

程菲也不等了，吸吸鼻子抱着包就往前走，整个人不到一分钟就被淋得半湿。又走了会儿，她抬起手背抹了把脸上的雨水，准备到前面去打滴滴。

忽地，一股大力从背后一把握住了她的胳膊。

程菲一惊，下意识转过头。

男人面无表情地站在离她一步远的位置，一只手拽住她，另一只手递过来一把黑色雨伞。那把伞显然是刚买的，刚拆开外包装，商标还悬在伞柄底下晃来晃去。

程菲愣住。

“拿着。现在天气冷，淋雨会生病。”他说。

她鬼使神差伸出手，把伞接了过来。

百里洲把伞给她之后，又低眸在她身上打量了一番，眉心微蹙，静了静，把自己身上的运动服外套脱了下来，没说话，直接抖开，披在了她肩膀上。

男人转身走了。

他腿很长，没多久就完全消失在雨幕中。

程菲撑着伞站在原地，好一会儿才回过神。

她摸了摸搭在肩头的男士外套，一怔，想起他离去之前说的最后一句话——

“不用还了。”

第十一章 破

亚城地处沿海地区，是典型的热带海滨城市，气温常年居高不下，即使是深秋时节，亚城的气温也有二十好几将近三十摄氏度。温舒唯搬进沈寂在云城的住处时已经入秋，她带去的衣物大多都是秋装，卫衣毛衣加绒裙，这些衣物显然不适合带去亚城穿，便只好回姥姥家收拾行李。

突然接到弟弟顾文松的电话，莫名其妙说了一大堆，总而言之一句话，就是宋子川被人“包养”了。顾文松见过宋子川，不过两个人互看不顺眼。

温舒唯在心里有点儿无奈地叹了口气，摇摇头，说了他一顿就收起了手机。随后她站起身，走到衣柜前继续找衣服。忙活开，先把所有准备打包带走的短袖裙子一股脑地抱出来扔床上，又回头在房间里找自己的行李箱。

正在这时，一阵敲门声从大门口的方向传来，砰砰砰。

温舒唯赶紧小跑出去，打开门。只见房门外的过道上站着个人影，身形挺拔高大，身上的军装常服换成了平时穿的一件普通黑色外套，两只手各拎着一个塑料袋。

“快进来，外面刚下完雨，挺冷的吧。”她边说边侧身让他进屋，眨眨眼，有些吃惊地说，“你怎么买了这么多？”

沈寂提步进屋，随手把两个袋子放在玄关处的鞋柜上，语气很随意：“不知道你喜欢吃什么，就都买了点儿。”

温舒唯弯腰，从鞋柜里拿出一双大大的男士拖鞋放到他脚边，闻言，忍不住抿抿嘴笑出来，随口嘀咕：“那你可以打个电话问问我呀。只是让你去买带到路上吃的零食，你买这么多，这不是浪费钱吗。”

沈寂垂眸瞧着她，片刻后，伸手在她脸蛋儿上轻轻捏了下，懒洋洋地说："咱小温同志现在操心的事儿挺多了啊。怎么，怕我以后没钱娶你？"

温舒唯脸一下红了，拿胳膊轻轻撞他一下，小声叮嘱："别贫了。让你节约不是坏事，没听过幸福生活从勤俭持家开始吗？"

说完，她转身走到餐桌前，拿杯子给他倒水。

谁知刚拿起杯子，两只修长胳膊便从背后环上来，一下把她给圈住，抱得死死的。

他从后头紧紧搂住她，弯了腰，下巴直接搁在她纤细柔弱的肩窝上，侧头在她雪白的小脖子上轻啄两下，唇来回轻蹭，腻得很。

脖颈麻麻的，痒痒的，加上他靠得太紧，呼出的气息喷在温舒唯耳垂上，灼得她整只耳朵都快烧起火来。她脸红扑扑的，没挣扎，只是小手轻轻覆上他环在她腰上的大手背，柔声哄道："乖，我给你倒杯水。马上还得进屋接着收拾呢。"

沈寂亲她耳朵，低声说："纠正一下，幸福生活，从有你开始。"

温舒唯"扑哧"一声笑出来，侧过脑袋，吧唧一口亲在他脸颊上，小声："那也要节约，你赚钱多辛苦呀。"

"男人赚钱，不就给自个儿老婆花的吗？"沈寂从鼻腔里哼出一句懒散腔调，抱她更紧，"我就爱在你身上花钱。"

温舒唯一时间无言以对，自知说不过，只好小鸡啄米式点头："好好好，给我花，给我花。松开，一会儿我们赶不上飞机。"

沈寂闭眼，高挺鼻梁在她滚烫的脸蛋儿上下轻蹭，手指勾起她的下巴往回扳，又低头轻轻在她唇瓣上咬了口，然后才意犹未尽地把人放开。

脱离禁锢，怀里的姑娘登时小鱼似的溜了出去，跑回卧室。

沈寂抱过温舒唯，让那丫头身上甜甜香香的果奶味儿撩到了。他有点儿难受，面无表情地扭了扭脖子，拿起杯子给自己接了杯直饮水，仰头一口灌下去。

一大杯凉水下肚，缓过来些。

他放下水杯，也跟着进入过道旁边的卧室。

进门一瞧，整个小屋还是之前的老模样，温馨清新，充满活泼温暖的少女气息。干净倒是干净，就是床上七七八八堆满了姑娘家的小衣服小裙子，五颜六色，看着乱糟糟的。

沈寂迈着步子走进去，有点儿好笑，出声："你拆家呢？"

温舒唯正趴在地板上，抻着小脖子往床底下打望，黑乎乎一片，并没有行李箱的身影。听见沈寂的声音，她条件反射地“啊”了声，身子跪直起来，茫然地抬起脑袋看他：“你刚才说什么？”

沈寂斜靠书桌站着，站姿漫不经心，视线自上而下，直勾勾盯着这丫头看，眼睛里充满兴味。一通忙活，她长发乱蓬蓬地堆在头顶，其中一根呆毛还翘了起来，配上她那双迷茫不解的大眼睛，看着滑稽又有趣。

他勾勾嘴角，伸手捏住她的下巴轻轻晃动两下，嗓音低柔，跟哄小孩儿似的：“说我家宝贝儿最可爱。”

“满嘴跑火车，一听就不是真的。”温舒唯轻啐，心里却甜甜的，捋了捋头发从地板上站起来，扑扑手和裤子上的灰，随口说，“你去客厅里边看电视边等我，这里乱。”

沈寂好整以暇地低嗤：“原来你也知道乱。”

温舒唯不好意思，支吾了下，小声回道：“这、这不是正收拾行李吗？”然后掩饰窘迫般冲他摆手赶人，“快出去出去，我还在找我的行李箱呢。”而后自言自语地嘀咕，在屋子里原地转圈左顾右盼，很是苦恼，“家里明明还有一个大箱子，难道在姥姥房间？不可能啊。”

沈寂：“箱子？”

温舒唯：“对。”

沈寂微抬眼皮，视线由水平线上移一个微小角度，抬抬下巴，没什么情绪地说：“是柜子最上边儿的这个吗？”

温舒唯一呆，大眼眨巴两下，心生狐疑，忙颠颠地站到他旁边去，仰起脖子往上瞧——从她的角度看，目之所及，衣柜顶部空空如也，什么都没有。

温舒唯皱眉：“没有呀。”说着，甚至还踮起了脚尖仔仔细细地打望，嘀咕道，“在哪儿？在哪儿？我怎么看不见？”

沈寂默了默，闭眼拿手指捏眉心，半秒后，高大身躯站直了，没说话，径自弯下腰，手臂环住温舒唯的大腿根部，微用力，直接把人托着给举抱起来，放在了自己左边肩膀上。

海拔的封印被打破。

霎时间，一个被塞得很里面的大箱子嗖一下跳入温舒唯视野。

“啊！在那儿！我看到了！”温舒唯很欣喜，伸手胡乱往下拍了拍，兴冲冲道，“往前走几步，我马上就能拿到了。驾驾。”

沈寂撩起眼皮往上头瞧，眯眯眼：“你骑马呢？”

“不好意思。”温舒唯干巴巴地笑了下，低头看他，一双漂亮的眸子亮晶晶的，“第一次看到这么高的地方，我有点儿兴奋，理解一下。”

沈寂没再说什么，驮着她往前走了两步，在大衣柜前站定。

温舒唯两只胳膊伸出来，有些费劲儿地抱住了最里侧的大行李箱。

沈寂抬眸瞧着，有点儿担心，微皱了眉头道：“你行不行，要不放下我来。”

“没事儿，我还抱得动。”温舒唯回道，说着双手发力，把箱子从衣柜上抱下来，又小心翼翼递给了底下的沈寂，“你小心点啊，不要被砸到了，姥姥不知道在里头放了什么，很重的！”

沉甸甸的 29 寸大箱子，温舒唯两手抱都显吃力，沈寂一只手就接过去了，轻轻松松，仿佛拿的是团棉花。

他没什么情绪地回了句：“哪儿重？”

见此情形，温舒唯不由得眯了眯眼睛，肃然起敬。

啧。

就这体格，这体力，真的是没谁了。

数秒钟后，大行李箱被打开摆在了卧室正中央。温舒唯扑扑手，拿手背抹了抹额头的汗，笑眯眯道：“好了。这里没有需要你帮忙的了，你出去等我吧。给我十分钟，我马上就收拾好出来。”

沈寂闻言没说话，自顾自弯腰，坐在了那张铺着粉色小碎花床单的单人床上，低头，垂眸，随手拿起一条裙子，叠好，放进行李箱。

温舒唯站在一边儿，眼睛都看直了。

他动作明明看着慢条斯理，一点儿也不急躁，但是速度却很快，很利落，几秒光景，她好几件衣物便都在行李箱里叠好，并且摆放得整整齐齐。

温舒唯呆滞了足足半分钟，才动了动唇，磕磕巴巴地开口：“你、你在干什么？”

对面的沈大爷闻声，撩起眼皮淡淡看了她一眼：“我在吃饭。”

沈寂嗤了声：“给你这小祖宗叠衣服收拾行李，看不出来？”

温舒唯默了默，嗫嚅道：“不是，我的意思是，你为什么要帮我收拾行李？出去等我就好了呀，我又不是不会。”

“你会的事儿我就不能帮你做了？”

“好像也不是。”

“去收拾其他东西，衣服我来帮你收。”沈寂垂着眸，边给她叠衣服边淡淡地说，“二十分钟之后出门，动作快点，晚了我可一个人走了。”

温舒唯抿嘴笑，扑过去抱住他，脸蛋儿在他脸颊上蹭来蹭去，腻腻歪歪，小猫咪似的撒娇，笑吟吟道：“沈寂同志，你才舍不得呢。”

沈寂侧头，一口咬在她软嘟嘟的颊上，低声说：“别高兴得太早，要收费。”

温舒唯说：“付你十块，不能再多。”

“我看起来很缺钱？”

“那怎么收费？”

沈寂单手捏住她下巴，亲亲她的唇，懒洋洋地说：“晚上好好伺候我，知道吗？”

“呸，你个大色狼！”温舒唯脸唰地红透，抬手打了他一下，转身去洗手间收拾化妆品和护肤品去了。

几分钟后，等温舒唯抱着两个旅行收纳袋返回卧室时，沈大爷已经把她所有衣物收拾好放进行李箱了。床铺上干干净净，被子还重新叠过，变成一个方方正正的标准“豆腐块”。

看着自己的碎花小棉被，温舒唯“扑哧”一声笑出来。

沈寂开了窗通风，正靠在窗户边上抽烟，察觉，侧目看她一眼，挑挑眉：“你个小傻子又在傻笑什么？”

“没笑什么。”姑娘吐吐舌头，摇摇头，弯腰，笑盈盈地把旅行袋装进箱子里。装箱的时候，她忽然想起什么，一顿，回头看他，说，“对了，刚才小松给我打了一个电话。”

沈寂把烟灰掸进垃圾桶里，朝窗外吐烟圈儿，随口“嗯”了声：“说什么？”

“他说，宋子川最近跟一些有钱人来往。”温舒唯道。

闻言，沈寂眸光一瞬锐利，动作顿了下，视线看向她，眯了下眼睛：“什么意思？”

“按照小松的说法，他怀疑宋子川那孩子被人包养了……”说到这里，温舒唯自己都忍不住笑了下，摇摇头，“你也知道，我这弟弟脑回路比较奇特。听他说，是之前有同学看见宋子川晚自习后上了一辆宾利飞驰。”

沈寂垂眸，面上若有所思，似在思考什么，没出声。

“不过你也不要太担心。”温舒唯有点尴尬地笑了下，“也有可能是小松和我想多了，没准儿就是他哪个家里条件比较好的同学。”

沈寂沉声说：“那辆车的车牌号是多少？是不是云城本市的车？”

温舒唯叹了口气，道：“我当时也在电话里问了小松。他说是十九中的同学告诉他的，他只见过那辆车一次，而且当时是晚自习后，天太黑，他并没有看清那辆车的车牌号。”

“在什么地方见的？”

“就是十九中后校门附近的一个巷子里。”温舒唯说完，一顿，“你想调周围的监控？”

沈寂把烟头掐灭在烟灰缸里，神色冷峻，没答话。

温舒唯端详他脸色，关好箱子走过去，伸出一只小手，抓住他垂在身侧的大掌，捏了捏，低声道：“如果实在放心不下，就打个电话问问那孩子吧。”

沈寂脸上没什么表情，静默半秒，捏着手机的一头给面前的姑娘递了过去。

温舒唯一怔，不明所以，眼神里写满疑惑。

沈寂抬了抬手，还是未语。

这回温舒唯却明白了过来。她接过他的手机，抿抿唇，打开通讯录，在搜索栏里输入“宋子川”三个字，很快便跳出来一串手机号。

温舒唯摁下了拨号键。

几声忙音后，连线被切断，响起一道机械女声：“您拨打的用户暂时不方便接听您的电话，请稍后再拨。”

一连两次，都被对方挂断。

第三次她再打过去，对面直接提示已经关机。

温舒唯皱紧眉，忍不住低声说：“这孩子，真是好心当作驴肝肺。”

沈寂却没什么太大的反应，把手机拿回来，显然这样的结果早在他意料之中。

须臾，他面上浮起一个很淡的笑，伸手捏捏温舒唯的脸蛋儿：“最后检查一遍行李，我得去趟洗手间。”

温舒唯冲他笑着点头：“好。”

沈寂走出卧室，转身进了洗手间，反手把门关死。拿出手机，拨出去一个号码。

很快便接通。

丁琦的声音从听筒里传出来，道："怎么了，老沈？"

"宋子川那小子不太对劲。"沈寂沉声说，"找人盯着他。"

电话那头的丁琦一愣，不解道："宋子川？宋哥那儿子？他怎么了？"一顿，语气瞬间紧张起来，"难不成梅凤年找上他了？他有危险？"

沈寂语气很冷静："不排除这个可能。但具体是怎么回事，暂时不清楚。"

丁琦："那你从什么地方判断出他不对劲？"

沈寂语气非常冷静："一个有老婆的男人的直觉。"

丁琦："你牛。"

"总之盯紧他，随时跟我联系。"

丁琦不太耐烦地说："行了，我知道了。你什么时候走？"

"两个钟头之后的飞机。"

"好。"丁琦说着，又道，"一路顺风，亚城的日子不会太平。照顾好嫂子。我过几天来跟你会合。"

沈寂抬眸看向镜子里的自己，很淡地笑了："日子什么时候太平过。"

"也是。"丁琦也笑起来，"万事小心。"

中国亚城国际机场。

经过两个小时的空中颠簸，晚上十点四十五分，从云城飞来的国航7846号航班准点在亚城国际机场1号航站楼平稳降落。

"累不累？"沈寂替温舒唯把她的包接过来，拿在手里，捏了捏她的脸。

温舒唯笑着摇头："还好。"

两人先去取了托运的行李箱，随后，一阵手机铃声便响起来。

沈寂接起："喂。"

"寂哥。"电话那头的嗓门儿爽朗阳光，听上去非常年轻，笑呵呵道，"我是刘晓虎。你到了吧？我在出租车站台左边的那个路口等你啊。"

"嗯。"

电话挂断。

亚城是热带海滨城市，常年如夏。温舒唯脱掉针织衫外套搭在手臂上，侧头看沈寂，问："谁给你打的电话？"

"同事。"沈寂说，"单位派来接我们的。"

温舒唯闻言点点头，没有多问，跟在沈寂的身旁走出了机场大厅。

沈寂和温舒唯绕过出租车站台往左走，没多久便看见一辆红旗军车停在路边。通体纯黑，干干净净，车窗都是纯黑色单向镜面，车牌号打头标红，生人勿近。

这时，副驾驶一侧的车门开了，一个身着海洋蓝迷彩作战服的年轻男人从车上走了下来，看见沈寂，那人脸上瞬间绽开一个灿烂笑容，挥手道："寂哥！这儿！"

沈寂走过去，朝年轻军官淡淡点了下头。

驾驶室里的战士打开后备厢，下车帮着沈寂把行李箱放进去。

"寂哥，你这一走就是几个月，大家都想死你了。"年轻军官笑盈盈的，"盼星星盼月亮，总算把你盼回来了！"

"少来。"沈寂瞥他一眼，"多练你们几次，就又巴不得我赶紧去出任务了。"

年轻军官哈哈大笑，挠挠头，笑完一侧目，这才看见他家寂哥身后还跟着一个小姑娘。身形娇小，软乎水灵，一双大眼睛亮亮的，看着非常面善。

刘晓虎愣了："哥，这位是？"

不待沈寂开口，温舒唯便冲年轻军官露出一个灿烂笑容，落落大方道："你好，同志，我是温舒唯，是沈寂的女朋友。很高兴认识你。"

刘晓虎整个儿都呆了。

几秒后，沈寂侧目，视线看向年轻军官，语气非常平静："你嫂子跟你打招呼呢。"

话音落地，刘晓虎这才从震惊中回过神来，如梦初醒，下一瞬，一嗓子喊得气吞山河，惊天地泣鬼神："嫂子好！"

温舒唯没反应过来，直接被这中气十足的一嗓子给镇住了。

沈寂瞅着刘晓虎："你喊号子呢。"

青年一下红了脸，挠挠头，干笑说："不、不好意思，有点激动，有点激动。嫂子您别介意啊。"说完主动替温舒唯拉开车门，"嫂子上车。"

两分钟后，海军陆战队营区微信群。

刘晓虎：啊啊啊啊啊啊啊啊啊啊啊啊啊啊啊啊啊啊！

队员 1：？

队员 2：？

队员 3：？

……

队员 1：虎子咋了？

队员 2：不知道。不是接老大去了吗？

队员 3：老大整容了？

队员 4：咋回事儿啊？

过了会儿。

刘晓虎：兄弟们！太阳打西边儿出来了！老大带了个小姐姐回来！我们有大嫂了啊啊啊啊！感天动地！我都要哭了！！！我们的万年老光棍脱单了！！！

群里一阵安静如鸡。

须臾，整个群炸开了锅，咆哮阵阵，鞭炮声声，锣鼓喧天，热烈庆祝自家老大终于脱单。

亚城是繁华的海滨之城，旅游业极为发达，常年都有来自世界各地的游客到此处度假，整座城市极其多元化，展现出极高的兼容性。

已是夜里十一点多，驱车从机场沿机场高速一路往市中心走，周围仍是霓虹闪烁。

这座不夜城的夜晚仿佛才刚刚拉开序幕。

在飞机上颠簸了两个多小时，温舒唯有些疲乏，加上天色已经很晚，她上车没多久便开始打瞌睡，对陌生城市的好奇被疲惫感冲散。她抱着包包，整个身子几乎窝进座椅里，眼皮打架，脑袋小鸡啄米似的一点一点。

一旁，沈寂察觉，伸手轻轻晃了晃姑娘小巧的下巴，低声问："困了？"

温舒唯点点头，抬手揉眼睛，又忍不住张嘴打了个大大的哈欠。

这小模样有点儿好笑又有点儿可怜兮兮，沈寂心里一柔，手指顺着姑娘的下颌线往她耳朵滑上去，将一缕碎发捋到她耳后，嗓音低低的，轻声："困就靠着我睡会儿。"

他的举动丝毫不出格，但那修长指尖却钻进她鬓角黑发，在所有人视野的盲区里，若有似无刮了下她柔软的小耳垂。

温舒唯脸颊霎时微红，看了眼前座开车的战士和副驾驶座上的刘晓虎，默了默，不敢多说什么引人注意，只能略微歪了歪脖子，躲开他手指亲昵的触碰，稍稍打起精神，转头往车窗外看。

温舒唯问道："你们营区有多远？"

"咱们单位和机场刚好在亚城的对角线上。"副驾驶座上的刘晓虎闻言，笑着接话，“得穿个城。不过晚上不堵车，开车过去估计最多也就半个小时。”

温舒唯点点头，朝年轻军官露出一个礼貌和善的笑容，感激道：“这大晚上的还麻烦你们专程跑这一趟，真是太谢谢了。”

“嗐。”刘晓虎性格耿直豪爽，闻言大剌剌一摆手，“嫂子说哪儿的话，别客气，这本来就是上头安排给我们的工作。再说了，都是自家兄弟，你就别跟我们见外了。”

部队里的青年常年与外界隔绝，性格大多淳朴阳光。温舒唯对刘晓虎印象颇好，弯弯唇，也不再跟他说客套话。

这时，一旁的沈寂握住她一只手，不轻不重地捏了捏，道：“很晚了。来，趴我腿上睡会儿。”

温舒唯确实困得不行，不再推脱，点点头，弯腰把脑袋枕在他膝盖上，闭上了眼睛。

沈寂手掌轻轻托住她后颈，帮她调整到一个较为舒适的躺姿，等她睡安稳后，怕她着凉，又脱下自己的黑色外套搭在她身上。他视线直勾勾瞧着姑娘恬静温柔的睡颜，大掌轻抚她乌黑柔软的长发，一下一下，规律轻柔。

前边的刘晓虎忽然想起什么，扭头过来：“对了，寂哥，之前听浩哥说你在云城遇上……”余光瞥见侧躺在男人膝头正沉沉好眠的姑娘，他话音忽地一顿，嗓音不自觉便压得低低的，用极低的音量关切道，“听浩哥说，你在云城遇上麻烦了？”

沈寂没答话，微侧过头，目光透过车窗望向远处夜幕，眼神不明。

头顶天空浓黑如墨，从车里远眺，依稀可以看见蜿蜒平静的一条海岸线，海水的颜色比天幕更黑，水天连接处被海岸线割开一道口子。临海几公里，灯火煌煌，描摹出数座庞大建筑的轮廓。

那里雄踞着一座气派显赫的庄园式别墅园林。

此时，夜色像一匹没有边际的黑色绸缎，富丽堂皇的豪宅从满目黑暗中突围而出，突兀刺眼，乍一瞧，像只披着纯良皮囊，实则吃人不吐骨头的恶兽。

刘晓虎见沈寂不搭腔，循着他视线看过去，打望一番后，笑道：“那是梅府。”说着一顿，啧啧感叹，“听说，梅氏的大老板当年买下这块地，光是建这么个宅子，前前后后就花了九位数。这个价还没算里头的大园林，听说那园林里光是莲瓣兰就有好几株。这些生意人，哟喂，可真够肥的。”

刘晓虎说完，忽然反应过来什么，皱眉道：“不是吧。寂哥，你遇上的麻烦难道跟梅氏有关？”

沈寂没有语气地说：“这个梅凤年不是个简单生意人。”

刘晓虎一惊，诧异道：“什么意思？”

“没什么。”沈寂勾勾嘴角，很淡地笑了，“挺晚了，回去之后好好休息，明天还得早起上班。”

刘晓虎刚毕业不久，在军校时成绩优异表现突出，刚分来海军陆战队没几年。他在军校的专业是与通信相关，到院子以后被分到了后勤科，单纯朴实，并没有太多的心眼儿，一帮干部都拿他当个小弟弟，和战士们也能嘻嘻哈哈打成一片。

听完沈寂的话，心思单纯的刘晓虎并未多想，只是笑笑，乐呵道：“没什么就好。反正啊，寂哥你可答应我了的，下回再有任务，你得帮我跟政委做思想工作，让我跟你一起出，我都还没扛枪上过战场呢。”

沈寂笑：“好。”

“谢谢哥！”

快十二点的时候，由机场高速驶回的红旗军车平稳行至亚城北郊的一条大马路上。沿着大马路再往前行驶三分钟，荒芜中突兀出现一片电梯公寓楼。那公寓楼看着与寻常小区没什么区别，门口设有一个门卫室，两个门禁栏，和一个供车辆通行、直达停车场的大门。

此时，这个无名小区大门紧闭，距离门禁栏约百米的位置，竖立着一个警示牌，上面写着“军事管理区”五个铿锵大字。

车子一阵颠簸。

睡梦中的温舒唯醒了过来。

她睡眼惺忪，揉了揉眼睛抬眸张望，只见红旗军车继续前行，驶过小区大门后，在路口处打灯左拐，减速，车轮平稳碾压过画在水泥地面上的大片明黄警戒线，停在了一个威严宏伟的大院儿大门前。

两名持枪哨兵一左一右站在大门口，神色冷峻。

红旗军车停稳后，其中一名上前几步，察看驾驶员证件。

开车的战士落下车窗，出示士官证和红章派车单，道：“刚从机场接回寂哥。”

哨兵闻言，看了眼副驾驶座上的刘晓虎，点点头，将手里的证件交还给对方，退后半步，稍息立正，身姿笔挺，朝军车同时行军礼与注目礼。

门岗内的另一名值班战士摁下开门按钮，门禁往两侧缓缓分开，军车驶入院内。

刚睡了会儿，温舒唯精神已经恢复得差不多，趴在车窗上朝外张望，一双大眼睛里满是兴奋和好奇。

大院儿从外观看，和沈寂在云城出差的院子没什么区别，但车开进来，才发现里头别有洞天，大得不可思议。

进门后，最先映入眼帘的是三栋七层办公大楼，分别位于整个院子的东北西三面，而在面朝南面的主办公楼正前方，则是一个升旗台，五星红旗在夜色里迎风飘扬。

军车沿专用车道行驶，绕行一周，从主办公楼前驶过，途经礼堂、室内运动馆、大食堂等区域，往前又是一条林荫大道，长约五百米，周围树木丛生遮天蔽日，绿化设施非常完善。

温舒唯坐在车里，惊讶得眼睛都瞪大了，转头看沈寂，道：“你们这个院子好大呀，是不是比云城那个军区大院还大？”

“那儿是机关，平时就办办公开开会，要那么大地儿干什么。”沈寂难得好耐性，坐在车里朝林荫道左侧抬了抬下巴，“这条路过去是训练场。”

温舒唯眨眨眼，望过去，路灯的光昏昏暗暗，道路尽头一片漆黑，什么都看不清。

她有点儿激动，道：“哇，海军陆战队的训练场啊，好想去看一看。不过，我是不是不能去参观？”

沈寂说：“平时不行。周末放假的时候大家休息，可以带你去转转。”

姑娘闻声，大眼噌地冒起两束亮光，拍拍手：“好呀，好呀！”说着一顿，边左右观望边又出声问道，“我们现在是去哪儿？”

“回宿舍，睡觉。”

数分钟后，军车停在了宿舍区。

刘晓虎回头笑了笑，说：“寂哥，嫂子，你们一路辛苦了，早点休息。”

寒暄两句，两人开车离去。

温舒唯站在一栋宿舍楼门洞前，探着脑袋往里张望，只见这栋宿舍楼有五层，单元楼入口处的玻璃门上贴着一个端正的“八一”标志，里头铺着很简单的浅色瓷砖，打扫得干干净净，纤尘不染。

她抬起头。

门洞上方写着“三单元”。

“大晚上的，傻站着干什么。”沈寂从背后走过来，一手拎着行李箱，一手牵起她垂在身侧扶着包包的小手，径直带着她进了门洞。

温舒唯心脏扑通狂跳，有点儿紧张，又有点儿不安，更多的却是雀跃激动。她左右观望着，小声说：“你平时就住在这里吗？”

沈大爷看她一眼，懒洋洋地回：“不然我睡大街？”

“不是。我的意思是，”走在楼道上，怕吵到其他人，她嗓音压得更低，把他手捏得紧紧的，“这是你的宿舍，我跟你住在这里，会不会不太好？”

“你是我老婆，不跟我住跟谁住？”

温舒唯脸一下发烫，支吾：“我是怕对你影响不好。”

话没说完，边上的大爷脚下步子一停，站定了，自顾自拿出钥匙打开宿舍的大门。

“嘎吱”一声，门开。

“就这屋。”沈寂说，“进。”

温舒唯点点头，背着包定定神，提步走进去。屋子里很黑，伸手不见五指。她眨了眨眼，伸手正在墙上摸索着寻找灯开光，却听见“啪”一声，沈寂已经把灯开了。

霎时间，一室明亮。

温舒唯环顾四周。这间宿舍并不大，是典型的单身汉公寓构造——有一个独立洗手间，一个小客厅和一个卧室，地上铺着浅色瓷砖。整间屋子，除了一台电视机，一个军用铁衣柜，一张书桌和一张单人床之外，没有任何多余杂物。

桌面上摆着一个透明的玻璃水杯和一个部队发的烧水壶，干净整洁，单调有序。

“进去坐着。”沈寂反手关上门，随口道。

温舒唯回头看他，道：“我还没换鞋呢。你这地上打扫得这么干净，万一我给你踩脏了怎么办。”

“踩脏了我再拖。”沈寂语气很淡，说完把行李箱放在地上，转身进了洗手间。

须臾，水龙头的哗啦水声从洗手间里传出来。

温舒唯弯腰，蹲在地上打开行李箱，从里头找出拖鞋，换上。她侧身一瞧，只见入口处的鞋架上整整齐齐摆着好几双大大的男士军靴，春夏秋冬，款式各异，有的是迷彩色，有的是纯黑色。

她眨眨眼，拎起自己的白色运动鞋，摆在了那些军靴的旁边，拨弄几下，尽量放整齐。

一抹亮眼纯白，被旁边的几双大靴子一衬，显得更加小巧可爱。

温舒唯不自觉地弯了弯嘴角。

片刻后，沈寂从洗手间里走出来，瞥见她嘴角那抹笑，挑挑眉，指尖刮了下她左脸上的那朵小红云："小温同志，我看你开心得很啊。"

温舒唯冲他摇摇头，但笑不语。

"真是个小傻子。"沈寂嗤了声，又说，"水还没烧好。乖，过来先帮我铺个床。"

两人进了卧室。

沈寂打开军用铁柜门的一侧柜门，从里头拿出一套天蓝色的床单被套，拆下原有的，套上新的，动作利落熟练。

温舒唯牵着被角打下手，忽然问："你居然会买这么小清新的颜色？"

"发的。"

温舒唯着实震惊了。

"按照常识，我倒是知道你们单位应该会发脸盆香皂牙刷什么的，原来你们单位连床单被套都发吗？"

沈大爷闻言，眼也不抬，从善如流、淡定自若地回了句："发被套怎么了，我们还发内裤。"

温舒唯目瞪口呆，鬼使神差般想也不想地就脱口而出："发的裤子是均码吗？你能穿得进去？"

话音落地，整个屋子瞬间安静。

约莫三秒钟后，沈寂侧目，直勾勾盯着身旁面红耳赤的小姑娘看，而后微微一挑眉，似笑非笑道："你说什么？我没听清楚，再说一遍。"

温舒唯这厢脸红如火，简直恨不得一口把自己的舌头给咬下来，悔得肠子都青了。她静默了会儿，只能朝他露出一个干巴巴的笑容："没、没有啊。我什么都没说，你听错了。"

然后埋头默默套被子，羞窘欲绝，悔不当初，脑袋几乎埋进胸口，只露出一截羞成粉红色的小后颈。

忽地，温舒唯一僵，敏感察觉到后颈处传来一阵酥麻，而后眸光微闪，整个身子瞬间被人从背后紧紧拢住。

沈寂抱着她，亲完她的后颈，唇又往上移，浅浅啄吻她的脸蛋嘴角，笑了下，嗓音低哑性感得可怕：“那你喜不喜欢？”

温舒唯被他亲得迷迷糊糊神思乱飞，都不知道什么时候人就躺床上了。听完这句话，她有点儿茫然，嗫嚅道：“喜欢什么？”

沈寂低笑，唇贴近她红彤彤的小耳朵说了几个字。

温舒唯脸瞬间烫得能煎鸡蛋，抬手，轻轻打他一下，娇嗔道：“我说这位大佬，你能不能不要每天都想着那种事？”

沈寂垂眸定定盯着她，语调很冷静：“这不能怪我。”

沈寂低头吻她的唇，亲一下，再亲一下，然后把头埋进她颈窝里来回轻蹭，鼻音慵懒沙哑：“你老勾引我。”

温舒唯无语，两只小手捧着他的脸，把他的脑袋抬起来，晃来晃去：“喂，我做什么勾引你了？”

沈寂素来清明冷静的眸色深黑一片，盯着她，没说话。

姑娘也睁着一双晶莹的大眼和他对视。

好一会儿没等来回复，温舒唯眼瞧着对方瞳色越来越暗，隐约意识到一丝不对劲，连忙起身准备推开他，嘴里道：“水应该烧得差不多了，我去洗澡。”

话音未落，两只腕子便被沈寂一只手给擒住，扣到头顶。

她人被重新摁回来。

温舒唯心跳如雷，连声音都有点儿抖了，磕磕巴巴道：“我要去洗澡，放、放开。”

“一会儿我跟你一起洗。”沈寂低头贴近她耳朵，吻了吻。

温舒唯：“那现在你要干什么？”

“你。”

沈寂忽然又嗤地笑出声，贴近她，在她错愕微张的红嫩唇瓣上狠狠咬了口，道：“你哪儿需要做什么。”

哪儿需要做什么才算勾引。

只是看这小妖精一眼，他就燥得不行。

沈寂有时在想，自己对她迷恋到这般田地，哪怕有一天，她要他的命，他也会心甘情愿地拱手奉上，毫不犹豫。

此时，姑娘整个人羞得都要着火了，惊道：“这儿是你宿舍，被人听见怎么办？”

“嘘。”沈寂吻她的唇，低笑说，“你别出声就行。”

次日清晨，云城。

这是一间位于老街区的古玩店，店门陈旧，大门口挂着一个蒙了灰的旧灯笼，一块立在店门前不远处的招牌上，依稀可见“陈氏古董行”这五个字。

店内陈列着各色古董玉石，古色古香。灯光昏暗，一只八哥儿在鸟笼子里跳来跳去，叽叽喳喳地叫嚷着。

“交代你们的事都记清了？”

“嗯，洲哥放心，不会有问题。”

“好。”

最后一口烟抽完，百里洲眯着眼睛吐出一口烟圈儿，微倾身，随手把手里的烟戳灭在烟灰缸里，边端起茶杯喝水，边眼也不抬地一摆手。

几个男人点点头，神色间极是恭敬，转身从古玩店里出去了。到门口处，几人谨慎地四下张望一番，理理衣服，若无其事地分道离去，仿佛根本不认识彼此。

百里洲跷着二郎腿，坐姿散漫，面无表情地看着八哥儿在笼子里扑扇翅膀，脸色冷漠，不知在想什么。

不多时，一阵脚步声由远及近。

“吃早饭了。”一个衣着淳朴的老婆婆步履蹒跚地走了过来，端上一碗热腾腾的牛肉汤面。

百里洲没说什么，拿起筷子开始吃。

老婆婆在旁边的小板凳上坐下来，开始编竹篓，片刻后，说：“外面好像有人找你。”

百里洲脸色纹丝不变，没有语气地问：“谁找我？”

“一个女孩儿。”老婆婆语气里带上一丝笑意，“很年轻，还挺漂亮的。”

老人话音落地的瞬间，百里洲动作便顿住。

他眯了下眼睛，眼神阴沉不明。

几分钟后。

古玩店的大门被人从里头一把拉开。

百里洲踏着步子走出去，站在屋檐下面无表情地环顾一圈儿，忽地，余光扫见一个蹲坐在街沿的娇小身影。

百里洲上前。只见那姑娘背着个帆布书包，背对着他，一手拿着杯豆浆，一手拿着一袋小笼包，正津津有味吃早餐。

他皱了下眉，居高临下地俯视那道身影，眸光平添几分寒色，没有出声。

姑娘似乎察觉到什么，唰地回过头来，仰起脸看他。

下一瞬，百里洲看见那张白净漂亮的小脸上绽开一个灿烂笑容。她飞快起身面朝他站定，笑笑，咽下嘴里的小笼包后才说：“你的店这么早就开门啦？”而后又有些尴尬地笑笑，不太自然地说，“我问了福利院的院长，她说，你义工资料上填的住址就是这儿，所以我才找过来的，你……”

百里洲打断她，冷冷地问：“你来干什么？”

“哦。”

程菲笑盈盈的，打开背包，从里头拿出一件洗得干干净净的男士外套和一把整理好的雨伞，递回给他，脸微红，道：“你之前借给我的衣服和伞。喏，还你。”

闻言，百里洲伸手把那些东西接了过来，不再理她，转身就准备进屋。

“哎！”程菲皱眉，咬了咬唇，鼓起勇气跟上去。

“回你该回的地方去。”他冷淡地撂下一句话，“别跟着我。”

程菲气不过，赌气似的又跟了两步。

听见脚步声，已经走到门口的百里洲再次拧眉，面色隐忍。几秒后，他忽然回转身，直勾勾地盯着她。

程菲心忽地一紧，紧张极了，但还是仰起脖子，硬着头皮不躲不闪，直视他的眼睛。

半晌。

“小妹妹，”百里洲伸手，轻轻捏住她的下巴，表情玩味，低声说，“如果真有胆子，今晚十一点半，到城北废弃体育馆来找我。”

她眸光微跳，还想问什么，对方却已经头也不回地进了古玩店，砰，关上了大门。

锦华杂志社亚城分社位于亚城市中心的帝国大厦32层。

沈寂驾车将温舒唯送到了帝国大厦写字楼前。

“下午下了班别乱跑，等我来接你。”

“嗯嗯，知道。”

“中午就在你们单位食堂随便吃点。特殊时期，尽量不要一个人外出。”

“嗯嗯，知道。”

“有事随时跟我打电话。”

“嗯嗯。”

“都记清了？”

温舒唯闻言，叹了口气，收起补妆用的粉饼和口红，啪一下，把副驾驶座上方的化妆镜给扣了上去，扭过脑袋看沈寂，眨眨眼，语调有点无奈又有点好笑地说：“这些话，你从起床开始就在我耳朵边上翻来覆去地念叨，我还能记不清吗？我好歹也是新闻界响当当的一号人物，知名大记者，你把我当小孩儿呀？”

沈寂侧目瞧她。

姑娘今天化了淡妆，一身职业装打扮，长发在脑后扎成一个高马尾，脚上踩一双五公分黑色细高跟，整个人比平日少几分稚嫩可爱，多几分精明干练，乍一瞧，倒真像个叱咤职场的女精英。

“你可是我宝贝儿闺女。”沈寂伸手捏住她的脸蛋儿，揉两下，懒洋洋地挑了挑眉毛，“在我眼里，你当然永远都是个小孩儿。”

温舒唯轻啐，下巴一抬：“谁是你闺女，少给自己抬辈分。”

“是吗？”沈寂顺势勾住姑娘高高扬起的小下巴，倾身贴近，低下头，拿高挺鼻梁轻轻蹭她粉嘟嘟的脸蛋儿，低哑道，“那昨晚谁哆着嗓子求我的？”

话音落地，温舒唯整张脸瞬间轰一下烧起来，连耳朵都羞成番茄色。她咬咬唇，忍不住抬手在他胳膊上打一下，瞪眼小声：“闭嘴。大白天的，你在这儿胡说八道些什么？”

沈大爷气定神闲，调子寡淡又平静：“谁胡说。我在陈述事实。”

温舒唯扶额，默了默，放弃了与这个男人争论的念头，随之红着脸伸手推开车门，清了清嗓子，不动声色地跳过了“爸爸”这一话题。

“好了。我先上去了，下班前半小时我跟你联系，你也快回单位去吧。再见。”

背后响起两个字，懒懒散散拖腔带调。

“站住。”

温舒唯正要下车，闻声，身形一顿，茫然地回过头看他。

沈寂一只手很随意地搭在方向盘上，另一只手微抬高，指了指自个儿的左脸，一双桃花眼直勾勾地瞧着她，没说话，眼神里带着某种暗示。

几秒后，姑娘眨了眨眼，反应过来，脸上不受控制地便绽开一抹甜笑，身子朝他凑过去，两只胳膊抱住他脖子，吧唧一口，吻在对方薄润好看的唇上。

沈寂垂着眼皮盯着她看，没什么表情，等她亲完唇，又侧过脑袋拿左脸对着她。

红嫩的唇印上来，分别在他两侧脸颊都亲了亲。

“好啦。”温舒唯抿嘴笑，脸蛋儿和他的脸颊贴在一起，亲昵地上下蹭蹭，嗓音温软，“你刚出差回来，还得回队里报到，快走吧。我这边你不用担心。”

沈寂抬起一只手勾住她的腰，唇依次吻过她的眉心和唇，然后才放开怀里的姑娘。

温舒唯下车，反手关上车门，拎着包包站路边，冲车里军装笔挺的男人挥手道别，笑颜柔美。

沈寂眼里带着一丝很浅的笑意，冲她挑了挑下巴，示意她直接进去。

姑娘点点头，随后便依依不舍地转身，走进写字楼大门，纤细背影很快从他视野中消失。

沈寂收回视线。

短短几秒，他眼中的笑意和柔色褪去殆尽，转过头，目光越过大马路上的滚滚车流看向位于街对面的一栋摩天大楼，眸色冰凉。

太阳底下，大厦的玻璃幕墙反射出道道光线，耀眼刺目，咄咄逼人。而在大厦最顶端，可以看见四个地标式的醒目大字：梅氏集团。

沈寂面无表情地看着那栋建筑物，片刻后，点了一根烟，眯了下眼睛，若有所思。

车窗缓缓升起。

纯黑色的 SUV 从帝国大厦写字楼前驶离，开上大马路，很快便没入车流。

温舒唯到亚城分社出差的事刚一敲定，分社那边的主编便主动给她打来电话，加了微信。

亚城分社的主编姓徐，去年刚从其他主流报社跳槽到锦华，在南城分社待了大半年，成绩斐然，很受上级认可。

温舒唯和这个徐主编没有见过面。但几次微信聊天接触下来，她对这位新上级印象还不错。

温舒唯背着包走进大门。她拿出手机，正准备给徐主编打个电话，一道女声却忽然在旁边响起，笑吟吟地招呼她："舒唯！"

温舒唯闻声转头，看见一个身材高挑火辣的美人正从休息区朝她走来。

"你就是温舒唯吧？"短发美人走到温舒唯面前，站定，笑容满面。她个子将近一米七，又穿着细高跟，看上去比温舒唯高出半个脑袋还多。她道，"听梁主编说，你是她的得力爱将，这次把你借给我，她可是真真正正地忍痛割爱。"

温舒唯也弯起嘴角，从容一笑，落落大方："徐主编过奖了。梁姐派我到亚城，是让我向徐主编您请教学习的，能被派过来，我很荣幸。之后，还希望您多多提点指导。"

温舒唯业务能力出众，在整个锦华是出了名的，徐主编原本还担心对方恃才而骄，刚刚一番简单的交谈倒是打消了她的顾虑。徐主编对这个谦逊和善的年轻姑娘印象颇好，笑着伸出右手，自我介绍道："我叫徐骄阳，你叫我徐姐就行。"

温舒唯也笑着把手伸过去："徐姐好，您以后就叫我小温吧。"

寒暄几句后，徐骄阳一边领着温舒唯往电梯口方向走，一边跟她说起了目前整个锦华亚城分社的人员及运营情况。

"你也知道，亚城分社才刚刚成立，高层、中层全都是从各地东拼西凑给凑出来的。"徐骄阳一副开玩笑的揶揄语气，"现在啊，综合部、新媒体部、编辑部、记者部，每个部门都缺人手。"

"现在分社一共有多少人？"

"算上我俩，一共八个。"

"确实严重缺人手。"温舒唯皱了下眉，"招聘信息发出去了吗？面试情况如何？"

"现在不是毕业季，求职者不多。"

两人正说着话，忽地，徐骄阳捏在手里的手机振动起来。

徐骄阳看了眼来电显示，微皱眉，朝温舒唯有些抱歉地笑了下，道："不好意思，失陪一分钟。"而后便走到一旁接电话去了。

片刻后，徐骄阳挂断电话回来了。

温舒唯侧目看一眼，见对方眉心微蹙一言不发，明显有些心神不宁的样子，不由得关心道："怎么了，徐姐？有什么事吗？"

两人走进电梯。

徐骄阳刷了下卡，摁亮了"32F"。

“我儿子生病，在医院住好几天了。”徐骄阳靠着电梯内的镜面墙，很淡地笑了下，“刚才我妈打电话过来，说孩子想我了，让我今天下班早些去医院。”

温舒唯有些吃惊：“徐姐居然都有孩子了？你看着好年轻。”

“我儿子都十二岁了，还年轻什么。”徐骄阳笑。

“最近分社刚成立，你压力确实挺大的。”温舒唯心生同情，顿了下，又有点费解，“小朋友生病，是外婆在照顾？徐姐你先生呢？”

徐骄阳道：“我先生有任务，走了快两个月了。”

温舒唯猜测道：“出任务，难道你先生是……”

“我家那位，”说起丈夫，这个自信强势的女人眼神不由自主便温柔几分。她侧头看向温舒唯，竟像个小女孩儿似的眨了眨眼睛，小声，“他是个军人。”

温舒唯眸光忽地一跳，静了静，又问：“那他什么时候能回来？”

“这个谁说得清呢，可能再过个几天，可能再过个几周，甚至可能再过几个月。”徐骄阳摇头笑了下，叹气似的说，“已经12月了，这一年又快完了。我先生驻地就在亚城，可他今年一共就在家待了三个月不到。”

话音落地，电梯里陷入一阵安静。

温舒唯轻声问：“那嫁给他，你后悔过吗？”

听见这话，徐骄阳侧目，视线落在身旁的年轻姑娘脸上，然后，笑着摇了摇头。

温舒唯一怔。

叮，32层到了，电梯门朝两旁分开。两人前后从电梯里走了出去，话题一转，又回到工作上。

就在这时，又是一声“叮”。

温舒唯无意识地转过头，只见最里侧的那架VIP电梯停了下来。电梯门打开。

那架电梯的内部明显比其他普通电梯要宽敞明亮许多，里头站着好几个人，后头一排清一色的外籍面孔，脸色冷峻块头结实，都穿着黑西服，看着像是安保人员。

在几个保镖的前面，还站了两个人。

其中一个是典型的欧洲人长相，金发碧眼，眼窝凹陷，穿一身笔挺灰色西装，温文尔雅，十分面善。

另一个则是一副偏混血类型的样貌。西装革履，五官俊美，鼻梁挺而直，架一副金丝眼镜，脸部皮肤和唇色都是一种接近病态的苍白。右手拿着一块白色手帕，微掩住口。

旁边的欧洲人正说着什么，低眉垂目恭恭敬敬。

穿黑西装的男人垂着眸，面无表情地听着。那人的身体似乎不太好，短短几秒钟，他已经用手帕捂住口鼻咳嗽了好几声，整体气质看着非常阴鸷，森冷至极，几乎不像个有阳气的活人。

温舒唯不由得多看了几眼。

这时，那个男人似乎察觉到什么，也抬眸看过来。

两道目光在空气里瞬间交会。

下一秒，欧洲人看了眼电梯外的 32F，微皱眉，意识到可能是按错了楼层，便伸手摁下了关门键。

电梯门缓慢关上。

温舒唯略微皱起眉。

徐骄阳走过来：“怎么了？”

“刚才那个人……”温舒唯面色有些苦恼，自言自语地低声嘀咕，“那眼神，我好像在哪里见过？”

“你说那个帅哥？”徐骄阳在旁边接话，“他是梅氏集团的四少爷。”

话音落地，温舒唯一惊，唰一下转头看向徐骄阳，几乎以为自己听错了，愕然道：“梅氏集团四少爷？梅凤年的儿子？”

“嗯。”徐骄阳道，“梅老的第四子。听说这个梅四少出身不太光彩，所以一直养在外头。这个月底就是梅老的七十大寿，所以回来给老爷子庆个生。”

“为什么梅凤年的儿子会在这里？”

“这我就不知道了。对面就是梅氏集团，没准儿就是过来串个门儿。”

温舒唯闻言，转头朝街对面望去。果然，一栋庞然大物耸立在繁华商业区的正中央，顶端几个硕大字体：梅氏集团。

温舒唯脊梁骨莫名一阵发凉，指尖微微发颤，静默两秒后，飞快掏出手机给微信名为“S”的账号发过去一条消息：我刚才见到了梅凤年的儿子。

帝国大厦 VIP 电梯内。

“我看见那个女孩儿了。”一道嗓音冷不丁响起，音色沙哑，用英语道。

杜兰特转头看向身旁的男人，轻声用英语回问：“少爷说，温舒唯？”

“敢带着他的女人来亚城，胆子不小。”梅四少弯了弯唇，苍白俊美的面上露出一个阴森诡异的笑，“事情真是越来越有意思了。”

杜兰特：“少爷，需不需要我派人……”

梅四少轻轻一摆手。

杜兰特霎时噤声。

“杜兰特。”

“少爷，我在。”

梅四少微侧身，垂眸，视线冷漠而玩味地落在杜兰特身上。忽地，他伸出右手，轻轻卷起了杜兰特的深蓝色领带，拽着杜兰特往自己身前一拉，嗓音沙哑，黑眸阴沉，很轻很轻地笑了：“What's the secret to good script(什么才是优秀剧本的诀窍)？”

一室死寂。

后头的保镖们面面相觑，都有些发怵，大气不敢出一声。

杜兰特平静地看着眼前的年轻男人，摇头。

四少爷俯身贴近他耳朵，一字一句，用中文道：“永远别让观众，猜透你下一步要干什么。”

话音落地的瞬间，梅四少松手，低低笑出了声来，笑声低哑癫狂，眼中充满病态的兴味。

杜兰特垂眸，一声不响，恭恭敬敬地站在一旁。

“叮”一声，负二层到了。

梅四少拿手帕捂住口鼻，又是一阵咳嗽，走出了电梯。

司机早已经将车停在 VIP 电梯附近。

杜兰特上前拉开车门，梅四少弯腰落座。

“我听说，”后座车窗半落，梅四少英俊阴冷的面容隐在暗处，叫人看不清他面上神色。他语意不明地沉吟道，“那个女的还在警察手上？”

杜兰特道：“四少放心，最迟明晚就能处理干净。”

“爸爸马上就要过生日了，我不想他太操心太辛苦。”说话间，他又是一阵咳嗽，极其冷漠寡淡的语气，“告诉百里洲，于小蝶必须死。如果明晚十二点之前她还活着，那就拿他的命来换。”

“是，少爷。”

车窗升起来。

黑色轿车绝尘而去。

晚上十一点二十分，夜幕漆黑，寒风凛冽。

体育馆周围的马路上人烟稀少，只偶尔有几辆车疾驰着呼啸而过，带起漫天灰尘。

夜越深，气温越低。程菲两手交叠着搓了搓，裹紧身上的加绒厚外套，呵着热气来到废体育馆的正门前。

铁门已经斑驳生锈，上着一把大锁，从这里往里瞧，偌大的体育场安静无声，连丁点光都没有。

程菲望着上了锁的铁门抿了抿唇，思索片刻，凭记忆绕行至另一侧的一道小门附近。到了一看，这边的围墙果然比其他地方低矮许多。

矮墙年久失修，已十分残破，旁边还散落着好些垮下来的红色火砖。

程菲把包往背后一甩，踩着摞起来的砖块往墙上爬，动作吃力，摇摇晃晃，费了九牛二虎之力才翻墙进到体育馆内。

手掌和手指都有些破皮，又是灰又是土，脏兮兮的。

她忍着疼，往伤口的地方呼了呼气，扑扑手，左右环顾一番。四下漆黑，别说人了，连个鬼影子都没有。

该不是被耍了吧？

算了，进都进来了，找一圈再出去。

程菲思索着，一咬牙心一横，壮着胆子朝体育馆最深处的场地走去。

就这么漫无目的地前行了六七分钟，一阵隐隐约约的人声从某处传来。她一愣，开始以为自己听错了，停下来细细一辨认，发现确实有人声无误。

程菲一喜，循着声音传来的方向前行。不多时，只见漫无边际的黑暗中出现点点光亮。那是一个室内篮球馆。

球馆周围的空地上已经长满荒草，停满了五花八门的重型机车，还有好几辆改装过的皮卡。

程菲皱眉，背着包一头雾水地走到篮球馆入口处，站定，小心翼翼地探出头，往里张望。

与外头的荒凉死寂形成强烈对比，篮球馆内竟全是人，有男也有女。

男人们大多抽着烟，喝着酒，偶尔一个动作，便露出脖子上、手臂上的大片文身。几乎每人怀里都搂着一个年轻小姑娘。

大冬天的，那些女孩儿的衣着却很清凉，白花花的大腿和胸口全暴露在外，个个脸上都是与青涩年纪格格不入的大浓妆，叼着烟，满口脏话。

那一瞬间，程菲以为自己误入了妖怪窝盘丝洞。

下一刻，她默了默，掉头就走。

然而，就在程菲转身准备离去的前一秒，她余光里看见了一道人影。对方仍是一身运动系列的潮装，上面套了件黑色厚夹克，看着干练又帅气。

他坐在一个装满罐装啤酒的箱子上，眉眼冷淡面无表情，正在抽烟。

程菲眸光跳了跳，站在原地，呆住了，一时不知道该进还是退。

就在这时，里头有人注意到了门口的不速之客。

一个戴金项链的壮汉叼着烟走过来，他眯了眼，视线不怀好意地在程菲身上扫视一圈儿，然后出声问道："小妹妹，你是走错地儿迷路了，还是找人啊？"

壮汉嗓门儿很大，这故意地一吆喝，令所有人目光都齐刷刷看向大门口。

程菲站在原地，窘迫语塞，支支吾吾，双颊瞬间涨得通红。

她只是来赴约，根本没料到会是这样的阵仗。

"问你话呢。"壮汉走近几步，往她脸上吐了口烟圈儿，调子轻蔑又讥讽，"听不懂人话？"

人群挡住了那道人影。

程菲收回视线，抿了抿唇，硬着头皮回答："我是来找人的。"

"找人？"壮汉满脸不耐烦，"找谁？叫什么名字？"

整个篮球馆里一片安静，所有人都一副看戏似的表情看着那姑娘。

"我只知道，他姓周。"程菲顿了下，"我不知道他全名叫什么。"

"扑哧——"

"你怕不是个傻的吧？来找人，连你要找的人叫什么名字都不知道？"

整个篮球馆哄堂大笑。

那些笑声刺得程菲耳膜生疼。她垂着头，脸几乎埋进胸口，双手用力攥着挎包背带，用力到指甲几乎都陷入手掌心。

就在这时，一个声音忽然响起来，没什么情绪地说："她是来找我的。"

话音落地，所有人都是一愣。

人群自发朝两旁散开。程菲深吸一口气吐出来，微抬眸，看见一道高高大大的身影踏着步子朝自己走来。

程菲抿唇，看着进入视野的黑色男士板鞋，而后，目光往上抬些许。

男人就站在距离她半步远的位置，垂着眸，自上而下冷冷淡淡地看着她，两只手都松散地插在裤兜里。

有人惊讶地出声：“洲哥，她是你女朋友？”

“还不是。”百里洲淡声说。

程菲眼神里满是疑惑和愤怒，望着他，没有出声。

几秒后，百里洲伸手一把抓住了面前姑娘的胳膊。即使隔着厚厚的袄子，他也能清晰感觉到她手臂很细，柔若无骨，他只要一用力就能折断。

程菲心尖忽地一颤。

下一瞬，他拽起她，大步往篮球馆外头走去。

其余人不明所以，也纷纷跟了出来，站在门口围观打望。

“放手。”程菲皱眉说，“你要带我去哪儿？放手！”说完，她狠狠一挣，把他的手甩开。

两人此时已经走到了一辆改装皮卡前。

头顶夜色一片漆黑，只有篮球馆内透出的光能勉强照明。百里洲侧过头看她，英俊的面庞半边在明半边在暗，眸光黑而沉，直勾勾地盯着她。

“妹妹，有胆子，这个地方你也敢来。”他嗓音很低，盯着她的眼睛，字里行间全是压抑的盛怒。

“我……”

“来，跟你赌个更刺激的。”百里洲忽然没有笑意地笑了，指了指旁边的皮卡，冷淡散漫地说，“我开车，你扶着栏杆站后边儿，只要你扛得住……”

话音未落。

“啪！”

一记耳光狠狠打在他左脸上。

百里洲被那股力道扇得侧过头去，面无表情，没吭声。嘴里的腮肉被牙齿划破，他尝到了丝丝血腥味。

程菲胸口像压着一块大石头，一个没忍住，竟委屈得哭了出来。觉得自己太丢脸，拿手背不停地擦眼睛，然后吸了吸鼻子，没说话，转身大步离开。

脚步声逐渐远去。

百里洲站在原地，片刻后，抬头看了眼头顶的夜空，忽然狠狠一脚踹在旁边的皮卡上。

风越来越大，夜色也越来越黑。

程菲孤零零地走在体育馆的荒道上，搓搓手，把外套裹得更紧。

忽地，程菲皱眉，回过头。

那人安安静静地跟在她后边，从始至终没有发出半点声音。

她用力皱眉，嗓音出口夹杂一丝哭腔，愤愤道：“你耍我还不够吗？还想怎么样？”

他没吭声。

今晚发生的一切实在是太荒谬。程菲深吸一口气吐出来，觉得自己有点可笑又有点可怜，瞪他一眼，不想理他，转身继续往前走。

他继续跟。

又行出数米，程菲再次顿步，抬手扶了扶额，回转身，着实无语了：“我向你保证，从今以后，我不会再找你，也不会再纠缠你，即使大街上遇见了，我也绕道走，行了吗？你可以不要跟着我了吗？”说着说着，整整一晚的负面情绪排山倒海似的涌上来，她又开始哭，捂着脸宣泄似的自言自语，“我只是对你有好感，只是有点喜欢你而已，我做错了什么？大晚上被骗到这个鬼地方来受这种气，我为什么会这么倒霉！”

过了会儿。

百里洲转过头沉沉地吐出一口气，语气很压抑：“别哭了。”

她像没听见。

百里洲静默两秒，再开口，语气竟低柔得不可思议：“乖。别哭了。”

程菲整个人一滞，片刻后，抬起红红的眼睛望着他。

“十二点已经过了。”几乎不受控制地，百里洲伸手，指尖轻轻拭去她脸颊的泪珠，黑眸直直盯着她的泪眼，低声说，“今天是你的生日，过生日的姑娘，要快乐。”

百里洲手指的温度很凉，从程菲脸颊上滑过去，替她擦去眼泪，竟让她恍惚间生出一种他很温柔的错觉。

程菲怔住了。

两天前在福利院，她在询问他联系方式时，曾提过一句“后天自己要过生日”。她没有想到，这个男人会记得她随口提及的一句话。

程菲回过神，察觉到他的指尖还停留在她的脸上，这举动由一个陌生人来做，亲昵得有些出格。她心里一慌，条件反射般轻轻别过头，避开了他手指触碰，两颊不争气地再次泛起红晕。

百里洲右手僵在了半空。

他低眸，安静地看着站在自己身前的女孩儿。

夜色已经很深，起风了，姑娘黑色的发丝在晚风中翻飞。她侧头望着别处，咬紧嘴唇，不理他，一声不吭。

她红着眼眶，也红着脸蛋儿。

片刻后，程菲闭眼，深深吸了一口气，吐出来，看都不看他，道：“周先生还有别的事吗？没有的话，我要回家了。”

百里洲闻言，点了下头，径直转身就往体育馆出口走。

程菲愣住，皱眉朝那道背影喊：“你去哪儿？”

“送你。”对方头也不回地说。

程菲惊讶又茫然，动了动唇，想说什么，最终仍是沉默。几秒后，她嘀咕着腹诽两句，裹紧外套动身跟上。

前后隔着约三米的距离，男人和姑娘走在体育馆长满荒草的路面上，一路无声，谁都没有说话。

体育馆没有别的出口，要出去依然只能翻墙。

百里洲人很高，手长腿也长，胳膊往矮墙上一撑，整个人轻而易举就上去了，动作非常利落。他屈膝半蹲在墙头，扑扑手，回头往身后的墙下看。

女孩儿也已经跟上来。她抓住旁边的一棵枯树树干，踩着散砖往上爬。冬日夜幕下，娇小身形裹在厚厚的羊羔服里，看着笨重滑稽，像只呆头呆脑的企鹅。

百里洲眼里闪过一丝很淡的笑意，没说话，朝她伸出去一只手。

程菲抬眼。他的骨节修长分明，掌心宽大，看着很有力，莫名叫人心生安定。

她抿了抿嘴唇，移开目光，视而不见，继续自食其力往上爬。

百里洲见状没什么反应，把手收回。

数秒后，她终于也爬上墙头，手掩住心口，大汗淋漓地喘着气。

百里洲纵身稳稳落地，回转身，看见那女孩儿小心翼翼坐在了墙头，两条细细的腿悬空着，探头打望，紧张不安，似乎在目测足尖距离地面的高度。

百里洲盯着她，淡淡地问：“要不要我接你？”

程菲没有回话，深呼吸，两手撑住墙面猛地往下跳。与此同时，百里洲拧了眉，下意识站近半步，伸出胳膊去接她。

毫无征兆地，姑娘就这么轻轻盈盈落在了他怀里。

程菲落地后没站稳，下意识拽住百里洲的胳膊踉跄几步，回神后一抬头，这才惊觉两人此刻的距离有多近——自己被男人整个护在双臂之中，她的额头甚至已经轻轻抵住了对方棱角分明的下颌骨，一股若有似无的烟草味萦绕在她鼻息之间。

呼吸交融，程菲心尖猛地一颤，赶紧挣开他站远几步，不太自然地挤出一句："谢谢。"

百里洲脸色冷淡，像没听见她这句道谢，迈着步子径直走到停在路边的一辆黑色机车旁边，一伸手，把挂在把手上的黑色头盔拿起，朝她丢过来。

程菲下意识伸手接住，皱眉，望向他，眼神里满是疑惑。

百里洲长腿一跨，骑在了机车上，"轰隆"一声，拧燃引擎，然后侧过脑袋没什么表情地瞧着她，出声："上车。"

程菲费解道："你要带我去哪里？"

百里洲微挑了下眉，没答话，就跨在机车上等。

程菲咬了咬唇纠结片刻，走过去上了车，坐在了后座位置。她两只手抓着座位后方的凸起铁栏，尽量不与他接触。

"你爹妈没教过你，女孩子大晚上别到处乱跑？"百里洲面无表情，微弓上半身，语气很淡，"随便一个阿猫阿狗就能把你骗到荒郊野外，哪儿像个二十几岁的人。"

"抓稳。"

话音落地，黑色重机车"轰"一声飞驰出去。

程菲低呼出声，整个身子在惯性作用下猛地甩向前方，额头一下撞在他硬邦邦的背部肌群上。

下一瞬完全是无意识的举动，她双臂一把环住了他的腰，抱得死死的，像溺水的人攥紧了一根救命稻草。

隔着头盔的挡风玻璃，程菲怔然望着身前的男人，心跳如雷，两只手的掌心都沁出了薄薄细汗。

周围的斑驳老街景在她余光里转瞬即逝，街灯倒退如光束，她仿佛置身异度空间，所有景象都被模糊，镜花水月如梦似幻，唯有他是清晰而真实的。

鬼使神差般，程菲十指收拢，把他的夹克外套紧紧攥住，微倾身，左脸缓慢贴在了他的背上，微闭上眼睛。

她感受到了一种陌生未知的体温。

耳畔的风声更大了。

夜幕街灯下，机车驰过车流如梭的马路，驰过漆黑静谧的小巷，驰过明亮狭长的隧道，驰过了整整半座城。

百里洲黑色的短发被风吹得凌乱。他微垂眸，看了眼环在自己腰上的两只手臂，嘴角微不可察地勾起一道弧。

漫长一路，男人和姑娘谁都没说一句话。

最后，百里洲将程菲送到了她家小区门口。

车停了。

她察觉到什么，脸微红，这才窘迫地松开抱住男人窄腰的双手，摘下头盔递还给他，然后下了车。

已经将近凌晨三点，街上空无一人，周围静极了。

程菲有些窘迫地站在街沿，低着头，嗫嚅一阵，实在不知道能说什么，最后只能朝他挤出“多谢”两个字。

百里洲随手把头盔套上，脸色淡漠，没接她的话，拧燃引擎，掉转车头准备离去。

程菲见他要走，脱口而出地喊了声：“喂！”

百里洲动作顿住，跨在车上回过头，看她。

姑娘咬了咬唇，片刻后，像是鼓起莫大勇气一般说道：“我还不知道你的名字。”

听了这话，百里洲静了静，道：“我的名字，对你来说很重要吗？”

程菲完全没料到对方会反问这么一句，愣了下，说：“至少，我们现在也算朋友了，我问你的名字不是很正常吗？”

百里洲忽然笑了下，漫不经心道：“小妹妹，你今天也瞧见了，我们萍水相逢，压根不是一路人。我们不会成为朋友，也不会有其他任何交集。”

她用力皱眉，低声不甘道：“那今天晚上……”

“今天你不是过生日吗？”他打断她，没什么情绪地说，“带你兜风，算给你的生日礼物。”

程菲抿唇。

“福利院那边我不会再去。”百里洲调子很淡，面无表情地看着路边一株野草，“不出意外的话，我们以后应该不会再见面。”

闻言，程菲忽然不知道该说什么。她两只手无意识地绞在一起，半天才挤出一个僵笑，故作轻松道："这样啊……你是工作太忙，还是准备从云城搬走？"

百里洲侧目，视线定定落在她脸上，眸色很深："这些跟你没有关系。"

又是几秒的安静。

半晌，程菲点了点头。

"我知道了。"一顿，程菲抬眸定定看着他的眼睛，忽然竟笑起来，"《楚门的世界》里有一句台词。"

百里洲微蹙眉，看着她，没有出声。

夜幕中，姑娘笑颜很灿烂。

"如果这是最后一次见面，那我提前祝你今后的每一天，早安，午安，晚安。"

百里洲也笑了，望着她淡声说："能再见到你，我很高兴。"

程菲没有深思这句极为寻常的客套话，很平静地说："再见。"

"再见。"

说完，男人没有再停留，发动引擎，黑色机车疾驰而去，眨眼间便消失在望不到尽头的夜色中。

程菲安安静静地站在原地，风一吹，冻得她浑身一个激灵。

街道空空荡荡，路灯把她的影子拉得长长，细细。周围死寂，没有半点那个人曾经出现或存在的痕迹。

今晚的一切都太不真实。

心里某一块像是空了，有风空洞洞地吹过去。但那缺口极小，痛感极轻微，不甚明显，似乎不值得投注太多注意力。

程菲转身走了。

那个陌生人的出现，只是一颗石子在湖面激起的涟漪，一切总会恢复平静。至于今晚，就当作一场荒诞离奇的梦。

那时，她只是这么简单地想着。

入冬了，天亮得越来越晚，七点多的时候，云城上方的天才总算开了丁点儿亮口。

张春梅是云城市看守所的一名普通食堂职工，平时的工作很简单，就是给看守所的一帮警察和疑犯们煮煮饭，洗洗碗。

犯人们开饭的时间是早上七点三十分整，张春梅早早便准备好了食物，等候着。七点十五分左右，一个身形圆润的年轻警官打着哈欠走进食堂，随口道：“张姨，饭做好了没？”

“好了，好了。”张春梅应着，把一大锅热腾腾的白粥端出来，“哐当”一声放在案台上，有点儿奇怪，“平时不都是七点二十才开饭吗？今天怎么这么早啊？”

“哦，今儿有个犯人要保外就医。”年轻的胖子警官回道，“医院那边八点就会来接人，没办法，只好提前一会儿。”

张春梅有些好奇，左右张望一番，压低嗓子：“是不是那个有侏儒症的女人啊？”

“可不就是她。这个女人，身上背的案子太多了，上头盯得紧得很，这次保外就医，易叔还专程派了两个重案组的伙计跟全程，生怕这女的出丁点儿闪失，国宝都没这待遇。”胖子警官叹了口气，“你说这些疯婆子，有病不好好在精神病院待着，她非得出来祸害人！唉。”

话刚说完，食堂门外疾步走进来一个短发小女警，喊道：“胖哥！刑侦大队的人来了，要提前见于小蝶。”

“咋这么早就来了？知道了，知道了。”胖子警官一慌，摆摆手，又叮嘱张春梅道，“张姨，多给准备几个餐盘啊。”说完顺手拿了个大肉包咬嘴里，边啃边忙颠颠地出去了。

早上八点整，一辆救护车准时出现在云城市看守所大门口。

小崔警官正站在一间办公室门口抽烟，听见声响，扭过头。只见救护车的车门打开，下来两个穿白大褂的医生。

其中一个脸型偏方，年纪在四十岁左右，相貌平平不甚起眼；另一个则年轻许多，一米八几的个头，一副宽肩将白大褂撑起了形，戴一副无框眼镜，看着十分英俊儒雅。

小崔掐了烟，上前几步道：“你们就是市六医院精神科的医生？”

“对。”中年医生露出一个和善微笑，向他出示自己的工作证，“之前易警官和我们院长联系过，说是有一个病患要送到我们那里保外就医。”

小崔接过两人的证件，仔细察看。

几秒后，他把证件递还给两名医生，点点头道：“跟我进来吧。”说完便转过身，领着两人走进身后的办公室。

这间办公室不大，总共不到二十平方米，正中摆着一把审讯椅，于小蝶正垂着头、面无表情地坐在上面，两只手戴着铁手铐。旁边还站着一个便衣刑警和两个身着警服的看守所内部工作人员。

见有人进来，于小蝶抬头，往门口处看了眼。

目光触及那个戴眼镜的年轻男医生，她眸光一闪，瞳孔瞬间收缩。

中年医生径直上前，向于小蝶说明来意后，拿出听诊器对她进行基础检查。

整个过程中，于小蝶始终死死盯着年轻医生的脸。

“目前生命体征很平稳。”中年医生收起听诊器，转头看向小崔警官，“这几天在看守所出现过自残或伤人的现象吗？”

胖子警官姜海闻声接话，没好气道：“自残伤人倒是没有，就是疯疯癫癫的，一到晚上还唱歌，整得大家怵得慌。”

中年医生点点头：“先送回医院，我们再对病人做进一步检查治疗。”

小崔和边上的姜海对视一眼，脸色都不太好看。

片刻后，小崔上前两步，替于小蝶开了审讯椅，冷冷道：“走呗，病人，难不成还要我们背你上救护车？”

于小蝶神色冷漠，没说话，缓慢起身，绕过屋里的众人往办公室外面走。经过年轻男医生时，她冷漠的眼底流露出丝丝兴味，不动声色，出去了。

小崔和姜海一左一右架着于小蝶，把她带上了救护车。

两个医生也紧随其后上车。

小崔看了眼，只见除之前的年轻男医生和中年医生外，车上还有一个司机和一个穿护工服的男人，全都脸色平静，一声不吭。

小崔没有多想，很快收回视线。

车门关上，救护车缓慢从云城市看守所门口驶离，开上了大路。

救护车里鸦雀无声，没人说话。

忽地，一阵手机铃声响起来。小崔掏出手机看一眼来电显示，接起来，道：“喂，师父……嗯，我们已经在去医院的路上了……嗯嗯，放心，没出什么事儿。好嘞。”电话挂断。

姜海往旁边扫了眼，问：“易叔打的？”

“嗯。”小崔点点头，不敢有丝毫松懈，“师父本打算亲自押人去医院，结果临时有事走不开，所以才把差事交到咱们手上，可千万不能出岔子。”

姜海伸手拍了拍小崔的肩，宽慰道："放松点儿，没事的。"

救护车继续向前行驶。

经过一个大十字路口时，驾驶员打方向盘，把车开上了左转道。

姜海察觉到一丝不对劲，撩起车窗帘子往外头打望，只见救护车驶入了一条荒僻道路，周围荒无人烟，连个鬼影子都没有。他不由得皱眉，说："师傅，你这路走错了吧。去六医院应该直走，不转弯。"

话音落地，开车的司机笑盈盈地回了句："车没油了，前面四公里有个加油站，我先去加个油。"

小崔看了眼姜海，姜海也看了眼小崔。

男护工也和旁边的中年医生对视一眼。

于小蝶扭过头，看了眼从始至终安安静静、一言不发的年轻医生。

年轻医生谁都没看。他面无表情，无框眼镜下的眼神冷静无波，慢条斯理地取出一支注射器，微举高，眯着眼轻推两下。

一滴透明液体从针头溢出，落在座椅垫上，清脆的一声"嘀嗒"。

救护车一个急刹停下来。

电光石火之间，小崔猛抬臂，胳膊肘狠狠撞向距离最近的男护工下颌。男护工吃痛，咬了咬牙，从怀里摸出一把锋利短刀，狠狠朝他刺过去。

小崔急急闪避，可救护车内空间太小，"刺啦"一声，他手臂被利刃划开道口子，血水汩汩涌出来。

姜海当即狠狠一脚踹向那男护工的后背。

男护工倒地，姜海一脚踩上他脊梁骨，找准脊柱神经狠碾两下，对方顿时鬼叫一声痛死过去。

姜海正要有其他动作，忽地，一阵尖锐刺痛从他左颈处袭来。

姜海闷哼一声，反手往后拧，左臂却被那人狠狠制住，动弹不得。他目眦欲裂，咬牙，半天无法脱身。

百里洲死死勒住姜海的脖颈，镜片后的眸微垂，脸色冷酷，飞快将针筒内的药剂注射进了姜海体内。

短短几秒，姜海闭眼倒地。

"海子！海子！姜海！"小崔刚撂翻那个中年人，见状惊怒交织，双目赤红，挥拳狠狠朝百里洲砸去。

百里洲一侧身，轻而易举躲开他的致命一击，捏住他的手臂往后一折，小崔吃痛，整个人被摁死在座椅上，半天挣不开。

百里洲伸手，从小崔外套衣兜里找到手铐钥匙，随手丢给于小蝶。

于小蝶冷着脸接过，将手铐解开扔在了地上。

“你是谁？”小崔狠声道，“你们是什么人！你……”

话音未落，一记手刀劈下，年轻刑警顿时双眼一闭，陷入昏迷。

“戴着这玩意儿这么多天，疼死我了。”

于小蝶垂眸，缓慢转动着有些僵硬的纤细腕骨，又弯腰捶了捶有些酸痛的腿。下一瞬，她眸光骤凛，飞快从百里洲裤脚处摸到他绑在脚踝上的手枪，正要举枪，黑洞洞的冰冷枪口紧紧抵住她太阳穴。

于小蝶一僵。

百里洲勾勾嘴角，笑了下：“于姐，这么些日子被关在里头，看来挺辛苦啊。反应这么迟钝了？”

“毕竟上了年纪，当然比不上你们年轻人。”于小蝶缓慢直起身，侧目，看向他，眼神平静无丝毫慌乱，淡淡地说，“本来还想赌一把。可惜，输了。”

百里洲眯眼：“你知道我是来杀你的？”

她冷笑：“梅凤年这个老东西，心狠手辣，怎么可能这么好心让你来救我。”

“知道我要你的命，为什么还要跟我走？”百里洲道，“你明知道，现在只有警察保得了你。”

“我说了，我跟你出来，就是要赌一把。”于小蝶沉声，一字一句，“输，你杀了我，你去向梅凤年交差；赢，我杀了你，再去杀了梅凤年，替樊哥报仇。”

车里一阵安静。

几秒后，于小蝶平静地闭上眼睛：“动手吧。”

百里洲眯了下眼睛，须臾，扣下扳机。

消音器掩盖下，几声枪响无声无息。

于小蝶睁开眼睛，惊愕地左右环顾一番，只见男护工、中年医生以及驾驶员全都已中枪身亡。

她猛抬起头望向百里洲，震惊万分：“你……”

百里洲面无表情地收起枪：“你走吧。”

于小蝶费解莫名，皱眉：“为什么？”

百里洲没有答话。

于小蝶抿了抿唇，不再多问，转身就准备下车。忽地脚下被什么绊住，她回头一看，是之前那个被敲晕的年轻警察。

“这两个警察都看见了你的脸，也不能留了。”她没有语气地说着，弯下腰，捡起地上的短刀就要往小崔颈动脉划去。

“等等。”车厢里冷不丁响起一嗓子。

于小蝶刀一顿，抬起眼，惊得笑出声来，不可思议：“百里洲，这两个是警察。你一个贼，对条子手下留情？”

百里洲寒声道：“我有自己的打算。”

于小蝶低头，似在思索。片刻后，她缓慢将手里的刀收起，直起身，朝他淡声道：“你放了我，梅凤年那边估计是没法儿交差了，自己小心吧。”

救护车的后车门大开。于小蝶说完便转过身，准备离去。

刚迈出半步，后颈处却忽地袭来一阵尖锐刺痛，像被人从背后扎了一针。

于小蝶拧眉闷哼一声，捂住痛处，回过头去，眼神里惊疑交织，愤怒不解。

短短几秒，眼前天旋地转，一切景象都变得模糊起来。她脚下踉跄几步，甩甩头，试图让自己的大脑保持清醒。

忽地，左脚被什么绊了下。

于小蝶头昏目眩，再也支撑不住，栽倒在地。

恍惚间，她看见百里洲弯腰半蹲下来，自上而下俯视着她，眸色很冷也很静。他左手很随意地搭在膝盖上，右手慢条斯理地把玩着一枚银色戒指。

“你……”

话没说完，于小蝶便双眼一闭，失去了意识。

百里洲给戒指上的麻醉针拧上戒帽，拽起于小蝶往肩膀上一扛，起身下车。

周围一片荒芜，起风了，马路对面齐腰高的芦苇在寒风中颠来荡去。百里洲径直扛着于小蝶走进芦苇丛，拿脚扒拉开几簇芦苇，里头竟有小片空地，停着一辆破破烂烂的白色面包车，一点儿不起眼，车身上依稀可见“汇风快递”的字样。

百里洲打开面包车后备厢，从工具箱里取出一条绳子，把于小蝶的手脚一捆，封上嘴，丢进了快递盒子堆成的山里，然后又从车里拿出一身快递员的行头，换上。

穿戴完毕，他折返回救护车，把两个昏迷不醒的年轻刑警先后给扛到路边，扔进芦苇丛。

整条荒路上一片死寂，唯有风声与人做伴。

百里洲拿出手枪，熟练地上膛，扣下扳机，子弹瞬间打穿救护车的油桶。

做完一切，百里洲回到芦苇丛，把那辆快递车开了出来。

他单手把着方向盘，边开车，边拿打火机给自己点了根烟。

白烟升腾。

百里洲掸了下烟灰，面无表情地降下驾驶室车窗。

面包车从救护车旁边缓慢驶过。两车交错的刹那，一个还燃着火的蓝色打火机从快递车驾驶室掷出，碰撞救护车的车皮，哐当两声，轻巧落地。

火苗引燃汽油，“轰轰轰”的爆炸声响彻天际，救护车瞬间被熊熊烈火吞噬。

滔天火光中，面包车的车窗缓慢升起，平稳驶向远处。

行驶约十分钟，前方道路逐渐开阔，一个转弯，快递车拐上出城高速。

即将进入天网监控范围，驾驶室里的百里洲微垂头，神色冷峻，将帽檐压低几公分，挡住自己的半张脸。

忽地，一阵手机铃声突兀响起。

百里洲用两根手指夹着烟，拿出手机，屏幕上没有来电显示，也没有号码，只有“未知号码”四个字。他眯了下眼，滑开接听键：“喂。”

电话那头响起一道苍老嗓音，唤道：“小洲。”

百里洲顿了下，再开口时语气明显恭敬几分，沉声：“梅老。”

听筒对面“嗯”了声，没有语气地问：“事情进展如何？”

“解决了。”百里洲淡声答。

梅凤年显然对他的回答很满意，笑了笑，说：“辛苦了。这个月我做寿，抽空来一趟，我让人好好招待你。”

“谢谢梅老。”百里洲扯嘴角，“您的七十大寿，我怎么着也得腾时间过来恭贺您大喜。”

梅凤年笑起来，和善地叮嘱：“记得把尸体处理干净。”说着一顿，长长地叹了口气，“说起来，于小蝶是樊老弟的人，也算是我弟妹，可惜，她做事太不小心，居然落在了警察手里。你也知道，我这人心肠最软，等这阵风过去，还是得好好安葬她啊。”

“知道了。”

电话挂断。

百里洲深吸一口烟，吐出来，抬眸看向后视镜。

破旧车厢里散落着一大堆快递盒，大件小件，乱七八糟，侏儒女人手脚都被死死捆住，闭着眼，昏死在一片狼藉里。与孩童一般大的身躯几乎被纸盒子给淹没，只露出小片衣角。

他收回视线，咬碎烟蒂，眸色阴沉不明，不知在想什么。

入夜了。

七点半左右，温舒唯刚结束亚城分社的工作，坐上车，被沈寂接回海军陆战队军区大院儿的宿舍。

锦华亚城分社目前严重缺人，招聘广告投遍大街小巷，很快便吸引来了大批面试人员。

这一日，温舒唯跟在徐骄阳身后忙东忙西，又是帮着筛简历，又是帮着审核本期杂志各版块的内容初稿，还抽空面试了两个应聘主编助理的小年轻，一天下来，可以说是累得晕头转向，连喘口气儿都困难。

回大院儿的途中，温舒唯垮着小脸儿，蔫蔫瘫在座位上，一言不发。

沈寂开着车，侧目看了温舒唯一眼，伸出手指捏捏姑娘粉嫩粉嫩的脸蛋儿："怎么了？谁惹我宝宝不开心了。"

"没什么。"

沈寂大掌揉了揉她软绵绵的长发，不再多问。

一路安静。

回到宿舍，温舒唯在门口换上自己从家里带来的凉拖，回头一瞧，宿舍大门半开着，沈寂还没进来。见状，她狐疑地眨眼，挪过去，手扶着门，脑袋瓜从门缝探出去，往外张望。

走廊上灯光明亮，温舒唯抬眼瞧，只见不远处一间宿舍门前站着两道人影，一个高高大大脸色寡淡，正是她家沈大爷；对面的军官小哥看着很年轻，穿迷彩服，二十三四岁，比沈寂要矮半个头，身形结实，圆圆的脸上是一双圆圆的大眼睛，一笑，露出满口大白牙，看着和善又可爱。

两个男人正聊着什么，小胖子军官时不时还爽朗地笑几声。

温舒唯眯眼，两只耳朵竖起来，脖子伸得长长的，试图听清他们的聊天内容。

就在这时，沈寂转身迈着步子回来了，手里还拎着一袋什么东西。

温舒唯一惊，赶紧"唰"一下把脑袋收回来，转过身，若无其事地给自己倒了一杯白开水喝。

背后轻轻一声“哐”，门关上了。

沈寂在玄关处换好鞋，走进来，把拎着的塑料袋放在桌子上。

温舒唯看了眼，见袋子里装着两个芒果和两个火龙果。

她眨眨眼，把手里的水杯放下，好奇道：“这些水果是哪儿来的呀？”

“小孩儿孝敬嫂子你的。”沈寂低着头随口答。

温舒唯被“孝敬”两个字硬生生呛了下，默了默，从袋子里拿出一个芒果，捏在手里打量：“小孩儿？是刚才那个小圆脸同事吗？”闻闻，感叹，“好香呢。”

沈寂抬起眼，刚好瞧见小姑娘捧着个大芒果低头轻嗅的小模样，微歪脑袋，雪白的脸蛋儿漾开一抹满足的浅笑，看着甜软可爱，娇得腻人。

沈寂心念一动，胳膊勾住那截小细腰，一把将人揽进怀里，低头，在她脸蛋上轻轻咬了口，低声轻嗤：“刚在路上还跟只霜打了的小茄子似的，一个芒果就开心了？”

温舒唯闻言，小肩膀一垮，放下芒果，消沉地叹了口气，说：“唉，其实也没什么。”说着，耷拉着眼角，浓密的眼睫垂下去，皱皱鼻子，“只是压力有点大。”

小姑娘这副可怜巴巴的模样，跟只受了委屈的小猫儿似的。

沈寂弯腰，一把将她打横抱起，走到床边坐下来，握着姑娘软软的细腰往上提，把她放到自己腿上坐好，捏住她的下巴往上抬了抬，直勾勾盯着她，轻声：“乖，跟我说，到底发生什么事了？”

温舒唯窝在他怀里，自动在他腿上调整成一个更舒适的姿势，两只小手抱住他脖子，巴巴望着他，似乎有些犹豫。

“工作遇到问题了？”

她还是不说话。

沈寂眼一眯：“领导给你气受了？”

“不是，不是。”温舒唯一听，连忙朝他摆手，脑袋摇得拨浪鼓似的，“我们新主编是个军嫂，工作能力强，人也挺好的。虽然要求严苛了些，但绝对没有故意刁难我的意思。”

沈寂何其精明，一句话就听出了这丫头话语中的蹊跷。他凑过去吻了吻她的额头，轻声哄道：“主编没刁难你，那谁刁难你了？”

姑娘闻言一顿，然后黏糊糊地腻进他怀里，小脸儿埋在他颈窝，来回轻蹭，温软嗓音响起，不忘好奇地嘀咕：“你问这个干什么，你又不认识他们。”

“我给你出气。”

温舒唯一怔，漂亮的大眼睛抬起来，望他：“唔？”

沈寂捏住她下巴，亲亲她由于难过而略微下垂的小嘴角：“看把我小宝贝儿委屈成什么样，心疼死我了。”

温舒唯两颊各飘起一朵小红云，抱住他，脸颊软软贴紧他胸膛，轻叹一声，道：“其实也说不上刁难吧。我是总部派过来的‘空降兵’，这边的同事看我年纪轻，觉得我黄毛丫头一个，没本事，心里多多少少都会对我有些意见。《锦华》的牌子太响了，亚城分社刚一落地，业内就有无数双眼睛在盯着，出了丁点儿错误都会被无限放大。梁主编把这么重要的担子放在我肩上，我虽然表面上嘻嘻哈哈，心理压力真的挺大的。”

小姑娘嗓音柔柔的，平生第一次向人倾诉自己工作中的不顺和烦恼。

沈寂抱着她，轻轻左右摇晃，耐着性子认真听她说，大掌揉着她毛茸茸的脑袋，唇轻吻着她的鬓角，温柔得叫人心颤。

温舒唯本来只是想随口提几句，但也不知怎的，话匣子一打开就收不住，倒黄豆似的噼里啪啦讲了一大通。

好一会儿，她说完了，两只胳膊更紧地抱住沈寂，默了默，抬起头，微微泛红的大眼望着他，眨巴两下，小声试探地问：“你会不会觉得很没意思？”

沈寂：“什么？”

“就是听我说这些，你应该觉得很没意思吧？”温舒唯道，“你十七岁入伍，在军校四年，毕业后又直接进部队待到现在，大环境单纯。我跟你说的这些事，你应该很难理解，也不感兴趣吧？”

“我确实不了解地方上的企业。”沈寂抓起她一只小手，放到唇边亲了亲，低声，“但是和你有关的事，我都想了解。”

温舒唯闻言，微微一愣。

“我想了解你的工作，你的职业，你的生活，想了解和你有关的一切。”他浅棕色的桃花眼直直盯着她，“我想完全融入你，和你一起分享你所有的喜怒哀乐。我想你信任我，依赖我，把我当成你生命的一部分。”

听他说完，温舒唯鼻头忽然有些发酸。

她自幼跟着姥姥长大，和跟随父母长大的同龄人不同，她一直欠缺一个倾诉口。好在，她性格乐观，很善于在细微之处发现美好，每次遇到不顺心和挫折，总能在第一时间调整心态，不让消极情绪蔓延滋长。

高中，大学，工作。每个人生阶段的转折点，温舒唯都像一个勇敢的独行侠，一路所向披靡，无所畏惧，独立成为习惯。

可现在，一切变得不同了。

她突然多出一个后盾靠山，愿意听她诉苦撒娇，分享她的喜怒哀乐，并且无所不能，尤胜千军万马。

这种奇异的感受，让人生出一种想哭的冲动。

然后，温舒唯就真的哭了。

怀里的小姑娘眼圈儿含泪，雾蒙蒙地望着他，脸蛋红扑扑的，嘴唇咬得紧紧的，半晌不说一个字。

沈寂皱眉，手指轻轻抹去她溢出眼角的泪珠子，贴过去亲亲她的脸蛋和湿漉漉的眼角，柔声："怎么突然哭了？"

姑娘可怜巴巴，动了动唇似乎想说话，可刚松开咬住下唇的牙齿，出口却是一声"呜"，小奶猫叫似的。

半秒后，沈寂认命地叹了口气，翻身把怀里的丫头放在床上，搂怀里，大掌拍着她的背一声接一声地轻哄："不哭不哭，宝贝乖，哭丑了就不漂亮了。"

温舒唯扯过被子把脑袋捂住，裹得像颗小粽子。

哄了差不多有两分钟，怀里的呜咽声终于弱下去。

沈寂垂眸，粽子姑娘探出一颗圆圆的小脑袋，两只小手牵着小被子，眼睛和鼻头都红彤彤的，眸子晶亮晶亮地望着他，偶尔还抽搭两声。

他眯眼，手指揪住她的小鼻尖儿左右微晃："哭够了？"

温舒唯闷闷的，声音小小的："唔。"

沈寂低头狠狠一口咬在她唇瓣上："说，你哭什么？"

"没什么，就是觉得……"温舒唯脸蛋红了，小手牵着被角拉高几公分，盖住尖尖的下巴，小声含糊说了句什么。

沈寂眼里泛起浓浓笑意，手撑着头，垂眸瞧她，一侧眉峰高高挑起来，懒洋洋地说："大点儿声，我听不清。"

温舒唯羞得连耳朵都红了，咬咬唇，深呼吸，然后鼓起勇气"嗖"一下钻出被窝扑进他怀里，红嫩的唇腻腻歪歪贴近他左耳，一字一句地甜甜道："我说，我真的好喜欢你。"

沈寂轻轻笑出来，吻住她的唇瓣。

温舒唯窝在他怀里，两手吊住他脖子，仰着脖子闭着眼，柔顺乖巧地迎合。

吻了好一会儿。

一阵手机铃声忽然响起来。

沈寂像没听见，摁着怀里的小虾米继续亲亲啃啃，爱不释手。

小虾米却软绵绵地开了口，声音小小的，提醒："你电话响了。"

沈寂闻声，动作顿了下，长臂一伸从床头柜上捞起手机，而后接起："喂。"

电话那边的人明显一愣，脱口而出道："寂哥，你这声音怎么回事儿啊？这么哑，感冒了？"

温舒唯离得近，听见对面冒出这么一嗓子，没忍住，"噗"地笑出声来。

沈寂眯了眼瞧她，挑挑眉，大掌摸到被子里，挠她肉乎乎的小脚丫。

温舒唯瞪眼，不敢发出声音，捂着被子边挣边笑得打滚儿。

沈寂把手机拿远几公分，清了清嗓子，说："老何，什么事？"

"寂哥，听说你回亚城了？"何伟问。

"对。怎么？"

"巧了，我和我媳妇儿昨儿也刚到亚城。"何伟乐呵呵道，"我媳妇儿是小地方人，长这么大没去过大城市，我就带她到亚城来旅个游散散心。正好你在，咱好久没见了，明儿晚上一起吃个饭，你把嫂子也带上，咋样？"

"成。"

挂断电话。

温舒唯脸蛋儿通红，长发乱蓬蓬的，裹着被子凑过去，好奇兮兮："老战友？"

"嗯。"沈寂扔开手机重新把她捞怀里，摁床上，扣住，单手撑起下巴，自上而下地瞧着她，道，"老何带着他媳妇儿到亚城来旅游，约咱们明天晚上一块儿吃饭。"

说话的同时，修长指尖顺着她纤长的脖颈往上滑，勾出她的下颌线。

温舒唯觉得痒，歪着脑袋躲了躲，抓住那只漂亮的大手，拿两只小手捧住，眼一瞪，威胁道："再乱来，信不信我咬你呀？"

沈寂扬起眉梢："我看你敢。"

话音落地，小家伙皱起眉，腮帮子嘟起，似乎很不服气，竟真的把他的大手送到那张红嫩嫩的唇瓣前，张嘴，咬了他的食指一口。

小巧的牙齿磕在指关节骨上，一点儿不疼。

沈寂嘶地倒吸一口凉气，被她无意识的可爱举动撩得浑身火热，挑起她下巴，刻意压低了嗓音道：“谁给你的胆子？”

姑娘笑吟吟的，两手抱住他脖子，鼻尖贴着他鼻梁亲昵地拱了拱，一副很欢快的语气：“沈寂同志你呀。”

沈寂侧过头，一顿，忽地自嘲嗤笑出声。

他亲手惯出来的小祖宗，除了放手心里宠着护着，貌似也没别的法儿。

片刻后，沈寂侧躺下来，伸手把她连人带被子裹进怀里，紧紧抱住，好半晌没有说话。

一室安静。

过了会儿，怀里的小粽子拱了拱，伸出一根细白食指，戳了戳他的手臂，小声问：“你怎么忽然不说话了？在想什么？”

沈寂亲吻她的额头，垂着眸，很平静地道：“我在想，你给我下了什么迷魂药，让我这么爱你。”

竟让我开始惧怕。

惧怕分离，惧怕死亡，惧怕一切未知。

温舒唯窝在他怀里，嘴角勾起来，视线抬高，看见他性感凸起的喉结，棱角分明的下颌骨和青色胡楂，忍不住伸手，轻轻勾勒出他修长的脖颈线。

她看着窗外，轻声喊道：“沈寂。”

“嗯？”

温舒唯很轻地笑了：“我爱你，一定不比你爱我少。”

次日傍晚，温舒唯和沈寂准时到达约定地点。

吃饭的地方是何伟选的，就在亚城一个大型游乐园景区附近，是一家名为“四合”的中餐厅。餐厅消费中等，干干净净，装修雅致，内设好几个独立雅间。

入夜了，华灯初上，游乐园开放了夜场专区，大人小孩儿的欢笑与尖叫声远远传来。

雅间内。

两男两女相对而坐，面前是一张长形方桌，上面摆满了精致菜肴。

何伟是前海军陆战队队员，在役时，他在蛟龙突击队担任狙击手。扛过枪上过战场的男人，虽已退役，在老家开了个小面馆过平凡日子，但骨子里依然保留着军中男儿的血性。

这个年近三十的男人身形十分板正，眼神清明，仪表堂堂，性格开朗阳光，很爱笑，从几人见面到现在，何伟脸上的笑容几乎就没收过。坐在何伟身旁的则是一个大腹便便的年轻姑娘。

姑娘是何伟的媳妇，叫赵晓红，是何伟的初中同学，两人爱情长跑十几年，终于在今年修成正果。

大概是怀孕的缘故，她头发剪得短短的，脸上不施脂粉，脸庞白净，五官清秀，话不多。偶尔被丈夫提及，她脸上便会露出一个腼腆的浅笑，礼貌回应几句，除此之外，并不会主动说话。

席间，两个许久未见的男人聊着天，叙着旧。

"唉，超子的事我也听说了。"何伟给自己倒了杯啤酒，仰脖子一饮而尽，叹道，"前些日子，我给他打了个电话，知道他现在经济拮据，本想给他汇些钱，结果他怎么都不肯把银行账号告诉我。"

说着，何伟笑了下，摇摇头，又给自己倒满一杯。

这时，一旁的赵晓红皱起眉，伸手轻轻扯了扯他的袖子，小声说："少喝点。人家寂哥都没喝呢，你一个人还喝这么起劲。"

"寂哥是自家兄弟，这么些日子没见，我心里高兴。"何伟嘴里说着，手轻轻拍了拍赵晓红的手背，打商量的语气，柔声道，"我都戒酒几个月了，今儿让我破个例，行吗媳妇儿？"

赵晓红看着他，有点儿不开心，不说话。

何伟朝她咧嘴笑，弯下腰，脸贴近姑娘隆起的腹部，装模作样地嗯哦几声，点点头，然后抬起头来："我跟他商量过了，他说同意爸爸再喝两杯。"

赵晓红被逗得笑出声，打他一下，别过头不理他了。

年轻夫妻别扭可爱的互动，落在温舒唯眼中，叫她不由自主地弯了弯嘴角。

这时，何伟忽地又开口，说道："嫂子！来，我敬你。"说着，何伟举起酒杯站起身。

温舒唯见状，赶紧也端起自己面前的橙汁，干笑道："你坐着就行。"

"第一次跟嫂子喝酒，礼数可不能少。"何伟笑容爽朗，道，"嫂子，这是咱们第三回见面，我可算能叫你一声'嫂子'了！"

温舒唯刚开始没听出什么不对劲，喝了一口橙汁才反应过来，狐疑道：

“第三次？这不是我们第二次见面吗？第一次是在军舰，第二次就是这次呀。”

何伟听了哈哈大笑，摆摆手：“错了！嫂子，我早就见过你了！”

温舒唯：“什么意思？”

“你不知道，寂哥当初把你的照片夹在他笔记本里，走哪儿都带着，不只是我，咱队里好几个兄弟都……哎哟！寂哥你打我干什么？”

沈大爷吃着饭，语气淡淡的：“你后脑勺上有只蚊子。”

一旁的赵晓红赶紧夹了好几筷子菜到丈夫碗里，压低声：“老实吃你的饭，话多。”

“我可没乱说。”何伟耸耸肩，眼神看向沈寂，朝他挑挑眉，“是吧，寂哥？”

沈寂撩起眼皮瞥他一眼：“你脸上也想飞蚊子？”

何伟：“嘁。”

边上的温舒唯往嘴里塞了一颗西蓝花，嘴角往上翘。

沈寂察觉，在餐桌底下捏了捏她的手，低声问：“笑什么？”

温舒唯促狭地笑了下：“不告诉你。”

沈寂眯眼，大掌在她腰上轻轻一掐。她被呛住，憋着笑挪开，离他远远儿的。

饭快吃完的时候，沈寂以上洗手间的由头离席，结了账。

一行人走出“四合”餐厅。

“寂哥你不厚道啊。”何伟说，“说了我请客，你跑去把账结了，几个意思啊？”

温舒唯闻言赶紧打圆场：“反正机会还多。你们来亚城玩，当然得我们请客。”

“行吧，我也不跟嫂子你们客气了。”何伟又往前走了两步，转身面朝沈寂，站定，笑，“寂哥，兄弟永远是兄弟，要是有用得上我的地方，你就开口。”

沈寂笑了下，抬手，用力拍何伟肩膀。

几人说着话，往马路边上走去。

此时已是夜里九点多，街对面的游乐园接近闭园时间，开始清场，人们陆续从大门口朝外面走来。园区外的小贩们霎时来了精神头，卖糖葫芦串儿的大爷，卖气球的大婶，卖孙悟空面具的年轻人，全都一窝蜂涌了上去，吆喝叫卖。

这时，几个小丑打扮的人吸引了众人注意。

小丑一共有四个人，化着小丑妆，穿着小丑服，像是一个团队。有的玩甩球，有的踩高跷，很快便引来一群人围观。其中一个小丑则借此机会，向围观人群兜售一系列整蛊小玩意儿。

小丑演员在游乐园附近很常见，温舒唯看了几眼便收回目光，一回头，看见何伟走到马路对面去了。

温舒唯不解："他去哪里？"

"我想吃糖葫芦，他去给我买。"赵晓红白净的脸庞上幸福满满，"自从怀孕以后，我就特别喜欢吃糖葫芦，也不知道为什么。"

温舒唯抿嘴笑："酸儿辣女。"

赵晓红双颊微红，笑着没有说话。

街对面，何伟从老大爷手中买了两串糖葫芦，寻思着一串给自己媳妇儿，一串给寂哥媳妇儿，而后捏着两串糖葫芦过街，站在马路对面等红灯。

温舒唯陪赵晓红站在路边等。

沈寂则远远望着何伟，正准备拿出手机看时间，余光里却忽然看见一道黄色身影。

过于鲜艳刺目的颜色，瞬间从涌动的人潮中跳脱出来。

沈寂定睛细看，见是一个穿黄色演出服的小丑演员。对方安安静静地站在人群中，没有任何动作，化着夸张眼妆的双眸平静地望着某个方向，似乎在观察着什么，等待着什么。

沈寂眯了下眼睛。

"你在看什么？"温舒唯上前两步，顺着他的视线张望两眼，笑笑，"这些小丑演员应该都是一个团队，没什么奇怪的。"

沈寂却像隐约感知到什么，飞快扫一眼人行道的指示灯。红色，禁止通行，剩余时间 15 秒。

15，14……

沈寂脸色极沉，正准备横穿马路去街对面，一旁的交通指挥员大妈却拦住了他，皱眉道："干吗呢？急着投胎啊？没看见还是红灯吗？"

就在这时，一辆大卡车从马路上开过，庞大车身瞬间挡住了人行道对面的何伟。

须臾光景，大卡车驶过。

与此同时，人行道对面猛地爆发出一阵尖叫声，人群惊慌失措，乱成一锅粥，将某处团团围住，拍照的拍照，录像的录像，还有人惊呼：“这里有人受伤了！流了好多血！救护车！快叫救护车！”

“喂 120 吗？这里是市游乐园西北门，这里有人受伤了，你们快过来……”

人墙瞬间围得里三层外三层。

沈寂眸光骤凛，冲上前扒开重重人墙挤进去，第一眼看到的是落在血泊里的糖葫芦。

往前数米，何伟躺在血泊中。

“老何……”沈寂双眸赤红一片，屈膝半蹲，定神，飞快察看何伟的伤势。

枪伤，左胸。

沈寂面无表情，脸色极沉，也极冷静，托着何伟的后颈微往上抬，手指却不可控制地发抖。何伟呛在气管里的血被瞬间咳出来，恢复呼吸。

“撑着点。”沈寂沉声，眼睛几乎要滴出血来，“救护车马上来了，撑着点。”

“晓红，和孩子……”何伟已经极虚弱，意识模糊，说不出后面的话。

沈寂十指紧握成拳，骨节泛青：“我知道，我知道。”

闻言，何伟忽然笑了下，嘴唇开合，似乎在说什么，却发不出声音。

沈寂弯腰，耳朵贴近他的唇。

何伟只剩气音，一字一顿道：“若有战，召，必回……”

沈寂目眦欲裂，抬起头，看见马路对面，黄衣小丑眼神阴鸷，咧着红色嘴唇朝他微微一笑，抬手，捂住左眼，弯腰，行了一个优雅绅士的谢幕礼。

人潮一刹晃动，黄衣小丑瞬间没了踪影。

这晚，何伟被送进了手术室抢救。

袭击者下手狠辣，不留丝毫余地，子弹直接射进了何伟左胸。上救护车之前，沈寂几次尝试给何伟止血，都无济于事，鲜红的血液从这个退役战士左胸枪伤处往外涌，连带着，他的脸色也越来越苍白，眼神越来越涣散，生命体征在逐渐消逝。

医院内。

手术室亮起红灯，最后一个进去的护士长将众人拦在外面，关上大门，砰。

一片混乱忙碌之后，抢救室外的走廊陷入一片死寂，唯有女人的哭泣声，一阵接一阵，压抑不住。

温舒唯眼眶通红，看着身旁怀孕的女孩儿，想说些安慰话，最终却什么话都没说出口。

赵晓红一只手捂住嘴，几乎哭昏过去。

心口一阵一阵抽紧。不知为什么，这一刻，温舒唯忽然有些感知到了这个女人的情绪。那是一种前所未有的恐惧和无助，像一场毫无征兆的海啸，将人吞噬。

温舒唯沉默地握住赵晓红的手，视线看向不远处。

沈寂靠着墙，站在距离手术室大门最近的位置。他的脸、双手还有衣服上，都残留着已经凝固的血迹。

他的眼眶很红，很红，处于一种严重充血的状态。

不知过了多久，一阵急促的脚步声忽然从走廊的那一头传来，惊碎一地死寂。那人的步速非常快，几乎是用跑的，站定后呼吸不稳地喘着气，看了眼抢救室，又看了眼靠墙站着的沈寂，最后望向坐在休息椅上的赵晓红，神色复杂，欲言又止。

温舒唯抬头看那人一眼，有些吃惊地问："丁琦，你什么时候到亚城来的？"

"几个钟头前刚下飞机，然后就看见了网上爆出来的视频。"丁琦叹了口气，脸色凝重道，"先等老何出来再说吧。"

温舒唯皱眉，一股不祥的预感霎时从心头升起。

沈寂头微后仰，靠着墙，从始至终没说过一句话。

凌晨三点半，手术室的红灯灭了。

门打开，首先出来的是一个戴眼镜的中年男医生。男医生全副武装，穿一身手术服，戴着消毒口罩和消毒帽，边往外走边摘下手套。

大家都起身围上去。

男医生的表情不太好看，目光在几人身上扫过一圈儿，问："谁是伤者家属？"

"我。"赵晓红声音哑得几乎不成调。她双眼红肿，扶着高高隆起的肚子上前几步，深呼吸，强自镇定地忍下泪，对医生道，"我是他的妻子。"

医生叹了口气，沉声说："现在人抢救过来了，但是你要做好心理准备。

子弹还差两公分就击中左心室，伤者现在的情况非常不好，随时有突发急性心衰竭的可能，只能先转入 ICU 观察。”说着，他从身后护士手里接过一份病危通知书，递给赵晓红，“你先把这个签一下吧，到时候如果需要转院，我们会马上安排。”

话音落地，所有人的心都重重一沉。

赵晓红双手止不住地抖着，但还是定下心神，接过笔和通知单，签了字。

医生转身回到手术室。

没一会儿，几个护士就推着一辆推车从里头出来了。何伟躺在推车床上，双眼紧闭，脸色惨白，鼻腔里塞着两根透明的氧气管，还未恢复意识。

赵晓红追上去，手扶着推床栏杆轻声喊他：“老公？老公？”

何伟仍闭着眼，对外界的所有声响没有反应，整个人就像是睡着了。睡得很沉。

“家属明天下午四点再到 ICU 病房探望，现在病人需要休息。”一个护士说着，随后便将人推进了位于走廊另一端的重症监护室。

看着 ICU 病房门，赵晓红紧绷了一晚上的神经终于断开。她再次哭了。这次没有再捂嘴，没有再压抑，她双肩抽动，整副清秀的五官扭曲在一起，哭得像个孩子。她看着病房，哭着道：“你明明说过，要回来好好陪我……我等了这么多年，才终于把你等回来，为什么，为什么会这样……”

赵晓红音量不大，边哭边念叨着，像是自言自语，又像是在说给谁听，很多词汇都不清晰。

温舒唯也红了眼眶，站在赵晓红身前握住她的双臂，低声说：“晓红，你冷静一点，冷静一点。你肚子里还怀着孩子，你要好好的，要坚强。”

这句话里的某些字眼似乎惊醒了赵晓红。她一震，哭声渐止，双手无意识地扶住腹部。

这时，沈寂忽然动身走了过来。

两个女人同时转过头。

沈寂脸上的神色依旧很平静。他径直在赵晓红身前站定，片刻的静默后，开口，语气极低极低。他说：“弟妹。老何在昏迷之前，念着你和孩子。”

赵晓红一怔，满是泪水的眼睛望向他，没有说话。

“你得保重。”沈寂沉声说，“这笔账，我会替老何讨回来。”

从医院出来已经将近凌晨五点。沈寂开车把赵晓红送回她跟何伟在亚城住的酒店。

一路上，四人心情沉重，谁都没有说话。

回到酒店，赵晓红的情绪看着要比之前平静许多。她面容憔悴，朝几人挤出一个笑，说："真是谢谢你们。你们都还得上班吧，就不耽误你们了。"

"他们忙他们的，我陪着你。"温舒唯说，"你都累一宿了，再不休息可不行。放心睡一觉，下午我跟你一块儿去医院。"

赵晓红过意不去，连声说不用，但架不住温舒唯态度强硬，只好应下。

安顿好赵晓红，沈寂和丁琦准备离去，温舒唯起身将两人送到酒店房间门口。

临别时，沈寂回头看温舒唯，低声说："你单位那边……"

"没事儿，请个假就行。"温舒唯轻声打断他，故意轻描淡写说得轻松，"这种时候，晓红身边不能没人陪着。我知道你们都忙，你安心去做你的事，这里和医院那边都有我。"

沈寂眼睛盯着她，目光深沉，没有说话。

温舒唯笑，探身贴近他几分，伸出右手的小拇指，悄悄缠住他的，晃了晃，低声说："万事小心，我等你回家。拉钩了。"

"好。"沈寂嘴角很淡地勾了勾，小指收拢，"拉钩。"

这时丁琦想起什么，说："对了，嫂子。一会儿估计会有警察找上门，你们别害怕，配合就行。有什么事就跟寂哥联系。"

温舒唯点头："嗯，我知道。"

房间门一关，两个男人脸上的神色瞬间沉冷如冰。

"到底是怎么回事？"丁琦怒不可遏，憋了一晚上，终于拧紧眉头问出口，嗓音压得低低的，"老何怎么会在闹市区受枪伤？"

沈寂沿着走廊大步往楼梯口走，寒声道："想要老何的命，并且能干出闹市区持枪行凶这种疯事儿的，只有一个人。"

丁琦惊道："吉拉尼？"

沈寂眼底严霜密布，没吭声，沉默地点了一根烟。

丁琦大骂："有本事别落我手上，否则我非把他剁碎了喂狗！"

两人说话的同时已经走出酒店。车就停在路边，沈寂拉开驾驶室的车门上了车，边发动引擎边道："你大老远跑过来，云城那边出了什么事？"

丁琦坐上副驾驶座，正在系安全带，听了这话，手上动作硬生生一顿。

沈寂察觉到什么，扭过头。丁琦侧脸僵硬，眉心紧蹙。

他抽了一口烟，嗓音极沉，问：“是于小蝶？”

“于小蝶失踪了。”丁琦的语气非常懊恼，说，“于小蝶被捕后，突然就有精神病院找上公安局，出示了于小蝶几年中在那家医院住院治疗的一系列证明，并强调她有严重自残伤人的暴力倾向。按照程序，警方找了专家对于小蝶进行了精神疾病鉴定，最后鉴定的结果，是她确实患有精神分裂症。”

沈寂皱了下眉：“精神分裂症？”

“没错。所以才有了之后的保外就医。”丁琦继续道，“老易为人谨慎，并没有把于小蝶交给那家疗养院，而是联系了市第六人民医院的精神科。昨天上午，一辆救护车把于小蝶接走了，同行的还有两个负责押送的重案组刑警。结果，那辆救护车在荒郊爆炸了。”

沈寂问：“车上有没有尸体？”

“有，三具，全都烧焦了。经过法医尸检，都是成年男性。”丁琦答道，“没有于小蝶。”

“那两个同行的同志现在怎么样？”

“这倒是万幸。”丁琦道，“据老易说，他们赶到现场时，那俩年轻警察都没在烧焦的救护车上。一个被打晕，一个被注射了麻醉剂，都给扔进了路边的芦苇丛，只受了些皮肉伤，没有生命危险。他们清醒之后，证实了那辆救护车上的四个医护人员全是杀手。我初步判断，是梅凤年派去灭于小蝶口的。”

这时，沈寂已听出事件中的诸多蹊跷之处，眯起了眼睛。他沉吟数秒，忽道：“不对劲。”

丁琦不解：“什么不对？”

沈寂撩起眼皮看他，道：“如果是梅凤年派出来的人，爆炸现场不应该没有于小蝶的尸体。”

丁琦想了想，猜测：“或许，尸体被带走了？”

“四个杀手，三具尸体，证明有一个杀手活了下来，并且，他带走了于小蝶。”沈寂说，“可是这个活下来的人，为什么会留两个警察的命？”

丁琦听到这里，也疑惑起来，丈二和尚摸不着头脑，一拍脑门儿：“对啊。为什么？两个警察活下来，这不给自己添堵吗？”

车里陷入片刻的安静。

“我能想到的唯一可能性。”沈寂掸烟灰，夹烟的手指敲在方向盘上，哐哐两下，道，“这个活下来的人，和当初给公安局递匿名信的，是同一个。”

丁琦闻声，唰一下转头看他，震惊道：“你是说，这个逃走的杀手，就是一直单线联系咱们的‘伙计’？”

“这只是一个猜测。”沈寂说着，掐灭了烟头。

丁琦却显得些兴奋。自于小蝶失踪，已经过去将近二十四小时。

“老易他们调取了昨天早上看守所的监控录像，四个杀手的照片已经发我邮箱了，我还没来得及看。”说着，丁琦掏出手机，手指熟练地在屏幕上敲击两下，进入了邮箱。

“喏，就这四个。”丁琦把手机递给沈寂，“那个‘伙计’就在这四个人里头。”

沈寂接过手机，面无表情地滑动手指，翻看着几张人像。

翻到最后一张照片时，沈寂垂着眸，手指忽顿。

照片上的男人看着挺年轻，三十来岁，脸长得相当不错，就是神色淡了些，一双眼睛里像藏着两把冷刀，很矛盾，消沉厌世，又透着一股子血性狠劲儿。

沈寂的记忆力一贯好得异于常人，只一眼就认出了照片上的人物。

“百里洲。”他大脑自动浮现出这个名字，驱使声带念出来。尾音低沉，自然上扬，带着一丝疑问。

“对，就是百里洲。”丁琦说，“他当年是樊正天手下的人，现在应该跟着梅凤年。”

沈寂没有说话，若有所思。

丁琦把手机拿回去，随手翻几下，道：“只有等 DNA 比对结果出来，才知道那三具尸体谁是谁了。”

沈寂静了静，问：“老易那边现在怎么样？”

“好不容易才抓回去的疑犯又给丢了，你说老易能好过吗？听说已经给叫到局长办公室训好几顿了，怪可怜的。”丁琦叹了一口气，稍顿，紧接着嗓音一沉，道，“现在，警方的任务是抓于小蝶和几桩爆炸案的背后主谋归案，我得找回那份军方移交国安局的绝密资料，你要找吉拉尼，咱们现在的共同目标，都是梅凤年。沈老三，有什么打算？”

沈寂侧目看他：“听说这个月，梅凤年要过七十大寿？”

“还有七天。”丁琦道，“晚宴在‘梅瑞号’豪华游轮上举行。下周五晚八点整，游轮准时出海。”

沈寂眼神平定，冷静，看着城市尽头遥远的海岸线，未出声。

沈寂平视着前方，忽然开口，道：“梅凤年的四儿子。关于他，你了解多少？”

“不是很清楚。只听说是个私生子，这么多年一直被养在外头，身子骨不好，病秧子。梅凤年定居中国这么多年，这是头回把这个四少爷给接回亚城梅府。”丁琦有点儿奇怪，“你怎么忽然问起这个人？”

“太巧了。”沈寂说。

丁琦没有明白这三个字，皱眉：“什么巧？”

沈寂眸色微沉，没有再回话。

当晚。

临海庄园别墅，梅府内。

距离梅凤年的七十大寿还有最后一周，梅府内一片忙碌，用人们忙着修剪宅院花草，装点内庭，管家则忙着清点一应酒水食材。

梅氏集团的进出口业风生水起，多年来，雄厚财力为梅凤年积攒下了庞大的人脉网，但凡是叫得上名号的显赫豪门，几乎都与梅家有往来。因此，临近梅凤年七十大寿的这几日，登门道贺的富商富太太几乎踏破梅家门槛，送来的贺礼也堆积如山。

这会儿刚过晚饭的饭点儿，梅凤年一身喜庆黑金唐装，正坐在沙发上，跷着二郎腿，一边把玩友人送来的翡翠白菜，一边听两个下属汇报公司里的事。

这时，管家从大门外进来，径直走到梅凤年身旁，弯下腰，在他耳边低声说了什么。

梅凤年听完，抬起眼，朝两个西装革履的外籍中年人随意一摆手，用英语道：“你们说的我都知道了，回吧。”

两个外国人点点头，恭恭敬敬地走了。管家也跟了出去。

数分钟后，管家折返回会客厅，这一次，他身后还跟着一个身姿挺拔俊朗的年轻人。

“百里先生，请进。”管家说完便乖觉离去，不做停留。

梅府会客厅空间开阔，正上方悬着一盏巨大的水晶吊灯，映衬着一室金碧辉煌，煌煌如画。梅凤年好古玩，距离电视机数米远的位置摆着一个红木雕花博古架，上头陈列着许多价值连城的小件古董玉器；而在博古架正中央的格子里，则坐着一尊纯金观音像，宝相庄严，栩栩如生。

百里洲上前喊了声："梅老。"

梅凤年正靠在沙发上闭目养神，闻声，睁开眼。

这个年近七十的老者长了张十分面善的脸，笑起来时和蔼可亲，就像一个真真正正的大善人。

"小洲,什么时候回来的？"梅凤年语调关切,"怎么也不提前说一声？"

"最近风声紧。"

百里洲话没说完，忽然被梅凤年摆手制止。梅凤年眼神微沉，起身，把玩着翡翠白菜上了楼，将百里洲领进了位于二楼的书房。

"年轻人啊，说话做事，一定要谨慎，当心隔墙有耳。"梅凤年语气慢慢悠悠，坐在了书桌后的椅子上，"就算是在自己家，也不能大意。"

百里洲垂眸，恭恭敬敬道："梅老教训的是。"

"继续说吧。"

"本想提前跟梅老您联系的，但是于小蝶一死，那帮警察盯得紧，怕连累您，所以就自己回来了。"

梅凤年听完，很轻地笑起来："你这孩子，就是太懂事。要是我手下的人都像你这么孝顺听话，我这白头发都得少几根。"

百里洲但笑不语。

梅凤年递了个眼色，示意百里洲坐到一旁的沙发上。

他拿白玉茶壶给自己倒了一杯竹叶青，抿了口，又漫不经心道："你在警察面前露了脸，这段时间，还是得小心点儿。等我生日宴结束，有什么想去的地方？泰国？缅甸？就当出去度个假。我江湖上朋友多，你到哪儿都有人好吃好喝招待你，就当出去玩一圈。"

百里洲笑了下："都听您安排。"

两人有一搭没一搭地聊着。

这时，一阵低低的咳嗽声从门外传来。几秒后，一个穿纯黑色西装的瘦高男人推开书房门走了进来。

百里洲抬头看了眼。对方年纪看着比自己大几岁，五官英俊立体，目光阴沉沉的，很森冷，面容仪态皆显出几分病态。

这人也看见了他。

两道目光刹那交会。

百里洲神色自若。也就是这短短的零点几秒，百里洲注意到这人有只眼睛的视力似有缺陷，看人时，他两只眼球转动的弧度有极细微的区别，并不易让人发现。

很快，梅四少移开了视线，望向梅凤年，声音一贯的沙哑，说的英语：“爸爸。”

“老四。”梅凤年笑，也用英语回，“这就是我经常跟你提起的年轻人。”

梅四少闻言，眼神里蓄起一丝玩味的光，再次看向百里洲，挑挑眉毛，换上蹩脚的中文发音：“你就是百里老板？”

“四少爷，久仰大名。”百里洲淡淡地说，言辞间恭敬有度。

“听爸爸说，你身手不错，头脑也聪明。我欣赏聪明人。”梅四少微微一笑，而后又拿手帕捂住嘴，一阵低咳。

“你身体不好，别吹风受了凉。早些上楼歇着吧。”梅凤年慢悠悠放下手里的茶杯，笑道，“这段日子，小洲会住在这里，你们年轻人，多的是机会交流感情。”

“正好。”梅四少弯唇，用英语道，“我中文说得不好，百里老板多指点。”

梅凤年心情愉悦，朗声笑起来。

百里洲也垂下眸，笑了，眼中神色却平添凛凛寒意。

凌晨时分，整个梅府庄园仿若死城，静极了。天色漆黑，无星无月，唯有各楼层长廊上亮着一盏昏暗廊灯，驱逐黑暗。

梅四少坐在床边，拿起一块镜子，面无表情地端详镜子里那张脸。片刻后，他弯起嘴角露出一个诡异的表情，似乎满意地笑了。

忽地，床上的手机响了起来。

他放下镜子，看了眼来电显示，接通。

电话那头的人很谨慎，这通电话源自网络，查不到来源，并且只持续了短短二十秒便挂断。

梅四少起身，离开卧室，敲响了二楼书房的门。

“谁？”梅凤年的声音从门板里传出，问了句。

梅四少沉声：“是我。”

“进来。”

梅四少走进书房。屋子里光线昏暗，只有书桌上的台灯是唯一光源。梅凤年坐在书桌后方，戴着一副老花镜，正拿着一个相框看得出神。暖橙色的光线笼罩下，那张苍老的脸竟流露出一丝温柔神色。

听见脚步声，梅凤年把相框收了起来，梅四少只隐约看见老照片上是一个模糊纤细的人影。

梅凤年抬起头，眼神已归于冷漠：“什么事？”

“安东尼奥的人跟我联系过了。”梅四少视线冷淡地收回，“你生日当天，安东尼奥会带着一个武器专家赴宴。意大利那边的意思是，当天解锁验货，如果货没有问题，他们会当面付清货款。”

梅凤年：“好。”

“他们询问，价格是否还能商量？”

“做生意，讲究诚信。”梅凤年笑起来，“那个中国将军拿命都要护的东西，肯定值钱。告诉安东尼奥，还是那个价，一个子儿都不能少。”

海军陆战队宿舍区，一阵手机铃声将沈寂从睡梦中惊醒。

他睡眠极浅，几乎是听见声响的瞬间便睁开了眼睛。他把手机从床头柜上拿起来，看一眼，仍是未知号码。

怀里的一小团嘟囔着动了动，腻进他怀里，似也快要醒来。

沈寂低头，安抚似的在姑娘眉心处落下一个轻吻，扯过被子将她裹好。而后他起身下床，无声无息地进了洗手间。

像是感知到什么，沈寂拧了下眉，接起电话，将听筒贴紧右耳，微屏住呼吸。

夜深人静，万籁俱寂。

短暂的电流音之后，听筒那头响起一阵规律的敲击声，嗒，嗒嗒，嗒——嗒嗒嗒，嗒嗒嗒——

沈寂闭上眼，飞快记忆音符的每个节奏顿点。黑暗中，那些顿点线条在他脑海中自动分解拼凑，合成一个个英文单词。

M。

生日。

军事资料。

交易。

意大利军火商……

电话挂断。

沈寂猛地睁开了眼睛，拿起电话给丁琦拨过去。

通了。

对面的人睡得有些迷糊，含混着应："大半夜的，怎么了？老何醒过来了？"

沈寂语气很冷静："硬盘有消息了。"

丁琦一听，瞬间睡意全无："你说啥？"

沈寂说："梅凤年会在生日晚宴上，跟意大利军火商秘密交易那份失窃的航母资料。"

挂上电话，沈寂没有片刻耽搁，径直回卧室穿衣。一室漆黑，怕吵醒正在熟睡的姑娘，他并未开灯，坐在床沿拿起上衣长裤往身上套，动作利索，神色冷峻，没发出半点声音。

最后，他扭头看了眼床上的温舒唯。

沈寂安静地看着熟睡中的姑娘，眼神不自觉便柔下来。

片刻后，他低头在她嘴角落下了一个吻，极轻极轻，蜻蜓点水般。

房门开了，又关上。静谧空间里响起一声轻微的"砰"。

温舒唯在黑暗中睁开了双眼。事实上，在沈寂电话响起的那一刻，她就跟着醒了。

温舒唯看着天花板上未亮的白炽灯，脸色微茫，目光有些怔然。

其实，这一晚，温舒唯已隐约感知到，在不久后的某一天将会发生什么。但，她不曾料到的是，这个"某一天"会来得如此之快。

第二天早上七点多，沈寂回来了。

走廊上隐约传来脚步声，沉沉的，很有力，步伐急却稳。温舒唯彻夜未眠，但在听见门锁被钥匙转动开启的瞬间，她闭上了眼睛。

和离去时一样，沈寂的动作仍旧很轻。

温舒唯安安静静地躺在床上，听见那阵脚步声在宿舍门口停了片刻，紧接着便进了卧室。一阵衣衫窸窣，随后，被子掀起一角，同时床在沉重压力的作用下深深下陷，熟悉的滚烫体温携带着寡淡清冽的烟草味，将她卷入怀中。

沈寂双臂揽紧她，唇印在她光滑舒展的眉心处，沉默而轻柔。

温舒唯心尖猛地一颤，睁开眼看他。

出去的几个钟头，他显然没有片刻休息，面容虽俊朗平静一如往常，不见疲态，但身体骗不了人，那双浅棕色的眸子肉眼可见地横着几条血丝。

“醒了？”沈寂直勾勾注视着她，一笑，整个人又恢复成往日那吊儿郎当三分流气的样子，并无丝毫异状。

“唔。”温舒唯这厢也整晚没睡，但不知为什么，她这会儿精神状态竟还不错。看见他笑，她不由自主便跟着弯起唇，挪了挪，往他身边贴得更紧，两只细胳膊也自然而然环住他脖子，嘟了下嘴，“你昨晚上不在，我都没有睡好，你去哪里了？”

这嗓音软绵轻细，在跟他撒娇，并不夹杂丝毫的抱怨责备。

沈寂低头，浅笑着，唇轻轻啄了啄她挺翘的小鼻尖儿：“出去办了点事。”

听见他的回答，姑娘微抿唇，不言不语，一双晶亮的眼眸定定望着他。

沈寂安静地与她对视，冷冽清明的眼睛里蕴着一丝很浅很浅的笑意，眸色很深，亮得迫人，比过去的任何时候都要黑亮。

数秒后，温舒唯开口，轻声问：“那，办好了吗？”

“快了。”沈寂淡淡地答。

温舒唯平静地点了点头，笑笑，并不再深问其他。

她了解沈寂。

他为人坦坦荡荡顶天立地，能让她知道的事，便绝不会隐瞒，而那些不愿或不能让她知晓的，再如何追问也是枉然。

“今天是周六，我等下得去酒店看看晓红。老何还没脱离危险，她估计又是整宿没睡，偷偷抹了一晚上泪。”她换了个话题，娇小的身子整个儿腻进他怀里，轻叹着说，“你如果有其他事要忙就去忙吧。”

沈寂手指勾起她下巴，唇贴在她唇上，吻了吻，道：“我跟你一起去。”

温舒唯诧异，眨了眨眼：“你今天不用忙工作吗？”

“不用。”他说着，像有些疲乏，俯身把脑袋埋进她香暖柔软的颈窝，拱了拱，再开口时带上浓浓鼻音，懒洋洋道，“给自己放个假。”

知道她颈窝敏感，他故意坏心眼地呵热气儿。

温舒唯痒得小脖子直往后缩，跟被烫了似的，边躲边伸出只手隔在他棱角分明的下巴上，惊道：“怎么忽然想给自己放假呀？”

“陪我的小宝贝儿啊。”沈寂调子散漫，在她脸蛋儿轻轻啃了口，又贴近她耳朵，嗓音低哑，充满暗示地说，“今儿我就是你温舒唯一个人的，任你搓扁揉圆尽情享用，你想对我怎么样就怎么样。”

温舒唯听出这人话里的弦外之音，霎时羞得脸蛋儿通红，没忍住，抬手轻轻打了他一下，小声羞斥："什么搓扁揉圆尽情享用，听不懂你想表达什么意思。"

沈寂盯着小丫头脸上的两朵红云，轻轻挑了下眉，撑身坐起来，背靠床头，伸出双手，大掌慢条斯理扣住那段不盈一握的细腰。然后在姑娘茫然不解的目光中，往上一提，把她娇小的身子轻而易举地整个提溜起来，放到了自己腿上。

身高差体型差摆在那儿，姑娘就算是坐在沈寂怀里也只能仰着脖子瞧他。她脑袋抬高，望着他棱角分明的下颌，顿了顿，然后完全是长时间习惯后的下意识动作，两只小手抱住他的腰，贴近他，坐好，软软的脸颊贴在他胸膛上，乖得很。

沈寂低头吻了吻她头顶黑发，食指勾住她的小下巴挑起来，在她耳边，低声似笑非笑地道："搓扁揉圆尽情享用，我想表达的意思是，今天，我可以教你——"说着，指尖若有似无滑过她的粉色耳垂，"怎么在上面。"

说来惭愧，温舒唯堂堂一个新闻系高才生，知名大记者，在听完沈寂暧昧不明的话后，她竟然反应了足足十秒钟才反应过来，这是一番多么生猛的虎狼之词。

温舒唯一僵，直接从脸红到了脖子根，连耳朵尖都烧起火来。她由衷觉得，自己如果是一块儿雪糕，这会儿已经羞窘到融化。

在这种羞窘情绪的支配下，温舒唯也不知道自己哪儿来的胆子，竟猛地飞扑过去，狠狠一口，用力咬在了沈寂下巴上。

吧唧。

沈寂倒吸一口凉气，眯了眯眼，垂眸，视线自上而下地看着咬住自己下巴的小树袋熊。他低声，不太清晰地说："松口。"

小树袋熊满脸不屈，黑白分明的眼毫无所惧地盯着他，不为所动。

"数三声。"沈寂压低了嗓子，调子沉得危险，"再不松，我让你一个星期出不了门。一，二……"

数字"三"出口的前一秒，温舒唯终于屈服，不情不愿地松开了两排牙齿。

沈寂伸手揉下巴，然后一把拽过她，大掌隔着卡通睡裤轻轻打了这姑娘两下，沉声："小丫头片子现在越来越无法无天了，敢咬我，你属狗的？"

温舒唯一点儿也不疼，冲他扬起下巴，小声："谁让你总是调戏我。"

沈寂眼里满是宠溺的浅笑，把她揉进怀里，吻她的脸蛋儿和唇，一下不够，又连亲了好几下，懒洋洋地说：“老子就喜欢调戏你。

“就喜欢看你害羞脸红。

“就喜欢看你因为我，手都不知道往哪儿放的样子。”他说着，忽然埋头狠狠吻住她的唇，闭着眼，嗓音忽然便沉了下去，微哑，很轻，“这辈子喜欢不够，我还想喜欢下辈子，下下辈子，下下下辈子。”

沈寂最后的两句话，毫无征兆，叫温舒唯心里一阵接一阵地抽紧。

她一阵愣怔。

就在温舒唯出神的当口，对方唇已经离开。

“乖，起床了，收拾收拾。”沈寂语调宠溺，嗓音就贴在她耳朵边上，低柔得要命，“我们先去看看老何媳妇儿。”

温舒唯问：“之后呢？”

“之后，”沈寂笑，手指轻轻捏住她柔软的颊，轻轻一挑眉，又恢复成一贯松散随意漫不经心的腔调，“你男人带你去约个会。”

海军陆战队的驻地离赵晓红住的酒店，车程约四十分钟，沈寂和温舒唯到酒店时将近九点，三个人一起吃了个早餐。

赵晓红的状态依旧有些糟糕，眼部红肿，看着十分憔悴。但比之前还是好了许多，早餐时，她勉强吃下了一个鸡蛋和半个馒头，能看出在努力地振作精神。

九点多，沈寂等人到达医院。

何伟仍在昏迷。

ICU的护士说，何伟在昨天凌晨三点左右的时候醒来过一次。确切地说，也不算完全清醒，而是伤者在半梦半醒间恢复了些意识。时间很短，两分钟左右。护士告诉他们，在这极其短暂的一百多秒时间里，何伟口中一直念着“晓红”两个字。

听完护士的话，赵晓红再次泪湿眼眶。

温舒唯则陷入了沉默，心情复杂。她与何伟只见过两面，对他知之甚少，但从很多细节都能看出，这个从蛟龙退役的特种兵战士，深爱妻子，对国忠诚，是一个有情有义的汉子。

在医院门口随便吃了个午饭，沈寂和温舒唯将赵晓红送回了酒店。

随后，沈寂带温舒唯去了一个叫作“梅浪滩”的景区。

梅浪滩是亚城一个很小众的风景区。驱车前往梅浪滩的途中，温舒唯在网上随便搜了搜，发现关于梅浪滩的信息少之又少，推荐信息只有寥寥几条，似乎很少有人知道那个地方。

一路上，沈寂安静地开着车，神色平静，从容自若。

近一个半小时的车程后，温舒唯透过车窗朝外远眺。天蓝蓝的，海是比天更深几分的蓝，海天相接处天然形成一条平直的线，海面波光粼粼，海鸟的鸣叫声与海浪拍打礁石的声音交织着，依稀传来。

海风静拂，海浪温柔。

海滩上没什么人，坐在车里朝西北方向望，能看见数十栋色彩斑斓的小洋房，错落有致地排布着，有的外墙是浅蓝色，有的外墙是灰粉色。小坡路上有两道身影，背着背篓的老奶奶牵着几岁的小孙子，小孩儿老人漫步在缱绻光阴中，一个长大，一个老去。

阳光下的彩色小镇和海滩风景，有光，有海，有人家。乍一瞧，竟叫人生出误入安徒生笔下童话世界的错觉。

温舒唯一时看得出神。

“到了。”沈寂停车熄火，往前方的海岸抬了抬下巴，淡声说，“瞧见前面那块大石头没？”

温舒唯看了眼，点头：“嗯。怎么？”

“过去等我，可以在附近随便转转。”沈寂说。

“那你呢？”

“我去那边的村子找地方放个水。”沈寂语调散漫，说完，手指刮了下她的鼻头，“放心，不会扔下你跑路。”

温舒唯静默片刻，点点头，下车，走到礁石旁。

周围风景如画，人走在沙滩上，仿佛置身于油画当中。

温舒唯面朝大海站定，仰起头，闭上眼。海风迎面吹来，她一头黑发和浅色长裙在风中翻飞。海面掀起细微涟漪，浪花轻轻拍打着岸边礁石。她张开十指，海风从她指缝间穿过，微凉，柔软。

忽地，不知哪里响起一道嗓音，散漫随意，低沉好听，带着声音主人一贯的几分痞气，懒懒地唤她：“哎，小温同志。”

温舒唯循着声音转过头，然后，心头一震。

沈寂不知何时已经出现在她身旁，一身纯白色的海军礼服，穿戴得整整齐齐，左肩处坠麦穗流苏，一手拿捧红色花束，一手拿着个蓝色戒指盒，军装笔挺，铁骨铮铮，挺拔得就像一棵生长于天地间的劲松。

帽檐下，他嘴角很淡地勾着，俊朗容颜微微含笑，盯着她，目光很深。

温舒唯错愕，怔怔望着他，根本说不出话来。

男人嘴角含笑，须臾，单膝跪在了地上。他定定望着她，仰视的角度，神态语气，认真得近乎虔诚。

他说："很久以前，一个不懂事的混球小子，惦记上了隔壁学校的漂亮优等生小姑娘，这一惦记，就是十年。"

只一瞬，温舒唯鼻头一酸，视线模糊。

沈寂眼眶微润，沉声，一字一句道："温舒唯同志，我是沈寂，是一名军人。我向你宣誓，对国家忠诚，对你忠贞。不辜负国家和人民的嘱托，不辜负你。我这一生，愿把生命和一腔热血献给祖国，把我的心和灵魂献给你。我爱你胜过生命和一切荣誉。温舒唯，你愿意成为我的妻子吗？"

温舒唯看着沈寂，模糊的视线将周遭一切都虚化，唯有他，无比真实清晰。光影交错中，她听见浪潮依稀，听见海鸥的羽翼划动风流的声音。

她听见自己低声，微微哽咽地、一字一句回答他："我愿意。"

她深呼吸，抹去溢出眼角的泪，弯着唇，双手接过了沈寂手中的花束。

沈寂面上始终带着柔和的浅笑。他单膝跪在地上，牵起姑娘的左手。

一枚精致的戒指套在了温舒唯纤细的无名指上。

"你哭什么。"沈寂嘴角勾着，直身站起来，手背轻轻拭去她脸上的泪，低声半带戏谑地说，"我向你求婚，不高兴？"

"高兴。"温舒唯眼圈通红，泪眼婆娑地看着他，哽咽着说，"高兴，我很高兴。"

沈寂平静地注视着她，目光复杂深沉，深不见底。须臾静默，他忽然将她拥入怀中，紧抱住。

温舒唯仿佛感知到什么，用力回抱他，闭上眼。莫名的，她心头升起一种奇异的感受，仿佛此时此刻，他在用自己的生命拥抱她。

阳光下，他们无声拥抱着，投落的影子紧紧相依，亲密无间，仿佛已融为彼此的一部分。

过了不知多久，温舒唯忽然笑了下。她抱着他，抬眸，视线掠过他的肩膀望向天边海面，柔声唤他的名字："沈寂。"

"嗯。"他应她。

"不用担心我。"温舒唯轻轻地说，"安心去做你该做的事。"

沈寂身形未动，低眸看温舒唯。她鼻头红红的，眼眶也红红的，但目光却明亮又平静。海风将她的长发吹得有些凌乱，发丝翻飞，他伸手，将一缕碎发轻柔地捋到她耳后。

沈寂说："你知道？"

温舒唯看着他的眼睛，语气淡而柔："你总是低估我对你的了解。"

话音落地，沈寂眸光有一瞬惊诧。但这种情绪波动只出现在极短暂的几秒间，旋即消逝，重归一片无波无澜的平静。

温舒唯没有等他开口，弯起唇，自顾自继续说："何伟在闹市区中枪，生死未卜；丁琦大老远从云城跑过来；你昨晚接了个电话，连夜外出整晚未归……"一顿，故意换上一副轻松语气，微微挑眉，"你真的把我当傻子？"

沈寂用力抿了下唇，平静地与她对视。几秒后，竟很轻地笑了。

他的姑娘，看着傻里傻气，但实际上，她的心思细腻通透。她总是这样，默默将所有事收入眼底，看破不说破，不让人难堪，不给人压力，也从不令人左右为难。这样不动声色的善良和温柔，弥足珍贵，叫他怜爱进骨子里，也叫他更加心疼。

海风安静地吹着。

临近傍晚，太阳开始往西归落。夕阳倒映在海面，暖光柔和了沈寂分明冷硬的轮廓线，他嘴角仍微微勾着，军装上的礼服麦穗在微风中轻轻摇摆。

须臾，他对她说："过几天，得去出一个任务。"

轻描淡写的几个字，没有任何具体事件，也没有任何煽情语调，口吻寻常得就像在和她谈论今天的天气与阳光。

温舒唯闻言，望着他的眼睛，依然平静。这个男人长了张无可挑剔的脸，过分招摇俊气的五官，使得他在这个年纪都还保留着几分少年气。但温舒唯始终认为，沈寂五官中最出众的，是他的眼睛。

你只有真切触摸过他的灵魂，才知道藏在这双眼睛里的滚烫和热烈。

这就是她的沈寂。

她见过他意气风发、少年轻狂，见过他冷漠狠戾、浴血沙场，见过他的散漫随性，也见过他的不朽深情。

她记忆深处的少年，在她错过的十年时光里野蛮生长，长成了一棵参天大树，屹立在天与地之间。

温舒唯伸手，轻轻抚上他的脸颊，眼眶再次湿润，忽然笑着说："你说，今天你是我一个人的，我多想自私一点，让你每天都是我一个人的。"

沈寂握住她的手，眼神深不见底，没出声。

“我见过你单膝下跪求婚的样子了，但是你还没有见过我穿婚纱的样子。”温舒唯说。

沈寂说：“一会儿就带你去试婚纱。”

“不。”温舒唯摇头，“等你回来再说。”

沈寂静默片刻，点头：“好。”

“我等你回家。”

“好。”

温舒唯笑，冲他伸出细细白白的小拇指，俏皮地眨眼睛：“拉钩。”

沈寂弯起唇，小指缠住她的，紧紧勾住。

“拉钩上吊，一百年，不许变。”温舒唯拽住他的指头轻轻摇晃，眸子晶亮，点点夕阳的影子映入她眼睛里，“说好了啊，我们一言为定。”

沈寂铁骨铮铮一个大老爷们儿，听见姑娘这番孩子气的话，竟霎时红了眼睛。

他闭上眼，低头用力吻住了她的唇，哑声应：“一言为定。”

一言，为定。

过完生日，程菲去了北方旅行，独身一人，走得毫无征兆。

这几天，国际冰雪节在嶂北开幕，各类营销满天飞，打开抖音、微博，随便刷几条内容就能看见冰雪节的广告，一会儿是这家酒店搞特惠，299元享雪景大套房，一会儿是参加某某旅行团，门票直接全免。

用程菲自己的话说，就是“南方人没见过雪，被那些漂亮的雪景图片刷屏洗脑，脑子一抽就订机票飞过去了”。

这种说法可信度不高。温舒唯不太相信，但也没深问，只是在电话里问道：“那你见到下大雪了吗？”

“别提了，说起来就无语。”程菲在听筒对面叹气，语气里掩不住的失望和沮丧，“听当地人说，我来的前两天每天都是鹅毛大雪，我一来，雪就停了。过来待了整整三天，连片小雪花都没见从天上飘下来过，我甚至怀疑自己是座移动的火焰山。”

温舒唯“噗”的一声笑出来，安慰道：“能看见遍地积雪已经不错了，要求别太高。”

两个女孩儿随口闲聊着。忽地，温舒唯想起什么，随口问起她和福利院的义工帅哥有没有什么下文。

电话那头的程菲一顿，再开口时仍旧是很平常的语调：“人家已经不做义工了。”

“啊？”温舒唯有些诧异，“那你有他联系方式没？”

“没有。”程菲淡淡地笑了，“萍水相逢，过客而已，你不提，我都忘记这个人了。”

“这样啊。”温舒唯也没有多想，笑笑说，“也没关系，天下帅哥多的是，就咱菲姐这脸这身材，什么样的男人找不到。”

电话这端，程菲望着酒店落地窗外的漫山大雪，不知想到了什么，眸光微黯，嘴角却弯起来，应得风轻云淡：“那是。”

亚城梅府。

百里洲已基本掌握梅凤年的生活习性。这个外籍富商生性狡猾且谨慎，即使是在自个儿家里也不会放松警惕。二楼的书房是他眼中的安全港，梅家一切见不得光的地下生意，梅凤年都会选择在书房内与人交谈商议。

梅府上下无人不知，书房是梅府禁区，除非得到老爷准许，否则任何人都不得擅入书房一步，即使是如今梅氏最受宠的四少爷也不例外。

在梅府干了不知多少年的管家，将百里洲安排进了一间位于三楼的客房，与四少爷的卧室隔着两间房。

百里洲的话很少，很沉默，住进梅府几日，他几乎没怎么离开过自己的房间，更别提和其他人有什么交流。没有人知道他每天都在屋子里做什么。

事实上，也从来无人关心。

年轻的园丁偶然在路上遇见过百里洲一次，问起管家这个年轻男人的来历。管家只是淡淡回答：“自幼父母双亡，是个孤儿，以前跟着梅老的一个故人，现在帮梅老做事。”

今晚是一个雨夜，伴着淅淅沥沥的雨声，三楼走廊上响起一阵平稳的脚步声。随后一扇房门被哐哐敲响。

不多时，房门被人从里头打开。

百里洲看着门外的管家：“什么事？”

“百里先生，老爷有事找你，请你立刻去一趟二楼书房。”管家淡淡地说。

“知道了。”

管家说完便离开了，脚步声渐远，直至消失。

百里洲并没有立刻下楼去书房，而是转身回房间。床头亮着一盏灯，光线昏暗，透过灯光，依稀可见这间卧房的家具摆设非常简单，只有一张床，一个衣柜，两个床头柜，以及一张书桌。

百里洲径直走到书桌前。桌面上摆着一个笔记本，上面随手涂鸦了些什么，非常潦草。

他拿起笔记本随手翻看了两下，眼神有一瞬放空，但只短短几秒便又恢复冷漠。将笔记本合上，放回桌上，他拉开了书桌下方的第二个抽屉。

里头是一把黑色手枪。

百里洲拿起枪别到腰间，准备往外走。转身刹那，目光却看见了对面镜子里的自己。镜中的男人眼瞳漆黑，头发有些长了，垂下来时略微挡住眼睛。他已算不上年轻，岁月在他的眼角处留下了丝丝痕迹，好在五官底子摆在那儿，乍一瞧，仍依稀可见几分少年时的影子。

百里洲看了会儿镜子，伸手，尝试着把头发往上捋，捣鼓成利落的造型，露出饱满前额。

他忽然无声地笑了，不明原因。

雨势凶猛，电闪雷鸣，花园内的树被狂风吹得东倒西歪。

百里洲走进书房时，梅凤年正坐在书桌后方看一份文件，鼻梁上架着一副老花镜，垂着眸，脸上看不出什么表情。梅四少则冷冷地坐在一旁的单人沙发上，跷着腿，手里有一搭没一搭地把玩着一个金属打火机，火苗忽明忽灭，一闪一闪，鬼眼似的。

百里洲反手将门关上，神色寡淡，语气仍旧是恭敬的："梅老，四少。"

"来了啊。"梅凤年眼也不抬地应了声，边浏览文件边端起茶杯抿了口，"坐。"

百里洲看了眼。书房装潢雅致，设有专门的会客区，两个单人沙发并排摆放着。他弯腰在另一张沙发上坐下来，就坐在梅四少旁边。

梅凤年像是终于浏览完手上的资料。他放下文件，摘眼镜，略显疲惫地用手指揉摁眉心，淡声道："小洲，警察那边放出了你的通缉令，现在亚城也不太平。为了你的安全，我想提前送你去东南亚那边避一避，你意下如何？"

百里洲点了下头，眉目冷淡平静："梅老决定了就行，我没有意见。"

"好。"梅凤年笑了下，"你先回去收拾行李，半小时后到客厅，会有人护送你安全离开。”

百里洲说：“是。”

梅凤年点燃一根雪茄，缓慢吐出一口烟圈，目光扫过坐在百里洲身旁的梅四少，皱了下眉，微微责备：“老四，看你，也不知道给小洲倒杯茶。”

梅四少的病容显得格外惨白。闻言，他笑了下，拿起桌上的茶壶倒了一杯茶，递给百里洲，笑道：“百里老板，这次一别，不知道什么时候才能见面。这杯茶，就当为你饯行。”

“多谢四少。”百里洲接过茶杯喝了一口，把杯子放回桌上。

梅凤年被烟雾熏得眯了下眼睛，用力深吸一口，烟卷飞快地被火舌吞噬。他倾身，把还剩半截的雪茄戳熄在烟灰缸里，忽然问：“小洲，你是多大年纪开始跟着樊老弟的？”

百里洲答：“十七岁。”

“十七岁……”梅凤年感叹，“这么多年了啊。”

百里洲没吭声。

“这些年，你为梅家打拼卖命，没有功劳也有苦劳。我好像还记得，第一次见你，是樊老弟把你带到我跟前，对我说，你是一个好孩子，心思缜密身手也好，多多栽培一定有大出息。”梅凤年莫名叹了一口气，“可惜了，可惜了。”

听到这句，百里洲已敏锐察觉到什么，眸光骤凛，下意识便去摸腰上的枪，可晚了一步——他指尖刚碰到枪，冰凉的金属硬物已抵住他太阳穴。

百里洲身形骤顿。

与此同时，一股眩晕感从大脑深处蔓延开，短短数秒间，他的手臂、双腿，甚至是手指，都开始变得沉重、麻木，反应迟缓。

“百里老板，爸爸在跟你说话呢。”梅四少咧开嘴角，露出一个勉强能称之为“笑”的森然表情，轻声用英语道，“认真听。”

百里洲用力咬了咬牙，凝神，强迫自己将涣散的注意力重新集中。

是刚才那杯茶。

他猛一下抬眼盯着梅凤年，定定的，死死的。

眼前的景象逐渐混乱，有什么东西从一片混沌虚无的深处突显出来，可他看不清。百里洲瞳孔开始失焦，涣散，他用力甩头，但无济于事。

他的意识在抽离，但眼神中并无丝毫惧色。

“小洲，别恨梅老。”梅凤年怅惋地说，“你在条子那儿留了把柄，留下你，等同于放了颗定时炸弹在我枕头边上。你活着，我连睡觉都不踏实。”

“茶里的药有大量的麻醉剂。老四开枪的时候，你不会很痛苦。”梅凤年满脸不忍的表情，沉沉叹息，说着朝梅四少摆了下手，示意之后的一切交给他，自己则起身离去了。

百里洲的大脑已非常迟钝，但看见梅凤年离去的背影，几乎是下意识地，他起身就要跟出去。

但双腿支撑不住全身重量，他重重倒地。

短短的几秒时间内，有许多画面在他眼前走马灯似的闪过去。

父亲嗜赌成性，母亲不堪重负，终于在一个雨夜抛下他独身离去。十岁那年，赌徒父亲因杀人入狱，他成了孤儿，住在云城平谷区最破败的贫民窟，受尽冷眼和嘲笑。之后，抓捕他父亲的一个老刑警看他可怜，收养了他，带着他搬到亚城。

十七岁那年，他考入警校。第二年的年末，刑警养父和当时的教导员一起找到他，要派给他一项卧底任务。

养父告诉少年时的百里洲，做卧底，警校学员是最佳人选，底子是一张白纸，混进去不会被人怀疑。历年，各市公安局都会从当地警校挑出最出类拔萃的精英送进各大涉黑势力内部。

之后，百里洲数次在校内打架斗殴寻衅滋事，被警校开除。

百里洲在樊正天手下的第四年，养父去世，负责与他对接的教导员在一次缉毒任务中牺牲，他的对接人员换了一个又一个。

终于在五年前，他掌握了樊正天的犯罪证据，将以樊正天为首的犯罪集团彻底摧毁，主犯樊正天当场伏法。

那时，百里洲以为自己终于可以功成身退，走到阳光下，穿上那身警服，堂堂正正做回一个警察。

可少了一个樊正天，又多出一个梅凤年。

这条路看不到头，就像无尽深渊。

短短几秒间，脑海中的一切画面像各种颜料落入清水，扭曲混乱搅成一团，尽数变成冰冷单色调。

百里洲的瞳孔逐渐散开。

忽地，他眼底的死寂灰白之中又跳跃出了点点温暖彩色。

很久很久以前，夕阳，破平房，和一个梳着羊角辫的小姑娘。她缺了一颗门牙，乌亮的大眼睛望着他，有些怯生生地问：“小哥哥，我可以跟你做朋友吗？”

百里洲闭上了眼睛。

眼前的迷雾消散开，他终于看见了那片荒寒混沌的背后，是一个年轻姑娘坐在他后座，机车在城中漫无目的地飞驰，她眉眼含笑，一头长发漫天飞舞。

他忽然勾了勾嘴角，笑了。

庆幸。

故事还没有开始，那些你不知道的事，就这样永远埋葬在寂静深处。

梅四少扣下了扳机。

最后的最后，百里洲又听见了那个声音，笑着对他说：“如果这是最后一次见面，那我提前祝你早安，午安，晚安。”

如果还有遗憾。

嶂北某城。

不知怎的，程菲忽然从睡梦中惊醒。

她躺在床上一阵失神愣怔，片刻后，掀开被子下床，拉开了落地窗的窗帘，然后双眸一亮。

夜色中大雪纷飞。

下雪了。

程菲心里一喜，顾不上冷，她推开了窗，寒风席卷着飞雪吹进来，凛冽刺骨。忽地，一片雪花轻轻落在她眼角，很快融化，消失不见。

仿佛这世间，从未有这片雪存在过。

无人在意，无人回顾。

几日前，沈寂向温舒唯求婚的前一天，深夜。

得知梅凤年将在下周五晚的寿宴上与意大利人交易军事资料，沈寂第一时间与丁琦取得了联系，并连夜驱车从海军陆战队的院子赶赴市区。

在丁琦住的宾馆标间内，两人碰头。

“你说的交易是谁告诉你的？那个伙计又联系你了？通过什么方式？什么时候联系的？”丁琦刚从床上起来，穿个大裤衩，打着赤膊，连上衣都还没来得及往身上套。

沈寂刚进门，丁琦便机关枪似的噼里啪啦甩出一连串问题。

丁琦住的宾馆并不是什么高档酒店，只是一个小旅馆标间，总共就两张床，一张桌子，一把椅子。

沈寂进屋之后没坐，靠墙站着点了根烟。深吸一口气，吐出烟圈，然后他才沉声道："大概半个小时之前，给我打的手机。"

"又是他……"丁琦若有所思，眉头紧紧皱起，"但是老沈，这件事非同小可，咱连这个伙计究竟是谁都没搞清楚，不知道他底细，甚至连他的面都没见过，不能轻信。"

"我知道。"沈寂垂眸，把烟灰掸进垃圾桶里。他静了片刻，道，"这个朋友不来找我们，那就只有我们主动去找他。"

丁琦微愣："你的意思是……"

沈寂看他一眼："那三具尸体的 DNA 比对结果出来了没？"

"你问得还真是时候。"丁琦道，"十分钟前老易刚给我发的消息，那三具尸体里边儿，没有百里洲。"

沈寂垂眸，掐了烟，神色寡淡，并没有流露出震惊或诧异的表情，似乎这个答案早在他意料之中。

丁琦盯着他，脸色凝重道："可这个百里洲，从十七岁起就在樊正天手下做事，怎么可能会是自己人？我想不明白。"

"十七岁起就跟着樊正天。"沈寂撩起眼皮回视丁琦，"那他十七岁之前呢？"

"我之前查过。他父母都是社会底层人士，父亲嗜赌，母亲在他很小的时候就跟人走了。"

"还有呢？"

丁琦仔细回想了下，摇头："别的不清楚了。关于百里洲十七岁之前的记录很少，也查不到他是在哪里上的学……"

说到这里，丁琦眸光惊闪，顿住了，猛抬起头看沈寂，像是才后知后觉反应过来什么。

沈寂冷静地看着他，片刻后，淡淡地说："想到了？"

好一会儿，丁琦才缓慢点了点头。

沈寂说："老丁，干咱们这行的都知道，做卧底的人，年纪越小越好，一张白纸才最不容易引人怀疑。公安系统每年都会在各大警校选出最优秀的尖子生，深入扫黑缉毒一线。"

"百里洲今年三十二岁，他十七岁，就是十五年前……"丁琦若有所思，沉声道，“要知道警方十五年前派出去了哪些‘孩子’，就必须调公安系统的内部绝密档案。我得马上跟局长打个电话，然后再找我朋友。”

沈寂沉声：“事出紧急，最快什么时候能确认？”

丁琦说：“一个钟头之内。”

沈寂点点头。

丁琦掏出手机到一旁打电话。

窗外一弯冷月挂在天上，月凉如水。沈寂望着月亮和黑漆漆的天，在靠窗的那张床上坐下来，掏出一根烟，点着。一根抽完，又点第二根。

大约过了五十分钟，丁琦那头挂断了电话。

沈寂吐出最后一口烟圈，看向丁琦的背影：“怎么样？”

丁琦捏着电话静了静，转过身来，脸色凝重复杂，回道：“确认了。”

沈寂没吭声。

“百里洲，本名余烈，云城本地人。”再说起百里洲时，丁琦的眉宇言辞之间再没了鄙夷与不屑，而是带上了几分发自内心的敬重，“余父在他十岁时因抢劫杀人入狱，此后，余烈成了孤儿，生活在云城平谷区的贫民窟，之后被一名刑警收养，到了亚城生活。十七岁时，余烈考上警校，大二那年，他被选中，执行代号为‘暗礁’行动的卧底任务，潜入樊正天犯罪集团内部收集罪证，并于五年前与亚城警方里应外合，彻底剿毁该犯罪集团，当场击毙头号目标人物樊正天。后来又被安排在梅凤年身边，至今未归队。”

至今未归队。

话音落地，标间内骤然静了静。沈寂和丁琦，谁都没有说话。

就在这时，沈寂的手机铃声再次响起。他拿出手机看一眼来电显示，仍未显示号码源。沈寂和丁琦相视一眼，都默契地敏锐感知到什么。

下一秒，沈寂面无表情地滑开接听键，安静等待。

可这一次，出乎他意料，听筒那头不再是熟悉的敲击声，而是一个男人的声音，低沉冷漠，平静得像一潭死水。

对方没有语气地道：“一个钟头之后，世纪大厦天台。记住，只能你一个人来。”随后通话便被切断，只剩空洞忙音。

世纪大厦是亚城第一高楼，人站在上面，轻而易举便能将整座海滨之城的绚烂夜景尽收眼底。

凌晨，世纪大厦的天台上空无一人，只有风肆无忌惮凛凛吹着。

沈寂走上天台，远远便看见一道瘦高颀长的身影站在夜色中。他神色冷静没有丝毫表情，迈着步子径直朝那人走去。

听见脚步声，百里洲，不，准确地说，是余烈，转过身来。

两个同样高大挺拔的男人立于整座城的制高处，平静对视。

几秒后，余烈先从容地笑了下，说："海上利剑，蛟龙突击队的沈队长，久仰大名，终于见到你本人了。"

沈寂也很淡地勾了勾嘴角："余警官，彼此彼此。"

余烈眸光有一瞬变化，很快恢复如常。他说："看来，沈队比我想象的还要聪明。"说着，余烈顿了下，随手捏着一份牛皮文件袋的一头给沈寂递了过去，道，"本来打算找人给你捎过去，但是怕出岔子，思来想去，还是决定亲自给你送来。"

沈寂伸手把牛皮纸袋接过，微蹙眉，道："直接这么来见我，不怕暴露身份？"

"我在那样的环境里面待了整整十五年，如果连这点本事都没有，只怕没命活到现在。"余烈语调很冷淡，又道，"你手上的这份文件，是我从梅凤年的书房里拿出来的，我看过，这里面的东西对你们应该很有用。"

沈寂静默数秒，淡声："谢了。"

"不用说谢。你，我，还有国安局，所有人都希望这些破事儿能早日了结。"余烈嗤一声，仰头看了眼头顶寒月，眸光更冷，"本来只是一个樊正天，谁知道背后揪出来的事越来越多，越来越大，也不知道是我运气太好，还是点儿太背。"

沈寂视线落在余烈的脸上，忽然一笑："十五年，不容易啊。"

余烈冲他挑了下眉，一切尽在不言中。

余烈凉声道："梅凤年诡计多端，狡诈得很。我现在在他眼皮底下活动，出来的时间太长会引起他怀疑，先走了。你们自己当心点儿吧。"说完便转身准备离开。

"等等。"背后冷不丁响起个声音。

余烈回转身，眼神里带着一丝疑问。

沈寂随手扔给他一包东西。

余烈抬手接过，打开一看，里头是一件防弹衣和几包血袋。余烈抬眸，很诧异："这是什么意思？"

“你的通缉令很快就会传遍全中国，梅凤年不会放过你。于小蝶就是最好的例子。”沈寂脸色很冷静，道，“把这些带上，关键时候，没准儿能保你一命。”

余烈扬起眉梢：“谢了。”

“不用说谢。”沈寂把话原封不动还回去，漫不经心，“当初于小蝶第一次带人袭击我，用口技使我分神，我刚受伤，警车就来了。要是我没猜错，应该是余警官救了我一命。我不喜欢欠人的，这一次，当我还你。”

余烈捏着那袋东西静默几秒钟，忽地笑起来，转身走了。

沈寂垂眸，打开手中的牛皮文件袋，取出里头的几张纸，借着月色浏览。短短几秒，他瞳孔骤然收缩，眯起了眼睛。

数分钟后，沈寂拿出手机拨出去一个号码，很快接通。

听筒里传出一个中年男人的声音，是海军陆战队政委王安民。王安民嗓音里还带着一丝睡意，询问道：“怎么了，沈寂？”

“政委。”沈寂语气非常冷静，“J(吉拉尼)在境内现身了，身上还带着一份14（西藏十四武器研发所）之前失窃的重要文件（航母资料），准备向意大利枪舌（军火商）高价出售。”

王安民听见这些暗语，大惊，嗓音瞬间沉下去：“消息核实过吗？”

“属实。”

“我知道了。”王安民很快镇定下来，说道，“我在办公室等你，我们立刻接总司令部作战值班室进行视频会议，请司令做进一步指示。”

沈寂脸色冷峻背脊笔直，沉声应：“是！”

抓捕吉拉尼的行动由总司令部直接指挥，很快便确定了最后的行动方案。时间就定在梅凤年七十大寿的当晚。

不知是冥冥之中的天意注定，还是巧合，行动前夕，刚好是宋成峰的忌日。

宋成峰是云城人，当年他牺牲在亚丁湾，遗体被运回国后落叶归根，葬在了云城的烈士陵园。亚城这边只一座英雄纪念碑，就立在离海军陆战队驻地三公里以外的郊区靶场。

12月底，万物冰冻的时节，亚城却因得天独厚的热带气候，坐拥些许苍翠。

蛟龙突击队全体将士一道乘军车前往郊区靶场。温舒唯和沈寂坐的军用吉普，跟在整个车队的最后边。一路上，她和沈寂安静地相邻而坐，双手在众人看不见的低处紧紧交握。

彼此都没有说一句话。

不多时，透过车窗，温舒唯看见不远处现出一处空旷开阔地带。天空湛蓝，白云朵朵，远离了都市的繁华与喧嚣，世外桃源般。

仿佛是怕车轮声打扰到长眠的英灵，虽然前方的道路依旧平坦宽阔，但所有人都默契下了车，队列整齐，徒步朝靶场左侧走去。

一路安静，没有任何人闲聊说话。

队长沈寂走在队伍正前方，军装笔挺，身形高大挺拔。温舒唯则走在整个队列的最后方，与最后一个战士隔着两个人的距离，安静地跟着他们。

徐行不久，前方出现一座一人高的石碑。碑身呈黑色，不知经历了多少年的岁月砥砺和雨打风吹，已陈旧残破，有的地方黑漆脱落，已经露出里头的原石色，安静地伫立在苍茫天地间。

温舒唯站到了最边上，打量着这座石碑，怔怔出神。

临行前，沈寂告诉她，这座石碑上的每个名字，都是海军陆战队自成立以来，在执行任务时英勇牺牲的烈士。

大概是年代太过久远，石碑上面的很多刻字已经模糊，叫人分辨不出它本来的字体状貌。那些无声的名字，有的很旧，有的很新。

每一笔，每一画，似乎都在讲述一段不被世人知晓、也从未载入史册的壮烈史诗。

沈寂伸手，轻轻拍去了沾在石碑上的灰尘。温舒唯隔得有些远，只隐约看见最新纂刻的几行小字里，有一个“宋”字。

沈寂开口，嗓音飘散在风里，淡淡的，并没有夹杂太多情绪。他说：“宋哥，兄弟们又来看你了。”

队员们整齐地站在石碑前，个个背脊笔直，面色凝重，眼神无比坚定。

沈寂说：“今年，队里有人走，有人留。老战友们走了不少，但是也来了好些新兵蛋子。”说着，他忽然笑了下，“当初你怎么练我，现在我就怎么练他们。一代一代，咱们都走着一样的路。”

片刻后，沈寂面上的笑意褪尽，退后三步，转身面朝众人站定。他目光锐利如鹰，依次扫过队伍中那一张张年轻的脸庞，坚毅沉声，一字一句道：“只解沙场为国死。”

“何须马革裹尸还！”众人高声齐应，几乎吼破喉咙，“生穿军装，死盖国旗，无上荣光！”

沈寂神色冷峻，立正，行军礼致敬。

众人齐刷刷抬手，回敬军礼。

一旁，温舒唯目睹眼前一幕幕，不知何时已潸然泪下。

梅氏集团进军中国市场多年，俨然已成为诸多外企中的龙头，一家独大。在实体经济日渐萧条的今天，梅氏这一庞大经济体却逆大势而生，奇迹般在这片土地上屹立不倒，稳如泰山。亚城第一豪门，当之无愧。

梅凤年七十大寿的消息，早在一个月前便传入世界各地的显赫世家，中东、欧美、中亚、东南亚……五大洲四大洋的商界巨鳄们全都收到了一份大红底烫金请帖，纷纷欣然受邀。

《锦华》是内地主流媒体中的中流砥柱，因着这金字招牌，才成立不久的亚城分社也收到了一份寿宴邀请函。

主编徐骄阳捏着这份邀请函思来想去，决定带温舒唯出席。周四晚上，徐骄阳将这个消息告诉了温舒唯。

“以梅家的人脉网，梅老寿宴，必定会有许多有头有脸的人物受邀出席。去结交这些人，对我们分社未来的发展大有裨益。”徐骄阳一切都围绕着《锦华》考虑，目的明确，“明晚你跟我一起出席。”

温舒唯应下了。

当天傍晚，是丁琦替沈寂来接的温舒唯回院子。一路上，温舒唯并没有多问什么，她知道，任务在即，他一定有很多事要做。她只是在路过一个超市时，让丁琦停车，自己进去买了一些啤酒和下酒的小菜。

回到军区宿舍，温舒唯告别丁琦，将买回的小菜啤酒摆到桌上，坐在桌边，安静地等。

夕阳沿着海岸线缓慢下沉。太阳下山了，却也没有月亮，窗外的天漆黑一片，只有料峭夜风静静地吹着。

晚上九点左右，沈寂回来了。他身上的常服换成了作战服，军裤裤腿塞在黑色军靴里，脸色平静，高高大大，整个人看着干练又硬朗。

温舒唯展开笑颜：“回来啦。”

沈寂换完鞋回过头来，看见一桌子菜和酒，微微皱眉：“你还没吃饭？”

“吃过了。”温舒唯耸肩，表情调皮，“夜宵。就想跟你聊聊。”

沈寂抬眸看了她一眼，目光复杂，深不见底。片刻后，他动身在桌子另一端坐下来，没有说话，也没有任何动作，只是直勾勾地盯着她。

温舒唯给自己开了一罐果啤，又给他开了一罐可乐。

“我知道你们工作日不能喝酒，所以我给你买了这个。”她夹起一块辣子鸡丁到他碗里，轻声道，“本来还想给你做顿饭的，但是你们这儿没有厨房。”

沈寂看了眼她拿着的果啤。

温舒唯意识到什么，把那罐酒往身后一拿，小声嘀咕：“这个度数很低的，不会醉。”

沈寂随她去，很淡地弯了弯嘴角：“家属院现在没房子，等申请下来。”

他低头吃菜。

温舒唯对他说：“主编收到了邀请，明天晚上，我要上‘梅瑞号’游轮，参加梅凤年的寿宴。”

话音落地的刹那，沈寂动作微顿，抬头看向她。

“虽然你什么都不说，但我也能猜到几分。我知道明天晚上，我上了那艘游轮，可能会有危险。”温舒唯语气如常，淡淡的，“我猜，你现在想的一定是不惜一切代价，阻拦我登船。”

沈寂很冷静：“既然知道，为什么不拒绝？”

“因为我知道，如果我拒绝登船，以梅凤年的阴险狡诈，一定会起疑心，这可能会对你们的行动有影响。你也很清楚地知道这一点。”温舒唯笑了下，晶亮的眸直视他的眼睛，“让一切‘如常’，才不会打草惊蛇。所以明晚的游轮晚宴，我一定要出现。”

沈寂唇抿成一条线，没有吭声。

无法反驳。沈寂只是没有想到，在这种关键时刻，她能如此冷静地为他思虑得如此周到。

“正如我相信你一样，也请你相信我有能力保护好自己吧。”温舒唯笑着，而后抿了一口酒，单手托腮，定定望着他俊朗平静的脸，“说起来，这好像是我第一次送你出任务？”

沈寂动作忽地顿住，没有说话。

“来。”她笑，举起果啤易拉罐碰碰他的可乐，“第一下，祝你们顺利完成任务。”然后喝了口。

沈寂目光没有从她脸上离开，沉默地喝了一口可乐。

“第二下。”砰，果啤易拉罐又碰上来。温舒唯还是笑盈盈的，“祝你们所有人都平平安安。”她又猛喝进去一大口。

沈寂望着她，淡淡地问：“还有没有第三下？”

“第三下，”温舒唯垂下眸，看着桌角的某一处像是发呆，然后说，“也是最重要的，祝你达成心愿。”

沈寂微怔。

温舒唯手里的酒递过去，再次与他手中的饮料轻碰，然后仰起脖子，一大口，直接把剩下的果啤喝干净。

窗外的冬夜，只有风凉凉地吹着。

温舒唯忽然在心里嘲笑起自己的破酒量。难怪当年谢师宴才喝几杯酒就要他扛回家，连莫名其妙被人偷亲了都不知道，稀里糊涂过了这么多、这么多年，真差得没谱——几度的果啤，一罐下肚，竟然已经有了几分眩晕感。

她在心里嘲笑着，然后就低低笑出了声。

沈寂沉默地看着她，伸手轻轻握住她的手，一时无言。

“我知道，你一直觉得我很傻。其实不是的。”温舒唯轻声，喃喃地说，“我知道的。那些你埋在心底的、从来不对任何人说的事，我都知道。沈寂，我懂你，我了解你。”

沈寂忽然笑了，捏了捏她酡红娇艳的颊：“是吗？”

姑娘很认真地点头，忽然抬头，略微迷离的眸子望向他的眼，定定道：“你的愧疚，你的痛苦，我都懂。有些罪孽不能被宽恕，我知道你最想做的事是什么，所以沈寂，我真心希望你得偿所愿。”然后一顿，声音轻了些，“不要有后顾之忧。”

这些年，恶徒逍遥法外，无数英魂的在天之灵难以告慰。你的煎熬和挣扎，从来不为人知，但是我懂。

我爱你，所以我懂你，了解你。

去做你想做的事，做你该做的事，不要有后顾之忧。

成全你自己，不要有后顾之忧。

我会好好地，乖乖地，在原地等你回家。

哪儿也不会去。

和温舒唯微醉双眸对视的刹那，沈寂忽然读懂了这个姑娘藏在眼底深处，很多未说完的话。

他开口，嗓音有些发哑，说：“好。”

温舒唯听见他回应，点点头，像是放心，又像是终于松了一口气。可下一瞬，她忽然又说话了，这回声音更小，吃吃笑起来，轻柔得就像真正的梦话。

“其实啊，我真的没有那么伟大，真的没有那么关心你们的任务，你们的使命，你们的责任。我唯一想要的，只有我的沈寂平平安安，平平安安……”

最后四个字，她念叨了好多好多遍，笑着笑着眼角就泛起了泪光，然后趴在桌上，迷迷糊糊睡了过去。

沈寂脸上浮起浅浅的笑意，眼眶却微不可察地湿了。他轻轻吻住她的脸颊，哑声低语，用只有自己能听见的音量，说：“傻姑娘，我还没见过你穿婚纱的样子啊。”

所以温舒唯，别害怕。

为了你，我一定惜命平安，陪你百年归老。

12月底。一个再寻常不过，又不同寻常的周五。海滨之城天气稍稍转凉，天地间终于呈现出些许萧索之态。

沈寂天未亮便出去了。温舒唯醒来时，只在床头看见了一件防弹背心和一张字条，上面用钢笔写着几行字，字迹银钩铁画，有些潦草。

背心穿上，以防万一。等任务结束就带你去试婚纱。温舒唯，等我回来。

她指尖温柔抚过那一个个手写字，很轻地笑了。

夜幕逐渐低垂。

港口高楼云集，霓虹闪烁，灯光在海面上投落五彩斑斓的光。一艘长约250米，宽约25米的豪华游轮停泊在港口位置。舱内同样灯火煌煌，码头的露天停车场上豪车云集，名流荟萃，衣香鬓影。

七点四十五分，一袭洁白礼服长裙的温舒唯妆容精致，跟在徐骄阳身旁上了游轮，走进宴会厅。

她身段窈窕，肤色雪白，加上五官底子本就生得好，这么盛装一打扮，越发明艳不可方物，一路上引来无数人侧目注视。

温舒唯毫无所觉，不动声色打量四周。

梅氏晚宴，自然极尽纸醉金迷之能事。

比起庞然绚丽的外形，梅瑞号的内部也丝毫不逊色。游轮内部空间极大，装修基调豪奢，金色成了整个大厅的主色调，硕大的水晶吊顶悬在头顶，照耀着正中央一座巨型南极仙翁雕像，四处都张贴着红色“寿”字剪纸。

仙翁白眉白须，笑眯眯的，额头夸张突出，一手持法杖一手捧颗巨大寿桃，看着格外喜气。

温舒唯大致在宴会厅内环顾一圈。宾客们有男有女，其中还有不少金发碧眼的外籍面孔，众人三五成群，手持香槟谈笑风生，男人们讨论着股市风投生意场，富太太们优雅地分享着豪门之中的秘辛八卦。

并不见梅凤年和梅四少的人影。

温舒唯微不可察地皱了下眉。

这时，一旁的徐骄阳从侍者手中取过两杯香槟，其中一杯递给温舒唯，低声道：“我看见《时代》的主编了，走，跟我过去。”

温舒唯回过神，点点头，跟在徐骄阳身后，走向几个衣着靓丽时髦的年轻人。

徐骄阳笑着与几人寒暄起来。

温舒唯也笑着，却颇有几分心神不宁。余光再次环顾整个宴会厅，抿起唇。

她不知道沈寂今晚的抓捕方案，不知道他现在身在何处，不知道他会在何时行动。她根本一无所知。

心悬在半空，怎么也落不下去。

温舒唯捏住高脚杯的手，不自觉收紧，用力到骨节处都泛起青白。

游轮上，歌舞升平。

游轮下，蛟龙突击队全体战士冷静待命，整装待发。

港口附近一辆不起眼的货车车厢内。

沈寂身着作战服作战靴，神色冷峻，最后一次向众人确认行动方案：“还有没有问题？”

众人嗓音极低，异口同声道：“没有。”

沈寂目光冷而静，片刻后，他扭头看着自己左手边的第一个战士，忽然喊了声：“陈浩浩。”

陈浩浩立刻应：“到！”

“许展飞。”

“到！”

“刘成。”

“到！”

“杨子涛。”

“到！”

……

沈寂沉声，每点出一个名字，便有一个年轻大男孩郑重应答。

最后，沈寂的视线看向蛟龙突击队的队末，第一次深入前线执行任务的年轻军官。他喊：“刘晓虎。”

这个头回扛枪上战场的二十四岁大男孩笑了，咧开嘴，露出他标志性的满口大白牙：“到！”

一圈人点完，全体都有。

沈寂抬手用力拍了拍刘晓虎的肩，朝众人说道：“这次行动，我们务必全力以赴完成任务，绝不辜负祖国和人民对我们的信任。”

众人齐齐应：“是！”

沈寂环视所有战士一圈，嗓音微沉，眸光一瞬冷狠，寒声：“兄弟们，把你们的血性都给我亮出来。军中利剑，海上蛟龙，召之即来，来之能战。”

大家高声回他：“战之必胜！”

话音落地，沈寂静了静，又道：“我们全队出来的时候，是十个人，回去的时候，也得是十个人。一个都不能少，这是命令。”

短短几句话，竟叫所有人都眼眶微热。队员们哽咽了，应道：“是！”

海面起风了。

沈寂侧目望向不远处停泊在港口的巨轮，眯了下眼睛。

刘晓虎上前两步，循着他视线张望几眼，似有几分焦灼：“寂哥，丁哥那边还没有消息吗？”

“快了。”沈寂沉吟道。

此次行动，海军陆战队与国安局协作，双方目标一致，分工明确。由于梅凤年和意大利军火商准备在寿宴上交易，而此时游轮上的宾客来自五湖四海世界各国，多达三百余人。既要保证游轮上所有宾客的安全，又不能打草惊蛇让梅凤年察觉，这无疑给整个行动增添了极大难度。

沈寂想了整整三天，才在周四晚上，与丁琦商量出了一个对策。

这时，西装革履、皮鞋锃亮的丁琦已成功登上游轮。他端着酒杯，闲庭信步似的，慢悠悠晃到了宴会厅外的监控室附近，喝了口红酒。

雇佣兵伪装成的黑衣保镖守在游轮的各个通道入口，面无表情地谨慎巡视。忽地，一个脸上横着道刀疤的雇佣兵看见了丁琦。他眼神不善，朝身旁的同伴递了个眼色。

同伴抬眸望去。

只见监控室附近站了个瘦高的男人，样貌英俊，一身行头天价，不知在干什么。

两人警觉，提步走过去。

丁琦听见脚步声，眸色微沉，手腕一歪，把杯子里的红酒洒在了自己的黑色西装上，霎时间酒气冲天。

两个雇佣兵走过去一瞧，见这男人一身酒气，醉醺醺地趴墙上，浑然一副不争气的纨绔子弟相，相视一眼，没多疑，转身走了。

脚步声远去。

丁琦神色瞬间恢复清明，左右环顾一番，悄无声息地靠近了监控室。门锁紧闭。他丝毫不慌，从裤兜里摸出一枚回形针，掰直了，用尖锐一端插进锁孔。

“咔”一声，门开了。

监控室内也有两个雇佣兵，两人正喝着红酒用英语交谈。

两人反应算敏捷的，听见房门打开的瞬间便伸手摸枪，但还是晚了。丁琦两记手刀劈过去，轻而易举便将两人撂翻在地。

他把他们踢一边儿，弯腰坐在了满屏的闭路电视前，目光飞快扫视浏览。宴会厅，甲板，客舱……

忽地，丁琦眸光惊闪。

其中一台闭路电视的画面中出现了几个欧洲人的身影。为首的那个西装笔挺，风度翩翩，三十五岁上下，戴墨镜，叼雪茄，一头自然卷的长发散在脑后，浑身上下都透出一股子精细优雅味儿。

在西装男旁边还跟着一个神色冷漠的中年人。其他的人应该是西装男的手下。

丁琦眯起眼，手指在键盘上飞快敲击几下，放大画面，目光一瞬不离地盯着。

数秒后，一行人出现在宴会厅的入口处。与此同时，又一行人走入画面。

是梅凤年和梅家四少爷。

梅凤年也抽着雪茄，一身红色唐装，红光满面，精神焕发。看见西装男，梅凤年立刻热情迎上去，两拨人站在宴会厅外寒暄。

梅四少一身黑衣，安静地站在梅凤年身后，时不时拿手帕掩住嘴咳嗽，脸色冷漠。

丁琦沉声，摁亮别在后颈处的微型通信仪，低声说："目标现身。"稍顿，重复一遍，"目标现身。"

通信仪里沙沙一阵电流音，然后传出沈寂的声音，冷冷应道："位置。"

"宴会厅入口，梅瑞号地图C区。"

"重复。"

"宴会厅入口，梅瑞号地图C区。"

"继续盯着。"沈寂说，"按计划行事，灯灭为令。"

"是。"

宴会厅内平静无波。

"安东尼奥先生，劳烦你这么大老远跑一趟，我这老头子可真太过意不去了。"梅凤年笑着抽了口雪茄，用英语道。

"梅老的大寿，我当然要来。"安东尼奥说着，用手帕擤鼻涕，然后把擤过鼻涕的手帕随手扔到了地上，然后才像想起什么似的啊了声，掩住嘴，表情夸张，"抱歉，我没拿稳，把梅老的地毯弄脏了呢。"

梅凤年眼底的不悦一闪即逝，脸上却仍笑着："没关系。"说着，往后头递了个眼神。一个黑衣男人顿时弯腰，把意大利人扔下的脏手帕捡了起来。

"这就是四少爷？"安东尼奥注意到站在梅凤年身后的阴冷青年，夸张地低呼一声，用英语道，"平时你跟我的人打电话，我还以为你七老八十了。哟喂，你这声音可真是难听。"

梅四少脸色一僵，没有笑意地笑了下，不语。

"不好意思。"安东尼奥笑，"我比较爱说实话。"

梅凤年勾了勾嘴角，拿着雪茄的手抬起来，比画，请安东尼奥进宴会厅。安东尼奥摘下墨镜，露出肤色冷白、俊美精致的面容，优雅一笑，转身十分绅士地施施然进去了。

梅四少看着那道背影，目光霎时阴狠几分。

一行人缓步进入宴会厅。

寿宴主人翁一登场，整个大厅瞬间安静。温舒唯抬起眼，看见梅凤年的刹那，她心头没由来一沉。

温舒唯眸色微凉，安静地站在人群之中。

“承蒙各位朋友赏脸，”梅凤年满脸春风得意，举起手里的红酒杯，朝厅中众人用中文道，“我这老头子真是受宠若惊。今晚，大家游海行乐，开怀畅饮，不醉不归！”说完，梅凤年又用英语重复了一遍。

宾客们纷纷附和，举杯祝贺。

与此同时，“梅瑞号”驶出港口，朝黑漆漆的南海深处航行过去。

梅凤年一进入宴会厅，自然而然便成了全场焦点。一拨接一拨的人轮番过去敬酒，恭祝他福如东海，寿与天齐。

梅凤年朗声大笑，一一谢过。

数分钟后，一个西装男上前几步在他耳畔低声说了些什么。梅凤年脸上的笑稍淡了些，点点头，朝身前几个富商道：“先失陪一会儿。”说完便转身走出宴会厅，在入口处与安东尼奥等人会和，一道往船舱内部走去。

监控室内。

丁琦紧紧盯着几道身影，看见梅凤年等人走进了位于游轮最里面的舱房，随后便从所有闭路电视影像中消失。他打开了监控夜视功能，对通信器说：“目标准备交易。船舱 F 区，房间号 215。”

沈寂整个人泡在冰冷刺骨的海水里，双手拽紧了游轮吃水线附近的把手，脸色如冰，道：“重复。”

“目标准备交易。船舱 F 区，房间号 215。”丁琦的声音从通信器耳麦内传出。南海忽然起了一阵狂风，信号似乎也跟着减弱，电流嗞嗞，不太清晰。

沈寂沉声：“‘鸽子’是否已接近电路室。”

通信器内传出一个陌生女人的声音，是“梅瑞号”上赴宴的一名外勤国安警察。对方低声应：“是。”

沈寂眸光骤凛，命令道：“立即切断游轮电闸，维持一分半钟。重复。立即切断游轮电闸，维持一分半钟。”

话音落地的瞬间，整个游轮瞬间暗下去。

大海深处，唯一的光源消失，海面陷入漫无边际的黑，梅瑞号飘荡在海上，死气沉沉，阴森恐怖。

黑暗中，沈寂面色冷峻，做了个手势。

收到指令，只短短几秒光景，所有在冰冷海水中潜伏多时的战士纷纷破水而出，速度飞快，沿着庞大的船身往上攀爬。

沈寂看了眼手腕上的计时器。90 秒，89 秒，88 秒……

宴会厅里一片混乱喧哗。突然的停电令所有人变成了睁眼瞎，大家都有些不安，有胆小的阔太甚至捂着嘴尖叫起来，又被身旁的男人低声喝止。

雇佣兵们也一头雾水，纷纷用对讲机询问着情况。

所有人里，温舒唯是唯一没有惊慌失措的那个。

她站在原地，面容平静，心口却像被一只无形的手紧紧捏住，攥得她喘不过气。她知道，在她看不见的地方，在所有人都看不见的地方，有什么事正在发生。

忽然有人撞了她一下。

温舒唯本就在靠近门口的地方，慌乱涌动的人潮把她挤到了宴会厅外面。她踉跄半步，勉强扶着旁边的墙站稳。

整艘游轮上没有一丝光，宛如航行在寂寂夜色中的幽灵船。她在冷风中无意识地搓了搓胳膊，回头看，才发现梅瑞号已经驶离港口很远，城市的夜景轮廓模糊成了几片细碎光斑。

就在这时，一股大力忽然拽住了她的手腕。

温舒唯吓了一大跳，猛回头，只见黑暗中有一个模糊人影。对方一米七五左右的个子，身形瘦高，看不清脸。

温舒唯皱眉，却在此时，整艘船恢复供电，灯火通明。

温舒唯看清这张面容，生生一惊，刚要说话，又被那人用眼神制止。对方扫了眼不远处正在巡视的雇佣兵，眸色微凛，扯过她躲到了甲板和船舱之间的拐角处。

“真是你？”对方看见她，诧异程度显然并不比她少。

温舒唯瞪眼，压低嗓子：“宋子川？你怎么在这里？”

“我是被那个四少爷带上来的，他准备用我威胁沈寂，我是趁着刚才游轮断电跑出来的。算了，我现在没工夫跟你解释太多。”少年仍旧冷脸寒眼，语气却掩不住焦急，“我问你，沈寂人在哪儿？你有没有办法联系到他？”

温舒唯很警惕。宋子川对沈寂一向敌意颇深。她没有正面回答他，只是蹙眉问：“你要找沈寂，为什么不自己跟他联系？”

“有人监视我，而且我根本没办法使用任何通信工具。”宋子川回答。

“你找他做什么？”

宋子川沉声：“梅家那个四少爷，是个彻头彻尾的疯子！”

梅瑞号恢复供电的刹那，守在215号房间门口的几个雇佣兵无声倒地。沈寂一脚踹开房门，动作干净利落，速度极快，手里的步枪精准无误瞄准了屋子里的梅四少。

紧随其后的陈浩浩和杨子涛也很快跟入，举枪，将屋内其他人控制住。

一切发生得太过突然，屋里的一帮雇佣兵和安东尼奥等人几乎都没回过神，甚至连腰间的枪都还没来得及拔。

所有人都一脸错愕，看着数位神兵天降般忽然出现的中国军人。

安东尼奥果然是个人物，并没有被这阵仗给镇住多久。这个意大利军火商很快恢复镇定，笑了下，懒洋洋地将双手举起来，对沈寂道：“这位先生，我只是来参加朋友寿宴的，别的我可什么都不知道。”

沈寂面容极冷，根本没搭理安东尼奥。他定定盯着梅四少，微微挑了下眉：“这张脸，和你以前的，还真是天差地别。”

话音落地，整个屋子忽地一静。

梅四少安安静静地坐在椅子上，看着沈寂，不言不语，神色间也没有显露出丝毫狼狈。

这时，梅凤年却笑着开了口，语气和善，道：“长官，我想你们搞错了。我和我儿子都是正经本分的生意人，从来没做过坏事，你们应该是找错人了……”

“他既然敢横冲直撞地杀进来，就一定是手上有证据。”梅四少忽然打断梅凤年的话。他直勾勾地盯着沈寂，忽而竟笑了，轻声道，“让我猜一猜，为了抓我，这一次，‘蛟龙’应该也是倾巢出动吧？”

“你欠的几笔血债，到该还的时候了。”沈寂语气冰凉，沉声，“吉拉尼。”

“梅四少”闻言，仿佛听见了什么极其有趣的事，垂着眸，低低笑出声来。

沈寂等人面无表情地看着他。

几秒后，“梅四少”笑够了，停下来，抬起头，两只眼睛以一种怪异扭曲的角度盯着沈寂，忽然抬起手，竟硬生生抠下了自己的左边眼珠。

这惊悚诡异的一幕令所有人生生一惊。

窗开着，吉拉尼随手把那颗沾着血的假眼球丢进大海。他慢条斯理地从裤兜里摸出一条黑色眼罩，罩住凹陷变形的左眼，戴好。

做好这一切，他阴森森的独眼再次看向沈寂，声音沙哑，破碎难听：“我还是更喜欢这个样子。你还记不记得，我的这只眼睛，是怎么瞎的？”

沈寂冷漠地看着他，没有出声。

“是你，”吉拉尼咯咯怪笑着，轻声念出沈寂臂章上的姓名缩写，“S，J。”

这时，一旁的梅凤年沉沉叹了口气，似乎感叹地说：“我有些好奇，你们是什么时候发现的？”

沈寂说：“刚开始只是直觉。”

吉拉尼饶有兴味地扬眉：“直觉？”

“后来有人给了我一份你的整容记录。”沈寂沉声，“半年的时间里，你忍受了常人几乎不可能忍受的痛苦，全脸整形，安装义眼，中间几乎不给自己任何恢复期。为了更好地掩藏身份，你甚至还动了声带手术，改头换面，彻底变成了另外一个人。在那份整容记录上，有你原来的照片。”

吉拉尼目光一寒：“你的意思是，我们身边有内鬼？”

“有没有内鬼，内鬼是谁，对你们来说已经没有任何意义。”沈寂目光冷淡地移向身着红色唐装的老者，微微眯眼，“硬盘在什么地方？”

梅凤年脸色微变，没出声，余光却无意识地瞟向一旁的密码盒。

沈寂眼疾手快，先他一步拿到了盒子，打开来，里头果然有一块纯黑色硬盘。他眯眼检查，看见硬盘底部刻着极小的“八一”标志。

这时丁琦从外面进来了，沈寂把硬盘丢给他，没有说话。丁琦接过硬盘脸色一喜，紧接着便怒火中烧，朝梅凤年骂道：“一个外国人，吃着中国的大蛋糕，享受着中国政府给的福利，赚得盆满钵满，到头来干出这么多龌龊事，我现在就要以‘间谍罪’正式逮捕你！”

谁知，吉拉尼忽然古怪地笑起来，轻轻说：“沈寂，你该不会真的这么天真，以为一切到此为止了？”

沈寂和丁琦同时皱眉。

“我早就说过，中国人欠我的，我一定要让你们血债血偿。”吉拉尼没有表情地说。

沈寂眸光骤沉：“你什么意思？”

吉拉尼没说话，缓慢拿出了一个黑色遥控器。

霎时间，屋内所有人脸色大变。

“这艘游轮货舱里，全是炸药。”吉拉尼嘿嘿笑着，经过数十次整容的脸开始崩塌扭曲，看着狰狞恐怖，“只要我按下这个按钮——砰！”

“整艘船上有四百多条人命……你是不是疯了！老子这就崩了你给宋哥报仇！”陈浩浩听到这里再也忍不住，大骂着就要举枪射向这个海盗头子。

“要么让我走，要么就开枪。我一死，炸弹会立刻引爆。”吉拉尼咧着嘴，大笑，“好多人给我陪葬啊，哈哈哈！”

沈寂一把拦住陈浩浩，嗓音压得极低极沉：“浩子！”

战士双眼充血，猛地转过头看他，愤怒到几乎失去理智。

沈寂身上的作战服已经全部湿透，咬着牙，胸前剧烈起伏，眸色却极冷极静。他朝陈浩浩摇头，无声道：“不能。”

不能。

年轻战士手里的步枪颓然垂下。

是啊。不能。

吉拉尼脸上露出一个轻蔑讥讽的笑，道：“沈队长，要救整船人的命，还是抓我，怎么选，在你。”

蛟龙突击队的其他队员与国安局警员们一道，很快便将梅瑞号上的雇佣兵们制住。一切进行得悄无声息。

梅凤年始终没再现身。

一场大雨突来，肆意冲刷着天地，像急于掩盖什么。梅瑞号漂荡在海面上，雨声淅沥。游轮上的宾客为了躲雨，都进了宴会厅，跳舞、喝酒、谈天说地，享受着这场奢靡晚宴，并没有人注意到任何异样。

温舒唯却急成了热锅上的蚂蚁。她内心惊悼交织，疯了一般给沈寂打电话，一个接一个，全是无人接听。

不对。为什么会这样安静？为什么会这样平静？按理说，队员们已经行动，或成或败，总归会有一个结果。

温舒唯抬起头，富绅名媛们在舞池里旋转，每个人的脸上都带着笑，璀璨灯光映在她眼中，悠扬抒情的小提琴曲飘散在空气里。

可不知为何，她总觉得自己忽略了些什么，也即将错过什么。

最后，仿佛鬼使神差，身着一身晚礼服的温舒唯从舞池中穿行而过，径直冲到了甲板上，大雨中。

远远的，海面上有四艘快艇，正有序地穿海破浪，往海的更深处疾驰而去。

温舒唯一怔，看见了其中一艘快艇上的沈寂。其余队员们三四个人一艘船，沈寂单独驾驶着一艘走在最后方，不知要去哪里。

大雨肆意冲刷，她心头莫名抽紧。

沈寂也看见了站在游轮甲板上的她。冰凉的海风吹起温舒唯洁白长裙的白纱，一抹纯净的白，镶嵌在黑色世界中，突兀醒目，在发光。

只一瞬，他再移不开眼。

两人目光交会十余秒。随后，快艇与游轮的距离迅速拉远。

吉拉尼和梅凤年已经乘船逃离。快艇开始加速，追捕行动迫在眉睫，所有战士的神色都冷毅而平静，各自检查着自己的武器装备。

这时，温舒唯看见一身军装的沈寂抬起手，朝她远远敬了一个军礼。游轮上点点微光投落，照亮他的脸，虽沾了血污，仍俊朗英秀，一如当年初见时的张狂少年。

几艘快艇很快便彻底融入了黑暗。

十来秒的对视，短暂得来不及说一句话，又漫长得像说完了一生。

温舒唯望着漆黑的海面怔怔出神，一滴冰冷的雨落下来，砸进她眼睛里，淌出时却沾染了滚烫温度。

这时，背后响起一个声音，急切道："你在这儿干什么？"

温舒唯抹了把脸，回头。宋子川眉心拧成一个结，语速飞快道："我刚才看见有几个人鬼鬼祟祟往货舱那边去，不知道是要干什么。"

温舒唯凝神，转身与宋子川一道，飞快跑向游轮货舱。

推开门，她倒吸一口凉气——整个空间几乎被新型炸药填满。

里头的人听见响动回过头来，纷纷皱眉。

"嫂子？宋子川？"丁琦惊道，"你们怎么在这儿？"

"宋子川是被绑来的，我是过来参加宴会的。"温舒唯大步上前看了眼，只见不远处有一大堆五颜六色的线，一个半秃顶的外国中年人正眉头紧蹙地蹲在那儿。她定睛细瞧，这人竟是之前那个意大利西装男身旁的人。

她不解："这人又是……"

"这是个意大利的武器专家。别打扰他，他是来拆炸弹的。"丁琦神色凝重道。

温舒唯点点头："有没有需要我帮忙的？"

"没有，你待着就行。"

温舒唯抿唇，静了静，道："我想做点事情，不然我怕自己胡思乱想。"

丁琦一愣，看她一眼，好一会儿，他才沉沉地叹了口气，道："我的几个同事正在组织游轮上的人乘坐救生艇转移，你可以去帮忙。"

蛟龙突击队一路追击吉拉尼等人。

夜色中，大雨倾盆，狂风咆哮，枪声乱而杂，战士们不停举枪朝前方射击。可天色太暗，雨势凶猛，海面上一片漆黑，仅有的探照灯形同虚设，半天打不中前方那艘快艇。

大雨模糊了沈寂的视线，他抬手一把将脸上的雨水抹去，吼道：“涛子！浩子！你们把船开到左翼和右翼，三面包抄！不能让吉拉尼跑了！”

杨子涛和陈浩浩怒吼：“是！”

两艘快艇霎时如鱼雷一般破开雨浪，迅速绕行至吉拉尼的左右侧，快艇上的其余队员举枪一阵猛扫。

吉拉尼是海盗出身，快艇在风雨与混乱枪声中穿梭，如鱼得水，灵活如蛇，不费吹灰之力地闪避开。

众人的扫射落空，白折了数串子弹。

大飞恼羞成怒，恶狠狠地啐了口。

就在这时，吉拉尼看了眼快艇上的经纬线坐标，古怪地笑了，朝头顶的夜空鸣了一枪。

“砰”一声枪响，撕碎天际。周围仍旧一片死寂。

沈寂眯了眯眼，反应过来什么，脸色霎时大变，在风雨中嘶声怒吼：“回撤！”

可话音出口，已经晚了。一枚手榴弹从众人视野的盲区抛出，直朝陈浩浩驾驶的快艇而去。

陈浩浩听见沈寂声音的瞬间掉转船头，那枚手榴弹落进了快艇旁边的海里，轰地炸开，巨大的水浪霎时将快艇冲翻。

三名队员全部落水。

与此同时，四艘快艇从黑暗处杀了出来，埋伏在附近多时的雇佣兵狞笑着，对着落海的陈浩浩、许展飞、刘成就是一顿猛扫。

三人以冲翻的快艇为掩体举枪还击，却还是躲避不及，纷纷负伤，瞬间被漆黑海水吞噬。

“浩子！大飞！大成！”距离最近的杨子涛赤红着眼，怒吼。

“涛子，救人！”沈寂吼，“我掩护你们！”又是一梭子弹打出去。

几艘船上的雇佣兵注意力被分散，纷纷举枪朝沈寂袭去。

另一边，杨子涛飞快驾驶着快艇朝几人逼近，船上的战士爬到船沿，伸出手。

陈浩浩脸色苍白，大腿处的枪伤疼得他青筋暴起，却硬是咬咬牙，拽住队友的胳膊一发力，被拉了上去。

许展飞和刘成也依次被救上船。

杨子涛飞快检查三人的伤势，刺啦几下撕下身上的军服，给几人包扎伤口。他语调微微哽咽，说："撑住，撑住。支援马上就到了。"

陈浩浩满脸都是血。他胸膛起伏，呼吸困难，闭上眼，做了个深呼吸，翻身举起步枪，瞄准最近的一个光头雇佣兵，扣下扳机。

光头中枪，闷哼一声落入大海，溅起水浪。

沈寂趁此机会，借着探照灯的光亮，瞄准一艘敌方快艇的汽油桶，一枪打出去。整艘船炸开，雇佣兵惨叫着和船一起四分五裂。

队员们借着这一瞬的亮光，飞快精准地锁定吉拉尼的快艇，朝他开枪。

吉拉尼被集火围攻，躲避不及，手臂中枪，痛得哼一声。他在枪林弹雨里驾船飞窜，狠声问："老头儿，你没事吧！"

背后无人应答。

吉拉尼回头一看，梅凤年不知何时已经倒在血泊中，没了气息。

吉拉尼面部肌肉有一刹抽搐，阴鸷森然的独眼瞬间癫狂。他咯咯笑起来，随后便回过头，加足马力，瞬间从包围圈里突围出去。

沈寂满脸满身的血和雨，余光瞥见，飞快驱船去追。

"寂哥！"刘晓虎红了眼，正要跟过去，左侧雇佣兵又是一阵猛烈火力突袭。他心急如焚脱不开身，只能再次举枪还击。

两艘快艇很快便疾驰出去数百米。

吉拉尼手臂负伤，已是亡命之徒，见沈寂穷追不舍，恼怒，拔出手枪朝他射击。沈寂扣下扳机，一连两下，没有子弹射出。

他下意识伸手去摸弹匣袋，空的。

子弹打完了。

沈寂抿了抿唇。

这时，本就是亡命之徒的吉拉尼察觉到什么，停下船，狰狞癫狂地大笑："哈哈，没子弹了？你没子弹了？哈哈哈……可惜啊，沈寂，你永远奈何不了我！"一顿，举起手枪对准他，"放心，你也不孤单，好多你的兄弟等着你呢。"

沈寂手握住快艇方向盘，静了静，忽然抬眸直视吉拉尼，眼神狠戾，像翱翔在天上的海东青。

吉拉尼冷不丁地和他的眼神对上，竟是一愣。

沈寂直勾勾地盯着吉拉尼，在某个瞬间，沾着血的嘴角微微勾起。他将马力加到最大，快艇疯了一般朝吉拉尼的方向冲刺过去。

吉拉尼脸色大变，吼道：“你要做什么？”他手忙脚乱去轰油门，可船竟在此时熄了火，半天打不燃。他心急如焚，朝那道海蓝色的高大身影连开两枪，却全都打歪。

两艘快艇的距离在夜色中急速缩短。

沈寂面容平静。

忽地，他的脑海中浮现出一幅动态画面——温舒唯一身洁白纱裙站在甲板上，风将她的裙摆吹起来，她面容恬静，静静地望着他，黑发在风中飞舞。

他微闭上了眼睛，听见子弹破风，从耳旁飞过去。

听见一个声音，对他说：“我叫温舒唯。这三块钱算我借你的，之后会还你。”

“来，送你一个梦想。体育彩票五百万，一夜暴富不是梦。”

“我其实没有那么伟大。我只要我的沈寂平平安安。”

“做你该做的事，不要有顾虑。”

沈寂忽然又睁开了眼睛。某一刻，他的目光透过漆黑的海面和夜空，望向了某个遥不可及的远方。

“轰”的一声。

两艘快艇相撞，爆炸声响彻天际，火光映亮整片海域。

沈寂的耳边霎时静音。

万籁俱寂。所有画面都消失了，有一抹雪色的白在他眼前铺天盖地渲染开。

那是一幅静止的图画。画面最深处，姑娘一身白纱，冲他回眸浅笑，暖金色的阳光温柔将她包裹。

她站在光里，就像一个虚幻不真实的梦境。

“温舒唯，我最心爱的姑娘。我这一生，愿把生命和一腔热血献给祖国，把心和灵魂献给你。你愿意成为我的妻子吗？”

小温同志。

你穿婚纱的样子，可真漂亮。

尾声

第二年冬。

西北的冬季，大雪漫天。

这是一处半山腰上的墓地。隆冬时节，万物休眠，积雪在阳光下轻微反光，整座墓园静谧得没有一丝声音。

沈建国神色平静地站在一座墓碑前。早些时候凿刻工艺不成熟，石碑上的照片已斑驳陈旧，甚至有些模糊，依稀能看出一张年轻娇丽的容颜。

“又是一年了。”沈建国遍布风霜的面上浮起一丝笑，弯腰，戴着厚手套的双手将妻子墓碑上的积雪扫落，轻轻抚摸那张模糊的照片。

无声天地间，照片上的女人浅笑着，温和地注视着这个世界。

“来，给你介绍一下。”沈建国，微笑着朝后面招了招手。

温舒唯安静地走上前。

“这是温舒唯。”沈建国笑着说。这个纵横疆场、戎马半生的铁血少将，看向妻子的目光柔和如水，至今仍蕴藏着浓浓思念。

寒风将温舒唯的脸吹得丝丝生疼。她弯腰，双手将怀里的一束百合放在了石碑前。

沈建国又跟妻子说了会儿话，随后便带着温舒唯离开了墓地。

途中，这个向来冷漠少言的中年男人破天荒般，主动跟温舒唯聊了许多。他告诉温舒唯，每年冬季，自己都会回西北看妻子。

“你阿姨最喜欢雪。”坐在车里，沈建国的目光透过车窗望向遥远的、满是积雪的山脉轮廓，“说起来真惭愧，这么多年，我从来没有陪她看过雪。”

“我还记得，我跟她结婚的第三天，上头就来任务了。”沈建国回忆起多年前的往事，忽然望着远方微微苦笑，“之后，我回家的次数越来越少，每次回家待的时间也越来越短。我对不起她。”

温舒唯说：“我相信阿姨没有怪过您。”

沈建国看向温舒唯。不知是不是错觉，那一瞬，温舒唯竟发现，只短短一年的时间，他像是老了很多。

沈建国平静地对她说：“当兵的男人，没几个对得起自己的女人。”

温舒唯没有出声。

车里良久的一阵静默。

片刻后，沈建国终于又笑起来。他看着身旁的年轻女孩儿，说道：“孩子，人不能永远把自己困在一个地方。放开手，去过自己的生活，你还年轻，还有大好的时光和人生。”

温舒唯转头，望向湛蓝的天空以及远处的山与皑皑白雪。这陌生巍峨的北国风光，让她在此刻，无比眷恋那片冰冷又温柔的海蓝色。

她想念大海了。

“叔叔。”温舒唯忽然笑了，说，“快新年了，祝您新年快乐。”

沈建国很轻地叹了口气，摇头不再说话。

温舒唯当晚就从西北回了亚城。

海滨之城依然车水马龙，繁花似锦。

经过一年的运营，锦华亚城分社已站稳脚跟。临近年关，总部那边还专程给亚城分社的全体员工准备了一份特别的新年礼物，引来全员欢呼。

“温副。”年轻的助理小姑娘敲门走进副主编室，对温舒唯恭恭敬敬地道，“你的邮箱收到了一封私人邮件，发信人是程小姐。”

“知道了，我稍后会查看。”温舒唯一身干练蓝西装，浏览着电脑上的刊物稿件，脸色淡淡的，公事公办的语气，“通知编辑3部，20分钟之后到会议室开会。”

助理小姑娘点头：“好的。”然后便转身离开。

办公室里只剩下温舒唯一个人。

片刻后，温舒唯鼓起腮帮子吐出一口气，扭扭脖子，看着“待审稿件”文件夹里的数十份内容，悄悄翻了个白眼。移动鼠标，进入邮箱，点开了那份发信人为“程小姐”的邮件。

邮件标题写着：温副主编亲启。

温舒唯笑，挑了挑眉毛，视线往下扫。

唯唯：

这么多年没给人写过信，我都快忘了信件格式是什么了（冷汗），如果有什么问题，还请温大副主编睁只眼闭只眼（抱拳）。

话说最近墨西哥在闹流感，所有人出门都得全副武装，真是吓死了。

好了好了，不跟你东拉西扯，言归正传。

我到墨西哥已经七个月了，这期间，我在微信上跟你聊过很多次，也打过很多次视频电话，但是有些话，我确实觉得必须以一些更正式，或者更郑重的形式说给你听。

两个月前，我收到了一份快递，里面是一个日记本，上面涂鸦似的用马克笔画了很多很多东西，每一张都是一些矮矮的旧平房和两个形象模糊的小孩子。起初我还很害怕，以为是什么变态寄来的恐怖包裹来着，但是仔细翻看这些图画，我却总觉得有种莫名的熟悉感……

我知道你肯定已经在嘲笑我神经质了，不许笑！（菜刀）

我不知道寄件人是谁，只知道发件地是中国云南。真的很奇怪，对不对？

我很早之前就跟你说过，我总觉得自己错过了很多事，但是又说不上来自己错过了什么；总觉得自己遗漏了很多事，又不知道遗漏了什么……这种感觉真的很糟，时不时就会让我有一种很难过的情绪。

仿佛冥冥之中，有一些很重要的人和事存在于我看不见也听不到的地方，可能很绚烂，可能很壮烈，也可能什么都没有。

总之，我现在在墨西哥的影视学院进修，过得还不错。

最近墨西哥举办了一个青年导演微电影大赛，我报了名，剧本取材自在嶂北看雪的那天晚上，我做的一个梦。

这个电影具体要讲述什么，等成品出来我再告诉你吧哈哈！

莫名其妙说了这么多，你每天盯着电脑看那么多字，还要看我这份，抱歉啦（亲亲）！

之后的内容，可能你就不那么喜欢看了，你可以选择性忽略。但是作为你最好的朋友，我还是希望你能稍微听进去一点。

一年前，沈寂重伤入院，身上各处烧伤，头部还遭受了严重撞击。我还记得，那天亚城下暴雨，你守在医院的抢救室外跟我打电话，哭了好久好久，我第二天就从嶂北飞到亚城来陪你。

抢救结束，沈寂的命是救了回来，但是人却一直昏迷不醒。医生告诉所有人，他成为永久植物人的可能性在百分之八十以上。

一年了，你表面上一切回到正轨，工作，录视频，升职，成为副主编，变得越来越好，但是我看得出来，你很固执，固执地等着沈寂苏醒，日复一日。

尽管你自己也很清楚，他可能永远也醒不过来。

你准备一直这样耗着吗？

别怪我太现实。我是真的害怕，害怕你耗光了青春消磨了时间，最后什么也没有得到。人都应该向前看，相信我，你会遇到更好的人，会开始新的生活。

好了，明天早上还有课，我先睡了。你有空再回复我吧（亲亲）。

程菲

12 月 26 日写于墨西哥城

温舒唯关了邮件，阳光从办公室的落地窗投进来，她扭头看向窗外。大海广阔，远远能看见飞鸟的影子，和一直绵延到天际的海岸线。

温舒唯忽然勾起嘴角，眼眶微湿。

下班后，温舒唯照例驱车来到亚城军区医院住院部。

这一年，她每天都来，住院部的所有医生护士都认识她。

经过护士台时，护士长朝她露出了一个微笑，随口道：“今天你比平时早十分钟。”

“公司提前放人。”温舒唯笑回一句，跟护士们打过招呼，便径直走进了楼层最里面的一个单人间。

病房里一片纯白色，静谧极了，只有心电监护仪规律的运作声。

温舒唯走到病床边。

沈寂安安静静地躺在床上。

长达一年的昏迷卧床，让他整个人消瘦了不少。他闭着眼，眉目舒展，面容俊朗干净，苍白温和，就像是疲惫到极点后得到解脱，陷入了很深很深的梦境。

温舒唯在床边的椅子上坐下来，床头柜上摆着一个透明的玻璃花瓶，里头的几朵鲜花略微枯萎。她伸手换上新的。

“明天上午团建，今天我可以多陪你一会儿。”她笑了笑，胳膊轻轻放在他输着液的右手旁边，单手托腮，侧着头，目光定定落在沈寂脸上。

沈寂不语。

“小松说元旦节要到亚城来，来看看你。”温舒唯轻轻握住他放在被子外面的右手。由于每天都要输营养液，他冷白瘦削的手腕上挂着留置针。她小心翼翼，怕弄疼他，尽管此时的沈寂已没有任何知觉。

“弟弟已经高三了。”温舒唯握紧他修长的手指，自顾自地说着，“他懂事了很多，也成熟了很多，已经很久很久没听到他逃课的消息了。”

说到这里，温舒唯不知想到了什么，低头轻轻笑出一声。

“对了，还有个好消息要告诉你。”她食指弯曲，调皮地抚了一下他结着薄茧的指腹，“何伟前些天给我打过电话，他们面馆的生意越来越好，今年他们存下了一些钱，准备把隔壁的铺子也盘下来，还提前邀请我去参加他们孩子的周岁宴。”

无人应答。

“真快啊，不知不觉就一年了。”她的脸颊轻轻贴住他的手背，像是呢喃低语，又像是感叹，目光透过窗外的冬夜，流转到很远的远方。

沈父劝她放手。程菲说，怕她耗费了青春和时光，最后什么也没有得到。

温舒唯看着夜空，忽然泪湿眼眶。

“我怎么会什么也没有得到？”她靠着沈寂，眷恋地闭上眼，嗓音温柔得就像一阵风，一个梦，“你明明，已经给出了你整个世界。”

空荡荡的病房里，始终无人应答。

元旦节的前一天晚上，宋子川来了，带着一份报纸和一小袋水果。

好些日子没见，温舒唯发现他似乎长高了些，也长壮了些，个头已经在一米八以上。

宋子川这张冷漠的脸，似乎永远也不会有什么生动的表情。他依旧眉目冷淡，整个人看着非常有距离感，难以接近。

高考已经结束。

谁都没有想到，这个叛逆不羁的孤僻少年，于今年 6 月，被中国人民解放军空军工程大学录取，目前已经是空工大的学员，成了一名在役军人。

温舒唯请宋子川坐到病床边，给他削苹果。

宋子川看着病床上的沈寂。曾经如雄鹰般不可一世、无所不能的男人，沉默地躺在那儿，双眼闭合，很安静。

“他一直没有醒过？”宋子川问。

温舒唯动作微微顿了下，摇头。

宋子川不说话了。

过了好一阵，他目光才从沈寂身上离开，望向一旁的温舒唯。他把手里的那份东西递了过去，平静道：“只是我们学校的内部刊物。上面有一则消息，你看完，或许会稍微好受些。”

温舒唯伸手接过报纸，顿了下，回道：“谢谢你。”

“谢我什么？”

“谢谢你来看他。”温舒唯淡笑着说。

闻言，宋子川静默了半晌，才道：“其实直到现在，我都不能释怀。我爸是为了救他死的，这是永远无法改变的事实。作为宋成峰的儿子，我这辈子也没办法原谅他。”

温舒唯垂着眸，没说什么。

“但是作为一个军人，一个中国人，我敬重他。”宋子川淡淡地说。

屋子里忽然一静。

温舒唯把去了皮的苹果递给宋子川。宋子川注意到她细白的无名指上，戴着一枚戒指。

“你有没有想过，如果他真的一睡不起，自己该怎么办？”宋子川忽然说，“或许你应该开始新的生活。”

温舒唯静了数秒，笑了：“我早就在心里嫁过人了。”

宋子川只在病房里待了不到二十分钟便离去。温舒唯起身把宋子川送到了医院门口，折返途中，她随手翻开那份报纸。

少年外冷内热，很有心，要提醒她看的位置，还特意用黑色签字笔画了一个小框。其余位置则全部涂抹了一遍，挡住了主要内容。

温舒唯不自觉地微微一笑，手指抚平报纸的折痕，细看。那是一行很小的印刷字，嵌在右下方，只占据了极小版面：

今年，由于西藏十四所的航空母舰研发工作取得重大突破，其中一份核心文件曾遭境外分子窃取，我国海军数名战士与之展开激烈斗争，浴血奋战，不畏牺牲，最终将文件追回。

忽然吹起一阵风，风里夹杂着海的湿气。

风迷了温舒唯的眼睛。她一时出神，直勾勾望着这行小小的铅字。下一瞬，毫无征兆的，一股巨大的悲恸劈天盖地席卷了她。

她手指收拢，攥紧了报纸，转身小跑进了住院部一层的洗手间。她双手支撑在洗手台上，数月来第一次，无声大哭。

数名战士，浴血奋战，不畏牺牲。

短短十余个字，便是所有。

亚城还是这座亚城，繁华忙碌；盛世仍是这个盛世，安定富强。

没有人知道他的付出，他的故事，甚至，永远不会有人知道他的名字。

温舒唯用力捂住脸，抽泣到全身脱力。

不会有新的生活。

不会遇到更好的人。

不会了。永远不会了。

我早就在心里嫁过人。嫁给了最好的沈寂，嫁给了我的英雄。

这一晚，温舒唯一直在医院陪沈寂到深夜。

她握住他的手，跟他说了很多以前的事。她不知道他能不能听见，但还是不知疲惫地讲述。

“今天要跨年，我陪你看新年第一天的日出。”她低头，轻吻他的眉心，“你已经丢下我好久好久了。”

被她握住的大掌，和以前一样温暖，却不再给予有力回应。

沈寂的面容英俊安宁，睡得很沉，像是真的不会再醒来。

“你答应我，新的一年，不要再让我一个人，好不好？”温舒唯定定凝望着他的脸。

沈寂没有回答。

“不说话就是默认。”她弯起嘴角，小指轻轻勾住他的，晃了晃，“拉钩。”

病房里安安静静，只留着一盏夜灯。忽地，窗外有一道光束炸亮夜空。

温舒唯被吸引，起身到窗边，抬头望。

市中心的方向放起了烟花，灿烂的火光在天际迸开，绚丽夺目。

温舒唯眼底被五颜六色的火光照亮。她望着夜空，下意识轻声说：“沈寂，新年到了。”说完回过头。

就像是一个梦境。

病床上坐着一道高大身影。听见她的声音，那人转过头来，窗外火树银花不夜天，璀璨光芒在黑暗中照亮他的脸，黑色短发，如画眉眼，仍是多年前初见的模样。

温舒唯整个人一震，捂住了嘴。

片刻后，他轻轻挑了下眉，标志性的慵懒神态，眼底却凝万千深情。

他盯着她，哑声说：“小温同志，新年快乐。”

番外一 圆圆满满

咱们国家的老一辈,大多都有根深蒂固的传统思想。温姥姥疼爱温舒唯,为了让外孙女和外孙女婿婚后更加地幸福美满和和美美，老太太专程找大师，给两个年轻人算了个适宜结婚的吉日。

姥姥告诉温舒唯，大师是她夕阳旅行团的一个旅友给介绍的，据说上知天文，下知地理，江湖人称赤脚大仙，但凡是经他手算过吉日的小夫妻，每一对儿都恩恩爱爱，结婚三五年，吵架拌嘴的次数一只手就数得过来，别提多神。

此时，两个小年轻正在老太太家吃晚饭。

听姥姥义正词严、神秘兮兮地说完“赤脚大仙大师”的无数光辉事迹，温舒唯忍不住抿嘴笑起来，道：“我说姥姥，我和沈寂本来就不会吵架呀，不用太讲究这些的。”

话音刚落，沈寂又是一块红烧排骨夹到她碗里。他眼里蕴着一丝很浅的笑意，淡声道:“姥姥也是一番好意。日子这些,全都咱家老太太说了算。”

温舒唯动了动唇正要回什么，姥姥却先开口，接话道：“就是。你们这些年轻人啊，总觉得现在社会进步了，科技发达了，自己懂的就肯定比咱们老古董多。我告诉你，‘黄道吉日’这四个字儿能在咱们中国流传这么几千年，总是有道理的。”说罢，姥姥视线望向沈寂，只觉这个外孙女婿是越看越顺眼，越瞧越喜欢，忍不住笑眯眯地点头赞许，“还是我们沈寂同志懂事。”

沈寂勾了勾嘴角，没说什么，又用公筷给姥姥夹了一块糯莲藕。

饭后，两人洗完碗收拾完厨房，又陪着老人看了会儿电视。快七点半，沈寂看了眼表，估摸着时间差不多了，便向老太太道别，带着温舒唯离开老小区。

3 月初的云城，虽已开春，空气里却仍残留着一丝寒意。黑色越野从老街区驶出，沿大马路径直朝市中心方向驶去。

一路车水马龙，华灯熠熠。

温舒唯窝在副驾驶座上，玩着手机游戏打发时间，忽然想起什么，问道："哎，对了，你约的店叫什么名字来着？"

沈寂随口回了个店名，是一串英文。

温舒唯没听清。

沈寂便又重复一遍，语速稍缓，嗓音低沉好听，非常纯正的美式腔，字音清晰自然。

温舒唯闲着没事儿干，索性打开搜索软件在输入栏里把这个店名儿敲了进去，点击搜索键。网页弹出来。她拖动手机屏幕随手往下划拉，浏览着。

大约过了十秒钟。

温舒唯唰地抬起头，目光从手机屏移到沈寂的侧脸上，满眼震惊，几乎脱口而出道："这家店是谁给你推荐的？"

沈大爷开着车，侧颜隐在暗处，一如既往地神色冷淡，眉眼如画。听见她的话后，沈寂视线微转，看了她一眼，懒洋洋回道："我自个儿找的。怎么？"

温舒唯着实好奇："怎么找的？"

沈寂道："按价格从高到低的排序推荐找的。"

温舒唯眼睛都瞪直了："为什么要按照价格从高到低排序来找？"

沈寂把着方向盘扫视前方路况，语气漫不经心又随意，淡淡的："婚纱这玩意儿我没什么研究，也不太懂，前几天就打电话问了一下老丁。"

数日前，邻市某高档度假村酒店内。

彼时，特工小丁正左手一个装着高档红酒的精致高脚杯，右手一个可爱多冰激凌，戴着墨镜，穿着浴袍，伸展着两条大长腿，懒洋洋地躺在泳池旁的沙滩椅上，嘴角上扬，左一口红酒，右一口冰激凌，优哉游哉地享受着难能可贵的休假生活。

忽地，丁零零，一阵手机铃声响起来。

墨镜沿着高挺鼻梁骨往下滑两厘米，露出一双漂亮狭长的丹凤眼。丁琦扫了眼摆在脚边桌子上的手机，来电显示：沈·二十公分·寂。

呵，阎罗王来电，肯定又是要我去跑腿卖命，啊呸！门儿都没有！

丁琦挑了挑眉毛，看看左手的红酒，又瞅瞅右手的冰激凌，思考几秒后，非常果断地放下了红酒杯，边吃可爱多边接起电话，含混不清道："我先把话说前头啊，我这儿休假呢！几年才捞着这么一个长假，除非是有人要黑咱们国安局内网，否则我绝不出山！"

一把低沉嗓音冷冷淡淡响起来，没什么情绪地说："我想试婚纱，有没有推荐？"

那一瞬间，丁琦以为自己听错了。茫然了差不多五秒钟后，他眯眼，压低嗓音恶狠狠道："你个变态，还会口技？谁派你来的？把我们老沈弄哪里去了！"

对面沉声："我是沈寂。"

"你用什么证明你是沈寂？"

周围气压莫名变低，连带着气温都下降好几度。须臾，听筒里传出一句话："你休个假把脑子休抽了？"

暴躁大佬在线怼小老弟。熟悉的配方，熟悉的味道。警报解除。

"误会误会。"丁琦干巴巴地笑了几声，咬了口冰激凌，边在沙滩椅上调整了个坐姿边说，"不是，老沈，好端端的你试什么婚纱啊？有任务要让你男扮女装打入敌人内部？女装大佬？"

沈寂："我要带我媳妇儿试婚纱。"

"虽然一直知道大佬您惜字如金，但是麻烦你下次说话不要说省略句，OK？"小丁开启碎碎念唐僧模式，苦口婆心道，"你知不知道这样会引起多大的误会？万一我以为你是敌人呢？万一我马上就上报了呢？万一我……"

沈寂淡淡打断："挂了。"

"哎哎！"丁琦一下急了，又开启怨妇模式，"干吗这么着急挂电话？你说你，自打清醒过来就只跟我联系了一次报了个平安，其余时间不是在部队就是跟你家小宝贝儿如胶似漆黏一块儿，你想起过我吗？好不容易打个电话给我，还是说要带你家小宝贝儿试婚纱的事，咋的，兄弟的心不是肉长的啊？不会痛啊？"

沈寂忍无可忍，咬着后槽牙从齿缝里挤出两个字："丁琦。"

"好好好……既然你诚心诚意地问了，我就大发慈悲地告诉你。"小丁捋了捋头发，“婚纱嘛，我也不太了解。”

话音刚落，“吧嗒”一声，电话就挂了。

几秒后，丁琦淡定地拿起手机，给沈寂编辑过去一条微信：姓沈的，我忍你很久了。你一个快结婚的人都不了解，跑来问我这个万年单身狗？咋的？能结婚了不起？有媳妇了不起？信不信老子一记耳刮子打得你……

哐哐敲字敲到这里，丁琦顿住，默了默，觉得自己心里好受点儿了，又把整个编辑框里的字全部删了个干净。重新编辑道：寂哥，女孩子的婚纱嘛，我虽然不太懂，但我觉着吧，天底下任何东西都差不多，八成儿都是越贵越好！

嘀，发送。

讲完，沈寂面无表情地说：“这家店是整个云城最贵的。”

温舒唯扶额，默了默，然后抬起脑袋朝他挤出了一个微笑脸：“沈寂同志，我刚才看了一下，他们这家店的婚纱，现货最便宜的都是六位数。咱们去他家买婚纱，是不是太奢侈了点儿？”

沈寂说：“不是买，是定制。”

温舒唯出离震惊了，瞪大眼睛道：“这位解放军同志，请问你被哪个霸道总裁文的男主附身了？咱们俩一直是走接地气路线的，你能不能清醒点？”

话音落地，黑色越野已驶入市中心某高端奢侈品商圈的地下停车场。

车停稳。

黑漆漆的停车场内，沈寂停车熄火，侧过头，贴近她，手指捏住姑娘尖尖的小下巴亲昵地晃了晃，又吻了吻她的唇，压低声，一字一句异常认真地说：“小温同志，我很清醒。”

温舒唯心尖猛地一颤，望着他，眸光闪动，没有出声。

沈寂直勾勾盯着她的眼睛，说：“我的温舒唯，是全天下最好的姑娘。只要我能，我就要给你最好的，一切。”

沈寂挑选的婚纱店位于奢侈品牌商圈的最里端，一座独栋的玻璃房，四面通透，装修风格低调奢华，灯火通明。

沈寂事先已与设计师约好了时间，距离八点还有五分钟的时候，两人走进婚纱店。

侍者面含微笑，恭敬地将两人迎入店内，将他们带至等候区休息，并端上了精致的茶果与点心。

八点整，一个身着宝蓝色西装套装的高挑身影从玻璃房的二楼走了下来。设计师看了眼手表，勾唇：“我喜欢守时的人。”

温舒唯礼貌地站了起来，笑道：“你好，你就是戚老师吧。久仰大名。”

“叫我 Joe 就行。”设计师朝眼前的年轻姑娘礼貌疏离地笑了下，视线微转，看向女孩儿身旁的男人。对方气质冷硬，五官长得十分俊朗，双目锋芒毕露，叫人过目不忘。

沈寂很淡地笑了下：“你好。”

戚杭礼貌回应：“你好，沈先生。”

戚杭又看向温舒唯，说：“温小姐，麻烦你先去选几件自己喜欢的成品，我看完才能判断最适合你的风格。”

闻言，温舒唯朝设计师笑着点头：“好的，麻烦你了。”

助理小姑娘上前，笑眯眯地领着她来到礼服区，挑选出了数条风格各异、款式不同的婚纱，然后把她带进了试衣间。

“需要我在里面帮你吗？”助理笑问。

“后背的绑带我出来你再帮我系吧。”

“好的，有事请叫我。”

门关上。

温舒唯从一堆天价婚纱礼服里选出一条抹胸款，套在身上。刚往上拎起，“咔嗒”一声，背后的门锁开了。

温舒唯以为是小助理，头也没回地笑道：“你来得正好，麻烦你帮我系一下。”

那人没说话，上前几步替她系好。

婚纱瞬间勾勒出温舒唯婀娜曼妙的身段儿。她刚要开口说谢谢，腰却被背后那人勾住。他手臂修长，很有力，往后一带，她整个人瞬间被他裹进怀里。

温舒唯闻到他身上熟悉的烟草味，微侧过脑袋：“我换衣服呢，你跑进来干什么？”

沈寂双臂环住她，低头，从后面吻了吻她光滑的脸蛋儿：“我家宝贝儿第一次正儿八经穿婚纱，我当然得第一个看。”

温舒唯脸微红，缓慢转过身子面朝他，轻轻地说：“好看吗？”

沈寂视线直勾勾落在她身上。

他浅棕色的眼瞳专注，笔直，凝定，就只有她一个。

半晌，沈寂笑了："真好看。"

温舒唯望着他的眼眸，笑了笑，又问："是不是比上回在海上面看到的，更好看？"

"都好看。"

她促狭地扬起下巴，右手搭在他肩膀上，眸子垂低，一身华丽纱裙，就像童话故事里高傲的女王："说，我是不是世界上最美的人？"

"是。"沈寂眼里泛起浓浓的笑意，啄她的唇，贴紧她，低声，"你是最漂亮的温舒唯，最可爱的温舒唯，最坚强的温舒唯，让我朝思暮想、把我迷得神魂颠倒的温舒唯。"

不知为什么，两人玩笑似的一番对话，却在瞬间叫温舒唯红了眼眶。毫无征兆地，她咬了咬唇，伸出双手抱住了他。

姑娘闷闷地说："谁告诉你我坚强的。"

沈寂眸色一深没说话，手臂死死将一身嫁衣的她拥紧。

温舒唯腾出一只手打了他一下，话音出口竟哽咽起来，委屈道："我告诉你，你欠了我一年的眼泪，这笔账我还没找你赔呢！"

沈寂吻住她的眉心，柔声哄道："我把我这辈子，下辈子，下下辈子，都赔给你，好不好？"

温舒唯红红的眼睛望着他，思考片刻，嘀咕道："这还差不多。"说着一顿，伸出小指，笑道，"拉钩，说好了！"

沈寂弯起嘴角，牵住她细白的小指："一言为定。"

温舒唯心里甜出蜜来，抱住他的脖子，踮起脚尖吻住他的唇。

云南，边境某县城。

今夜无月无星，漆黑一片。一个快递员骑着快递三轮货车，晃晃悠悠地行驶在一条昏暗小巷内。

不多时，快递车停下，快递员打了个电话，在原地等。

几分钟后，一道挺拔人影踏着步子从老旧居民楼内走出来，径直走到快递车前。

快递员是个年过五十的中年人。他笑了下，满是岁月风霜的面容上挤出道道褶子。快递员说："兄弟，国际件，墨西哥寄来的。"

男人安静几秒，伸手接过来。

快递员骑着有些破烂的货车走了。

男人从裤兜里摸出一根烟，点着，借着屋檐的昏暗灯光，眯起眼，去看快递袋上的字体，寄件人那一栏隐约能看见 Fei 这几个字母。

他脸上没什么表情，眸色亦冷静无波。

忽地，远处传来一把年轻嗓音，喊道：“烈哥，等你呢！”

“来了。”

应一声，他没拆快件，转身离去，背影很快便被夜色吞噬。

番外二——人不如“汪”

温舒唯从小就喜欢小动物，早在许多年前，小舒唯便小拳头一握，对着自己小小的生日蛋糕，许下了一个大大的愿望——等将来长大，她一定要猫狗双全，走上人生巅峰！

说来也巧，那时隔壁邻居家的小狗刚生了一窝小狗崽，软绵绵，毛茸茸，可爱得不行。姥姥得知小舒唯的心愿后，便专程找上邻居，想掏钱给买一只。

都说远亲不如近邻，邻居阿姨在老小区住了这么几十年，哪儿会要姥姥的钱。阿姨二话没说，直接送了一只给姥姥。

“我现在都还记得那只小狗的样子。”回忆起这桩往事，温舒唯满眼都是欢喜的笑意，“它是一只中华田园犬，很可爱，小小一只，白白的身体，软软的绒毛，连声音都奶声奶气，我特别喜欢。”

沈寂单手托腮望着自家媳妇，被她嘴角的甜笑勾得心痒痒，忍不住便伸出手，轻轻捏了捏她的小脸，问：“那后来你养了那只小狗？”

“养了。”说到这里，温舒唯眼里的光微暗几分。她沮丧地叹了口气，肩膀一垮，“但是只养了一个星期。”

“为什么？”

“我妈不许。”温舒唯无奈耸肩，“我妈很不喜欢小动物。她说小动物身上都有寄生虫、细菌，而且掉毛，不仅会把家里弄得脏兮兮乱糟糟，还会向人传播疾病。”

“所以你就把小狗还回去了？”

“嗯。”温舒唯越想越觉得遗憾可惜，脑袋耷拉着，像只被霜打了的茄子，“但这件事我也不怪我妈，她是为我好。”

沈寂瞧见她这副模样，心疼得不行，将姑娘揽进怀里，轻拍着她的肩背柔声哄道："好了好了，不难过。你喜欢小狗，改天我们一起去选一只。"

温舒唯闻言，从他怀中蓦地抬起头来，一双大眼噌噌放光："真的？我可以养小狗吗？"

沈寂被逗笑了，手指刮刮她的鼻尖："当然。你是我家小祖宗，你做主，你说什么就是什么。"

"太好了！"温舒唯大喜过望，但没高兴几秒钟又反应过来什么似的，皱眉纠结，"可是，如果养了小狗被我妈知道，她肯定又要念叨我。"

沈寂扬起眉梢："念叨你什么？"

温舒唯一怔。

"小姐，"沈寂贴近她，低声一字一句道，"你现在是'沈太太'，是我的媳妇儿。咱们已经有了自己的家，你是这个家的女主人，什么事都由你说了算，知道不？"

温舒唯听完脸微热，仍有几分迟疑："那要是我妈还念叨，怎么办？"

"怕什么。"沈寂挑眉，"你男人给你撑腰。"

温舒唯心里暖暖一甜，伸出双手给了沈寂一个大大的熊抱，脸颊蹭蹭他："谢谢老公。"

沈寂当即心情大好，宠溺地摸姑娘的小脑袋："老公好不好？"

她脸更红，却大声答道："好！"

"谁好？"

"你！"

沈寂眉眼含笑，微微压低声："我是谁？"

"我老公呀。"温舒唯大大方方地抱住他脖子，亮晶晶的眸望着他，咧嘴笑，笑容灿烂得堪比盛夏阳光，满面骄傲地吹彩虹屁，"我的老公是沈寂同志，他是全世界最好的人！"

沈寂弯起嘴角，低头吻住她的唇。

沈寂赞成在家里养小狗，也就意味温舒唯距离实现"猫狗双全，走上人生巅峰"的愿望又近了一大步。她那个乐呀，一连数日都在网上浏览萌宠视频、萌宠图片，积极地做着养小狗之前的准备工作。

瞧着自家媳妇的开心兴奋劲儿，沈寂起初几天还没感觉出什么，只想着自家宝贝儿有爱心，既然她喜欢小狗，他为讨她欢心，别说送一只小狗，就是送个八只十只也不打紧。

为了顺利给他家媳妇买到一只健康小狗，向来高岭之花似的沈大佬，甚至还找家里养有宠物的同事打听，暗搓搓地加了几个靠谱犬舍的微信号。

然而，到了第二周，沈寂这心里就开始不是滋味儿了——

他下班回家，一开门，他家宝贝儿第一时间不是像以前那样冲过来抱他、亲亲他，而是拿着手机朝他兴冲冲道："你看你看！我今天又看了好几个品种的小狗，有拉布拉多、哈士奇，还有斗牛犬，真的好可爱啊！"

他带温舒唯出去吃饭，她也一直抱着手机刷个不停，眉心微锁，嘴里念念有词："你说我们到底是养中型犬还是小型犬呢？我之前想养一只小泰迪，但是最近发现二哈也很可爱，虽然都说二哈是破坏王会拆家，但是它颜值高啊！"

他洗完澡从浴室出来，她也会穿着睡裙，蹦蹦跳跳跑他跟前，献宝似的挥舞起手中的平板电脑，向他展示自己在淘宝上选购的狗窝和狗零食："老公，这是我给我们未来的狗子选的窝，有好几种花色，你看看哪种最好看？"

鲁迅先生说过，不在沉默中爆发，就在沉默中灭亡。

这一晚，被自家老婆忽视了整整一周的沈大佬，终于忍无可忍地爆发了。

他危险地眯起眼，盯着一身小碎花睡裙的姑娘看了几秒钟，而后弯下腰，一手横过她的腰，一手从她纤细的膝盖弯处穿过，一把就将人给抱了起来。

温舒唯吓了一跳，手里的平板电脑差点摔地上。她茫然地眨了眨眼，还没弄明白这会儿的状况，便被大佬不由分说地拎上了床。

温舒唯震惊得话都说不利索了，红着脸瞪他，结巴道："你、你发什么神经？"

"我发神经？"沈寂气得咬牙笑出一声，往床上一坐，大掌捞起她箍进自个儿怀里，抱紧了就是一个深吻，狠狠的，像要把她的魂魄都给吮出来。

亲完，他似还嫌不解气，又往温舒唯屁股上轻轻打了下，贴着她耳边咬牙切齿地说："小温同志，你这有点儿过啊。"

温舒唯被沈寂扣着坐在他腿上，满脸绯红大眼迷离，浑然不知他在说什么，很费解地问："什么意思？"

沈寂拉着脸瞧她，说："我很不爽。"

天地良心，温舒唯真没有装傻，她是真不知道这哥们儿又在抽哪门子风。她着实困惑了，又问："到底怎么了这是，好端端的，谁又惹你生气了？"

沈寂狠心掐了把她的脸蛋儿，故意压低了嗓音恶狠狠道："除了你个小没良心的，谁还敢这么明目张胆地惹我生气？"

温舒唯丈二和尚摸不着头脑，傻了，竖起根细白的食指指着自己，匪夷所思："我？我干什么了？怎么招你了？"

沈寂没好气地说："自打我答应给你养只小狗，你就成天抱着个手机看图片看视频，乐得跟朵花儿似的。合着对你来说，猫猫狗狗都比你男人有吸引力？"

听完这番话，温舒唯整个人一呆。几秒钟的错愕后，她一个没忍住，鼓起腮帮子发出了一个无声的"噗"音。

"哈哈哈哈……"温舒唯再也忍不住，在他怀里前仰后合哈哈大笑，笑得眼角甚至都挤出了几滴泪花儿。

沈寂脸色更沉，目光一瞬不离地盯着她，跟要将她吞吃入腹似的。好半晌，他眯着眼睛幽幽地说："笑够了吗？"

"哈哈……对不起，对不起。"温舒唯几近岔气。大笑挤出了肺部的大部分空气，她有些缺氧，一张白皙的脸看着红扑扑的，越发娇艳明媚。

沈寂一时竟有些晃神。

温舒唯好不容易才止住笑，拿手背擦了擦眼角的泪珠，望着他，也不说话，一双眼睛亮若星辰。

沈寂被这双眸子看得不自在，皱了下眉："干吗？"

温舒唯说："这位先生，请问你是和一只还没有出现的小狗置气吗？"

沈寂冷着脸："这一个多星期，你不是在网上看小猫小狗视频，就是在看狗窝狗零食狗玩具。我成天和你待在一个屋檐下，你拿我当空气。"

温舒唯笑弯了一双眼，饶有兴味地打量他。须臾，她说："我为什么以前没有发现。"

"发现什么？"

"原来你还有黏人小奶狗属性呀。"

这回是沈寂被口水给呛了。

"好了，好了。"温舒唯抱住他脖子，脸颊蹭蹭他的，柔声说，"这有什么值得生气的。你在我心里的地位独一无二，绝对不是一只小狗就能取代的。"

沈寂差点吐血，但面部表情还是非常冷静。他问："你确定自己是在安慰我？"

“差不多吧。”温舒唯撤身拉开一小段距离，看着他，忽然像是想起什么似的，小声试探，“不过，你该不会因为这样就反悔，不同意我养小狗了吧。”

沈寂不说话，只盯着她看。

温舒唯霎时有些慌了，伸手扯了扯他的袖子，道：“那什么，这段时间我是有点忽略你，对不起，我向你道歉。你不要改变主意呀。”

沈寂本还想板着脸吓吓这姑娘，见她态度转变，脸色也不自觉便柔下来。他叹了口气，伸手轻轻揪了下她的耳朵，这才无可奈何道：“不爽归不爽，我可没说要改变主意。答应你的事，一言九鼎，没有那么容易变卦。”

温舒唯大眼一亮，正要开口说什么，对面的大爷又凉凉开口了。

“不过丑话我可说在前头，要是养了小狗之后，我发现你对它比对我好，我转头就把它给扔出去。”

温舒唯想笑又忍住，抱着他的胳膊把脑袋枕在他肩膀上，说：“知道了。”

沈寂瞥她一眼：“我说到做到。”

温舒唯亲了下他的脸，又伸手捏捏，笑容甜蜜地调侃：“和一只还没出现的小狗吃醋，老公，你为什么这么可爱。”

经过一段时日的精挑细选，温舒唯最终决定养一只小比熊。得知这个消息，沈寂便问一家犬舍买了一只，带回家送给了自家媳妇。

小比熊小小一只，肥嘟嘟，软乎乎，毛茸茸，走起路来四只小短腿扑腾扑腾，可爱得就像跌落人间的小天使。温舒唯非常喜欢这只小比熊，一见面便抱着小家伙揉揉摸摸，爱不释手。

一番深思熟虑后，她给小比熊取了个名字，叫“多吉”。

第一天，她给多吉布置好小狗窝，拿着小玩具陪多吉玩到深夜，不亦乐乎。

第二天，她亲自下厨给多吉做了一顿丰盛的健康犬餐，仔细认真，全程愉快地哼歌。

第三天，黏人的小多吉晚上不肯回窝睡觉，摇着小尾巴，绕着温舒唯的脚边打转，奶声奶气地汪汪叫。温舒唯心疼得不行，索性抱起小比熊就回了卧室，准备带着它一起睡。

于是乎，这一晚，可怜的小比熊直接被沈寂抱着给丢出了卧室门。

砰，房门无情地关上。

小比熊可怜巴巴地蹲在房门口，一双水灵灵的大眼睛望着紧闭的大门，疑惑地歪过小脑袋："汪……"

温舒唯两手叉腰："这位同志，你对多吉能不能温柔一点？太粗暴了吧！"

"粗暴？"沈寂不由分说便将她揽进怀里，冷笑了声，"我要真粗暴，就不是把它从卧室扔到客厅。"

温舒唯："嗯？"

"我直接把它扔出窗。"

温舒唯扶额，伸手给自家奓毛的大佬顺了顺毛，用安抚的口吻说："唉，小狗嘛，就跟人类的小婴儿似的，比较黏人，理解一下。"

沈寂低头吻她的唇，不悦地嘀咕："还说不会因为小狗冷落我。"

温舒唯"噗"一声笑出来："你知道，我为什么要给小比熊取名叫'多吉'吗？"

沈寂摇头："不知道。"

"当然是因为你。"

"我？"他略感诧异。

"多吉多吉。"温舒唯用力拥紧他，"我希望呀，我的英雄每次任务都能平安回家，多吉多福，无凶无灾。"

如此简单的一句话，却叫沈寂微微愣怔。

"所以你和一只小狗闹什么别扭。"姑娘的唇贴近他耳畔，嗓音轻柔犹如春日的风，"你分明知道，我有多爱你。"

番外三

小鸡仔的苦恼

温舒唯与沈寂婚后的第二年，一个“小包子”在云城某医院的产房内呱呱坠地。之后不久，小包子的爷爷——沈父沈建国便亲自给这个小孙子取了名，沈瑜谨。

美玉贤才，谨慎恭谦。

而小包子的乳名,则是温舒唯这个妈妈给起的,十分接地气——小鸡仔。

温舒唯与沈寂婚后生活甜蜜如初，小鸡仔的到来更是令两家人的关系更为亲密。岁月安稳静好地流逝着，不知不觉便又过去三年。

这一年，小鸡仔同学整三岁。

自从两家儿女结婚，沈家和温家便有了一个每逢双数年便聚在一起过春节的习惯。今年刚好是双数年，除夕傍晚，两大家子又一次欢乐相聚，吃年夜饭。

席间，姥姥突发奇想，让小辈们说出自己的新年愿望，再发放红包。

一听有红包拿，正抱着小碗吃糯米团子的小鸡仔眼睛一亮，嗖一下把自己的小手高高举起，道：“太姥姥！我来，我来！我先说我的新年愿望！”

姥姥笑眯眯地看着小外曾孙：“好呀，你先说。”

小鸡仔抽了抽小鼻子，耷拉下小脑袋，两只小手委屈巴巴地揪了揪自个儿的小棉袄，嘤嘤嘤道：“我希望新的一年，爸爸妈妈能给我改个乳名。”

温舒唯那头正拿勺子喝汤，听见儿子的话，她被硬生生呛了口，顶着一头黑线，默默摸了摸儿子的小脑袋，柔声低语：“宝宝乖啊，这个名字你不喜欢吗？还是说，妈妈给你取的名儿给你带来了什么苦恼？”

小鸡仔闻言，皱巴着一张粉嘟嘟的小包子脸，更伤心了：“在我们幼儿园，老师每次请同学回答问题，都会叫大家的乳名，比如小菜团就叫菜菜，小杏仁就叫杏杏……老师从来不请我回答问题呢。”

边上正在吸面条的舅舅顾文松闻言，皱了下眉，抬起头来看着小外甥：“为啥不请你回答？”

几秒后，小鸡仔便听见他舅舅恍然大悟地“啊”了一声，拔高嗓门儿道：“啊！因为你叫‘小鸡鸡’？”

这回，小鸡仔同学再也忍不住，“哇”地哭出声来，一个小狼扑食便扑进了妈妈怀里。

温舒唯嘴角抽了抽，又是心疼，又是尴尬，正要扭头骂弟弟两句，却忽然听见顾小爷鬼叫一声，整个人狐疑地从凳子上摔了下去。

众人满头疑惑地转过去看。

一旁，沈寂没什么表情地拍了拍裤子，不动声色地把一只大长腿收回来，淡声说：“不好意思，脚滑，不小心把他凳子踹翻了。”

顾小爷默默从地上爬了起来，觉得自己被崇拜的大哥针对了，蔫头耷脑，反思人生，不再说话。

须臾，沈寂从自家小宝贝怀里把小小宝贝接了过来，抱腿上，夹起一块青菜喂给儿子，说：“不喜欢这个名儿，那就吃口青菜，爸爸给你改。”

小鸡仔闻声眼睛一亮，瞬间觉得父爱如山，感动到泪奔，兴奋地握紧小拳头，挥舞：“啊！真的吗？爸爸真棒！爸爸准备给我把小名改成什么呀？”

他老爹正色答道：“大鸡仔。”

沈寂说完，还勾了勾唇，和蔼可亲地摸摸他脑袋：“你觉得这个新名儿怎么样？”

小鸡仔内心的泪流成了西湖的水，在心里暗暗竖起大拇指：吾父，真国之栋梁，人才也。